HEYNE <

Das Buch:

Die Alchimistin Aura Institoris ist unsterblich – sie hat das größte Mysterium der Menschheit gelöst. Aber der Preis dafür war hoch: Ihre große Liebe ist zerbrochen, ihre Familie in alle Winde zerstreut. Einsam und verzweifelt taucht sie 1914 in Paris unter. Doch ein geheimes Zeichen, der blutige Abdruck einer Hand mit sechs Fingern, ändert alles. Auras Nachforschungen decken grausame Morde auf und führen sie am Rande des Ersten Weltkriegs auf eine gefährliche Reise quer durch Europa. In der Einsamkeit Kastiliens muss Aura sich einer jahrtausendealten Gefahr stellen – der Einsatz ist das Leben ihres Sohnes Gian. An der Seite einer lebendigen Göttin, eines Großmeisters der Tempelritter und eines rätselhaften Grafen kämpft sie entschlossen gegen eine Macht - älter und finsterer als selbst die Alpträume eines Unsterblichen.

Der Autor:

Kai Meyer, geboren 1969 in Lübeck, studierte Film und Theater, arbeitete als Journalist und ist seit 1995 freier Schriftsteller. Er hat bereits zahlreiche Romane veröffentlicht. Im Wilhelm Heyne Verlag liegen folgende Titel des Autors als Taschenbuch vor: *Der Rattenzauber* (01/10524), *Das Gelübde* (01/10654), *Der Schattenesser* (01/10780), *Die Alchimistin* (01/10842), *Die Engelskrieger* (01/13057), *Dr. Faustus* (01/13099), *Göttin der Wüste* (01/13260), *Nibelungengold* (01/13384), *Loreley* (01/13385) sowie *Das Haus des Daedalus* (01/13459). Seine Jugendbuchtrilogie um *Die fließende Königin* wurde zum Bestseller.
Kai Meyer lebt mit seiner Familie am Rande der Eifel. Besuchen Sie ihn im Internet unter: www.kaimeyer.com.

Kai Meyer

Die Unsterbliche

Roman

Wilhelm Heyne Verlag
München

HEYNE ALLGEMEINE REIHE
Band-Nr. 01/13647

Umwelthinweis:
Dieses Buch wurde auf chlor-
und säurefreiem Papier gedruckt.

Taschenbucherstausgabe 04/2003

Der Wilhelm Heyne Verlag ist ein Verlag
der Ullstein Heyne List GmbH & Co.KG
Printed in Denmark 2003
Umschlaggestaltung: Hauptmann und Kampa Werbeagentur
München–Zürich, unter Verwendung des Gemäldes
MARIA MAGDALENA VOR DEM SPIEGEL von Georges de la Tour,
um 1635/40/The Metropolitan Museum of Art, New York
Gesetzt aus der Berkeley Old Style bei
Franzis print & media, München
Druck und Bindung: Nørhaven Paperback A/S, Viborg
http://www.heyne.de

ISBN: 3-453-86524-3

Die Erschaffung von Materie aus Energie
und von Energie aus Materie
ist Alchimie.
Gott ist ein Alchimist.

Walter Lang, *Fulcanelli: Master Alchemist*

Kapitel 1

August 1914

Sie erwachte in ihrem Hotelbett und erkannte, was ihr im Leben fehlte. Einen Augenblick lang sah sie es deutlich vor sich, alles, wonach sie jemals gestrebt hatte, jeden Verlust, der sie quälte, ganz greifbar, ganz nah. Die Erkenntnis war so verwirrend wie erdrückend.

Dann aber schlug sie die Augen auf, blinzelte ins Tageslicht, und alles war wieder vergessen, und sie fühlte sich so leer und verfolgt wie am Abend zuvor. An allen Abenden, in all den Jahren.

Aura blickte zum Fenster und sah die Sonne über den Dächern von Paris. Gleißende Helligkeit zerschmolz die Rauchfahnen der Schornsteine zu mageren Fäden. Das Licht brannte in ihren Augen, und sie schloss die Lider, lag ganz ruhig da und versuchte, sich zu erinnern. Sie hatte es fühlen können, in greifbarer Nähe. Sie hätte nur die Hand danach ausstrecken müssen, nach den Antworten auf all ihre Fragen, nach den Gründen ihrer Ruhelosigkeit, nach allem, was sie wieder und wieder von zu Hause forttrieb, in fremde Länder, fremde Städte, von einem Hotel ins andere.

Nun aber war es fort. Die Gewissheit brachte ein ungeheures Gefühl von Verlust mit sich, von Trauer und von Wut. Sie kannte diese Empfindungen, kannte sie von durchwachten Nächten, vom dumpfen an die Decke Starren um drei Uhr nachts, kannte die Hitzewellen, die sie dann überkamen, kannte die Verzweiflung.

Sie lag auf dem Rücken, bedeckt mit einem dünnen Laken. Die Augusthitze machte längst keinen Halt mehr vor den Mauern der Häuser. Die Hotelzimmer, sogar die fensterlosen Flure des *Les Trois Grâces* verwandelten sich tagsüber in Backöfen. Auch in der Nacht ging die Temperatur kaum zurück.

Die hohen Fenster von Auras Suite – drei Zimmer, von denen sie zwei nicht benutzte – wiesen hinaus auf die Uferstraße und zur Seine, spiegelglatt, nur mit einer Hand voll Boote gesprenkelt. Schwach drang das Brummen vereinzelter Automobile, das Rattern der Droschken, das Klappern von Pferdehufen herauf, zweifach gedämpft von den Doppelfenstern. Aura dachte, dass die stumpfe, unpersönliche Stille von Hotelzimmern etwas an sich hat, das anderen Geräuschen das Blut aussaugt, sie schal und vage werden lässt; sie legt sich über alle Laute, sperrt die Außenwelt aus und ersetzt sie durch ein Missverständnis, das Architekten Ambiente nennen.

Aura ließ ihren Blick träge über die hellblauen Tapeten und Schmuckbordüren, die Kommoden mit den geschwungenen Kanten, die Stühle mit den blassen Bezügen wandern. Seit ihrer Ankunft in Paris vor über zwei Wochen sah sie dasselbe Bild jeden Morgen, jeden Abend. Die Einrichtung, sündhaft teuer wie alles im *Trois Grâces,* war nicht ihr Geschmack; andererseits hatte sie nie Energie darauf verwandt, einen Geschmack in Sachen Möbeln zu entwickeln. Aus demselben Grund bevorzugte sie schwarze Stoffe für all ihre Kleider in den offenen Reisekisten. Schlicht und elegant. Passend zu jeder Gelegenheit.

Außer, zugegeben, im heißesten August seit Jahren, in einer der überfülltesten Städte Europas. Seit einigen Tagen verfluchte sie das Schwarz ihrer Kleider, und brachte doch nicht genug Interesse auf, sich etwas Helleres zu kaufen. Sie hatte so viel anderes zu tun, auch wenn sie an den Abenden kaum zu sagen vermochte, *was* sie eigentlich den Tag über getan hatte.

Stöbern in staubigen Buchläden und Bibliotheken. Begegnungen mit alten Professoren und verschrobenen Forschern. Endlose Wanderungen durch Museen und Galerien. Und ihre anderen Unternehmungen, nach Einbruch der Dämmerung oder tief in der Nacht: Einsteigen durch blinde Fenster und vernagelte Türen, über Kellerstiegen, verborgen unter dem Grün verwilderter Gärten. Streifzüge durch die Flügel verlassener Häuser und Palais, menschenleere Flure, in denen der Hall ihrer Schritte sich vervielfachte und ihr hinaus auf die Straße folgte. Alte Dachböden, deren Dielen sich unter zentnerschweren Kisten bogen. Kellergewölbe, bis zur Decke gefüllt mit verschimmelten Büchern. Vergessene Salons im Nebellicht des Mondes.

Immer auf der Suche.

Aura zog die Hände unter dem Laken hervor und rieb sich mit den Fingerknöcheln die Augen. Das Sonnenlicht erschien ihr jetzt weniger gleißend, die Umrisse des Zimmers gewannen an Schärfe – das Innenleben eines Aquariums, dessen trübes Wasser man durch frisches ersetzt hatte.

Zuletzt richtete sie ihren Blick auf die verspiegelte Decke. Irgendwem musste es frivol erschienen sein, sich im Bett beobachten zu können – Paris, die Stadt der Liebenden –, doch wer immer den Einfall gehabt hatte, hatte nicht an das Erwachen am nächsten Morgen gedacht. Wer will schon als erstes sich selbst sehen, mit verquollenen Augen und zerzaustem Haar. Als käme man nicht früh genug ins Bad.

Doch es war nicht die Flut ihres pechschwarzen Haars, nicht die Ringe um ihre blassblauen Augen, nicht ihre weiße Haut auf den weißen Laken, die Aura abrupt aus ihren Gedanken rissen. Ein Eimer Eiswasser hätte sie nicht gründlicher aufwecken können.

Ein dunkelroter Fleck hob sich wie eine Wunde von dem Weiß des Lakens ab.

Aura glitt unter der Decke hervor und sprang aus dem Bett. Entsetzt, fasziniert, neugierig starrte sie auf den Fleck.

In ihrem Leben hatte sie genug Blut gesehen, um zu erkennen, wann sie welches vor sich hatte. Sie hatte nackt geschlafen, und ein kurzer Blick auf ihre Schenkel bestätigte, dass dies nicht ihr eigenes war.

Es war der Abdruck einer Hand, genau dort, wo ihr Unterleib gelegen hatte.

Eine Hand aus Blut.

Eine Hand mit sechs Fingern.

Eine Kiste voller Bücher. Damit hatte es begonnen.

Damals, vor über einem Jahr, hatte Aura zum ersten Mal vom Verbum Dimissum gehört. Und nun war sie hier, dreizehn Monate später, und sie kannte noch immer nicht mehr als diese beiden Wörter, die selbst nichts anderes als ein Wort bezeichneten.

Verbum Dimissum. Das Verlorene Wort.

Die Bücher, in denen sie darauf gestoßen war, hatten ihrem Vater gehört. Nestor Nepomuk Institoris war seit siebzehn Jahren tot. Die Frachtpapiere der Bücherkiste verrieten, dass sie vor neunzehn Jahren, im Sommer 1895, in Boston aufgegeben worden war, von einem Buchhändler, der seither wie vom Erdboden verschluckt war. Niemand in Boston kannte ihn, die Adresse auf den Frachtpapieren existierte nicht mehr. Das nüchterne Begleitschreiben der Reederei erklärte ihr, die Kiste sei aus Gründen, die sich nicht mehr nachvollziehen ließen, nach Buschir am Persischen Golf fehlgeleitet worden, von dort aus nach Tamatave auf Madagaskar, um schließlich auf Zypern zwischengelagert zu werden. Dort hatte sie siebzehn Jahre in einem Lager am Hafen gestanden, begraben unter anderen Fundstücken, um schließlich bei Abrissarbeiten entdeckt und weiter geschickt zu werden, erst zurück nach Boston und von dort aus erneut an die ursprüngliche Empfängeradresse, die man in alten Frachtpapieren im Archiv entdeckt hatte. Man bedaure dieses Versehen außerordentlich, sehe sich jedoch außerstande, eine Entschädigung für eventuelle Verluste anzubieten. Man verbleibe dennoch mit den allerfreundlichsten Grüßen. Hochachtungsvoll.

Als die Diener die Kiste schließlich durch das Portal von

Schloss Institoris geschleppt und auf dem Teppich vor dem Kamin abgestellt hatten, war dies der Endpunkt einer Odyssee gewesen, um die manch ein Abenteurer die schlichte Eichenholzkiste beneidet hätte.

Mehrere Monate lang hatte Aura den Inhalt studiert, über einiges die Stirn gerunzelt, anderes bestaunt, das meiste jedoch als belanglos verworfen. Auf einigen der vielen tausend Seiten, manchen noch aus der Frühzeit des Buchdrucks, war sie auf den Begriff des Verbum Dimissum gestoßen. Schließlich hatte er sie so fasziniert, dass sie einige der Bände, die sie ursprünglich beiseite gelegt hatte, abermals hervorzog und im einen oder anderen weitere Details entdeckte. Nein, keine Details. Fragen. Denn daraus bestanden all die Erwähnungen, Querverweise und Fußnoten: aus Fragen über Fragen.

Das Verbum. Das erste Wort der Schöpfung.

Im Anfang war das Wort, schrieb der Evangelist Johannes. *Und das Wort ward Fleisch.*

Und zwischen all den Rätseln, die sich um diese und andere Erwähnungen gruppierten, zwischen all den religiösen Traktaten, den pseudohistorischen Untersuchungen und ja, den alchimistischen Deutungsversuchen, zwischen all diesen Worthülsen, Ideenspielen und Gedankenklaubereien versteckten sich die zentralen, die wichtigsten Fragen: Wo, wenn es denn je existiert hatte, befand sich das Verbum Dimissum heute? Wo und wann war es verloren gegangen? Und wer hatte es zuletzt gehört, gelesen oder ausgesprochen?

Falls es der Abdruck einer Hand war, und daran hatte sie kaum einen Zweifel, dann musste es die eines Mannes sein. Die Finger waren fast anderthalbmal so lang wie ihre eigenen, und der überzählige war ein zweiter Mittelfinger, exakt so groß wie sein Gegenstück.

Aura zog den Gürtel ihres Morgenmantels fester um ihre Taille, zum zweiten oder dritten Mal.

Jemand war in der Nacht im Zimmer gewesen und hatte sie

durch das Laken berührt. Es fiel ihr noch immer schwer, sich das einzugestehen.

Die Tür war verschlossen, die Fenster verriegelt. In einem ersten, eisigen Moment hatte sie die Möglichkeit in Betracht gezogen, dass sich der Eindringling noch immer in der Suite aufhielt. Sie hatte die Räume und das Bad durchsucht, weit gründlicher, als nötig gewesen wäre. Doch da war niemand. Kein Mann. Keine Spuren.

Jemand wollte ihr zeigen, wie nahe er ihr kommen konnte. Er wollte ihr beweisen, wie verletzlich sie war. Wie ungeschützt. Und wie allein. Als hätte es dafür irgendwelcher Zeichen bedurft.

Sie hatte lange nicht mehr an Gillian gedacht – du lügst, du denkst ständig an ihn –, und sie hatte sich vorgemacht, niemand könne unabhängiger sein als sie selbst. Aber sie war nicht unabhängig. Gewiss, sie besaß mehr Geld, als sie ausgeben konnte, und sie bewegte sich vollkommen frei von Stadt zu Stadt und über alle Grenzen hinweg. Andererseits wusste sie, was um sie herum geschah. Ihr Sohn hasste sie, ihre Schwester beneidete sie, und ihre Mutter – nun, Charlotte hatte in ihren wachen Momenten kaum mehr als Verachtung für ihre älteste Tochter übrig. Die einzige, die zu Aura hielt, war ihre Nichte Tess, und sie war gerade einmal fünfzehn, ein Jahr jünger als Auras Sohn Gian.

Zehn Jahre waren seit der Rückkehr aus Swanetien vergangen. Zehn Jahre, seit sie und Gillian sich geschworen hatten, für immer zusammenzubleiben.

Und dann, zwei Jahre später, war es aus gewesen.

Das Schlimmste war, dass Aura selbst die Schuld daran trug.

Sie betrachtete erneut den Handabdruck, zum hundertsten Mal innerhalb weniger Minuten. Das Blut war längst getrocknet. Das weiße Leinen hatte es aufgesogen. An den Rändern verschwamm der Umriss zu winzigen Verästelungen, ein haarfeines Netzwerk wie dunkelrote Eiskristalle.

Es hatte keinen Zweck, die Hotelleitung zu informieren. Der Direktor würde darauf bestehen, die Polizei zu rufen, und das war das letzte, was sie wollte. Nicht in Zeiten wie diesen, die es nötig machten, dass sie unter einem französischen Decknamen reiste, damit niemand ihre wahre Herkunft erkannte.

Sie betastete den Abdruck mit einem Zeigefinger, um sicherzugehen, dass das Blut kein Produkt ihrer Einbildungskraft war. Es fühlte sich hart und borkig an, wie Baumrinde.

Aura riss sich von dem Anblick los, trat ans Fenster und schaute hinaus auf die Uferstraße. Sie hatte halb erwartet, dass dort unten jemand stehen würde, der sie beobachtete. Doch auf der Straße waren nur ein paar Automobile und Pferdegespanne unterwegs, dazwischen Fußgänger auf dem Weg zur Arbeit.

Rasch trat sie zurück, nahm einen der hässlichen Stühle und verkantete die Lehne unter der Klinke der Zimmertür. Danach fühlte sie sich ein wenig sicherer, auch wenn sie genau wusste, dass sie sich etwas vormachte. Wem es gelungen war, an den Schlüssel zu kommen, der würde auch in der Lage sein, die Tür einzutreten.

Doch sie glaubte nicht, dass er etwas Derartiges tun würde. Seine Gefährlichkeit war subtiler, ein Spiel mit Auras Ängsten, keine Androhung plumper Gewalt. Das würde später kommen. Das Blut war eine erste Warnung. Schwer zu sagen, ob es von einem Menschen oder einem Tier stammte; höchstwahrscheinlich war es Hühner- oder Schweineblut. Aber auch dieser Gedanke konnte sie nicht beruhigen.

Sie wünschte sich einen starken Kaffee, irgendetwas, das ihre Sinne schärfte und verhinderte, dass sie sich in tausend Mutmaßungen verzettelte. Etwas, das sie zurück auf den Boden der Tatsachen holte.

Die blutige Hand *war* eine Tatsache. Der sechste Finger eine andere. Dazu kam die verschlossene Tür. Alles andere blieb Spekulation.

Und nun werd gefälligst damit fertig. Tu etwas.

Traumwandlerisch entschied sie, ein Bad zu nehmen. Sie fühlte sich beschmutzt und ekelte sich vor sich selbst, obwohl sie nur geschlafen hatte. Wie lange war der Fremde im Zimmer gewesen? Hatte er sie nur dort berührt, wo das Blut Spuren hinterlassen hatte? Wie lange hatte er dagestanden und sie stumm im Mondlicht betrachtet?

Zur Sicherheit legte sie ihren kleinen Revolver mit gespanntem Hahn neben die Badewanne. Die Waffe war kaum größer als ihre Handfläche. Aber auch ein Hüne mit sechs Fingern war nicht immun gegen die Kraft einer Kugel.

Die Versorgung mit heißem Wasser funktionierte im Hotel recht gut, obwohl sie erst am Abend zuvor ein Bad genommen hatte. Sie benutzte keine Öle oder Seifen, entspannte sich und betrachtete ihren nackten Körper durch die spiegelnde Oberfläche. Das Wasser vergrößerte ihren Umriss wie eine Lupe. Selbst nach siebzehn Jahren konnte sie noch immer die beiden Reihen winziger Narben an den Innenseiten ihrer Oberschenkel erkennen, dort, wo sie als Mädchen Ringe durch die Haut gezogen hatte, einen für jeden Monat, den ihr Vater sie in einem Internat in den Schweizer Bergen einsperren wollte. Auf dem Weg dorthin war sie Gillian begegnet.

Es gab Wichtigeres, über das sie hätte nachdenken müssen – wer wusste, dass sie sich in Paris aufhielt und hatte darüber hinaus einen Grund, sie einzuschüchtern? –, und doch war es immer wieder Gillian, zu dem ihre Gedanken zurückkehrten. Sie hatte ihm die Unsterblichkeit angeboten. Er hatte abgelehnt. Zwei Jahre lang, Tag für Tag. All ihre verzweifelten Argumente, schließlich ihr Flehen – nichts hatte gefruchtet. Er wollte nicht ewig leben, auch nicht aus Liebe zu ihr. Und sie konnte ihn verstehen. Ihr Körper war der einer Vierundzwanzigjährigen und würde es für immer bleiben. In Wahrheit war sie zehn Jahre älter. Noch mit sechzig würde sie aussehen wie eine junge Frau. Auch mit zweihundert. Sie wusste genau, was Gillian gemeint hatte, als er ihr Angebot ausschlug. Die Aussicht auf die Einsamkeit, das Leid, den Schmerz, den Verlust all jener, die sie liebte. Sie und Gillian hätten Seite an Seite leben können, Jahrhundert um Jahrhundert. Aber was hätte die Zeit ihnen angetan? Sie stellte sich diese Frage immer wieder, seit dem Moment, in dem das Gilgamesch-Kraut sie zu einer Unsterblichen gemacht hatte. Sie hatte Liebespaare gesehen, die sich nach wenigen Jahren nichts mehr zu sagen hatten. Wie konnte sie annehmen, dass Gillians Liebe zu ihr eine Ewigkeit dauern würde? Und ihre eigene zu ihm?

Sie war so verflucht jung gewesen. So unerfahren. Sie hatte geglaubt, er würde ihr verzeihen, als sie ihm das Kraut schließlich unter sein Essen mischte. Es zeigte seine Wirkung, als er in ein zweitägiges Koma fiel. Als er wieder erwachte, wusste er sogleich, was sie getan hatte. Am Tag darauf hatte er sie verlassen, hatte Schloss Institoris und der Ostsee den Rücken gekehrt und war nach Süden gegangen. Fort von ihr. Fort auch von Gian, seinem Sohn.

Aura schlug mit der Faust auf die Wasseroberfläche. Eine Fontäne spritzte über den Griff des Revolvers. Eine Waffe, mit der sie um ihr Leben kämpfen würde … die Vorstellung ließ sie schmunzeln. Aura war unsterblich, gewiss, aber alles, wovor das Kraut sie bewahrte, waren das Alter und vielleicht die eine oder andere Krankheit – und nicht einmal dessen konnte sie sicher sein. Lediglich eines wusste sie genau: Wie jeder andere Mensch konnte sie eines gewaltsamen Todes sterben. So wie ihr Vater, der nach sechs Jahrhunderten gestorben war, als jemand seinen Kehlkopf zerquetschte.

Jemand? Mach dir nichts vor! Gillian war's! Gillian hat ihn getötet, damals, bevor ihr euch kanntet.

Gillian. Immer wieder er.

Sie tauchte unter, bis ihre langen Haare wie Wasserpflanzen auf der Oberfläche trieben, hielt den Atem an, als könnte das drohende Ersticken den Schmerz aus ihrer Seele vertreiben. Trotzdem hatte sie nicht das Bedürfnis, nach Luft zu schnappen, als sie auftauchte und abermals zum Beckenrand blickte.

Die Waffe war fort.

Aura sprang auf, Tropfen wirbelten funkelnd in alle Richtungen. Jetzt erst raste ihr Atem, ihr Herzschlag, und ein Wasserschleier verwischte ihre Sicht.

Der Revolver lag auf dem Boden. Die Nässe hatte ihn vom Wannenrand gleiten lassen. Aura konnte von Glück sagen, dass sich kein Schuss gelöst hatte.

Über eine Minute lang stand sie da, reglos und aufrecht, bis zu den Knien im Wasser, nackt und ungeschützt, eine schimmernde Statue im Kristallspiegel an der Marmorwand gegenüber. Sie war niemals schreckhaft gewesen, nicht einmal als Kind. Jetzt aber kam es ihr vor, als füllte ihr pulsierendes Herz sie von den Füßen bis zur Stirn aus, jeden Zentimeter ihres Inneren, pochend, vibrierend, zitternd.

Sie musste raus hier, hinaus an die frische Luft, fort aus diesem Zimmer, das keine Sicherheit mehr bot. Der Eindringling hatte seine Präsenz wie Fußabdrücke auf dem Teppich hinterlassen.

Wenig später trat sie in einem eng geschnürten schwarzen Kleid auf den Hotelflur. Sie war ungeschminkt und trug keinen Schmuck. Ihr Haar war noch immer feucht. Sie hätte lieber eine Hose getragen wie bei ihren nächtlichen Erkundungen, doch das hätte in einem Hotel wie diesem zu viel Aufsehen erregt.

Der Korridor war verlassen. Rechts und links reihten sich Türen wie in einem Gefängnis aneinander. Flimmernde Gaslichter in engen Abständen an den Wänden, zuckender Schein, knochenfarben. Aus einem Zimmer drang leises Kichern, alt und weiblich. Aura spürte, wie allein das Geräusch ihr Übelkeit bereitete. Dann verstummte es wieder, und durch eine andere Tür glaubte sie Flüstern zu hören. Verstohlenes Wispern.

Er war noch hier. Irgendwo. Sie konnte es spüren.

Nur Einbildung, nichts sonst.

Ein Knirschen am Ende des Flurs ließ sie herumwirbeln. Ein Zimmermädchen schob einen Wagen mit frischer Bettwäsche auf sie zu und beobachtete Aura verstohlen, als sie an ihr vorüberging. Aura trat einen Schritt zurück, um sie durchzulassen, dann ging sie in entgegengesetzter Richtung auf das Treppenhaus zu. Kurz bevor sie den Flur verließ, spürte sie Blicke in ihrem Rücken, blieb stehen und schaute über die Schulter zurück. Der

Wäschewagen stand verlassen mitten im Gang, das Mädchen war fort. Alle Türen waren geschlossen.

Aura eilte die Treppe hinunter. Gedämpfte Schritte auf hohem Teppich. Ganz kurz fragte sie sich, ob das weiße Ding am Boden neben dem Wagen die Haube des Zimmermädchens gewesen war. Es musste sie verloren haben.

Aura war spät dran, es war bereits Mittag. In der Eingangshalle saß eine Gruppe alter Männer und Frauen auf Sesseln am Fenster. Die meisten lasen Zeitung. Ein Mann mit mehr Ringen an den Fingern als Zähnen im Mund grinste sie an und durch sie hindurch. Alle blickten auf, als Aura, schwarz wie der Tod, an ihnen vorüberglitt. Vielleicht hatte der eine oder andere sie einen Augenblick lang tatsächlich dafür gehalten. Dabei gab es doch in Auras Körper längst nichts mehr, das sterben konnte. Nur Leben, ewiges Leben.

Sie atmete erleichtert auf, als sie endlich auf der Straße stand. Die Nähe der alten Menschen verstärkte ihre Übelkeit, eine Nebenwirkung des Gilgamesch-Krauts.

Sie wechselte die Straßenseite und stützte sich einen Moment mit einer Hand auf die Ufermauer. Schließlich drehte sie sich um und blickte an der Fassade des *Les Trois Grâces* empor.

Durch ein Fenster ihrer Suite beobachteten sie dunkle Augen in einem weißen Gesicht.

Himmel, ebenso gut mochte es die Suite nebenan sein, vielleicht sogar die übernächste. Vielleicht hatte sie sich in der Etage geirrt. Nur ein Mann, der auf den Fluss blickte und die Boote zählte.

Aura lehnte sich gegen die hüfthohe Mauer, atmete tief durch.

Finger aus Blut. Zwei Mittelfinger wie Fangzähne in einem Raubtierkiefer.

Automobile lärmten vorüber. Ein Kutscher fluchte.

Eine Stimme sprach sie an, ein Mann in schmuddeliger Kleidung. Er trug einen Bauchladen mit Rosen aus schwarzem Glas. Unwirsch winkte sie ihn fort. Er lächelte, nickte ihr zu und ging weiter.

Wind kam auf. Vom anderen Ufer drang Lärm herüber wie ein fernes Rauschen.

Ein Junge mit schmutzigem Gesicht lief auf sie zu. Die weiße Kluft des Zimmermädchens hing über seinem Arm.

Nur Zeitungen. Ein Zeitungsjunge.

»Madame?«, fragte er und streckte grinsend die leere Hand aus.

Als er fortlief, ließ er die Münze in seiner Hose verschwinden. Aura betrachtete die Schlagzeile der dünnen Sonderausgabe. Deutschland hatte Russland den Krieg erklärt, vor wenigen Stunden erst. In Frankreich hatte die Mobilmachung begonnen. Nachrichten, die längst keinen mehr überraschten.

Vor Auras Augen schwebte etwas zu Boden, etwas Weißes, aus einem der Hotelfenster. Die Haube des Zimmermädchens. Bevor sie sicher sein konnte, fuhr ein Automobil darüber hinweg. Danach war es verschwunden.

Gillian, dachte sie verzweifelt.

Und: Ich will nicht mehr allein sein.

Doch allein wandte sie sich schließlich um, und allein lief sie die Straße hinab davon.

Kapitel 2

Wenn die Wüste sang, tat sie es mit der Stimme des Windes.

Tess lauschte dem Lied, und manchmal glaubte sie, Worte zu verstehen. Geschichten aus Tausendundeiner Nacht, die Mythen der Yeziden, Kurden und Araber, Legenden aus einer Zeit, als die Furcht vor den Dschinn das Land regierte.

Sie saß im Schneidersitz auf einer Düne, obwohl man sie tausendmal gewarnt hatte, das nicht zu tun: Gib Acht, sonst kriechen Skorpione unter dein Kleid. Tess hatte dies erfreut zum Anlass genommen, die Baumwollkleider, die man ihr bei der Ankunft ausgehändigt hatte, im Schrank zu lassen. Seitdem trug sie Hosen, mochte der Professor noch so oft behaupten, damit verärgere sie die einheimischen Arbeiter, die es nicht gewohnt waren, junge Mädchen in Männerkleidung zu sehen.

Von hier aus hatte sie eine gute Aussicht über das gesamte Grabungsgelände. Die gelben Mauerreste, die zwischen tiefen Gräben und Schächten aus dem Wüstensand ragten, wirkten von hier oben wie riesenhafte Buchstaben einer längst vergessenen Schrift. Es fiel schwer, sich vorzustellen, dass sich hier vor ein paar tausend Jahren eine blühende Metropole erhoben hatte – Uruk, die Hauptstadt des Zweistromlandes. Hier hatte Gilgameschs Thron gestanden, vielleicht im Schatten einer mächtigen Zikkurat oder unter Zwiebeltürmen wie in den Illustrationen der Geschichten um Aladin und Harun-Al-Raschid.

Tess war allein hier heraufgestiegen, weil sie die Ruhe und den Wind mochte, das Säuseln winziger Sandwirbel, die über die Hänge tanzten wie die Asche längst vergessener Ballerinen. Hier oben fiel es leicht, sich solche Dinge vorzustellen. Die verrücktesten Dinge.

Den Ritter zum Beispiel.

Sie hatte ihn in letzter Zeit oft gesehen, meist aus der Ferne, ein Blitzen am Horizont der persischen Wüste, Sonnenstrahlen die sich auf seinem silbernen Harnisch brachen. Gelegentlich kam er näher. Dann sah sie den Schweif seines schneeweißen Hengstes, sah, wie die Hufe Krater im Sand hinterließen, hörte das Schnauben des Schimmels und das Klirren des Rüstzeugs. Sah das geschlossene Visier unter dem weißen Federbusch.

»Wartest du wieder auf ihn?«

Tess blickte auf. Gian war den Dünenhang heraufgestiegen und stand plötzlich vor ihr. Sie musste geradewegs durch ihn hindurchgeschaut haben. Kein Wunder, dass er besorgt aussah. Aber Gian war immer besorgt, seit sie den Fehler gemacht hatte, ihm von dem Ritter zu erzählen.

»Nein«, sagte sie wahrheitsgemäß. »Ich wollte nur allein sein.«

»Soll ich wieder gehen?«

»Blödsinn.« Sie deutete auf eine Stelle im Sand, gleich neben sich. »Setz dich.«

Er lächelte. »Und die Skorpione?«

»Haben hoffentlich keinen so exotischen Geschmack, dass sie sich mit zwei Bleichgesichtern wie uns abgeben.«

Schmunzelnd ließ er sich neben ihr nieder. Bleich war eigentlich nur Tess, denn sie hatte die blasse Haut ihrer Mutter geerbt. Von Sylvette hatte sie auch das weißblonde Haar, das ihr als langer Pferdeschwanz über den Rücken fiel. Zudem entdeckte sie seit ihrer Ankunft in der Wüste fast täglich neue Sommersprossen auf ihrem Nasenrücken, und Gian hatte zu Anfang keine Gelegenheit ausgelassen, sie damit aufzuziehen. Die meisten glaubten, er sei ihr Bruder, obwohl er ihr Cousin war. Aber das hatte nie einen Unterschied gemacht. Er war Auras Sohn, und Aura war so etwas wie ihre zweite Mutter.

»Keine Lust mehr, alte Töpfe zusammenzuleimen?«, erkundigte er sich scheinheilig. Er hatte rabenschwarzes Haar und buschige Augenbrauen. Sein khakifarbenes Hemd hatte einen Kaffeefleck vom Frühstück, aber mit derlei Dingen nahm man es hier draußen nicht so genau.

Kopfschüttelnd schenkte sie ihm ein Lächeln, auch wenn ihr sein Unterton missfiel. Ein Hauch von Sarkasmus hatte sich in den vergangenen Wochen in vieles eingeschlichen, was er sagte, und das ärgerte sie. Gian und sie hatten niemals wirklich Streit gehabt, und sie hatte das untrügliche Gefühl, dass es bald zum ersten Mal soweit sein würde.

Professor Goldstein, der Leiter des Camps und ein Bekannter ihrer Tante Aura aus jener Zeit, als sie sich eingehend mit dem Gilgamesch-Epos auseinander gesetzt hatte, hatte Tess zu Arbeiten in den Ruinen einer antiken Töpferwerkstatt eingesetzt. Seine Arbeiter hatten das Areal erst vor ein paar Monaten freigelegt. Tess hatte eine Menge Zeit damit verbracht, die Überreste uralter Gefäße zusammenzusetzen, anfangs nur zum Spaß, bis ein Assistent des Professors erkannte, dass sie sich ziemlich geschickt anstellte. Seitdem überließ man ihr auch die Rekonstruktion seltenerer Fundstücke. Nicht schlecht für eine Fünfzehnjährige. Sie spürte, dass Gian neidisch auf die Verantwortung war, die man ihr übertragen hatte. Er war ein Jahr älter und durfte lediglich die Korbjungen bespitzeln, Söhne der Einheimischen, deren Aufgabe es war, den Abraum aus den Gruben in Körben abzutransportieren und nach Fundstücken zu durchsuchen. Manche ließen dabei einzelne Teile unter ihren Gewändern verschwinden, und es oblag Gian, ein wachsames Auge auf sie zu haben – was ihn nicht gerade zu einem Liebling der Beduinenkinder hatte werden lassen. Er erledigte seine unangenehme Aufgabe mit Würde, aber auch voll unterschwelligem Zorn auf den Professor.

Dabei, und das wusste Tess nur zu genau, gab Gian nicht wirklich Goldstein die Schuld an seinem Dilemma. Seit ein paar Wochen erging er sich mehr und mehr in wütenden Tiraden über seine Mutter, die sie beide, wie er meinte, hierher abgeschoben hatte. Und das, wo es zu Hause zum ersten Mal interessant wurde – *seine* Worte, nicht die von Tess. Im Gegensatz zu ihm schämte sie sich keineswegs, ihre Angst vor dem heraufziehenden Krieg einzugestehen. Ihr war es recht, dass Aura sie mit Goldstein nach Mesopotamien geschickt hatte. Ihr gefielen die Wüste und die Arbeit auf der Ausgrabungsstätte. Nicht einmal die verstohlenen Blicke der arabischen Arbeiter störten sie, die ein so blondes und hellhäutiges Mädchen wie sie noch nie gesehen hatten.

»Der Ritter wird nicht kommen, weißt du«, sagte Gian, ohne sie anzusehen.

Sie runzelte die Stirn. »Ich hab dir gesagt, dass ich nicht auf ihn warte.«

»Ist das die Wahrheit?«

»Ich hatte bisher keinen Grund, dich anzulügen. Warum sollte ich jetzt damit anfangen?«

»Es ist nicht gerade normal, dass man mitten in der Wüste Ritter in voller Rüstung sieht.«

Sie machte einen Schmollmund, auch wenn sie lieber etwas getan hätte, das sie hätte erwachsener erscheinen lassen. »Ich hätte dir nie von ihm erzählen sollen.«

Er gab keine Antwort, und das beunruhigte sie noch mehr als seine Vorwürfe oder die Tatsache, dass er sie als *nicht normal* bezeichnet hatte. Das waren sie beide nicht, und Gian wusste es ebenso gut wie sie. Es war nicht normal, wenn man die Fähigkeit besaß, auf die Erinnerungen längst gestorbener Vorfahren zurückzugreifen. Wenn man sich an Dinge erinnern konnte, die andere erlebt hatten, vor Hunderten von Jahren.

»Ich hab nachgedacht«, sagte er.

»So?«

»Über den Ritter.«

»Herrgott, Gian!«

»Nein, im Ernst. Ich meine, du weißt doch, woher er stammen könnte.«

»Aus Nestors Erinnerungen? Oder aus denen von Lysander?«

Er nickte

»Nein«, sagte sie fest. »Das glaube ich nicht. Ich hab ihn gesehen. Mit meinen Augen. Das war keine Erinnerung, und schon gar keine Einbildung. Außerdem müssen wir beide zusammen sein, damit es funktioniert – anders klappt es nicht.«

Sie spürte, dass ihm etwas unangenehm war. Verheimlichte er ihr etwas? Nein, unmöglich. Gian und sie hatten nie Geheimnisse voreinander gehabt. Nur deshalb hatte sie ihm überhaupt von dem Ritter erzählt.

»Wenn nun irgendwas die Erinnerung … hm, ich weiß nicht, wenn etwas sie *ausgelöst* hätte? Auch ohne mich?«

»Wie meinst du das? Wir haben uns geschworen … «

»… die Vergangenheit ruhen zu lassen. Sicher.« Er sprach leise, fast ein wenig schuldbewusst. Tess konnte sich sein Verhalten nicht erklären. Aber vielleicht deutete sie auch einfach zu viel in seine Worte hinein. Sie selbst hatte sich in letzter Zeit verändert. Das Auftauchen des Ritters hatte sie stärker verunsichert, als sie sich eingestehen mochte.

Gian winkte ab. »War nur so eine Idee.«

Sie war nicht bereit, ihn so einfach davonkommen zu lassen. Sie hasste es, wenn Dinge zwischen ihnen unausgesprochen blieben. Dafür kannten sie sich zu gut. »Wir haben uns geschworen, nicht mehr auf diese Erinnerungen zurückzugreifen. Wir haben es beide geschworen, Gian. Du warst damit einverstanden.« Sie versuchte ihm in die Augen zu sehen, doch er blickte rasch hinab zu den Ausgrabungen. »Bereust du das jetzt etwa?«

»Nein«, sagte er zögernd. »Nein, nicht wirklich.«

Sie schnaubte und zog sich den Pferdeschwanz über die Schulter vor die Brust. »Ich will solche Erinnerungen nicht, ganz egal, wem sie gehören. Die meisten waren schlimmer als meine schlimmsten Albträume.« Sie hatten oft genug gesehen, welche

Verbrechen ihre Vorfahren Nestor und Lysander im Zuge ihres Strebens nach der Unsterblichkeit begangen hatten. Die Männer waren Schüler des Tempelritters Morgantus gewesen, und von ihm hatten sie gelernt, wie man sich dem Tod widersetzte. Alle drei zeugten Mädchen, und sobald diese volljährig waren, zeugten sie mit ihnen weitere Töchter, Generation um Generation, eine endlose Inzestkette. Wenn die Frauen selbst wieder Kinder geboren hatten, wurden sie getötet, um aus ihrem Blut das Elixier des Lebens zu gewinnen. So erging es jeder von ihnen, Tochter um Tochter um Tochter.

All die toten Mädchen. So viel Blut.

»Ich hasse diesen Ort«, sagte Gian.

Sie folgte seinem Blick über die Ausgrabungsstätte: Mauerreste wie Zahnstümpfe, dazwischen zahllose Menschen. »Gib nicht Aura die Schuld. Sie hat es nur gut gemeint.«

»Gut gemeint«, wiederholte er verächtlich. »Klar doch. Meine Mutter hat uns hergeschickt, weil sie uns loswerden wollte. Jedenfalls mich.«

»Schwachsinn.«

Sein Kopf ruckte herum, und sie erschrak, als sie den Hass in seinen Augen sah, die dunkle, kalte Wut hinter seinen Pupillen. »Sie hat mich genauso verlassen wie damals mein Vater. Und letztlich war es ihre Schuld, dass er fortgegangen ist. Es gibt keine Entschuldigung für das, was sie getan hat.«

Tess hätte gerne widersprochen, aber das konnte sie nicht. Aura hatte Gillian das Gilgamesch-Kraut verabreicht, hatte ihn gegen seinen Willen zu einem Unsterblichen gemacht. Gillian hatte das nicht gewollt, doch Aura hatte sich selbstsüchtig darüber hinweggesetzt. Aus Liebe, gewiss, und dennoch … es war falsch gewesen. Sie alle wussten das.

Tess hatte allerdings die Befürchtung, dass es Gian gar nicht um das ging, was Aura getan hatte. Er sah nur – paradoxerweise in einem ähnlichen Anflug von Egoismus wie dem, den er seiner Mutter zum Vorwurf machte –, dass Gillian die Familie verlassen hatte, als Gian erst acht Jahre alt gewesen war. Und nun hatte Aura auch ihn fortgeschickt, hierher, ans Ende der Welt. Das warf er ihr vor, und ganz gleich, was Tess sagen mochte, es würde nichts an seinen Gefühlen ändern. Sie hätte den bevorstehenden Krieg erwähnen können, die Gefahr, die ihnen auf Schloss Institoris gedroht hatte, aber das war zwecklos. Sie brauchte ihn nur anzusehen, um das zu erkennen.

»Irgendwann wirst du ihr verzeihen müssen«, sagte sie.

»Weshalb sollte ich?«

»Weil … weil sie deine Mutter ist.« Gott, sie kam sich schrecklich kindisch vor.

Er lachte, aber es klang kühl und machte ihr fast ein wenig Angst. »Meine Mutter …«, flüsterte er, doch falls er noch etwas hatte hinzufügen wollen, so verschluckte er es.

Tess legte einen Arm um seine Schultern und erschrak, als er sich einen Moment lang versteifte, als wäre sie eine Fremde. Dann aber wurde er wieder zu dem alten Gian, dem Jungen, den sie besser kannte als jeden anderen Menschen und den sie liebte wie einen Zwillingsbruder. Er sackte ein wenig zusammen und lehnte den Kopf an ihre Schulter.

Tess lauschte auf den Wind über den Dünen, horchte auf das Prasseln der Sandwirbel auf den Hängen, während ihre Augen den Mustern der Verwerfungen folgten, Antworten darin suchten wie ein Schamane in der Asche eines Feuers.

Ein Blitzen über einem nahen Hügel. Sonnenlicht auf Stahl.

Aber es waren nur ein paar Arbeiter, die mit geschulterten Werkzeugen über die Anhöhe kamen und hinab zu einer der Grabungsstätten stapften.

»Tess?«

»Hm?«

Er löste seine Wange von ihrer Schulter und sah ihr in die Augen, so blau, so schön wie seine eigenen. »Wenn man einen Fehler macht, ganz egal welchen … Glaubst du, man kann ihn wieder gut machen? Irgendwie?«

Sie erwiderte stumm seinen Blick und wünschte sich mit aller Kraft, sie könnte seine Gedanken lesen. Sie überlegte und fand schließlich eine Antwort, die er vermutlich nicht hören wollte. »Wenn man weiß, dass es ein Fehler ist, und ihn trotzdem begeht … Nein, ich glaube nicht. Nicht jeden.«

Er hielt ihrem Blick ein paar Sekunden länger stand, dann erhob er sich resigniert. »Ich geh zurück ins Lager.«

»Gian?«

Er blieb stehen, zögerte aber einen Augenblick, ehe er sich schließlich noch einmal zu ihr umwandte. »Ja?«

»Du erzählst mir noch davon, oder? Was dir so zu schaffen macht?«

Er lächelte traurig. »Ich hab dich lieb, Tess.« Damit drehte er sich um und eilte den Hang hinunter. Seine Schritte lösten weite Sandfelder, die geräuschlos abrutschten, als entfernte sich mit ihm auch die Wüste von ihr.

Tess blinzelte.

Licht auf Stahl, in weiter Ferne. Ganz kurz.

Was geschieht nur mit uns?

Ein Schnauben, vielleicht nur der Wind.

Was geschieht mit *mir?*

Heute Nacht würde sie wieder schlecht träumen. Wie so oft in letzter Zeit.

Ich will das nicht.

Ich hab dich lieb, Tess.

Ich dich auch.

Abends stand Tess vor dem Spiegel und betrachtete ihr Abbild im trüben Glas. Alles hier war staubig, hauchfein bedeckt mit Wüstensand. Sogar sie selbst, fand sie. Porzellanweiß, sagte sie sich an Tagen, wenn ihre Laune gut genug war, sich selbst zu mögen. Weiß wie der Tod, urteilte sie heute. Gians Haut bräunte in der Sonne schneller als ein Brot im Ofen. Aber sie selbst? So blass wie das zerwühlte Bettzeug unter dem Fenster. Außerdem war sie zu dünn. Mochten andere ihr auch einreden wollen, sie sei schlank und auf feenhafte Weise hübsch, so empfand sie selbst sich nur als mager und knochig. Und was war das für ein Pickel auf ihrer Stirn? Auch das noch. Sie drückte so lange daran herum, bis rote Halbmonde in der Haut erschienen und die Entzündung umrahmten wie Kreise auf einer Zielscheibe. Wunderbar.

Tess schnitt sich selbst eine Grimasse, schaute noch einmal mürrisch auf die rote Stelle in der Mitte ihrer Stirn, dann kroch sie unter die Decke. Sie wollte nicht an Gian denken. Wollte auch nicht einschlafen, denn sie wusste, dass dann die Träume kamen.

Als sie die Augen dennoch schloss, galoppierte der Ritter durch die Schwärze hinter ihren Lidern.

In der Nacht drang die Kälte der Wüste durch die Ziegelmauern, wehte durch die Ritzen der Fenster und unter den Türen hindurch.

Tess träumte von einem weiten, öden Land, auf dessen Felsen sich mächtige Burgen erhoben. Sie sahen aus, als hätten die Baumeister des Abend- und Morgenlandes gemeinsam Festungen errichtet, in denen sich der Charakter beider Kulturen vereinte.

Etwas geschah in dieser Einöde, aber als Tess erwachte, konnte sie sich an nichts erinnern. Da waren Menschen in ihrem Traum gewesen. Und ein Ort, der wichtiger war als alle anderen, aus einem Grund, den sie nicht erfassen konnte und der jetzt, da sie wach war, auch keine Rolle mehr spielte.

Allmählich wichen Verwirrung und Neugier. An ihre Stelle trat etwas anderes. Furcht.

Tess spürte deutlich, dass sie nicht allein im Zimmer war.

»Wer ist da?«

Es war so dunkel, dass sie nur den Umriss des Fensters sehen konnte, sanft erhellt vom Sternenhimmel, der hier draußen so unendlich größer und leuchtender zu sein schien als in ihrer Heimat.

»Wer ist da?« Noch mal dieselbe Frage. Und keine Antwort.

Sie richtete sich auf und hörte ein Rascheln. Jemand entfernte sich von ihr.

Ganz kurz kämpfte sie gegen den Drang, laut um Hilfe zu schreien. Sie war alt genug, um allein klar zu kommen. Wenigstens so lange der Eindringling keinen gebogenen Araberdolch zog. So lange er nicht versuchte, ihr Gewalt anzutun.

Vielleicht sollte sie doch schreien.

Nein, du bist kein Kind mehr.

Die Tür wurde geöffnet – von innen! –, dann huschte ein Schemen hinaus und verschwand auf dem Gang. Nur ein wenig größer als sie selbst. Und nicht mit den gleitenden, verstohlenen Bewegungen der Einheimischen.

»Gian?« Sie sprach leise, flüsterte seinen Namen nur. Zu fassungslos, um zornig zu sein. Was suchte er nachts in ihrem Zimmer, neben ihrem Bett?

Sie wollte die Antwort nicht wissen, auch wenn sie offensichtlich war. Sie hatten doch einen Schwur geleistet, alle beide! Er hatte es genauso gewollt wie sie. Keine fremden Erinnerungen mehr.

Vielleicht hatte sie sich getäuscht. Einer der Arbeiter war ins Haus eingebrochen. Wahrscheinlich hatte sie Glück gehabt, dass ihr nichts Schlimmeres zugestoßen war.

Es *musste* einer der Arbeiter gewesen sein. Nicht Gian. Niemals Gian.

Sie sprang auf, glitt in eine der weiten Männerhosen, die die Frau des Professors für sie gekürzt hatte, stopfte das Hemd, das sie zum Schlafen trug, in den Bund und lief auf nackten Füßen hinaus auf den Gang.

Wer immer in ihrem Zimmer gewesen war, er hatte genug Zeit gehabt, um zu verschwinden. Sie hatte zu lange gezögert. Und insgeheim war sie froh darüber. Es war besser, die Wahrheit nicht zu kennen. Die Bestätigung hätte nur noch mehr geschmerzt.

Trotzdem ging sie weiter den dunklen Gang hinunter, vorbei an der geschlossenen Schlafzimmertür des Professors und seiner Frau, hinaus in den Vorraum, der zugleich als Esszimmer diente. Von dort führten Türen zur Küche, zu zwei kleinen Lagerräumen und zum Zahlzimmer, wo Professor Goldstein einmal in der Woche die Arbeiter ausbezahlte; das Zimmer hatte einen Ausgang ins Freie, damit die Arbeiter nicht die Privaträume betreten mussten. Normalerweise war die Verbindungstür zum Vorraum geschlossen. Jetzt aber stand sie offen, und Tess' Blick fiel auf den Umriss des schweren Stahltresors. Der kühle Luftzug war hier viel stärker als in ihrem Schlafzimmer. Im Näherkommen sah sie, dass auch die Außentür des Zahlzimmers weit geöffnet war.

Vielleicht hätte sie den Professor wecken sollen, spätestens jetzt war der Zeitpunkt dafür gekommen. Es sah aus, als hätte jemand versucht, an das Geld im Tresor heranzukommen. Danach hatte er einen raschen Abstecher in ihr Zimmer gemacht, um einen Blick auf das fremde Mädchen mit dem weißblonden Haar zu werfen.

Ja, das war die Erklärung. Und obwohl sie die Tatsache, dass ein Fremder in ihr Zimmer eingedrungen war, hätte beunruhigen müssen, verspürte sie nichts als Erleichterung. Sie hatte Gian zu Unrecht verdächtigt.

Warum war sie nicht gleich in sein Zimmer gegangen und hatte sich vergewissert, dass er in seinem Bett lag?

Die Kälte drang durch ihr Hemd, aber das bemerkte sie erst, als sich ihr Herzschlag allmählich beruhigte. Sie bekam eine Gänsehaut. Die Schatten hinter dem Tisch, neben dem Tresor und sogar unter der Decke des Raumes waren so schwarz wie der Nachthimmel zwischen den Sternen. Auch der Vorraum hinter ihrem Rücken war erfüllt von einer Dunkelheit, die ihn fremd und unheimlich erscheinen ließ. Dies war nicht mehr der vertraute Raum, in dem sie aßen, Karten spielten oder den Geschichten des Professors lauschten.

Sie schaute zurück zur offenen Außentür und sah dahinter die Dünen im Sternenlicht. Die Sandhänge waren jetzt grau und hätten ebenso gut aus Eis sein können.

Der Riegel war beiseite geschoben. Die Tür ließ sich von außen nicht öffnen. Jetzt aber war sie offen. Jemand hatte sie von innen aufgemacht.

Die Kälte auf ihrer Haut war jetzt nicht mehr nur eine Folge der Wüstennacht. Tess legte sich die Arme um ihren Oberkörper, aber auch davon wurde ihr nicht wärmer. Zögernd durchquerte sie den dunklen Raum und blickte durch die Außentür ins Freie.

Die Fußspuren im Sand führten vom Haus fort, nicht zu ihm hin.

Die einzelnen Abdrücke lagen weit auseinander, so als sei derjenige gerannt, nicht gegangen.

Bitte nicht, dachte Tess. Bitte, bitte nicht.

Sie trat ins Freie und schaute sich um. Die Spuren führten zur Ecke des Hauses und verschwanden dahinter.

Du solltest das nicht tun, durchfuhr es sie. Geh wieder ins Bett! Schlaf weiter! Tu einfach so, als sei nichts gewesen!

Doch natürlich folgte sie den Spuren trotzdem, vorbei an der gelbbraunen Ziegelwand des Hauses, dem einzigen gemauerten Gebäude des Lagers. Rechts von ihr befanden sich eine Reihe von Holzschuppen, dahinter die Zelte der Arbeiter. Sanfter Feuerschein glomm an vereinzelten Stellen, aber sie hörte keine Stimmen. Die Arbeit auf der Grabungsstätte war hart, die wenigsten Männer brachten nachts noch die Kraft auf, mit Freunden am Lagerfeuer zu sitzen.

Die Fußspuren führten nicht zu den Arbeiterzelten, sondern in die entgegengesetzte Richtung. Dort standen, vor einem steilen Dünenhang, eine Hand voll weiterer Werkzeugschuppen, voll gestopft mit Ersatzgeräten. Dorthin ging nur selten jemand. Wenn überhaupt, dann nur, um nicht gesehen zu werden. Um sich zu verstecken.

Tess folgte den Spuren im Sand und hatte das Gefühl, unsichtbare Hände drückten ihr die Kehle zu. Sie hatte keine Angst vor einer Gefahr. Vielmehr fürchtete sie sich vor dem, was sie finden mochte. *Wen* sie dort finden mochte.

Sie erreichte den ersten Schuppen, etwa sechzig Meter vom Haus entfernt. Umrundete ihn.

»Hallo?«

Keine Antwort. Nur das Säuseln des Wüstenwindes.

Die Spur führte am ersten Schuppen vorbei und tauchte in die Schatten zwischen zwei anderen Bretterverschlägen. Hinter ihnen wuchs die Düne empor wie der Rücken eines toten Wals, zurückgelassen von einer längst vergessenen Sintflut. Täuschte sie sich, oder roch es nach Qualm? Aber hier war es überall dunkel, keine Spur von einem Feuer. Vielleicht trug der Wind die Rauschwaden vom Lager herüber.

Die Tür des Zahlzimmers war von jemandem geöffnet worden, der sich im Haus aufgehalten hatte. Nur der Professor, seine Frau und Gian kamen in Frage, niemand sonst.

»Gian?«, rief sie in die Finsternis zwischen den Schuppen.

Er ließ sich Zeit. Tess hatte das dichte Gewebe aus Schatten fast erreicht, ehe sie ihn sah. Er stand da und erwartete sie, ein wenig zögernd und mit Trotz in den Augen, der seine Unsicherheit kaschieren sollte.

»Was soll das?«, fragte sie mit belegter Stimme.

»Was meinst du?«

Zornig machte sie einen weiteren Schritt auf ihn zu, bis nur noch eine Armlänge sie voneinander trennte. Irgendwo in der Ferne schrie eines der Kamele; es klang, als hätte es Schmerzen.

»Du weißt ganz genau, was ich meine!« Was war schlimmer: Sein Vertrauensbruch oder dass er jetzt versuchte, sie für dumm zu verkaufen? »Du warst in meinem Zimmer.«

»So?«

Seine Stimme klang sonderbar. Belegt wie ihre eigene, aber mit einem seltsamen Unterton, und diesmal war es kein Sarkasmus. Er klang wie ein Kind, das bei etwas Verbotenem ertappt worden war und nun entsetzliche Angst vor einer Strafe hatte.

Gut, dachte sie. Das geschieht dir recht.

»Wie konntest du nur?« Sie ließ ihm nicht die Chance, ihr auszuweichen. »Das ist schlimmer, als wenn du mein Tagebuch gelesen hättest.« Ihre Blicke nagelten ihn regelrecht an die Wand, und Gnade ihm Gott, wenn er es wagen sollte, irgendetwas abzustreiten. Sie war drauf und dran, sich auf ihn zu stürzen. Das letzte Mal hatten sie sich geschlagen, als sie noch Kinder gewesen waren, acht oder neun Jahre alt.

»Ich …«, begann er, brach aber gleich wieder ab. Erwiderte nur stumm ihren Blick. Er, der Aura sonst wie aus dem Gesicht geschnitten war, hatte plötzlich nur noch wenig Ähnlichkeit mit seiner Mutter. Tess stellte sich vor, dass Aura so ausgesehen haben musste, als Gillian sie damals verlassen hatte. Beschämt, getroffen und insgeheim überzeugt, aus ihrer Sicht das Richtige getan zu haben.

Gian hatte einen ähnlichen Vertrauensbruch begangen. Nicht so weitreichend, nicht von solcher Konsequenz. Aber sie wollte verdammt sein, wenn sie es mit einer Entschuldigung auf sich beruhen ließe.

»Wie oft?«, fragte sie. »Wie oft bist du nachts in mein Zimmer gekommen und hast in Nestors und Lysanders Erinnerungen herumgestöbert?« Sie schnaubte verächtlich. »Wir haben uns geschworen, es nicht mehr zu tun, Gian. Ich hab gedacht, es wären Träume. Ich dachte, ich träume all diese Dinge von Rittern und Burgen und weiß der Teufel was noch! Aber so war es nicht, oder? Es waren Erinnerungen. Du hast sie angezapft, und du hast mich dafür benutzt.«

Er versuchte nicht, es abzustreiten. »Es geht nicht ohne dich. Es funktioniert nur, wenn wir zusammen sind.«

»Du hättest mich fragen können!«

Ganz kurz blitzte Wut in seinen Augen auf. »Der Schwur war deine Idee. Was, glaubst du wohl, hättest du getan, wenn ich dich gefragt hätte? Es wäre genauso gekommen wie jetzt, und zwar *bevor* wir es auch nur versucht hätten.«

Am liebsten hätte sie ihm eine Ohrfeige gegeben, so verletzt fühlte sie sich, so hintergangen und ausgenutzt. »Und da hast du die Dinge einfach selbst in die Hand genommen, nicht wahr? Ohne mich zu fragen, ohne meine Zustimmung. Hast Nacht für Nacht im Dunkeln neben meinem Bett gekauert und dich einfach … dich einfach von meinem Gedächtnis bedient.« Sie schüttelte den Kopf, als sie sich die Szene vorstellte. »Das ist so schäbig, Gian. Das bist doch nicht du, der das getan hat. Und ich hab gedacht, ich kenne dich.«

»Was hab ich denn schon Schlimmes gemacht? Ich hab dich nicht mal angefasst.« Jetzt klang er fast ein wenig verzweifelt, ein Kind, das jeden Moment in Tränen ausbricht. Aber natürlich würde er sich diese Blöße nicht geben, so gut kannte sie ihn.

Aber kannte sie ihn denn wirklich? Nach allem, was geschehen war, kamen ihr Zweifel.

»Ich habe dir von den Albträumen erzählt. Du wusstest, was ich in den letzten Nächten durchgemacht habe. Aber das hat dich nicht gestört, oder?«

Der Qualmgeruch wurde einen Augenblick lang stärker, dann wehte ihn der Wind davon. Wieder blökte im Dunkeln ein Kamel. Ein zweites gesellte sich dazu.

»Es … es hat nichts mit dir zu tun«, sagte Gian. »Die Albträume – ich hab das nicht gewollt. Trotzdem ging es nicht anders.«

»Aber warum, Gian?«

»Nestors Vergangenheit. Sie steckt irgendwo in uns. Er war ein Alchimist, einer der mächtigsten, die je gelebt haben. Genau wie Lysander. Ihr Wissen ist irgendwo tief in uns drin. Und das alles könnte uns gehören, Tess. Begreifst du das nicht?«

»Und dann? Was hätten wir davon?« Sie erkannte, um was es ihm ging, noch bevor er es aussprechen konnte. Sie nutzte sein Schweigen, um rasch fortzufahren: »Es ist wegen Aura, stimmt's? Sie hat sich mehr als fünfzehn Jahre mit der Alchimie beschäftigt. Und du hast gedacht, du könntest ihr überlegen sein, indem du Nestors und Lysanders Erinnerungen anzapfst. Es ging dir nur darum, sie zu übertrumpfen!«

Gian sah sie eine Weile lang an, fast ein wenig verwundert. Dann nickte er. Aber etwas in seiner Mimik sagte ihr, dass dies noch nicht die ganze Wahrheit war, auch wenn er wollte, dass sie das glaubte.

»Ja«, sagte er, und selbst seine Beschämung erschien ihr mit einem Mal gespielt, nicht echt. Nur ein Vorwand, damit sie nicht weiter fragte und ihn endlich in Ruhe ließ. »Meine Mutter hat meinen Vater verraten, und sie hat mich verraten. Ihn hat sie vergrault, und bei mir versucht sie jetzt das Gleiche. Sie *will* doch nur, dass ich sie hasse! Damit ich so bald wie möglich von selbst aus ihrem Leben verschwinde und sie es wieder für sich allein hat. Für sich und ihre verdammte Alchimie!«

»So ist es nicht. Das weißt du genau. Und du hasst sie nicht. Vielleicht denkst du das im Moment, vielleicht denkt sogar sie selbst es. Aber du hasst sie nicht, glaub mir.«

»Du redest wie ein Prediger.«

Tess trat vor und versetzte ihm eine schallende Ohrfeige. Die Kamele brüllten noch lauter. Irgendwo schlug ein Hund an und ließ sich nicht mehr beruhigen.

Er starrte sie stumm an. Seine Wange war rot, wo ihre Finger sie getroffen hatten. Aber er rührte sich nicht.

Ich verliere ihn, dachte Tess mit plötzlicher Gewissheit. Ich verliere ihn, wie Aura ihn verloren hat.

Sie sahen einander an, und plötzlich waren sie Erwachsene im schwersten Moment ihres Lebens. Eine Entscheidung musste getroffen werden, aber Tess wagte nicht, sie in Worte zu fassen, nicht einmal in Gedanken.

»Du hättest das nicht tun dürfen«, flüsterte sie. »Du hast alles kaputtgemacht.«

»Mehr als du denkst.« Aber er sagte es so leise, dass sie nicht sicher war, ob sie ihn richtig verstanden hatte.

Tränen stiegen ihr in die Augen, und nun war sie es, die sich abwenden musste, damit er es nicht sah.

Als sie sich wieder umdrehte, war er fort.

So schnell, so leise.

Seine Spuren führten nicht zurück zum Haus, wie sie im ersten Moment vermutete. Sie verloren sich im Schatten zwischen den Schuppen, führten den farblosen Sandbuckel empor. Hinauf auf die Düne. Dahinter, jenseits des Kamms, war nichts als Wüste. Tausend Kilometer und mehr.

»Gian!« Sie lief los, brach durch die Schatten wie durch sanfte

Vorhänge, die ihre Haut umwehten. Folgte ihm den Hang hinauf, trat Sandschollen los, sank bei jedem Schritt bis zu den Knöcheln ein.

»Gian, verdammt noch mal!«

Er benahm sich wie ein bockiger kleiner Junge. Lief einfach davon, als könnte er dadurch irgendetwas ungeschehen machen. Idiotisch.

Sie war bald außer Atem und sog scharf die Luft durch Mund und Nase ein. Wieder bemerkte sie den Geruch nach Rauch und Feuer, doch sie achtete nicht darauf. Sie musste Gian zur Vernunft bringen. Er musste einsehen, dass es so nicht ging. Sie hatte nicht vor, jede Nacht ihre Zimmertür zu verriegeln, nur auf die Gefahr hin, dass er wieder einmal Lust auf die Vergangenheit verspürte, Lust darauf, seiner Mutter eines auszuwischen. Er musste seinen Fehler einsehen, und sie würde dafür sorgen, Herrgott noch mal! Hier und jetzt, heute Nacht, und wenn es sein musste, auch dort draußen in der Wüste. Erst dann konnte alles zwischen ihnen wieder so werden, wie es gewesen war.

Du machst dir etwas vor. Du belügst dich selbst. Du hast ihn doch gesehen, hast ihn gehört. Er wollte es so. Er wusste genau, was er getan hat. Dass er dich verletzt hat. Dass er dein Vertrauen missbraucht hat.

Du weißt es, verflucht, und du willst es nicht wahrhaben!

Sie erreichte den Dünenkamm und blieb stehen, atemlos, eine Hand in die Seite gepresst.

Sie konnte ihn jetzt wieder sehen, unten im nächsten Dünental, keine hundert Meter entfernt. Und nicht nur ihn.

Da waren andere. Mehrere Umrisse, die sich schwarz vom hellen Sand abhoben.

Sie hatten ein Fahrzeug dabei, ein Automobil mit breiten Reifen. Im Lager gab es eines, das ganz ähnlich aussah. Der Professor fluchte oft, dass es zu nichts zu gebrauchen sei, da sich die Räder immerzu im Sand festfraßen. Dies hier schien ein besseres Modell zu sein. Tess konnte Reifenspuren im Sand erkennen, zwei Schattenschlangen, die sich über die Ebene und um die nächste Düne wanden.

Eine der Silhouetten hatte Gian am Oberarm gepackt und redete auf ihn ein. Gian versuchte sich loszureißen, doch der Mann hielt ihn fest.

Sie unterdrückte den Drang, seinen Namen zu rufen, und ließ sich flach in den Sand fallen. Sie wusste nicht, ob eine der Gestalten dort unten sie bemerkt hatte. Wusste nur, dass sie Gian helfen musste. Am besten, sie lief zurück zum Lager.

Schüsse peitschten. Hinter ihr. Und mit ihnen trieb der Wind beißenden Brandgeruch heran. Dies war nicht der Rauch eines Lagerfeuers, unmöglich.

Sie blickte über ihre Schulter, aber sie lag zu flach am Boden, um etwas sehen zu können. Hin und her gerissen zwischen ihrer panischen Sorge um Gian und ihrer Verwirrung über den Lärm zögerte sie für ein, zwei Atemzüge. Dann rollte sie sich herum und kroch ein paar Meter zurück, wo sie sich langsam auf die Knie erhob.

Aus den Fenstern des Ziegelhauses schlugen Flammen. Zahllose Zelte brannten lichterloh. Überall liefen aufgescheuchte Arbeiter umher, die meisten nur notdürftig bekleidet, einige nackt. Zwischen ihnen sah Tess dunkle Gestalten, ähnlich jenen beim Fahrzeug. Schwarze, eng anliegende Kleidung. Schwarze Masken, die nur ihre Augen frei ließen.

Feuerschein spiegelte sich auf Säbeln und Messern.

Professor Goldstein stand im Schlafanzug vor dem brennenden Haus und feuerte mit einem Jagdgewehr auf die Angreifer. Doch für jeden, der fiel, lösten sich zwei weitere aus der Nacht und näherten sich ihm mit flinken, durchtrainierten Bewegungen.

Tess' Herz schlug zu schnell, sie spürte es flattern wie einen gefangenen Vogel.

Jetzt sah sie auch die Frau des Professors. Frau Goldstein, die sonst immer die Dame herauskehrte und niemals die Kontrolle verlor, irrte wie blind umher und näherte sich den Schuppen am Fuß der Düne. Ihr Haar war auf einer Seite versengt, eine schwarze Stoppelwüste, die bis in ihren Nacken reichte. Aus einem ihrer Augen lief Blut. In ihrem weißen Nachthemd war es nur eine Frage der Zeit, ehe einer der Maskierten sie entdeckte.

Tess rannte den Hang hinunter. Sie konnte weder Gian noch dem Professor helfen. Aber Frau Goldstein war weit genug vom Zentrum der Kämpfe entfernt, um rechtzeitig ein Versteck zu finden. In einem ziellosen Taumel näherte sich die Frau den Verschlägen. Niemand war hinter ihr.

Tess erreichte den unteren Teil der Düne, und jetzt schob sich das finstere Massiv der Schuppen zwischen sie und die Frau. Für einen Moment verlor Tess sie aus den Augen, aber das ließ sie nur noch schneller laufen, noch verzweifelter.

Pfeilschnell stieß sie durch die Schatten der Holzverschläge. Allein ihr Instinkt steuerte sie und sagte ihr, dass sie gebraucht wurde, nur wenige Schritte entfernt, jenseits der Hütten, wo die Brände den Himmel golden färbten wie ein nächtlicher Sonnenaufgang.

Als sie um den letzten Schuppen bog, erfasste sie das ganze Ausmaß der Katastrophe. Aus dem Augenwinkel sah sie, dass einer der Angreifer einen Stab aufrichtete und etwas daran empor zog. Im ersten Moment glaubte sie, es sei ein zappelnder Mensch; dann aber erkannte sie die Flagge. Die Farben des Britischen Empire.

Engländer, die in schwarzen Masken ein deutsches Archäologencamp niederbrannten? Wohl eher ein Täuschungsmanöver für jene, die die Leichen finden würden.

Stocksteif blieb sie stehen. Ihr war, als wären ihre Beine bis zu den Knien im Sand eingesunken.

Nur ein kleines Stück von ihr entfernt lag die Frau des Professors im Sand, streckte verzweifelt eine Hand nach ihr aus und starrte sie durch einen Blutschleier an, der ihr ganzes Gesicht bedeckte. Ihre Finger zuckten, der Arm sank herab. Ihr Röcheln war sogar durch das Prasseln und die Geräusche des Massakers zu hören. Dann brach es ab. Verschwommen wie in einem Traum wurde Tess bewusst, dass auch die Schüsse des Professors längst verstummt waren.

Im Rücken der Frau klaffte eine Wunde. Eine der schwarzen Gestalten stand breitbeinig über ihr und wischte seinen Säbel an ihrem Nachthemd sauber.

Er blickte auf und sah Tess.

Die Trägheit in ihren Beinen löste sich schlagartig. Mit einem zornigen Aufschrei wirbelte sie herum und lief zurück zwischen die Schuppen.

Erst als die Schatten um sie herum zu Körpern gerannen, zu Armen, Beinen und Augen, kam ihr die Erkenntnis, dass es vorbei war.

Hinter ihr wehte die Flagge in der Nacht.

Vor ihr blitzte Stahl.

Ein Hieb traf sie ins Kreuz und schleuderte sie flach in den Sand.

KAPITEL 3

Im Nachhinein fiel es Aura schwer, sich an den Rest des Tages zu erinnern. Irgendwann war sie ins Hotel zurückgekehrt, mit Fingern, die nach Buchbinderleim rochen, Augen, vor denen gotische Lettern tanzten, und Schultern, die von der gebeugten Haltung in den Lesesälen schmerzten. Sie hatte die Räume der Suite durchsucht und sich dreimal vergewissert, dass die Tür von innen verschlossen war; zuletzt hatte sie eine Kommode davorgeschoben. Auch die Fenster waren geschlossen. Ein Eindringling hätte an der glatten Fassade heraufklettern müssen, um sie überhaupt zu erreichen.

Auras Bett war frisch bezogen, das beschmutzte Laken fort. Sie fragte sich, was das Zimmermädchen gedacht haben mochte, als es den blutigen Handabdruck entdeckt hatte. Vermutlich konnte sie froh sein, dass sie bei ihrer Rückkehr nicht der Hoteldirektor erwartet hatte. *Auf ein Wort, Mademoiselle.*

In der Nacht war sie mehrfach wach geworden, als die Nationalisten am anderen Seineufer vorübermarschierten, Schüsse in die Luft gefeuert wurden und patriotische Gesänge über das Wasser hallten. Dazwischen aber war ihr Schlaf traumlos und tief gewesen.

Dennoch hatte sie sich beim Aufwachen wie gerädert gefühlt. Erst als sie sah, dass ihre Decke unbefleckt war und es keine Anzeichen eines weiteren Einbruchs gab, hatte sich ihre Verspannung allmählich gelöst. Ihr war immer noch schwindelig, doch nach einem Frühstück aus fettigen Croissants gab sich auch das.

Dann aber, draußen auf der Straße, zwischen Menschen mit Transparenten, den engagierten Rednern auf der Ufermauer und den krakeelenden Zeitungsverkäufern holte sie das Gefühl wieder ein, aus der Menge heraus beobachtet zu werden.

Verrückt.

Du wirst verrückt.

War da jemand, der ihr folgte? Ein Mann blickte über den Rand seiner Zeitung zu ihr herüber. Kinder zeigten im Vorbeilaufen auf sie, nein, auf einen streunenden Hund, der an einer Hauswand ein Nickerchen machte. Eine Frau rief etwas, das ihr gelten mochte, vielleicht aber auch einer anderen, die jetzt aufblickte und der Ruferin zuwinkte.

Verrückt.

Vollkommen verrückt.

Es hatte nicht mit der blutigen Hand begonnen. Nicht einmal mit ihrer Ankunft in Paris. Auch wenn, und daran gab es keinen Zweifel, es hier schlimmer geworden war.

Im Schloss hatte sie sich in den letzten Wochen immer öfter mit Sylvette gestritten. Bis dahin hatte Aura geglaubt, ihre Schwester spiele gerne die Rolle der Dame des Hauses. Sie führte die Dienerschaft mit einer Zielstrebigkeit, die Aura fehlte. Sylvette war perfekt darin, Aufgaben zu delegieren, mit der Köchin die Speisepläne für Wochen im Voraus zu erstellen, die Dienstmädchen aus dem Dorf bei Laune zu halten und die hochnäsigen Diener, die meist aus Berlin ins Schloss kamen, in die Schranken zu weisen, ohne sie vor den Kopf zu stoßen. Sylvette war – trotz allem, was sie als Kind und junge Frau durchgemacht hatte – eine echte Dame geworden, feinfühlig im Umgang mit den Angestellten, zupackend, wenn sie in der Küche gebraucht wurde.

Nie wäre Aura auf den Gedanken gekommen, dass ihre Halbschwester tief im Herzen todunglücklich war. Und, mehr noch, dass sie selbst, Aura, die Ursache dieses Unglücks war.

Im Grunde lief es auf eines hinaus: Neid. Sylvette beneidete Aura um die Freiheiten, die sie sich nahm, während die Verantwortung für das Schloss auf den Schultern ihrer jüngeren Schwester lastete. Und sie beneidete sie um ihre Reisen quer durch Europa, auch wenn Sylvette nie großes Interesse an anderen Ländern gezeigt hatte. Sie beneidete sie um das Wissen, das sie sich in siebzehn Jahren im Laboratorium und der Bibliothek ihres Vaters angeeignet hatte; nicht so sehr um ihre Kenntnisse alchimistischer Zusammenhänge – nichts hätte Sylvette ferner liegen können –, sondern um ihre Allgemeinbildung, ihr Schulwissen, ihr Gefühl für andere Sprachen. Mehrfach hatte Aura ihre Schwester mit Büchern in der Bibliothek ertappt, mit Lexika und Nachschlagewerken über Natur, Kultur und Geschichte, mit Sprachlehrbüchern, Dramen und Poesie. Doch das änderte nichts daran, dass Sylvette sich Aura unterlegen fühlte, mochte sich auch noch so oft zeigen, dass sie diejenige war, die den Misslichkeiten des Alltags gewachsen war, während Aura sich lieber im Dachgarten verschanzte und die wundersame Pflanzenwelt studierte, die ihr Vater in dem riesigen Gewächshaus kultiviert hatte.

Sie hatten über all das miteinander geredet. Meist aber endeten solche Gespräche damit, dass Sylvette sich trotzig auf den Standpunkt stellte, Aura sei ihr intellektuell überlegen. Es sei unmöglich, mit ihr über diese Dinge zu sprechen, behauptete sie. Aura könne sie nicht verstehen, und, *sei doch ehrlich*, eigentlich hätte sie es auch niemals ernsthaft versucht.

Nur um eines beneidete Sylvette Aura nicht im Geringsten. Sie hatte, ebenso wie Gillian, die Unsterblichkeit abgelehnt, als Aura sie ihr anbot. Danach hatte sie nie wieder ein Wort darüber verloren. Aura kannte die Wahrheit: Sylvette hatte als Kind erlebt, was eine jahrhundertelange Existenz aus anderen gemacht hatte, aus ihrem Vater Lysander und dessen Meister Morgantus.

Aura fragte sich, ob Sylvette trotz ihrer Minderwertigkeitskomplexe nicht doch die Klügere von ihnen beiden war. Immerhin hatte sie die Tücken des Lebens durchschaut, während ihre ältere Schwester von einem Fiasko ins nächste schlitterte.

Aura hatte Fehler gemacht, sehr viele Fehler. Nachdem Gillian sie verlassen hatte, hatte sie geglaubt, es könne nicht mehr schlimmer kommen. Nun aber hatte sie auch noch ihren Sohn verloren. Ihr Leben, ganz egal, wie lange es währen mochte, zerrann ihr unter den Händen. Die Ewigkeit war nicht mehr allein Verheißung, sondern auch Drohung.

Blindlings stürzte sie sich auf ihre Studien, auf die ziellose Suche nach Dingen, die sie nicht wirklich verstand. Was war das Verbum Dimissum, dessentwegen sie nach Paris gekommen war? Ein Wort, mit dem die Schöpfung der Welt begonnen hatte. Doch falls sie es jemals fand – aufgeschrieben, ausgesprochen, ganz egal –, was würde sie damit tun? Sie wusste es nicht und hatte sich auch noch keine Gedanken darüber gemacht. Es war die Suche, die sie antrieb, und es spielte nicht wirklich eine Rolle, um was es dabei vordergründig ging. So lange es nur die Leere in ihrem Inneren füllte und verhinderte, dass sie allzu oft über sich selbst und ihr Versagen nachdachte.

Verrückt.

Zumindest auf dem besten Weg dorthin.

Und alle starrten sie an.

Sie nahm eine Droschke und ließ sich zu Philippes Palais fahren.

Das Anwesen gehörte Auras Familie, eine von unzähligen Immobilien, auf denen der Reichtum der Institoris' gründete. Es blieb abzuwarten, wie viel nach einem Krieg davon noch übrig sein würde. Philippe Monteillet hatte das Haus vor vielen Jahren gemietet, als die Makler noch Auras Vater Rechenschaft schuldeten. Sie selbst hatte sich nach Nestors Tod lange Zeit nicht um die Besitztümer der Familie gekümmert, bis besorgte Briefe von Notaren und Justitiaren aus ganz Europa ihr schließlich die Notwendigkeit ihres Einschreitens vor Augen führten. So hatte sie den Erhalt des Vermögens als eine weitere Aufgabe akzeptiert, um sich von ihren trüben Gedanken abzulenken.

Sie ließ sich unter dem schmiedeeisernen Torbogen der Auffahrt absetzen und ging den Weg zum Eingang zu Fuß. Sie wusste, wer ihr öffnen würde, und sie wollte ihm keinen Grund liefern, ihr Befinden in Frage zu stellen. Raffael wäre gewiss dankbar für jedes Zeichen ihrer Schwäche.

Mochte der Teufel wissen, welchen Narren Philippe an dem Jungen gefressen hatte. Gewiss, Raffael sah gut aus, aber das taten sie alle, jeder von Philippes Liebhabern, denen sie über die Jahre bei ihm begegnet war. Raffael war nur der aktuelle in einer langen Reihe von Favoriten, die Philippe durch großzügige Geschenke bei Laune hielt. Er wusste es, sie wussten es. Es war ein Handel, von dem alle profitierten, perfekt für Männer mit Philippes Vermögen und Vorlieben.

Raffael jedoch war anders als seine Vorgänger, und Aura war sich nicht sicher, ob auch Philippe das bemerkt hatte. Einmal, während ihres letzten Aufenthalts in Paris vor rund einem Jahr, hatte Raffael Aura unumwunden aufgefordert, sich mit ihm in eines der zahlreichen Schlafzimmer des Palais zurückzuziehen. Auras Besuch hatte eine Überraschung sein sollen, und Philippe war an jenem Tag nicht daheim gewesen. Raffael, der angeblich nur Männer liebte, war immer zudringlicher geworden.

Da hatte sie ihm die Nase gebrochen.

Seither waren die Fronten geklärt.

»Aura«, sagte Raffael mit falschem Strahlen, als er ihr nun die Tür öffnete. »Wie schön.« Er blieb im Türrahmen stehen und machte keine Anstalten, sie einzulassen. Stattdessen musterte er sie von oben bis unten. Sie wusste, was er sah. »War eine lange Nacht, was?«

Steckte er dahinter? Hatte er mit Philippes Geld einen seiner dubiosen Freunde bezahlt, um sie einzuschüchtern?

Nein, Raffael würde schwerlich so viel Fantasie aufbringen. Zudem musste er noch immer befürchten, dass Aura Philippe von seinen Avancen erzählte.

Raffael war gewiss ein Mistkerl, aber er hatte nichts mit den Geschehnissen in ihrem Hotelzimmer zu tun.

Zumal diese Lösung auch einem anderen Verdacht widersprochen hätte, der sich allmählich in ihr breit machte. Es war höchste Zeit, mit jemandem darüber zu sprechen.

»Lass mich rein, Raffael. Ich will zu Philippe.«

Er grinste, sichtlich bemüht, trotz seines Widerwillens gut auszusehen. »Philippe hat viel zu tun. Der Maskenball, du weißt schon. Vielleicht kommst du lieber ein andermal wieder.« Sein hellblondes Haar stand in starkem Kontrast zu seinen dunklen Augenbrauen. Er war gebaut wie ein Artist, schlank und geschmeidig. Vor zehn Jahren hätte sie ihn vermutlich attraktiv gefunden.

»Hör auf mit dem Unsinn, Raffael.«

Als er nicht reagierte, schob sie ihn mit der Hand beiseite und ärgerte sich noch im selben Moment, dass sie ihm auf den Leim gegangen war. Er hatte sie dazu gebracht, ihn anzufassen, und wenn auch nur, um ihn zur Seite zu schieben. Er wusste genau, wie zuwider ihr das war. Am liebsten hätte sie ihm das zufriedene Lächeln aus dem Gesicht gekratzt.

Stattdessen blieb sie stehen und starrte ihn an, sah ihm nicht in die Augen, sondern nur auf die Nase, dem einzigen Teil seines Gesichts, der nicht länger makellos war. Der Bruch war schief zusammengewachsen, und sie frohlockte insgeheim, als sie seine Unsicherheit bemerkte. Er war es gewohnt, seine Schönheit als Waffe einzusetzen – so lange man nicht seinen einzigen Schwachpunkt erkannte, das Lindenblatt auf der Schulter des Drachentöters. Auras Blick stieß wie eine Lanze in seinen wunden Punkt. Es war ihm so unangenehm, dass er sich rasch abwandte und die Haustür schloss.

Erhobenen Hauptes durchquerte sie die Eingangshalle und schlug den Weg zum Ballsaal ein. Philippe gab morgen Abend einen Maskenball – trotz oder wegen des beginnenden Krieges, sie war nicht ganz sicher –, und die Vorbereitungen liefen auf Hochtouren. Er war der einzige Mensch in Paris, dem sie genug vertraute, um mit ihm über ihren Verdacht zu sprechen.

Die Eichenflügel der Saaltür standen offen. Philippe Monteillet befand sich inmitten eines wimmelnden Pulks aus Bediensteten und Dekorateuren. Seine langen Arme wirbelten wild umher, wiesen nach rechts auf ein paar Stoffbahnen, die höher gehängt werden mussten, fuchtelten links, um Anweisung für die Aufstellung der Büfett-Tische zu geben. Dabei redete er unablässig auf ein paar Musiker ein, die in Straßenkleidung das morgige Programm mit ihm abstimmten.

»Aura!«, rief er lachend, als er sie entdeckte, ließ alle anderen stehen und eilte ihr entgegen. Aufgrund der beachtlichen Größe des Ballsaals dauerte es eine ganze Weile, ehe sie sich gegenüberstanden. »Du kommst genau richtig.«

Sie lächelte. »Brauchst du noch jemanden, der Brote schmiert?«

Er fuhr sich mit der Hand durch sein weißes wallendes Haar. Es fiel bis auf seine Schultern. Für einen Fünfzigjährigen besaß er eine erstaunliche Haarpracht.

»Einen Mann!«, sagte er mit kokettierendem Blick. »Ich brauche einen echten Mann.«

»So?« Zweifelnd hob sie eine Augenbraue. »Und da dachtest du an mich?«

Er zwinkerte ihr zu. »Du bist mehr Mann als die meisten Männer, die ich kenne.«

Sie dachte an ihren Schlag auf Raffaels Nase und war geneigt, ihm Recht zu geben.

Philippe ergriff ihren Arm und zog sie mit sanftem Nachdruck in die Mitte des Saals, forderte sie auf, sich umzuschauen, und bat sie zu jedem einzelnen Teil des Dekors um Rat. Sie tat ihr Bestes, seiner Erwartung zu entsprechen und musste sich eingestehen, dass er mit seiner Behauptung gar nicht so falsch lag: Wenn es weiblich war, sich den Kopf über Girlanden, Schmuckbänder und Blumengestecke zu zerbrechen, so war sie in der Tat anders als andere Frauen. Philippe, der wohl gehofft hatte, sie möge einige seiner Entscheidungen in Frage stellen, merkte ihre Unbeholfenheit und schien spätestens nach ihrem dritten Ratschlag nur noch aus Höflichkeit zuzuhören.

»Lassen wir das«, sagte er schließlich. »Was führt dich her? Ich dachte, ich sehe dich erst morgen Abend zum Ball.« Seine Brauen rückten näher zusammen. »Du willst doch nicht absagen, oder?«

Sie schüttelte den Kopf, schaute sich um, bemerkte die neugierigen Blicke der Umstehenden und senkte ihre Stimme. »Kann ich dich unter vier Augen sprechen?«

»Sicher.«

Dankbar registrierte sie den Anflug von Besorgnis in seinem Blick. Sie hätte gleich gestern zu ihm kommen sollen. Da war etwas in seiner Erscheinung, seinem Lachen, aber auch in dem großen Ernst, den er Problemen anderer entgegenbrachte, das ihn zum idealen Gesprächspartner machte. Es hätte sie beruhigt, mit ihm über diese Sache zu sprechen. Zum Glück war es noch nicht zu spät.

Er führte sie in eines der Nebenzimmer. Raffael folgte ihnen in einigem Abstand, aber Philippe schloss die Tür, bevor sein junger Liebhaber zu ihnen aufschließen konnte.

Er goss zwei Gläser Sherry ein, wohl wissend, dass er auch das von Aura würde austrinken müssen. Ihr war nicht nach Alkohol zumute.

»Was kann ich für dich tun, meine Liebe?«

Er war der Einzige, dem sie diese Anrede nachsah. Ihm gelang es sogar, sie mit einem gewissen Charme zu benutzen, keineswegs väterlich oder gönnerhaft. Er meinte es so, wie er es sagte. *Meine Liebe.*

Sie suchte einen Moment nach den richtigen Worten, dann sprudelte alles aus ihr heraus. Sie erzählte von dem blutigen Handabdruck. Von dem sechsten Finger. Von ihrer Unsicherheit, dass sie sich verfolgt und beobachtet fühlte. Auch dass sie bei ihrer Suche nach dem Verbum Dimissum keinen Schritt weitergekommen war und ein schlechtes Gewissen hatte, weil Sylvette und ihre Mutter auf Schloss Institoris so nahe an der Front waren.

Philippe hörte geduldig zu, ergriff hin und wieder ihre Hand, streichelte ihre Finger, ließ sie aber bis zum Ende reden, ohne sie zu unterbrechen. Dann erst stand er auf, schenkte sich einen dritten Sherry ein und drehte sich mit dem Glas in der Hand zu ihr um.

»Du hättest mein Angebot annehmen und hier im Palais übernachten sollen.«

Sie hatte abgelehnt, um Raffaels Annäherungsversuchen zu entgehen. Aber dies war der falsche Zeitpunkt, um mit Philippe darüber zu sprechen. Deshalb hob sie nur unschlüssig die Schultern. »Vielleicht.«

»Es dürfte nicht allzu schwer gewesen sein, an einen Ersatzschlüssel deines Zimmers zu kommen«, sagte er. »Mit Geld lässt sich alles erreichen. Frag mich nicht, was ich bezahlen musste, um trotz der Mobilmachung ein Büfett für zweihundert Personen auf die Beine zu stellen. Ganz zu schweigen von all den dekorativen jungen Herrn, die den Gästen Champagner servieren werden.«

»Ich wundere mich ja auch gar nicht darüber, dass es irgendwem gelungen ist, in mein Zimmer zu kommen. Die Frage ist vielmehr, was er von mir will.«

»Offenbar nicht viel. Sonst hätte er es sich geholt, nicht wahr?«

»Sehr beruhigend.«

Er trat auf sie zu und strich ihr übers Haar. »Tut mir Leid. Denk nicht, dass ich diese Sache nicht ernst nehme. Warum lässt du nicht dein Gepäck holen und ziehst bei mir ein? Du kannst bleiben, so lange du willst.«

Einen Moment lang war sie versucht, sein Angebot doch noch anzunehmen. Mit Raffael würde sie fertig werden. Dann aber schüttelte sie den Kopf. »Es geht schon. Danke.«

»Du hast gesagt, du fühlst dich verfolgt.«

»Ich bin ein wenig«, sie zögerte, »ein wenig durcheinander in letzter Zeit. Diese Sache mit Gian … Du hättest ihn sehen sollen, als er abgereist ist. Er hat getobt. Tess hat mir geschrieben, und was sie über ihn erzählt, klingt nicht, als hätte er sich beruhigt. Er behauptet, ich hätte erst seinen Vater und jetzt auch ihn aus dem Haus getrieben.«

»Ist es wegen des Krieges?« Philippe trank den Sherry aus und stellte das leere Glas beiseite. »Glaubt er diesen Unsinn über Ruhm und Ehre und Vaterland? Es ist ein Elend, mit ansehen zu müssen, wie all diese Jungs darauf brennen, an die Front zu ziehen. Keiner von denen weiß, was ihnen wirklich bevorsteht. Sie wissen nicht, was es heißt, zu kämpfen. Und bekämpft zu werden.«

»Gian ist im Schloss aufgewachsen. Auf einer Insel. Es würde mich wundern, wenn er mit diesem patriotischen Unfug in Berührung gekommen wäre.«

Er hob eine Braue. »Aber du weißt es nicht genau?«

Beschämt senkte sie den Blick. »Nein. Ich weiß viel zu wenig über ihn.« Vielleicht wäre alles anders gekommen, wenn sie nicht all die Jahre im Laboratorium auf dem Dachboden des Schlosses verbracht hätte. Warum hatte sie nicht erkannt, dass sie den gleichen Fehler beging wie ihr eigener Vater? Sie hatte Nestor in ihrer Jugend kaum zu Gesicht bekommen, und auch er hatte sie schließlich gegen ihren Willen fortgeschickt. Wie sehr hatte sie ihn dafür gehasst.

Durch die Tür des Ballsaals ertönten aufgeregte Stimmen, dann polterte etwas, gefolgt von wilden Flüchen. Philippe verdrehte die Augen und ließ sich müde in einen Sessel neben dem Kamin fallen.

»Wegen der Hand – hast du einen Verdacht?«

Sie nickte. »Ich habe gestern und heute eine Menge nachgedacht. Ich hatte nicht genug Zeit, alles nachzuschlagen, aber ich glaube, ich weiß, was der Abdruck zu bedeuten hat.«

Sie überlegte kurz, wo sie beginnen sollte. Philippe ließ sie nicht aus den Augen und wartete darauf, dass sie fortfuhr. Er kannte sie besser als die meisten anderen, und sie wusste, dass er ihre Theorie ernst nehmen würde. Als sie ihm vor ein paar Jahren vom Gilgamesch-Kraut erzählt hatte, hatte er ihre Behauptungen nicht einen Augenblick lang in Frage gestellt. Er hatte Nestor gekannt, zumindest ein wenig, und er wusste selbst genug über Alchimie, um ihr zu glauben. Seine Bildung in diesen Dingen war beträchtlich, auch wenn sie vermutete, dass die Lehre für ihn nicht viel mehr als eine vorübergehende Modeerscheinung war. Seit Jahren galt Paris als heimliche Hauptstadt der Alchimisten, und längst war es in der besseren Gesellschaft *en vogue*, okkulten Zirkeln anzugehören, spiritistische Sitzungen abzuhalten und über das Große Werk zu sprechen, als ginge es um eine besonders hübsche Geburtstagstorte. Philippe war äußerst anfällig für Moden aller Art. Manchmal fragte sie sich, wie es möglich war, dass sie gerade ihm ihr Vertrauen geschenkt hatte. Aber sie musste ihn jetzt nur ansehen, seinen sorgenvollen und zugleich besänftigenden Blick, und sie wusste wieder, dass er der Einzige war, mit dem sie darüber sprechen konnte.

»Sechs Finger«, sagte sie schließlich. »Eine Hand mit sechs Fingern. Erinnert dich das an etwas?«

»Nein.«

»Saint-Bonaventure«, sagte sie.

Irritiert sah er sie an. »Saint-Bonaventure?«

»Die Kirche von Saint-Bonaventure in Lyon. Das Nordportal der Kathedrale von Chartres. Oder Saint-Vulfran in Abbeville. Es gibt zahllose andere Beispiele. Fällt dir nichts dazu ein?«

Er zuckte verwirrt die Achseln. »Warum verrätst du es mir nicht einfach?«

»Sie alle haben eine ganz bestimmte *Rota*.«

»Ein Rad?«, fragte er verständnislos. In Wahrheit war er nicht halb so gebildet, wie er gelegentlich vorgab. »Hilf mir auf die Sprünge.«

»*Rota* bedeutet Rad, richtig. Aber es ist auch der Name der runden Mittelfenster in den mittelalterlichen Kathedralen. In vielen Kathedralen stellt die *Rota* eine Rosenblüte mit sechs Blütenblättern dar. Das ist einer der Gründe, warum einige Alchimisten der Ansicht sind, die Baumeister kannten die Rezeptur für das Große Werk, den Stein der Weisen, das *Aurum Potabile*. Welchen Namen du ihm auch immer geben willst.«

»Was hat das mit der Hand auf deinem Bett zu tun?«

»Die Rose mit sechs Blättern ist mehr als nur eine Verzierung.

Oft hat sie mehr Ähnlichkeit mit einem sechsstrahligen Stern. Dem Stern des Magus.«

Philippe grinste, aber es wirkte ein wenig fahrig, so als hätte sie ihn bei etwas ertappt, das ihm unangenehm war. »Ich sehe schon, ich sollte mehr Zeit mit Büchern verbringen als mit den jungen Herrn der Gesellschaft.«

»Die Legende vom Stern des Magus ist uralt. Zum ersten Mal hat sie ein Autor im sechsten Jahrhundert erwähnt. Er erzählt von einem Volk, das viele Jahrhunderte zuvor irgendwo im Fernen Osten gelebt hat und ein magisches Buch besaß, das *Buch des Seth*. Darin wurde offenbar die Geburt eines Gottessohnes angekündigt und das Erscheinen eines Sterns, der die Gläubigen zu ihm führen sollte.«

»Klingt nach dem Stern von Bethlehem.«

»Die beiden scheinen tatsächlich mehr oder minder identisch zu sein. Falls allerdings das *Buch des Seth* tatsächlich existiert hat, erwähnte es den Stern lange vor Christi Geburt und nicht erst danach wie die Bibel. Möglicherweise haben sich die Evangelisten bei der Legende bedient, was nicht weiter ungewöhnlich wäre. Sie haben Dutzende, wenn nicht Hunderte von Mythen geplündert, um die Wunder des Neuen Testaments zu beschreiben. Aber zurück zu dem Stern: Nachdem die Weisen im *Buch des Seth* davon gelesen hatten, ernannten sie zwölf aus ihrem Kreis, jeder ein so genannter Magus, ein Magier. Die zwölf Magi versammelten sich jedes Jahr nach der Erntezeit auf einem Berg und hielten nach dem Stern Ausschau, damit er ihnen die Ankunft eines Gottessohnes offenbare. Viele Jahre warteten sie, dann Jahrzehnte, schließlich Jahrhunderte. Wenn einer der Magi starb, nahm sein Sohn seine Stelle ein, dann dessen Sohn und so weiter, Generation um Generation. Jedes Jahr brachten die Männer ihre Ernte ein, erklommen den Berg und saßen dort drei Tage lang in völliger Stille, die Augen zum Himmel gewandt. Dann, endlich, tauchte er über dem nächtlichen Horizont auf, ein Stern mit sechs gleißenden Strahlen. Die Magi entdeckten ihn, packten ihre Sachen und folgten ihm. Dreizehn Tage zogen sie dem Stern hinterher, verspürten dabei weder Hunger noch Durst, ehe sie endlich ans Ziel gelangten und dem neugeborenen Sohn Gottes ihre Aufwartung machen konnten.« Sie machte eine kurze Pause, dann setzte sie hinzu: »Diesen Teil der Geschichte kennt natürlich jedes Kind, mit dem Unterschied, dass die Bibel aus den zwölf Magi die drei Weisen aus dem Morgenland gemacht hat.«

Philippe war zwischendurch aufgestanden und hatte sich einen weiteren Sherry eingeschenkt. Mit dem Glas in der Hand ging er im Zimmer auf und ab. Dicke Teppiche dämpften seine Schritte bis zur Lautlosigkeit. »Und die Rosenfenster?«

»Manche behaupten, die Rosen mit den sechs Blättern seien verschlüsselte Symbole für den Stein des Magus mit seinen sechs Spitzen. Und, wie gesagt, in manchen Kathedralen haben die Rosen tatsächlich mehr Ähnlichkeit mit einem Stern als mit einer Blüte. Für jene Alchimisten, die glauben, dass alle Kathedralen im Grunde nichts anderes sind als steinerne Lehrbücher zur Vollendung des Großen Werks hat der Stern noch eine weitere Bedeutung. Sie sehen in ihm das universelle Zeichen, das sie zum Ziel führen wird, zur Weisheit – und zur Unsterblichkeit.« Das Wort kam ihr wie immer ein wenig zu rasch über die Lippen. Der Klang war ihr unangenehm.

Philippe schob das leere Glas beiseite. »Der Stern des Magus als eine Art Wegweiser zum Stein der Weisen?«

Sie nickte. »Wer dem sechsstrahligen Stern folgt, wird irgendwann ans Ziel gelangen.«

»Und du glaubst, die blutige Hand war tatsächlich gar keine Hand, sondern … «

»O doch, es war eine Hand, ohne jeden Zweifel. Aber sie hatte sechs Finger. So viele wie der Stern Strahlen und die Rose der *Rota* Blätter hat. Verstehst du, Philippe? Die Hand war ein Zeichen speziell für mich. Von jemandem, der genau wusste, dass ich die Bedeutung früher oder später durchschauen würde. Jemand, der weiß, wer ich bin.«

Philippe legte die Stirn in Falten und schwieg eine ganze Weile, sehr viel länger, als sie es von ihm gewohnt war. Er stand auf und begann erneut, vor dem Kamin auf und ab zu gehen, ein Zeichen dafür, dass er grübelte.

Schließlich blieb er stehen. »Denkst du, es war eine Drohung?«

»Darüber habe ich lange nachgedacht. Aber ich bin zu dem Schluss gekommen, dass es keine war. Der Stern des Magus ist ein Wegweiser, keine Warnung.«

Philippe seufzte und fuchtelte fahrig in der Luft herum. »Aber warum dann das Blut? Er hätte Tinte benutzen können.«

»Wir haben es offenbar mit jemandem zu tun, der einen gewissen Sinn für Theatralik besitzt.«

»Es könnte auch bedeuten, dass der Weg, auf den er dich führen will, ein gefährlicher ist.« Er sah sie eindringlich an. »Einer, den du besser nicht einschlagen solltest.«

»Möglicherweise.« Etwas Sonderbares geschah mit ihr. Gestern Morgen, als sie den Abdruck entdeckt hatte, hatte sein Anblick sie zutiefst verstört. Den ganzen Tag über hatte sie es nicht fertiggebracht, sich weiter mit der Suche nach dem Verbum Dimissum zu beschäftigen. Stattdessen hatte sie möglichen Bedeutungen der sechsfingerigen Hand nachgeforscht und sich schließlich an die Geschichte des Sterns erinnert. Noch auf dem Weg hierher war sie unsicher gewesen. Nun aber, da sie mit Philippe darüber sprach, wurde sie immer neugieriger. Sie war auf etwas gestoßen – besser noch: gestoßen worden –, etwas, das sie persönlich betraf, ganz anders als der abstrakte Begriff des Verbums. Die Suche nach dem Wort war nur ein Ersatz gewesen für ihre Suche nach sich selbst. Der Stern des Magus jedoch schien etwas sehr Konkretes zu bezeichnen. Jemand versuchte, sie auf etwas aufmerksam zu machen. Was die monatelange Beschäftigung mit dem Verbum nicht bewirkt hatte, vollbrachte der Stern des Magus nun innerhalb weniger Stunden: Ein erster Schritt in die Richtung ihres alten Selbst, zurück zu einer Wissbegier, die sie verloren geglaubt hatte. Die Alchimie hatte ihr zuletzt nur noch wenige Reize geboten. Nun aber war da etwas Neues, ein Geheimnis, das in einer direkten Verbindung zu ihr stand. Es hatte sich auf ihrem Bett niedergelassen und sie aus ihrem Dornröschenschlaf geweckt. Der Stern des Magus wies ihr den Weg.

»Ein Stern allein zeigt noch keine Richtung an«, sagte Philippe.

»Deshalb warte ich darauf, dass ein zweiter auftaucht.«

Philippe stieß einen Seufzer aus. »Du bist unvernünftig, mein Kind. Zutiefst unvernünftig. Ich hoffe, das bedeutet nicht, dass du heute deine Zimmertür unverschlossen lässt.«

Sie beugte sich vor und ergriff seine Hand. Zum ersten Mal fielen ihr seine Altersflecken auf. Er hatte sie nie gebeten, ihm das Geheimnis des Gilgamesch-Krauts zu verraten. Niemand außer Gillian wusste, dass es im Dachgarten von Schloss Institoris auf dem Grab ihres Vaters wuchs. Auf dem Grab eines Unsterblichen, dem einzigen Ort, wo es gedeihen konnte.

»Du musst keine Angst um mich haben«, sagte sie sanft und ohne seine Hand loszulassen. Sie hätte seine Tochter sein können. Gar kein so unangenehmer Gedanke. »Wenn es einen zweiten Hinweis geben wird, dann nicht in meinem Zimmer. Wenn mir der Stern wirklich eine Richtung zeigen will, muss ich ihn anderswo finden.«

»Wo willst du danach suchen?«

»Ich glaube nicht, dass das nötig ist. Nicht, wenn ich mit meiner Vermutung richtig liege, dass derjenige, der den Abdruck hinterlassen hat, mich gut genug kennt. Er wird versuchen, meine nächsten Schritte vorauszusehen. Und denk nur an die Magi – sie haben nichts anderes getan, als auf ihren Berg zu steigen und zum Himmel zu blicken. Ich muss nur die Augen offen halten. Der Stern erscheint dann von selbst.«

Philippe war nicht überzeugt. »Mir gefällt das alles nicht.«

»Mir auch nicht«, sagte sie und überlegte, ob das eine Lüge war. Aber wenn es denn eine Hand aus Blut sein sollte, die sie aus dem Abgrund ihres Selbstmitleids zog, dann würde sie auch die nicht ausschlagen.

»Was hast du vor?«

»Ich werde versuchen, ein wenig mehr über die Legende vom Stern des Magus herauszufinden. Möglich, dass darin eine Antwort liegt.«

»So wie ich die Sache sehe, kennst du nicht einmal die Frage, die du stellen musst.«

Sie dachte kurz nach, wie er das meinte, dann stimmte sie ihm wortlos zu. Sie wusste nichts. Alles war offen. Das Spielbrett lag vor ihr. Alle Richtungen, alle Züge waren möglich.

»Du denkst, du tust das für dich«, sagte Philippe. »Aber das stimmt nicht.«

»Wie meinst du das?«

»Du glaubst, du hast keine andere Wahl. Und das gefällt dir. Gian kann dir jetzt nicht mehr den Vorwurf machen, dass du dich freiwillig von deiner Familie fernhältst. Jemand hat dich herausgefordert, und dem darfst du dich nicht entziehen.«

»Du denkst, ich benutze das als Vorwand?«

Er schüttelte sachte den Kopf. »Das Verbum war ein Vorwand. Das hier ist es nicht. Nicht für dich.« Leiser setzte er hinzu: »Die Frage ist nur, ob Gian das genauso sehen würde, nicht wahr?«

Kapitel 4

Das Mittelmeer im Hochsommer. Endlose Wellenkämme unter einem Himmel so klar wie ein Edelstein. Ein heißer Wind von Süden, der den Staub aus den Wüsten Afrikas mit sich trug: Manchmal fiel es schwer zu unterscheiden, ob einem der Sand oder das Salz der See zwischen den Zähnen knirschte.

Gillian, der Hermaphrodit, stand am Bug des Schiffes, beschattete die Augen mit der Hand und blickte nach Norden. In weiter Ferne konnte er die Küste Siziliens sehen, kaum mehr als ein Federstrich am Horizont.

Wenn sie nur bald an Land gehen könnten …

Aber sie würden nicht in Sizilien vor Anker gehen, so sehr er sich auch wünschte, wieder italienischen Boden zu betreten. Dort, wenn auch viel weiter nördlich, in Venedig, war vieles einfacher gewesen. Sie hatten gewusst, wohin sie gehörten. Der Palazzo war ihr Zuhause gewesen, ihre Zuflucht. Für ihn noch ein wenig mehr als für die anderen Mitglieder des Ordens. Damals, vor acht Jahren, war dies der einzige Ort gewesen, an dem er sich verkriechen und seine Wunden lecken konnte.

Wehmütig wandte er den Blick von der fernen Küste und schaute auf die See. Alles war schwieriger geworden, selbst diese Überfahrt. Bei ihrer ersten Überquerung des Mittelmeers vor einem Jahr hatte niemand sie behelligt. Jetzt aber kreuzten sie täglich die Routen der Kanonenboote, mal aus Italien, mal aus Frankreich, dann wieder ein vereinzeltes Kommando der Engländer oder Deutschen. Einige hatten sie angehalten, hatten Ladung und Passagiere kontrolliert, als befürchteten sie, eine Invasionsflotte verstecke sich in den Laderäumen des kleinen Transportschiffs. Dabei spielte es nicht einmal eine Rolle, dass sie die Hoheitsgewässer mieden, denn hier draußen führten sich neuerdings alle Nationen auf wie die neuen Beherrscher des Erdballs.

Gillian wusste, dass ihre Reise gefährlich war. Die ganze Mission war ein Wagnis. Wenn er wenigstens den wahren Sinn verstanden und sich selbst hätte glauben machen können, dass es um mehr ging als die Erfüllung des letzten Wunsches eines Sterbenden. Aber das konnte er nicht.

Er seufzte, hielt das Gesicht einen Augenblick in die heiße Brise und drehte sich schließlich um. An die Reling gelehnt blieb er stehen, den Blick aufs Deck gerichtet.

Eine junge Frau, schlank, mit kurzem, dunklem Haar kam die Treppe vom Unterdeck herauf, entdeckte ihn und lächelte flüchtig. Er nickte ihr zu, *alles in Ordnung hier oben, alles klar*, und schaute dann zu, wie sie mit geschmeidigen Schritten Richtung Brücke ging. Sie wusste, dass er sie beobachtete. Und er wusste, dass sie es wusste. Ihr gemeinsames Dilemma.

Es ist nicht unsere Schuld, Karisma. Lascari hat es so gewollt. Er hat uns die Verantwortung übertragen.

Nein, falsch. Er sie mir übertragen. Aber er hat gewusst, dass du mir folgen würdest. Das hast du von Anfang an getan, seit deinem ersten Tag im Templum Novum.

Er sog scharf die heiße Luft ein und konnte doch die Augen nicht von ihr abwenden, als sie die schmale Stahltreppe zum Glaskäfig des Kapitäns hinaufstieg. Sie trug weiße Hosen und ein helles, langes Hemd. Der Wind presste es eng an ihren Oberkörper, gegen die kleinen, festen Brüste. Sie gab vor, nicht zu sehen, wie Gillian eine Spur zu abrupt den Kopf abwandte. Mit einem Knirschen fiel die Tür der Brücke hinter ihr zu.

Gillian schüttelte sanft den Kopf. Karisma würde sich erneut mit dem Kapitän anlegen. Sie würde ihm vorwerfen, dass sie zu langsam wären. Wieder einmal würde sie ihm drohen, den Preis für die Überfahrt zu kürzen.

Keine gute Idee. Wenn sie so weitermachte, würde die Mannschaft eines Nachts versuchen, sie über Bord zu werfen. Acht Matrosen, der Kapitän und sein Erster Offizier. Sie hatten nicht die Spur einer Chance gegen zwei Ritter des Templum Novum. Aber das würden die Männer erst bemerken, wenn es zu spät war, und es würde die Dinge unnötig komplizieren. Sie hatten den langen Weg von der Küste der Sinai-Halbinsel, durch den Suez-Kanal und über das halbe Mittelmeer auf diesem Schiff zurückgelegt, und es ärgerte Gillian, dass Karisma alles auf Spiel setzte, nur weil sie so ungeduldig war.

Dabei hatte er insgeheim längst dieselbe Vermutung wie sie. Der Kapitän hielt die Maschinen absichtlich unterhalb der vollen Kapazität. Vielleicht war bei seinen beiden Passagieren ja doch mehr zu holen als der vereinbarte Preis für die Überfahrt.

Wäre daran auch nur ein Körnchen Wahrheit, dann wären sie nicht hier.

Die Tür der Brücke flog auf. Karisma drehte sich noch einmal um, rief zornig etwas ins Innere und stürmte dann aufgebracht die Treppe herunter. Sie kam zu Gillian herüber, der sich wünschte, sie würde ihn mit diesen Dingen in Frieden lassen. Es gab genügend anderes, über das er sich den Kopf zerbrach.

Sie blieb neben ihm stehen. »Dieses Schwein!« Ihr spanischer Akzent war zauberhaft, wenn sie wütend war. Allerdings hätte er sich lieber die Zunge abgebissen, als das ausgerechnet jetzt zu erwähnen.

»Er droht, uns über Bord zu werfen«, sagte sie.

Na also, dachte Gillian mit einem Stoßseufzer und starrte auf die See. Manchmal gelang es dem Spiel der Wellen, ihn zu beruhigen. Nicht jetzt. Dafür würde Karisma schon sorgen.

»Wer wird uns nach Spanien bringen, wenn er es tatsächlich versucht?« Sie umklammerte die Reling mit beiden Händen, bis die Adern auf ihren Handrücken hervortraten. »Ich meine, wir können ihnen nicht allen die Kehle durchschneiden.«

»Wir werden niemandem die Kehle durchschneiden«, sagte Gillian ruhig. Er sah sie dabei nicht an.

»Nein.« Sie schnaubte verächtlich. »Natürlich nicht. Solange sie uns eine andere Wahl lassen.«

»Das werden sie. Ich rede mit dem Kapitän. Später.«

Warum richtete sie ihren Zorn nicht auf ihn? Im Grunde sagte er nichts anderes, als dass er sich in ihrem Namen entschuldigen und gute Miene zum bösen Spiel machen würde. Aber sie nahm es ihm nicht übel. Sicher nicht allein deshalb, weil er der neue Großmeister des Templum Novum war.

Sie hatte andere Gründe, und er kannte sie genau.

»Ich hasse das Meer«, sagte sie nach einer Pause.

»Nicht genug Leute da, die man anbrüllen kann?«

Sie lächelte. »Unter anderem.«

»Es wird nicht mehr lange dauern. Wir haben das Schlimmste hinter uns.« Vorausgesetzt, kein Kanonenboot beschließt, uns einen Torpedo vor den Bug zu jagen.

»Und dann?« Ihre linke Hand näherte sich auf der Reling seiner Rechten. Im letzten Moment stoppte sie, bevor sie einander berührten.

Das also ist aus Lascaris großartiger Vision geworden, dachte er. Der Templum Novum, der letzte Zweig der Tempelritter, geführt von einem wankelmütigen Großmeister, halb Mann, halb Frau, der kaum in der Lage ist, den Annäherungsversuchen einer Ordensschwester zu widerstehen. Geschweige denn, die Geschicke des ganzen Ordens zu bestimmen.

Hatte Lascari das vorausgesehen? Hatte er ihn deshalb nach Spanien entsandt? Damit Bruder Giacomo oder einer der anderen, die kompetenter waren als er, die Zurückgebliebenen auf eine Weise führen konnte, die den Geboten des Templum Novum angemessen war? Gillian, der Draufgänger, gut genug für die Drecksarbeit. Und Giacomo und die übrigen für die Gebete und das fromme Leben hinter Klostermauern.

Welche Rolle aber spielte dann Karisma in den Plänen des verstorbenen Großmeisters? Lascari hatte sie gut genug gekannt, um zu wissen, was sie für Gillian empfand. Hatte er ihn auf die Probe stellen wollen? Aber, verdammt, was für eine Probe war das, wenn es niemanden gab, der sie überwachte?

Gillian schloss für ein paar Sekunden die Augen, bis er spürte, dass etwas über seine Hand strich. Beinahe panisch zog er sie fort, aber als er die Augen aufschlug und hinsah, war es nur der Wind. Karismas Finger ruhten unverändert ein paar Zentimeter weiter rechts auf der Reling.

Beschämt schaute er zu ihr hinüber, aber sie hatte sein Erschrecken nicht bemerkt. Falls doch, so zeigte sie es nicht.

»Ich hatte einmal einen Hund«, sagte sie unvermittelt, während ihre Augen über den Ozean schweiften. »Ein kleiner Mischling. Ich war noch klein damals, noch ein Kind. Ich hab immer einen Stock geworfen, den er dann geholt und vor meine Füße gelegt hat. Alle machen das, oder? Eines Tages hab ich den Stock über einen Felsspalt geworfen. Der Abgrund war zu breit für einen Sprung. Der Hund hat das genau gewusst. Verstehst du? Er wusste, dass er nicht so weit springen konnte. Aber er hat es trotzdem versucht. Für mich. Aus Loyalität oder aus Liebe. Er ist gesprungen. Obwohl er wusste, dass er es nicht schaffen würde. Er ist gesprungen.«

»Und? Hat er's geschafft?«

Karisma lächelte traurig, dann wandte sie sich wortlos ab und ging zurück zur Treppe nach unten.

Eine Möwe ließ sich neben Gillian auf der Reling nieder.

Der Schiffsbug teilte die schäumende See.

Die Möwe starrte Gillian an, stieß sich ab und flog weiter.

Karisma verschwand unter Deck.

Gillian sah über den Bug nach vorn.

Oben auf der Brücke fluchte der Kapitän.

Aus dem Nichts tauchte ein schwarzes Kanonenboot auf und hielt geradewegs auf sie zu.

Zwei Wochen zuvor.

Hitze. Wüste. Und die Berge des Sinai.

Gillian stand auf dem Gipfel des Djebel Musa und versuchte, an nichts zu denken. Sein Blick glitt langsam über die Gebirgskette, über braune, knollige Granitkuppen, ein Ödland aus Felsen und Sand.

Er mochte dieses Land nicht, und hätten die Mönche im Katharinenkloster ihn und die anderen nicht so freundschaftlich aufgenommen, hätte er es hier keine zwei Tage ausgehalten.

Unweit von ihm bezeichnete eine kleine Kapelle den Ort, an dem Moses der Legende nach die Zehn Gebote in Empfang genommen hatte. Der Bau aus ockerfarbenem Granit erhob sich über einer Steilwand und trotzte seit Jahrhunderten den Stürmen, die in unregelmäßigen Abständen die Wüstenhitze den Berg heraufwehten. Ein paar Meter weiter westlich stand eine winzige Moschee, kaum groß genug, um eine Hand voll Gläubige aufzunehmen.

Aber Gillian war allein. Er kam gern hier herauf, auch wenn sich das Land von hier aus noch trister, noch einsamer darbot. Die gewaltigen Felshänge, die das Tal und das Kloster überschatteten, bereiteten ihm Unbehagen. Zwischen ihnen fühlte er sich wie ein Gefangener in einem Kerker aus Jahrmillionen altem Granit. Hier oben aber, auf dem Gipfel des Mosesberges, roch die Luft nicht nach Männerschweiß und Weihrauch, und das Kloster mit seinen starren Riten und Regeln war weit entfernt. Hier konnte er durchatmen, ohne sich bedrängt und beobachtet zu fühlen. Hier betrachtete ihn niemand argwöhnisch aus den Schatten, weil sein Körper nicht der eines Mannes und nicht der einer Frau war, sondern ein Hybrid aus beidem. Er bezweifelte, dass man in all den Zeitaltern, seit der Erbauung des Klosters durch den Kaiser Justinian im sechsten Jahrhundert, jemanden wie ihn hier gesehen hatte. Ein Hermaphrodit, der die Merkmale beider Geschlechter in sich vereinte. Die meisten hielten ihn für einen Mann, weil dies sein bevorzugtes Erscheinungsbild war. Dennoch hatte es nicht lange gedauert, bis die Mönche des Klosters die Wahrheit erkannt hatten. Seine weiblichen Brüste schnürte er mit Binden, die sie flach erscheinen ließen, und sein

Gesicht schien stets von etwas Diffusem umflossen, das ihn trotz der fein geschnittenen Wangenknochen weder eindeutig maskulin noch feminin aussehen ließ. Manche Männer fühlten sich unwohl in seiner Gegenwart, vielleicht weil er sie irritierte und das in Frage stellen ließ, was sie über sich und ihre sexuellen Vorlieben zu wissen glaubten. Frauen hingegen fühlten sich zu ihm hingezogen, häufiger und offener, als ihm recht war. Aura war die Einzige, in die er sich je verliebt hatte. Aura, die in ihrer Liebe zu ihm einen Schritt zu weit gegangen war.

Ihr hatte er es zu verdanken, dass sein Körper seit seinem siebenunddreißigsten Jahr nicht mehr alterte. Er war jetzt wie sie. Ein weiterer Erbe des Gilgamesch-Krauts.

Unten im Tal schlug eine Glocke.

Er staunte über seine eigene Ruhe. Es war klar, was das Signal zu bedeuten hatte. Das Zeichen, das er mit Bruder Giacomo vereinbart hatte. Mit Lascari ging es zu Ende.

Rasch machte er sich an den Abstieg zum Kloster. Er hatte drei Stunden gebraucht, um heraufzusteigen. Der Weg nach unten würde fast genauso lange dauern.

Siebenhundert Stufen und einen steinigen Hang lief er hinab bis zu einem Plateau, umringt von rauen Felskuppen. Die Mönche nannten diesen Ort das Amphitheater der Siebzig Weisen Israels; hier waren der Legende nach Moses' Begleiter zurückgeblieben, während er seinen Weg allein fortgesetzt hatte und auf dem Gipfel seinem Gott begegnet war.

An einer Quelle hielt Gillian an und wusch sich Gesicht und Hände, dann eilte er weiter. Vorbei an einer kargen Einsiedelei, durch den Schatten eines Olivenbaums und großer Zypressen, bis zur obersten der dreitausend Treppenstufen, die von hier aus hinab zum Katharinenkloster führten.

Die einzelnen Absätze waren vor so langer Zeit aus dem Granit gehauen worden, dass ihre Kanten längst gesprungen, ihre Ecken abgeschliffen waren. Es war nicht leicht, das Gleichgewicht zu behalten, und Gillian musste Acht geben, dass ihn die Sorge um Lascari nicht leichtsinnig werden ließ. Seit Monaten hatten sie alle diesen Tag erwartet, angstvoll, aber auch froh, weil Lascaris Leiden damit ein Ende haben würden. Während der letzten zwei Wochen hatte Gillian die Kammer des sterbenden Großmeisters kaum mehr verlassen. Es waren Giacomo und Karisma gewesen, die ihn heute Morgen überredet hatten, sich einen Tag Ruhe zu gönnen. Doch statt sich in seine Kammer zu begeben und zu schlafen, hatte er es vorgezogen, den Djebel Musa zu ersteigen und für die Reinigung seines Geistes durch die Sonne und den Wind zu beten. Das war nötig nach all den Tagen und Nächten am Bett des Sterbenden, nach all dem Schmerz und dem Elend aus allernächster Nähe.

Nach einem Drittel der Strecke führte die Treppe durch einen steinernen Bogen, gerade breit genug, dass ein Mann allein hindurchtreten konnte. Hier, eingepfercht zwischen engen Granitwänden, hatte einst der heilige Stephanos die Pilger erwartet und ihnen ihre Sünden vergeben.

Gillian atmete schneller, als er endlich um die letzte Felskehre kam und das Katharinenkloster unter sich liegen sah. Flache Dächer, vom gleichen Braun wie die umliegenden Berge, beherrschten die quadratische Ansammlung alter Gebäude. An sie schloss sich ein Garten aus Zypressen und Obstbäumen an, langgestreckt wie der Verlauf des Wadi ed-Deir, des Klostertals.

Die siebzehn Mönche des Katharinenordens lebten nach strengen Regeln, denen sich auch ihre Gäste, die acht Männer und eine Frau des Templum Novum, unterordnen mussten. Doch es war weder das Aufstehen um halb drei nachts noch die einzige karge Mahlzeit, die sie am Nachmittag einnahmen, gegen die Gillian sich von Anfang an aufgelehnt hatte. Vielmehr weigerte er sich, täglich mehrere Stunden mit Gebeten und Gottesdiensten zu verbringen, auch wenn er bald einsehen musste, dass es hier draußen wenig anderes gab, womit man sich die Zeit vertreiben konnte. Gewiss, er half bei der Auslese des Getreides, mit dem die Beduinenstämme das Kloster belieferten, und da war auch die Bibliothek, die ihn ein paar Monate lang bei Laune hielt. Seine wahre Bestimmung aber hatte er in der Pflege Lascaris gefunden.

Gillian hastete durch das Tor des Klosters, durchquerte das enge Netz aus Gässchen zwischen den Gebäuden und entdeckte schließlich Karisma, die ihn ungeduldig vor dem Tor des Gästehauses erwartete.

Er blieb stehen, stützte sich mit einer Hand gegen den Türrahmen und atmete schwer. »Komme ich zu spät?«

»Nein. Giacomo und ein paar Mönche sind bei ihm. Aber er will nur mit dir sprechen.«

Er nickte. Das hatte er befürchtet. Lascari hatte schon früher Andeutungen gemacht, die ihn beunruhigten. »Gehen wir.«

Er wollte das Haus betreten, doch Karisma packte ihn am Arm. Sie hielt ihm eine Flasche mit frischem Wasser entgegen. »Hier, trink. Es hilft niemandem, wenn du halb verdurstet zu ihm gehst.« Ihre Augen flirrten, als sei die Lichtreflexion von der Oberfläche der Quelle auf sie übergesprungen; als hätte sie die Schönheit dieses Lichts die ganze Zeit über für Gillian aufbewahrt.

Er schenkte ihr ein dankbares Lächeln und leerte die Flasche bis zur Hälfte. Den Rest trank er, während sie über schmale Stufen nach oben eilten. Er spürte eine hohe Konzentration von Alter, als sie sich ihrem Ziel näherten. Sein Magen rebellierte. Auch das hatte er Aura und ihrem verdammten Kraut zu verdanken.

Lascaris Kammer war nicht größer als die Räume der anderen acht Templer, die im Kloster Zuflucht gefunden hatten. Für Gillian hatte es zuletzt kaum noch einen Unterschied gemacht, ob er in seinem eigenen Zimmer oder in dem des Großmeisters erwachte. Er hatte in den vergangenen Monaten ein trauriges Geschick darin entwickelt, im Sitzen zu schlafen, nur eine Armlänge vom Lager des Sterbenden entfernt.

Bruder Giacomo, Gillians engster Vertrauter, blickte auf, als er zur Tür hereinkam. Der Templer stand gemeinsam mit zwei weiteren Mitgliedern des Templum Novum, Bruder Jonas und Bruder Giorgios, um das Bett des Großmeisters. Bei ihnen war auch Vater Ephgenios, der Vorsteher des Klosters, ein gebürtiger Grieche wie die meisten Mönche des Katharinenordens. Die übrigen Templer drängten sich draußen auf dem Gang.

Gillian war schlecht, aber er versuchte, es nicht zu zeigen. Er hasste sich selbst für das, was aus ihm geworden war. Die Monate an Lascaris Bett waren auch der Versuch gewesen, den Abscheu vor dem Alter, der mit der Unsterblichkeit einherging, abzuschütteln, sich ihm zu stellen, ihn zu exorzieren. Das Ergebnis war Gewöhnung – an die Übelkeit, die Magenkrämpfe, den Brechreiz –, aber keine Besserung.

»Gillian!« Lascaris Lippen standen einen Spalt weit offen, aber man hätte ihm nicht ansehen können, dass er sprach. Keine Regung in seinem hageren Gesicht. Sein silbergraues Haar war zu einem Großteil abrasiert, am sorgfältigsten rund um die faustgroße Beule, die sich eine Handbreit über dem linken Ohr aus seinem Schädel wölbte. Es grenzte an ein Wunder, dass er überhaupt noch sprechen konnte. Die meiste Zeit schrie er vor Schmerz.

»Gillian. Komm zu mir.« So klar hatte er seine Worte seit Tagen nicht mehr formuliert.

Giacomo und die anderen traten beiseite. Niemand fand es respektlos, dass Gillian sich auf der Bettkante niederließ und Lascaris Hand ergriff. Alle wussten, mit wie viel Liebe der Hermaphrodit den Großmeister in den letzten Monaten umsorgt hatte. Lascaris knochige Finger schlossen sich wie Hühnerkrallen um Gillians Hand.

Die Augen des alten Mannes bewegten sich in den starren Zügen wie etwas, das nicht hierher gehörte. Sein Gesicht war bereits gestorben. »Froh, dass du hier bist.« Silben wie leises Stöhnen.

»Ich habe dir gesagt, dass ich immer für dich da sein werde«, sagte Gillian stockend. Er hatte ein schlechtes Gewissen, weil er ein paar Stunden fort gewesen war. Gerade heute, gerade jetzt.

»Du wirst der neue Großmeister des Templum Novum«, sagte Lascari unverblümt. Er wusste genau, ihm blieb keine Zeit mehr für große Worte.

Gillian blickte auf, sah Giacomo an, dann Jonas und Giorgios. Giacomo nickte langsam.

»Sie wissen es schon.« Lascari machte nach jedem Wort eine lange Pause. Bei jedem fürchtete Gillian, es wäre das letzte.

Er hatte so viele Einwände, so viele Vorbehalte. Aber der wichtigste von allen war, dass er kein Großmeister sein wollte. Er war kein guter Christ. Er verbrachte nicht halb so viel Zeit wie die anderen im Gebet; die Beichte fiel ihm schwer; das Zölibat hätte er für eine Farce gehalten, hätte er nicht nach seiner Zeit mit Aura jedes Interesse an Frauen verloren – zumindest bis Karisma aufgetaucht war. Karisma, die erste Frau im Templum Novum seit wer weiß wie vielen Jahren. Dabei hatten selbst die Templer des Mittelalters Schwestern in ihre Reihen aufgenommen. Trotzdem war es für Lascari ein unerhörter Schritt gewesen, als er Karisma zu einer der ihren gemacht hatte, nur kurze Zeit nachdem sie zum ersten Mal vor dem Tor des Palazzo aufgetaucht war. *Wie du*, hatte er zu Gillian gesagt. *Sie ist wie du.*

»Ich kann kein Großmeister sein«, sagte Gillian, aber er fand selbst, dass es wie eine schlechte Ausrede klang. »Ich bin anders als ihr.«

»Das Weibliche ist in dir so stark wie das Männliche«, sagte Lascari, nun wieder erstaunlich gefasst und deutlich. »Du wirst einen neuen Tempel bauen, einen, der seinen Namen verdient. Dinge müssen sich ändern. Du bist stark genug, vom Alten abzuweichen und Neues zu schaffen. Auch in Adam war das Weibliche stark, als der Herr aus seiner Rippe Eva erschuf. Er war der Stammvater. Und auch du wirst ein Stammvater sein, Gillian.«

Er wollte widersprechen, doch da legte Giacomo ihm von hinten seine Hand auf die Schulter. Sie war entsetzlich leicht, wie aus Papier, und nicht zum ersten Mal wurde Gillian bewusst, wie alt die übrigen Templer waren. Karisma ausgenommen, war da keiner, der nicht bereits sein siebzigstes Jahr überschritten hatte. Viele würden das Jahrzehnt nicht überleben.

Was Lascari plante, war klar. Ein junger Templum Novum. Neue Brüder und Schwestern wie Gillian und Karisma. Frisches Blut, das die Versäumnisse der Alten hinwegspülte, aber ihr Vermächtnis aufrechterhielt. So lange Gillian ihn kannte, hatte Lascari von einer Verjüngung des Ordens geträumt, doch der Graf war niemals energisch genug gewesen, mit Traditionen zu brechen und seine Pläne in die Tat umzusetzen. Die Aufnahme Gillians war ein Versuch gewesen. Dann, viel später, war die Weihe Karismas der nächste Schritt. Möglich, dass es weitere gegeben hätte, wären sie nicht gezwungen gewesen, Venedig Hals über Kopf zu verlassen.

Lascari selbst hatte gerade noch die Kraft gehabt, sie hierher in Sicherheit zu bringen, an diesen Ort, der für den Orden eine vorübergehende Zuflucht, aber auch ein Grab sein mochte. Die Entscheidung lag jetzt bei Gillian.

Was soll ich tun? dachte er, und ehe er sich versah, hatte er den Gedanken laut ausgesprochen. Alle verstanden es als Zeichen seiner Zustimmung. Sie glaubten, er überlege bereits, wie er sie von hier fort und den Orden in eine neue Ära führen könnte.

Allein Karisma erkannte die Wahrheit. Und obwohl niemand sie aufgefordert hatte, trat sie ins Zimmer, drängte sich an Giorgios und Vater Ephgenios vorbei und ging neben Gillian in die Hocke. Sie brachte ihre Lippen ganz nah an sein Ohr.

»Es ist dein Leben. Deine Wahl. Triff du sie.«

Gillian sah, dass Lascaris Mundwinkel zuckten. Der alte Mann versuchte zu lächeln, zum ersten Mal seit vielen Wochen.

Draußen läuteten die Glocken zur Vesper. Wind pfiff durch das offene Fenster. Ephgenios Kutte wogte wie ein schwarzes Segel.

Gillian nickte unmerklich.

Und dann, bevor Lascari zum letzten Mal tief durchatmete und die Luft mit einem Zischen aus seinen Lungen entwich, erklärte er ihm, was zu tun war.

Die Soldaten an Bord des italienischen Kanonenbootes kontrollierten alle Papiere und die Frachträume, beließen es aber bei dem Hinweis, der Kapitän und sein Schiff mögen sich nicht länger als nötig in diesen Gewässern aufhalten. Ob er nicht gehört habe, dass ein Krieg kurz bevorstehe. Ob er nicht wisse, welche Gefahren ihnen drohten. Und ob es nicht eine verflucht gute Sache sei, dass endlich einmal jemand diesen verdammten Russen zeige, wo es lang gehe.

Als die Italiener ablegten, wusste Gillian, dass Karisma Recht gehabt hatte. Das Schiff *konnte* schneller fahren, wenn der Kapitän es wollte. Der Fahrtwind wurde so stark, dass er beschloss, unter Deck zu gehen.

Als er sich ihren Quartieren näherte, sah er, dass Karismas Kabinentür einen Spalt weit offen stand. Sie klapperte bei jeder Woge, die vor dem Bug des Schiffes brach. Einen Augenblick lang war er beunruhigt – sie hätte nicht mit dem Kapitän streiten sollen –, dann überfiel ihn eine Sorge anderer Art.

Es war eine Einladung. *Komm rein, Gillian. Und mach die Tür zu.* Eine Einladung an ihn.

Er wollte hineinstürmen und sie zurechtweisen, ihr erklären, dass ihr Verhalten ihre Mission nicht eben einfacher machte. Aber dann schob er die Tür einfach auf und stellte überrascht fest, dass die Kabine leer war.

Als er sich verwundert umdrehte, kam Karisma den Gang herab auf ihn zu.

»Suchst du jemanden?« Ihre Stimme war so unbefangen wie die eines kleinen Mädchens. Es klang nicht gespielt.

Einen Augenblick lang kam er sich entsetzlich dumm vor. Trotzdem gelang es ihm, ihrem feixenden Blick standzuhalten.

»Die Tür war offen. Ich hab mir Sorgen gemacht.«

»Ich war auf der Toilette.«

»Oh.«

Sie drängte sich an ihm vorbei. Ganz kurz berührten ihre Brüste die seinen. Für sie musste das eigenartig sein, aber sie ließ sich nicht aus der Ruhe bringen.

Er folgte ihr in die Kabine, ehe sie ihn dazu auffordern oder er darüber nachdenken konnte. Plötzlich stand er ganz nah bei ihr, vor ihr, neben ihrem Bett.

»Wir haben nie darüber gesprochen«, sagte sie.

»Worüber?« Als wüsste er das nicht ganz genau.

»Über Palma. Was wir dort tun werden.«

Gut. Sie meinte die Mission. Nur die Mission.

»Wir tun das, was Lascari gesagt hat. Wir gehen zum Templerpalast in der Altstadt und suchen nach Hinweisen auf den spanischen Orden.«

»Du weißt, dass es so einfach nicht sein wird.«

»Nein. Ja.« Wie ein Schuljunge. Ein dummer, liebeskranker Schuljunge.

Aber du bist nicht in sie verliebt.

Bist du doch nicht, oder?

Und was ist mit ihr? Warum schaut sie dich so an?

Ihr Lächeln wurde zu einem breiten Grinsen, lausbübisch wie viele ihrer Gesten, ihrer Blicke. »Der Kapitän glaubt, dass wir verheiratet sind.«

Er hob die Schultern, so als wüsste er nicht, was das mit ihrem Auftrag zu tun haben könnte. Dabei hatte es alles damit zu tun. Ob ihr Vorhaben gelang, hing auch davon ab, ob sie der gegenseitigen Versuchung standhielten.

Gegenseitige Versuchung? Sie mag dich, akzeptiert dich. Mehr ist da nicht, auch wenn du dir das einredest.

Unvermittelt fragte er sich, wie es ihr gelang, selbst auf einer solchen Reise gut zu riechen.

»Wenn Lascari Recht behält, werden wir in Palma etwas finden.« Gut so. Rasch zurück zum eigentlichen Thema. »Einen Hinweis zumindest. Irgendwas, das uns weiterbringt.«

Sie legte den Kopf schräg, als hätte er etwas Überraschendes gesagt, lächelte erneut und wurde dann ernst. »Und wenn nicht?«, fragte sie. »Kehren wir dann um?«

»Lass mich das entscheiden, wenn es soweit ist.«

»Natürlich.«

Er versuchte verzweifelt, einen klaren Gedanken zu fassen. »Vielleicht sollten wir trotzdem weiter nach Spanien fahren und dort suchen.«

»Lass uns darüber reden, wenn es soweit ist.« Ihr Lächeln wurde breiter. Immer versuchte sie, ihn mit seinen eigenen Waffen zu schlagen. Darin war sie großartig. Besser als jeder andere.

Er schaute in Karismas haselnussbraune Augen und dachte an die von Aura, hellblau unter dunklen Brauen. Er fragte sich, was aus ihr geworden war. Hatte sie sich und die Familie vor dem Krieg in Sicherheit gebracht? Er konnte es nur hoffen.

Eigentlich hätte er jetzt bei seinem Sohn sein müssen. Deutschland hatte Russland den Krieg erklärt. Es würde nicht lange dauern, bis die Ostsee zum Schlachtfeld wurde. Was geschah dann mit Schloss Institoris, das abgeschieden über einer Hand voll winziger Inseln vor der Küste thronte? Was geschah mit seinen Bewohnern?

»Gillian?«

»Was?«

»Du wirkst so … «

»Schon gut«, sagte er. »Tut mir Leid.«

»Ist es wegen Gian?« Er hatte ihr von ihm erzählt. Auch von Aura. Sogar vom Gilgamesch-Kraut. Sie wusste alles über ihn, und jetzt bereute er das ein wenig. Er hatte ihr keine Geheimnisse mehr zu bieten, nichts, das sich für sie zu ergründen lohnte. Und was wusste er schon über Karisma? Dass sie ihre Kindheit im Haus ihres Onkels verbracht hatte. Und dass dieser, ein Historiker und Theologe, ihr vom Templum Novum erzählt hatte.

Aber das war nichts. Kein ganzes Leben. Nur eine Geschichte ohne echte Substanz. Es musste viel mehr geben, und er wünschte sich, dass sie es ihm eines Tages erzählen würde.

Lascari hatte bestimmt mehr über sie gewusst.

Himmel, es war schon so weit, dass er einen Toten beneidete!

»*Ist* es wegen Gian?«, fragte sie noch einmal.

»Auch, ja.«

»Wenn nur die Hälfte von dem, was du mir über seine Mutter erzählt hast, wahr ist, dann wird sie dafür gesorgt haben, dass ihm keine Gefahr droht.«

»Sicher.« Es schmerzte, darüber nachzudenken, deshalb wechselte er abermals das Thema. »Was glaubst du? Hatte Lascari Recht?«

»Wenn ich das wüsste. Spanien war im Mittelalter eine Hochburg der Tempelritter. Aber ob heute noch ein Zweig existiert? Falls ja, bezweifle ich, dass er größer ist oder mehr Einfluss besitzt als der Templum Novum. Und was Lascaris andere Vermutung angeht … wer weiß?«

»Es war keine Vermutung. Er war davon überzeugt.«

Sie nickte. Das war auch ihr Eindruck gewesen.

Gillian unterdrückte einen Seufzer, auch wenn er vermutete, dass sie längst wusste, für wie sinnlos er diese Reise hielt. Er war sicher, dass sie einem Hirngespinst nachjagten. Lascari hatte ihnen erklärt, er habe kurz vor ihrer Flucht aus Venedig erfahren, dass in Spanien seit dem Mittelalter ein weiterer Zweig des Templerordens überlebt habe. Anders als der Templum Novum hätten diese Männer angeblich noch heute ungeheure Macht.

Lascari hatte behauptet, der sagenhafte Templerschatz, den selbst die Inquisitoren des Mittelalters nicht gefunden hatten, existiere noch heute. Bewahrt von den spanischen Templern.

Auch dem Templum Novum stünde ein Anteil an diesen Reichtümern zu. Genug, um den Orden neu zu etablieren, Brüder und Schwestern zu werben und der Gruppe neuen Einfluss zu verschaffen. Dann hatte er Gillian aufgefordert, diesen Plan in die Tat umzusetzen.

Geh nach Palma. Im früheren Templerpalast der Balearen soll es Hinweise auf den Verbleib unserer spanischen Brüder geben. Folge ihnen. Finde sie. Fordere von ihnen, was unser ist.

Warum hatte Lascari ihn zum neuen Großmeister ernannt, wenn doch seine erste Mission vermutlich damit enden würde, dass ihn ein Haufen alter Männer erschlug – falls er sie überhaupt fand und ihnen seine Forderungen vortragen konnte?

Er trug den Siegelring des Ordens am Finger, ein Schmuckstück aus dem dreizehnten Jahrhundert, und in seinem Gepäck befand sich eine Rolle geheimer Dokumente, die seinen Anspruch beweisen sollten. Aber würde das ausreichen, die Spanier zu überzeugen? Und selbst wenn sie ihm glaubten, weshalb sollten sie bereit sein, ihm einen Teil ihrer Reichtümer auszuhändigen?

Es war lächerlich. Ein Witz. Und er und Karisma waren die Leidtragenden. Die spanischen Ordensbrüder würden sie zum Teufel jagen.

Vorausgesetzt, der Orden existierte überhaupt. Genauso wie der Templerschatz.

Nichts als die Fantasie eines Sterbenden. Die Ausgeburt eines Hirns, in dem sich Vergangenes und Erfundenes mit dem Wissen um alte Überlieferungen vermischt hatten. In all den Nächten an Lascaris Sterbelager hatte Gillian viele solcher Geschichten gehört. Wirre Legenden, die dem siechen Großmeister so unendlich viel zu bedeuten schienen. Aber es war eine Sache, sich diese Dinge anzuhören und dabei beruhigend die Hand eines Kranken zu halten – und eine ganz andere, deswegen um die halbe Welt zu reisen.

»Ich weiß, was du denkst«, sagte sie.

»So?«

Sie schmunzelte. »Du machst nicht gerade ein Geheimnis daraus.«

In ihrer Gegenwart machte er aus nichts ein Geheimnis. Das war ihre größte Fertigkeit, größer noch als ihr Geschick mit dem Schwert, ihre Entschlussfreudigkeit, ihre Schönheit: Sie entlockte ihm jedes Geheimnis, wenn sie es darauf anlegte. Allein durch die Art, wie sie ihn ansah. Durch eine Handbewegung. Manchmal durch simples Schweigen, erwartungsvoll.

»Wir werden sehen«, war alles, was er erwidern konnte.

»Ja.« Sie fasste einen Entschluss, jetzt in diesem Augenblick, das spürte er. Sie berührte sanft seine Hand, nicht stärker als der Windhauch vorhin an der Reling. »Spanien«, sagte sie. Nur dieses eine Wort.

Er nickte langsam. Sie hatte Recht. Egal, was sie in Palma finden würden.

Spanien.

Und irgendwo dort, ein uralter Schatz.

»Du und ich«, flüsterte sie. »Wir gehen zusammen dorthin.«

Er nickte steif, drehte sich um und verließ die Kabine.

Als er sich noch einmal umschaute, war die Tür bereits geschlossen. Ohne einen Laut.

Aber auch ohne Bedauern?

Kapitel 5

Du bist jetzt Französin!

Sprich Französisch! Sei französisch!

Ja, verdammt, denk sogar auf Französisch!

Das war alles, was Aura durch den Kopf ging, als sie sich aus einer stillen Seitengasse hinaus in die Menschenmenge drängte. Augenblicklich riss sie die Flut der Leiber mit der Gewalt eines Wasserfalls davon.

Wenn irgendwer herausfand, woher sie tatsächlich stammte, dass sie keine Marquise de Montferrat war, wie sie seit Wochen vorgab – was dann? Würde man sie bespucken und beschimpfen? Sie der Polizei ausliefern? Oder auf der Stelle in Stücke reißen?

Letzteres, gar keine Frage. Alles andere waren fromme Wünsche.

Jeden Augenblick erwartete sie, jemand würde mit dem Finger auf sie zeigen, sie von irgendwoher wiedererkennen und ihren Namen brüllen.

Aura Institoris! Das da drüben ist Aura Institoris!

Eine Deutsche! Eine Spionin! Ein Feind!

Es half nicht, dass sie sich immer wieder das Gegenteil einredete: Niemand kennt dich, niemand interessiert sich für dich.

Zwecklos.

Die Angst, die sie verspürte, war anders als jede, die sie bisher gekannt hatte. Nicht wie die Angst um Gian oder Tess; die Angst vor dem Sterben, die sie als Kind gehabt hatte; nicht einmal wie die Angst vor Lysander und Morgantus, damals vor zehn Jahren. Diese Angst war die Furcht vor etwas, worauf sie nicht den mindesten Einfluss hatte.

Zehntausend Franzosen um sie herum, getrieben vom Hass auf alles Deutsche. Zehntausend Franzosen auf dem Weg zu den Bahnhöfen, um ihre Söhne, Brüder, Ehemänner zu den Zügen zu begleiten, den Zügen an die Front. Um Deutsche zu töten. Deutsche wie Aura.

Die Wahrheit aber war, dass es keine ausgestreckten Finger gab, die auf sie zeigten. Und die Rufe, die sich zu einem frenetischen Crescendo vermischten, galten nicht ihr, sondern Frankreich, *es lebe hoch!*, galten Freunden, Bekannten, Verwandten.

Der Boulevard hatte sich in einen reißenden Strom verwandelt, der sie fortzutragen drohte – wenn sie Pech hatte bis zum Eingang eines Bahnhofs, bis auf einen Bahnsteig. Zwischen jubelnde Mütter, die nicht ahnten, was ihren Söhnen bevorstand, und stolze Geliebte, die den Schatten einer kurzen Trennung spürten, nicht aber den des Todes.

Es kostete Aura eine Menge Kraft, die andere Seite des Boulevards zu erreichen, nur um dort festzustellen, dass die Masse sie ein ziemliches Stück weit nach Westen abgetrieben hatte. Die Gasse, in die sie wollte, lag fast zweihundert Meter hinter ihr. Zweihundert Meter gegen den Strom. Ebenso gut hätte sie sich gleich auf die Straße legen können, damit man sie niedertrampelte.

Nicht weit entfernt sah sie den Eingang eines Cafés. Sie ließ sich bis dorthin mitreißen. Es war, als würden ihre Füße nicht einmal den Boden berühren.

Das Lokal hatte einen Hintereingang, und niemand kümmerte sich darum, als sie ihn benutzte. Der Besitzer und die Kellner standen am Fenster und starrten mit leuchtenden Augen hinaus auf die Straße. Neid, dachte Aura perplex. Sie wollen mit in den Krieg ziehen. Und wer weiß, vielleicht würden sie noch früh genug Gelegenheit dazu bekommen. Dann würde sich entscheiden, ob ihnen Gewehr und Bajonett ebenso leicht in der Hand lagen wie Geschirr und Tablett.

Über einen Innenhof und durch einen Torbogen. Eine Reihe schmaler Gässchen entlang, in denen der Lärm von den Boulevards widerhallte, verzerrt wie Hilfeschreie in einem Höhlenlabyrinth. Auch hier wimmelte es von Menschen, und mehr als einmal kam es ihr vor, als werfe ihr jemand einen misstrauischen Blick zu, schaue ihr über die Schulter hinterher oder tuschelte verstohlen mit seinen Begleitern.

Irgendwann lag vor ihr eine verlassene Schneise zwischen hohen Häusern. Am anderen Ende befand sich eine dunkle Wand, vor der die Gasse nach links abbog. Im Näherkommen entdeckte Aura, dass die Wand gar keine Wand war, sondern der pechschwarze Schatten eines Torbogens. Einen Moment lang war ihr, als stünde eine Gestalt in der Finsternis, eine Frau, so schwarz wie ihre Umgebung – *Mein Spiegelbild! Es ist ein Spiegel!* –, doch dann war da nichts mehr, nur ein lichtloser Hof voller Abfälle.

Erschöpft erreichte Aura den Boulevard du Montparnasse und bog von dort aus in die Rue de Rennes, die Verbindungsstraße zum Boulevard St. Germain. Vor einem schmalen Schaufenster kam sie schließlich zur Ruhe, schnell atmend, als hätte sie sich mit der Menge ein Rennen auf Leben und Tod geliefert.

Es war das Schaufenster einer Buchhandlung, einer von Dutzenden überall in Paris. Philippe hatte ihr davon erzählt, und das wiederum bedeutete, dass der Laden etwas Besonderes sein musste.

Er gehörte einem Ehepaar, den Dujols. In ihrem Haus trafen sich seit geraumer Zeit die Alchimisten der Stadt. Denn nur hier, unter den freundlichen, stets ein wenig neugierigen Augen Pierre Dujols' konnten sie nach jenen Büchern fragen, deren Titel ihnen anderswo amüsierte Blicke eingebracht hätten.

Die Dujols rühmten sich nicht mit der Palette ihres Angebots. Niemand wünschte, dass es Laien hierher zog, Wichtigtuer aus

Bürgertum und Adel, für die Alchimie nicht mehr war als eine Freizeitbeschäftigung. Zu Pierre Dujols und seiner Frau kam man, wenn es einem ernst war mit der Arbeit am Großen Werk, mit dem Streben nach etwas, das sich schwerlich benennen ließ und doch so viel mehr versprach, als das einfache Leben zu bieten hatte.

Als Aura vor einer Woche zum ersten Mal hier gewesen war, hatte sie nicht erwartet, auf ein Buch zu stoßen, das nicht auch in der Bibliothek ihres Vaters stand. Sechshundert Jahre Beschäftigung mit der Alchimie ließen sich schwerlich übertreffen, und eine Sammlung, zusammengetragen über ein halbes Jahrtausend, durfte wohl mit Fug und Recht den Anspruch absoluter Vollständigkeit erheben.

Sie hatte sich getäuscht.

Im Laden der Dujols entdeckte sie Titel, von denen sie gehört, die sie aber nie selbst in Händen gehalten hatte. Dabei handelte es sich keineswegs nur um Bücher, die seit dem Aufkommen der alchimistischen Mode in Paris erschienen waren. Es gab Bände, die einmal in den großen Büchertempeln Europas gestanden hatten, in der Biblioteca Angelica in Rom, der Stiftsbibliothek von St. Gallen, den großen National- und Kirchenbibliotheken oder den exklusiveren und exquisiten Privatsammlungen zu Hofe und in den Häusern der geistigen Oberschicht. Nirgends waren Preise verzeichnet, aber wenn man sich an einen der beiden Besitzer wandte, wogen sie das Buch bedächtig erst in einer, dann in beiden Händen, beschnupperten Papier und Bindung, fuhren mit den Fingerspitzen die Maserung des Leders nach und prüften zuletzt den Titel und den Inhalt. Dann erst nannten sie einen Preis, der niemals zu niedrig und nicht verhandelbar war, und dabei betrachteten sie den Interessenten über den Rand des Buches hinweg mit winzigen Äuglein, die sie wie Geschwister, nicht wie Eheleute erscheinen ließen.

Eine helle Klingel ertönte, als Aura die Ladentür öffnete. Der Geruch nach alten Büchern war angenehm, er erinnerte sie an zu Hause, an die Familienbibliothek im Westflügel des Schlosses, vor deren Fenster sich die Brandung an den Felsen brach, und mehr noch an die Sammlung ihres Vaters unter dem Dach. Eine Schatzkammer der Alchimie, genau wie dieses Geschäft.

»Würden Sie bitte die Tür schließen, Mademoiselle?«

Die Stimme drang durch eine Lücke in einem prall gefüllten Bücherregal. Die Lücke wurde geschlossen, als eine Hand von der anderen Seite ein Buch hineinschob. Bevor es den Blick auf das Gesicht dahinter verstellte, hatte Aura Pierre Dujols erkannt.

»Natürlich.« Sie schob die Tür hinter sich zu. Das Klingeln ertönte zum zweiten Mal, winzige Glöckchen, die wie Messingtrauben über dem Türrahmen baumelten.

»Vielen Dank.«

Zu beiden Seiten des Raumes befanden sich Regale, die bis zur hohen, getäfelten Decke reichten. Vor der Bücherwand zu Auras Rechter stand ein langgestreckter Tisch, darauf mehrere Leselampen und ein hölzerner Globus mit ausgeblichenen Kontinenten. Wo sich einst Westeuropa befunden hatte, hatte jemand ein paar lateinische Worte eingeritzt, aber Aura hatte sich noch nicht die Mühe gemacht, sie zu entziffern.

Die Dujols raschelten irgendwo hinter den Regalen mit losem Papier und Schutzumschlägen, ließen sich aber nicht blicken. Die Buchtitel, nach denen sie bei ihrem ersten Besuch gefragt hatte, hatten das seltsame Paar überzeugt, es mit einer ernsthaften Adeptin zu tun zu haben.

Aura stieg ein halbes Dutzend Stufen hinauf, die in einen zweiten, ungleich größeren Raum führten. Hier gab es mehrere Reihen von Bücherwänden, außerdem eine Anzahl winziger Kaffeehaustische. Auf den meisten häuften sich Bücher, ebenso an vielen Stellen des Bodens. Aura raffte ihr Kleid zusammen, um die wackligen Türme im Vorbeigehen nicht zum Einsturz zu bringen.

An einem der Tische saßen zwei junge Männer. Studenten, vermutete sie. Sie unterbrachen ihr Gespräch, als Aura über den Treppenstufen auftauchte. Erst neugierig, dann anerkennend schauten sie ihr entgegen. Einer wagte ein scheues Lächeln. Aura erwiderte es nicht und zog sich in einen der hinteren Winkel des Ladens zurück. Dort glitten ihre Blicke über die Buchrücken, fanden vieles, das sie bereits kannte, und anderes, das interessant schien, aber nicht das war, weswegen sie gekommen war.

Außer den beiden Männern waren keine weiteren Kunden im Laden. Obwohl die Bücherwände ihre Stimmen dämpften, konnte Aura ihr Gespräch mit anhören.

»Stein der Weisen, gut und schön«, sagte einer der beiden. »Alle suchen nach dem Elixier, aber keiner hat doch wirklich eine Ahnung, was es bewirkt. Was passiert mit dem, der es zu sich nimmt? In der Literatur finden sich kaum Stellen dazu. Alle sprechen von der Unsterblichkeit und von unendlicher Weisheit. Aber wie wirkt sich das aus? Kann ich es von einem Tag auf den anderen mit den antiken Philosophen aufnehmen? Kann ich, ohne sie je gelesen zu haben, die Schriften Platons auswendig? Und was hat es mit der Unsterblichkeit auf sich? Das ewige Leben verspricht mir auch die Kirche. Aber was hilft es mir, wenn mein Körper im Grab liegt? Das Elixier muss doch darüber hinaus gehen. Ich meine, was wäre sonst der Sinn von all diesen Büchern?«

»Es hat noch keinem geholfen, wenn er die Dinge zu wörtlich genommen hat«, sagte der andere besänftigend. »Die Alchimie lehrt uns den Blick hinter das Profane und die … «

Sein Freund unterbrach ihn. »Den Blick hinter das Profane, meine Güte! Gerede, nichts als Gerede! Was *bedeutet* das, will ich wissen. Versteh mich nicht falsch. Ich beschäftige mich genauso lange damit wie du« – ein Jahr, dachte Aura amüsiert, sicher nicht viel länger – »aber niemand kann mir eine vernünftige Antwort geben. Sagen wir, es würde mir oder dir oder irgendeinem anderen gelingen, das Große Werk tatsächlich zu vollenden und das Elixier herzustellen, und einer von uns wäre mutig genug, es an sich selbst auszuprobieren. Ich nehme also einen Schluck, und was dann? Muss ich nie wieder husten, habe ich nie wieder Halsschmerzen und kann ich sichergehen, dass ich nicht am Fieber oder an Tumoren oder an weiß der Teufel was verrecke? Ist das die Unsterblichkeit? Oder bedeutet sie, dass mir keine Kugel und kein Säbel etwas anhaben können? Dann bin ich gewiss der Erste, der sich diesen Dummköpfen auf den Straßen anschließt und jubelnd in den Krieg zieht.«

Der zweite Student senkte die Stimme. »Du solltest solche Reden nicht allzu laut schwingen. Nicht in diesen Zeiten.«

»Wo sonst, wenn nicht hier?« Statt sich zu zügeln, wurde er noch lauter.

»Die Geheimpolizei durchkämmt die ganze Stadt nach Spionen, heißt es.«

»Und du glaubst, sie hat nichts Besseres zu tun, als uns zu belauschen?« Er lachte kurz auf. »Ich bitte dich!«

Der andere seufzte. »Es ist dein Leben, und bislang jedenfalls bist du nicht unsterblich. Also pass lieber auf, was du sagst.«

»Dass der Pöbel den Verstand verloren hat, müssten wohl auch die Herrn Geheimpolizisten einsehen, oder? Mich wundert, dass du dich derart zurückhältst, mein Freund. Seit Monaten stöbern wir in Büchern, mischen stinkende Tinkturen zusammen und übersetzen Texte, die ich selbst dann nicht begreifen würde, wenn sie nicht in diesem Kauderwelsch geschrieben wären. Und wozu das alles? Richtig, die Unsterblichkeit. Ewiges Leben. Das ist das Ziel. Aber diese Vollidioten mit ihren Gesängen und ihrem blinden Patriotismus, welches Ziel haben sie? Sich schnellstmöglich in irgendeinem Schützengraben in Stücke schießen zu lassen! Du wirst wohl kaum von mir verlangen können, dass ich angesichts eines solchen Irrsinns den Mund halte.«

Aura war versucht, einen Blick auf den Sprecher zu werfen, doch es waren zu viele Regale im Weg. Nicht so wichtig, sagte sie sich. Deshalb bist du nicht hergekommen.

Ihr Blick glitt weiter von einem Bücherbrett zum nächsten. Allmählich wurde ihr Nacken steif, weil sie den Kopf schräg halten musste. Die Bände, die sich in diesem Teil der Buchhandlung befanden, hatten meist biblische Themen, auch wenn die Auswahl so getroffen war, dass jedes einzelne auch dem Alchimisten auf seiner Suche behilflich sein mochte. Da standen Bücher über die magische Bedeutung der dreißig Silberlinge, die Judas für seinen Verrat erhalten hatte; über die geheimen Sprüche Moses'; die Rezeptur, mit der jüdische Weise ein lebendiges Kalb in ein goldenes verwandelt hatten; die Hexenkraft der Maria Magdalena; über die alchimistischen Interessen des Pontius Pilatus; die Geheimlabors unterhalb Jerusalems; und über die Rolle König Davids in den ersten Experimenten zur Gewinnung des *Aurum Potabile*.

Vieles war hanebüchener Unsinn, gewiss, doch selbst Nestor hatte sich mit einigen dieser Themen befasst, sodass nicht auszuschließen war, dass in dem einen oder anderen Band zumindest ein Quäntchen Wahrheit schlummerte.

»Aber es geht nicht um den Krieg und auch nicht um mich«, sagte jetzt wieder der eine der beiden Männer. »Es geht um die Wahrheit, nicht wahr? Nur um die Wahrheit. Und ich frage dich, wie wirkt das Elixier? Was geschieht mit dir oder mir oder mit jedem anderen, der es trinkt?«

»Sie haben Recht«, meldete sich eine dritte Stimme zu Wort. Sie gehörte Pierre Dujols, dem Buchhändler. »In der Tat, Sie haben Recht, mein lieber Jean-Claude. In der Literatur finden wir wenig darüber. Und da es doch zumindest einer Hand voll gescheiter Köpfe gelungen sein soll, das Werk zu vollenden, sollte man meinen, wenigstens einer hätte ein paar Worte darüber verloren, nicht wahr?«

Eine Pause trat ein, und Aura sah in Gedanken vor sich, wie der vorlaute Student heftig nickte. Sie hatte weder ihn noch seinen Freund genauer betrachtet, als sie die Treppe heraufgekommen war, und das Bild, das sie sich von ihm machte, fußte allein auf dem Klang seiner Stimme. Sie konnte sich noch gut daran erinnern, dass sie einst die gleichen Fragen gestellt hatte wie er. Doch da war niemand gewesen, mit dem sie darüber hätte reden können. Sie hatte allein mit ihren Zweifeln fertig werden müssen.

»Allerdings täuschen Sie sich, wenn Sie glauben, es gäbe überhaupt keine Zeugnisse über die Wirkung des Steins«, fuhr Dujols fort. Neugierig geworden ließ Aura für einen Moment von den Büchern ab und konzentrierte sich auf die Worte des Buchhändlers. »Es heißt, die Einnahme des Elixiers reinigt den Körper in einem ersten Schritt von allen Toxinen. Der Alchimist verliert seine Haare, seine Nägel und seine Zähne.«

Aura schmunzelte, als sie sich die Gesichter der beiden Studenten vorstellte.

»Sie wachsen nach einer Weile wieder nach, gesünder und stärker als zuvor. Befinden sich dann noch immer Verunreinigungen und Krankheitserreger im Körper, werden sie als Schweiß durch die Poren ausgeschieden. Bald darauf hört der Alchimist auf, Hunger und Durst zu verspüren – was nicht bedeutet, dass er die Vorzüge einer guten Mahlzeit nicht mehr zu schätzen weiß. Das Vergnügen an feinen Speisen und edlem Wein geht ihm zum Glück nicht verloren, heißt es.«

»Dafür sei Gott gedankt«, sagte einer der Studenten leise. Sie nahm an, dass es der Stillere von beiden war, wusste es aber nicht sicher.

»Aber mit dem Körperlichen ist es nicht getan«, sagte Dujols. »Nach der Reinigung des Leibes tritt die Reinigung des Geistes ein, aller überflüssiger Gedankenballast wird abgestoßen.«

»Was bedeutet das?«

»Das weiß niemand, der es nicht erlebt hat. Fest steht nur, dass die Intelligenz sich erhöht und mit ihr die Fähigkeit, philosophische Zusammenhänge zu begreifen. Ich denke, das ist es, was mit Weisheit gemeint ist. Aber wer weiß? Hier nämlich enden alle Beschreibungen mit dem Hinweis, dass nur derjenige, der das Werk vollendet hat, in der Lage sei, die übrigen Schritte der Wandlung nachzuvollziehen.«

Aura versuchte sich zu erinnern, ob sie selbst bereits einmal über diese Beschreibung gestolpert war. Nein, sie wäre ihr zweifellos im Gedächtnis geblieben.

»Und aus welchem Werk haben Sie dieses Wissen?«, fragte einer der Studenten.

»Oh, ich habe es erst kürzlich verkauft. *Neglected Aspects of the Sign of the Crow* von Israel Thorndike. Aber auch er zitiert nur ältere Quellen, vornehmlich aus dem aramäischen Raum.«

Aura hörte die schlurfenden Schritte des Buchhändlers, als er sich entfernte und im Vorraum mit seiner Frau sprach. Sie konnte die beiden lachen hören.

Die Studenten schwiegen eine Weile, dann schabten ihre Stühle auf dem Parkettboden. Bald darauf ertönte die Klingel der Ladentür.

Aura schüttelte den Kopf. Sie war genauso wie diese beiden gewesen. Fragen, so viele Fragen. Und keine Antwort, bis sie das Gilgamesch-Kraut benutzt hatte und zumindest einen Teil der Wahrheit herausfand. Dennoch war das Kraut nicht das Elixier, davon war sie überzeugt. Wie weise konnte jemand sein, der zusah, wie seine Familie auseinander brach, und unfähig war, etwas dagegen zu unternehmen?

Und was die Unsterblichkeit anging: Das Kraut schien die Alterung aufzuheben – zumindest tat es das bislang –, aber ob es sie immun gegen Krankheiten machte, war ungewiss. Immerhin bekam sie auch heute noch einen Schnupfen wie jeder andere. Und starben Menschen nicht an allen Ecken und Enden an einer simplen Erkältung? Nein, echte Unsterblichkeit war das nicht, nicht so, wie diese Studenten oder die Dujols sie sich vorstellten.

Das Große Werk hatte Aura ebenso wenig beendet wie jeder andere Alchimist, dem sie bislang begegnet war. Nicht einmal Nestor, Lysander und Morgantus hatten ihr langes Leben dem wahren Elixier zu verdanken gehabt.

Gesunde Selbsteinschätzung sagte ihr, dass sie als Alchimistin ebenso versagt hatte wie als Mutter. Sie besaß ewige Jugend, und sie hatte einen Sohn geboren, aber mit beidem wusste sie gleichwenig anzufangen.

Um sich abzulenken, wandte sie sich wieder den Büchern zu. Die Titel allein halfen ihr nicht weiter, sie würde sich die Inhaltsverzeichnisse vornehmen müssen. Die nächsten Stunden wäre sie damit beschäftigt. Genug, um sie auf andere Gedanken zu bringen.

Ein Rascheln neben ihr! Abrupt wirbelte sie herum.

Da war nichts, nur eine weitere Bücherwand.

Stand jemand dahinter? Vielleicht hatte sie sich getäuscht, und es waren doch noch andere Kunden in der Buchhandlung.

Ein Fauchen! Sie war jetzt ganz sicher. Jenseits der Bücher atmete jemand.

Mit raschen Schritten erreichte sie das Ende des Regals. Huschte um die Ecke. Blickte dahinter.

Der schmale Gang war leer.

Sie zögerte kurz, dann ging sie zum nächsten Regal. Und zum übernächsten.

Kein Mensch zu sehen.

Aus dem Untergeschoss drangen vage die Stimmen der Dujols herauf. Sie klangen wie zischelndes Flüstern, ganz nah an ihrem Ohr, obwohl sich die beiden nicht einmal im selben Raum aufhielten. Nur eine akustische Täuschung.

Verunsichert ging sie zurück zu der Stelle, wo sie die Geräusche zuletzt gehört hatte. Auf dem Boden lag ein Buch. Hatte sie es fallenlassen? Sie hob es auf und las den Titel. Sie konnte sich nicht erinnern, es aus dem Regal gezogen zu haben.

Kopfschüttelnd schob sie es zurück in eine Lücke, die einzige weit und breit. Dabei fiel ihr Blick auf den Band links davon.

Die sechs Finger des Magus. Von G. Grimaud.

Also hatte sie sich nicht getäuscht! Es gab tatsächlich Literatur zu diesem Thema!

Aufgeregt zog sie das Buch heraus und betrachtete den Einband. Der schmucklose Schutzumschlag nannte nur Titel und Verfasser. Das Impressum auf der letzten Seite verriet ihr, dass der Band 1911 verlegt worden war, vor drei Jahren. Er war nicht illustriert, der Schriftsatz eng und unübersichtlich. Nicht gerade ein Buch, das einen Bibliophilen entzücken würde.

Aura überflog noch einmal die Buchrücken der näheren Umgebung. Andere Titel waren oft zwei- oder dreimal vorhanden. Nicht so *Die sechs Finger des Magus*. Nur ein einziges Exemplar. Als wäre es für Aura gedruckt und hier deponiert worden.

Mit dem Buch in der Hand trat sie aus dem Schatten der Regalwände. Noch einmal schaute sie sich um, konnte aber nichts Verdächtiges entdecken. Hier war niemand. Genauso wie vorhin in der Dunkelheit unter dem Torbogen. Nichts als ihre überreizte Fantasie. Nur Hirngespinste.

Dujols nahm das Buch und blickte lange auf den Titel, so als müsste er ihn erst aus einer archaischen Sprache ins Französische übersetzen. Dann hob er es hoch und winkte seiner Frau damit. Aura folgte seinem Blick und fürchtete schon, einer von beiden würde ihr nun erklären, der Band sei nur durch ein Versehen in das Regal gelangt. Leider unverkäuflich. Tut uns Leid, Mademoiselle. Beehren Sie uns bald wieder.

Dann aber räusperte sich der Buchhändler, lächelte höflich und nannte einen Preis.

»Ist es ein seltener Titel?«, fragte Aura.

»Ist er Ihnen zu teuer?«

»Um Gottes willen, nein.« Sie zog rasch ihre Börse hervor und zählte das Geld ab. »Aber es ist noch nicht alt, und Sie haben nur ein einziges Exemplar vorrätig.«

»Grimaud druckt nie mehr als ein paar Dutzend seiner Elaborate.«

»Er verlegt sie selbst?«

Dujols rieb sich mit seiner Linken den Nasenrücken. »Nun ja, um ehrlich zu sein, seine Titel sind nicht besonders gefragt. Wissen Sie, die jungen Leute wollen Handfesteres lesen, Rezepturen und so weiter. Sie haben doch vorhin die beiden gehört, nicht wahr? So wie sie ist die ganze junge Generation von Alchimisten, die sich hier in Paris breit macht.«

»Pierre!« Die Stimme seiner Frau klang ungehalten. »Du beleidigst die junge Dame.«

Aura schüttelte den Kopf. »Nein, tun Sie nicht.«

»Ich weiß«, sagte er und ließ sie nicht aus den Augen. »Man bekommt ein Gefühl für so was, wenn man sieht, wer am Tag hier ein und aus geht. Sie sind noch jung, Mademoiselle, aber Sie befassen sich nicht erst seit gestern mit den Dingen, nicht wahr?« Er hob abwehrend die Hände, als erwartete er statt einer Antwort irgendwelche Handgreiflichkeiten. Dann aber lachte er. »Sagen Sie nichts! Sie sind eine kluge junge Dame, und Sie haben vermutlich keine Zeit, sich mein Geschwätz anzuhören.«

Sie lächelte und reichte ihm das Geld. Er legte es sorgfältig, aber ungezählt in eine Schublade.

»Viel Freude mit Ihrem Buch«, sagte er, drehte ihr dann den Rücken zu und schien von einem Augenblick zum nächsten vergessen zu haben, dass sie existierte.

Seine Frau nickte Aura mit einem Grinsen zu; es offenbarte eine klaffende Lücke zwischen ihren Schneidezähnen. Dann wandte auch sie sich wieder einem Bücherstapel zu.

»Auf Wiedersehen.«

Aura trat hinaus auf die Rue de Rennes. Das Klingeln der Glöckchen wurde scharf abgeschnitten, als die Tür hinter ihr ins Schloss fiel. Sie bemerkte, dass die Fenster in den umliegenden Erdgeschossen vergittert waren. Auch die Auslagen des Ladens wurden durch Eisenstäbe geschützt.

Mit dem Buch in Händen eilte sie den Bürgersteig entlang. Zweimal blickte sie zurück zur Buchhandlung und vergewisserte sich, dass niemand ihr folgte. Ein kleiner Junge, der verblüffende Ähnlichkeit mit Gian hatte, kam auf sie zu gerannt. Als er heran war und sie passierte, war die Ähnlichkeit verschwunden; er hatte nicht einmal die gleiche Haarfarbe.

An der nächsten Straßenecke, vor einer Fassade, die bis zum Dach mit bunten Werbeplakaten gepflastert war, blieb sie stehen und hielt Ausschau nach einem Café. Es gab keines. Ein alter Korbverkäufer humpelte an ihr vorüber, tippte grüßend mit dem Finger an seine Hutkrempe und verschwand in einem Durchgang.

Sie zog sich unter einen Torbogen zurück, von dessen Decke zerfledderte Farbfetzen hingen wie Blätter einer Sumpfpflanze. Es roch nach Urin und feuchtem Gestein, doch im Augenblick störte sie das nicht. Neugierig begann sie, in dem Buch zu blättern.

Auf ein hochtrabendes Vorwort folgte eine Nacherzählung der Legende vom Stern des Magus, dann ein Abriss vergleichbarer Mythen aus aller Welt. Die Geschichte vom Stern von Bethlehem nahm dabei keinen größeren Raum ein als die Versionen aus anderen Kulturen. Mochte Aura Grimauds selbstherrlicher Tonfall auch gegen den Strich gehen, so konnte sie doch nicht umhin, den Fleiß zu bewundern, mit dem er seine Informationen zusammengetragen hatte. Der Mann war zweifellos eine Koryphäe.

Als sie das Buch zuklappte, bemerkte sie, dass sich durch ihr Blättern der Schutzumschlag verschoben hatte. Um ihn zurechtzurücken, musste sie ihn erst entfernen. Darunter, auf dem vorderen Buchdeckel, befand sich ein brauner Schmutzfleck. Ein verwischter Fingerabdruck.

Etwas in ihr gefror zu Eis. Der Schutzumschlag schwebte achtlos zu Boden.

Sehr viel langsamer, als nötig gewesen wäre, drehte sie das Buch herum. Der Leineneinband fühlte sich mit einem Mal sehr kalt an.

Du hättest es wissen müssen.

Der Abdruck bedeckte die komplette Rückseite. Sechs Finger. Nicht so frisch und nicht so verlaufen wie auf ihrer Bettdecke. Eher so, als wäre die Hand nur notdürftig mit Blut befeuchtet worden.

Sie konnte sich die Szene vorstellen. Eine Gestalt, die verstohlen den Laden der Dujols betrat; hinauf in den oberen Raum ging; das Buch hervorzog; sich vorsichtig umschaute; die Hand mit den sechs Fingern in der Tasche auf ein blutiges Tuch oder einen Schwamm drückte, sie herausnahm und auf den Buchdeckel presste; dann den Schutzumschlag wieder herumlegte, das Buch zurückstellte und das Geschäft wieder verließ.

Aura sah sich verstohlen um, registrierte jedes Gesicht in ihrer Nähe. Es waren nicht viele Menschen auf der Straße, nur ein paar Männer und Frauen auf dem Weg zu den Aufmärschen auf den Boulevards. Niemand, der sie beobachtete oder auch nur zu ihr herübersah. Dennoch blieb das Gefühl, angestarrt zu werden. Sie kontrollierte die Fenster. In allen spiegelten sich die gegenüberliegenden Fassaden und der Himmel. Unmöglich zu sagen, ob irgendwo jemand hinter dem Glas stand und sie beobachtete.

Sie zwang sich, gelassen zu bleiben. Bückte sich und hob den Umschlag auf. Wischte den Staub vom Papier. Legte den Umschlag wieder um das Buch und ging zügig, aber ohne sichtbare Erregung zurück zur Buchhandlung.

Pierre Dujols blickte überrascht auf, als sie den Laden betrat.

»Mademoiselle?« Er hob prüfend eine Augenbraue. »Etwas nicht in Ordnung?«

Sieht man mir das so an? Nein, er meint nur das Buch.

»Ich hätte noch eine Frage«, sagte sie.

»Wenn ich Ihnen behilflich sein kann.«

»Ich denke, doch.«

Seine Frau erschien hinter einem der Regale und blickte neugierig herüber.

Aura sah von ihr zu ihrem Mann. »Hat sich vor kurzem jemand nach diesem Buch erkundigt? Nicht unbedingt nach dem Titel, aber vielleicht nach dem Thema? Danach, wo Bücher dieser Art zu finden sind?«

Dujols sah sie verwundert an, schüttelte aber rasch den Kopf. »Nein. Wie ich schon sagte, Grimauds Bücher sind bei unserer Kundschaft nicht sehr gefragt. Zu spezifisch. Zu versponnen, sagen manche.«

»Kennen Sie ihn?«

»Grimaud? Gewiss. Hin und wieder, wenn er ein neues Buch geschrieben hat, taucht er auf und erkundigt sich, wie viele Exemplare ich bestellen möchte. Nur eines, sage ich jedes Mal, nur ein einziges, bitte. Ein paar Wochen später bringt er das Exemplar vorbei, frisch vom Drucker. Weiß der Teufel, wo er den Rest los wird. Es heißt, ein paar verrückte Deutsche verehren ihn und seine Thesen, aber damit ist es nun wohl bis auf weiteres vorbei. Der Krieg trifft halt jeden, auf die eine oder andere Weise.«

»Haben Sie seine Adresse? Sie steht nicht im Buch.«

Dujols legte den Kopf leicht schräg und musterte sie abermals von oben bis unten. »Sie wollen ihn besuchen?«

»Möglicherweise.«

Seine Frau meldete sich zu Wort. »Seine Adresse, natürlich haben wir die! Pierre, schau mal im Schubfach nach.«

»In welchem?«

»Im dritten. Rechts. Ja, genau das da.«

Der Buchhändler zog ein Notizbuch hervor, blätterte darin und zeigte schließlich mit einem Finger auf das Papier. »Hier ist er. Gaston Grimaud.«

Aura verstand es als Aufforderung, die Anschrift selbst abzulesen. Doch als sie in das Buch blicken wollte, grummelte er etwas, verstellte ihr die Sicht und schrieb die Adresse auf einen Zettel. Dann legte er das Buch zurück in die Schublade und reichte Aura die Notiz.

»Hier«, sagte er. »Sie brauchen ihn nicht von mir zu grüßen.«

Seine Frau verdrehte die Augen. »Mein Mann ist ein Griesgram. Machen Sie sich nichts draus. Und, natürlich, bestellen Sie Monsieur Grimaud unsere besten Wünsche und erkundigen Sie sich in unserem Namen nach seinem nächsten Buch.«

Dujols brummelte mürrisch. »Gott bewahre.«

Aura verabschiedete sich. »Ich danke Ihnen. Sie sind sehr freundlich.«

Der Buchhändler zupfte mit Daumen und Zeigefinger an der faltigen Haut über seinem Adamsapfel. »Wissen Sie, die meisten, die hier zur Tür hereinspazieren, sind Bengel wie diese beiden Kerle vorhin. Oder steinalte Greise. In den seltensten Fällen einmal Paradiesvögel wie Ihr Bekannter Monsieur Monteillet. Aber hübsche junge Damen wie Sie, Mademoiselle, sehen wir hier selten.«

Seine Frau lächelte nachsichtig. »Er glaubt immer noch, dass man die Mädchen mit ein paar alten Büchern herumbekommen kann.« Sie trat neben ihn und tätschelte sanft seine Hand. »Nur weil es einmal geklappt hat.«

Er errötete, ein Anblick, der Aura überraschte und ein wenig verlegen machte. Sie bedankte sich noch einmal, reichte ihnen zum Abschied die Hand und verließ das Geschäft. Aus dem Augenwinkel sah sie durchs Schaufenster, dass die beiden reglos stehen blieben wie zwei Spieluhren, die zur gleichen Zeit abgelaufen waren: Hand in Hand, den Blick hinaus auf die Straße, auf Aura gerichtet.

Erst als sie bereits die nächste Kreuzung erreicht hatte, fiel ihr ein, dass sie nicht darauf geachtet hatte, wie viele Finger Dujols an jeder Hand hatte.

Fünf, nicht wahr?

Es waren fünf.

Sie atmete tief durch und setzte ihren Weg fort.

Fünf Finger. Ganz bestimmt.

Kapitel 6

In den vergangenen Tagen hatte sie begonnen, Paris in schwarzweiß wahrzunehmen. Straßenzüge wie Fotografien, grau und schattig, sogar im Sonnenschein. Menschen mit bleichen, abweisenden Gesichtern.

Schwarz. Weiß.

Am Abend des Maskenballs aber kehrten die Farben zurück, eine ganze Palette, die ihre Wahrnehmung einfärbte und ein wenig Leben, sogar einen Anflug von Heiterkeit in ihre Gedanken zauberte. Sie war dankbar dafür, auch wenn es sie im ersten Moment irritierte.

Ihre Maske war einer stilisierten Katze nachempfunden. Sie bedeckte die obere Hälfte ihres Gesichts und umrahmte ihr Blickfeld mit einem dunklen Oval. Die Maske war aus Samt, schwarzem Pferdehaar und Glassteinen gefertigt. Aura hatte sie mit Philippe gleich nach ihrer Ankunft in Paris gekauft; sie war seine Wahl, nicht die ihre. Im Grunde war es ihr gleichgültig, was sie trug, wenn ihr auch insgeheim der Gedanke gefiel, sich vor den anderen Gästen zu verbergen. Es lag eine bittere Wahrheit darin, denn im Grunde tat sie seit Jahren nichts anderes. Sie versteckte sich hinter Büchern und Experimenten. Hinter ihrem gottverdammten Selbstmitleid.

»Da bist du ja.« Philippe strahlte unter dem Rand seiner Pfauenmaske, als er sie in der Menge entdeckte.

Sie hatte allein im Zentrum des prachtvollen Ballsaals gestanden, wo sie amüsiert, aber auch ein wenig neidisch das Treiben der Menschen beobachtete, die Vielfalt der Masken und das Funkeln echter und falscher Juwelen.

Er tätschelte ihre Hand. »Ich hatte schon befürchtet … «

»Dass ich nicht käme?«

»Raffael meinte, du hättest eine Andeutung gemacht, als du uns gestern verlassen hast.«

»Eine Andeutung?«

»Er sprach von … nun, von starkem Erbrechen.«

»Wie charmant.« Natürlich hatte sie nichts dergleichen erwähnt. Raffaels Versuche, sie bloßzustellen, wurden von Mal zu Mal kindischer. Es war kein weiterer Beweis mehr nötig, um ihr klarzumachen, dass er nichts mit der sechsfingerigen Hand zu tun hatte. Ohne echtes Interesse schaute sich nach ihm um. »Wo steckt er?«

Philippes Miene verdüsterte sich. »Zuletzt hat er sich mit ein paar jungen Kerlen im Garten rumgetrieben. Diese Schnösel hätten meine Söhne sein können.«

Sie nahm Philippes Hand und drückte sie. Es wäre eine gute Gelegenheit gewesen, ein paar Dinge über Raffael loszuwerden, aber sie wollte nicht, dass er glaubte, sie wolle seinen jungen Liebhaber im Gegenzug für dessen Albernheiten schlecht machen.

»Schau mich nicht so mitfühlend an«, sagte er und lächelte halbherzig. »Irgendwer könnte noch denken, mein Schoßhund wäre weggelaufen.«

»*Dein* Vergleich, nicht meiner.«

»Wenn du Raffael besser kennen würdest, wüsstest du vielleicht seine Qualitäten zu schätzen.«

»Das würde ich, ehrlich gesagt, lieber vermeiden.«

Philippe lächelte süffisant. »Er hat auch Talente außerhalb des Schlafzimmers, meine Liebe … Hast du schon das Büfett gesehen?«

»Ich bin sicher, es ist fantastisch.«

»Du hast keinen Hunger?« Einen Moment lang fürchtete sie schon, er würde sich pathetisch an die Stirn schlagen; sie wusste zu würdigen, dass er es nicht tat. »Natürlich!«, sagte er. »Die Hand! Sie ist wieder aufgetaucht, nicht wahr?«

Aura nickte. Philippe umfasste sanft ihren Oberarm und schob sie aus dem Gewimmel der Gäste in einen Durchgang. Auch im angrenzenden Saal tummelten sich Maskierte, nippten an Champagner, flirteten oder lauschten dem Spiel des Orchesters. Einige drehten auf der Tanzfläche Pirouetten. Die Stimmung war ausgelassen. Aura spürte, wie die gute Laune auf sie abfärbte. Zu gerne hätte sie für ein paar Stunden alle blutigen Handabdrücke und die Sorgen um ihre Familie vergessen und sich ganz dem Trubel der Feier hingegeben. Tanzen und lachen und über nichts reden. Ein Abend der netten Belanglosigkeiten.

Im Durchgang zwischen den Sälen, prunkvoll getäfelt wie alle Räume des Palais, erzählte Aura Philippe, was passiert war.

»Woher konnte er wissen, dass du in den Laden gehen würdest?«, fragte er, nachdem sie geendet hatte. »Warst du mit irgendwem dort, außer mit mir?«

»Nein.«

»Ich zumindest hab keinem davon erzählt.«

»Und Raffael?«

»Interessiert sich nicht für Bücher. Und schon gar nicht für Alchimie. Ich war einmal mit ihm dort, und er hat nichts anderes getan, als eine Stunde lang durchs Schaufenster auf die Straße zu stieren.«

»Du hast ihm nicht erzählt, dass du mir das Geschäft gezeigt hast?«

Er schüttelte den Kopf. »Wir haben natürlich über dich gesprochen, aber ich kann mich nicht erinnern, dass ich das erwähnt hätte. Abgesehen davon ist es lächerlich, Raffael zu verdächtigen.« So, wie er es sagte, klang es nicht beleidigt oder verärgert, eher so, als teilten sie und er ein Geheimnis über Raffael: Dass Philippes junger Liebhaber weder einfallsreich noch klug genug war, um Aura auf diese Weise einen Schrecken einzujagen.

Sie stimmte ihm zu. »Er hätte niemals vorhersehen können, dass ich die Verbindung zwischen dem Abdruck auf meinem Bett und diesem Buch herstellen würde.«

»Also – wer kommt noch in Frage?«

»Mir fällt niemand ein.«

»Hast du diesen Grimaud schon aufgesucht?«

»Nein. Kennst du ihn?«

»Nur vom Hörensagen. Es heißt, er sei Mitglied in verschiedenen alchimistischen und okkulten Zirkeln gewesen, ehe er sich aus allen zurückzog und ganz auf seine Forschungen konzentrierte. Aber das ist nichts Besonderes. Die Fluktuation in den Alchimistengruppen hier in der Stadt ist enorm.«

»Das verrät einiges über ihre Ernsthaftigkeit.«

»Ach, Aura, du darfst diese Dinge nicht so verbissen sehen. Die Alchimie ist nicht mehr dieselbe finstere Geheimwissenschaft wie vor hundert oder zweihundert Jahren. Jedes Kind kann sich Literatur darüber besorgen. Schon dein Vater hätte das erkennen können, hätte er sich nicht all die Jahre auf diesem Felsen in der Ostsee eingeschlossen.«

Er sprach über Nestor, aber sie wusste, dass er in Wahrheit sie meinte. Sie hatte immer noch Mühe, über den Tellerrand ihrer Studien zu blicken. Manchmal war ihr, als wäre mit ihrem Alter auch die Zeit in ihrem nächsten Umkreis stehen geblieben, während sich außerhalb dieser Seifenblase alles immer schneller drehte. Sie hatte Mühe, Schritt zu halten, und war sich zugleich bewusst, dass dies eigentlich die Gedanken einer Frau waren, die sehr viel älter war als sie.

»Wann willst du zu Grimaud gehen?«

»Morgen.«

»Soll ich dich begleiten?«

»Danke. Aber ich glaube nicht, dass das nötig ist.«

»Wie du willst.«

»Beleidigt?«

»Unsinn. Du bist jung, und du hast dir eine Aufgabe gestellt. Das ist gut. Und falls du doch meine Hilfe brauchst, weißt du, dass du jederzeit zu mir kommen kannst.« Während er sprach, irrte sein Blick mehrfach über ihre Schulter hinweg in den großen Ballsaal. Er war nicht mehr wirklich bei der Sache, und sie konnte es ihm nicht verübeln. Es war an der Zeit, das Gespräch zu beenden. Vielleicht fand sie ja noch einen Tanzpartner, mit dem sie sich aufs Parkett wagen konnte.

Als sie sich umwandte, entdeckte sie, was Philippe so beunruhigte.

Raffael und ein anderer Mann, maskiert als Wolf, aber von feingliedrigem, fast femininem Wuchs, standen eng umschlungen am anderen Ende des Saals.

»Philippe«, sagte sie beschwichtigend und wollte eine Hand nach ihm ausstrecken, doch da hatte er sich bereits in Bewegung gesetzt.

Einige Herzschläge lang blickte sie ihm hinterher, wie er mit zielstrebigen Schritten durch die Menge eilte. War es nicht das, was sie gewollt hatte? Ein Eklat zwischen Philippe und Raffael? Jetzt, da es so weit war, spürte sie nichts als Traurigkeit.

Sie wollte den Verlauf der Auseinandersetzung nicht mit ansehen, löste ihren Blick von Philippe und rauschte in ihrem langen Kleid in den zweiten Saal. Sie wusste, dass sie Aufmerksamkeit erregte, pechschwarz von Kopf bis Fuß, aber sie kümmerte sich nicht um die verstohlenen Blicke durch Augenschlitze. Stattdessen nahm sie vom Tablett eines vorbeikommenden Kellners ein Glas Champagner, leerte es in einem Zug und fühlte sich augenblicklich besser. Es war nicht der Alkohol, der sie belebte, sondern der Geschmack. Sie hatte fast vergessen, wie Champagner schmeckte. Auf Schloss Institoris gab es keine Feste, und Einladungen nach Berlin waren Sylvette, Tess und Gian in der Regel ohne sie gefolgt. Aura hatte es so gewollt.

Neugierig schob sie sich durch die Menge der Maskierten. Die meisten trugen venezianische Masken mit spitzen, langen Nasen und schattigen Augenpartien. Aber sie sah auch Löwen, Tiger und einen Panther, verschiedene Halbmonde in Silber und Gold, ein Sonnengesicht und einen wandelnden Eiffelturm.

An den Tafelwänden standen Sessel und Sofas mit gemusterten Bezügen, auf denen die Damen in gespielter Erschöpfung niedersanken, wenn ihre Partner sie von der Tanzfläche führten. Kokettieren hatte nie zu Auras Gewohnheiten gehört, aber jetzt, an diesem Ort, weckte der Anblick in ihr eher Belustigung als Missfallen.

Eine Wand des Saals war mit meterhohen Spiegeln verkleidet. Mehrmals sah Aura sich selbst als schwarzen Schemen zwischen den Menschen.

Erst beim dritten oder vierten Mal wurde ihr klar, dass die dunkle Gestalt in den Spiegeln keine Maske trug.

Erstaunt blieb sie stehen und sah genauer hin. Sie fand ihr Abbild auf Anhieb, komplett mit Katzenmaske. Sie musste sich getäuscht haben.

Sie trank ein zweites Glas Champagner und blickte erneut zur Spiegelwand hinüber. Da war sie, ein schwarzer Fleck zwischen all den farbenfrohen Kleidern und Gewändern. Es sah aus, als glühten sogar ihre Augen wie die einer Katze – nur das Licht des Kronleuchters, der sich in den Glassteinen der Maske brach.

Zwei Gläser Champagner, und du siehst Gespenster. Großartig.

Nicht allzu weit vor ihr befand sich die zweiflügelige Tür, die hinaus auf die Terrassen führte. Dort herrschte ein stetes Kommen und Gehen: Gäste aus den Ballsälen flanierten an der frischen Luft, genossen die klare Nacht und gingen nach einer Weile wieder hinein, oft mit neuen Partnern am Arm.

Sie fragte sich, was es wohl war, das sie selbst dort hinaus zog. Die Dunkelheit? Der Sternenhimmel?

Was willst du hier eigentlich, ganz allein?

Du hast die Dinge zu oft selbst in die Hand genommen. Nun laß dich einmal treiben. Genieße den Abend. Denk einfach an gar nichts. Nicht an Philippe und Raffael, die beide alt genug sind, um mit ihren Problemen klarzukommen. Nicht an die Hand aus Blut. Nicht an das gottverdammte Verbum Dimissum, das ohnehin mit jedem Tag bedeutungsloser wird.

Vielleicht war es an der Zeit, etwas anderes mit ihrem Leben anzufangen, als immer nur neuen Facetten des Großen Werks nachzujagen, ohne ihm je wirklich nahe zu kommen.

Dieses Fest war ein erster Schritt. Genauso wie der Champagner. Und was hatte es mit der Nacht dort draußen auf sich, dass Frauen allein den Saal verließen und mit Männern am Arm zurückkamen?

Sie brauchte dringend noch ein Glas.

Sie nahm es vom Tablett eines der allgegenwärtigen Kellner, setzte es an die Lippen – und sah erneut eine Reflexion in den Spiegeln, die so schwarz gekleidet war wie sie selbst, und die doch keine Katze, nicht *sie* war.

Sie stellte das volle Glas beiseite und blickte sich um. Im Saal mussten sich an die zweihundert Menschen aufhalten, und der Pulk der Tanzenden vermischte sich mehr und mehr mit jenen, die nur dastanden, redeten, tranken. Es fiel schwer, einzelne Menschen auszumachen. Die Masse wogte, bewegte sich, Farbkleckse auf einer Palette, die ein unsichtbarer Pinsel mischte.

Einmal glaubte sie, den schwarzen Schemen entdeckt zu haben. Ein schwarzes, weites Kleid wie ihr eigenes, nicht ganz modern, aber von schlichtem Chic. Sie sah langes schwarzes Haar wie das ihre, offen über einen schlanken Rücken fallend. Und ganz kurz, für den Bruchteil eines Augenblicks, glaubte sie auch ein Gesicht zu sehen, eine verwaschene Erscheinung: helle Haut, rote Lippen, blaue Augen, schwarzes Haar. Wie sie, und doch wieder nicht wie sie. Ähnlichkeit, ja – aber nicht mehr. Allerdings eine verblüffende Ähnlichkeit.

Dann war die Frau fort, und wo sie gestanden war, wirbelten wieder Farbflecken aus Samt und Seide und Brokat. Aura war nicht mehr sicher, ob da überhaupt jemand gewesen war. Der Champagner nahm ihr die Lust, länger darüber nachzudenken, und so tat sie es mit einem Schulterzucken ab. Natürlich gab es andere Frauen in schwarzen Kleidern, mit schwarzem Haar und blasser Haut.

Und wenn sie nun sechs Finger hatte?

Sie ließ das Champagnerglas stehen und eilte in Richtung Terrasse. Sie brauchte jetzt frische Luft. Unterwegs sah sie noch einmal in den Spiegel und erkannte nur sich selbst. Schwärze unter den Augen einer Katze.

Die Terrassen des Palais' bildeten drei breite Stufen, die in den tiefer gelegenen Park hinabführten. Zwei Dutzend Fackeln brannten in den Händen steinerner Statuen und tauchten die Szenerie in flackerndes Gold. Auch die vorderen Bäume waren erhellt, dahinter versank das Gelände in Finsternis.

Es waren weniger Menschen hier draußen, als sie vermutet hatte. Einige Pärchen standen dort, wo sich die Schattenringe außerhalb des Feuerscheins berührten. Manche hielten sich tuschelnd und lachend in den Armen, einige küssten sich mit hungriger Intensität, ohne ihre Masken abzunehmen. Die Anonymität machte selbst den Gehemmten Mut.

Aura legte ihre Hände auf eines der schweren Steingeländer, weit genug entfernt von den Turtelnden. Sie blickte hinab in den dunklen Garten, bei Tag eine gepflegte Parklandschaft, jetzt aber ein schwarzer Abgrund. All dies gehörte ihr. Die Miete, die Philippe an ihre Familie zahlte, war nicht annähernd angemessen. Aber sie hätte sich geschämt, mehr von ihm zu verlangen. Nicht von einem Freund.

»Entschuldigen Sie.«

Die Stimme ließ sie herumwirbeln.

»Entschuldigung«, sagte der Mann noch einmal. »Ich wollte Sie nicht erschrecken.«

Er war groß und trug einen Gehrock aus schwarzem Samt. Sein Gesicht war hinter einer glatten Schalenmaske verborgen, blutrot und mit den leeren Zügen einer Schaufensterpuppe; nur die Mundpartie lag offen. Er hatte ausdrucksstarke Lippen. An seinem Kinn entdeckte sie ein winziges Grübchen, das vom Schattenspiel der Fackelbeleuchtung vertieft wurde.

»Kennen wir uns?«

Er schüttelte den Kopf. »Man hat mir gesagt, es sei verboten, heute Abend seinen wahren Namen zu nennen.«

Tatsächlich? Davon hatte Philippe ihr nichts erzählt.

Der Champagner hatte sie benommen gemacht. Zu ihrer eigenen Überraschung spürte sie die Bereitschaft, sich auf das Spiel einzulassen.

»Wie soll ich Sie nennen?«

»Wie wäre es mit Dorian?«

»Ich bin Sylvette.« Der Name ihrer Halbschwester. Der erstbeste, der ihr einfiel.

»Das ist ein schöner Name.«

»Sie sprechen fremde Damen unter einem klaren Sternenhimmel an und machen ihnen Komplimente. Ich bin nicht sicher, ob das für Sie spricht.«

Seine Lippen verzogen sich zu einem Lächeln. »Sie sind also nicht aus demselben Grund hier herausgekommen wie die meisten anderen weiblichen Gäste.« Er deutete auf die Pärchen, die im Dunkeln beieinander standen. Bei vielen wurden die Umarmungen mit jeder Minute leidenschaftlicher.

Jetzt erst wurde Aura klar, dass sie neidisch war. Neidisch auf ein wenig menschliche Wärme, auf Zärtlichkeit und, nun gesteh es dir schon ein, auf Sex.

»Vielleicht sollte ich lieber wieder ins Haus gehen«, sagte sie.

»Nein. Bleiben Sie noch.«

Sie musterte ihn interessiert, aber auch ein wenig misstrauisch. Am meisten erstaunte sie ihre eigene Kurzatmigkeit.

»Es tut mir Leid«, sagte sie, »falls ich einen falschen Eindruck bei Ihnen erweckt habe.«

»An welchen Eindruck dachten Sie denn?«

»Ich bin nicht auf der Suche nach einem Abenteuer.«

»Das habe ich auch nicht angenommen.«

»Gut … Das enttäuscht Sie hoffentlich nicht.«

»Nicht im Entferntesten. Ich dachte, dass es nett wäre, sich mit Ihnen zu unterhalten.«

»So? Ich gehe jetzt wohl besser. Einen schönen Abend noch … Monsieur Dorian.«

Er deutete eine Verbeugung an und lächelte verschmitzt. »Mademoiselle Sylvette.«

Sie wandte sich ab und wollte zurück zur Tür gehen. Nach zwei Schritten aber blieb sie stehen und drehte sich zu ihm um. »Vielleicht möchten Sie mich ja begleiten.«

»Mit dem größten Vergnügen«, sagte er, als hätte er nur auf diese Einladung gewartet. Sie hasste es, berechenbar zu sein.

Wenig später bewegten sie sich tanzend durch den Trubel im Ballsaal. Er war der bessere Tänzer, das stand schon nach den ersten Drehungen außer Frage, aber aus irgendeinem Grund war ihr das im Augenblick egal. Es gefiel ihr einfach, dass er sie festhielt. Sie genoss seine Nähe.

»Sie sind eine Freundin von Philippe?«

»Ja. Und Sie?«

»Er und ich kennen uns nur flüchtig. Ich fürchte, ich wurde aus purer Höflichkeit eingeladen. Vermutlich stand ich ziemlich weit unten auf seiner Liste.«

»Sind Sie aus Paris?«

»Könnte man sagen.«

»Keine allzu ausführliche Antwort.«

»Ich bin mal hier, mal dort. Ich reise viel, wissen Sie. Ich bin unterwegs, so lange ich mich erinnern kann.«

»Ah, ein Kosmopolit.« Sie überlegte kurz, ob er versuchte, ihr damit zu imponieren. Doch sein beiläufiger Tonfall verriet, dass er nur ehrlich war. Er mochte ein Charmeur sein, doch ein Angeber war er nicht. Unmerklich schob sie sich ein wenig näher an ihn heran.

»Mir gefällt Ihr Kleid«, sagte er.

»Wollen Sie es sich ausleihen?«

Er lachte, und sein Griff um ihre Taille wurde ein Spur fester. »Und ich mag die Art, wie Sie mich abweisen.«

»Tue ich das denn?«

»Etwa nicht?«

Sie gab keine Antwort, sah nur durch ihre eigene Augenschlitze in die seinen. Es war, als bewegten sie sich in zwei völlig getrennten Welten, die sich nur durch Zufall und gerade in diesem Augenblick überschnitten, wie bei einer totalen Sonnenfinsternis.

Finsternis. Ja. Es war zu hell hier drinnen. Eindeutig zu hell.

»Was haben Sie sonst noch zu sagen, außer dass Sie eine Vorliebe für Damenkleidung hegen?« Sie konnte selbst nicht glauben, was sie dann noch hinzufügte: »Ich werde nur mit Ihnen schlafen, wenn Sie ein wenig mehr vorweisen können als harmloses Wortgeplänkel.«

Er schluckte nicht einmal. Lächelte nur. »Ich werde morgen eine Séance besuchen. Begleiten Sie mich.«

Sie brauchte einen Augenblick, um den Themensprung nachzuvollziehen. Sie konnte noch immer nicht fassen, was sie gerade erst von sich gegeben hatte. Das war nicht sie selbst. Oder vielleicht doch? Jene Aura, die mit sechzehn, vor unendlich langer Zeit, ein Verhältnis mit ihrem Stiefbruder gehabt hatte. Die sich später ausgerechnet in Gillian verliebte, der versucht hatte, sie umzubringen – und der ihren Vater ermordet hatte. Jene Aura, die in ihrem bisherigen Leben in der Tat recht sonderbare Vorlieben bei der Wahl ihrer Liebhaber gezeigt hatte.

Wie harmlos erschien ihr da doch dieser Fremde, der kein Geheimnis daraus machte, dass er dasselbe wollte wie sie.

»Eine Séance?«, fragte sie unschuldig. »Mit Geistern von Verstorbenen und allem drum und dran?«

»So in etwa.«

»Und wo soll sie stattfinden?«

»In der Rue Campagne-Première, Nummer 15. Zweite Treppe.«

»Das ist am Montparnasse, oder?«

Er nickte. »Es ist die Wohnung zweier Schwestern. Zwillinge. Salome und Lucrecia Kaskaden.«

»Das klingt deutsch.«

Grinsend legte er einen Zeigefinger an seine Lippen. »Die beiden sind Deutsche, ja. Aber Sie sollten das nicht zu laut sagen. Zurzeit ist man mit deutschem Namen nicht allzu gut gelitten hier in Paris.«

»Natürlich.« Hatte er sie durchschaut? Soweit sie wusste, war ihr Französisch tadellos, ohne Akzent. War sie unvorsichtig geworden?

»Was führt jemanden wie Sie zu einer Séance?«, fragte sie.

»Sie kennen mich doch überhaupt nicht.«

»Sie wirken nicht wie jemand, der sich in stickigen Hinterzimmern mit Toten unterhält, die aus irgendwelchen Kristallkugeln sprechen.«

»Vielleicht täuschen Sie sich. Wir haben doch alle Menschen verloren, die wir geliebt haben, nicht wahr? Lebende und Tote.«

Sie blieb abrupt stehen, noch bevor das Orchester das Stück beendet hatte. »Wie meinen Sie das?«

»Wie ich es gesagt habe.« Er zog sie mit sich, bis sie sich wieder zur Melodie des Walzers bewegte. »Ich habe viele Freunde verloren im Lauf der Jahre. Weit mehr, als Sie sich vorstellen können.«

Die Richtung, die das Gespräch nahm, gefiel ihr nicht. Aber letztlich trug sie selbst die Schuld daran: Sie hatte ihn aufgefordert, sich interessant zu machen. Und sie hatte das Gefühl, dass er bei allem, was er sagte, aufrichtig war.

Geister also. Eine Séance. Und sie konnte noch immer nur an das eine denken. Es war so verdammt lange her.

»Lassen Sie uns von hier verschwinden«, sagte sie.

»Ja.«

Sie tanzten zum Rand des Ballsaals und traten wieder hinaus auf die Terrasse. Aura ergriff seine Hand und führte ihn schweigend an der Fassade entlang, vorbei an Paaren, die in den Sträuchern raschelten, vorbei auch an den letzten erleuchtete Fenstern, hinüber in einen Teil des Anwesens, wo die Scheiben dunkel waren und die Musik aus den Sälen fern und verloren klang.

Vor einer Glastür blieb sie stehen. Die Balustrade, die fast das ganze Palais umrundete, war hier menschenleer. Nirgends brannten Fackeln. Nur die Sterne spendeten fahlen Lichtschein, bis Aura fand, dass sie und Dorian selbst aussahen wie die Geister, die er morgen heraufbeschwören wollte. Der Wind, der aus dem Park heraufwehte, war trotz der späten Stunde erstaunlich warm. Sie spürte, wie er durch die Härchen auf ihrer Haut strich.

Sie gab der Tür einen Stoß, der sie nach innen schwingen ließ.

»Sie kennen sich gut aus«, sagte er.

»Das Haus gehört mir. Meiner Familie.«

»Ich dachte, Philippe sei der Besitzer.«

»Hat er das behauptet?«

»Nein, aber ... «

»Sie ziehen zu viele vorschnelle Schlüsse.«

Er drehte sie sanft an der Schulter zu sich um. »Welchen Schluss sollte ich denn Ihrer Meinung nach aus Ihrem Verhalten ziehen?«

Die Dunkelheit des Salons schien sich zu verstärken. In Auras Augenwinkeln streckten sich Schattenarme nach ihr aus, aber als sie genauer hinsah, war da nichts. Nur dieser Fremde.

Sie stellte sich auf die Zehenspitzen und küsste ihn. Seine Lippen öffneten sich, aber da wich sie schon wieder einen halben Schritt zurück. Die glatte Oberfläche seiner Maske gefiel ihr. Eine Projektionsfläche für jedes Gesicht, das ihr in den Sinn kam. Eigentlich nur ein einziges.

»Komm mit.«

Sie zog ihn an der Hand in die Dunkelheit und machte sich nicht die Mühe, die Glastür wieder zu schließen. Weit, weit entfernt hörte sie den Musikhauch aus den Ballsälen.

Er entzündete eine Kerze und blickte sich erstaunt um.

»So viele Spiegel«, flüsterte er.

Sie nickte. »Der Spiegelsalon. Philippe sagt, dass er ihn nur zu besonderen Anlässen benutzt.«

Wände und Decke waren lückenlos mit Kristallspiegeln verkleidet. Aura sah sich und ihren Begleiter hundertfach reflektiert. Hundertfache Erwartung, hundertfache Spannung.

Er nahm sie in den Arm und küsste sie erneut. Keiner von

beiden kam auf den Gedanken, die Maske abzunehmen. Das gehörte zum Spiel.

Projektionen.

Ein Teppich war das einzige Möbelstück des Salons. Er lag genau in der Mitte; kein Stuhl, kein Tisch, kein Sessel verstellte den Blick auf die Spiegel.

Sie führte ihn dorthin und ließ sich nieder, beobachtete ihn, so wie er sie beobachtete. Sie legte sich auf den Rücken und spürte, dass sie ihn verwirrte, auch wenn er vermutlich genau das bekam, was er sich wünschte.

Er kniete sich hin, und sie fühlte seine Hände an ihren Waden, wie sie mit einer langsamen Bewegung den Saum ihres Kleides nach oben schoben. Einen Moment lang hob sie ihm ihren Unterleib entgegen, damit der Stoff darunter hinweg gleiten konnte; sie war sich bewusst, dass die Bewegung mehr verhieß.

Weich streichelten seine Finger ihre Schenkel. Sie erschauerte, als seine Hand ihre Beine spreizte, an Stoff zogen, ihn beiseite warfen, zurückkehrten und sie abermals berührten, höher, weiter, tiefer.

Dann fühlte sie die sanfte Berührung seiner Lippen an ihrem Bauchnabel. Eine Weile lag sie ganz still, erwartungsvoll. Horchte auf ihren eigenen Atem und auf seinen. Spürte ihn erneut, weiter unten, und beobachtete die ebenmäßige Fläche seiner Maske, rot wie eine untergehende Sonne über dem Hügel ihrer Scham.

Er war von einer entzückenden Unbeholfenheit, trotz aller Erfahrung, die er zweifellos gesammelt hatte. Auch wenn er eine Maske trug, ging von ihm eine Attraktivität aus, die beinahe strahlte, der Glanz einer unsichtbaren Aureole.

Er kam herauf zu ihr und küsste sie erneut. Sie schmeckte sich selbst, salzig und feucht auf seinen Lippen, und nutzte die Chance, ihn auf den Rücken zu drehen, kniete neben ihm, betrachtete ihn, nestelte an seiner Hose.

Sie blickte auf und beobachtete sich in den Spiegeln.

Hundert schwarze Katzen über hundert Männern ohne Gesicht.

Wie ein Schlag durchfuhr sie die Erinnerung an den Schemen im Spiegel des Ballsaals.

Nicht ich selbst. Nicht ich.

Dann schwang sie ein Bein über seine Hüften, streichelte ihn und spürte, wie er in sie eindrang.

Hundert schwarze Katzen seufzten.

Die Kerze flackerte, aufgeschreckt vom lauen Nachtwind. Musik in einer anderen Welt.

Katzenaugen, jetzt geschlossen.

Seine Hände ganz sanft an ihrer Taille.

Dunkelheit im Park. Ein warmer Luftzug durch die offene Tür.

Die Kerzenflamme zitterte, erlosch.

Und hundert schwarze Katzen wurden eins mit der Nacht.

Kapitel 7

Später suchte sie Philippe.

Die Standuhr im Ballsaal zeigte fünf nach zwei. Die Hälfte der Gäste war verschwunden, doch der Rest würde umso länger bleiben, trunken voneinander und vom Alkohol.

Die Schatten im Park bewegten sich längst nicht mehr nur vom Wind. Leiber im Sternenlicht. Leises Flüstern, leises Stöhnen. Leise Schwüre ohne Bestand.

Sie hatte schon früher von Philippes Bällen gehört, aber dieser war der erste, an dem sie teilnahm. Alle Gerüchte entsprachen der Wahrheit. Nichts war erfunden, nichts ausgeschmückt. Alles wahr.

Von einem der Diener erfuhr sie, dass der Hausherr sich ins Kaminzimmer zurückgezogen hatte. Sie mutmaßte, dass er dort mit Raffael Versöhnung feierte, sah Philippes jungen Liebhaber aber bald darauf vor den Terrassenfenstern, begleitet von einem Blondschopf mit nacktem Oberkörper und Engelsflügeln aus Papier.

Einen Augenblick später stand sie vor der verschlossenen Tür des Kaminzimmers.

»Philippe?«

Er antwortete nicht. Ein Grammofon spielte eine knisternde Klaviersonate.

»Philippe! Ich bin's, Aura!«

»Nicht jetzt«, sagte eine Stimme so weit entfernt, als befände sie sich nicht im Zimmer, sondern viele Räume entfernt.

»Nimm es dir nicht so zu Herzen«, sagte sie hilflos. Sie wusste, wie unvermittelt seine Stimmungen umschlagen konnten. Es war ihr unangenehm, ihn sich mit verheulten Augen vorzustellen; es passte nicht zu dem Bild, das sie von ihm hatte.

»Philippe?«

»Aura, bitte.« Es war schwer, seinen Tonfall zu bestimmen, so fern und dumpf klang seine Stimme durch das dicke Eichenholz.

Sie zögerte. Dann gab sie sich einen Ruck und ließ ihn allein.

Es widerstrebte ihr, sich erneut unter die verbliebenen Gäste zu mischen. Sie hatte Dorian im Spiegelsalon zurückgelassen, mit einem angenehmen Kribbeln im ganzen Körper und einer tiefen Zufriedenheit. Nach ein paar Minuten hatte es ihr Leid getan, dass sie sich nicht von ihm verabschiedet hatte, doch als sie zurückging, war er bereits verschwunden. Auch in den beiden Ballsälen war er nirgends zu finden, und so nahm sie an, dass er das Palais verlassen hatte. In ihrem Kopf herrschte ein ziemliches Durcheinander: Sie kam sich albern vor, kindisch, aber auch sehr feminin und bestätigt. Und sie hatte kein schlechtes Gewissen. Warum auch? Und wem gegenüber?

Mein Körper, meine Entscheidung.

Mit einem Lächeln ging sie durch die Eingangshalle, als ihr ein weiterer Gedanke kam. Ohne Hast wandte sie sich an den Concierge, der müde an einem Tisch neben dem Eingang saß.

»Verzeihen Sie«, bat sie. »Erinnern Sie sich an einen Herrn mit dunkelroter Maske? Er muss eben erst gegangen sein.«

Der Diener lächelte erschöpft. Mit ähnlichen Fragen hatte man ihn vermutlich den ganzen Abend bedrängt. Er wusste genau, wie die nächste Frage lautete.

»Und könnten Sie mir vielleicht seinen Namen geben?«

Der Mann schüttelte diskret den Kopf. »Tut mir Leid, Mademoiselle, das ist nicht üblich. Monsieur Monteillet hat Anweisung gegeben, Stillschweigen über die Identität seiner Gäste zu bewahren. Gewiss haben Sie Verständnis dafür.«

Sie nahm ihre Maske ab. »Sie wissen doch, wer ich bin, nicht wahr?« Sie hasste solche Auftritte, aber im Augenblick war es ihr wichtiger, Dorians Namen zu erfahren.

Die Dienerschaft wusste, dass Auras Familie das Anwesen gehörte. Der Concierge wurde nervös. »Mademoiselle, bitte ...«

Sie hätte ihm Geld über den Tisch geschoben, wenn sie welches dabei gehabt hätte. Stattdessen musste ihre Überzeugungskraft ausreichen. Aber sie sah bereits, dass der Mann nachgeben würde.

»Ich *bitte* Sie darum, Monsieur. Ich denke, es ist in Monsieur Monteillets Sinne, dass Sie mir behilflich sind.«

Es ging auf drei Uhr nachts zu, der Mann war hundemüde, und seine Bereitschaft, ihr Widerstand zu leisten, schmolz dahin. Mit einem Seufzen öffnete er ein gebundenes Buch, in dem er sorgfältig alle Namen notiert hatte. Hinter jedem Gast, der das Palais wieder verlassen hatte, hatte er mit feiner Feder einen Haken gemacht.

»Hier«, sagte er und deutete auf einen Schriftzug, »das muss der Herr gewesen sein, den Sie meinen.«

Aura spürte eine Spannung in sich, die sie gern als naiv abgetan hätte. Aber ganz so einfach war das nicht.

»Chevalier Weldon«, sagte der Concierge. »Ja, ich bin ganz sicher. Eine schlichte, dunkelrote Maske. Das war der Chevalier. Ein höflicher Mann.« Er sah auf, fixierte sie. »Und großzügig.«

Sie stützte sich mit einer Hand auf die Tischkante. »Chevalier Weldon?« Sie holte tief Luft. »Sie sind ganz sicher?«

»Ich bitte Sie, Mademoiselle.«

»Natürlich. Vielen Dank.« Ihr Blick fiel auf eine samtverkleidete Kiste neben dem Tisch. »Sind da drin alle Einladungen, die abgegeben wurden?«

Der Concierge nickte zögernd. Ihm war unwohl, weil er ihren nächsten Wunsch vorausahnte.

»Sie sind adressiert, nicht wahr?«

»Ja«, sagte er leise. »Das sind sie wohl.«

»Würde es Ihnen etwas ausmachen ...«

Zum ersten Mal stand ihm sein Missfallen deutlich ins Gesicht geschrieben. »Nein, Mademoiselle.« Fast presste er die Worte zwischen zusammengebissenen Zähnen hervor. »*Natürlich* macht es mir nichts aus.«

Während er sich die Kiste auf den Schoß hob und in den Karten stöberte, glitt Auras Blick durch die offene Tür hinaus zur Auffahrt. Der breite Kiesweg war zu beiden Seiten von Fackeln flankiert. Die Pferde vor den Droschken schliefen im Stehen, die Kutscher standen in einem kleinen Pulk beieinander und plauderten. Hinter ihnen raunte der Nachtwind in den Akazien.

Chevalier Weldon.

Es war unmöglich.

Ein Zufall, ganz bestimmt. Ein lächerlicher, dummer Zufall.

»Hier!« Der Concierge zog triumphierend eine Einladungskarte hervor. »Weldon. Das ist er.«

»Lassen Sie sehen.«

Er reichte ihr die Karte so eifrig, so als wäre er froh, das Stück Papier endlich loszuwerden. Und damit vermutlich auch sie.

Aura las die Adresse.

Lächelte. Sie konnte nicht anders. Dieser Mistkerl.

15, Rue Campagne-Première, stand da. *Zweite Treppe.*

Sie schloss einen Atemzug lang die Augen. Die Adresse der Zwillinge. Nicht seine.

Mit einer Bewegung, die ihre ganze Konzentration erforderte, gab sie dem Concierge die Einladung zurück. »Sind Sie sicher, dass die echt ist?«

Er rümpfte die Nase, als hätte sie ihn persönlich beleidigt. »Echt, Mademoiselle? Ich verstehe nicht.«

Sie beugte sich über den Tisch hinweg zu ihm, und diesmal gab sie ihrer Stimme einen so schneidenden Klang, dass er erschrocken zusammenzuckte. »Ist diese Karte eine Fälschung? Das möchte ich von Ihnen wissen!«

»Aber warum eine Fälschung?«

»Sie werden es nicht herausfinden, solange Sie sich das Ding nicht ansehen!«

Er schluckte den Rüffel, begutachtete die Einladung von vorne und hinten, wollte schon den Kopf schütteln, als ihm etwas auffiel.

»Das Siegel …«, sagte er leise.

»Was ist damit?«

»Ich weiß nicht. Es wirkt wie … nun ja.«

»Bitte!«

Er blickte mit großen Augen zu ihr auf und sah aus, als bräche eine Welt für ihn zusammen. »Das Siegel ist eine Fälschung. Sehen Sie, hier. Die Pinselstriche. Sehen Sie? Dieses Siegel wurde nicht gestempelt, sondern mit einem Pinsel aufgetragen.«

Aura spürte, wie sich ihr Magen zusammenballte.

Der Concierge fuhr fort: »Ich werde gleich einen Mann zu der Adresse … «

Sie unterbrach ihn. »Sparen Sie sich die Mühe. Sie werden den Chevalier dort nicht finden.« Aber vielleicht ich, fügte sie in Gedanken hinzu. Morgen Abend, bei der Séance.

Empörung hatte die Müdigkeit des Dieners verdrängt. »Ein Skandal! Ein unerhörter Affront! Sich auf einen Ball von Monsieur Monteillet einzuschleichen!«

»Man kann es ihm nicht verübeln, nicht wahr? Es ist … *nett* hier.« Sie zwinkerte dem Mann zu und wandte sich ab, nicht ohne zuvor mit Genugtuung festzustellen, dass sich sein Gesicht puterrot färbte.

Eilig ging sie zurück zum Kaminzimmer. Unter diesen Umständen würde Philippe ihr öffnen müssen.

»Philippe! Bist du noch da drin?«

Eine Tür klapperte im Inneren, möglicherweise ein Schrank. Vielleicht wurde auch nur ein Sessel zurückgeschoben. Dann hörte sie einen Schlüssel im Schloss. Philippe lächelte sie durch den Türspalt an, zögerte einen Augenblick, ließ sie dann ein.

»Aura … tut mir Leid.«

Sie trat an ihm vorbei. Die Glastür zur Balustrade stand offen. Die Vorhänge waren gewölbt, als stände jemand dahinter. Nur eine nächtliche Brise, die aus dem Park hereinwehte.

»Bist du allein?«, fragte sie.

»Ja, sicher.«

Sie konnte den Blick nicht von der Glastür nehmen. War jemand hier gewesen? Nein, Philippe hatte nur frische Luft geschnappt.

Sie durchquerte das Zimmer, trat hinaus auf die Veranda und schaute sich um. Niemand. Nur Schatten.

Sie zog die Glastür hinter sich zu, als sie wieder ins Zimmer trat. Im Kamin brannte ein Feuer, trotz der warmen Sommernacht. Philippe hatte den Schlüssel wieder herumgedreht.

»Wenn du wegen Raffael gekommen bist …«, sagte er.

»Nein. Das ist deine Angelegenheit.«

»Gut.«

»Kennst du einen Chevalier Weldon?«

Philippe sah sie einen Moment lang verwundert an, dann grinste er. »Du hast jemanden kennen gelernt.« Eine unumstößliche Feststellung.

»Möglich.«

»Und der Name ist wie?«

Sie seufzte. »Chevalier Weldon. Er hat gesagt, du hättest ihn eingeladen.«

Philippe zuckte die Achseln. »Mag schon sein. Ich sollte eigentlich alle persönlich kennen, aber hin und wieder … «

»Seine Einladung ist gefälscht.«

Er legte die Stirn in Falten. »Wer sagt das?«

»Der Concierge.«

»Nun«, er stöhnte leise, »das ist nicht nett, aber es wäre nicht das erste Mal. Man spricht über meine Bälle, weißt du? Es gibt viele, die gerne daran teilnehmen würden.« Begreifen erhellte seine Züge. »Du hast doch nicht etwa mit ihm …«

»Philippe, ich kümmere mich nicht um das, was du mit Raffael treibst. Lass es uns umgekehrt genauso halten.«

Sein Grinsen wurde noch breiter. Sie sah ihm an, dass ihm tausend Fragen auf der Zunge brannten, musste ihm aber zugute halten, dass er keine einzige aussprach.

»Chevalier Weldon ist nicht sein wahrer Name«, sagte sie.
»So?«
»Ich kenne diesen Namen. Er ist ein Pseudonym.«
»Ich verstehe noch immer nicht, worauf du hinauswillst. Es ist mein Ball. Müsste nicht eigentlich ich mich darüber aufregen?«
Sie ließ sich in einen Sessel am Kamin fallen. »Du weißt doch, welchen Namen ich benutze, wenn ich nach Paris komme.«
»Marquise de Montferrat.«
»Hast du eine Ahnung, wie ich darauf gekommen bin?«
Er schüttelte den Kopf. »Sollte ich?«
»Du weißt doch, wer der Graf von Saint-Germain war, oder?«
»Ein Betrüger, der im achtzehnten Jahrhundert durch Europa zog und behauptete, unsterblich zu sein. Er war ein gern gesehener Gast an den Höfen der damaligen Zeit.«
»Richtig. Er hatte eine ganze Reihe falscher Namen, die er benutzte, wenn er in Schwierigkeiten steckte – was nicht gerade selten war. Einer davon war Marquis de Montferrat. Ich dachte, dass das eine hübsche Anspielung wäre – natürlich nur solange niemand dahinterkommt. Ein Spaß, mehr nicht.«
»Vermutlich einer, über den du nur selbst lachen konntest.«
»Bis heute Abend, wie es scheint.«
»Hat dich jemand erkannt?«
»Herrgott, Philippe!« Sie zog die Knie an und hob die Füße auf den Sessel. Am liebsten hätte sie sich zwischen den Polstern verkrochen, um in Ruhe nachzudenken. »Verstehst du denn wirklich nicht?«
»So Leid es mir tut.«
»Der Graf von Saint-Germain hatte viele falsche Namen, mindestens zehn davon sind überliefert. Einer war Marquis de Montferrat. Ein anderer Chevalier Weldon!«
Philippe sah sie stumm an, dann ging er nachdenklich ein paar Schritte auf und ab. Schließlich blieb er stehen. »Er weiß, wer du wirklich bist. Das glaubst du doch, oder?«
Sie nickte. »Er hat mich draußen angesprochen, auf der Ter-

rasse. Und der Grund war nicht der, dass ihm mein Hintern gefallen hat.«

»Dennoch ein nicht zu unterschätzender Vorzug, wohlgemerkt«, sagte Philippe lächelnd.

»Dieser angebliche Chevalier wusste, wer ich bin – und *was* ich bin. Er muss gewusst haben, unter welchem Namen ich mich in Paris aufhalte, und er hat sogar vorausgesehen, dass ich … dass ich mit ihm schlafen würde. Und dass ich mir diese verdammte Einladung heraussuchen lassen würde.« Sie brach ab, damit sich ihre Stimme nicht überschlug. »Bin ich wirklich so leicht zu durchschauen?«

Er ging vor ihr in die Hocke, nahm ihre Hand und streichelte sie wie ein fürsorglicher Vater. »Wenn er tatsächlich Erkundigungen über dich eingezogen hat, hat er vermutlich auch erfahren, dass du allein stehend bist. Kein Mann, kein Liebhaber. Eine unbefriedigte junge Dame.«

»Herzlichen Dank.«

»Warum bist du nicht ehrlich zu dir selbst?«

»Aber das bin ich!«

»Wie lange hast du mit keinem Mann mehr geschlafen, Aura?«

»Ungefähr vierzig Minuten.«

Er lächelte mit schmalen Lippen. »*Vor* diesem Chevalier.«

»Zwei Jahre. Fast drei. Es gab da einen jungen Mann, in einem Seebad, nicht weit vom Schloss … Großer Gott, das ist lange her.« Sie konnte ihm plötzlich nicht mehr ins Gesicht sehen.

Er nahm ihr Kinn sanft zwischen Daumen und Zeigefinger und zog es zu sich herum. »Aura, Aura … Du solltest diesem Betrüger dankbar sein. Man sagt, irgendwann wachsen die Schenkel einer Frau zusammen, wenn sie nicht … «

»Philippe!« Ihre Empörung war nicht gespielt, auch wenn sie im nächsten Augenblick lachen musste. »Du bist ein verfluchter Lüstling! Ein alter, reicher, unmoralischer Lüstling.«

Er erwiderte ihr Lachen. »Du hast *verkommen* vergessen.«

»Ein verkommener Lüstling.«

»Ja, und ich habe meinen Spaß. Das solltest du auch, Aura.«

Sie zog ihren Kopf zurück und rutschte seitlich in den Sessel, zwischen den Armlehnen zusammengekauert wie ein störrisches Kind.

»Er weiß es, Philippe«, sagte sie leise und war schlagartig wieder ernst. »Niemand sollte in der Lage sein, diese Dinge über mich herauszufinden. Und er hat es trotzdem geschafft. Wer weiß, was er noch erfahren hat.« Sie fuhr sich mit beiden Händen durch ihr langes Haar. »Er muss ein Alchimist sein. Niemand sonst könnte wissen, woher der Name de Montferrat stammt – und hätte zudem noch die Dreistigkeit, selbst ein Pseudonym des Grafen von Saint-Germain zu benutzen! Er hat gewusst, dass ich mich nach ihm erkundigen würde. Und dass ich seinen Namen erkennen würde. Er hat mit mir gespielt, die ganze Zeit über.«

»So wie es aussieht, wollte er dir aber nichts Böses. Es sei denn, du zählst darunter die Unterbrechung deiner hart erarbeiteten Männerabstinenz.«

»Ha-ha.«

Er beugte sich schmunzelnd vor und umarmte sie. Es fühlte sich gut an. Anders als die Umarmung des falschen Chevalier, ohne jede Erotik. Nur freundschaftlich. Warmherzig. Genau das, was sie jetzt brauchte, auch wenn sie ihn nie darum gebeten hätte.

»Was soll ich jetzt machen, Philippe?«

»Musst du denn etwas machen?«

»Was, wenn er mit der blutigen Hand zu tun hat?«

»Möglich. Aber nicht sehr wahrscheinlich. Wenn er dir Angst hätte einjagen wollen, hätte es dazu vermutlich bessere Möglichkeiten gegeben.«

»Es gefällt mir nicht, dass dort draußen jetzt schon zwei Leute herumlaufen, die so viel über mich wissen. *Falls* es nur zwei sind!«

»Das ist nicht gut, aber es ist auch keine Katastrophe.«

»Noch nicht.«

Er nickte. »Noch nicht.«

Sie löste sich mit einem Seufzen aus seiner Umarmung. »Ich werde morgen versuchen, ihn wiederzusehen.«

»Wie das?«

Sie erzählte ihm von der Séance und erntete einen besorgten Blick, als sie den Namen der Zwillinge erwähnte.

»Die Kaskadens?«, sagte er. »Ich kenne die beiden. Viele Leute kennen sie. Und jeder weiß, dass sie Deutsche sind. Ich würde dir nicht empfehlen, sie ausgerechnet jetzt zu besuchen. Wenn die Geheimpolizei dich dort findet, sieht es schlecht für dich aus. Es wird nicht lange dauern, bis sie herausfinden, dass deine Papiere gefälscht sind.«

Sie winkte ab. »Es sind gute Fälschungen.«

»Ja, für eine grobe Kontrolle an der Grenze. Aber nicht für das, was die Geheimpolizei damit anstellen wird.«

»Ich habe keine andere Wahl, oder?«

»Warum willst du ihn wirklich wiedersehen? Nur wegen seines Namens?«

Sie wandte sich ab und ging Richtung Tür. »Nur deswegen.«

»Sieh mich mal an.«

Widerstrebend drehte sie sich zu ihm um. Sie sprach sehr leise. »Es wird zu viel, Philippe. Jeden Tag kommt irgendetwas Neues dazu. Erst die Streitereien mit Gian und Sylvette. Dann die Suche nach dem Verbum … «

»Um das es dir nie wirklich ging.«

»Schließlich die blutige Hand und nun auch noch dieser Chevalier«, führte sie den Satz zu Ende. »Alles Probleme, die gelöst werden müssen. Und ich muss irgendwo anfangen.«

»Dann lass mich mit zu den Kaskadens gehen.«

»Nein. Wenn es wirklich gefährlich ist, gibt es keinen Grund, dich da mit hineinzuziehen. Außerdem hast du gesagt, dass du verreisen musst.«

»Nur nach Brest. Das kann ich zur Not um einen Tag verschieben.« Er verzog abfällig das Gesicht. »Es sind nur Geschäfte.«

Sie versuchte zu lächeln. »Und wenn die nicht laufen, kannst du deine Miete nicht zahlen. Ich müsste dich rauswerfen.« Mit einem Kopfschütteln setzte sie hinzu: »Kümmere dich um deine Geschäfte, Philippe. Und überlass mir meine eigenen.«

KAPITEL 8

Das Warten machte sie wahnsinnig. Die Luft um sie herum schien auf sie einzustürzen, ein unsichtbarer Druck, der es unmöglich machte, einen klaren Gedanken zu fassen. Ihr eigenes Schweigen machte ihr zu schaffen. Es fehlte nicht viel, und sie würde anfangen, Selbstgespräche zu führen, allein in ihrem Hotelbett.

Hallo, Bett. Hallo, Vorhang. *Hallo, Aura …*

Sie brauchte Stunden, um in dieser Nacht einzuschlafen, und dann kamen Träume, die den Schlaf nicht angenehmer machten als die Tortur des Wachseins.

Grünblaues Licht füllte das Zimmer, als wäre ganz Paris in einem Ozean versunken, ohne dass sie es bemerkt hatte. Es musste eben erst passiert sein, in den Minuten des Wechsels vom Wachen zum Schlafen. Ihre Bewegungen waren langsam, schwebend, wie Schwimmstöße unter einer Wasseroberfläche. Immerhin konnte sie atmen.

Sie schlug die Augen auf. Das Licht war nicht mehr blau, sondern golden. Die Morgensonne schien gleißend durch die hohen Fenster. Sie hatte nicht das Gefühl, überhaupt geschlafen zu haben, doch das war keine Überraschung. Sie kannte solche Nächte zur Genüge. Entschlossen stand sie auf. Eine halbe Stunde später saß sie beim Frühstück und versuchte, ihren Kreislauf mit Unmengen von Kaffee in Gang zu bringen.

Sie verließ das Hotel mit dem Zettel, auf den Dujols die Adresse von Gaston Grimaud geschrieben hatte. Zu ihrer Erleichterung sah sie ihr Spiegelbild in einem Schaufenster und stellte fest, dass sie zumindest äußerlich einigermaßen ausgeruht wirkte. Sie spürte auch, dass die Morgenluft ihr gut tat. Die Augusthitze, die am späten Vormittag über Paris hereinbrechen würde, ließ noch auf sich warten, und über die Seine wehte ein erfrischender Luftzug.

Eine Droschke brachte sie bis zu Grimauds Haus. Verstohlen schoben sich Katzen mit schmutzigem Fell an den Fassaden vorüber, als rechneten sie jeden Augenblick damit, von irgendwem oder irgendetwas angegriffen zu werden. Vor dem Haus lag eine tote Taube mit aufgeplatztem Leib. Ratten stoben auseinander, als das Droschkenrad den toten Vogel haarscharf verfehlte. Ein Flügel stand abgewinkelt nach oben und zeigte klagend zu den düsteren Fenstern empor.

Die meisten Gebäude in dieser Straße beherbergten Werkstätten und kleine Fabriken, doch aus keinem erklangen Geräusche. Die Maschinen standen still, manche Scheiben waren zerbrochen. Ein ungewöhnlicher Ort für einen Buchliebhaber, fand Aura. Sie hatte gepflegte Gärten erwartet, Villen aus dem letzten Jahrhundert. Stattdessen wuchsen um sie dunkelrote Ziegelmauern empor, mit Fenstern, von denen manche über zwei Etagen reichten. Was an Verzierungen in die Wände eingelassen war, hatte sich durch Kohlenstaub und den Ruß der Schlote schwarz gefärbt.

Der Kutscher wies auf einen Torbogen. »Sicher, dass Sie hier richtig sind, Mademoiselle?«

Sie nickte. »Würden Sie hier auf mich warten?«

Er wirkte alles andere als glücklich, nickte aber, als sie ihm einen Schein in die Hand drückte.

Jenseits des Torbogens erwartete sie fahles Halblicht, das ihr aus einem schmutzigen Innenhof entgegenschien. Eine offene Tür führte in ein Treppenhaus. Neben dem Eingang glänzte eine Messingplakette, vermutlich das einzige Stück Metall im ganzen

Viertel, das nicht mit einem rußigen Schmierfilm überzogen war. Es sah aus, als würde es regelmäßig gesäubert, und das machte ihr ein wenig Hoffnung.

Als sie im Hausgang einen Augenblick lang die Luft anhielt und horchte, glaubte sie, in der Tiefe des Treppenschachts Wasser plätschern zu hören. Dann herrschte wieder Stille.

»Monsieur Grimaud?«

Sie würde hinaufgehen müssen. Eine Kellerwohnung schloss sie aus. Zu feucht für Bücher.

Eine weitere Namensplakette fand sie im ersten Stock, neben einer doppelflügeligen Tür aus Eichenholz. Sehr stabil und offenbar nachträglich eingebaut. Doch alle Stabilität war nutzlos, wenn die Tür nicht geschlossen wurde: Sie stand einen Spalt weit offen.

Wieder rief sie den Namen des Verlegers. Und wieder gab niemand ihr Antwort.

Sie wusste, dass dies der Augenblick war, an dem sie hätte umkehren müssen. Doch ihre Neugier trieb sie weiter. Ich muss irgendwo anfangen, hatte sie zu Philippe gesagt. Erst Grimaud, dann die Kaskadens.

Vorsichtig gab sie der Tür einen Stoß. Sie war schwer und schwang nur wenige Fingerbreit nach innen. Sie musste fester drücken, um die Tür zu öffnen. Dahinter lag ein kurzer Flur. Erstaunt sah sie das zerwühlte Bett vor der linken Wand. Schlief Grimaud im Korridor?

»Monsieur? Sind Sie zu Hause?«

Nur vollkommenes Schweigen. Dann wieder das Wasserplätschern in der Tiefe.

»Ich würde mich gerne mit Ihnen unterhalten. *Die sechs Finger des Magus* – das ist Ihr Buch, nicht wahr?«

Sie betrat den Flur, ging mit einem Rumoren im Bauch am Bett vorüber und näherte sich einer halb geöffneten Verbindungstür.

»Bitte, Monsieur. Sagen Sie mir, falls ich Sie störe.« Und obwohl sie nicht im Ernst daran dachte, fügte sie hinzu: »Ich kann auch ein andermal wiederkommen.«

Sie schaute über die Schulter zurück zum Eingang. Falls irgendwer aus dem Keller heraufkam, würde sie ihn hoffentlich früh genug bemerken. Ihre Rufe mussten im ganzen Haus zu hören gewesen sein.

Er will es nicht anders, dachte sie verbissen und öffnete die Tür am Ende des Korridors.

Dahinter lag die größte Privatbibliothek, die sie in ihrem Leben gesehen hatte. Und sie kannte einige.

Vor ihr erstreckte sich ein gewaltiger Raum über drei Stockwerke nach oben, wie das Innere eines Turms. Rundum standen prall gefüllte Bücherregale. Die beiden oberen Etagen waren schmale Galerien, auf denen Rollleitern auf Schienen verankert waren. Das Zentrum der Bibliothek bildete eine mächtige Wendeltreppe aus Eisengittern. In den oberen Etagen führten Gitterstege von den Stufen zu den Regalen.

Auf der gegenüberliegenden Seite des Raumes sah Aura einen großen Schreibtisch, bedeckt mit Blättern, Buchumschlägen, Tintenfässern, Schreibgeräten, Kerzenleuchtern und Büchern, hohen Stapeln, die den Blick auf den Stuhl dahinter verwehrten.

»Monsieur Grimaud?«

Licht fiel durch ein großes Oberlicht herein. Die Sonne stand noch nicht allzu hoch, sodass ihre Strahlen nur den oberen Teil des Bücherturms erhellten. Hier unten aber, wo Aura sich befand, herrschte wässriges Dämmerlicht.

»Monsieur?«

Etwas stimmte nicht. Diese Sammlung war ein Vermögen wert, das konnte sie auf den ersten Blick erkennen. Warum also standen, in einem Viertel wie diesem, alle Türen offen? Sie hatte zusätzliche Schlösser an der Innenseite des Eingangs bemerkt. Keines war verriegelt gewesen.

Sie fasste sich ein Herz und stieg langsam die Wendeltreppe hinauf. Vergeblich versuchte sie, durch die Gitter zu erkennen, ob sie weiter oben von jemandem erwartet wurde. Aber die Stufen waren zu engmaschig; übereinander versetzt waren sie so blickdicht wie eine Stahlplatte.

Mit klopfendem Herzen erreichte sie die erste Zwischenetage. Beim Anblick des Steges, der von der Treppe zu den Regalen führte, wurde ihr schwindelig. Das Geländer an beiden Seiten reichte ihr kaum bis zu den Oberschenkeln.

Wieder rief sie den Namen des Verlegers, rechnete aber schon nicht mehr mit einer Antwort.

Weiter hinauf, in das obere Stockwerk.

Auf halbem Weg dorthin bemerkte sie das Blut auf den Gitterstreben. Erst vor ihren Füßen, dann auch auf den Stufen über ihrem Kopf.

Sie hatte keine Waffe, nichts, um sich zu verteidigen.

Ihr wurde übel.

Trotzdem ging sie weiter. Es fiel ihr schwer, einen Fuß vor den anderen zu setzen. Philippe hatte sie gewarnt, zu den Kaskaden-Zwillingen zu gehen – dabei drohte ihr die wahre Gefahr hier, zwischen all diesen Buchrücken. Es geschah ihr ganz recht. Sie hatte hier nichts zu suchen. Es war gewiss nicht Grimaud gewesen, der den Handabdruck in seinem eigenen Buch platziert hatte. Und alle Fragen, die sie zum Stern des Magus hatte, würde sie vermutlich in seinem Werk beantwortet finden. Sie *musste* ihn nicht persönlich treffen.

Das Blut war braun und trocken. Wenn ihre Sohlen es berührten, rieselte es in staubigen Schuppen in die Tiefe. Sie konnte es jetzt auch riechen und fragte sich, warum der Geruch nicht schon unten viel stärker gewesen war. Vielleicht würde er durch Belüftungsschächte im oberen Teil der Bibliothek abgesaugt.

Als sie hochschaute, sah sie zwei Schuhsohlen, genau über sich, auf der Plattform des oberen Stockwerks.

Sie holte tief Luft.

»Hallo? Monsieur Grimaud?«

Wie in Trance überwand sie die letzten Stufen.

Der Gestank wurde so stark, als wäre sie kopfüber in einen Topf mit faulender Fleischbrühe getaucht. Sie hielt sich die Nase zu, aber ihr kam es vor, als dränge der Verwesungsgestank durch jede ihrer Poren, überschwemmte sie wie etwas Öliges, Klebriges.

Jemand hatte ihn mit den Armen nach hinten an die Spindel gefesselt. Er musste seit Tagen tot sein, vielleicht seit einer Woche. Fliegen tummelten sich auf dem Leichnam.

Ein Gehrock, leicht zerschlissen, aber noch nicht gänzlich aus der Mode. Schuhe aus teurem Leder, voller Blut. Ein gezwirbelter Schnauzbart. Und, Gott sei Dank, geschlossene Augen. Am Tag seines Todes hatte er sein Haar mit Pomade nach hinten gekämmt. Eine einzelne Strähne hatte sich gelöst, womöglich im Kampf mit dem Mörder; sie war über seine Stirn nach vorne gefallen. Ihr Schatten verlief als schmaler Zacken quer über das Gesicht, sodass Aura ihn im ersten Moment für eine Wunde hielt. Ein tiefer Schnitt, vielleicht. Ein Hieb mit einer Klinge. Aber, nein, nur der Schatten der Haarsträhne. Sie suchte vergeblich nach anderen Verletzungen, aus denen das viele Blut ausgetreten war.

Erst als sie den Leichnam umrundete, erkannte sie die Wahrheit.

Grimaud hatte keine Hände mehr. Jemand hatte sie abgesägt, nachdem er die Arme seines Opfers um die Treppenspindel gelegt und gefesselt hatte.

Aura beugte sich über das Geländer und übergab sich. Mit bebender Hand wischte sie sich über die Lippen, gab sich einen Ruck und wandte sich erneut den Wunden zu.

Zwei Armstümpfe mit gezackten, angelaufenen Rändern.

Grimaud war hier oben verblutet. Vielleicht hatte der Schmerz ihm gleich zu Beginn seines Sterbens das Bewusstsein geraubt. Aura wünschte es ihm.

Sie wich einen Schritt zurück, blickte sich noch einmal auf der Galerie um und machte sich dann an den Abstieg. Grimaud war vor mehreren Tagen getötet worden. Sein Mörder war nicht mehr hier, niemand würde ihr am Fuß der Treppe auflauern. Trotzdem schnürte sich ihr Brustkorb mit jeder Stufe ein wenig enger zusammen.

Unten angekommen löste sich ein Teil ihrer Anspannung. Sie war allein in der Bibliothek.

Sie wollte schon zur Tür gehen, als sie die Blutstropfen sah, die über das Parkett hinter den Schreibtisch führten. Grimaud selbst war auf der Treppe gestorben. Demnach musste sein Mörder nach der Tat zum Schreibtisch gegangen sein. Das Blut stammte vermutlich von den Händen, die er seinem Opfer amputiert hatte.

Sie wollte fort von hier, jetzt gleich. Und dennoch konnte sie nicht anders: Widerwillig folgte sie der Spur.

Hinter dem Schreibtisch war das Parkett dunkel von Blut. Inmitten der getrockneten Pfütze lagen dunkel verfärbte Überreste beider Hände, und sie brauchte einen Moment, ehe sie ihren Ekel so weit im Griff hatte, dass sie sich vorbeugen und ihren Fund inspizieren konnte.

Es waren zwei *halbe* Hände, sauber in der Mitte von oben nach unten durchtrennt. Die eine zwischen Zeige- und Mittelfinger, die andere zwischen Mittel- und Ringfinger.

Festgebacken im trockenen Blut lagen noch andere Gegenstände. Ein Fingerhut. Eine gebogene chirurgische Nadel. Reste von Fäden.

Und eine Geflügelschere.

Aura taumelte zurück, bekam die Lehne des Stuhls zu fassen und ließ sich auf das Lederpolster fallen. Sie hatte schon früher Leichenteile gesehen; damals, im Sankt-Jakobus-Stift in den Schweizer Alpen, war eine Mitschülerin vor ihren Augen abgeschlachtet worden. Doch das hier war etwas anderes.

Ihr Blick, auf der Suche nach etwas, an das er sich klammern konnte, huschte über den Schreibtisch, über das Gebirge aus Büchern, Papieren und Ordnern.

In der Mitte lag ein aufgeschlagenes Buch. Auf der rechten Seite prangte ein blutiger Abdruck, dunkelbraun, fast schwarz. Die Hand mit sechs Fingern. Der Stern des Magus.

Keine Überraschung. Jetzt nicht mehr.

Kein Mann mit sechs Fingern an einer Hand. Kein schlechter Scherz der Natur. Stattdessen ein Stempel aus Leichenteilen, zusammengenäht aus den Hälften von Grimauds Händen. Hier, in dieser Bibliothek, war er angefertigt und zum ersten Mal benutzt worden. Auf diesem Buch. Der Mörder war in umgekehrter Reihenfolge zu Auras Entdeckungen vorgegangen. Zuerst, vor mehreren Tagen hatte er Grimaud getötet; dann hatte er das Buch im Laden der Dujols mit der blutigen Hand markiert; zuletzt war er in Auras Hotelzimmer eingedrungen und hatte den Abdruck auf dem Bett hinterlassen.

In Grimauds Bibliothek hatte es begonnen. Und das war vermutlich auch das vorläufige Ende ihrer Suche. Grimauds Mörder hatte sie hierher lotsen wollen. Aber hätte er das nicht einfacher haben können? Nein, er musste sie wissen lassen, wie ernst es ihm war. Dass er nicht vor einem Mord zurückschreckte. Und dass er in der Lage war, jeden ihrer Schritte vorauszusehen.

Der Schlag ihres Herzens erfüllte sie bis zum Bersten. Langsam beugte sie sich vor und betrachtete das aufgeschlagene Buch. Die linke Seite war unbedruckt, das Bild rechts daneben durch das getrocknete Blut fast unkenntlich geworden. Aura konnte in den Zwischenräumen der krustigen Fingerumrisse sehen, dass es sich um die Federzeichnung einer Burg handelte, einer Festung umgeben von Bergen. Sie würde das Blut wegkratzen müssen, um weitere Einzelheiten zu erkennen.

Sehr vorsichtig schloss sie die Buchdeckel. Der Titel war auf Spanisch, eine Sprache, die sie nicht verstand. Anhand ihrer Latein- und Französischkenntnisse konnte sie jedoch entziffern, dass es sich um ein Buch über die Pyrenäen handelte, um eine Sammlung von Reiseberichten aus der Mitte des neunzehnten Jahrhunderts.

Die Pyrenäen. Sie *kannte* ein Kastell, das sich auf einem dieser Berge erhob.

Egal, dafür war später noch Zeit.

Sie klemmte sich das Buch unter den Arm und eilte zur Tür. Rasch durch den Flur, vorbei am Bett des Toten. Hinaus ins Treppenhaus. Die Stufen hinunter, durch den Hof und ins Tageslicht der Straße.

Der Kutscher hatte Wort gehalten. Er saß auf dem Kutschbock und zog an seiner Pfeife. Als er Aura sah, sprang er eilfertig hinab zu ihr aufs Pflaster.

»Liebe Güte, Mademoiselle! Was ist passiert?«

»Nichts.« Sie wich ihm aus und stieg ohne seine Hilfe in die Droschke. »Fahren Sie los. Schnell!«

Er würde sich an sie erinnern, wenn die Polizei sich auf die Suche nach dem Mörder machte. Falls man ihn befragte, würde er sie beschreiben. Ihre Erregung, nachdem sie das Haus verlassen hatte.

Das Mindeste, was sie tun konnte, war sich nicht direkt zum Hotel fahren zu lassen. Möglich, dass sie dadurch ein paar Stunden, vielleicht einen ganzen Tag Vorsprung gewann.

Der Kutscher gab seinen Pferden die Peitsche. Das Gefährt klapperte los.

Nur langsam wurde sie ruhiger. Die Furcht wich einer tiefergehenden Besorgnis und Unruhe. Bis heute hatte niemand die Leiche gefunden. Es konnte noch Tage dauern, bis jemand nach Grimaud suchte, möglicherweise länger. Bis dahin war sie längst fort aus Paris, das wusste sie jetzt mit Bestimmtheit. Spätestens morgen früh würde sie abreisen. Wohin? Die Grenze zum Deutschen Reich war geschlossen, dort würden bald die ersten Armeen aufeinander treffen. Vielleicht mit Philippe nach Brest. Ja, das war eine Möglichkeit.

Sie ließ sich vom Kutscher einige Straßenzüge vom Fluss entfernt absetzen, vergaß beinahe, ihn zu bezahlen, und eilte dann zu Fuß zurück zum Hotel.

In ihrem Zimmer schlug sie das Buch auf, blätterte fahrig darin, fand gezeichnete Landschaftspanoramen, weitere Burgen, folkloristische Abbildungen der Bergbewohner und Portraits von Königen und Fürsten, die in der Geschichte der Pyrenäen eine Rolle gespielt hatten.

Als ihr klar wurde, dass sie den Augenblick, in dem sie sich erneut mit dem Handabdruck beschäftigen musste, nur hinauszögerte, fasste sie sich ein Herz und schlug die verkrustete Doppelseite auf.

Das getrocknete Blut hatte nichts an Abscheulichkeit verloren, auch wenn es hier, in der scheinbaren Sicherheit ihres Hotelzimmers, abstrakter, weniger real wirkte. Sogar die Erinnerung an Grimaud begann vor ihrem geistigen Auge zu verschwimmen.

Sie holte eine Nagelfeile aus dem Bad, setzte sich vor das Buch und machte sich daran, die Blutkruste zu entfernen. Es war nicht ganz einfach, und mehrfach glitt sie ab und stach durch das dünne Papier.

Alles, was sie brauchte, war eine Bestätigung. Sie ahnte bereits, um welche Burg es sich handelte.

Ein paar Minuten später hatte sie Gewissheit.

Vor sich sah sie das Kastell ihres Vaters, hoch oben in den Pyrenäen, dem Grenzgebirge zwischen Frankreich und Spanien. Die Burg erhob sich über dem nördlichen der beiden Täler, die den Zwergstaat Andorra bildeten.

Gillian war der erste, der ihr davon erzählt hatte, vor siebzehn Jahren auf einer Bahnfahrt von Zürich nach Wien. Kurz nachdem er sie aus ihrer Gefangenschaft im Sankt-Jakobus-Stift befreit hatte.

Nestor, ihr Vater, hatte einst in dieser Festung gelebt und dort seine Forschungen betrieben. »Dieses Kastell in den Pyrenäen ist ein vergessener Ort«, hatte Gillian ihr damals erklärt, »viele, viele Jahrhunderte alt. Es heißt, es stehe auf einem Berg, auf dem einst der Heilige Geist in der Krone einer Kiefer Hof hielt.« Nachdem Nestor die Burg verlassen hatte und weiter nach Norden gezogen war, hatten auch seine beiden Erzfeinde Lysander und Morgantus den Weg dorthin gefunden, getrieben von Hass und Neid auf ihren einstigen Gefährten. Hier hatten sie abermals seine Fährte aufgenommen, die sie schließlich zum Schloss an der Ostsee führen sollte, Nestors neuem Versteck und Stammsitz der Familie Institoris.

Erst viel später, lange nachdem Gillian sie verlassen hatte, hatte Aura sich wieder an seine Worte erinnert und in der Familienbibliothek nach Hinweisen auf das Kastell in den Pyrenäen gesucht. Die Suche war mühsam gewesen. Nestor hatte im Lauf seines Jahrhunderte langen Lebens Grundbesitz in aller Herren Länder erworben, eine Tatsache, die der Familie heute von Nutzen war. Schließlich hatte sie eine Urkunde entdeckt, die belegte, dass ihr Vater im Jahr 1812 tatsächlich einen Berggipfel in den Pyrenäen erworben hatte, in der Nähe der Ortschaft Soldeu. Der Kauf beinhaltete neben dem Land auch eine Festungsruine aus dem Mittelalter, deren einzige Bewohner in den vergangenen Jahrhunderten ein paar Bergziegen und Adler gewesen waren. Aura hatte den Ort nie besucht, aber sie hatte eine Zeichnung gefunden, ähnlich jener, die sie jetzt in Grimauds Buch vor sich sah. Darauf war zu erkennen, dass das Gemäuer unter einem mächtigen Felsüberhang in den Berg hineingebaut worden war. Der achteckige Umriss verriet ihr zudem, dass aller Wahrscheinlichkeit nach Tempelritter die Anlage errichtet hatten. Auch das Sankt-Jakobus-Stift und das Templerkloster im Kaukasus, in dem sie vor zehn Jahren Lysander begegnet war, hatten achteckige Grundrisse gehabt.

Eine Templerburg. Nestors Festung.

Plötzlich war Aura die Vergangenheit so präsent, als wären seit den Ereignissen von damals nur Wochen vergangen. Innerhalb weniger Augenblicke durchlebte sie erneut ihre Flucht aus dem Internat in den Schweizer Bergen. Ihre erste Begegnung mit Gillian. Ihr Abschied von Nestor in Verbitterung und Zorn, kurz vor seiner Ermordung. Sie hatte das Gefühl, die Wälder rund um das Templerstift riechen und die Bergwinde Swanetiens in ihrem Haar spüren zu können. So viele Eindrücke, so viele Gesichter.

So viele Tote.

Sie warf einen letzten Blick auf die blutgetränkte Zeichnung, dann schlug sie das Buch mit einer wütenden Handbewegung zu.

Warum sie? Und warum heute?

Wer tötete einen Mann wie Grimaud auf so bestialische Weise, nur um sie auf das Kastell in Andorra aufmerksam zu machen?

Wer machte sich solche Mühe, Kontakt zu ihr aufzunehmen, ohne ihr je gegenüber zu treten? Warum ein solches Versteckspiel, für das Unschuldige bezahlen mussten?

Einen Moment lang überlegte sie, was wohl geschehen würde, wenn sie sich auf das grausame Spiel des Unbekannten einließe, und sie begriff, dass sie die ersten Züge längst gemacht hatte.

Und falls doch der Chevalier dahinter steckte, auch wenn Philippe das für unwahrscheinlich hielt? Philippe war nicht allwissend, nicht einmal besonders klug. Sie musste die Möglichkeit in Betracht ziehen. Allein sein Name war ein möglicher Hinweis. Der Chevalier. Der Ritter.

Gegen ihren Willen erschien abermals Gillians Gesicht vor ihren Augen. Er war ein Angehöriger des Templum Novum, eines Überbleibsels der ursprünglichen Bruderschaft der Tempelritter.

Sie vermisste ihn. Sogar heute noch, nach all den Jahren.

Bei Gott, wie sehr sie ihn vermisste!

Er hätte genau gewusst, was zu tun war. Und selbst wenn nicht – er hätte eine Entscheidung getroffen, irgendeine, damit es weiterging. Er war nie besonders geduldig gewesen, wenn sich die Dinge im Kreis bewegten. Möglicherweise war auch das einer der Gründe, weshalb er gegangen war.

Aber nein, du weißt genau, was ihn vertrieben hat. Du selbst warst es. Dein Egoismus. Deine Angst, allein mit deiner Unsterblichkeit fertig werden zu müssen.

Sie stand auf, trat ans Fenster und starrte gedankenverloren hinaus auf die Seine. Allmählich verwandelte die Sonne Paris in einen Hochofen. Die Luft bewegte sich in Schlieren über das Wasser, träge und behäbig wie die Menschenströme auf den Straßen.

Eine Entscheidung.

Warum waren die Dinge früher so viel einfacher gewesen? Oder waren sie das gar nicht? Lebte sie mit einer Illusion, mit verwaschenen Erinnerungen, die die Vergangenheit verklärten? Dabei war doch immer Gillian der Nostalgiker gewesen.

Nun mach schon! *Eine Entscheidung!*

Gut, dachte sie. Es muss sein.

Zuerst die Kaskadens. Sie musste mehr über den Chevalier erfahren. Die Zwillinge waren ihre einzige Spur.

Und dann würde sie aufbrechen. Richtung Süden, fort von den Fronten dieses wahnsinnigen Krieges. Fort aus dem Hexenkessel dieser Stadt mit ihrer Geheimpolizei, den Spionen und den unschuldigen Opfern einer Suche, die sie noch immer nicht gänzlich verstand.

Sie würde eine Reise machen. Und warum eigentlich *nicht* in die Pyrenäen?

Sie atmete tief durch und fühlte eine Spur von Erleichterung, nun, da sie wusste, was sie als Nächstes tun würde.

Vor dem Fenster schob sich eine einzelne Wolke über den Sommerhimmel. Ihre ausgefransten Ränder tasteten wie Finger nach der Sonne und verschluckten sie. Von einem Herzschlag zum nächsten erfüllte Dämmerlicht das Zimmer, als hätte eine unsichtbare Hand die Vorhänge zugezogen.

Aura dachte an die Geflügelschere.

Kapitel 9

Tess wartete darauf, dass der Ritter ihr erschien. Doch so sehr sie ihn sich auch herbeiwünschte, ein strahlender, vertrauter Punkt im Chaos ihrer Empfindungen – er kam nicht.

Seit man sie von Gian getrennt hatte, waren die Visionen ausgeblieben. Damit war ihre anfängliche Befürchtung zur Gewissheit geworden: Der Grund für das Erscheinen des Ritters waren Gians nächtliche Besuche an ihrem Bett gewesen, seine heimliche Kontaktaufnahme mit der Vergangenheit ihrer Vorfahren. Er hatte mit ihrer unfreiwilligen Hilfe das Wissen angezapft, das in ihnen beiden schlummerte. Und obwohl Tess lange Zeit nichts davon bemerkt hatte, waren Teile davon in ihr Wachsein gedrungen, Rückstände dieser unbewussten Ausflüge in das Leben von Nestor und Lysander.

Es hatte nie wirklich einen Ritter gegeben, der vor ihren Augen über die Dünen ritt – und falls doch, war es Jahrhunderte her. Alles, was Tess von ihm sah, war so unwirklich wie die Glutpunkte hinter ihren Lidern, wenn sie zu lange in den Wüstenhimmel geblickt hatte. Nichts als Schatten von Ereignissen, die vor langer, langer Zeit stattgefunden hatten.

Sie fragte sich, ob Gian vielleicht mehr über den Ritter wusste, als er zugegeben hatte. Im Gegensatz zu ihr hatte er die nächtlichen Streifzüge durch die Vergangenheit bei vollem Bewusstsein erlebt.

Was war es, wonach er gesucht hatte? Wollte er wirklich nur seine Neugier stillen?

In der Finsternis, in die sich ihr Verstand in den vergangenen Tagen zurückgezogen hatte, erschien plötzlich eine Warnung wie eine Feuerschrift:

Sie töten dich, Tess. Wenn du nicht schnell von hier verschwindest, werden sie dich töten.

Sie hob den Kopf und öffnete die Augen. Nicht mehr zögern. Nicht mehr nachdenken.

Jetzt oder nie.

Einen Moment lang klammerten sich ihre Hände noch fester um das Stahlgestänge der Reling. Dann aber überwand sie ihren Widerwillen, blickte sich ein letztes Mal prüfend um und zog ihre Beine über das Geländer. Sie befand sich etwa drei Meter über der Wasseroberfläche. Wenn sie einfach hinuntersprang, würde gewiss jemand ihren Aufprall hören. Auch wenn sie die Wachtposten nicht sah, wusste sie doch, dass welche da waren, vermutlich gar nicht weit von ihr. Aber *wollte* sie nicht sogar aufgehalten werden? Der Preis für eine Flucht mochte ein allzu hoher sein. Vielleicht – großer Gott, ja, vielleicht – würde sie Gian nie wiedersehen.

Denk jetzt nicht an ihn! Es geht jetzt nur um dich. Ganz allein um dich.

Sie hatten sie entführt, gewiss. Aber sie hatten ihr nichts zuleide getan. Genaugenommen hatten sie ihr gar keine Beachtung geschenkt, abgesehen von den drei kargen Mahlzeit täglich, die sie ihr in die Kabine gebracht hatten. Nichts sonst. Keine Drohungen. Kein Zwang, irgendwelche Lösegeldforderungen zu unterzeichnen. Auch nicht der Versuch, ihr auf andere Weise zu nahe zu kommen. Vor ihrer Kabine stand nicht einmal ein Wächter. Nur ein kleines Mädchen, dachten sie vermutlich; sie wird uns nicht davonlaufen. Und wohin auch?

Seit jener Nacht in der Wüste hatte sie Gian nicht mehr gesehen. Sie vermutete, dass auch er an Bord dieses Schiffes war. Einen konkreten Beweis dafür hatte sie nicht.

Mach dir keine Sorgen! Denk erst mal nur an dich. Das hier ist deine Chance. Eine zweite wird es nicht geben.

Nach der tagelangen Überfahrt waren sie am Abend an dieser Küste vor Anker gegangen. Am Ufer sah sie die Lichter einer Ansiedlung, sicher keine große Stadt, eher ein Dorf. Sie zählte mehrere Dutzend erleuchtete Fenster. Fenster bedeuteten Häuser, bedeuteten Menschen. Männer und Frauen. Söhne und Töchter. Töchter wie sie. Diese Menschen würden ihr helfen, ganz bestimmt.

Und Gian?

Sie schüttelte den Kopf, verdrängte all ihre Bedenken und ließ sich langsam an der Bordwand herab. Drei Meter waren sehr viel, und der glatte Schiffsrumpf bot keinen Halt für Füße und Hände. Alles, was sie tun konnte, war die Distanz zum Wasser so weit wie möglich zu verringern, damit das Geräusch ihres Eintauchens niemanden aufschreckte.

Sie hielt die Luft an.

Ließ los.

Mit den Füßen zuerst glitt sie ins Wasser. Die Wellen schlugen über ihrem Kopf zusammen. Kerzengerade ließ sie sich ein Stück weit nach unten sinken, dann drehte sie sich in die Horizontale.

Es war unendlich viel dunkler, als sie erwartet hatte.

Sie musste dringend Luft holen, aber sie beherrschte sich einige Schwimmstöße lang, ehe sie so sanft wie möglich ihr Gesicht ins Freie aufsteigen ließ. Ihre Instinkte befahlen ihr, gierig nach Luft zu schnappen, aber es gelang ihr unter größter Willensanstrengung, sich zusammenzunehmen. Wie einen kostbaren Wein ließ sie die Luft über ihre Lippen strömen, atmete langsam und gleichmäßig. Nur kein Laut zu viel. Möglicherweise hielt man schon nach ihr Ausschau, auch wenn das in der Dunkelheit unter dem wolkenverhangenen Nachthimmel sinnlos war. Solange man das Wasser nicht mit Lampen absuchte, war sie sicher.

Ein Blick zurück zum Schiff. Dort rührte sich nichts. Reling und Aufbauten waren verlassen. Aber sie wusste, dass sie irgendwo im Dunkeln sein mussten: Männer in schwarzer, eng anliegender Kleidung, Schatten, die erst im Näherkommen an Form gewannen und greifbar wurden. Schlanke, beinahe zierlich gebaute Gestalten, die in einer Sprache miteinander redeten, die Tess nicht verstand. Sie hatten keinen Wächter vor Tess' Tür gestellt, aber die Wachpatrouille schaute in unregelmäßigen Abständen vorbei. Gut möglich, dass sie ihre Flucht gerade in diesem Moment entdeckte.

Ein letztes Luftholen, dann tauchte sie abermals unter. Nach drei, vier Schwimmstößen spürte sie, dass die Tage in der Kabine sie mehr geschwächt hatten, als sie angenommen hatte. Nur dasitzen, nachdenken, die eigene Hilflosigkeit bejammern. Nichts tun, mit niemandem sprechen können. Das war kraftraubender gewesen als die handfeste Arbeit in den Ruinen.

Sogar in dieser Lage, atemlos unter Wasser, in Todesangst, kehrten die Bilder zurück. Schwarze Schemen vor dem Grau der nächtlichen Dünen. Gebogene Klingen, blutig. Eine Gestalt im weißen Nachthemd, halb blind vor Panik, die auf sie zu stolperte, die Hände ausgestreckt. Und wieder der Stahl, wie glasiert im Eislicht des Mondes.

Luft! Sie brauchte Luft!

Noch zwei Schwimmzüge. Dann brach ihr Gesicht durch die Oberfläche, diesmal nicht ganz so geräuschlos. Vielleicht war sie schon weit genug fort vom Schiff, dass niemand sie mehr hören konnte. Egal. Nur Luft. Luft in ihre Lungen.

Ihre Augen brannten vom Salzwasser. Für einen Moment sah sie überhaupt nichts und fürchtete schon, sie wäre noch immer unter Wasser und atme statt Sauerstoff die salzige See ein, ein letztes Trugbild, bevor der Tod sie holte und in die Tiefe riss.

Ihre Sicht klärte sich genug, um wieder die Lichter am Ufer zu erkennen. Sie war in die richtige Richtung geschwommen. Weiter so, dann war sie vielleicht bald schon in Sicherheit.

Als sie über die Schulter zurück zum Schiff blickte, war es nicht mehr als ein vager Umriss, eine graue, wattige Wolke, die sich drohend auf dem Wasser niedergelassen hatte. Unmöglich zu sagen, ob sie an Deck bereits nach ihr suchten. Sie glaubte Geräusche zu hören, aber sicher war sie nicht, bei all dem Wasser in ihren Ohren. Vielleicht war es nur die Brandung. Oder die Stimmen der Menschen, die sich am Ufer befanden.

Unter ihren Füßen spürte sie weichen Sand, der bei jedem Schritt nachgab und an ihr zerrte, als wollte er sie nach unten saugen. Sie hörte sich selbst keuchen und stöhnen und konnte doch nichts dagegen tun. Ihr Körper folgte nur noch dem Befehl, sich vorwärts zu bewegen. Ihre Augen brannten wie Feuer. Ihr Mund schmeckte salzig. Nach ein paar Schritten an Land stolperte sie und spie Erbrochenes in den Sand, Brotreste vom Abend und Wasser, so viel Wasser. Ihr wurde schwarz vor Augen, und als sie wieder zu sich kam, lag sie am Boden. Sie wusste nicht, wie viel Zeit vergangen war. Nur Sekunden, vielleicht. Womöglich auch kostbare Minuten.

Unsicher rappelte sie sich auf. Die Lichter waren jetzt näher, aber sie hatte sich getäuscht, als sie angenommen hatte, die Häuser ständen gleich am Ufer. Ein breiter Sandstreifen erstreckte sich vor ihr, dahinter steiniges Geröll.

Aber sie würde auch das schaffen. Irgendwie.

Sie ließ den Sand hinter sich, schleppte sich weiter vorwärts, zur anderen Seite des Geröllfeldes, über ein ausgedörrtes Feld und dann, fast auf allen vieren, weiter in Richtung der Lichter, der Fenster, der Menschen.

Jetzt erkannte sie Umrisse von Dächern und kleinen Türmen, von Kuppeln und erleuchteten Scheiben. Die Architektur wirkte orientalisch, und zum wiederholten Male fragte sie sich, wohin das Schiff sie gebracht hatte. War das hier noch Persien? Arabien? Vielleicht Nordafrika?

Aber da waren auch andere Bauten, die mittelalterlich anmuteten, wahllos eingesprenkelt in das Bild dieser Ansiedlung. Wo gab es ein solchen Durcheinander von Baustilen?

In einem hatte sie sich ebenfalls geirrt: Es war kein Dorf im herkömmlichen Sinne, auch keine Hafenstadt mit Gendarmen oder Militär, wie sie inständig gehofft hatte. Vielmehr schien es sich um die Überreste einer Festungsanlage zu handeln, keine Burg, kein Schloss, nur eine befestigte Ansammlung von Bauten, deren Außenmauer an zahllosen Stellen eingestürzt war und so das Licht der Fenster bis aufs Meer hinaus schimmern ließ.

Sie erreichte einen der schmaleren Durchbrüche, kämpfte sich eine Böschung empor, durch den breiten Spalt im Mauerwerk und auf der anderen Seite wieder einige Schritte nach unten. Sie befand sich jetzt in einer Gasse zwischen Mauerwall und Häuserfronten. Die meisten Gebäude schienen leer zu stehen, viele hatten keine Dächer mehr, waren beschädigt. Von weitem hatte sie mehr Lichter gesehen, als es tatsächlich waren. Eine Täuschung, die sie erst ihren Tränen, dann dem Salzwasser zu verdanken hatte.

Gerade wollte sie auf eines der hellen Fenster zugehen, in einem Haus, das offenbar bewohnt war, als sie eine Bewegung bemerkte. Schräg hinter ihr, am anderen Ende der Gasse. Der Umriss eines Mannes.

Ihre Entführer hatten sie gefunden.

Tess nahm ihre verbliebene Kraft zusammen und rannte los, an dem erleuchteten Haus vorüber, um eine Ecke, tiefer ins Zentrum dieser merkwürdigen Siedlung.

Maurisch, durchfuhr es sie. Das ist die Architektur der Mauren, errichtet auf den Überresten sehr viel älterer Bauten. Sie hatte darüber gelesen – in der Abgeschiedenheit von Schloss Institoris hatte sie viel Zeit mit Büchern verbracht. Sie konnte schließlich nicht den *ganzen Tag* am Strand ausreiten.

Maurisch und – ja, was noch? Etwas Klobiges. Römisch vielleicht. Oder Gotisch. Im Vorbeilaufen sah sie zerfallene Arkadengänge mit gekreuzten Bögen, überzogen von einem Netzwerk ziselierter Muster, denen Wind und Wetter kaum etwas hatten anhaben können.

Ihr fiel nur ein Land ein, in dem sich europäisches Mittelalter und die Baukunst des Orients derart miteinander verflochten hatten.

Spanien. Sie war in Spanien!

Sie wäre erneut in Tränen ausgebrochen, wäre da nicht die entsetzliche Angst gewesen, die sie immer weiter vorwärts trieb, hart an die Grenzen ihrer Belastbarkeit. Angst, die ihre letzten Reserven mobilisierte.

Lauf! *Lauf schneller!*

Die Männer vom Boot waren ihr gefolgt; wahrscheinlich war Tess doch länger bewusstlos gewesen, als sie gedacht hatte.

Sie waren jetzt hinter ihr. Sie kamen näher, und sie kamen mit den gleichen lautlosen Schritten, mit denen sie sich durch die Gänge des Schiffes bewegt hatten. Geisterhaft still, selbst dann noch, wenn sie rannten.

Tess blickte im Laufen über die Schulter nach hinten. Da war nichts als eine Unruhe in der Schwärze zwischen den Häusern, wie sanfte Wellen, die ein Vorhang schlägt, wenn jemand von hinten dagegen atmet.

Dann sah sie ihn.

Es war nur einer. Auf der Suche nach ihr mussten sie ausgeschwärmt sein. Erschöpft wie sie war, würde er sie in den nächsten Sekunden eingeholt haben.

Eine offene Tür, links von ihr. Keine zehn Schritte entfernt. Sie rannte hinein, ohne darauf zu achten, wie groß die Entfernung zwischen ihr und ihrem Verfolger war. Höchstens ein paar Meter. Mit einem erschöpften Schrei warf sie die Tür hinter sich zu. Ihre Hände fanden blind den Riegel und schoben ihn vor.

Sie befand sich in einer Hütte ohne Fenster, die längst nicht mehr benutzt wurde. Stroh oder Heu, das einst hier gelagert worden war, war schon lange aufgebraucht oder zu Staub zerfallen. Der Schuppen war leer. Es gab nichts, hinter dem sie sich hätte verstecken können.

»Hallo?«

Ihre Stimme klang genauso zaghaft wie das Rascheln, das sie aus der Dunkelheit zur Antwort bekam.

Sie wich zurück, bis sie das Holz des Eingangs im Rücken spürte.

»Ist da jemand?«, flüsterte sie.

Ein Umriss setzte sich aus den Schatten zusammen, baute sich vor ihren Augen zu einer menschlichen Gestalt auf.

Sie rührte sich nicht. Zu spät.

Irgendwann bleibt einem nichts mehr zu tun, als sich die Niederlage einzugestehen.

Ihr Verfolger hatte die Hütte umrundet und war unbemerkt durch eine Hintertür eingetreten. Ein Lichtschimmer brach sich auf seiner Schwertklinge, ein gebogenes Grinsen aus Stahl, das ihr aus dem Dunkeln entgegenleuchtete, während sie an eine Wand zurückwich.

Gehetzt atmete sie aus und ein. Zugleich überkam sie eine sonderbare Ruhe. Ihr Verstand wiegte sie in Sicherheit. Das würde es einfacher machen. Kein Widerstand mehr. Keine falschen Hoffnungen.

Ihre Hände ballten sich hinter ihrem Rücken zu Fäusten. Dabei trafen die Finger ihrer Rechten unvermittelt auf etwas Hartes, Hölzernes. Ein Stiel. Vielleicht nur ein alter Besen. Vielleicht auch …

Sie riss den Stab nach vorne, geradewegs auf ihren Gegner zu, und im Dunkeln glaubte sie zu erkennen, wie das Grinsen seiner Klinge von drei stählernen Fangzähnen beiseite gewischt wurde.

Die Zinken der Mistgabel stießen in seine Brust. Lautlos sank er zusammen. Tess ließ den Stiel los. Die Gabel steckte noch in ihm, als er rücklings auf den Boden fiel. Das Schwert entglitt seinen Fingern.

Tess brauchte einen Moment, ehe sie realisierte, was sie getan hatte. Sie hatte einen von ihnen erledigt.

Du hast einen Menschen getötet.

Ich habe einen Menschen getötet.

Sie biss sich hart auf die Unterlippe, schmeckte Blut und trat auf den Mann am Boden zu.

Er lebte noch. Seine linke Hand umklammerte den Schaft der Mistgabel, als wollte er sie nicht mehr hergeben.

Sie konnte seine Augen zwischen den schwarzen Gesichtsbandagen sehen. Den gehetzten Blick, als er beobachtete, wie sie sich über ihn beugte. Nach den Rändern des schwarzen Stoffs über seinem Kopf griff. Die Bandagen herunterzog.

»Großer Gott!«

Es war kein Mann, sondern ein Junge. Kaum älter als sie selbst, sechzehn oder siebzehn. So alt wie Gian.

Seine Lippen bebten, als Blut aus beiden Mundwinkeln quoll, zwei gleichförmige Bögen um sein Kinn bildete und auf den Boden tropfte. Falls dies ein Versuch war, zu sprechen, so missglückte er. Keine Silbe drang hervor, nur ein Zischen. Sie fragte sich, ob seine Lunge gerade in sich zusammensank. Aber hätte er dann nicht tot sein müssen?

Mit zitternden Fingern ergriff sie seine Hand und löste die Finger vom Schaft. Er hatte nicht mehr die Kraft, sich zu widersetzen. Es gab keinen Zweifel, dass er sterben würde – aber *noch* lebte er, und sie brachte es nicht über sich, ihn einfach liegen zu lassen und wegzulaufen.

Er wollte dich töten!

Ja, und jetzt habe ich ihn getötet. Aber soll ich mich darüber freuen?

Sie suchte in sich nach einem Gefühl von Triumph, nach Erleichterung oder irgendeiner Form von Freude darüber, dass es ihr gelungen war, einen von ihnen zu bezwingen. Gut möglich, dass er es gewesen war, der die Frau des Professors ermordet hatte.

Gott, wenn er nur schon tot wäre!

Seine Fingerspitzen berührten ihre Hand, ganz sanft nur, ein zartes Schaben von Haut an Haut. Sie konnte seinen Herzschlag hören.

Sein Blick suchte den ihren, aber sie hatte das Gefühl, dass er durch sie hindurchschaute oder vielleicht jemanden anderen in ihr sah, seine Mutter vielleicht oder eine Freundin, eine Schwester. Bestimmt nicht seine Mörderin.

Sie ließ eine Hand unter der seinen liegen und schob die andere unter seinen Hinterkopf. Sein Herzschlag war so laut, als wäre es ihr eigener. Er wurde unregelmäßiger, die Schläge kamen versetzt, lückenhaft. Und noch immer lebte er, klammerte sich an ihrer Hand fest und starrte sie an, als erfüllte ihn ihr Anblick mit völliger Fassungslosigkeit. Seine Augen waren blau oder grau, das konnte sie im Zwielicht nicht genau erkennen. Eine Narbe verlief quer über seine linke Wange.

»Wer bist du?«, flüsterte sie und wusste zugleich, dass sie keine Antwort bekommen würde. Wer hatte ihn geschickt, sie und Gian zu entführen?

Sie schloss die Augen und atmete tief durch. Der Druck seiner Finger auf ihre Hand blieb konstant, beinahe so fest, dass es weh tat. Aber sie brachte es nicht über sich, ihn abzuschütteln.

Der sterbende Junge keuchte. Tess blickte ihn erschrocken an und hätte gerne seine Wange gestreichelt, aber sie wagte nicht, die Hand unter seinem Kopf wegzuziehen. Und an ihre Linke klammerte er sich noch immer mit aller Kraft.

»Ganz ruhig«, sagte sie leise. »Bleib ganz ruhig liegen.«

Hilflos. So unsagbar hilflos. Aber nicht einmal ein Arzt hätte ihn retten können, nicht mit drei rostigen Zinken in der Brust, die seine Lunge durchstoßen hatten und vermutlich sogar in seinem Rückenmark steckten.

Wieder stöhnte er etwas, nur Laute, nicht einmal Silben, unterstrichen vom schwindenden Rhythmus seines Herzschlags. Tess hatte noch nie das Herz eines anderen pochen hören, ohne das Ohr an seine Brust zu legen. Das des Jungen aber schlug so laut und heftig, dass die Geräusche durch seine Rippen, seine Haut, seine Kleidung drangen.

Stirb doch endlich, dachte sie erneut. Mach es dir nicht noch schwerer. Und mir.

Aber er lebte und sah sie an, während seine Finger ihre Hand umklammerten, bis ihre Haut weiß wurde und zu kribbeln begann.

Und dann begriff sie, was er tat.

Er hielt sie fest, damit sie nicht weiter floh. Hielt sie fest, damit sie ihm nicht entkam. Hielt sie fest, damit die anderen sie fanden. Selbst im Sterben erfüllte er noch seine Pflicht.

Sie lächelte, als sie ihn durchschaute, und vielleicht erkannte er, was sie dachte, denn seine Mundwinkel zuckten, und einen Augenblick lang glaubte sie, er würde grinsen, wie es sich für einen Jungen seines Alters gehörte. Dann aber quoll ein weiterer Blutschwall über seine Lippen, und er starb.

Sie blieb neben der Leiche sitzen und bettete seinen Kopf auf den schwarzen Bandagen, mit denen er sein Gesicht maskiert hatte. Dann zog sie sachte ihre Hand unter der seinen hervor.

Sie würde diesen Augenblick nicht vergessen. Ganz gleich, was geschehen mochte: Sie würde ihn niemals vergessen.

Sie saß noch da wie gelähmt, als die Tür des Schuppens aufgestoßen wurde und Fackellicht die Silhouetten ihrer Entführer umspielte. Sie waren so schlank wie der tote Junge neben ihr, keiner war größer. Tess konnte ihre Gesichter nicht sehen, aber sie ahnte, dass sich unter den Bandagen keine Männer verbargen. Nur Jungen. Fast noch Kinder. Es machte keinen Unterschied.

Stumm erhob sie sich und ließ sich gefangen nehmen.

Kapitel 10

Rue Campagne-Première, Nummer 15. Die zweite Treppe hinauf. *Kaskaden* stand auf dem Schild an der Türglocke.

Was für ein schöner Name, dachte Aura. Sie streckte die Hand nach dem Glockenzug aus, zögerte aber, bevor sie ihn berührte. Sie ließ den Arm wieder sinken, trat einen Schritt zurück und blickte über das Treppengeländer nach unten.

Dort war niemand.

Einen Moment lang hatte sie geglaubt, Schritte zu hören. Aber falls ihr tatsächlich jemand gefolgt war, war er gewiss nicht so dumm, ihr in ein menschenleeres Treppenhaus nachzugehen, wo seine Schritte von den Wänden widerhallten. Es sei denn, er wollte es nicht mit der Verfolgung bewenden lassen.

Aber nein. Nur ihre eigene Unsicherheit starrte ihr aus der Tiefe entgegen, als hätte das Bodenmosaik im Erdgeschoss die Form eines riesigen Auges angenommen.

Mit einem Seufzer trat sie zurück an die Tür. Las noch einmal den Namen. Dann zog sie an der Klingel. Ein Glöckchen bimmelte an der Innenseite.

Sie lauschte und hörte geraume Zeit überhaupt nichts. Dann wurde irgendwo im Inneren der Wohnung eine Tür geöffnet, und Schritte näherten sich raschelnd auf weichem Teppich.

»Ja, bitte?« Die Stimme einer jungen Frau. Sogar durch die Tür war der deutsche Akzent nicht zu überhören.

Aura hatte auf dem Weg hierher überlegt, was sie sagen wollte, und sich schließlich für die Wahrheit entschieden. Zumindest für einen Teil davon.

»Ein Bekannter hat mir Ihre Adresse gegeben«, sagte sie unverbindlich.

»Wer ist Ihr Bekannter?« Die Tür blieb noch immer geschlossen, aber Aura registrierte eine Bewegung hinter dem Guckloch. Es war ihr unangenehm, auf diese Weise angestarrt zu werden.

»Der Chevalier Weldon.«

Stille hinter der Tür, dann: »Sie sind Frau Institoris?«

Aura schaute sich misstrauisch im Treppenhaus um. »Hat der Chevalier Ihnen diesen Namen genannt?«

»Ja.«

Sie war drauf und dran, sich umzudrehen und zu verschwinden. Nicht genug damit, dass der Chevalier wusste, wer sie war – er posaunte es offenbar in ganz Paris herum! Und was vielleicht noch schlimmer war: Er hatte offenbar gewusst, dass sie herkommen würde. Und es war gewiss nicht allein das Vertrauen in seinen Charme, das ihn dessen so sicher machte.

Das Türschloss knirschte. Eine hübsche, junge Frau blickte sie durch den Spalt an. Sie hatte goldblondes Haar, das sie zu Zöpfen geflochten und auf dem Kopf zusammengesteckt hatte. Große, leuchtende Augen musterten sie neugierig. Darunter eine Andeutung von hohen Wangenknochen, aber nicht so stark, dass es markant oder hart aussah. Eine ganz bezaubernde Stupsnase. Sommersprossen auf den Wangen und dem Nasenrücken.

»Sind Sie allein?«

Aura nickte.

»Kommen Sie bitte herein.« Die Tür schwang auf.

Aura betrat eine weitläufige Diele, deren Stofftapeten und schwere Samtvorhänge in dunklem Rot gehalten waren. Der Raum war zugestellt mit Sofas und Sesseln, Beistelltischen, Kommoden und Regalen, auf denen sich unzählige Kleinigkeiten häuften: Silberne Urnen mit ziselierten Mustern; ein Tabernakel mit dem Relief eines goldenen Lamms; Kerzenleuchter aus Perlmutt, Elfenbein und Keramik; ein Schofar, das Widderhorn, auf dem zum jüdischen Neujahr geblasen wird; gleich daneben eine Thora und ein siebenarmiger Leuchter; eine buddhistische Tara-Statue; eine Glocke, ein Diamantzepter und die weiße Glücksschärpe der Lamas; eine silberne Gebetsmühle; ein Damaru, die rituelle Trommel der tibetanischen Hochlandmönche; und – verstreut zwischen all diesen Kinkerlitzchen und Kostbarkeiten – Statuen, Musikinstrumente und religiöse Artefakte aus Afrika, holzgeschnitzte Masken, Speere, Schilde und Spielzeug.

Die junge Frau, die Aura empfangen hatte, streckte ihr die Hand entgegen. »Ich bin Salome Kaskaden. Meine Zwillingsschwester erwartet uns im Hinterzimmer.«

Der Raum, in den sie Aura führte, war nach der übervollen Diele beinahe erschreckend in seiner Schlichtheit. Die Wände waren mit rotem Stoff verhangen, und falls es Fenster gab, waren sie dahinter verborgen. Höchstens drei mal drei Meter groß, wurde das Zimmer von einem kreisrunden Tisch dominiert, um den herum drei Stühle standen. Auf einem davon saß Lucrecia Kaskaden und blickte ihnen entgegen. Sie war das perfekte Ebenbild ihrer Schwester, trug sogar das gleiche weinrote Kleid. Lediglich ihr langes Haar hatte sie im Gegensatz zu Salome zu einem Pferdeschwanz gebunden und von hinten über die Schulter bis auf die Brust drapiert.

»Frau Institoris?«

Sie nickte.

»Lucrecia Kaskaden.« Die junge Frau blieb sitzen. Wie ihre Schwester war sie höchstens Anfang zwanzig. »Bitte setzen Sie sich.«

»Um ehrlich zu sein, bin ich nicht gekommen, um mir aus der Hand lesen zu lassen. Ich hatte gehofft, jemanden zu treffen.«

»Den Chevalier?«

Ihr gefiel die Andeutung eines wissenden Lächelns nicht, das sich bei diesen Worten über Lucrecia Kaskadens Züge legte. Ahnte sie, was zwischen Aura und dem Chevalier gewesen war? In welcher Beziehung standen die beiden Schwestern zu ihm? Aura spürte, wie ihre Ungeduld zu Zorn aufwallte.

»Er hat mir gesagt, dass ich ihn hier treffen könnte.«

Die Kaskaden-Schwestern wechselten einen Blick. »Das muss ein Missverständnis sein«, sagte Salome verwundert.

»Dann hat er für heute keinen Termin mit Ihnen vereinbart?«

»Oh doch, das hat er«, sagte Lucrecia. »Für Sie.«

Salome ergriff Auras Hand und führte sie zu einem der beiden freien Stühle. »Nehmen Sie Platz. Haben Sie keine Angst.«

»Gibt es denn etwas, vor dem ich mich fürchten sollte?«

»Nicht hier«, sagte Lucrecia mysteriös.

Salome schenkte ihrer Schwester einen tadelnden Blick. »Lassen Sie sich nicht von ihr verrückt machen. Sie tut gerne geheimnisvoll. Dabei ist das alles längst nicht so rätselhaft, wie es scheint. Wir sind Mittler – das ist alles. Für uns gehört das zum Alltag.«

»Der Chevalier hat die Rechnung bereits bezahlt«, sagte Lucrecia. »Nur für den Fall, dass Ihnen das Sorge bereitet.«

Aura lächelte kühl. »Dann wollen wir doch hoffen, dass er für sein Geld eine angemessene Gegenleistung erhält.«

Salome schüttelte den Kopf. »Bitte, Lucrecia.«

Aura sah in Lucrecias Augen und erkannte auf Anhieb die Wahrheit. Die junge Frau war eifersüchtig. Wunderbar, dachte sie, auch das noch. Offenbar waren zumindest zwei der Anwesenden vom Chevalier verführt worden. Vielleicht sogar alle drei, doch was Salome anging, war sie nicht sicher. Möglich, dass sie die Wahrheit nur besser verbarg als ihre Schwester.

»Legen Sie bitte beide Hände vor sich auf den Tisch, die Finger gespreizt, die Handflächen nach unten«, sagte Salome. »Ja, genau so. Das ist nicht Ihre erste Séance, oder?«

»Nein.«

»Wie waren die anderen?«

»Albern.« Auras Mutter hatte einmal ein stadtbekanntes Medium aus Berlin ins Schloss kommen lassen, um mehrere Sitzungen mit ihm abzuhalten. Aura und Sylvette hatten widerwillig nachgegeben und Charlottes wegen daran teilgenommen. Der Mann hatte ausgesehen wie die Karikatur eines Hochschuldirektors, hochgewachsen, dürr, in schwarzem Frack und mit einem goldgefassten Monokel im linken Augenwinkel. Er hatte allerlei Kräuter und Tinkturen dabeigehabt, ein Dutzend schwarzer Kerzen und – als traurigen Höhepunkt der Lächerlichkeiten – eine ausgestopfte Fledermaus. Aura war sich vorgekommen wie bei den Vorbereitungen eines Kindergeburtstags. Eine Woche lang hatte er mit Charlotte eine Sitzung nach der anderen abgehalten. Auras Mutter war seit Jahren blind, und er hatte leichtes Spiel mit ihr gehabt. Ein paar seltsame Geräusche, verstellte Stimmen – das war genug gewesen, um ihr etwas vorzugaukeln, das es nicht geben konnte.

Am achten Tag hatte Aura den Kerl aus dem Schloss geworfen und damit die Abneigung, die Charlotte für ihre älteste Tochter empfand, einmal mehr aufgefrischt. Es spielte keine Rolle. Die Kluft zwischen ihnen war längst nicht mehr zu überbrücken.

»Albern?«, wiederholte Lucrecia und hob missbilligend eine Augenbraue.

Aura erwiderte ihren Blick. »Ich vermisse die Kristallkugel. Und die Räucherstäbchen.«

Salome hatte auf dem dritten Stuhl Platz genommen. »Nur Betrüger haben solchen Kinderkram nötig.«

Aura zuckte die Achseln. »Wie geht es jetzt weiter?« Sie fragte sich ernstlich, warum sie sich auf diesen Unsinn einließ. Sie hatte Wichtigeres zu tun: Ihre Abreise zu organisieren beispielsweise. Aber der Chevalier hatte etwas bezweckt, als er sie hierher gelockt hatte. Er wollte, dass sie diese Sitzung über sich ergehen ließ. Und natürlich war sie neugierig.

Sie hatten jetzt alle die Hände auf die Tischdecke gelegt. Die einzige Lichtquelle war eine Lampe, die von oben auf die Mitte des Tisches herableuchtete; sie sorgte dafür, dass sich ihre Hände leichenhaft weiß vom dunklen Rot der Decke abhoben.

»Gibt es jemanden, mit dem Sie Kontakt aufnehmen möchten?«, fragte Lucrecia.

»Nein.«

Wieder wechselten die Schwestern einen Blick. »Niemanden? Vielleicht jemand, der Ihnen nahe gestanden hat?«

Sie dachte an Gillian, an Gian: Es sind keine Geister, die ich wiedersehen will. Für mich sind schon die Lebenden unerreichbar geworden.

Lucrecia hatte die Augen geschlossen. »Was ist mit Ihrem Sohn?«

Aura sprang auf. Ihre Stuhllehne stieß dumpf gegen den Samtvorhang in ihrem Rücken. »Das reicht!« Sie beugte sich über den Tisch auf Lucrecia zu, ihre Unterlippe zuckte vor Wut. »Woher kennen Sie ihn? Hat Ihnen der Chevalier auch von ihm erzählt?«

Salome sah aus, als wollte sie etwas Beschwichtigendes sagen, doch ihre Schwester kam ihr zuvor. »Erst will ich Sie etwas fragen, Frau Institoris. Was wissen Sie über den Chevalier?«

»Wollen Sie hören, wie gut er küsst? Ich denke, das wissen Sie aus eigener Erfahrung.«

Gütiger Gott, auf was lässt du dich hier ein? Der Ausbruch war ihr peinlich, noch ehe er beendet war, und als sie Salomes erstaunten Blick auf sich spürte, sank sie erschöpft zurück auf ihren Stuhl.

Lucrecias starre Ablehnung schmolz in sich zusammen, und nun lag fast so etwas wie Wärme in ihre Stimme. »Sie wissen nichts über ihn. Genau wie wir. Wer er ist, woher er kommt, was ihn dazu bringt, sich in unser Leben einzumischen.«

Aura sah sie aus großen Augen an. »Sie … «

Das Medium unterbrach sie. »Meine Schwester und ich sind ihm zum ersten Mal vor ein paar Wochen begegnet. Wissen Sie, wir sind in den Kolonien aufgewachsen, in Deutsch-Südwestafrika. Dort unten sind … Dinge passiert, seltsame Dinge. Damals kamen wir zum ersten Mal in Kontakt mit den Kräften, mit denen wir heute arbeiten. Aber erst nach unserer Rückkehr, eigentlich erst, als wir keine Kinder mehr waren, wurde uns bewusst, was für eine Gabe wir besitzen. Es ist, als hätten wir uns mit etwas angesteckt, wie mit einem Virus, nur dass es keine Krankheit ist, sondern etwas anderes … die Macht der Schamanen vielleicht, oder wohl eher ein Bruchteil davon. Auf jeden Fall tauchte der Chevalier hier auf, und er war … nun, er war charmant. Aber das wissen Sie, glaube ich. Er behauptete, vor kurzer Zeit in Südeuropa gewesen zu sein und auf der Rückreise *Bilder* gesehen zu haben. Er wollte von uns wissen, ob wir ihm helfen könnten, diese Visionen noch einmal zurückzubringen, sie sozusagen in ihm heraufzubeschwören. Er war fasziniert von dem, was er gesehen hat, aber ich glaube, er hatte auch Angst.«

»Ganz bestimmt hatte er Angst«, sagte Salome ernst.

»Was hat das mit mir zu tun?«, fragte Aura. »Warum wollte er, dass ich zu Ihnen komme?«

Lucrecia hob eine Braue. »Möglicherweise glaubt er, Sie hätten etwas Ähnliches erlebt.«

»Visionen? Wohl kaum.« Sie überlegte, ob das die Wahrheit war, doch dann kam sie sich albern vor und schüttelte den Kopf. »Haben Sie ihm helfen können?«

»Erst müssen Sie mehr über die Art und Weise wissen, in der wir mit den Menschen arbeiten. Von uns werden Sie keine Geisterstimmen hören, kein albernes Geplapper in tiefen Tonlagen oder irgendwelchen sentimentalen Blödsinn. Alles, was wir tun, ist, die Leute auf den Weg zu führen, auf dem sie *selbst* den Kontakt herstellen können.«

Salome spielte mit einer Haarsträhne, ohne Aura aus den Augen zu lassen. »Falls sie bereit dazu sind.«

»Bei manchen funktioniert es, bei anderen nicht. Einige behaupten nur, sie hätten etwas gesehen, weil sie Angst haben, sich zu blamieren. Andere verlangen ihr Geld zurück. Aber beim Chevalier … Um ehrlich zu sein, am Anfang habe ich geglaubt, er spielt uns etwas vor. Er behauptete, die Sitzung hätte Erfolg gehabt. Und er fragte gleich, ob wir das Gleiche auch mit anderen tun könnten.«

»Anderen?«, fragte Aura.

»Anderen wie ihm«, sagte Lucrecia. »So hat er sich ausgedrückt.«

»Wie hat er das gemeint?«

»Wenn Sie es nicht wissen …« Lucrecia zuckte die Achseln. »Keine Ahnung. Aber man konnte ihm ansehen, dass er ganz außer sich war.«

»Vollkommen aufgewühlt«, sagte Salome.

»Aber wir waren trotzdem nicht sicher, ob er die Wahrheit sagt. Er hätte uns etwas vorspielen können. In unserer Branche gibt es genug Männer und Frauen, die jede noch so intensive Regung vortäuschen können, und ich hatte die Befürchtung, dass er nur versuchte, uns auf die Probe zu stellen. Oder, schlimmer noch, sich auf diese Weise an uns heranzumachen.«

Ihre Schwester lächelte. »So was passiert gar nicht mal selten. Es kommen Männer, die von uns gehört oder uns irgendwo gesehen haben. Aber sie sind nicht wirklich an einem Kontakt interessiert – zumindest nicht an der Art von Kontakt, den wir für gewöhnlich anbieten.«

»Wann hat er den heutigen Termin mit Ihnen vereinbart?«, fragte Aura.

»Vor etwas über einer Woche. Seitdem haben wir ihn nicht mehr gesehen.«

Eine Woche! Sie war wie ein ausgehungertes Kind den Brotkrumen nachgelaufen, die er für sie ausgelegt hatte. Wäre es nicht so beschämend gewesen, sie hätte darüber lachen können. »Wann hat er Ihnen von Gian erzählt?«

Lucrecia legte den Kopf schräg. »Gian?«

»Mein Sohn.«

»Er hat ihn nie erwähnt.«

»Aber Sie haben mich vorhin nach meinem Sohn gefragt.«

Lucrecia nickte. »Ich kann ihn spüren. In Ihnen.«

Aura schnaubte abfällig. »Kommen Sie, das ist doch … «

»Frau Institoris«, sagte Salome, »vertrauen Sie uns! Wir stecken nicht mit dem Chevalier unter einer Decke, wenn es das ist, was Sie befürchten. Meine Schwester hat Recht. Wir beide können Ihren Sohn spüren. Und da ist noch ein Mädchen, aber es ist nicht Ihre Tochter, nicht wirklich, auch wenn Sie so für sie empfinden.«

Aura spürte, wie das Blut aus ihrem Gesicht wich. »Tess. Meine Nichte.« Im Grunde war es ein Witz. Alles sprach dafür, dass die beiden diese Dinge vom Chevalier erfahren hatten. Er wusste genug über sie, ihren wahren Namen und vermutlich noch einiges mehr. Und doch war es beinahe zu offensichtlich. Dazu kam noch etwas anderes, das sie an einem derart plumpen Betrug zweifeln ließ – ihre Menschenkenntnis. Lucrecia mochte ein Biest sein, aber sie war keine Lügnerin. Und Salome strahlte so viel Unschuld und Freundlichkeit aus, dass es schwer fiel, ihr zu misstrauen.

Nun gut. Sie war bis zu diesem Punkt gegangen. Jetzt konnte sie das Spiel auch zu Ende bringen.

»Sie spüren Gian in mir?«

»Ja«, sagte Lucrecia. »Nicht ihn selbst. Aber das, was Sie für ihn empfinden. Liebe, sehr viel Liebe. Aber auch Wut und Enttäuschung.«

»Das sind keine ungewöhnlichen Empfindungen für eine Mutter, denken Sie nicht?«

»Sicher. Es ist keine große Kunst, das festzustellen. Dazu benötigt man unsere Gabe nicht.«

»Sie sollten das Wort Gabe nicht allzu oft gebrauchen. Es verliert dadurch seine Glaubwürdigkeit.«

Lucrecia lächelte, und zum ersten Mal wirkte sie ehrlich amüsiert.

»Und?« Salome beobachtete Aura über den Tisch hinweg. »Haben Sie sich entschieden?«

»Ob ich hier bleibe? Ja, ich denke schon.«

»Gut. Dann legen Sie wieder Ihre Hände auf den Tisch. Und schließen Sie die Augen.«

»Muss das sein?«

»Vertrauen Sie uns«, sagte Salome noch einmal.

Aura machte die Augen zu. Es war angenehm warm im Zimmer. Das Licht der Deckenlampe glühte rötlich durch ihre Lider. Durch die dicken Vorhänge drang kein Laut von der Straße, der Raum war von allen äußeren Einflüssen abgeschottet.

Das Glühen erlosch. Eine der Schwestern musste das Licht ausgemacht haben. Doch als sie die Lider zaghaft wieder hob, brannte die Lampe unvermindert hell.

»Augen zu«, sagte Lucrecia barsch und fügte freundlicher hinzu: »Bitte.« Ihre eigenen Lider waren geschlossen, und es war Aura ein Rätsel, woher sie wusste, dass Aura die ihren geöffnet hatte. Erfahrung, sagte sie sich. Vermutlich verhalten sich in dieser Situation alle Menschen gleich.

Erneut machte sie die Augen zu, und diesmal war das rote Glühen sofort verschwunden, so als hätte etwas ihre Lider abgedichtet und die Haut lichtundurchlässig gemacht.

Die Stille drang von allen Seiten auf sie ein, bündelte sich in ihren Ohren, in ihrem Kopf. Sie hatte das Gefühl zu schweben.

Die Hände der Zwillinge berührten ihre eigenen, legten sich sanft darüber, streichelten ihre Finger. Aber saßen sie nicht viel zu weit von ihr entfernt? Sie hätten aufstehen und sich zu ihr herüberbeugen müssen. Warum hatte sie dann nichts gehört? Kein Scharren von Stühlen, kein Rascheln ihrer Kleider?

Sie wollte die Augen geschlossen halten, aber jetzt konnte sie nicht anders. Beunruhigt hob sie zum zweiten Mal die Lider.

Um sie war Schwärze.

Vor ihr war kein Tisch mehr, und als sie an sich hinabschaute, konnte sie sich selbst nicht mehr sehen, nicht ihre ausgestreckten Hände, nicht ihre Beine, nicht ihren Leib. Sie war eins geworden mit der Dunkelheit.

Die Finsternis ballte sich zu etwas zusammen, zu schroffen Formen. Eine Landschaft, so karg und grau wie die erstarrte Lava am Fuß eines Vulkans.

Eine schwarz gekleidete Gestalt wanderte durch die Einöde, eine Frau, und im ersten Moment dachte Aura, sie sähe sich selbst. Der Anblick erinnerte sie an die seltsamen Spiegelungen, die sie in Philippes Ballsaal gesehen hatte: Ein kurzer Augenblick sie selbst und dann doch jemand anderes, jemand, der zu rasch verschwand, als dass sie Details hätte erkennen können. Im Unterschied dazu hielt diese Frau genauerem Hinsehen stand. Sie hatte langes schwarzes Haar wie Aura, aber es war nach vorne geworfen und verbarg ihr Gesicht so vollständig wie ein Vorhang.

Die Frau war schwanger; ihr Bauch war rund und vorgewölbt. Aura konnte an der Art, wie sie sich bewegte, erkennen, dass die Schritte ihr Schmerzen bereiteten. Die Wehen kamen in schnellen Abständen, die Geburt des Kindes stand kurz bevor.

Noch ein Schritt, noch ein schmerzerfülltes Schnappen nach Luft.

Die Frau stieß einen stummen Schrei aus – Aura hörte keine Geräusche, noch immer nicht –, sank unbeholfen zu Boden, wälzte sich herum und ballte die Fäuste. Ihr Mund war weit geöffnet, aber noch immer verdeckte das Haar den Rest ihrer Züge. Nässe bildete Rinnsale an ihrem Hals. Tränen. Sie tropften zu Boden und benetzten das ausgedörrte Ödland. Wo sie den Stein berührten, sprossen grüne Halme aus dem Grau und öffneten sich zu Klee und Löwenzahn.

Die Frau spreizte die Beine, als etwas aus ihrem Inneren nach außen drängte. Der Kopf des Kindes ging wie ein Vollmond zwischen ihren Schenkeln auf, gefolgt von zuckenden Gliedern, überzogen mit Blut und Sekreten.

Aura war selbst Mutter, aber sie fühlte keine Nähe zum Schmerz der Frau. Sie beobachtete die Geburt des Kindes mit einer Mischung aus Distanz und makaberer Faszination.

Fleisch und Blut und glitzernder Ausfluss.

Das feuchte Bündel der Nachgeburt im Schmutz.

Und zwei hellblaue Augen.

Gians Augen.

Aura schrie auf, doch ihr eigener Schrei wurde von der Stille verschluckt.

Das bin ich nicht! Nicht ich! Nicht Gian!

Die Frau hatte das Gesicht jetzt in die andere Richtung gewandt. Ihr Brustkorb hob und senkte sich in rasendem Rhythmus. Sie hatte den Schmerz überwunden, doch die Erschöpfung hielt sie noch immer am Boden. Schließlich aber setzte sie sich auf und blickte auf das Kind zwischen ihren Beinen.

Sie warf den Kopf zurück und schrie. Stieß den Geburtsschrei eines Kindes aus, während das Neugeborene schwieg und starrte.

Schwieg und starrte.

Und aus den blauen Augen dampfte die Finsternis empor, wehte wie Rauch über das Land und hüllte abermals alles in Dunkelheit.

Schwarze Isis. Zwei Worte, die plötzlich in ihren Gedanken hingen, lauernd wie schwebende Raubvögel über einem Acker.

»Schwarze Isis.« Jemand sagte es laut, und erst nach einem Augenblick erkannte sie, dass es ihr eigene Stimme war.

»Frau Institoris!«

Sie trieb durch die Finsternis, und da war nur der Schrei, der ihr folgte, und diese beiden Worte, und nun auch noch etwas anderes, eine Stimme …

»Frau Institoris!«

Blut füllte ihr Sichtfeld von allen Seiten, dunkles, tiefes Rot. Sie schwebte wie ein Partikel im Blutkreislauf eines titanischen Lebewesens, trieb durch Aderströme einem pochenden Zentrum entgegen. Und dann gerann das Blut zu etwas Festem, Stofflichen. Zu Samt.

»Frau Institoris, kommen Sie zurück!«

Sie schaute sich blinzelnd um und erkannte den Raum wieder, die roten Vorhänge an den Wänden, die rote Tischdecke, die roten Kleider der Zwillinge.

»Wie … haben Sie das gemacht?«

Salomes Lächeln konnte nicht von ihrer Besorgnis ablenken. »Nicht wir. Sie selbst. Ich hab vorhin versucht, es Ihnen zu erklären: Wir bringen die Menschen nur auf den Weg. Wohin die Reise führt, liegt nicht in unserer Hand.«

Aura rieb sich die Augen, massierte Wangen und Schläfen. »Ich habe Kopfschmerzen.«

»Das ist normal«, sagte Lucrecia. »Manche spüren es stärker, andere überhaupt nicht.« Sie schmunzelte. »Der Chevalier konnte eine halbe Stunde lang kaum aufstehen.«

»Ich werd' mich später darüber freuen.«

Die Zwillinge grinsten einander an. Für einen Augenblick wirkten sie sehr viel älter, als sie tatsächlich waren – und zugleich wie verschmitzte Schulmädchen. »Gar nicht empfänglich für Schadenfreude?«

»Prinzipiell schon. Aber nicht jetzt, glaube ich.«

»Möchten Sie was trinken?«

»Ein Glas Wasser, bitte, wenn möglich.«

»Nicht lieber ein Glas Wein?«

»Bei den Kopfschmerzen? Danke, Wasser reicht.«

Salome verschwand kurz im Vorzimmer, während Lucrecia einen Stuhl heranzog und sich zu Aura setzte. »Wie fühlen Sie sich? Abgesehen von den Kopfschmerzen, meine ich.«

»Gerädert. Verwirrt.«

Lucrecia nickte verständnisvoll. »Wir kennen das.«

»Und Sie machen das allein durch Berührung?«

»Niemand hat Sie berührt.«

»Aber ich hab's doch gespürt, an den Händen.«

»Glauben Sie mir, weder meine Schwester noch ich haben Ihre Hände berührt.«

Aura schüttelte den Kopf, verzog schmerzerfüllt das Gesicht und presste Zeige- und Mittelfinger fest gegen ihre Schläfen. Salome kehrte zurück und reichte ihr ein Glas Wasser. »Hier, bitte.«

Sie nahm einen Schluck, setzte das Glas kurz ab und trank dann den ganzen Rest auf einmal.

»Besser?«, fragte Salome.

Aura nickte. »Es geht schon wieder.« Sie stellte das Glas auf den Tisch und sah dann von einer Schwester zur anderen. »Sie haben gesagt, ich könnte Kontakt zu meinem Sohn aufnehmen.«

Lucrecias Blick wurde düster. »Etwas anderes hat Ihre Gefühle für ihn überlagert.«

»Überlagert?«

»Sie müssen sich das vorstellen wie eine Melodie, die von einer zweiten, lauteren Musik übertönt wird. Die erste ist noch da, genauso stark wie zuvor, aber man kann sie nicht mehr hören. Nur hier und da dringt ein Ton hindurch und sorgt für … nennen wir es Dissonanzen.«

Aura erinnerte sich an die Augen des Neugeborenen. An die Augen, die sie so sehr an Gian erinnert hatten. »Sie haben mich noch gar nicht gefragt, was ich gesehen habe.«

»Nicht nötig«, sagte Salome. »Wir sehen das alles genauso intensiv wie Sie.«

Aura starrte sie an. »Ist das Ihr Ernst? Sie meinen, Sie sind … in meinem Kopf gewesen?«

»Nein.« Lucrecia schüttelte mit Nachdruck den Kopf. »So simpel ist das nicht. Wir sind keine Gedankenleser. Aber wenn einer unserer Klienten eine besonders starke Erfahrung macht, scheint sie auf uns abzustrahlen. Und Ihre war ziemlich stark.«

Aura versuchte mühsam, durch das schmerzhafte Pochen in ihrem Schädel die richtigen Schlüsse zu ziehen. »Genauso stark wie beim Chevalier?«

Lucrecia zögerte, dann stimmte sie zu. »Sie sollten noch etwas wissen.«

»Was meinen Sie?«

Salome nahm den Faden ihrer Zwillingsschwester auf. »Die Vision des Chevaliers … Sie war mit Ihrer fast identisch.«

»Nicht *fast*«, sagte Lucrecia. »Es waren dieselben Bilder. Dieselbe Landschaft und dieselbe Frau … Ich glaube, genau das hat er erwartet, als er Sie hierher bestellt hat.«

»Das ist doch Unfug!«

»Es ist die Wahrheit.«

»Das ist unmöglich.« Aura spürte neues Misstrauen in sich aufsteigen, und sie wünschte sich, so schnell wie möglich von hier zu verschwinden. Es war genug für einen Abend. Dann aber kam ihr ein Gedanke. »Die Augen des Kindes. Haben Sie auf die Augen geachtet?«

Lucrecia hob die Schultern. »Was war mit den Augen?«

»Sie waren blau. Hellblau. Haben Sie in der Vision des Chevalier genauso ausgesehen?«

Die Schwestern schienen einen Moment lang ratlos. Salome nahm das leere Glas vom Tisch und drehte es unschlüssig in den Händen. »Ich kann mich nicht erinnern. Nicht an solche Einzelheiten.«

»Wieso fragen Sie?«

Vermutlich war sie gerade dabei, den Verstand zu verlieren, dass sie sich auf so etwas einließ. Trotzdem musste sie es jetzt genauer wissen. »Sie haben gesagt, die Vision habe meine Gefühle für Gian überlagert. Sie sprachen aber auch von Dissonanzen.«

»Worauf wollen Sie hinaus?«

»Ist es möglich, dass die Augen des Kindes eine solche Dissonanz waren?«

Salome verstand als erste, was sie meinte. »Sie glauben, dass es die Augen Ihres Sohnes waren?«

»*Ist* es möglich?«

Die Blicke der Schwestern kreuzten sich, als fände zwischen ihnen eine stumme Beratung statt. Schließlich ergriff Lucrecia das Wort. »Was wir tun, lässt sich nicht wissenschaftlich analysieren. Es gibt keine festen Regeln, keine Gesetzmäßigkeiten. Sie könnten Recht haben, aber ebenso gut mag seine Augenfarbe ein Zufall gewesen sein.«

»Es war nicht nur die Farbe«, sagte Aura unwirsch. »Es war sein … «

»Sein Blick?« Salome runzelte die Stirn. »Es war nicht der Blick eines neugeborenen Kindes.«

»Dann haben Sie es auch bemerkt!«

Salome nickte unbehaglich.

Aura ergriff ihre Hand. »Wenn es aber Gians Augen waren, also etwas von ihm aus meinen Erinnerungen in die Vision eingedrungen ist, dann muss es zumindest in diesem Punkt eine Abweichung von der Vision des Chevaliers gegeben haben. Er kennt meinen Sohn überhaupt nicht.«

Lucrecia versuchte, ihre Aufregung zu dämpfen. »Sie können eine solche Erfahrung nicht mit mathematischer Präzision in ihre Einzelteile zerlegen. So funktioniert das nicht.«

Aber Aura sah nur Salome an. »*Waren* es dieselben Augen wie in der Vision des Chevalier?«

Salome wich ihrem Blick aus. »Ich würde sagen, ja.«

Aura ließ die Hand des Zwillings los und sprang auf. »Aber das kann nicht sein! Er hat Gian nie getroffen!«

Bist du dir da sicher? Er weiß alles über dich. Er kennt dich. Warum nicht auch deine Familie?

Und was viel wichtiger ist: *Kennst du ihn?*

Sie wusste genau, auf wen das alles hinauslief. Ein Mann hinter einer Maske. Dazu dieser Name, Chevalier Weldon. Seine Kenntnis ihrer wahren Identität und nun sogar ihrer Familie. Die Leichtigkeit, mit der es ihm gelungen war, ihr Vertrauen zu gewinnen, zumindest für einen Abend. Und schließlich diese Augen, die er ebenso gut kannte wie sie selbst.

Es *konnte* nicht Gillian sein! Das war absolut unmöglich. Sie hätte ihn an seiner Stimme erkannt, an seinen Bewegungen und, *ganz bestimmt*, später im Spiegelsaal.

Ihr habt eure Masken nicht abgesetzt. Und es ist immerhin acht Jahre her, vergiss das nicht.

Nein. Nicht Gillian. Ihre Empfindungen, ihre Erinnerungen, alles sprach dagegen. Und dennoch blieb da ein winziger Rest von Unsicherheit, den sie unbedingt loswerden musste.

Bleib ganz ruhig. Er war es nicht.

Die Schwestern sahen den Widerstreit, der in ihr tobte. Beide musterten sie unschlüssig. Und dann, ganz plötzlich, hätte sie beinahe laut aufgelacht, als ihr klar wurde, wie leicht dieses Rätsel zu lösen war. Gewiss, sie hatte den Chevalier auf einem Maskenball kennen gelernt. Die Zwillinge aber hatten ihn hier in ihrer Wohnung empfangen. Und dabei hatte er ganz sicher keine Maske getragen.

»Beschreiben Sie ihn«, sagte sie unvermittelt. »Wie sieht er aus?«

»Der Chevalier?« Salome wirkte einen Moment lang hilflos. »Schlank. Attraktiv. Dunkles Haar.«

»Dunkles Haar! Das ist es!«

Die Kaskadens starrten sie verständnislos an.

Gillians Haar war blond. Dunkelblond, und doch eindeutig blond.

»War er sehr … nun, maskulin?« Dafür erntete sie noch verdutztere Blicke. »Ich weiß, die Frage muss Ihnen sonderbar vorkommen. Aber hätte man den Chevalier als Frau verkleiden können?«

»Als Frau?«

»Ja. Mit Kleid und … vielleicht … hm, einem Hut.«

Salome blickte auf das leere Glas, als überlege sie, ob sie wohl Auras Wasser mit etwas Hochprozentigem vertauscht hatte.

Lucrecia seufzte. »Ich denke nicht, dass er eine überzeugende Frau abgegeben hätte. Nein, bestimmt nicht.«

»Dann war er kein Hermaphrodit?«

Lucrecias Ausdruck verwandelte sich in Empörung. »Das war er ganz sicher *nicht*!«

Aura hätte es nicht ertragen, wenn Gillian ein solches Versteckspiel mit ihr getrieben hätte. Wenn er zurückgekehrt wäre, ohne sich ihr zu erkennen zu geben – das wäre einem Verrat gleichgekommen, auch wenn sie die Gründe dafür nicht in Worte fassen konnte. Es war ein Gefühl, mehr nicht, und mit einemmal wurde ihr klar, dass sie ihn immer noch liebte.

Als hätte es daran je einen Zweifel gegeben.

Er hatte sie vor acht Jahren verlassen, und sie hing noch immer an ihm, ganz gleich, was sie mit dem Jungen auf dem Pier oder mit dem Chevalier getrieben hatte. Gillian war der einzige Mann, der ihr jemals etwas bedeutet hatte. Und daran hatte sich auch nach all den Jahren nichts geändert.

Sie wollte etwas sagen, den beiden versichern, dass sie sehr wohl noch bei Sinnen sei, und dass sie sie nicht anzustarren bräuchten wie eine Verrückte – all das und noch mehr wollte sie sagen, als die Zwillinge zusammenschraken.

Es hatte an der Haustür geklingelt.

»Wer kann das sein?«, fragte Salome mit belegter Stimme.

Lucrecia zuckte die Achseln, machte den Mund auf und zu, als wären ihr die Worte im Hals stecken geblieben, dann stieß sie scharf die Luft aus. »Es ist so weit.«

Aura blickte von einer zur anderen. »Was ist so weit?«

Die Schwestern sprangen auf. »Kommen Sie! Schnell!«

Aura folgte ihnen in die Diele. Jetzt erst fielen ihr die beiden Koffer auf, die gepackt neben einer Zimmertür standen. »Es ist nicht das, was ich befürchte, oder?«

»Vermutlich doch«, sagte Lucrecia ohne sie anzusehen, lief zum Eingang und blickte durch das Guckloch. »Verdammter Mist!«

Erneut klingelte es. Dann ertönte eine männliche Stimme. »Salome und Lucrecia Kaskaden? Öffnen Sie die Tür! Polizei!«

Aura brauchte nur einen Augenblick, um sich auf die neue Situation einzustellen, vielleicht weil sie selbst längst mit so etwas gerechnet hatte. Sie waren drei deutsche Frauen in der Hauptstadt eines Landes, dem Deutschland vor ein paar Stunden den Krieg erklärt hatte. Was hatten sie erwartet?

»Zur Feuerleiter«, flüsterte Salome und schnappte sich einen der beiden Koffer. »Wenn wir Glück haben, rechnen sie nicht damit, dass wir fliehen.«

Lucrecia ergriff den zweiten Koffer, während Aura sich suchend nach ihrer Tasche umschaute. Darin steckten zwar nicht ihr Papiere, wohl aber die Adresse ihres Hotels. Falls die Geheimpolizei sie fand, war es vermutlich nur eine Frage von Minuten, bis sie die Gästelisten des *Trois Grâces* überprüften. Irgendwer würde wissen, dass die letzte Marquise de Montferrat vor über hundert Jahren verstorben war.

Salome erschien noch einmal in der Tür. »Nun kommen Sie doch!«

Aura fand ihre Tasche, hängte sie über den Arm und folgte den Zwillingen. »Bin schon unterwegs.«

Der Polizist hämmerte mit der Faust gegen die Wohnungstür.

»Machen Sie es sich und uns doch nicht so schwer, meine Damen.«

Sie eilten durch zwei hintereinander liegende Schlafzimmer, dann durch einen kurzen Flur und einen weiteren Raum. Das alles war noch immer Teil der Wohnung. Entweder hatten die Schwestern vermögende Gönner, oder sie stammten aus einer wohlhabenden Familie.

Das letzte Zimmer, vor dessen Fenster eine rostige Feuerleiter abwärts führte, war ähnlich eingerichtet wie die Diele. Die meisten Kunstschätze, Andenken und Kultgegenstände waren afrikanischer Herkunft.

»Ein Jammer, all das zurückzulassen«, sagte Aura, als Lucrecia das Fenster aufriss und gehetzt in die Tiefe blickte.

Salome brachte ein flüchtiges Lächeln zustande. »Das meiste werden sie in ein Lager der Polizei bringen. Der Verwalter ist einer unserer besten Klienten.«

»Er spricht mit seiner toten Katze«, sagte Lucrecia.

Aura folgte den beiden hinaus auf einen wackligen Gittervorsprung. Die Treppe war schmal, sie mussten hintereinander gehen. Mehrfach verhakten sich die großen Koffer in den Streben des Geländers, und Salome wäre einmal fast gestürzt, hätte Aura sie nicht am Arm gepackt und gehalten. Ihre Schritte hallten metallisch von den Wänden der engen Gasse wider; es klang, als trommelte eine Horde Kinder auf Blechdosen. Es würde nicht lange dauern, bis die Polizisten versuchten, ihnen den Weg abzuschneiden.

Bersten und Knirschen ertönte, als die Wohnungstür aus den Angeln brach. Rufe wurden laut, aber es lagen zu viele Räume dazwischen, als dass Aura die Worte hätte verstehen können.

Unbehelligt erreichten sie den Boden. Die Gasse war keine drei Meter breit, ein tiefer Einschnitt zwischen den Gebäuden. Zwei winzige Gaslampen brannten am Anfang und am Ende, dazwischen lagen fünfzig Meter Finsternis.

Wortlos rannten sie los. Berge von Abfall, die im Dunkeln fast unsichtbar waren, behinderten ihr Fortkommen. Aura war die einzige, die beide Hände frei hatte und den Saum ihres Kleides heben konnte. Die Zwillinge dagegen verhedderten sich alle paar Schritte und waren bemüht, ihre Koffer nicht fallen zu lassen.

»Warum lassen Sie die Dinger nicht einfach hier?«

Salome atmete stoßweise. »Da ist Bargeld drin.«

»Kommen Sie mit in mein Hotel«, sagte Aura gehetzt. »Ich kann Ihnen genug Geld geben, um die Stadt zu verlassen. Aber beeilen Sie sich, um Himmels willen!«

Salome schüttelte den Kopf. »Wir müssen uns trennen. Die mögen *Sie* ja nicht kennen, aber uns wird bald die ganze Gendarmerie von Paris suchen. Wir haben nie ein Geheimnis daraus gemacht, dass wir Deutsche sind.«

Lucrecia wischte sich mit dem Handrücken über die Stirn. »Wir sind seit drei Jahren in Paris, aber erst jetzt ist unsere Herkunft plötzlich zum Problem geworden.«

Aura wollte etwas erwidern, als hinter ihnen der schrille Pfiff einer Polizeipfeife ertönte.

»O nein!«, rief Salome.

»Was?«

»Es sind so viele!«

Aura warf einen hektischen Blick zurück. Salome hatte Recht. Ein ganzer Pulk drängte in die Gasse, zehn Männer mindestens. Ein Aufgebot, das in keinem Verhältnis stand zu zwei harmlosen jungen Frauen, die ihren Unterhalt als Wahrsagerinnen verdienten. Es sei denn – ja, es sei denn, die beiden waren nicht ganz so harmlos, wie sie vorgaben. Ihr kamen Zweifel. Die Zwillinge hatten keine Sorge um ihr Hab und Gut, weil sie hochrangige Beamte der Gendarmerie zu ihren Kunden zählten. Aber welche anderen Gefallen verlangten sie noch von ihren Klienten? Welche Geheimnisse hatten sie ihnen entlockt?

Sie erreichten das Ende der Gasse. Vor ihnen lag eine schmale Straße, verlassen bis auf eine alte Frau, die starr auf ihre Füße blickte. Aura schaute zurück. Ihre Verfolger waren etwa dreißig Meter hinter ihnen. Immer wieder ertönten Pfiffe.

»Da entlang!« Lucrecia wies auf einen offenen Torbogen.

»Sie wissen, was Sie tun, hoffe ich.«

»Keine Sorge«, sagte Salome gehetzt. »Wir sind diesen Fluchtweg ein Dutzend Mal abgegangen, um ganz sicher zu sein.«

Hinter dem Torbogen lag ein enger Hof, in den eine weitere Gasse mündete, eigentlich nur ein Spalt, in dem sich Berge von Müll und Unrat häuften. Hier gab es keine Lampe, aber die Schwestern fanden auch so, was sie suchten: Eine Tür, in der Mitte der Gasse. Sie war nur angelehnt. Aura folgte ihnen ein paar Stufen hinunter in muffiges Zwielicht, dann einen Kellergang entlang. Ganz in der Nähe bellte ein Hund.

»Wo sind wir hier?«

»Das werden Sie gleich sehen!«

Sie hasteten weiter. Nach einigen Schritten fragte Aura: »Stimmt es?«

Lucrecia sah sie nicht an. »Stimmt was?«

»Dass Sie Spioninnen sind.«

»Sind Sie eine?«, fragte Salome.

»Natürlich nicht.«

»Und trotzdem reisen Sie unter falschem Namen«, sagte Lucrecia. »Das heißt doch wohl, dass Sie etwas zu verbergen haben.«

»Aber … «

»Nein«, fiel ihr Salome ins Wort. So entschieden hatte sie den ganzen Abend über nicht geklungen. »Welchen Unterschied macht es also, was Sie sind, und was wir sind?«

»Spionin!« Lucrecia lachte bitter. »Das klingt so schrecklich dramatisch, nicht wahr?« Sie erreichte eine halbrunde Kellertür und blieb einen Moment lang stehen. »Und so banal.«

Aura hob die Schultern. Im Grunde interessierte es sie nicht, womit sich die Zwillinge ihren Luxus und ihre Sicherheit erkauft hatten. Wichtig wurde es nur, wenn man sie im Falle einer Festnahme mit den beiden in Verbindung bringen würde. Aura Institoris, Spionin im Auftrag Seiner Majestät des Kaisers. Es gab viele Gerüchte über Agenten und Doppelagenten, die zwischen

Paris und Berlin pendelten, und nicht wenige betrafen Damen der besseren Gesellschaft, die in den Schlafzimmern von Offizieren und Politikern auf die Jagd nach Staatsgeheimnissen gingen. Warum sollten all diese Frauen ihre Ziele allein im Bett erreichen? Die Kaskadens mochten auf ihre Weise ebenso erfolgreich sein.

Wieder ertönten die Alarmpfeifen der Gendarmen, gedämpft durch Mauern und Türen. Falls die Zwillinge gehofft hatten, die Männer im Labyrinth der Gassen und Durchgänge abzuhängen, so sahen sie sich getäuscht. Ihre Verfolger waren noch immer auf der richtigen Spur.

»Wie sicher ist dieser Weg?«, fragte Aura.

»Warten Sie's ab.«

»Das hier ist kein Spiel!«

»Nein«, sagte Lucrecia. »Natürlich nicht. Ich kann Ihnen versichern, dass sich unser sportlicher Ehrgeiz in Grenzen hält.«

Die junge Frau hatte die ganze Zeit über an der Tür hantiert. Aura hatte angenommen, dass sie klemmte. Als aber der Türflügel aufschwang, erkannte sie, dass er durch ein winziges Vorhängeschloss gesichert war. Lucrecia hatte Mühe gehabt, den Schlüssel hineinzuschieben; ihre zitternden Finger verrieten, dass sie nicht ganz so gelassen war, wie sie sich gab.

Jenseits der Tür lag zu Auras Enttäuschung nur ein weiterer Kellergang. Salome drehte an einem Schalter. Elektrisches Licht ergoss sich aus trüben Lampen an der Gewölbedecke.

»Weiter«, sagte Lucrecia zu Aura. »Kommen Sie!«

Die Tür fiel hinter ihnen zu, aber keine der Schwestern machte sich die Mühe, das Vorhängeschloss an der Innenseite anzubringen. Durch den Türspalt hatte Aura gerade noch erkennen können, dass sich oberhalb der Stufen am anderen Ende des Gangs etwas bewegt hatte. Mehrere Gestalten in Uniform.

Den Gang hinunter, durch eine angelehnte Gittertür – und plötzlich standen sie in einer unterirdischen Halle voller Menschen.

Schon auf dem ganzen letzten Stück hatte Aura geglaubt, ein

fernes Stimmengewirr zu hören. Sie hatte es wechselweise auf ihre Einbildung und auf ihre Verfolger geschoben. Jetzt erkannte sie, wohin die Schwestern sie geführt hatten.

Mehrere Dutzend Männer und Frauen drängten sich um runde Tische, auf denen flinke Hände Karten ausgaben, Würfel rollten oder Hütchen bewegten. Die meisten der Anwesenden waren ärmlich gekleidet, nur hier und da stach ein Mann in teurem Anzug oder eine Dame in Abendgarderobe heraus, Gutsituierte, die sich in die schmutzige Welt der Armen verirrt hatten, in die Unterwelt von Paris, wo die Nachricht vom Krieg in Europa nicht mehr Wert hatte als das Stück Zeitungspapier, auf dem sie gedruckt war.

Eine dichte Rauchglocke hing über den Köpfen der Menge. Die Musik eines Akkordeonspielers, der in einer Ecke mit geschlossenen Augen auf seinem Instrument spielte, wurde so vollständig vom Lärm der Stimmen verschluckt, dass kein einziger Ton an Auras Ohren drang.

»Eine illegale Spielhölle«, sagte Lucrecia, und ihre Schwester fügte hinzu: »In Paris gibt es mehr als ein Dutzend davon – und das sind nur die, von denen wir erfahren haben.«

Aura nickte gehetzt. »Und nun?«

»Sehen Sie die Tür dort hinten?«, fragte Salome. »Auf der anderen Seite der Halle?«

»Sicher.«

»Dorthin müssen wir. Dann sind wir in Sicherheit.«

»Wenn Sie das sagen.«

»Vertrauen Sie uns.« Es war das dritte Mal, dass Aura den Satz an diesem Abend zu hören bekam. Die Umstände machten ihn nicht gerade überzeugender.

Sie drängten sich durch die Menge, als Aura über ihre Schulter die Gendarmen sah, die sich der anderen Seite der Gittertür näherten. Es würde einen gehörigen Aufruhr geben, wenn die Spieler die Uniformierten entdeckten. Sie war nicht sicher, ob das wirklich in ihrem Interesse lag. Falls hier unten eine Panik ausbrach, würde es Tote geben.

Salome und Lucrecia pressten mit beiden Armen die Lederkoffer an sich, während sie sich drängelnd und schiebend durch die Meute der Spieler kämpften. Aura folgte ihnen, spürte mehrfach die Blicke der Umstehenden auf sich, gab sich aber alle Mühe, sie zu ignorieren.

Sie hatten die Tür auf der anderen Seite fast erreicht, als die erste Polizeipfeife wie eine Sense durch das allgegenwärtige Raunen schnitt. Drei, vier Herzschläge lang herrschte völlige Ruhe. Das einzige Geräusch stammte von einem Paar Würfel, das auf einer Holzplatte ausrollte.

Die Zwillinge schoben sich jetzt noch rücksichtsloser vorwärts, nutzten den letzten Augenblick vor dem Ausbruch des Chaos. Kaum hatten sie die Tür erreicht und Aura in ihre Mitte genommen, drehten sich die beiden zur Menge um – und rissen ihre Koffer auf.

Geldscheine flatterten wie ein aufgescheuchter Vogelschwarm empor, wölkten um die Gesichter der Umstehenden und senkten sich sacht zu Boden. Hunderte, tausende Scheine, ein kleines Vermögen schwebte umher, und diesmal reagierten die Menschen schneller.

Innerhalb eines Atemzugs explodierte die Menge wie ein überheizter Lokomotivkessel. Alle drängten sich in Richtung der Scheine, jeder wollte an dem überraschenden Geldsegen teilhaben. Männer und Frauen prügelten aufeinander ein, rissen an Haaren, und ließen ihre Fäuste blindlings kreisen, bis sie auf Fleisch und Knochen trafen. Die Gendarmen hatten nicht die Spur einer Chance. Sie wurden unter die Oberfläche der Menschenflut gezerrt, ungeachtet ihrer Uniformen. Eine Faust rammte einem die Pfeife zwischen die Zähne, ein anderer wurde von einem halben Dutzend Frauen niedergetrampelt, als diese versuchten, das Geld zu erreichen.

Aura und den Schwestern gelang die Flucht, ehe die Tür von kreischenden, schlagenden, tobenden Menschen verstopft wurde. Außer ihnen stürmten noch zwei Männer die Stufen hinauf. Alle anderen waren unten in der Halle beschäftigt: Die einen bückten sich und sammelten Scheine auf, andere prügelten aufeinander ein, während der Rest rücksichtslos nachdrängte. An die Polizei dachte niemand mehr.

Das Licht einer Gaslaterne badete die Gesichter der Kaskaden-Zwillinge in fahles Weiß, als Aura am Ende einer Gasse neben ihnen zum Stehen kam.

»Sie haben das alles geplant?« Sie hatte Seitenstechen und bekam nur wenig Luft, doch es reichte, um ihr Erstaunen in Worte zu fassen.

»Natürlich.« Salome, genauso außer Atem wie sie, nickte. Eine blonde Haarsträhne klebte verschwitzt an ihrer Stirn. »Deshalb die Koffer.«

Lucrecias Lippen verzogen sich zu einem halbherzigen Lächeln. »Es hilft enorm, wenn einen die Polizei unterschätzt. Daran haben wir hart gearbeitet.«

Aura schaute von einer zur anderen. Sie wollte diese beiden nicht mögen, spürte aber, dass es dafür eigentlich keinen Grund gab. »Ich muss zurück ins Hotel, meine Sachen packen.«

»Es ist sicher nicht die schlechteste Idee, Paris so schnell wie möglich zu verlassen«, sagte Salome, und Lucrecia nickte zustimmend.

»Wohin werden Sie gehen?«, fragte Aura. »Im Osten ist die Front. Dort werden Sie nicht durchkommen.«

»Vielleicht auf eine Pilgerreise«, sagte Lucrecia mysteriös und sah überraschend ernst dabei aus. »Das wäre angebracht, schätze ich.«

Aura fragte nicht weiter. Sie schüttelte beiden die Hände. »Gute Fahrt. Passen Sie aufeinander auf. Und machen Sie so etwas wie heute Abend nicht allzu oft.«

Die Zwillinge grinsten verschämt wie junge Mädchen, die sich gerade eingestanden hatten, dass Jungs eben doch mehr sind als eine Plage.

Kinder, dachte Aura mit widerwilliger Zuneigung. Verzogene Rotznasen, nicht mehr. Agenten? Übersinnlich begabte Medien? Vielleicht. Und doch bezweifelte sie, dass die Welt für die

Schwestern mehr war als ein riesengroßer Spielplatz. Unvermittelt wechselten ihre Gedanken zum Chevalier. Hatte er sie tatsächlich nur zu den beiden gelockt, damit ihr dieselben Bilder erschienen wie ihm?

Was, wenn er gewusst hatte, dass die Geheimpolizei heute Abend in der Wohnung der Schwestern auftauchen würde? War es sein wahres Ziel gewesen, Aura gemeinsam mit ihnen ans Messer zu liefern? Aber welchen Grund hätte er dafür haben können?

»Auf Wiedersehen«, sagten die Schwestern, und Salome deutete sogar einen höflichen Knicks an, bevor sie ihre Schwester unterhakte und zielstrebig mit ihr davonmarschierte.

Aura machte sich auf den Weg zum Hotel.

Vor dem Eingang stand der Mann mit den schwarzen Glasrosen, aufgereiht in seinem Bauchladen wie ein Muster aus kristallenen Rasierklingen. Einmal mehr sprach er sie an, und einmal mehr ließ sie ihn stehen.

Dann, in ihrem Zimmer, fiel ihr ein, was sie beinahe vergessen hätte. Eilig brach sie wieder auf. In der Eingangshalle sah sie ihr eigenes Spiegelbild in einem der hohen Wandspiegel, eine zierliche Gestalt in fließendem Schwarz. Und plötzlich waren in ihrem Kopf wieder diese beiden Worte, die sie völlig verdrängt hatte.

Schwarze Isis.

Sie löste den Blick beinahe panisch von ihrem Spiegelbild, nahm eine Kutsche und fuhr zu Philippe.

Kapitel 11

Philippe war abgereist.

»Schon heute Mittag«, sagte der Diener, der sie mit steifer Miene empfing.

»Etwa nach Brest?«

»In der Tat, Mademoiselle.«

»Hat er eine Nachricht für mich hinterlassen?«

»Nein, Mademoiselle.«

Sie konnte nicht glauben, dass er gefahren war, ohne sich von ihr zu verabschieden. Andererseits hatte ihn der Streit mit Raffael sichtlich mitgenommen. Gut möglich, dass der Zwist der beiden seine Abreise beschleunigt hatte.

»Wann erwarten Sie ihn zurück?«

Der Diener sah sie mit festem Blick an, ohne dass seine Miene irgendeine Regung verriet. »Frühestens in drei Wochen.«

Sie hob verwundert die Augenbrauen. »Was tut er drei Wochen lang in Brest?«

»Sie werden verstehen, Mademoiselle, dass ich … «

»Schon gut.« Sie wollte sich abwenden und gehen, als ihr noch etwas einfiel. »Ist Raffael zu sprechen?« Ihr wurde bewusst, dass sie nicht einmal wusste, wie Philippes Liebhaber mit Nachnamen hieß. Philippe hatte ihn nur als Raffael vorgestellt, wie ein neues Haustier.

»Nun, Mademoiselle, Monsieur Raffael«, sie verkniff sich ein

Lachen, da der Diener offenbar auch nicht mehr wusste als sie – »hat gerade einige Dinge zusammengepackt. Er verlässt uns.«

Sie wurde hellhörig. »Einige *Dinge*?«

Der Diener nickte missbilligend. »Jawohl, Mademoiselle.«

»Hat er diese … Dinge erst gepackt, nachdem Monsieur Monteillet fort war?«

»Allerdings.«

»Und das lassen Sie zu?«

Die Nasenflügel des Mannes bebten unmerklich. »Monsieur Raffael wurde uns als Freund des Hauses vorgestellt, der jederzeit ein- und ausgehen darf und behandelt werden soll wie der Herr des Hauses persönlich. Es liegt nicht in meiner Befugnis, in einer solchen Situation nach meinem eigenen Gutdünken zu handeln und die Anweisungen des … «

Ungeduldig fiel sie ihm ins Wort. »Wo ist er jetzt?«

»Wenn Sie sich beeilen, könnten Sie ihn eventuell noch bei den Ställen antreffen. Er hat die Kisten auf einem Wagen verstauen lassen.«

»Etwa mehrere?«

»Ich habe sechs gezählt, Mademoiselle.«

Sie ließ ihn stehen, schaute aber im Laufen noch einmal über die Schulter. »Besten Dank.«

Sie eilte die Außentreppe hinunter und lief um das Gebäude herum zur Rückseite. Sie bog gerade um die Ecke, als aus dem Dunkel eine Kutsche hervorschoss und sie beinahe überrollte. Kies spritzte gegen ihre Schienbeine. Aura presste sich mit dem Rücken gegen den Bruchsteinsockel des Palais', um nicht von den Rädern erfasst zu werden. Sechs große Holzkisten standen auf der Ladefläche. Raffael hockte neben dem Fahrer auf dem Kutschbock, ohne Aura zu bemerken. Zu beiden Seiten der Sitzbank brannten Öllampen in kleinen Glaskästen. Ihr Licht verwandelte die Gesichter der Männer in bleiche Masken.

Zornig rief sie ihm hinterher, aber ihr Ruf ging im Lärm der Hufe und Räder unter.

Es gehörte nicht viel Fantasie dazu, sich auszumalen, was

geschehen war. Philippe hatte Raffael mit seiner Untreue konfrontiert. Die beiden hatten sich gestritten. Um Abstand zu gewinnen, war Philippe Hals über Kopf nach Brest abgereist. Die Säle das Palais waren voll mit wertvollen Kunstgegenständen, ganz abgesehen von Wertpapieren, Schuldscheinen und wohl auch Bargeld, das Philippe in seinem Arbeitszimmer aufbewahrte. In Raffaels Kisten war Platz für eine Menge davon.

Aura kochte vor Wut, und für einen Moment vergaß sie sogar ihre eigenen Probleme. Philippe war ihr Freund, er hatte sie in den vergangenen Jahren mehr als einmal beraten und getröstet wie ein Vater. Sie würde nicht zulassen, dass Raffael das Vertrauen, das Philippe in ihn gesetzt hatte, so missbrauchte.

Sie eilte zu den Stallungen hinüber, sah, dass es viel zu lange dauern würde, eine zweite Kutsche anzuschirren, und ließ sich von einem erstaunten Knecht einen Wallach satteln. Mit gerafftem Kleid stieg sie auf den Rücken des Tiers, preschte über den dunklen Vorplatz, an den erleuchteten Fenstern des Palais' vorüber und die Auffahrt hinunter.

Am Tor der Parkanlage sah sie den beladenen Wagen auf die Hauptstraße abbiegen. Wenn sie gewollt hätte, hätte sie ihn gleich hier einholen können, doch sie zog es vor, dem Gefährt in einigem Abstand zu folgen. Sie wusste nicht, wohin Raffael die Sachen brachte, aber sie vermutete, dass er irgendwo in der Stadt ein Quartier besaß. Es würde interessant sein herauszufinden, was er während seiner Zeit an Philippes Seite noch hatte mitgehen lassen.

Je näher sie dem Zentrum kamen, desto schwieriger wurde es, das Pferd zwischen den stotternden Automobilen und den zahllosen Lichtern unter Kontrolle zu halten. Dennoch gelang es ihr, Raffael nicht aus den Augen zu verlieren.

Vom Boulevard de Clichy bogen sie in eine der unzähligen Seitenstraßen, in die es nur selten motorisierte Fahrzeuge verschlug. Zwischen den Giebeln erkannte sie immer wieder für Sekunden den schwarzen Umriss Sacré-Cœurs vor dem erleuchteten Nachthimmel, hatte aber bald nur noch eine ungefähre Ahnung, wo sie sich befand.

Der Kutscher stoppte die Pferde vor einem unscheinbaren Haus, das in einer Reihe grauer, heruntergekommener Gebäude stand, wie sie das ganze Viertel beherrschten. Ein Gittertor mit verbogenen Spitzen stand weit offen, daneben steckte in einem gesprungenen Topf ein verdorrtes Baumgerippe. Die unteren Fenster des Hauses waren vergittert. In einigen der oberen Etage waren Wäscheleinen vor den Fenstern gespannt. Auf einer saß etwas, das sie nur undeutlich erkennen konnte und wohl ein Nachtvogel sein musste; er schien auf einen Punkt am Boden herabzustarren, ganz nahe neben ihr.

Sie hatte das Pferd gezügelt, als die Kutsche angehalten hatte, und befand sich nun etwa zwanzig Meter hinter dem Gefährt. Rasch glitt sie aus dem Sattel und führte den Wallach in einen Torbogen. Von hier aus beobachtete sie, wie Raffael vom Kutschbock sprang, ein paar Worte mit dem Kutscher wechselte und ins Haus eilte. Derweil machte sich der Fahrer daran, im Schatten einer Litfasssäule die Kisten abzuladen.

Aura wartete, bis Raffael im Gebäude verschwunden war, dann führte sie das Pferd zur Kutsche hinüber, gab sich dem Mann, einem Angestellten Philippes, zu erkennen und bat ihn, mit dem Abladen zu warten und ihr Pferd zu halten. Er widersprach nicht. Augenscheinlich hegte auch er keine großen Sympathien für den Liebhaber seines Herrn.

Aura holte tief Luft, dann folgte sie Raffael durch das Gittertor und über eine schmale Treppe ins Haus. Die Tür war nur angelehnt. Aus dem Treppenhaus quoll ihr der abgestandene Geruch von gekochtem Kohl entgegen, vermischt mit anderen Gerüchen einer drittklassigen Mietskaserne.

Sie hörte Raffaels Schritte über sich auf den Stufen. Er lief nach ganz oben, zur Wohnung unter dem Dach. Sie wartete, bis eine Tür ins Schloss fiel, dann eilte sie die Treppe hinauf.

Vor der einzigen Tür im Dachgeschoss blieb sie stehen und wartete, bis sich ihr Atem beruhigt hatte. Sie lauschte, konnte aber nichts hören. Dann hob sie die Hand, um anzuklopfen.

Im selben Augenblick wurde die Tür geöffnet.

Der Mann, der sie erstaunt anstarrte, war nicht der Raffael, den sie kannte. Das heißt, er *war* es. Und doch hatte er in diesem Augenblick kaum mehr Ähnlichkeit mit sich selbst. Die einzige Konstante in seinem Gesicht war der kleine Höcker auf dem Nasenrücken. Einen Moment lang sah Raffael so aus, als erwartete er, sie würde ein zweites Mal zuschlagen.

Nicht, dass ihr nicht danach zumute gewesen wäre. Aber da war etwas an ihm, das sie verstörte. Etwas Neues, das sie nicht einschätzen konnte. Etwas, das nicht im Mindesten in das Bild passte, das sie sich von ihm gemacht hatte.

Sie erkannte Sorge. Und Scham.

»Aura?«

Sie nickte ihm knapp zu. »Raffael.«

»Was tust du hier?«

Sie versuchte, einen Blick über seine Schulter in die Wohnung zu werfen. Es war düster dort drinnen. »Hier wohnst du also, wenn du nicht gerade reiche Liebhaber bestiehlst.«

Seine Tonfall war hektisch und ohne jede Aggression. »Aura, nicht jetzt. Bitte.«

Sie wurde unsicher, wollte es sich aber nicht anmerken lassen. Flink schlüpfte sie an ihm vorbei in die Wohnung.

Sein blondes Haar war verschwitzt und strähnig. »Hör zu, Aura. Ich muss dich wirklich bitten zu gehen.«

So sprach nicht der Raffael, den sie in all den Monaten zu verachten gelernt hatte. Sein ganzer Charakter schien wie ausgetauscht. Wie ein Schauspieler, der nach dem letzten Vorhang seine Rolle mit dem Kostüm in der Garderobe abgestreift hat.

Obwohl sie mit einemmal einen Anflug von schlechtem Gewissen verspürte, blieb sie und schaute sich um. Raffael wagte nicht, sie zu berühren oder gar gewaltsam aus der Wohnung zu werfen, und in ihr brannte die Frage, was seinen Wandel verursacht hatte. Etwa die Tatsache, dass sein Diebstahl aufgeflogen war? Irgendwie schien ihr das nicht genug, nicht für eine solche Veränderung.

Der Raum war klein und niedrig. Es gab zwei Sessel mit zerschlissenen Bezügen, einen Tisch, einen schmucklosen Schrank und einen Ofen. Auf der Kochplatte stand ein Topf mit Wasser, der offenbar gerade erst aufgesetzt worden war.

Keine teuren Gemälde und Statuen wie in Philippes Palais. Nichts, das darauf schließen ließ, dass Raffael sein Doppelleben in vollen Zügen genoss.

Jetzt erst bemerkte sie den Geruch, der aus einer halb offenen Tür drang. Dahinter lag das Schlafzimmer, vermutete sie. Der Geruch erinnerte sie an die Gemächer ihrer Mutter auf Schloss Institoris, an Krankheit und langsames Siechtum.

»Was ist das hier, Raffael?«, fragte sie.

»Unsere Wohnung.« Er hielt ihrem Blick jetzt stand, als hätte er sich damit abgefunden, dass sein Geheimnis entdeckt worden war.

Sie ließ ihn nicht aus den Augen. »Unsere?«

»Von meiner Frau und mir.«

Ihr Mund klappte auf. »Deiner … «

»Ich bin verheiratet, Aura.« Seine Miene veränderte sich, aber noch immer sah sie keinen Zorn darin. Nur Trauer. »Und bevor du weiter fragst – ja, ich habe Philippe bestohlen. Ihn und all die anderen. Heute war nicht das erste Mal.« Er trat einen Schritt auf sie zu, aber sie wich nicht zurück. »Seit drei Jahren werfe ich mich Männern wie Philippe an den Hals. Und Frauen wie dir.«

»Du hast gedacht, ich *bezahle* dich dafür, dass du mich fast vergewaltigt hättest?«

Er schüttelte den Kopf. »Du weißt, dass ich das nicht getan habe.«

Sie hätte ihn gerne angeschrien, aber plötzlich war da eine große Leere in ihren Gedanken, als hätte jemand ein Stück aus ihrer Erinnerung geschnitten. Jenes Stück, das mit dem Abend zu tun hatte, als sie Raffaels Nase gebrochen hatte. Er hatte Recht. Er hatte tatsächlich nicht versucht, sie zu vergewaltigen, auch wenn sie es sich später eingeredet hatte. Gewiss, er hatte ihr schöne Augen gemacht und versucht, sie zu verführen – aber er hatte nicht versucht, ihr Gewalt anzutun. Die Gewalt war von ihr ausgegangen, als sie zugeschlagen hatte. Warum hatte sie damals so heftig reagiert? Wirklich nur, weil Raffael Philippes Liebhaber war? Oder war sie nicht vielmehr in einer jener Stimmungen gewesen, in denen Gillians Verlust besonders schmerzte und sie jemanden, *irgendjemanden* gesucht hatte, an dem sie ihren Zorn und ihre Hilflosigkeit auslassen konnte? Raffael war ein perfektes Opfer gewesen. Und es war ja so leicht gewesen, sich im Nachhinein vorzumachen, dass er es nicht anders verdient hatte.

»Du hast Philippe ausgenommen«, sagte sie fahrig, um sich und ihn von ihren eigenen Problemen abzulenken.

Raffael nickte unumwunden. »Ja.« Er zögerte kurz, dann ging er zur Schlafzimmertür und winkte sie heran. Sie hätte es nicht für möglich gehalten, dass eine solche Geste von Raffael einmal etwas anderem als einer Verführung dienen könnte. »Da du nun einmal hier bist«, sagte er, »kannst du auch gleich den Grund dafür kennen lernen.«

Er drückte die Tür auf und trat beiseite. Aura zögerte, seiner Aufforderung nachzukommen. Sie wollte nichts über seine Gründe erfahren. Es war viel einfacher, ihn sich als Stricher vorzustellen, der für Geld keinen Unterschied zwischen Männern und Frauen machte. Sie wollte diesen anderen, neuen Raffael nicht kennen lernen. Warum musste alles in den letzten Tagen ohne ihr Zutun komplizierter werden? Als hätte sich jeder Aspekt ihres Lebens verselbstständigt. Und das ausgerechnet zu einem Zeitpunkt, als sie gerade begann, ihre eigenen Gedanken und Motive wieder in den Griff zu bekommen.

Raffael stand noch immer neben der offenen Schlafzimmertür. Der Geruch nach Krankheit war noch stärker geworden. Aura ahnte, was sie dort drinnen vorfinden würde, und sie hatte Angst davor, weil es eine weitere Facette ihrer Welt ins Wanken bringen würde.

»Du hast die Wahl«, sagte er und klang sehr müde. »Du kannst es dir einfach machen und die Gendarmerie informieren. Ich werde nicht versuchen, die Kisten verschwinden zu lassen. Oder du kannst einen Blick in dieses Zimmer werfen.« Die Andeutung eines Lächelns zuckte über sein Gesicht. »Ist es nicht das Ziel von euch Alchimisten, Geheimnisse zu ergründen? Die Wahrheit hinter dem Augenscheinlichen aufzudecken?«

Nicht zum ersten Mal fragte sie sich, wie viel er tatsächlich über sie wusste. Was hatte Philippe ihm erzählt?

Sie holte tief Luft, dann machte sie ein paar rasche Schritte und trat über die Türschwelle.

Im Bett lag eine Frau. Im ersten Moment glaubte Aura, sie wäre tot. Ihre Haut war wächsern und spannte sich weiß über den Wangenknochen und dem dürren Geflecht aus Sehnen und Muskeln am Hals. Langes Haar umrahmte ihr Gesicht. Ihre Lippen waren fast unsichtbar, farblos und schmal wie mit einem Bleistift gezogen. Ob ihre Brust sich hob und senkte, war unter dem dicken Federbett nicht auszumachen. Unter ihren Pergamentlidern, mit winzigen Adern durchzogen und beinahe durchsichtig, zuckten die Augäpfel wild von einer Seite zur anderen. Die Frau träumte.

»Mylène«, flüsterte Raffael, als spräche er mit sich selbst. »Meine Frau.«

Er trat rasch an Aura vorbei, setzte sich auf die Bettkante und löste unendlich sanft die verkrallten Finger der Kranken vom Laken. Vorsichtig legte er die Hand auf die Decke über ihrer Brust.

Aura war an der Tür stehen geblieben. Etwas hielt sie davon ab, näher an das Bett zu treten. Nicht die Angst vor Ansteckung – sie glaubte nicht, dass sie sich hier mit etwas infizieren würde, das ihrer Unsterblichkeit gefährlich werden konnte –, vielmehr spürte sie eine natürliche Scheu vor der Konfrontation mit dem Tod. Und dass Mylène sterben würde, daran bestand kein Zweifel. Vermutlich war sie nicht einmal Mitte Zwanzig, und doch sah sie aus wie eine alte Frau. Die Krankheit hatte erst all ihre Reserven verschlungen, und nun fraß sie sie selbst.

»Was hat sie?«

»Die Ärzte haben eine ganze Reihe von Namen dafür. Nichts, wovon wir Normalsterblichen je gehört hätten.«

Sie wollte nicht widersprechen, auch wenn sie vermutete, dass sie während ihrer Studien sehr wohl darüber gelesen hatte. »Hat sie Schmerzen?«

Als er aufblickte, hatte er Tränen in den Augen. »Sieht sie aus, als hätte sie keine?«

»Tut mir Leid, ich … «

Er schüttelte den Kopf und ergriff Mylènes Hand. »Die Medizin, die ich für sie kaufe, hilft ein wenig. Sie ist nur selten bei Bewusstsein, die meiste Zeit schläft sie.«

Aura hatte Mühe, den Blick von den zuckenden Augen der Kranken zu nehmen. Wo ist sie gerade? Was sieht sie?

»Ich habe alles für die Ärzte verbraucht, für Medikamente, dafür, dass die Schmerzen weniger werden, und sie …« Er verstummte.

Aura lehnte sich erschöpft gegen den Türrahmen. Sie war nicht bereit für so etwas. Ihre Mutter war seit langem blind und geistig verwirrt, und auch wenn diese Last vor allem auf Sylvettes Schultern ruhte, so glaubte Aura doch zu wissen, was Raffael empfand. Sie hatte zu Charlotte nie ein gutes Verhältnis gehabt, und obgleich sie ihre Mutter bemitleidete, spürte sie seit langem keine Liebe mehr zu ihr. Raffael aber liebte Mylène. Der Preis, den er dafür zahlte, war ungeheuerlich. Nein, Aura konnte nicht einmal im Ansatz erahnen, was in ihm vorging. Nicht jetzt, nicht hier, und erst recht nicht, wenn er zu Männern wie Philippe ins Bett stieg, um sich ihr Geld und ihr Vertrauen zu verdienen. Einen Moment lang sah sie ihren alten Freund in einem völlig neuen Licht, und das Gefühl, das sie dabei überkam, war purer Abscheu.

»Ich …«, begann sie, schluckte und setzte neu an: »Leb wohl.«

Sie wartete nicht auf seine Reaktion und stürmte die Treppe hinunter. Erst als sie unten ankam, bemerkte sie, dass er ihr gefolgt war.

»Warte!«

Widerwillig blieb sie stehen.

»Warte«, sagte Raffael noch einmal, jetzt leiser.

Sie drehte sich zu ihm um. Neben ihr raschelte es in den Büschen, aber sie nahm es kaum wahr. Eine Katze, dachte sie benommen.

»Ich weiß alles«, sagte er.

»Was meinst du?«

»Ich weiß, wer du bist.«

Sie zuckte die Achseln, aber es fühlte sich an, als hätte jemand ein Zentnergewicht auf ihre Schultern geladen. Raffael sprach sie schon immer mit ihrem wahren Namen an, deshalb waren seine Worte keine Überraschung. Aber es steckte mehr dahinter.

»Du musst nicht sterben«, sagte er laut.

Erst nach einem Augenblick wurde ihr klar, dass er sie deshalb von Anfang an gehasst hatte. Mylène musste sterben, während sie, Aura, ewig leben würde. Mylène war bettelarm und todkrank, Aura dagegen unfassbar reich und unsterblich. Die Ungerechtigkeit, die in dieser Erkenntnis lag, hätte sie für einen Moment beinahe selbst überzeugt.

Dann aber schüttelte sie den Kopf. »Ich bin nicht verantwortlich für das Schicksal, Raffael. Und ich kann Mylène nicht helfen. Nicht einmal all das Geld, das du heranschaffst, kann ihr helfen.«

Sein Gesicht verzerrte sich zu einer Grimasse aus hilfloser Wut, doch ebenso schnell entspannte es sich wieder. Plötzlich las sie Mitleid in seinem Blick. »Ewiges Leben, Aura. Glaubst du denn, das wird dich glücklich machen?«

»Ich werde jetzt verschwinden, Raffael. Behalt die Kisten.«

Er hielt sie an der Schulter zurück, und sie hatte nicht die Kraft, seine Hand abzustreifen. Sie drehte sich nicht zu ihm um.

»Allein die Vorstellung würde mich in den Wahnsinn treiben.« Seine Gehässigkeit war aus Schmerz geboren, sie konnte sie ihm nicht einmal übel nehmen. »Auch du kannst den Tod anderer nicht aufhalten. Es wird dir genauso ergehen wie mir.

Du wirst hilflos dabeistehen und zusehen müssen. Dieses Gefühl … du kannst nichts tun, nichts ausrichten. Und dann das Wissen, dass du weiterleben wirst! Mylène stirbt, und ich werde leben. Wo ist da der Sinn? Und du wirst das nicht nur einmal erleben, sondern dutzende Male. Hunderte Male.« Es klang, als wollte er sie mit einem Fluch belegen, aber dazu war es längst zu spät. Alles, was er sagte, war richtig. Und mit dem Fluch hatte sie selbst sich belegt.

Als sie schwieg und sich nicht rührte, sagte er: »Macht die Unsterblichkeit dich vielleicht zu etwas Besserem? Hältst du dich für eine Göttin? Bist du das – eine Göttin?

Sie löste sich von ihm. Erst auf Höhe des Gittertors gab sie sich einen Ruck und schaute zurück. »Mach's gut, Raffael.« Sie war drauf und dran etwas hinzuzufügen über das Verständnis, das sie mit einemmal für ihn empfand, die Achtung vor der ungeheuren Last, mit der er lebte. Aber sie fürchtete, er könnte es als Hohn auffassen, und so verzichtete sie darauf und trat auf die Straße.

»Eine Göttin!«, brüllte Raffael hinter ihr in die Nacht hinaus. »Eine gottverdammte Göttin in Schwarz!«

Der verdatterte Kutscher hielt ihr die Zügel hin. »Ihr Pferd, Mademoiselle.«

»Nehmen Sie es mit zurück zum Palais.« Wäre sie nicht so müde gewesen, hätte sie der ausgebrannte Klang ihrer Stimme erschreckt. »Und laden Sie vorher die Kisten ab. Das alles bleibt hier.«

Dann ging sie davon in die Nacht und wünschte, sie könnte Mylènes zuckende Augen vergessen.

Zwei Stunden später saß sie an einem Bahnsteig und blickte gedankenverloren auf die Menschenmassen, die sich um sie herum in Richtung der Züge wälzten. Die Zeiger einer mannshohen Uhr wiesen beide auf die Eins.

Sie hatte nur einen kleinen Koffer mit dem Nötigsten gepackt und die Anweisung gegeben, den Rest in Philippes Palais schaffen zu lassen. Sie trug jetzt nicht mehr eines ihrer Kleider, sondern dunkle Hosen, Stiefel und eine schwarze Bluse aus festem Leinen.

Den Mann am Schalter hatte sie bestechen müssen, um noch eine Fahrkarte zu bekommen. Ein Zug Richtung Süden, über die Loire hinweg nach Toulouse. Dort hoffte sie einen Anschlusszug zu bekommen, der sie jenseits der Garonne hinauf in die Berge brachte.

Alle Züge, die in dieser Nacht den Bahnhof verließen, waren hoffnungslos überfüllt, aber es gab genug Schaffner und Bahnangestellte, die eine Reihe von Abteilen für teures Geld an die Meistbietenden vergaben. Aura fühlte sich erbärmlich, als sie einen dieser Plätze ergatterte, während Mütter mit Kindern, die Paris aus Angst vor dem Krieg verlassen wollten, zurückbleiben mussten. Aber es ging nicht mehr. Sie konnte nicht länger hier bleiben.

Auf dem Bahnsteig herrschte ein verbissenes Schieben und Drängen. In der kurzen Zeit, bis der Zug abfuhr, wurde Aura Zeugin von drei Schlägereien. Einmal hetzten zwei ältere Damen ihre Kammerdiener aufeinander, die sich mit zögernden, gestelzten Hieben traktierten, um so den Streit ihrer Herrinnen über einen Sitzplatz am Fenster zu entscheiden.

Gewaltbereitschaft hing über den Bahnsteigen wie ein übler Geruch.

Sie saß auf der äußersten Ecke einer Bank und hatte den Koffer zwischen ihren Knien abgestellt. Neben ihr drängte sich eine übergewichtige Frau mit ihren drei Töchtern auf die Bank. Aura konnte nicht verstehen, über was die vier sprachen. Ihre Stimmen gingen unter in dem ohrenbetäubenden Lärm, der den gesamten Bahnhof erfüllte.

Es waren hauptsächlich Frauen, die mit den Zügen nach Süden aufbrechen wollten. Aura vermutete, dass die meisten von ihnen in den vergangenen Tagen ihre Männer und Väter verabschiedet hatten, Soldaten auf dem Weg zur Front. Bei allem Jubelpatriotismus, der seit der Mobilmachung in den Straßen von Paris herrschte, schien es doch vor allem unter den Gutsituierten viele zu geben, die sich vorsichtshalber zu Verwandten in die Provinz zurückzogen. Mochte auch kaum jemand für möglich halten, dass der Krieg länger als ein paar Wochen dauern oder gar bis nach Paris vordringen würde, so schien nach der ersten Woge der Begeisterung nun doch ein wenig Vernunft einzukehren.

Menschenmassen schoben sich an ihr vorbei, aber Aura versuchte, dem Chaos keine Beachtung zu schenken. Raffaels Worte gingen ihr nicht aus dem Sinn, und sie verfluchte abwechselnd ihn und sich selbst für das, was er gesagt hatte. Ihn, weil er ihre Ängste so rücksichtslos ausgesprochen hatte, und sich selbst, weil sie diese Dinge seit Gillians Verschwinden mehr und mehr in den Hintergrund gedrängt hatte.

Der Zug nach Toulouse stand bereit, aber die Türen waren noch verschlossen. Die Menschen auf dem Bahnsteig wurden mit jeder Minute ungeduldiger. Schon wurden die ersten wütenden Rufe laut. Vorhin war irgendwo ein Fenster zerbrochen.

Grundgütiger, wo bin ich hier nur hineingeraten?

Derjenige, der die Spur der sechsfingrigen Hand für sie ausgelegt und Grimaud getötet hatte, konnte sich überall in der Menge verstecken. Dasselbe galt für den Chevalier. Beide Männer – vorausgesetzt, es war nicht ohnehin ein und derselbe – mochten sich ganz in ihrer Nähe aufhalten. Neben ihr. Hinter ihr. Und sie würde es nicht einmal bemerken.

Sie ertappte sich dabei, wie sie misstrauische Blicke auf die Leute warf, obwohl sie wusste, dass sie niemanden erkennen würde.

Ein Gendarm in zu kleiner Uniform erschien ihr verdächtig. Nicht weit von ihm steckte ein Kofferträger mit seinem Karren in der Menge fest, der immer wieder verstohlen zu ihr herüberblickte. Und dann war da ein Mann, dessen Bart aussah, als wäre er angeklebt. Ganz zu schweigen von den Frauen, deren Gesichter im Schatten breiter Hutkrempen lagen.

Sie schloss für einen Moment die Augen, atmete tief ein und aus, versuchte sich zu entspannen.

Als sie die Lider wieder hob, waren der Gendarm und der Mann mit dem Bart verschwunden. Der Kofferträger hatte seine Aufmerksamkeit einem der drei Mädchen neben ihr auf der Bank zugewandt.

Auras Blick fiel auf einen jungen Mann, dem der linke Arm fehlte. Mit der rechten Hand hielt er eine gefaltete Zeitung, schaute aber immer wieder über den Rand hinweg in Auras Richtung. Sie war nahe daran, aufzustehen und mit ihm zu streiten, doch sie sagte sich, dass sie dann nicht besser wäre, als all die anderen, die ihrer Ungeduld auf diese Weise Luft machten. So kreuzte sie seinen Blick, als er das nächste Mal herübersah, und war zutiefst irritiert, als er unvermittelt in Tränen ausbrach wie ein Kind. Die Menge schob sich ein paar Schritte weiter, der junge Mann wurde von ihr verschluckt.

Aura presste die Knie fester gegen ihren Koffer. Außer einigen Kleidungsstücken befanden sich darin ihr Revolver und die herausgerissene Seite aus dem Buch, das sie in Grimauds Bibliothek gefunden hatte. Das Blatt mit dem Bild des Templerkastells in den Pyrenäen.

Ein heller, metallischer Laut ertönte.

Sie blickte vor sich auf den Boden und entdeckte einen Schlüssel, den jemand direkt vor ihren Füßen verloren hatte.

Nicht ihr Problem.

Dann sah sie den Strohstern, der daran befestigt war. Ein Strohstern mit sechs Zacken.

Ihr Kopf fuhr hoch, ihr Blick raste über die Flut aus Gesichtern. Viele Frauen, aber auch ein paar Männer. Niemand, der ihr Beachtung schenkte. Die Menge setzte sich erneut in Bewegung, als ein Schaffner verkündete, man werde in Kürze die Türen des Zuges öffnen. Füße schoben sich über den Schlüssel, dann war er fort. Sekunden später entdeckte sie ihn einen halben Meter weiter rechts. Der Strohstern war unter den Schuhsohlen zerrieben worden.

Sie glitt von der Bank und hob den Schlüssel auf. Hinter ihr rückte blitzschnell jemand nach und nahm ihren Platz ein. Sie ließ ihn gewähren, ergriff ihren Koffer und machte sich auf den Weg zur Schalterhalle. Sie bewegte sich gegen den Strom, was sie viel Zeit kostete und ihr ein halbes Dutzend blauer Flecken und eine Reihe übler Beschimpfungen einbrachte. Die Türen des Zuges wurden geöffnet, und die Menschen strömten in die Waggons, als sie endlich den Anfang des Bahnsteigs erreichte. Von hier aus war es nicht weit bis zu den Schließfächern.

Der Schlüssel in ihrer Hand war kurz und schmal, zu klein für eine Haustür. Die Zahl Sechsundfünfzig war in das obere Ende geprägt.

Der Raum mit den Schließfächern lag abseits des Hauptstroms der Reisenden. Beide Wände des tunnelähnlichen Einschnitts bestanden aus vier übereinander liegenden Reihen grauer Metalltüren. Es roch nach verschüttetem Alkohol und kaltem Zigarrenrauch.

Ein Mann im langen Mantel hatte den Kopf in ein offenes Schließfach gebeugt. Es sah aus, als verneige er sich vor etwas im Inneren.

Aura ging langsam an ihm vorüber. Jetzt sah sie, dass auch einer seiner Arme in dem Fach steckte. Er zog eine Tasche hervor, wandte sich um und eilte davon, ohne sie zu beachten.

Ihr Herz pochte wie wild, aber sie ging weiter, an den Wänden aus kaltem Eisen vorüber, bis sie das Schließfach mit der Nummer Sechsundfünfzig erreichte. Es lag im hinteren Viertel des Raums, über zehn Meter vom Ausgang entfernt.

Sie schrak zusammen, als ein Schatten am Eingang der Nische vorüberwischte. Nur ein Reisender.

Zu ihrem eigenen Erstaunen zitterten ihre Finger nicht, als sie den Schlüssel ins Schloss schob. Mit einemmal wurde sie ganz ruhig. Sogar ihr Herzschlag schien sich zu verlangsamen, der Knoten in ihrem Hals löste sich auf.

Wieder eilte jemand am Eingang vorbei. Sie sah es nur aus dem Augenwinkel.

Der Schlüssel passte. Der zerfetzte Strohstern baumelte herunter wie die Karikatur einer Vogelscheuche, mit abgespreizten Armen und Beinen.

Sie hörte den Mechanismus knirschen und wollte die Eisentür aufziehen.

Hinter ihr hustete jemand. Sie blieb stocksteif stehen und wartete, bis der Mann sein eigenes Fach geöffnet hatte und davongeeilt war. Dann war sie wieder allein.

Ein letztes Durchatmen, und die Tür schwang auf.

Ein zerknittertes Stück Stoff verdeckte die Sicht ins Innere. Als sie zögernd die Hand danach ausstreckte, bemerkte sie, dass die Oberfläche eingeölt war, um sie wasserdicht zu machen.

Sie zog den Stoff beiseite.

Ein warmer, fleischiger Geruch quoll ihr entgegen.

Aus der Dunkelheit starrte ihr Raffael entgegen. Seine Augen waren weit aufgerissen, sein Mund stand offen. Sein Hals endete eine Fingerbreite unterhalb des Kehlkopfs in zerfransten Hautlappen.

Mylènes Schädel lag dahinter. Ihr Gesicht war Aura zugewandt, aber ihre Lider waren geschlossen.

Mylènes Augen hatten aufgehört zu zucken.

Sie träumte jetzt nicht mehr.

Der Bahnsteig hatte sich merklich geleert. Rund um die Waggontüren standen Pulks von Abgewiesenen, aber das Gedränge hatte sich in den Zug verlagert, wo die Menschen jetzt um Abteile und Sitzplätze kämpften.

Auras eigenes Abteil befand sich im letzten Waggon, dem hinteren Wagen der Ersten Klasse. Die Vorhänge zum Gang waren zugezogen. Es war hier weniger voll, weil der Schaffner bereits am Eingang all jene aussiebte, die keine markierten Fahrkarten besaßen. Die Markierung bedeutete, dass der Besitzer am Schalter eine Bestechungssumme gezahlt hatte.

Aura ging wie eine Schlafwandlerin den Gang entlang. Sie spürte kaum, dass ihre Füße den Boden berührten. Die Nummern auf den Abteiltüren nahm sie wie durch einen Schleier wahr.

Ihr fiel nur ein einziger Grund ein, warum Grimauds Mörder Raffael und seine Frau getötet hatte: Raffael hatte lautstark verkündet, was er über sie wusste. Sie sei eine Unsterbliche, hatte er gesagt. Außer Aura und dem Kutscher war noch jemand Zeuge dieser Szene geworden. Sie erinnerte sich an das Rascheln der Büsche vor dem Haus. Eine Katze, hatte sie gedacht, und vielleicht war das die Wahrheit. Vielleicht aber auch nicht.

Aber wenn er Raffael ermordet hatte, weil er ihr Geheimnis kannte, dann bedeutete das … Gott im Himmel, es bedeutete, dass der Mörder sie beschützte.

Ihr wurde übel bei dem Gedanken. Der Mörder hatte nachts neben ihrem Bett gestanden, hatte ihr ein blutiges Siegel, zusammengenäht aus Grimauds Leichenhänden, auf den Körper gepresst. Und jetzt hatte er Raffael und die arme Mylène abgeschlachtet und ihr die beiden Schädel wie Trophäen präsentiert.

Schau her, was ich getan habe! Ich hab's für dich getan!

Einen Moment lang stand sie kurz davor, sich zu übergeben, aber das Gefühl verging rasch. Ein älterer Mann kam ihr entgegen und starrte sie mit unverhohlenem Missfallen an, während er sich mit seinem Gepäck an ihr vorbeizwängte. Sie kämpfte gegen den Drang, ihm hinterher zu blicken, und setzte ihren Weg fort.

Warum glaubt er, mich beschützen zu müssen? Welchen Sinn hat das alles?

Ihr war schwindelig.

Abteil Nummer zwölf.

Alles drehte sich. Sie musste sich hinsetzen, sonst würde sie stürzen.

Mit einem Ruck riss sie die Tür auf und schob den Vorhang beiseite.

Muss … sitzen.

»Willkommen«, sagte eine Stimme.

Bitte …

Als sie sich nicht regte, streckte sich ihr eine Hand entgegen, löste den Koffer aus ihren kalten Fingern und zog sie ins Innere.

Kapitel 12

Damals, im Jahr 1229, waren die Templer auf die Insel gekommen, um einen Krieg zu führen. Heute waren sie einfache Reisende.

Damals standen sie an der Spitze einer Armee.

Heute kamen sie zu zweit.

Gillian und Karisma traten aus der Enge der Carrer del Sol, hinaus auf die Plaza Temple. Tagsüber stand die Sonne für mehrere Stunden über dem Platz und flutete ihn mit sandfarbener Glut. Nachts aber kroch die Dunkelheit aus den angrenzenden Gassen. Um Mitternacht war es hier finsterer als an vielen anderen Stellen Palma de Mallorcas, und die Menschen, die in den benachbarten Häusern lebten, kannten die Gefahren ihres Viertels. Seit die Templer hier geherrscht hatten, waren Jahrhunderte vergangen, nur der klobige Umriss des früheren Ordenspalastes erinnerte noch an jene Zeiten. Heute wickelten in den umliegenden Gassen die Gauner und Huren der Stadt ihre Geschäfte ab, und nach zahlreichen Messerstechereien und dem einen oder anderen Feuergefecht zogen die Anwohner es vor, ihre Fensterläden nach Sonnenuntergang zu schließen und ihre Türen zu verriegeln. Kein Lichtstrahl drang aus den engen Quartieren nach außen, und die wenigen Geräusche und Stimmen schallten aus den Nachbargassen herüber, aus verräucherten Kaschemmen, in denen der Alkohol so wenig wert war wie jene, die ihn tranken.

Die Plaza Temple war verlassen, als Gillian und Karisma sie überquerten. Beide trugen lange Bündel aus Tuch unter den Armen. Niemand würde auf die Idee kommen, dass darin ihre Schwerter verborgen waren. Falls doch, würde man sie vermutlich für Souvenirjäger halten, in Anbetracht der Umgebung vielleicht auch für Kunstdiebe.

Ihre Schritte hallten über das Pflaster und wurden von den dunklen, stillen Fassaden zurückgeworfen. Eine Katze schlich eine Weile neben ihnen her, ohne sie aus den Augen zu lassen. Schließlich schlug das Tier einen Haken und verschwand hinter einigen Mülltonnen am Rand des Platzes.

»Mir gefällt das nicht«, sagte Karisma nicht zum ersten Mal.

Gillians Blick streifte über die geschlossenen Fensterläden. Die beiden einzigen Lampen brannten an gegenüberliegenden Seiten der Plaza, und der Schein ihrer Petroleumflammen reichte nicht weit genug, um das mittlere Drittel des Platzes zu erhellen. Für Beobachter aus den Häusern mussten Gillian und Karisma im Augenblick so gut wie unsichtbar sein.

»Wenn es eine Falle ist, dann eine dumme«, sagte er.

Karisma kräuselte die Unterlippe. »Wer ist dümmer: Derjenige, der eine dumme Falle stellt, oder diejenigen, die geradewegs hineinlaufen – obwohl sie wissen, *dass* es eine dumme Falle ist?«

»Sehr sinnig.«

»Warum, zum Teufel, sind wir überhaupt hier?« Natürlich kannte sie die Antwort.

»Weil es unsere einzige Spur ist. Wenn wir den spanischen Zweig der Templer finden wollen, bleibt uns nichts anderes übrig, als nach jedem Strohhalm zu greifen. Und so wie es aussieht, war Lascaris Hinweis, es hier auf Mallorca zu versuchen, gar nicht so weit hergeholt.«

»Nur weil du diesen Escriva aufgestöbert hast – «

Er unterbrach sie. »Er hat *uns* aufgestöbert. Das ist ein Unterschied, findest du nicht?«

Sie schnaubte verächtlich. »Und du denkst nicht, dass ihn das verdächtig macht? Ich meine, nur ein ganz kleines Bisschen?«

Er blieb stehen und sah sie an, kaum mehr als eine Silhouette vor dem Licht am Ende des Platzes. »Du musst es mir nicht zehnmal sagen, damit ich begreife, was du meinst. Aber es heißt, dieser Kerl wisse mehr über den Templerpalast als jeder andere in Palma. Noch dazu ist es durchaus in unserem Sinne, diese Sache so schnell wie möglich über die Bühne zu bringen. Bisher hab ich gedacht, das wäre auch in deinem Interesse.«

»Warum führst du dich eigentlich jedes Mal auf wie ein Gockel, wenn ich es wage, dich zu kritisieren?«

»Weil du es von morgens bis abends tust.«

»Oh, verzeih, ehrwürdiger Großmeister.«

Er sah sie einen Augenblick stumm an, dann schüttelte er den Kopf und ging weiter. Es wäre vollkommen sinnlos gewesen, sich auf den Respekt zu berufen, den sie seinem Status im Orden hätte zollen müssen – vor allem, weil er selbst es gewesen war, der immer wieder betont hatte, dass er keinen Wert darauf lege. Und er konnte ihr nicht böse sein, auch dann nicht, wenn sie jede seiner Entscheidungen in Frage stellte und sich alle Mühe gab, ihre Kritik als Vorschlag oder, noch schlimmer, als *guten Rat* zu kaschieren. Er mochte sie viel zu sehr, um sie zurechtzuweisen, und er hatte das ungute Gefühl, dass ihm eines Tages seine Unentschlossenheit ihr gegenüber zum Verhängnis werden würde.

Dabei misstraute er nicht einmal ihr, sondern vielmehr sich selbst. Er war auf dem besten Weg, sich zu verlieben.

Sie schloss rasch zu ihm auf, als sie sich dem Templerpalast näherten. Das trutzige Gemäuer erhob sich wie eine Festung am Ende der Plaza. Das breite, leicht gewölbte Portal stand weit offen. Rechts und links davon erhoben sich zwei Ecktürme mit je sechs Stockwerken, gekrönt von einem Kranz spitzer Zinnen. Die ganze Front wies nur wenige kleine Fenster auf; jene, die keine Läden hatten, waren durch zugezogene Vorhänge abgedunkelt.

Das Gebäude war ein Kastell der arabischen Eroberer gewesen, ehe König Jaime I. es im frühen dreizehnten Jahrhundert den Tempelrittern übereignet hatte, zum Dank für ihre Hilfe während des Befreiungskrieges. Mehrere hundert Angehörige des Ordens hatten an der Spitze des Heeres gekämpft, das Mallorca nach dreihundert Jahren unter sarazenischer Herrschaft aus der Hand der Moslems befreit hatte. Der Orden hatte sich mit Gütern entlohnen lassen, weiten Gebieten der Insel und ganzen Straßenzügen Palmas. Das ehemalige Kastell wurde zum Sitz ihres Meisters Ramón de Serra und seiner Nachfolger erklärt; von hier aus verwalteten sie die Geschäfte der Templer auf den balearischen Inseln bis zur blutigen Zerschlagung des Ordens im Jahr 1312.

Heute war freilich nichts übrig vom einstigen Prunk dieses Ortes. Die Mauern des Kastells waren schmutzig, Farbe und Putz auf weiten Flächen abgeblättert. Wo einst Wachtposten mit Schwert und Hellebarde gestanden hatten, warteten Mülleimer darauf, geleert zu werden. Das Tor sah aus, als stünde es Tag und Nacht offen, und in den Türmen und Anbauten befanden sich Wohnungen.

Gillian bezweifelte, dass sie hier auf etwas stoßen würden, das sie auf die Spur der spanischen Templer führen würde. Lascari hatte vor seinem Tod den Templerpalast von Palma erwähnt, aber was, hatte er geglaubt, würden sie hier finden? Es war sechshundert Jahre her, seit hier zuletzt die Flagge mit dem roten Tatzenkreuz geweht hatte. Die heutigen Bewohner hatten Wäscheleinen von einem Eckturm zum anderen gespannt.

Und doch – die Botschaft des mysteriösen Escriva gab einen schwachen Anlass zur Hoffnung, wenn Karisma auch anderer Meinung war. Gleich nach ihrer Ankunft im Hafen von Palma hatten sie sich nach einer öffentlichen Bibliothek umgehört und festgestellt, dass es keine gab. Schließlich hatte man sie in eine finstere Spelunke in der Carrer de la Mar geschickt mit dem Hinweis, dort nach einem Mann namens Narcisco Escriva zu fragen. Escriva, so hieß es, könne ihnen möglicherweise mehr zur Templervergangenheit der Balearen erzählen. Sie hatten den Mann nicht angetroffen und beschlossen, es am Abend noch einmal zu versuchen, bevor sie das Risiko eingehen und ihm eine Nachricht mit ihrem Aufenthaltsort hinterlassen würden. Doch ehe sie das Lokal ein zweites Mal hatten aufsuchen können, hatte Escriva Kontakt zu ihnen aufgenommen, in Form einer Brieftaube, die sich auf offener Straße auf Karismas Schulter niedergelassen hatte.

Die Botschaft am Fuß des Vogels war so kurz wie eindeutig: *Casa del Temple – Mitternacht – N. E.*

Karismas Stimme riss Gillian aus seinen Gedanken. »Ist er das?« Sie deutete auf einen schwarzen Umriss, der wie aus dem Nichts unter dem Portal erschienen war. Der Schatten des Torbogens tauchte ihn in völlige Finsternis.

Gillian blickte angestrengt in die Dunkelheit. »Möglich.«

Über ihnen flatterten Vogelschwingen in der Nacht.

Die Gestalt drehte sich um und verschwand im Innenhof jenseits des Portals. Die Enden ihres langen Mantels streiften über das Pflaster.

»Zumindest hat er ein Faible für spektakuläre Entrees.« Karisma nahm ihr Schwertbündel in die linke Hand, um die Waffe notfalls mit rechts aus dem Tuch ziehen zu können. Im Gegensatz zu Gillian hatte sie niemals den Wunsch geäußert, statt Klingen Schusswaffen zu tragen. Ihr Umgang mit dem Schwert war meisterlich, ihr Geschick übertraf das von Gillian und aller älteren Brüder bei weitem.

Gillian trug sein Bündel nach wie vor unter dem Arm. Er wollte keinen Zweifel daran aufkommen lassen, dass sie in freundlicher Absicht kamen. Kurz überlegte er, Karisma zurechtzuweisen, ließ es dann aber bleiben. Falls sie Recht behielt und dies eine Falle war, konnte es nicht schaden, wenn zumindest einer von ihnen kampfbereit war.

Als sie den Torbogen erreichten, wichen sie zwei Schritte auseinander. Sie benötigten einen gewissen Radius, um ihre Schwerter zum Einsatz zu bringen. Alle Abläufe waren ihnen längst in Fleisch und Blut übergegangen, aus endlosen Übungen im Palazzo Lascari und unter der Sonne des Sinai.

Nachdem sie das Portal passiert hatten, sahen sie rechts eines der Hauptgebäude des ehemaligen Kastells. Eine schmale Außentreppe führte steil nach oben zu einer Tür. Der eigentliche Innenhof lag hinter dem Gebäude, eingefasst von weiteren Fassaden. Hier wucherte eine wilde Vegetation aus Palmen und tropischen Gewächsen, zu dicht, um die Mauern auf der anderen Seite erkennen zu können. Eine Hand voll Tauben stob aus dem Dickicht empor, als die Gestalt mit dem langen Mantel zwischen den Büschen auftauchte, Gillian und Karisma in Augenschein nahm und ihnen mit ruhigen Schritten entgegentrat.

»Guten Abend«, sagte der Mann. Er war alt und, soweit sie im Licht der einzigen Lampe am Fuß der Treppe erkennen konnten, ungewöhnlich braun gebrannt. Seine lederige Gesichtshaut war von einem Netz tiefer Falten durchzogen. Ein weißes Bärtchen, nicht breiter als ein Finger, reichte ihm von der Kinnspitze bis auf die Brust. Sein Mantel war grau, nicht schwarz, wie Gillian aus der Ferne angenommen hatte, und auf jeder seiner Schultern saß eine gurrende Taube mit geschlossenen Augen.

Sie blieben stehen. »Señor Escriva?«

Der alte Mann nickte. Die Tauben störten sich nicht daran. »Sie haben mich gesucht.«

Karisma blickte sich argwöhnisch auf dem düsteren Innenhof um. Die Schatten der Palmen und Orangenbäume waren finster genug, um eine kleine Armee zu verbergen. Hin und wieder rasten flinke Schemen durch die Baumkronen, Fledermäuse, wie sie bei Nacht zu Tausenden unter den Dächern und Türmen der Stadt hervorkamen.

»Warum dieser Ort?«, fragte Karisma.

»Sie wollen mehr über die Templer auf der Insel erfahren«, sagte Escriva mit sanftem Stirnrunzeln. »Wäre Ihnen dazu ein besserer Platz eingefallen?«

Sie nickte. »Ein Tisch in einem hell erleuchteten Gasthaus.«

»Ah«, machte er leise, »kein Gefühl für Stimmungen. Kein, wie sagt man, Fingerspitzengefühl.« Gillian registrierte nicht ohne Misstrauen, dass Escriva Italienisch sprach. Das war einigermaßen verwunderlich. Karismas Muttersprache war Spanisch, daher war sie es gewesen, die sich in der Wirtschaft nach Escriva erkundigt hatte. Gillian dagegen sprach Deutsch, Italienisch und Latein. Woher aber wusste dies der alte Mann? Gillian war blond und sah nicht aus wie ein Südländer. Was also brachte Escriva dazu, sie auf Italienisch anzusprechen, in der einzigen Sprache, die sowohl er als auch Karisma verstanden? Nach kurzem Abwägen entschied er, den Mann danach zu fragen.

Escriva lächelte. »Sie kommen vom Templum Novum. Glauben Sie allen Ernstes, ich erkenne das nicht?«

Gillian spürte, wie sich Karismas Körper spannte. Ihre Rechte umfasste das obere Ende des Bündels.

»Lassen Sie das Schwert stecken, Schwester«, sagte Escriva. »Ich habe nicht vor, mich mit Ihnen zu duellieren. Als ich zum letzten Mal eine solche Waffe geführt habe, waren Sie noch gar nicht geboren. Ich fürchte, mein Gespür für Hieb und Stich ist genauso eingerostet wie die meisten meiner Gelenke.«

»Sie sind Templer?«, fragte Gillian.

Der alte Mann nickte. »Bruder Narcisco.«

»Bruder Gillian. Und Schwester Karisma.«

»Das Schiff, das Sie hergebracht hat, kam nicht aus Venedig.«

»Nein.«

»Wohin hat es den alten Lascari verschlagen?«

Gillian dachte nicht im Traum daran, ihm das Versteck des Ordens zu verraten. »Lascari ist tot.«

Narciscos Stirn legte sich in hundert Falten. »Was ist geschehen?«

»Er war krank. Der Herr hat ihn zu sich gerufen.«

»Dann sind Sie sein Nachfolger?«

»Sagen Sie mir erst, woher Sie wissen, dass wir dem Templum Novum angehören.«

Bruder Narcisco stieß ein sprödes Lachen aus. »Das bereitet Ihnen Sorge, nicht wahr? Hätte ich mir denken können. Würde es in Ihr Bild von mir passen, wenn ich ein paar ominöse Andeutungen über Hellseherei mache?«

Gillians Blick blieb kühl. »Ich würde Sie für einen Lügner halten. Möglicherweise für einen Gegner.«

»Nun, um die Wahrheit zu sagen, was sonst sollte zwei junge Leute wie Sie dazu bringen, Nachforschungen über die Geschichte des Ordens anzustellen und noch dazu mitten in der Nacht zwei Schwerter spazieren zu tragen?« Er seufzte und streckte den Arm aus, als eine dritte Taube heranflatterte, um sich auf seiner Hand niederzulassen. »Lascari hat sich wieder einmal an den Templerschatz erinnert. Warten Sie, sagen Sie nichts, ich weiß, dass das die Wahrheit ist. Es ist nicht das erste Mal, wissen Sie. Er hat es selbst schon versucht, vor etwa … nun, etwa fünfundvierzig Jahren. Hat er Ihnen das nicht gesagt? Er war jung damals, und finanziell stand es gewiss nicht schlecht um ihn – kein Wunder bei der Abstammung. Aber ich glaube nicht, dass es ihm damals tatsächlich um das Geld ging. Er hatte einen penetranten Sinn für Gerechtigkeit, der gute Lascari. Er wollte nicht akzeptieren, dass eine andere Splittergruppe des Ordens fett und zufrieden auf einem Schatz sitzt, auf den er, Lascari, ein anteiliges Anrecht zu haben glaubte. Sehen Sie, die Templer wurden offiziell 1312 aufgelöst, und ihr Besitz ging zu weiten Teilen auf die Johanniter über. Ein wenig haben sich auch die Christusritter gesichert, aber von denen waren die meisten selbst ehemalige Templer, Flüchtlinge, die bei Nacht und Nebel aus Frankreich und Spanien nach Portugal geflohen waren. Den wenigsten war es gelungen, etwas mitzunehmen, das wertvoller war als ein Schwert, ein Harnisch und ein schnelles Pferd. Der Templerorden hatte aufgehört zu existieren. ›Und der Schatz?‹ werden Sie fragen, genau wie Lascari es getan hat.« Bruder Narcisco stieß ein leises Seufzen aus. »Nun … die Christusritter hatten ihn nicht, und ganz sicher nicht die Johanniter. Das wäre ein allzu großer Triumph für sie gewesen, als dass sie ihn geheim gehalten hätten. Setzen wir voraus, der Schatz hat überhaupt jemals existiert, wo ist er dann geblieben? Natürlich hielten sich über all die Jahrhunderte hinweg Gerüchte, dass die Templer im Geheimen weiter existierten. Der Templum Novum ist schließlich der beste Beweis dafür. Lascari aber war fest davon überzeugt, dass es weitere Gruppen gab, die das Tatzenkreuz als Wappen beanspruchten – und natürlich den Schatz. Er hat geglaubt, dass es in Spanien eine mächtige Splittergruppe des Ordens gibt, in deren Besitz sich auch der Schatz befinden müsse. Ich hatte allerdings angenommen, dass er sich von diesen Mutmaßungen verabschiedet hatte, nachdem er mit seinen eigenen Nachforschungen nicht weitergekommen war.« Er lächelte kopfschüttelnd. »Und nun tauchen Sie beide hier auf, und Ihr ganzes Verhalten trägt Lascaris Handschrift, als hätte er Ihnen einen Stempel auf die Stirn gedrückt. Dieser dumme, alte Narr.«

Gillian wusste, dass es der Ehrenkodex gebot, Genugtuung für diese Beleidigung des toten Großmeisters zu fordern, aber ihm war nicht nach einem Streit zumute, geschweige denn nach einem Duell mit einem Greis. Deshalb warf er Bruder Narcisco nur einen bösen Blick zu, den dieser mit einem Schulterzucken quittierte.

»Sie haben den Großmeister gut gekannt«, sagte Karisma. Sie stand noch immer da, als wollte sie jeden Moment das Schwert aus der Scheide reißen.

»Er war ein Freund. Ein Feind. Und zeitweise sogar beides gleichzeitig.« Der alte Mann kicherte. »Ich hoffe, ich verwirre Sie nicht allzu sehr.«

Gillian entspannte sich. »Wir sind nicht gekommen, um mit Ihnen zu streiten.«

»Ich weiß. Sie brauchen meine Hilfe, genau wie Lascari vor Ihnen.«

»Das ist richtig.«

»Augenblick!«, sagte Karisma in Gillians Richtung. »Er behauptet, er sei selbst ein Templer. Zu uns aber gehört er nicht.« Argwöhnisch wandte sie sich direkt an Narcisco. »Könnte das nicht bedeuten, dass Sie dem spanischen Orden angehören, von dem Lascari gesprochen hat?«

Gillian sah wieder den alten Mann an und schwieg.

»Meine Liebe ...« Bruder Narcisco streichelte mit der freien

Hand die Taube auf seiner Rechten. »Sie mögen sich für äußerst gewitzt halten, aber Ihre wunderliche Beweiskette krankt schon an einem Fehler im ersten Glied. Ich bin kein Mitglied des Templum Novum, das ist richtig, aber wer sagt Ihnen denn, dass ich es nicht einmal *war*? Man kann sich vom Orden lösen, ohne den Status eines Bruders zu verlieren.« Er zuckte die Achseln. »Wenigstens war es in alten Zeiten so.«

Gillian gefiel nicht, wie er die letzten Worte betonte. Wie alt war Narcisco? Rein äußerlich nicht älter als Achtzig. Aber Gillian dachte auch an das, was er selbst war. An das Gilgamesch-Kraut. Gab es andere wie Aura und ihn?

»Sie haben gesagt, Sie und Lascari waren zeitweise Gegner«, sagte er. »Inwiefern?«

Zum ersten Mal zögerte Narcisco. Mit einer raschen Bewegung scheuchte er die Taube von seiner Hand. Sie flatterte träge zu einer niedrigen Palme hinüber und ließ sich auf einem wippenden Blattwedel nieder. Narcisco schaute ihr gedankenverloren hinterher. »Niemand weiß diese armen Tiere zu schätzen. Alle machen Jagd auf sie. Nur bei mir finden sie Unterschlupf. Sie kennen mich, wissen Sie? So wie alle hier in der Stadt.«

»Beantworten Sie meine Frage«, sagte Gillian. »Bitte.«

Karisma rührte sich nicht. Ihr ganzer Körper war zum Zerreißen gespannt.

»Tauben sind überaus treue Tiere«, sagte Narcisco. »Sie halten zu einem, anders als manch falscher Freund.«

»Sie glauben, Lascari hätte Sie verraten?«

»Verraten mag ein zu starkes Wort sein. Er hat mich fallenlassen, nachdem ihm klar wurde, dass ich ihm nicht weiterhelfen konnte. Ich habe ihn kreuz und quer über die Insel geführt, auf seiner Suche nach diesem Hirngespinst von einem Schatz. Und als er schließlich erkannt hat, dass wir nichts finden würden, machte er mich dafür verantwortlich. Er hat behauptet, ich würde mit dieser ominösen spanischen Bruderschaft unter einer Decke stecken, und warf mich aus dem Orden.

Lebt Giacomo noch? Er könnte Ihnen meine Geschichte bestätigen.«

»Kein gutes Argument«, sagte Karisma grimmig. »Bruder Giacomo ist Tausende von Kilometern entfernt.«

Narcisco holte tief Luft, und einen Moment lang sah es aus, als würde er die Beherrschung verlieren. Doch der Schatten um seine Augen mochte eine Täuschung gewesen sein, denn als der Alte einen Schritt vortrat, wirkte er wieder genauso gelassen wie zuvor.

»Hören Sie«, sagte er, »ich denke, es spielt keine Rolle mehr, in welcher Beziehung Lascari und ich zueinander standen. Das alles ist beinahe ein halbes Jahrhundert her. Sie wollten mich sprechen, um mehr über die Templer und den Schatz zu erfahren. Also stellen Sie Ihre Fragen.«

Karisma wollte abermals auffahren, doch diesmal brachte Gillian sie mit einer Handbewegung zum Schweigen. »Was hat Lascari auf die Idee gebracht, ausgerechnet hier auf Mallorca nach dem Schatz zu suchen?«, fragte er.

»Der Orden der Tempelritter wurde zur Zeit der Kreuzzüge in Palästina gegründet, das wissen Sie natürlich. Die ersten Ordensbrüder sollten den Tempel Salomos in Jerusalem bewachen, aber es dauerte nicht lange, da begannen sie, ihre Macht über den Orient auszuweiten. Wir sprechen hier vom frühen zwölften Jahrhundert. Die Templer wurden zur offiziellen Militia des Vatikans ernannt, und von da an war ihr Aufstieg nicht mehr aufzuhalten. Bald gehörten dem Orden zahlreiche Festungen und Gebiete im Heiligen Land, und später, als sie von dort in die Heimat zurückkehrten, weitete sich ihr Einfluss auf die Länder Europas aus. Zweihundert Jahre lang verwalteten sie ihre Güter wie Könige, erließen eigene Gesetze und sorgten dafür, dass ihre Untergebenen weder hungern mussten noch durch überhöhte Abgaben verarmten. Für damalige Zeiten waren das große Errungenschaften. Schließlich aber wollten sich der König von Frankreich und der Papst nicht mehr mit dem Einfluss des Ordens abfinden. Sie glaubten, die Templer tanzten ihnen auf der Nase herum, und sicherlich lagen sie damit nicht ganz falsch. Kurzerhand erklärte man den Orden zum Feind der Kirche und seine Angehörigen zu Satansdienern, die sich in ihren Klöstern und Burgen der Unzucht und Teufelsanbetung verschrieben hätten. Zwei Jahrhunderte nach der Gründung des Ordens endeten seine Anführer in Paris auf dem Scheiterhaufen. Der Rest der Tempelritter wurde in alle Winde zerstreut.«

»Das wissen wir alles«, sagte Karisma ungeduldig.

Narcisco lächelte milde. »Hier auf Mallorca gab es seit der Vertreibung der Sarazenen eine mächtige Templerkolonie, die in diesen Mauern ihren Hauptsitz hatte. Als auf dem Festland die Verfolgung des Ordens begann, entschlossen sich auch die Brüder hier auf der Insel zur Flucht. Sie nahmen nur das Nötigste mit und setzten nach Spanien über. Ihre Spur verliert sich irgendwo in den Weiten Kastiliens. Manche behaupten, sie hätten sich wie einige ihrer spanischen und französischen Brüder nach Portugal durchgeschlagen, wo der dortige König ihnen Sicherheit versprach. Doch Beweise dafür gibt es nicht.«

Karisma entspannte sich ein wenig. »Und Lascari war der Ansicht, der Schatz sei hier auf der Insel aufbewahrt worden und später mit den Flüchtlingen nach Spanien gelangt?«

»So ist es.«

»Welchen Anlass hatte er zu dieser Vermutung?«

»Der Schatz soll zu großen Teilen aus Kostbarkeiten bestanden haben, die sich die Templer bereits während ihrer Zeit im Heiligen Land angeeignet hatten. Gold und Geschmeide aus geplünderten Moscheen, aus den Schatzkammern des Kalifen und den Satteltaschen der Wüstennomaden. Viele dieser Stämme waren gefürchtete Räuber, die seit etlichen Jahren nicht nur einheimische Karawanen, sondern auch Missionare überfielen. In manch abgelegener Oase wurden Reliquien entdeckt, die seit langer Zeit als verschollen galten. Für die Kirche waren das unvorstellbare Werte. Angeblich soll der Templerschatz bereits Ende des zwölften Jahrhunderts aus dem Heiligen Land nach Europa gebracht worden sein. Weil man den Herrschern

Deutschlands, Frankreichs und Spaniens misstraute, soll er auf einer Insel versteckt worden sein, die sich dem Einfluss des Festlands entzog. Und auf keiner Insel im Mittelmeer hatten die Templer mehr Macht als hier auf Mallorca.«

Gillian überlegte. »Ende des zwölften Jahrhunderts, sagen Sie. Aber zu dem Zeitpunkt stand die Insel noch unter der Herrschaft der Sarazenen. Sie wurde erst im dreizehnten Jahrhundert befreit.«

»Allerdings«, sagte Narcisco mit breitem Lächeln.

»Wurde der Schatz anderswo zwischengelagert?«

»Lassen Sie mich noch einmal betonen, dass niemand weiß, ob dieser Schatz überhaupt je existiert hat. Aber *falls* dem so ist, und der Bericht, laut dem er um 1190 aus dem Heiligen Land abtransportiert wurde, der Wahrheit entspricht – nun, dann stellt sich die Frage, wo war der Schatz in jener Zeit? Sicherlich hat man ihn nicht all die Jahre über auf dem Mittelmeer spazieren gefahren. Es ist allerdings ebenso fragwürdig, ob man ihn tatsächlich in den Herrschaftsbereich eines der habgierigen Festlandkönige geschafft hätte. Ich bin jedenfalls zu einem anderen Schluss gekommen.«

Zu einfach, dachte Gillian. Warum macht er es uns so einfach?

»Lassen Sie uns für einen Moment ein paar Jahre überspringen«, sagte Narcisco. »Wir sprechen gleich wieder über den Schatz, aber zuvor muss ich Ihnen etwas anderes erzählen. Sie wissen, dass die Templer König Jaime geholfen haben, die Insel von den Sarazenen zurückzuerobern. Es gibt allerdings ein, zwei Dinge, die diese Vorgänge in ein anderes Licht rücken. So ist etwa einer der wenigen wirklichen Streitpunkte zwischen Mallorcas König und dem Orden die Tatsache gewesen, dass die Templer auf ihren Ländereien im Norden der Insel Sarazenen als Arbeiter und Verwalter beschäftigten. Während die Heiden überall sonst in Europa erschlagen oder vertrieben wurden, scherten sich die Tempelritter nicht um die Vorurteile und gestatteten zahllosen Moslemfamilien, weiterhin ihre Felder hier auf der Insel zu bestellen. Man verlangte von ihnen, zum Christentum überzutreten, aber das hatte nur auf dem Papier Bedeutung. Es ist bekannt, dass es in Höhlen und Ruinen geheime Moscheen gab, in denen die Moslems weiterhin Allah anbeteten, und es ist anzunehmen, dass die Tempelherren davon wussten und sie gewähren ließen. Die Frage ist nur, warum!«

»Sie kennen die Antwort?«, fragte Karisma.

Narcisco streichelte abwechselnd die beiden Tauben auf seinen Schultern. »Die Antwort ... Sagen wir, ich habe eine Vermutung. Es gab ganz offensichtlich eine enge Verbindung zwischen dem Orden und den Moslems auf der Insel. Und obwohl die Ritter halfen, die Macht des Halbmonds zu brechen, scheinen sie doch dafür gesorgt zu haben, dass zumindest einem Teil der Sarazenen kein Haar gekrümmt wurde. Sie stellten sich sogar dann noch schützend vor die Moslems, als sie sich damit den Zorn des Königs zuzogen, obwohl doch er es war, dem sie ihre Ländereien auf der Insel zu verdanken hatten.«

»Ich glaube, ich weiß jetzt, worauf das hinausläuft.« Karisma schüttelte den Kopf. »Sie glauben, die Templer haben ihren Schatz um 1190 hier auf der Insel versteckt, im Machtbereich der Sarazenen – wahrscheinlich sogar mit deren Einverständnis? Einen Schatz, wohlgemerkt, den sie den Moslems im Heiligen Land gerade erst gestohlen hatten? Das ist doch absurd.«

»Auf den ersten Blick, gewiss. Aber das Ganze hat eine eigene Vorgeschichte, und die führt uns zurück nach Palästina. Ich gehe doch gewiss recht in der Annahme, dass Sie schon einmal von den Assassinen gehört haben.«

»Die Sekte der Meuchelmörder«, sagte Gillian.

»So hat man sie genannt, ja. Die Assassinen waren eine Gruppe von, sagen wir, islamischen Elitekämpfern, die nach einem strengen Kodex lebten. Ihr Anführer war eine mysteriöse Gestalt, die als der Alte vom Berge in die Geschichte eingegangen ist. Man weiß nicht allzu viel über sie, nur dass sie während der Kreuzzüge und auch noch später als verbissene Krieger in Erscheinung getreten sind, die den eigenen Tod nicht scheuten, wenn sich dadurch ein Gegner ausschalten ließ. Sie trugen schwarze Kleidung und verbargen ihre Gesichter hinter schwarzen Tüchern. Ihre Mitglieder wurden als Kinder aus den Reihen der Nomaden rekrutiert und auf die geheime Festung Alamut gebracht, wo der Alte vom Berge sein Hauptquartier hatte. Hier wurden sie einem Drill unterzogen, der sie binnen weniger Jahre zu eiskalten Killern machte. Anfangs kämpften sie auf der Seite des Kalifen gegen die Christen, aber später, so heißt es, verkauften sie ihre Dienste an den Meistbietenden.«

»Söldner.« Es klang, als spuckte Karisma das Wort in den Schmutz.

»Söldner, ja, aber auch sehr viel mehr als das. Niemand konnte es mit den Assassinen aufnehmen. Ihre Säbel töteten rasch und lautlos, und es gibt Geschichten über ganze Dörfer, deren Bewohner ausgerottet wurden, ohne dass ein einziger Schrei ausgestoßen oder eine Hand zur Gegenwehr erhoben wurde.« Er machte eine kurze Pause, um seine Worte wirken zu lassen. »Aber dann, man weiß nicht, warum, verschwanden die Assassinen, und niemand hörte mehr von ihnen.«

»Waren sie nicht auch eine Religionsgemeinschaft, eine Art Kriegerorden, wenn man so will?«, fragte Gillian. »Eine Art muslimisches Gegenstück der Templer?«

»Darauf wollte ich hinaus«, sagte Narcisco. »Allerdings waren die Assassinen ungleich grausamer und weniger wählerisch, was ihre Opfer anging. Wir Templer haben im Grunde immer nur für die Templer gekämpft. Die Männer um den Alten vom Berge aber ... ja, wofür kämpften sie eigentlich? Für Reichtümer? Für Allah? Niemand weiß das so ganz genau. Um es kurz zu machen: Es gibt Anzeichen dafür, dass die Templer und die Assassinen aufeinander getroffen sind, und das nicht nur auf dem Schlachtfeld. Es muss ein gehöriges Maß an gegenseitiger Achtung gegeben haben, und möglicherweise hat das dazu geführt, dass man sich einander annäherte.«

»Sie wollen behaupten, Templer und Assassinen hätten sich insgeheim verbündet?«

»Nun, es gab solche und solche Templer. Theoretisch mochten sie einem Großmeister folgen, aber in Wahrheit existierten unterschiedliche Gruppen, die vor allem auf ihre eigenen territorialen Interessen bedacht waren. Möglich, dass eine dieser Gruppen – und eventuell war es gerade jene, der man den Abtransport des Templerschatzes anvertraut hatte, Brüder also, die bis zuletzt im Heiligen Land ausgeharrt und Gelegenheit genug gehabt hatten, den Assassinen zu begegnen – möglich, also, dass diese Gruppe eine Übereinkunft mit dem Alten vom Berge getroffen hat. Der nämlich hatte sich irgendwann den Kalifen persönlich zum Feind gemacht und musste so schnell wie möglich einen Ort finden, an den er sich mit seinen Gefolgsleuten zurückziehen konnte.«

Gillian hatte den Eindruck, dass Narcisco müde wurde. Der alte Mann schien sich nach etwas umzuschauen, auf das er sich stützen konnte, und so reichte Gillian ihm nach kurzem Zögern das Schwertbündel. Er spürte Karismas missbilligenden Blick, ohne sich zu ihr umzuschauen. Narcisco aber lächelte dankbar und verlagerte sein Gewicht auf das Schwert wie auf einen Krückstock. Dann fuhr er fort:

»Damals war bereits abzusehen, dass die Sarazenen über kurz oder lang auch von den Balearen vertrieben werden würden. In Spanien hatte man sie bereits viel früher vernichtend geschlagen, und die Rückeroberung Mallorcas durch die Christen war nur eine Frage der Zeit. Ich denke, dass die Templer den Assassinen anboten, sich hier auf der Insel zu verstecken, als es für sie in den Ländern des Orients zu gefährlich wurde. Der Alte vom Berge und seine Männer überquerten unter dem Schutz der Templer das Mittelmeer und mischten sich unerkannt unter die muslimischen Besatzer der Insel. Als wenige Jahrzehnte später die sarazenischen Stellungen Mallorcas überrannt wurden, sorgten die Tempelritter dafür, dass den Assassinen nichts geschah. Mehr noch, sie nahmen sie als angebliche Vasallen unter ihre Fittiche und stellten ihnen Ländereien im Norden der Insel zur Verfügung, von denen aus der Alte vom Berge weiterhin sein Geschäft mit dem Tod betreiben konnte.«

»Und im Gegenzug verwahrten die Assassinen für die Templer den legendären Schatz«, sagte Gillian.

»Es passt alles zusammen, nicht wahr? Mit den Assassinen kam um 1190 auch der Schatz auf die Insel und wurde fortan von ihnen beschützt – im Auftrag der Templer, versteht sich. Die Großmeister in Frankreich werden von all dem nichts geahnt haben. Vermutlich machte man sie glauben, das Transportschiff sei irgendwo im Mittelmeer gesunken und der Schatz verloren gegangen. Jene aber, die die Wahrheit kannten, kamen mit den Befreiern nach Mallorca, bauten hier ihren Einfluss aus und taten sich nun auch offiziell mit den Assassinen zusammen – als Herren und Vasallen, von denen sie angeblich ihre Felder bestellen ließen.«

»Eine Weile lang mag das ja gut gegangen sein«, sagte Karisma. »Aber was geschah mit dem Schatz, als die Templer flohen? Glauben Sie, die Flüchtlinge nahmen ihn mit nach Kastilien oder nach Portugal?«

Narcisco stieß einen tiefen Seufzer aus. Sie waren am Kern des Problems angelangt. »Darauf kann ich Ihnen keine Antwort geben. Zumindest glaube ich nicht, dass er sich noch auf der Insel befindet. Falls es den spanischen Orden tatsächlich gibt, dann ist er vielleicht aus den versprengten Resten der Flüchtlinge von der Insel entstanden. Gut möglich, dass sie irgendwann in den vergangenen sechshundert Jahren den Schatz aufs Festland gebracht haben.«

»Und die Assassinen?«

»Die Moslems, die für die Templer gearbeitet hatten, verschwanden gleich nach deren Flucht. Man weiß nicht, was aus ihnen geworden ist. Die meisten glauben, sie hätten sich ebenfalls davongemacht, andere behaupten, Christen seien bei Nacht und Nebel über sie hergefallen und hätten sie in den Olivenhainen aufgeknüpft. Ich denke allerdings, dass es der Alte vom Berge und seine Männer mit einem wildgewordenen Lynchmob genauso aufgenommen hätten wie mit einer Armee. Nein, vermutlich sind sie tatsächlich weitergezogen, weiß der Teufel, wohin.«

»Kennen Sie den Ort, an dem der Schatz aufbewahrt wurde?«

»Falls es ihn überhaupt je gegeben hat?« Narcisco lachte leise. »Ja, ich denke, ich habe da in der Tat eine Theorie.«

Das ist es, dachte Gillian. Darauf läuft alles hinaus. Jetzt wird er uns seinen Preis nennen.

Narcisco legte den Kopf schräg, blickte von Gillian zu Karisma und sagte dann: »Ich werde Ihnen alles sagen, was ich weiß.«

»Was verlangen Sie dafür?«

»Ahnen Sie das nicht?« Narciscos leises Lachen klang wie das Raspeln von Holz. »Ich bin alt, älter als Sie vermuten. Die meisten Dinge, die in meinem Leben falsch gelaufen sind, habe ich auf die eine oder andere Weise in Ordnung gebracht. Den Streit mit Lascari kann ich nicht ungeschehen machen, aber ich will nicht als jemand sterben, der von seinem Orden verstoßen wurde, ganz gleich, ob zu recht oder unrecht. Und Sie, Gillian, sind der neue Großmeister.«

»Sie wollen, dass ich Ihren Ausschluss aus dem Templum Novum rückgängig mache? Das ist alles?«

»Sie könnten ein warmes Abendessen oben drauf legen.«

Gillian war mit einemmal sehr unbehaglich zumute. Im Grunde wusste er nichts über die Aufgaben eines Großmeisters. »Was muss ich tun?«

Der Alte lachte wieder. »Sie sind noch nicht lange im Amt, was? Sehen Sie, es ist ganz einfach. Sie müssen es nur *sagen.*«

»Das ist alles?«

Narcisco nickte. »Das ist alles.«

Gillian warf Karisma einen zweifelnden Blick zu, bevor er sich wieder an den alten Mann wandte. »Dann erkläre ich hiermit, dass Sie, Narcisco Escriva, von nun an wieder ein Ritter des Templum Novum sind.«

Erleichterung breitete sich über Narciscos Zügen aus. Er schloss ein paar Sekunden lang die Augen, als ließe er die Worte in seinem Kopf nachhallen.

Gillian kam sich albern und unwissend vor. Es war ein Fehler gewesen, ihn zum Großmeister zu machen. Eine Fehlentscheidung, die ein Sterbender in seinen Fieberfantasien getroffen hatte. Gillian hatte sich den Ritualen des Ordens stets widersetzt, und hätte Lascari nicht gleich zu Beginn einen solchen Narren an ihm gefressen gehabt, hätte man ihn gewiss schon vor Jahren exkommuniziert. Die meiste Zeit hatte er damit verbracht, die riesige Bibliothek des Palazzo Lascari in Venedig zu archivieren. Oft hatte ihn der Meister auch eingesetzt, um Schriften in anderen Städten und Ländern aufzuspüren. Lascari hatte gewusst, wie sehr Gillian mit seinem Schicksal haderte, mit seiner neugewonnenen Unsterblichkeit ebenso wie mit der Trennung von Aura, und so hatte er alles getan, um seinen Schützling auf andere Gedanken zu bringen.

Karisma sah Narcisco stirnrunzelnd an. »Sie haben bekommen, was Sie wollten. Jetzt sind wir an der Reihe.«

Der alte Mann lächelte still in sich hinein. »Ich besorge Ihnen eine Karte. Sie werden verstehen, dass ich Sie nicht begleiten kann – der Ort, den Sie aufsuchen werden, liegt im Norden der Insel, in den Felsen über der Cala Solleric. Sie werden ein Boot mieten müssen, das Sie an der Küste entlang dort hinaufbringt. Und das letzte Stück müssen Sie klettern.«

»Was werden wir dort finden?«, fragte Gillian.

»Eine Höhle. Der Orden hat sie eine Weile als eine Art geheimes Kloster genutzt. Unsere Brüder haben dort *la Mare de Dèu* angebetet. Eine Schwarze Madonna. Sie nannten sie die Muttergottes vom Berg.«

Das war nicht ungewöhnlich, wusste Gillian. Die Tempelritter waren seit jeher glühende Marienverehrer.

»Bei klarem Wetter können Sie den Eingang vom Meer aus sehen, aber um diese Jahreszeit dürfte das Ihre geringste Sorge sein. Ich kenne jemanden, der Sie sicher dorthin bringen wird.«

»Wer sagt uns, dass das keine Falle ist?«

Narcisco schien jetzt ehrlich belustigt. »Glauben Sie, ich warte dort oben hinter einem Baum auf Sie, um Ihnen eins mit dem Knüppel überzuziehen?«

Plötzlich vollführte er mit der Rechten eine so rasche Bewegung, dass Gillians Augen ihr nur mit Mühe folgen konnten. Innerhalb eines Augenblicks hielt Narcisco das blanke Schwert in der Hand. Tuch und Scheide lagen vor ihm am Boden.

Karisma stieß einen wütenden Schrei aus und zog ihre eigene Waffe, aber Gillian gebot ihr mit einem Wink, sich zu beherrschen.

Narciscos Blick wanderte prüfend über die Klinge. »Die Schwerter sind nicht besser geworden seit damals. Kaum jemand weiß noch, wie man eine vernünftige Klinge schmiedet.« Mühelos ließ er das Schwert herumwirbeln und fing die Klinge mit der bloßen Hand auf. Der Stahl war rasiermesserscharf, doch Narciscos Faust schloss sich fest um die Spitze. Erst nach einigen Sekunden gab er der Waffe einen Stoß, sie drehte sich einmal in der Luft und bohrte sich vor Gillians Füßen mit der Spitze ins Erdreich.

Als Gillian das Schwert am Griff packte und wieder zu Narcisco hinübersah, schien der alte Mann jedes Interesse an ihnen verloren zu haben. Nachdenklich betrachtete er seine offene Handfläche – kein Blut, nicht die geringste Spur einer Verletzung.

»Seien Sie morgen früh um neun Uhr am Hafen«, sagte er. »Fragen Sie nach der *Matador*. Man wird Sie dort erwarten. Und, Meister Gillian – danke!«

Mit lautem Flattern stoben die beiden Tauben von seinen Schultern empor. Für einen Moment waren Gillian und Karisma abgelenkt. Als sie ihre Blicke wieder auf Narcisco richten wollten, war der alte Mann fort. Sie entdeckten ihn gut zwanzig Meter entfernt am Rande des Dickichts. Ehe irgendwer ihn hätte aufhalten können, verschmolz er mit der Nacht, die zwischen den Palmwedeln noch ein wenig dunkler, noch ein wenig kühler war. Nicht einmal Karisma machte Anstalten, ihm zu folgen.

Gillian hob schweigend die Schwertscheide vom Boden auf, schob die Waffe hinein und schlug sie in das Tuch ein.

Ein Schwarm Fledermäuse schoss über ihre Köpfe hinweg, und in den Blättern fauchte der Nachtwind.

Kapitel 13

Vor den Fenstern des Zugabteils raste die Finsternis dahin. Manchmal wurden Strukturen sichtbar, Bäume, Felsen und einsame Bauerngehöfte. Hin und wieder eine Kette von Lichtern, wenn der Zug einen Bahnhof oder ein Dorf passierte, dann wieder lange Phasen vollkommener Dunkelheit, so als bewegten sie sich immer weiter fort von der Helligkeit, geradewegs ins Herz der Nacht.

Aura beobachtete ihr blasses Spiegelbild in der Fensterscheibe. Ihr eigenes und das ihrer beiden Mitreisenden.

»Wir hatten genug Bargeld in einem Schließfach deponiert«, sagte Salome Kaskaden, »schon vor ein paar Tagen.«

Ihre Schwester Lucrecia nickte. »Wir wussten, dass wir es früher oder später brauchen würden.«

Die Zwillinge saßen Aura gegenüber. Sie selbst hatte eine ganze Bank für sich allein. Es gab keine weiteren Fahrgäste in diesem Abteil. Die Vorhänge zum Gang waren zugezogen. Vom Gedränge und Chaos, das in den anderen Waggons herrschte, war in der Ersten Klasse nichts zu spüren. Die einzige Laute, die von draußen hereindrangen, waren das Donnern der Räder und das weit entfernte Stampfen der Dampflokomotive.

Aura war unendlich müde. Sie hatte in den vergangenen Nächten kaum geschlafen, und auch heute sah es aus, als würde sie keine Gelegenheit bekommen, für ein paar Stunden die

Augen zu schließen. Erst die Flucht aus der Wohnung in der Rue Campagne-Première, dann die Konfrontation mit Raffael und schließlich die grausige Entdeckung im Schließfach. Mochte sie sich auch noch so oft einreden, dass sie gut mit all dem zurechtkam, dass die Belastung und die Sorgen zu ertragen waren, so spürte sie doch das zermürbende Nagen der Wahrheit. Sie war auf dem besten Wege auszubrennen wie eine Kerzenflamme, die im eigenen Wachs ertrinkt. Um sie herum war zu viel von ihr selbst; zu viel war geschehen, das in einer direkten Verbindung zu ihr stand.

Und wenn morgen der Eiffelturm einstürzt, ist vermutlich auch das meine Schuld, irgendwie.

Sie misstraute den Zwillingen. Sie konnte nicht anders.

Salome hatte ein Schließfach erwähnt. Meinte sie *das* Schließfach? Nein, natürlich nicht.

»Wohin fahren Sie?«, fragte Aura ohne echtes Interesse. Falls die Kaskadens tatsächlich für den Kaiser spionierten, zumindest aber mit dem Geheimdienst in Verbindung standen, wäre es vermutlich klüger gewesen, keine Fragen zu stellen. Je weniger sie über die beiden wusste, desto besser.

Plötzlich musste sie lachen, ein schmerzhaftes, bitteres Lachen. Alles war so unwirklich. Sie machte sich Sorgen, in Begleitung zweier Spioninnen der deutschen Krone erwischt zu werden, obwohl sie doch fürchten musste, dass der Wahnsinnige, der Raffael, Mylène und Grimaud auf dem Gewissen hatte, mit in diesem Zug saß. Es konnte gar nicht anders sein. So leicht würde er sich nicht abschütteln lassen, nicht nach allem, was er unternommen hatte, um ihre Aufmerksamkeit zu erregen.

Und plötzlich hatte sie Angst um die beiden jungen Frauen in ihrem Abteil. Ihr Lachen erstarb.

Die Schwestern sahen sie befremdet an. »Alles in Ordnung?«, fragte Salome zweifelnd.

Aura winkte müde ab. »Schon gut. Entschuldigen Sie.«

Lucrecia beobachtete sie weiterhin mit Argwohn, aber Salome war darauf bedacht, das Gespräch in Gang zu halten. »Sie haben gefragt, wohin wir fahren. Wir sind unterwegs nach Spanien. Wahrscheinlich wie die meisten in diesem Zug. Wir sind jetzt«, sie kicherte, »wir sind jetzt Pilger.«

Auras rechte Augenbraue rutschte nach oben.

»Wir fahren nach Santiago de Compostela. Weit weg von den Franzosen und den Deutschen und diesem ganzen Irrsinn«, sagte Lucrecia. »Zum Grab des Heiligen Jakobus. Seit dem Mittelalter reisen Gläubige dorthin, um seine Gebeine zu sehen.«

»Jakobus war der erste Apostel, der als Märtyrer starb«, sagte Salome. »Man hat ihm den Kopf abgeschlagen.«

Der Schleier vor Auras Augen verflüchtigte sich. *Den Kopf.* Zum ersten Mal betrachtete sie Salome Kaskaden genauer. Bislang hatte sie die junge Frau mit den blonden Zöpfen für die freundlichere, aber auch etwas naivere der Schwestern gehalten. Jetzt aber fragte sie sich, ob sie Salome richtig eingeschätzt hatte. Wusste sie mehr, als sie zugab?

Nein, mach dir nichts vor. Sie hat nichts damit zu tun.

Aber sie kennt den Chevalier.

Richtig, und *du* hast mit ihm geschlafen! Macht dich das vielleicht zum Mörder?

Sie holte tief Luft und sank erschöpft nach hinten. Das Polster der Bank war hart, aber ihre Rückenmuskulatur entspannte sich. Ein Königreich für ein Federbett.

»Ich habe nachgedacht«, sagte sie. »Über das, was ich in Ihrer Wohnung gesehen habe.«

Lucrecia rollte die Enden ihres Pferdeschwanzes zwischen den Fingern. »Über Ihre Vision?«

Aura nickte. »Sagt Ihnen der Begriff *Schwarze Isis* etwas?«

Die Schwestern wechselten einen Blick. »Ist das der Name, den Sie der Frau in der Vision gegeben haben?«, fragte Salome.

Aura schüttelte ungeduldig den Kopf. »Er war einfach *da*. Ich weiß nicht, wie ich's besser sagen soll. Gut möglich, dass es nichts mit dieser Frau zu tun hat. Wahrscheinlich habe ich vor Jahren in einem Buch darüber gelesen, und die Bilder haben die

Erinnerung daran zurückgebracht. Aber ich weiß beim besten Willen nicht, wann und in welchem Zusammenhang ich darüber gestolpert bin.«

Lucrecia hörte auf, mit ihrem Haar zu spielen. »Haben Sie sich jemals mit Marienbildern beschäftigt?«

»Nein.«

»Aber Sie wissen, was eine Schwarze Madonna ist, nicht wahr?«

»Ich denke schon. Das sind Marienstatuen aus dunklem Stein.« Sie erinnerte sich an die Sammlung unterschiedlichster Kultgegenstände in der Wohnung der Zwillinge und lächelte. »Aber ich vermute, Sie können mir mehr darüber erzählen.«

Lucrecia nickte. »Es gibt heutzutage nicht mehr viele Schwarze Madonnen in Europa. Was Frankreich angeht, so stehen zwei der berühmtesten in der Kathedrale von Chartres. Andere gibt es in Vichy, Marseille und Quimper. Die Kirche beruft sich dabei auf eine Stelle im Hohelied Salomos.«

Ihre Schwester zitierte: »Ich bin schwarz, aber gar lieblich, ihr Töchter Jerusalems, wie die Zelte Kedars, wie die Teppiche Salomos. Seht mich nicht an, dass ich so schwarz bin, denn die Sonne hat mich verbrannt.«

»Kirchen und Klöster mit Schwarzen Madonnen gelten seit jeher als besonders beliebt bei Marienanhängern«, sagte Lucrecia. »Einige sind zu Pilgerstätten geworden.«

»Aber was hat das mit Isis zu tun?«, fragte Aura.

»Isis ist die Göttermutter der ägyptischen Mythologie. Aber sie taucht auch in vielen anderen Kulturen des Vorderen Orients und Nordafrikas auf. In den meisten wird behauptet, sie sei die erste Göttin gewesen, jene, die alle anderen geboren hat. Die Urgöttin. Und, ihrer Herkunft entsprechend, war sie natürlich dunkelhäutig.«

Salome nahm den Faden auf. »Die Künstler jener Zeit haben ihre Isis-Statuen aus einem dunklen, meist schwarzen Stein gehauen. Als die Eroberer aus Europa in Afrika einfielen, wurden viele dieser Figuren gestohlen. Allein die Kreuzfahrer haben unzählige mitgebracht. Die Kirche wollte sich freilich nicht damit abfinden, dass es sich bei diesen Statuen um eine heidnische Göttin handelte, deshalb wurden viele umgearbeitet – und so wurde aus der Schwarzen Isis eine Schwarze Muttergottes. Später stellten europäische Künstler auch eigene Schwarze Madonnen her, aber eine Reihe von denen, die heute noch existieren, haben schon in den Tempeln Afrikas gestanden.«

Lucrecia lächelte. »In ihnen allen schlägt noch immer das Herz der Schwarzen Isis, der Mutter aller Götter.«

Aura nickte gedankenverloren. Sie konnte sich jetzt wieder vage erinnern, dass sie auf einen Teil dieser Geschichte in einem alchimistischen Traktat aus dem achtzehnten Jahrhundert gestoßen war. Auch das erste der vier Stadien des Steins der Weisen war der Legende nach schwarz, und der Autor hatte eine symbolische Parallele gezogen zwischen der Farbe der ersten Göttin und jener der ersten Stufe des Großen Werks.

Sie erzählte den Zwillingen davon. »Ich frage mich nur«, sagte sie dann, »warum mir der Begriff der Schwarzen Isis ausgerechnet im Zusammenhang mit der Vision eingefallen ist.«

Salome hob die Schultern. »Die Frau hat Schwarz getragen, und sie hat ein Kind zur Welt gebracht. Die Verbindung ist doch offensichtlich.«

Für Aura klang das wenig überzeugend.

»Glauben Sie denn«, fragte Lucrecia, »die Frau in Ihrer Vision *war* Isis?«

Aura schüttelte den Kopf. »Es ist sehr lange her, dass ich darüber gelesen habe. Ich schätze, das Ganze war nur ein Zufall, irgendwas, an das ich mich erinnert habe.«

Ja, natürlich. Alles nur Zufall. Genauso wie der Tod von Grimaud und Raffael und Mylène. Oder die Tatsache, dass der Chevalier die gleiche Vision gehabt hatte.

Salome schnaubte leise, sagte aber nichts.

»Um ehrlich zu sein«, fuhr Aura fort, »dachte ich im ersten Moment, die Frau in der Vision sei ich selbst. Und als das Kind dann noch Gians Augen hatte …« Mit einem Kopfschütteln verstummte sie. Andere Bilder kamen ihr in den Sinn. Das vage Spiegelbild, das sie in Philippes Ballsaal gesehen hatte. *Das war ich nicht.* Und dann der Moment in der Gasse, auf dem Weg zum Buchladen der Dujols: Einen Augenblick lang hatte sie geglaubt, unter einem Torbogen sich selbst stehen zu sehen. Doch beim Näherkommen hatte sie nur Schatten vorgefunden.

»Nicht alle Isis-Statuen in Europa wurden christianisiert«, sagte Lucrecia. »Eine davon hat bis vor einigen Jahren in der Kathedrale von Metz gestanden, eine andere in St. Etienne in Lyon.«

»Wie haben sie ausgesehen? Ich meine, in ihrer ursprünglichen Form?«

»Sie waren nackt, und über ihren Kopf war eine Art Schleier oder Tuch gebreitet. Ihre Brüste waren ausgetrocknet und hingen nach unten wie die der Diana von Ephesus.«

»Sie kennen sich gut aus mit diesen Dingen.«

Salomes Finger strichen über die Hand ihrer Schwester. »Sie haben unsere Sammlung gesehen. Die Inkarnationen der Muttergöttin sind so was wie unser Steckenpferd. Was wir damals in Afrika erlebt haben ... ich schätze, es hat viel mit dem zu tun, was aus uns geworden ist.« Sie sagte das mit einem seltsamen Lächeln, das an ihr ungewohnt spöttisch wirkte. »In gewisser Weise, jedenfalls.«

Sie erwähnte diese Ereignisse jetzt schon zum zweiten Mal. Aber Aura fragte nicht nach, nicht einmal aus höflichem Interesse; schlimm genug, dass ihr noch immer ihre eigene Vergangenheit zu schaffen machte.

»Irgendetwas lässt Ihnen keine Ruhe«, sagte Salome und beugte sich vor. Ihre kühlen Finger legten sich um Auras rechte Hand. »Ist es der Chevalier?«

»Glauben Sie mir, der Chevalier ist im Augenblick meine geringste Sorge.« Sie war drauf und dran, den beiden alles zu erzählen. Dann aber nahm sie sich zusammen und schwieg.

Sie zog ihre Hand zurück, rückte näher ans Fenster und blickte hinaus in die Nacht. Die dunkle Landschaft besaß weder Tiefe noch Form. Es war, als zöge jemand eine schwarze Tapete an der Scheibe des Abteils vorüber, leicht strukturiert, aber ohne feste Punkte, an denen sich das Auge festhalten konnte.

Am Rande ihres Sichtfelds nahm sie wahr, dass die Zwillinge abermals einen Blick wechselten. Niemand sagte etwas.

Irgendwann wandte Aura sich den beiden wieder zu. »Wenn wir es noch einmal versuchen würden, jetzt und hier meine ich, würde ich dann etwas anderes sehen? Mehr, vielleicht?«

»Wollen Sie das wirklich?«, fragte Salome zweifelnd.

Aura überlegte. »Nein«, sagte sie dann. »Nein, will ich nicht.«

Lucrecia begann wieder, ihre Haarspitzen um den Zeigefinger zu wickeln. »Wer weiß? Im Zweifelsfall vertreibt es uns die Langeweile.«

»Nein«, sagte Salome unerwartet heftig. Sie lehnte sich nicht oft gegen einen Wunsch ihrer Schwester auf. »Welchen Sinn sollte das haben?«

Lucrecia sah Aura an, dann lächelte sie. »Wie oft hat man schon Gelegenheit zuzusehen, wie Götter geboren werden?«

Diesmal war die Schwärze von Formen erfüllt, mit Spitzen und Pranken und Fängen, mit Hörnern hoch wie Türmen und Augen wie trüben, dunklen Seen. Die Finsternis schien näher an sie heranzurücken, wie ein Stück Stoff, das von fern herantrieb und sich über ihre Augen legte, durch sie eindrang und sich an ihrem Hirn festsaugte, es erstickte.

Und dann wurden die Formen zu Stein, die Hörner und Zähne und Klauen zu Fels.

Wieder die graue Lavalandschaft, öde und lebensfeindlich. Ein Sturmwind peitschte die bizarren Kuppen, fuhr durch Schrunde und Risse, pfiff über messerscharfe Kämme und die Gipfel gezahnter Klippen im Nirgendwo.

Da standen ein Mann und eine Frau, standen sich lauernd gegenüber. Die Frau trug Schwarz. Ihr langes Haar verdeckte ihr Gesicht. In ihrer Hand hielt sie einen Strick, und an dem Strick einen mächtigen Stier.

Sie gab dem Stier einen Befehl, und er stürzte sich auf den

Mann, mit seiner ganzen Kraft; tobender Zorn hinter glühenden Augen.

Der Mann zog ein Schwert und erschlug den Stier. Wie ein Wahnsinniger wühlte er in den Gedärmen des Tiers und zerrte das Herz hervor. Rot und frisch wie eine Blume legte er es der Frau zu Füßen. Es pochte noch immer, dort unten im Schmutz.

Das Bild löste sich auf und wurde zu einem anderen.

Der Mann saß allein am Ufer eines Sees. Seine Kleider waren zerrissen von zahllosen Kämpfen, und der Staub seiner Reise bedeckte ihn von Kopf bis Fuß, sodass er selbst aussah wie ein Gebilde aus Lavagestein.

Er hielt ein Bündel in Händen, zögerte eine Weile und öffnete schließlich den zugezurrten Verschluss. Vorsichtig zog er etwas hervor, ein Knäuel aus Halmen und schwertförmigen Blättern, beides von einem solchen Grün, dass sie in diesem grauen Land, an diesem grauen Mann wie etwas ganz und gar Fremdes wirkten, ein greller Farbklecks inmitten ewiger Dämmerung.

Der Mann wog das Kraut in der Hand, roch daran, berührte mit einem Blatt seine Zungenspitze und schob es dann zurück in sein Bündel. Mit wehmütiger Miene zog er das Band zu und legte den Beutel auf einen Stein.

Für einen kurzen Moment schloss er die Augen, eine reglose Statue in der Einöde. Dann beugte er sich vor, schöpfte mit beiden Händen Wasser und trank. Er spritzte sich Wasser über Gesicht und Schultern, bis der Staub in dunklen Bächen über seine bronzefarbene Haut rann und ihm bewusst machte, wie schmutzig er war. Da erhob sich der Mann und stieg mit seinen zerrissenen Kleidern ins Wasser, um sich zu reinigen.

Eine Spalte im Lavafels erwachte zum Leben. Das schmale Band aus Dunkelheit wurde zu schuppigem Fleisch, länger als der Mann und so breit wie sein Oberschenkel. Züngelnd und mit kaltem Blick näherte sich die Schlange dem Bündel.

Der Mann bemerkte nichts davon. Arglos wie ein Kind schwamm er im See, so arglos wie seit Jahren nicht mehr, denn er glaubte sich am Ziel seiner Suche.

Die Schlange riss das Maul auf und verschlang das Bündel. Für einen Augenblick wanderte es als fester Knoten durch ihren Leib, dann glätteten sich die Schuppen. Die Schlange machte kehrt, lag für ein paar Herzschläge wie eine schwarze Krone um einen Stein, der Ähnlichkeit hatte mit dem Kopf einer Frau, und verschwand dann im Felsspalt, wurde eins damit, war fort.

Der Mann aber kam zurück ans Ufer und bemerkte seinen Verlust. Weinend ließ er sich auf den Felsen nieder, und seine Tränen mischten sich mit den Wassertropfen auf seiner Haut.

Der Himmel bedeckte sich mit schwarzen Wolken, Regen prasselte auf schwarzen Stein und schwemmte die Bilder fort ins Nichts.

Die Dunkelheit war in Aufruhr, raste vorüber und wurde zur Nacht vor dem Fenster des Abteils.

Aura öffnete träge die Augen. Salome und Lucrecia blickten durch sie hindurch, ehe sich auch ihre Blicke festigten und sie von dort zurückkehrten, wo Auras Vision sie hingeführt hatte.

»Gilgamesch«, sagte Aura.

»Was?«, fragte Salome benommen.

»Gilgamesch. Sein Kampf mit dem Himmelsstier der Göttin Innana und der Raub des Krauts durch die Schlange.«

Lucrecia runzelte die Stirn. »Welches Kraut?«

»*Als-Greis-wird-der-Mensch-wieder-jung* – das Kraut der Unsterblichkeit.«

Die Schwestern sahen einander an. Lucrecia hatte gehofft, einer Genesis von Göttern beizuwohnen, und nun wirkte sie enttäuscht und fasziniert zugleich. »Erklären Sie's uns.«

Aura vergrub das Gesicht in den Händen und rieb sich durch die Augen. Ihre Augäpfel fühlten sich an, als wollten sie aus den Höhlen springen. Sie hatte Kopfschmerzen und einen Kloß im Hals, der sich auch durch mehrmaliges Räuspern nicht lösen ließ. In ihr brannte das Bedürfnis, den Zwillingen alles zu erzählen – dass das Gilgamesch-Kraut im Dachgarten ihres eigenen Schlosses wuchs, auf dem Grab ihres Vaters. Dass es den Menschen die

Unsterblichkeit schenken konnte, so wie ihr und Gillian. Dass alles, was um sie herum geschah, in irgendeinem Zusammenhang mit dem Kraut und der Aussicht auf ewiges Leben stand.

»Gilgamesch ist der Held seines eigenen Epos, nicht wahr?« Salome sah Aura neugierig an. »Er war König, glaube ich, irgendwo in Nordafrika.«

»Vorderasien«, sagte Aura, »in Mesopotamien. Er war der Herrscher der Stadt Uruk, etwa 2800 vor Christus. Die Sumerer haben ihn als Gott verehrt, vermutlich schon zu seinen Lebzeiten, vor allem aber später, als man sich seiner nur noch anhand der alten Mythen erinnerte. Die Neuzeit erfuhr erst vor knapp fünfzig Jahren von ihm, als man in London eine Unzahl von Tonscherben entdeckte, auf denen seine Geschichte in Keilschrift niedergeschrieben steht.«

»Warum in London?«, fragte Salome.

»Dorthin hatten Archäologen die Bibliothek des Assurbanipal gebracht, eines assyrischen Herrschers. Eine Bibliothek aus Ton, wohlgemerkt. Aus Tausenden winziger Scherben rekonstruierte man zwölf Tontafeln und entzifferte die Legende von Gilgamesch.«

»Gut und schön«, sagte Lucrecia. »Aber warum taucht er in Ihren Visionen auf?«

Aura suchte nach einer raschen Antwort, aber keine, die ihr einfiel, klang besonders überzeugend. »Ich hab mich eine Weile damit beschäftigt, vor ein paar Jahren.«

»Sind Sie Wissenschaftlerin?«

»Nur eine Amateurin.«

Salome zog eine Schnute. »Warum erzählen Sie uns nicht einfach alles? Schließlich haben wir dasselbe gesehen wie Sie.«

Lucrecia nickte beipflichtend. »Wir haben ein Recht darauf.«

»Uruk wird erst seit kurzem ausgegraben«, sagte Aura. »Man hat die Ruinen am Unterlauf des Euphrat entdeckt, die größte prähistorische Stadt der Welt. Ein Bekannter von mir, Professor Goldstein, leitet die Ausgrabungen, deshalb weiß ich so viel darüber.« Das war nur die halbe Wahrheit, aber es reichte hoffentlich aus, um ihr Interesse zu rechtfertigen. »Eines Tages machte sich Gilgamesch auf, die Bestie Chumbaba zu töten. Er fand sie in einem Zedernwald in den Bergen des Libanon und erschlug sie. Bald wusste das ganze Land von seiner Heldentat, und auch die Göttin Innana wurde auf ihn aufmerksam. Sie verliebte sich auf der Stelle in den Sterblichen und bot ihm an, seine Frau zu werden. Gilgamesch aber verstieß und verhöhnte sie. Daraufhin wurde Innana so wütend, dass sie sich an ihren Vater wandte, den Himmelsgott Anu. Sie bat um Hilfe, um sich an Gilgamesch zu rächen, und Anu gab ihr nach einigem Zögern den Himmelsstier mit auf den Weg. Der Stier tötete einen Großteil der jungen Männer, die in Uruk lebten, ehe Gilgamesch sich ihm stellte und ihm den Garaus machte.«

»Der erste Teil der Vision«, sagte Salome leise.

»Innana kochte vor Wut, aber ihr blieb keine andere Wahl, als klein beizugeben. Sie sandte den Zorn der Götter herab auf die Menschen, und einer von denen, die starben, war Gilgameschs bester Freund und Kampfgefährte Enkidu. Sein Tod erinnerte Gilgamesch daran, dass auch er selbst eines Tages sterben würde. Damit aber wollte er sich nicht abfinden, und so machte er sich auf die Suche nach der Unsterblichkeit. Damals erzählte man sich die Legende vom Urahnen Utnapischtim, dem einzigen Menschen, der die Sintflut überlebt und dafür von den Göttern das Geschenk des ewigen Lebens erhalten hatte. Gilgamesch brach auf, um ihn zu suchen. Viele Jahre lang zog er durch die Welt und erlebte zahlreiche Abenteuer, ehe er Utnapischtim und dessen Frau schließlich am Ufer des Urozeans, des Apsu, entdeckte. Der Unsterbliche war ein weiser Mann, und er stellte Gilgamesch vor eine schwere Aufgabe: Falls es ihm gelingen würde, sechs Tage und sieben Nächte ohne Schlaf auszukommen, würde er ihn am Mysterium der Unsterblichkeit teilhaben lassen. Gilgamesch aber war geschwächt von seiner langen Reise und den vielen Gefahren, die er überwunden hatte, und so schlief er ein, kaum dass er sich an Utnapischtims Feuer niedergelassen hatte.«

»Männer«, sagte Salome mit schmalem Lächeln. »Alle gleich.«

»Gilgamesch hatte Glück. Denn Utnapischtims Frau war gnädiger als ihr Mann, und sie hatte Mitleid mit dem Helden, der den weiten und gefährlichen Weg zu ihnen zurückgelegt hatte. Sie überredete Utnapischtim, Gilgamesch zumindest einen Teil des Rätsels zu offenbaren. So verriet der Weise dem König, dass das Kraut der Unsterblichkeit am Grunde des Apsu, des Ozeans, wuchs. Und er sagte zu ihm: ›Es ist ein Gewächs, dem Stechdorn ähnlich. Wie die Rose sticht dich sein Dorn in die Hand. Dieses Gewächs hat die Kraft, dich unsterblich zu machen.‹«

Lucrecia streckte sich und ließ ganz und gar undamenhaft die Fingerknöchel knacken. »Ich wette, er ist sofort ins Meer getaucht und hat dort auf Anhieb gefunden, was er gesucht hat.«

Aura lächelte. »Die Logik der Mythen. Oberflächlich haben sie nicht viel mit dem wirklichen Leben gemein. Dabei verraten sie in Wahrheit so viel über uns. Gilgamesch jedenfalls hat das Kraut tatsächlich auf dem Meeresgrund gefunden und ist damit an die Oberfläche zurückgekehrt. Der Mann, der er zu Beginn seines Weges gewesen war, hätte nur an sich gedacht – doch Gilgamesch hatte eine Lehre aus seinen Reisen gezogen, er war ein anderer geworden, und so beschloss er, das Kraut zurück nach Uruk zu bringen, um es dort unter den Männern und Frauen seines Volkes zu verteilen. Alle sollten daran teilhaben und sehen, dass er ein gerechter und weiser Herrscher geworden war.«

»Und die Schlange?«, fragte Salome.

»Gilgamesch verließ Utnapischtim und dessen Frau und machte sich auf den Rückweg nach Uruk. Viele Monate wanderte er durch die Welt, durch Länder, die noch immer die Spuren der Schöpfung trugen, ödes, unfertiges Land, das darauf wartete, vom Mensch in Besitz genommen und fruchtbar gemacht zu werden. Schließlich musste er eine Pause einlegen, und so ließ er sich an einem See nieder. Er wusch sich den Schmutz vom Körper, damit er nicht wie ein Bettler in seine Heimat zurückkehren musste. Doch als er wieder ans Ufer kletterte, war das Kraut der Unsterblichkeit verschwunden. Eine Schlange hatte den Duft gewittert und das Kraut gestohlen. Sie fraß es auf, warf ihre alte Haut ab und wurde wiedergeboren. Seitdem können Schlangen sich verjüngen, die Menschen aber behalten ihr Leben lang denselben Körper und müssen sterben. Gilgamesch kehrte als geschlagener Mann nach Uruk zurück und herrschte fortan klug, aber von Traurigkeit erfüllt über die Geschicke seines Volkes.«

Aura atmete tief durch und schaute von einer der Schwestern zur anderen. Sie hatte sich von der Geschichte davontragen lassen. Jetzt fragte sie sich, ob sie die Zwillinge gelangweilt hatte.

Salome aber hatte die ganze Zeit über mit großem Interesse zugehört. »Gut und schön«, sagte sie schließlich. »Aber was hat das alles mit Ihnen zu tun?«

»Und mit der Schwarzen Isis«, sagte Lucrecia.

»Nun«, begann Aura, »die Wahrheit ist, dass das Gilgamesch-Kraut existiert.«

Jetzt war es also heraus. Sie hatte nicht einmal ein schlechtes Gewissen dabei. Entweder die beiden glaubten ihr, oder sie würden sie für verrückt erklären. Sie hatte nichts zu verlieren.

Rasch fuhr sie fort, ohne sich selbst die Chance zu geben, über ihre Worte nachzudenken. »Es wächst auf dem Grab eines Unsterblichen, im siebten Jahr nach dessen Tod. Wer davon isst, fällt zwei Tage lang in einen scheintodähnlichen Zustand, und wenn er wieder erwacht ist er … nun, Sie wissen schon.«

»Haben Sie es ausprobiert?«, fragte Lucrecia.

»Ja.«

»Sie behaupten also allen Ernstes, dass Sie unsterblich sind?« Salome öffnete den Mund, um etwas hinzuzufügen, klappte ihn aber gleich wieder zu.

»Möglicherweise.« Aura senkte den Blick. »Sie könnten mich erschießen, und vermutlich kann ich auch verhungern oder verdursten. Aber ich werde nicht an Altersschwäche sterben.« Als sie wieder aufblickte, starrten die Schwestern sie aus großen Augen an. Aber sie lachten nicht. Sie schienen ihr zu glauben.

Aura fand das so erstaunlich, dass sie über den Gesichtsausdruck der beiden lachen musste. »Für wie alt halten Sie mich?«, fragte sie schließlich.

»Mitte zwanzig«, sagte Salome.

Lucrecia nickte. »Zwei, drei Jahre älter als wir.«

»Ich bin vierunddreißig. Geboren im Januar 1880. Aber ich war vierundzwanzig, als ich von dem Kraut aß. Seitdem ist mein Körper nicht mehr gealtert.«

»Viele Frauen sehen mit dreißig aus wie zwanzig. Das ist nicht ungewöhnlich.«

»Ja, ich weiß.« Aura nickte langsam. »Aber einen besseren Beweis habe ich nicht.«

Und warum auch? Ihr müsst mir nicht glauben. Warum erzähle ich euch das alles überhaupt?

»Warum erzählen Sie uns das?«, fragte Salome, als hätte sie Auras Gedanken gelesen. »Ich könnte mir vorstellen, dass es eine Menge Leute gibt, die sehr daran interessiert wären, mehr über diese Sache zu erfahren. Leute, die bereit wären, Sie zu erpressen oder zu bedrohen. Ich meine, wer will schon sterben.«

»Abgesehen von meiner Familie und Ihnen beiden gibt es nur noch einen anderen, der davon weiß.«

Sie hatte Raffael vergessen. Aber der zählte nicht mehr. Und was war mit dem Chevalier? Auch er kannte höchstwahrscheinlich die Wahrheit. Je länger sie darüber nachdachte, desto unsicherer wurde sie. Wer sagte denn, dass Raffael nicht noch anderen davon erzählt hatte? Und war es möglich, dass auch der Chevalier Mitwisser hatte?

Also gut, dachte sie, das rückt die Dinge in die richtige Perspektive. Mit einemmal schien ihr die Tatsache, dass nun auch die Zwillinge davon wussten, weniger risikoreich als noch vor Minuten.

»Also?«, fragte Lucrecia. »Warum reden Sie gerade mit uns darüber? Vorausgesetzt, es ist die Wahrheit.«

Salome lachte. »Das weiß sie, glaube ich, selbst nicht so recht, oder?«

Auras Blick kreuzte den der jungen Frau, und plötzlich hatte sie das Gefühl, als ginge von den Schwestern eine ungeheure Wärme und Sanftmut aus. Sie lächelte. »Wahrscheinlich.«

»Hatten Sie schon früher Träume, in denen dieser Gilgamesch eine Rolle gespielt hat?«, fragte Lucrecia.

»Nein, noch nie.«

»Dann wird es einen Grund geben, warum Sie diese Bilder gerade jetzt sehen.«

»Ist das so einfach?«

»Ach, wissen Sie«, sagte Salome, »unsere Begabung ist im Grunde genommen weniger geheimnisvoll als alle annehmen. Sie folgt gewissen Gesetzmäßigkeiten. Die Dinge, die Sie mit unserer Hilfe sehen können, stecken schon lange irgendwo in Ihnen. Wir helfen nur, sie klarer zu erkennen, das ist alles.«

»Aber dann könnten es trotzdem nur Erinnerungen sein«, sagte Aura. »Erinnerungen an etwas, von dem ich irgendwann einmal gehört habe. Wie von der Schwarzen Isis. Oder von Gilgameschs Suche nach der Unsterblichkeit.«

»Theoretisch, ja.«

»Aber Sie vergessen eines«, sagte Lucrecia. »Die Frau in der ersten Vision hat genauso ausgesehen wie die Göttin Innana in der zweiten. Scheint also, als gäbe es sehr wohl eine Verbindung.«

Aura schüttelte niedergeschlagen den Kopf. »Bis gestern habe ich nicht einmal geglaubt, dass das, was Sie tun, real sein könnte. Wie soll ich da jetzt in der Lage sein, aus all dem logische Schlüsse zu ziehen?«

Salome gelang es nicht ganz, ein Kichern zu unterdrücken. »Für jemanden, der von sich behauptet, nicht sterben zu müssen, sind Sie ziemlich skeptisch, was das Übernatürliche angeht.«

»Wenn man lange genug damit lebt, wird auch Unsterblichkeit irgendwann zur Normalität. Geht Ihnen das mit Ihrer Begabung nicht genauso?« Die Frage war rhetorisch gemeint, aber die beiden stimmten nicht zu, sondern sahen sie nur aufmerksam an. Aura fuhr fort: »Trotzdem bedeutet das nicht, dass Sie oder ich unbesehen jedes übersinnliche Phänomen akzeptieren müssten. Glauben Sie vielleicht an Geister? An Vampire? Ich jedenfalls nicht. Nur weil ich Tomaten esse, müssen mir noch lange nicht alle anderen Gemüse schmecken.«

»Es geht auch nicht zwangsläufig um Akzeptanz«, sagte Salome. »Nur um Aufgeschlossenheit.«

»Ich bin gerne bereit, dazuzulernen.«

»Dann denken Sie nach. Der Chevalier hatte die gleiche Vision wie Sie, darauf geben wir Ihnen unser Wort. Er muss die Vermutung gehabt haben, dass es Ihnen genauso wie ihm ergehen würde, deshalb hat er Sie zu uns geschickt. Daraus ergeben sich die beiden ersten Fragen: Warum decken sich die Bilder, die er gesehen hat, mit Ihren eigenen? Und weshalb hat er gewusst, dass es so sein würde?«

Lucrecia nahm den Faden auf: »Ihre zweite Vision hat dieselbe Frau gezeigt, aber in einem neuen Zusammenhang. Sie ist also das verbindende Glied zwischen beiden Szenen. Das führt meines Erachtens zur wichtigsten Frage von allen: *Warum* sehen Sie diese Frau?«

»Ich habe nicht die geringste Ahnung«, sagte Aura.

»Der Chevalier hat sie auch gesehen«, fuhr Lucrecia fort. »Die Verbindung zwischen ihm und Ihnen ist diese Frau. Egal, was sonst noch zwischen Ihnen beiden war – ihr Bild hat Sie zusammengeführt. Er hat den Kontakt zu Ihnen gesucht, weil er angenommen hat, dass wir Ihnen helfen würden, dieselben Bilder zu sehen. Er hat gewusst, dass da etwas in Ihnen ist, über das auch er selbst verfügt – das Wissen um Innana oder die Schwarze Isis, oder wie auch immer wir die Frau nun nennen wollen.«

»Ich bin weder der einen noch der anderen jemals begegnet«, sagte Aura, aber was sarkastisch gemeint war, klang jetzt vollkommen ernst.

»Kein Wunder.« Über Lucrecias Nasenwurzel war eine steile

Falte erschienen. »Wir Sterblichen laufen selten den Göttern über den Weg.«

»Sie glauben allen Ernstes, dass es diese Frau … diese *Göttin* … wirklich gibt?«, fragte Aura. »Als Person?«

Salome pflichtete ihrer Schwester mit einem Nicken bei. »Und aus irgendeinem Grund hat sie Kontakt zu Ihnen und dem Chevalier aufgenommen.«

»Bewusst oder unbewusst«, fügte Lucrecia hinzu. »Glauben Sie uns, wir erleben so etwas nicht zum ersten Mal.«

Aura starrte die Schwestern an, blickte dann hinaus in die Nacht. »Sie denken, sie ist irgendwo da draußen?«

Da erinnerte sie sich an die Augen des Kindes. An Gian. Und sie wünschte sich, es würde endlich wieder Tag.

Kapitel 14

Andorra im August. Zwei Täler, Valira del Nord und Valira d'Orient, eingefasst von einem Kranz schroffer Gipfel, manche fast dreitausend Meter hoch. Zwei Täler wie der riesige Krater eines Vulkans, so tief, dass man vom Pass aus keine Details erkennt, nur Grün und Blau und grauen Dunst. Zwei Täler, in denen nur wenige Tausend Menschen leben, und die doch ein eigener Staat sind.

Und das alles übergossen vom Gold der Hochsommersonne, die hier die Luft zwar zum Flirren bringt, aber doch keine wirkliche Hitze erzeugt. An den Hängen wiegen sich Gebirgswiesen unter warmen Winden, verirrte Boten der See. Eichen, Buchen und Fichten wachsen weitgestreut an den Flanken der Berge, selten stehen sie so eng zusammen, dass man von einem Wald sprechen könnte. Bäche schlängeln sich durch flache Betten, ehe sie über Klippen hinweg in ungewisse Tiefen stürzen und von den Winden zerpflückt werden, um unten als sanfter Regen niederzugehen, zu wenig, um einen See oder nur ein weiteres Rinnsal zu füllen. Hier und da erheben sich die Türme kleiner Kapellen hinter den Kuppen, und manchmal hört man ihre Glocken noch läuten, wenn der Küster längst fort ist, eine Folge der Echos, die über die Täler hinwegwehen wie anderswo das Laub vom Vorjahr. Auf den Wegen zeichnen sich die Spuren zahlloser Ochsenkarren ab, so tief, als würden die Wagen ohne Unterlass darüber hinweg ziehen. Doch wenn man sich umschaut, sieht man nur selten ein Gefährt, und niemals mehr als eines auf einmal.

Andorra im August.

Obwohl es nicht heiß ist, sehnen die Menschen den Herbst herbei, und dann wieder den Frühling. Sommer und Winter sind ihnen zu verlässlich, zu gleichförmig in ihrem wiederkehrenden Naturell. Frühjahr und Herbst hingegen sind unberechenbar, bieten Abwechslung, die man hier so nötig hat; und wenn es nur das Wetter ist, das wechselt.

Andorra im August.

Und Aura in Andorra.

In Toulouse hatte sie einen Zug genommen, der sie nach Ax-les-Thermes gebracht hatte, einem Städtchen unweit des unsichtbaren Dreiecks, an dem sich die Grenzen Frankreichs, Spaniens und Andorras treffen. Sie hatte ein Pferd mieten wollen, wohl oder übel, doch zu ihrer Überraschung fand sie ein Postautomobil, das von Ax-les-Thermes aus den Weg über den Pass nach Andorra la Vella nahm.

Die Hauptstadt eines Staates – das klang nach Regierungsgebäuden und Palästen, nach ausgelassenem Nachtleben und dem parfümierten Duft der Moderne. Andorra la Vella jedoch erwies sich als Ansammlung graubrauner Häuser im primitiven Baustil der Region: Mauern aus grobem Feldstein, unverputzt, die Fugen mit trockener Erde zugestopft. Vom Fahrer des Automobils erfuhr sie, dass hier weniger als fünfhundert Menschen lebten, kaum mehr als in dem kleinen Dorf an der Küste, aus dem Schloss Institoris seine Lebensmittel und Bediensteten bezog. Sie war kaum aus dem Fahrzeug gestiegen, als sie von einer Horde Kinder umringt war, die sie um Geld und Süßigkeiten anbettelten.

Immerhin aber war die Ortschaft Hauptstadt genug, dass Aura hier ein Pferd leihen konnte. Sie verstaute ihre Sachen in den Satteltaschen und ließ den leeren Koffer zurück. Im Galopp setzte sie dann den Weg nach Soldeu fort, einem Bergdorf im Norden Andorras. Es wurde Abend, als sie das Pferd am Rande einer Passstraße anhalten ließ und die Aussicht über die Bergwelt im Dämmerlicht genoss. Es war der erste Augenblick der Ruhe, den sie sich seit Toulouse gönnte, und sie wünschte sich, sie hätte das Panorama länger genießen können, das Smaragdgrün der Wiesen und das Blau eines schimmernden Karstsees, weit unten in der Tiefe. Doch die Anspannung trieb sie weiter. Sie wollte Soldeu vor Sonnenuntergang erreichen und nach Möglichkeit noch heute zum Kastell aufbrechen. Sie wusste, das war vorschnell und gegen jede Vernunft, doch nun, da sie es bis hierher geschafft hatte, brannte sie darauf, die Burg endlich mit eigenen Augen zu sehen.

Falls sie verfolgt wurde, so hatte sie auf den Bahnhöfen und einsamen Straßen nichts davon bemerkt. Möglich, dass ihr Verfolger weit genug zurückblieb, um nicht aufzufallen, immer hinter der letzten Biegung, der letzten Bergkuppe. Aber aus irgendeinem Grund fürchtete sie ihn von Stunde zu Stunde weniger, vielleicht weil ihr klar geworden war, wie unausweichlich die Konfrontation mit ihm war.

In Toulouse hatte sie sich von den Zwillingen verabschiedet. Die beiden nahmen eine andere Route, über Tarbes und Biarritz. Es hieß, dort sei die Grenze zum neutralen Spanien noch durchlässig. Man schätzte dort seit Jahren die reichen Reisenden aus Frankreich, und die Furcht vor einem Flüchtlingsstrom aus den Kriegsländern war noch gering. Die Schwestern wollten weiter Richtung Westen. In ein paar Tagen würden sie Santiago de Compostela erreichen, im Nordwesten Spaniens.

Aura beneidete die beiden um die Gelassenheit, die sie ausstrahlten. Sie war selten so ausgeglichenen Menschen begegnet, zumal noch während einer Flucht, bei der es vielleicht um ihr Leben, ganz sicher aber um ihre Freiheit ging. Dabei war ihre Ruhe nicht fatalistisch, ihr Optimismus nicht zweckmäßig. Es schien vielmehr, als wüssten sie genau, dass nichts und niemand ihnen etwas anhaben konnte.

Bis kurz vor Toulouse hatten Salome und Lucrecia versucht,

Aura zu einer weiteren Séance zu überreden. Sie hatte sich nicht darauf eingelassen. Die Bilder waren keine Hilfe gewesen, sie hatten sie nur noch mehr verwirrt. Im Grunde war sie nicht einmal überzeugt, dass es sich tatsächlich um Visionen im herkömmlichen Sinne handelte. Erinnerungen, sicher, vielleicht auch eine Art Déjà-vu-Erlebnis. Aber im Augenblick hatte sie genug von schwarzen Göttinnen und tragischen Helden.

Erst das Kastell in den Pyrenäen. Eines nach dem anderen.

Es war fast dunkel, als sie Soldeu erreichte, eine Ortschaft aus niedrigen Häusern, die sich wie totenstarre Tiere an die Berge krallten. Die Wege waren menschenleer, es gab niemanden, den sie nach der Richtung hätte fragen können.

Schließlich ritt sie zur Kirche. Die Glocke hing in einem Gittergeflecht, das wie ein Vogelkäfig oben auf dem Kirchturm thronte, eine bizarre Krone aus Stahl. Aura stieg vom Pferd und klopfte an der Tür des winzigen Pfarrhauses. Der Geistliche, ein kahlköpfiger junger Mann mit einer Brille aus Drahtgestell, musterte sie durchdringend, erwies sich dann jedoch als hilfsbereiter, als sie erwartet hatte. Er sprach Französisch mit ihr, gefärbt vom Katalanischen, das in Andorra und weiten Teilen der Pyrenäen gesprochen wurde. Er erinnerte sich an den Namen Institoris und wusste von den Besitzansprüchen ihrer Familie auf das alte Kastell. Nein, sie werde wohl keine Probleme mit den Einheimischen bekommen. Keiner treibe seine Herden so weit hinauf in die Berge, und außer ein paar wilden Bergziegen würde sie dort niemanden antreffen. Ruinen gebe es hier im Gebirge im Überfluss, keiner kümmere sich darum. Die Menschen hätten genug damit zu tun, die kargen Ernten einzubringen und das Vieh über die harten Winter zu retten. Für Geschichte interessiere sich hier niemand, abgesehen vielleicht von ihm selbst – »ich habe in Pamplona studiert, wissen Sie« –, und sie sei herzlich eingeladen, ihn zu besuchen, wenn es ihr dort oben zu einsam würde. Aura versicherte ihm, dass sie nur einige Tage bleiben werde, im Höchstfall vielleicht zwei Wochen. Angesichts der Tatsache, dass sie nicht einmal genau wusste, weshalb sie überhaupt hier war, war das eine einigermaßen gewagte Schätzung.

»Mein Vorgänger hat Ihren Vater einmal erwähnt«, sagte der Pfarrer. »Ich will ehrlich sein. Die Menschen hier haben keine guten Erinnerungen an ihn.«

Das kann ich mir vorstellen, dachte sie. Aber sie fragte nur: »Warum?«

»Ich weiß nicht viel darüber, ich bin noch nicht lange hier. Ihr Vater muss die Gegend vor über dreißig Jahren verlassen haben.«

Sie nickte. »Im Frühjahr 1877.« Ein Jahr später hatte er in Berlin um die Hand ihrer Mutter angehalten. »Was hatten die Leute denn gegen ihn?« *Abgesehen davon, dass er dort oben junge Mädchen ermordet hat, um aus ihrem Blut das Elixier des Lebens zu destillieren* – aber das sagte sie nicht. Sie hoffte inständig, dass niemand in Soldeu die Wahrheit kannte, sonst lief sie Gefahr, anstelle ihres Vaters am höchsten Baum des Dorfes zu baumeln.

»Oh, wie gesagt, ich weiß nichts Genaues. Dunkle Geschäfte, nehme ich an, was immer das bedeuten mag.« Er lächelte unsicher. »Er hatte wohl mit Schmugglern zu tun, die alles mögliche für ihn über die Berge geschafft haben.«

Mädchenhändler, dachte sie. Junge Frauen, die in Frankreich und Spanien entführt worden waren und in seinem Laboratorium ihr Leben ließen. Aura wurde hundeelend. Aber was konnte man von einem Vater erwarten, der seine eigene Tochter erst schwängern und dann umbringen wollte? Erst nach seinem Tod hatte sie erfahren, was für eine Bestie er gewesen war.

Zum ersten Mal fragte sie sich, auf was für Spuren sie in den Ruinen des Kastells stoßen würde. Ganz sicher nicht auf Leichenteile, davon hätte der Pfarrer sicher gewusst. In den siebenunddreißig Jahren seit Nestors Flucht waren doch gewiss Menschen dort oben gewesen, Wanderer, Neugierige oder Kinder, die dort spielen wollten.

Dann aber wurde ihr klar, was die Unwissenheit des Pfarrers noch bedeuten konnte: Die Menschen im Dorf fürchteten den

Ort und hielten sich davon fern. Nach kurzem Zögern fragte sie den Geistlichen danach.

Er bestätigte ihre Vermutung. »Die Menschen hier sind anders als dort, wo Sie herkommen, Mademoiselle. Der alte Aberglaube ist tief verwurzelt. Den Kampf dagegen führe ich jeden Tag von neuem. Übrigens ohne großen Erfolg.«

»Ich habe eine Geschichte gehört über den Heiligen Geist, der angeblich … «

»Der angeblich auf dem Berg Hof gehalten hat«, unterbrach er sie lächelnd. »Ja, das ist eine alte Sage über den Ort, an dem das Kastell steht. Es gibt vermutlich noch ein halbes Dutzend andere, an die sich hier kaum noch jemand erinnert. Aber falls Sie ihm begegnen sollten, grüßen Sie ihn von mir und erzählen Sie ihm, was für großartige Arbeit ich hier in seinem Namen leiste.«

Sie lachte höflich und dankte ihm für die Auskunft. Keine Ursache, sagte er, und gab ihr den Rat, erst am Morgen aufzubrechen. »Es ist beinahe Vollmond.«

»Nun, das heißt immerhin, dass ich im Dunkeln nicht in irgendeinen Felsspalt stolpern werde, oder?«

»Die Menschen hier bleiben bei Vollmond in ihren Häusern.«

Sie lächelte, auch wenn ihr nicht wirklich danach war. »Ich habe keine Angst vor Gespenstern.«

»Nein«, sagte er und zuckte die Achseln. »Das habe ich auch nicht angenommen. Aber, einen Augenblick … Warten Sie kurz.« Er verschwand im Nebenzimmer und kehrte kurz darauf mit einer Petroleumlampe zurück. »Hier, nehmen Sie die. Das Mondlicht wird Ihnen zwar im Freien weiterhelfen, aber im Kastell werden Sie die brauchen können.«

Sie nahm die Lampe dankbar entgegen, genauso wie die Blechdose mit Zündhölzern, die er ihr dazu reichte. »Sie sind sehr freundlich«, sagte sie.

»Teil meiner Berufung«, sagte er mit einem Augenzwinkern.

Sie verabschiedete sich von ihm und schlug die angegebene Richtung ein. Die Fenster der meisten Häuser waren mittlerweile erleuchtet. Hier und da erschienen knorrige Gesichter hinter den Scheiben, wenn der Hufschlag ihres Pferdes von den Mauern widerhallte. Bald stieß sie auf einen gewundenen Pfad, der den Hang hinaufführte.

Sie ritt eine halbe Stunde, ehe sie über ihre Schulter den Berg hinabblickte und überrascht feststellte, dass sie noch immer die Dächer des Dorfes sehen konnte. Das Mondlicht lag wie eine Staubschicht über den Schindeln und Giebeln. Sie erkannte das helle Fenster des Pfarrhauses. Es blickte ihr nach wie ein wachsames Auge.

Sie folgte dem Pfad um eine Kehre. Soldeu blieb auf der anderen Seite des Berges zurück. Die Hänge waren hier spärlicher bewachsen als rund um die Hauptstadt, ein Hinweis darauf, dass sie seit Stunden beständig bergauf geritten war.

Felswände erhoben sich über steilen Wiesen. Anfangs sah sie noch vereinzelte Schafherden auf den weiten Flächen, zusammengedrängt für die Nacht, doch nach einer Weile blieben auch diese zurück. Sie war jetzt ganz allein im Gebirge. Zumindest musste sie sich nicht vor Räubern in Acht nehmen; es kamen zu wenige Reisende hierher, als dass es sich gelohnt hätte, Hinterhalte zu legen.

Sie konnte sich nicht erinnern, jemals einen so hellen Mond gesehen zu haben. Es musste an der Höhe liegen, in der sie sich befand. Die Zahl der Sterne schien sich seit gestern verdoppelt zu haben. Der Anblick war atemberaubend. Wäre da nicht die Anspannung in ihrem Inneren gewesen, die nervöse Erwartung, die sie von Kopf bis Fuß erfüllte, so hätte sie die Nacht wohl genießen können. Sie hatte das Gefühl einer Klarheit, die vom Himmel und der Nachtluft auf sie selbst übergriff, als vertreibe das Licht des Mondes die Schatten aus ihrer Seele. Mit jedem Kilometer, den sich das Pferd den Berg hinaufkämpfte, fühlte sie sich ruhiger und reiner. Sie beobachtete sich selbst wie eine Fremde, ein Gefühl, das sie zuletzt vor ein paar Tagen in Paris gehabt hatte, kurz bevor sie den Abdruck der sechsfingerigen Hand auf ihrem Bett entdeckt hatte. Damals war das Gefühl zu schnell geschwunden, als dass es einen bleibenden Eindruck hätte hinterlassen können. Jetzt aber fühlte sie es wieder, und mit dem Gefühl kam die Erkenntnis, wie kindisch sie sich aufgeführt hatte. Sie war einem Phantom nachgejagt, dem Verbum Dimissum, nur einem *Wort*, Herrgott noch mal! Als ob sie sich damit irgendeiner ihrer anderen Sorgen hätte entledigen können. Und es war ja auch nie wirklich um das Verbum gegangen. Sie war nur fortgelaufen, vor ihrer Familie, vor ihrem Erbe, vor sich selbst.

Heute aber, in dieser Nacht, auf diesem Berg, fühlte sie die Bereitschaft, sich ihren Problemen zu stellen. Dem Gedanken an ihre Unsterblichkeit. Ihren eigenen Fehlern und Versäumnissen. Und sogar dem Mörder, der hinter ihr her war.

Sie blickte sich um, aber der Pfad lag nach wie vor verlassen da. Kein Mensch, der ihr folgte. Nicht einmal ein Raubtier, falls es hier welche gab. Bären, vielleicht, dachte sie, aber irgendwie schien ihr die Vorstellung im Augenblick wenig bedrohlich.

Fühl dich nur nicht zu sicher. Werd' ja nicht unvorsichtig.

Sie streichelte dem Pferd die Mähne und flüsterte ihm ein paar aufmunternde Worte zu. Es hielt sich wacker, trotz der Anstrengung des Aufstiegs. Sie hoffte, dass es im Kastell einen Brunnen oder eine Quelle gab, das Tier würde Wasser brauchen. Sie selbst hatte weder Durst noch Hunger, und obwohl sie in Andorra la Vella eine Ration aus Brot und trockener Hartwurst gekauft hatte, hatte sie beides bislang nicht angerührt.

Vor sich, hinter einer Kuppe aus hohem Gras, sah sie jetzt einen mächtigen Felskegel. Der Gipfel.

Guten Abend, Heiliger Geist, eigentlich bin ich gar nicht wegen dir gekommen. Du hast nicht zufällig meinen Vater gekannt? Ist vermutlich besser so, ihr wärt keine Freunde geworden.

Mit einem erwartungsvollen Seufzen ritt sie über die Kuppe. Zügelte das Pferd. Holte tief Luft.

Vor ihr lag das Kastell.

Es hatte alles und nichts mit dem Stich gemein, den sie aus

dem Buch in Grimauds Bibliothek gerissen hatte. Es mochte achteckig sein, aber das ließ sich von hier aus schwerlich erkennen. Alles, was sie im ersten Moment sah, war eine mächtige Mauer unter einem Felsüberhang, der hundert Meter breit und gut zwanzig Meter hoch sein mochte, ein gigantischer Wulst aus Stein, der aussah, als habe er sich wie etwas Lebendiges über die Festung geschoben. Die Festung selbst war langgestreckt und maß von links nach rechts etwa achtzig Meter. Tiefe besaß sie weit weniger, nur so viel, wie die Höhlung im Berggipfel Platz bot. Da die felsige Rückwand im Mondlicht zu sehen war, schätzte Aura, dass sie nicht tiefer als dreißig Meter in den Berg hineinreichte. Eine Krone aus Zinnen, die sich wie die Arme des Templerkreuzes an den Enden verbreiterten, bildete den Abschluss der Festungsmauer. Es gab zahllose Schießscharten, aber nur ein einziges Tor. Von weitem sah es aus, als wären die Flügel geschlossen, doch beim Näherkommen erkannte Aura, dass sie einen Spalt weit offen standen. Genug, um sich hindurchzuzwängen. War derjenige, der sie hierher bestellt hatte, schon vor ihr hier gewesen? Hatte er Vorbereitungen für ihre Ankunft getroffen, ihr womöglich gar eine Falle gestellt?

Sie ritt bis auf zwanzig Meter an das Tor heran, dann stieg sie ab und führte das Pferd am Zügel. Es gab keinen Burggraben. Im Schatten des Felsüberhangs wuchs das Gras spärlicher, und bald schon klapperten die Hufe über bloßen Stein. Die Geräusche wurden von der Felswand zurückgeworfen, die sich schwarz wie Gewitterwolken hinter der Festung erhob. Aura fragte sich, wie die Menschen, die einst hier gewohnt hatten, mit der Tatsache hatten leben können, dass jedes Wort, jeder Laut verzerrt von den Felsen widerhallte.

Das Mondlicht erlosch im selben Moment, da sie unter den Überhang trat. Die Hälfte des Sternenhimmels wurden von einer schwarzen Masse aus Stein geschluckt. Aura hatte einen feuchten oder erdigen Geruch erwartet, doch zu ihrem Erstaunen bemerkte sie nichts dergleichen. Der Wind fing sich unter den Felsen, jammerte in Spalten und Schründen. Es war ihr ein Rätsel, warum die Templer hier einen Außenposten errichtet hatten. In diesen Bergen gab es nichts zu gewinnen, nichts zu verteidigen.

Ein Versteck, dachte sie. Natürlich. Wo sonst, als in einer solchen Gegend, konnte man eine Anlage wie diese errichten, ohne dass jemand misstrauisch wurde. Sie fragte sich, ob Nestor schon damals, zu Beginn seines mehr als sechshundertjährigen Lebens, hier gewesen war. Kannte er diesen Ort aus seiner Vergangenheit als Templer? Hatte er sich deshalb daran erinnert, auf der Suche nach einem Ort für seine mörderischen Experimente?

Sie schauderte bei dem Gedanken an all die Mädchen, die in dieser Festung ihr Leben gelassen hatten. Einen Moment lang hielt sie inne und nahm den kleinen Revolver aus einer der Satteltaschen. Sie vergewisserte sich, dass er geladen war, dann ließ sie die Zügel des Pferdes los. Mit einem Klaps scheuchte sie es zurück auf die Wiese, damit es dort grasen konnte. Kauend sah das Tier zu, wie Aura die Lampe entzündete und durch den Spalt in die Festung trat.

Hinter dem Tor lag ein Hof, viel enger, als sie erwartet hatte. Rund herum stand eine verschachtelte Ansammlung von Gebäuden, keines höher als zwei Stockwerke, sodass die Dächer nicht über die Wehrmauern hinausragten. Mehrere Bogenportale und steile Treppen führten vom Hof in die Häuser. Der erste Eindruck war so unübersichtlich, dass Aura instinktiv einen Schritt zurück machte. Dabei verschob sich der Lichtkreis der Laterne, die Schatten verzerrten sich, und die Mauern erwachten zum Leben. Wände wuchsen empor, und schwarze Fensterschlitze öffneten sich wie Augen eines schläfrigen Urzeitriesen.

Bleib ruhig. Reiß dich zusammen.

Ihre Finger schlossen sich fester um den Griff, als sie die Laterne hob und langsam in einem Halbkreis herumschwenkte. Die Dunkelheit streckte und dehnte sich hinter Winkeln und Schneisen, doch jetzt waren es tatsächlich nur Schatten, die sich regten. Der Mond schien nicht hier herein, die Laterne war die einzige Lichtquelle. Sie reichte aus, um den Hof zu beleuchten, doch die Eingänge und Fenster wirkten im Kontrast dazu noch dunkler.

Langsam überquerte sie den Hof und ging auf den Eingang des Hauptgebäudes zu. In seine hölzerne Bogenpforte war eine Tür eingelassen. Sie stand offen. Darüber thronte ein prachtvolles Rosettenfenster. Die zusammengesetzten Scheiben waren unversehrt, aber derart mit Staub überzogen, dass sie kaum noch als Glas zu erkennen waren.

Im Inneren des Gebäudes fand Aura eine Reihe leerer Kammern und Korridore, nichts, was darauf schließen ließ, dass dieser Ort in den letzten Jahrzehnten bewohnt gewesen war. Es gab keine zerfallenen Möbel oder mottenzerfressenen Vorhänge, keine alten Truhen oder Schränke. In einigen Räumen waren noch ein paar rostige Fackelhalter an den Wänden befestigt, in der Eingangshalle hing ein mächtiger Kronleuchter. Das war alles. Nicht einmal Ratten liefen ihr über den Weg.

Sie wollte wieder hinaus auf den Hof, als sie feststellte, dass sie sich verlaufen hatte. Der Revolvergriff in ihrer Hand fühlte sich klamm an, und sie fröstelte in den feuchtkalten Kammern und Fluren.

Sie unternahm gar nicht erst den Versuch, gleich wieder den Rückweg nach draußen zu suchen. Stattdessen ließ sie sich einfach von ihrer Neugier treiben, bog mal rechts, mal links ab, stieg schmale Stiegen hinauf und monumentale Steintreppen hinunter, kletterte in einen der Türme und auf den Wehrgang hinter den Zinnen.

Je länger sie im Schein der Laterne durch die Festung wanderte, desto ruhiger wurde sie. Dies war nichts weiter als ein altes, leeres Gemäuer, und sogar die Dunkelheit verlor in ihrem schieren Übermaß an Schrecken. Bald war sie überzeugt, dass sich kein anderes lebendes Wesen im Kastell befand, abgesehen von ein paar Fledermäusen und einer verwilderten Katze, die sie in den ehemaligen Stallungen aufscheuchte.

Irgendwann erreichte sie wieder den Hof. Dem bedrohlichen Blick der Fensterhöhlen hielt sie jetzt mühelos stand. Sie war enttäuscht. Während ihres ganzen Erkundungsgangs hatte sie nirgends Spuren eines Laboratoriums entdeckt. Und doch musste es irgendwo hier sein, Nestor hatte es sicher nicht komplett ausgeräumt. Auch Morgantus und Lysander hatten das Inventar gewiss nicht mitgenommen, als sie Jahre später hier gewesen waren.

Und ein anderer? Derjenige, der sie hergelockt hatte? Alles war möglich.

Im Zentrum des Hofs befand sich eine runde Pferdetränke mit gemauertem Rand, etwa vier Schritte im Durchmesser. Der Boden war trocken und staubig. Aura setzte sich auf die Ummauerung und blickte nach oben. Über dem Hof wölbte sich der Felsüberhang wie ein Dach. Selbst zur Mittagszeit musste es hier unten kühl und düster sein. Eine bedrückende Umgebung. Dagegen, fand Aura, war selbst das einsame Familienschloss an der Ostsee ein Hort der Heiterkeit und Lebensfreude.

Ein Geräusch riss sie aus ihren Gedanken. Ein dunkler Umriss bewegte sich vor dem Spalt des Haupttors, dann schob sich der Kopf des Pferdes herein. Seine Ohren zuckten, und es stieß ein kurzes Wiehern aus.

Aura stand auf und ging zu dem Tier hinüber. Lächelnd liebkoste sie den riesigen Schädel und kraulte seine Mähne. »Dir gefällt's hier auch nicht, hm?«

Das Pferd schnaubte, als wüsste es genau, was sie meinte. Sie bemerkte, dass seine Nüstern kalt und nass waren. Es musste Wasser gefunden haben, vermutlich eine Quelle in den Felsen.

»Guter Kerl«, flüsterte sie und war plötzlich froh, nicht allein zu sein. Das Tier strahlte Ruhe aus, genau das, was sie jetzt brauchte.

Sie zerrte an dem Torflügel, bis er weit genug nachgab, dass auch das Pferd problemlos durch den Spalt passte. Es trabte in den Innenhof, näherte sich der runden Tränke in seiner Mitte, starrte für einen Augenblick ins flackernde Licht der Petroleumlampe und blieb dann einfach stehen, vielleicht um zu schlafen.

Aura nahm ihr Essen und die Feldflasche aus der Satteltasche, dann stieg sie erneut die Treppe zum Wehrgang hinauf. Sie suchte sich eine Stelle über dem Tor und machte es sich mit angezogenen Knien zwischen den Zinnen bequem. Sie schnitt ein Stück von der Wurst ab und kaute darauf, ohne den Geschmack wahrzunehmen. Das Weißbrot aus Andorra la Vella war hart geworden, aber auch das störte sie nicht. Sie wollte nur ihren Magen füllen. Dabei blickte sie über den öden Vorplatz hinweg zur Wiese und auf den überwältigenden Sternenhimmel darüber. Ab und zu flatterten Fledermäuse unter dem Rand des Felsüberhangs, kleine Splitter der Nacht, die die Finsternis mit einem Freudentanz feierten.

Nachdem Aura gegessen hatte, saß sie da und wartete. Schließlich nickte sie ein. Selbst im Halbschlaf, teils wach, teils träumend, war sie auf der Hut.

Als sie die Augen wieder aufschlug, glaubte sie erst, das frühe Tageslicht habe sie geweckt, ein Kranz aus Morgenrot über den schartigen Buckeln der Berge.

Dann aber bemerkte sie die Bewegung vor sich in der Tiefe. Ihre Hand tastet nach dem Revolver. Dabei stieß ihr Daumen gegen das Brot. Es fiel lautlos in den Abgrund, aber sie schaute ihm nicht nach.

Ihr Blick war starr auf die Wiese gerichtet.

Ein Pferd trabte langsam dem Tor entgegen, nur ein Umriss vor dem Panorama der Morgenglut. Seine Zügel führten zu einer zweiten Silhouette, schwarz und schmal auf blutigem Rot.

Aura spannte den Hahn der Waffe. Das Geräusch wurde von den Felsen zurückgeworfen und hallte durch die Stille.

Der Scherenschnitt neben dem Pferd hob den Kopf. Er hatte sie längst entdeckt.

Das Pferd erreichte die Grasgrenze. Hufe klapperten auf nacktem Stein.

Aura glitt hinter den Zinnen hervor.

Der Mann blickte auf und lächelte.

Kapitel 15

Der Kiel des Ruderbootes scharrte über losen Kies. Gillian stand auf und wollte ins seichte Wasser springen, um das Boot vollends an Land zu ziehen, doch Karisma kam ihm zuvor. Die Wellen schlugen ihr bis an die Knie, und schnell war abzusehen, dass ihre Kraft nicht ausreichte. Sie quittierte Gillians breites Grinsen mit einer Grimasse, dann war er auch schon neben ihr in der Brandung und half ihr.

Wenig später standen sie auf dem Trockenen, auf einem schmalen Streifen aus Geröll und Kies, unterhalb majestätischer Klippen. Die weißen Felsen hatten sich im Licht der untergehenden Sonne orange gefärbt, ein Schauspiel, das beide innehalten ließ. Winzig klein standen sie am Fuß der Klippen, hinter sich die rauschende See. Etwa hundert Meter entfernt ankerte die *Matador*, das altersschwache Dampfschiff, das Bruder Narcisco ihnen im Hafen von Palma vermittelt hatte. Der Bootsführer war ein kleiner Mann in den Vierzigern, der nur Spanisch sprach. Es war Karisma überlassen geblieben, die Verhandlungen mit ihm zu führen. Jetzt stand er hinter der Reling und blickte seinen beiden Passagieren hinterher.

Narcisco selbst hatte sich bei der Abfahrt am Morgen nicht blicken lassen, doch der Bootsmann wusste, wohin er sie bringen sollte. Der alte Templer war schon im Morgengrauen am Hafen gewesen und hatte ihm alles Nötige erklärt.

Es gefiel Gillian nicht, sich auf Gedeih und Verderben in die Hände von Fremden begeben zu müssen. Aber ihm war klar, dass sie keine andere Wahl hatten. Und letztlich hätte er sich keine bessere Gefährtin als Karisma wünschen können, die ihm im Notfall den Rücken freihielt. In Tausenden von simulierten Gefechten, in stundenlangen Übungen in den Felsen rund um das Katharinenkloster und in den Hallen des Palazzo Lascari in Venedig waren sie zu einem eingespielten Duo geworden.

Nein, er machte sich keine ernsthaften Sorgen, auch wenn er auf der Hut war. Und er spürte, dass es Karisma genauso erging. Nach außen hin gab sie sich locker, war jetzt wieder ganz ihr kokettes, spielerisches Selbst. Innerlich aber wurde sie von einer Anspannung beherrscht, die er in ihren Augen sah und in der Art, wie sie das verhüllte Schwert trug.

»Da drüben, die Stufen!« Karisma deutete über den Kiesstrand zu einem Einschnitt zwischen zwei mannshohen Felsnadeln. Vage war dahinter der Beginn einer Treppe zu erkennen.

»Du hast gute Augen.«

Sie lachte. »Der Bootsmann hat's mir gezeigt.«

»Warum dir und nicht mir?«

»Du sprichst kein Spanisch.«

Sie stolzierte vorneweg über den Strand. Er folgte ihr mit einem Lächeln. Der Kies knirschte, und kleine Muscheln zerbrachen unter seinen Füßen. Getrocknete Algen spannten sich wie braune Spinnweben über den Steinen.

»Hast du die Laternen dabei?«, rief Karisma über die Schulter.

Gillian deutete mit einem Nicken auf seinen Rucksack. »Was glaubst du, was ich hier spazieren trage? Deine Abendgarderobe?«

Er bemerkte, dass er etwas Falsches gesagt hatte, denn diesmal lächelte sie nicht. Rasch holte er auf und ging neben ihr.

»Wunder Punkt, hm?«

»Schon gut. Es ist nur ... ich hatte nie Gelegenheit, ein Abendkleid zu tragen. Als Kind nicht, und später im Orden ...«

»Niemand hält dich davon ab, ein ganz normales Leben zu führen.« Er hatte nie verstanden, was sie zum Templum Novum geführt hatte. Sie war leidlich religiös, gewiss, und in einer Zeit, in der die ersten Luftschiffe am Himmel zu sehen waren, verspürte auch sie wie alle Mitglieder des Ordens eine seltsame Faszination dabei, eine so altmodische Waffe wie das Schwert zu führen. Aber das konnte nicht alles sein. Wieder einmal wurde ihm bewusst, wie wenig er sie in Wahrheit kannte.

»Ein normales Leben«, wiederholte sie leise. Dann ruckte ihr Kopf plötzlich herum, und sie sah ihn durchdringend an. »Ich weiß nicht einmal, was das ist, Gillian. Das Leben im Haus meines Onkels hat sich nicht großartig vom Dasein in einem Kloster unterschieden. Und von dort aus bin ich gleich zu euch gekommen.«

»War das sein Wunsch?«

Sie schüttelte den Kopf. »Dann wäre ich nicht mehr hier, glaub' mir.«

»Aber er hat dich zu uns geschickt.«

»Geblieben bin ich aus anderen Gründen.« Sie wandte ihren Blick rasch wieder ab, bevor er versuchen konnte, die Wahrheit in ihren Augen zu lesen. Er wollte sie zurückhalten, aber sie hatten die Treppe im Fels schon erreicht. Es war jetzt nicht die Zeit, das Thema zu vertiefen.

Gras und niedrige Sträucher wucherten aus Spalten im Gestein. Die Kanten waren vom Wind und der salzigen Seeluft rund geschliffen, manche völlig zerbrochen, sodass man zwei, sogar drei Stufen auf einmal nehmen musste.

Die Treppe war nicht breiter als einen Meter; sie mussten hintereinander gehen. In scheinbarer Willkür schlängelte sie sich zwischen Felswänden und klobigen Formationen dahin. Weiter oben verschwand sie streckenweise unter Gräsern und ausgedorrten Bodendeckern.

Karisma ging voraus, weil Gillian den schweren Rucksack trug. Bald nahmen sie die erste Biegung. Das Rauschen der See blieb hinter ihnen zurück. Die Treppe führte jetzt durch eine enge Schlucht. Immer wieder blickte Gillian suchend nach oben, zu den Rändern der Felswände. Falls ihnen hier jemand auflauerte, würde er leichtes Spiel mit ihnen haben.

Dann aber ließen sie die Enge hinter sich, und die Stufen wanden sich wieder um mächtige Steinblöcke. Mit Ausnahme der Treppe gab es hier keine Anzeichen einer Bearbeitung des Gesteins. Die Templer von damals hatten zu viel Ehrfurcht vor dem Land gehabt, als dass sie sich daran vergriffen hätten. Sie hatten den Lauf der Treppe den natürlichen Gegebenheiten angepasst, auch wenn das bedeutete, dass jeder, der sie hinaufstieg, mühsame Umwege in Kauf nehmen musste.

Der Bootsmann hatte Karisma versichert, dass dies der einzige Zugang zur Höhle sei. Von der Landseite aus versperrten schroffe Steilwände den Weg. Auch war die Höhle nicht mit Pferden zu erreichen. Falls Narcisco Recht hatte und der legendäre Templerschatz in diesen Klippen aufbewahrt worden war, mussten Männer ihn auf ihren Schultern getragen haben.

Der Aufstieg nahm Gillian allmählich den Atem. Das mochte zum Problem werden, falls sie doch noch in eine Falle liefen. »Hast du die Stufen gezählt?«

Karisma wischte sich fahrig Schweiß von der Stirn. »Ist das dein Ernst?«

»Das müssen über tausend sein.«

Sie presste ein leises Lachen hervor, das nicht verbergen konnte, wie erschöpft sie selbst war. »Du bist siebenundvierzig, siehst aber aus wie Mitte dreißig. Du sagst, das liegt daran, dass du vor zehn Jahren unsterblich geworden bist und seitdem nicht mehr alterst. Gut und schön. Aber hast du nun die Ausdauer eines Siebenunddreißig- oder eines Siebenundvierzigjährigen?«

»Im Augenblick fühl ich mich wie Siebenundsiebzig.«

»Sag Bescheid, wenn ich dich stützen soll.«

»Herzlichen Dank.«

Ein paar Minuten später erreichten sie ein kleines Plateau, etwa zehn Meter unterhalb der höchsten Klippen. Es war rundum von Felsen umgeben und hatte zwei Zugänge: Zum einen den Spalt, in den die Treppe mündete, zum anderen eine Stelle, an der sich der Felsenkranz auf einer Breite von drei Schritten senkte und zu einer benachbarten Wiese führte, die ebenso wie das Plateau von schroffen Felsspitzen begrenzt war.

»Ist *das* die Höhle?« Karisma deutete auf eine Öffnung auf der anderen Seite des Plateaus.

»Sieht so aus.«

Sie verzog das Gesicht. »Ein bisschen klein für ein Heiligtum.«

»Aber ein ideales Versteck für den Schatz.«

»Vorausgesetzt, er hat jemals existiert.«

»Und war hier auf der Insel.«

»*Und* Narcisco sagt die Wahrheit.«

Er lächelte. »Lassen wir uns davon abschrecken?«

»Nach diesem Gewaltmarsch?« Sie machte plötzlich einen Schritt auf ihn zu, stellte sich auf die Zehenspitzen und gab ihm einen Kuss auf die Wange. Ganz kurz nur, ganz zart, nicht mehr als ein Hauch.

Während er sie noch verwundert ansah, fragte sie lächelnd: »Weißt du, was ich so an dir mag?«

»Meinen gefestigten Charakter?«

»Keine Bartstoppeln.« Ihr Lächeln wurde noch breiter.

»Und ich dachte schon, Hermaphrodit zu sein sei zu gar nichts nütze.« Er deutete mit der Fingerspitze auf seine Wange. »Wofür war das?«

»Weiß ich nicht genau.«

»Liebe Güte!«

»Was?«

Er grinste. »Ich hab noch nie erlebt, dass du rot wirst.«

»Ich *bin* nicht rot!«

»Und es sieht ganz bezaubernd aus.«

Sie wandte sich ab und wickelte mit viel zu raschen Bewegungen das Schwert aus dem Bündel. Er konnte sehen, dass sie dabei verstohlen lächelte.

Was tue ich hier nur? dachte er.

Und sie? Sie hat *dich* geküsst, nicht du sie.

Aber das war nur eine Geste, sonst nichts.

Und warum erinnert es dich dann an den ersten Kuss von Aura?

Er atmete scharf aus, so laut, dass Karisma ihm einen besorgten Blick zuwarf. Eilig packte er die beiden Lampen aus, entzündete sie und reichte eine Karisma. Dann befreite auch er sein Schwert von dem Tuch. Sie zogen ihre Klingen blank und ließen die Schwertscheiden, Stoffhüllen und den Rucksack am Zugang zum Plateau zurück. Entschlossen machten sie sich auf den Weg zur Höhle.

Die Öffnung hatte eine kantige, unregelmäßige Form. An ihrer breitesten Stelle maß sie nicht mehr als drei Meter. Eine Schräge voller Geröll, halb Treppe, halb natürliche Rampe, führte abwärts ins Dunkel.

»Ich gehe vor.« Gillian setzte sich in Bewegung, ehe Karisma widersprechen konnte. Es roch nach Feuchtigkeit und Erdreich. Er blickte noch einmal zu dem zweiten Einschnitt in der Felswand hinüber. Auf dem Stück Wiese, das er dahinter erkennen konnte, graste einsam ein Schaf. Etwas an diesem Anblick störte ihn, doch dann beanspruchte die Höhle seine ganze Aufmerksamkeit. Wiese und Schaf verblassten.

Die Rampe führte etwa zehn Meter abwärts, ehe sie auf ein massives Gittertor stießen. Es stand einen Spalt weit offen. Einige Meter weiter unten entdeckten sie noch eines, bald darauf ein drittes. Dahinter öffnete sich der Rampentunnel zu einer weiten Höhle.

Karisma rümpfte die Nase. »Das ist eine richtige Festung!«

Gillian schaute sich aufmerksam um. Das Licht ihrer Lampen reichte nicht weit genug, um das gegenüberliegende Ende des Felsendoms zu beleuchten. Er konnte lediglich die Wände zur Rechten und zur Linken erkennen.

Die unterirdische Halle war künstlich angelegt worden. Der Boden war glatt, die Wände verliefen parallel. So sah keine natürliche Höhle aus.

»Hier hat jemand eine Menge Arbeit investiert.« Langsam ging er vorwärts.

Karisma blieb neben ihm. »Die Sarazenen?«

»Vermutlich. Offenbar haben sie für den Orden nicht nur die Felder bestellt. Die Einheimischen kamen für so eine Arbeit nicht in Frage, sonst hätte man das niemals geheim halten können.«

Karisma schwenkte die Lampe in einem Halbkreis. In den Seitenwänden zeichneten sich jetzt Öffnungen ab. »Sind das Kapellen?«

Auch Gillian erinnerten die Durchgänge an die Seitenkapellen großer Kathedralen. Doch beim genaueren Hinsehen erkannte er in den Felswänden dahinter waagerechte Fächer. »Sieht aus wie die Begräbnisnischen in den römischen Katakomben.«

»Oder wie Regale.«

»Du meinst …«

Sie nickte. »Darin haben sie den Schatz aufbewahrt. Liegt doch nahe, oder? Ich meine, wen hätte der Orden hier aufbahren sollen? Die Templer selbst wurden sicherlich in Palma oder auf ihren Gütern im Landesinneren begraben. Ganz sicher nicht an solch einem Ort.«

Zustimmend betrat er eine der Nischen. Sie war etwa fünf Meter hoch und ebenso tief. Die Fächer in den Wänden waren mit Spinnweben überzogen. Er musste einige mit dem Schwert beiseite wedeln, ehe das Licht bis auf die Rückwand fiel. Die Fächer waren gut anderthalb Meter tief.

»Wie viele von diesen Seitennischen gibt es?« fragte er.

»Ich hab sie noch nicht gezählt.«

»Mindestens zwei Dutzend, oder? Mit jeweils« – er zählte – »zehn Fächern.«

»Dürfte hinkommen. Aber wir haben erst den vorderen Teil der Höhle gesehen. Weiter hinten gibt es bestimmt noch mehr.«

»Das ist eine *Menge* Platz.«

Sie nickte. »Für einen ziemlich großen Schatz.«

»Allmählich verstehe ich, warum Lascari so erpicht darauf war. Alle Sorgen des Templum Novum wären auf einen Schlag beseitigt. Mit diesem Geld könnte man sich den Aufenthalt in jedem Land der Welt erkaufen. Und die Unterstützung jeder Regierung.«

»Ich frage mich nur eines«, sagte sie.

»Hmm?«

»Wenn wir den Schatz tatsächlich finden, egal ob hier oder in Spanien oder wo auch immer – wie hat Lascari sich vorgestellt, dass wir ihn von dort fortbringen?«

Gillian hatte bereits den gleichen Gedanken gehabt, und er war zu keinem Ergebnis gekommen. Auch wenn ihnen als Splittergruppe des ursprünglichen Ordens nur ein Anteil zustand, war er – gemessen an der Größe dieser Höhle – immer noch viel zu gewaltig, um ihn auf zwei Pferden oder in einem Automobil zu transportieren. Viele Kisten und Arbeiter würden nötig sein, außerdem Boote, um all die Kostbarkeiten zu verschiffen. Und wohin? Wohl kaum quer übers Mittelmeer und durch die Wüste zum Katharinenkloster.

Erst allmählich wurde ihm bewusst, in was für eine Lage Lascari ihn und Karisma gebracht hatte. Sicher, der alte Mann hatte im Sterben gelegen, und niemand konnte erwarten, dass er in diesem Zustand Pläne entwarf, die bis ins Letzte durchdacht waren. Doch warum hatte Gillian selbst nicht früher über diese Dinge nachgedacht? Die Antwort darauf war so simpel wie beschämend: Weil er nie ernsthaft geglaubt hatte, auch nur eine Spur des Templerhorts zu entdecken, geschweige denn den ganzen Schatz.

Der Anblick dieser Höhle aber veränderte die Situation schlagartig. Auch wenn sie hier unten vermutlich keine einzige Goldmünze finden würden, so schien ihm doch zumindest eines jetzt gewiss: Der Schatz hatte tatsächlich existiert, damals, im dreizehnten Jahrhundert.

Aber existierte er heute noch? Und wo, wenn nicht hier?

Sie traten wieder hinaus in die Haupthöhle. Die Decke wölbte sich gut fünfzehn Meter über ihren Köpfen. In regelmäßigen Abständen standen grob behauene Säulen. Als Gillian und Karisma mit den Lampen daran vorübergingen, wanderten ihre Schatten wie stumme Wachsoldaten über die Wände.

Vor ihnen schälte sich jetzt das andere Ende der Halle aus der Dunkelheit. Gillian schätzte die gesamte Höhle auf eine Länge von rund hundertfünfzig Metern, bei einer Breite von vierzig. Ab und an stolperten sie über zerfallene Holzstücke, Reste von Gebetsbänken, einmal sogar über einen verrosteten und mit Grünspan überzogenen Kerzenleuchter aus Eisen.

Karisma sog scharf die Luft ein. »Siehst du das?«

Vor der Rückwand, zwischen zwei besonders breiten und aufwendig verzierten Steinsäulen, erhob sich ein Sockel. Darauf stand eine steinerne Madonna.

»La Mare de Dèu«, flüsterte er. Die Madonnenfigur, von der Narcisco gesprochen hatte.

Karisma ging schneller darauf zu. Als sie die Figur im Dunkeln genauer betrachtete, verengten sich ihre Augen. »Aber die ist gar nicht schwarz.«

»Doch«, sagte er. »Wisch den Staub ab.«

Karisma streckte die Hand aus und berührte die Statue zaghaft, als ob sie befürchtete, die Figur könne jeden Moment zum Leben erwachen. »Stimmt«, sagte sie dann, als sie die Hand wieder wegzog. Ihre Fingerkuppen waren grau gepudert.

Gillian trat neben sie und strich ebenfalls mit dem Zeigefinger über den Saum des Madonnenkleides. Die Figur war so hoch wie sein Arm lang war. Sie hatte die Hände gefaltet und den Blick der leeren Augen zum Himmel gewandt. Zur Höhlendecke.

»Es müsste mehr sein«, sagte er leise.

»Wie meinst du das?«

»Mehr Staub.«

»Du meinst, dass hier vor nicht allzu langer Zeit noch jemand war?«

»Ganz bestimmt sogar. Immerhin kennt Narcisco die Höhle, und auch dieser Bootsmann weiß, wo der Eingang liegt.«

»Er hat mir erzählt, er sei nie hier gewesen. Narcisco hat ihm den Weg beschrieben.«

Er überlegte. »Narcisco glaubt, der Schatz sei hier aufbewahrt worden. Denkst du wirklich, er hätte nicht zumindest nachgesehen, ob noch irgendwas davon übrig ist?«

»Immerhin ist er ein alter Mann.«

»Ja, aber nicht dumm. Entweder ist er früher selbst hier gewesen, oder er hat jemanden hergeschickt.«

Mit einem Schulterzucken gab sie sich geschlagen.

»Aber selbst wenn Narcisco oder einer seiner Leute die Höhle unter die Lupe genommen hätte«, sagte Gillian, »hätte er nicht den Staub von der Madonna gewischt. Nicht von der ganzen Figur.«

»Er hätte sicher nachgeschaut, ob sich unter dem Schmutz etwas von Wert verbirgt.«

»Aber dazu hätte es ausgereicht, wenn er ein Stück sauber gewischt hätte. Oder er hätte die ganze Figur vom Sockel gehoben. Sie steht nur auf dem Stein, man kann sie bewegen.«

Karisma sah zu, wie er die Madonna mit beiden Händen um einige Grad drehte.

Gillian ließ die Figur wieder los. »Sie ist abgestaubt worden. Sieht fast so aus, als hätte jemand sie poliert.«

Ihm war noch etwas aufgefallen: Die Statue war zu leicht. Er hob das Schwert und kratzte sachte mit der Spitze an der Oberfläche. Der schwarze Überzug löste sich, darunter kam etwas Weißes zum Vorschein. Ton oder Gips. Ganz gewiss kein Marmor.

»Irgendwas stimmt hier nicht.« Er stieß die Worte zwischen den Zähnen hervor, fast unhörbar. Karisma runzelte die Stirn.

Gillian fuhr herum und blickte zum anderen Ende der Höhle. Der Eingang zeichnete sich als fahler Lichtbogen ab, hundertfünfzig Meter von ihnen entfernt.

»Was ist?« Karisma hatte das Schwert gehoben, sah dabei aber Gillian an. »Nun sag schon!«

»Oben auf der Wiese – da war ein Schaf.«

Sie starrte ihn an. »Ein Schaf?«

»Vielleicht auch mehrere.« Er konnte den Blick nicht von dem

Meer aus Finsternis abwenden, das zwischen ihnen und dem Ausgang lag.

»Schafe, Gillian?« Sie klang irritiert, lachte aber nicht. Es musste einen guten Grund für sein Verhalten geben. Sogar dann, wenn ein einfaches Schaf die Ursache war.

»Es gibt doch angeblich nur den einen Zugang zum Plateau, nicht wahr?« Der Griff seines Schwertes lag ruhig und schwer in seiner Hand. Wieder einmal wäre ihm eine Schusswaffe um einiges lieber gewesen. Und eine stärkere Lampe, die mehr Licht spendete.

Begreifen stand plötzlich in ihrem Gesicht. »Du fragst dich, wie ein Schaf hier heraufkommt.« Keine Frage, eine Feststellung.

Er nickte, einmal nur, hart und ruckartig. »Kein Schäfer treibt seine Herde eine solche Treppe hinauf.«

»Das heißt, dass es noch einen zweiten Zugang gibt.«

»Möglicherweise.« Aber eigentlich war es nicht das, was er meinte. »Oder einen Wächter.«

»Einen … « Sie brach ab, dachte nach.

»Jemand, der hier oben lebt.«

»Aber wo sollte er denn …«

»Vom Höhleneingang aus konnten wir nur ein Stück der Wiese sehen. Nur den vorderen Teil. Hinter den Felsen war bestimmt noch mehr.«

»Eine Hütte«, sagte sie. »Das denkst du doch, oder?«

»Eine Hütte. Ein Haus. Vielleicht auch eine zweite Höhle. Ich weiß es nicht.« Er sah sie an, und an ihrem Blick erkannte er, dass sie sich mit einemmal Sorgen machte. Um ihn? Nein, sie wusste genau, worauf er hinauswollte. Sie erkannte die Gefahr.

»Wenn hier oben jemand lebt«, sagte sie, »jemand, der nie von hier fort geht, weil er die Höhle bewacht, dann würde er sich wahrscheinlich Schafe halten. Und Hühner. Und Kühe. Es gibt vielleicht eine Quelle, aber er braucht Nahrung. Fleisch und Gemüse.«

»Das alles könnte er hier haben, oder?«

Die Schwärze erschien ihm mit einemmal noch dichter, noch bedrohlicher. Er dachte wieder an die wandernden Schatten der Säulen. Wirklich nur Schatten?

Karisma fluchte.

Im ersten Moment dachte er, sie hätte etwas gesehen. Dann aber erkannte er, dass sie sich über sich selbst ärgerte. Darüber, dass sie nicht früher an so etwas gedacht hatte.

Aber er war der Großmeister. Er hätte es wissen müssen. Er hätte zur Wiese gehen und nachschauen müssen.

Er sah jetzt Lascaris Gesicht vor sich, blass und tot in der Dunkelheit, und am liebsten hätte er sich vor Scham abgewandt. *Großmeister*, von wegen. Er, Gillian, war nicht würdig, diesen Titel zu tragen. Das alles war nur ein schlechter Witz. Ein Atheist als Großmeister des Templum Novum. Er hätte es niemals soweit kommen lassen dürfen. Was hatte Lascari sich dabei gedacht, ausgerechnet ihn auszuwählen?

»Du hast Recht«, sagte Karisma plötzlich. »Wir sind nicht allein.«

Gillian sah es im selben Moment. Ein Mann trat in den Lichtkreis ihrer Lampen. Er war vollkommen lautlos herangekommen, und doch hatte Gillian ihn die ganze Zeit über gespürt.

Der Fremde trug einfache Kleidung in der Art südeuropäischer Bergbauern: Weite, abgewetzte Hosen; ein Hemd, dessen Saum über dem Gürtel hing; robuste Stiefel aus Leder; dazu breite, geschnürte Armbänder aus demselben Material. Sein zerfurchtes Gesicht gab wenig Aufschluss über sein Alter. Vierzig, schätzte Gillian, vielleicht auch um einiges älter. Seine Haut war braun gebrannt, jemand, der sich bei Wind und Wetter im Freien aufhält. Ein Schäfer. Ein Wachtposten.

In der rechten Hand hielt der Mann eine Waffe, die Gillian im Halblicht für einen Säbel hielt. Dann aber erkannte er, dass die Klinge dafür zu breit und zu lang war. Ein Krummschwert.

Der Mann sagte etwas auf Spanisch.

Karisma ließ ihn nicht aus den Augen und hob ihr Schwert. »Er sagt, dass wir jetzt sterben müssen.«

»Sag ihm, wer wir sind.«

»Ich glaube nicht, dass das viel Sinn hätte.«

»Dann frag ihn nach seinem Namen.«

Karisma übersetzte die Frage ins Spanische. Der Mann antwortete etwas, das in Gillians Ohren keineswegs nach einem Namen klang.

»Er sagt, wir hätten nicht herkommen dürfen. Er will uns am Leben lassen, wenn wir ihm sagen, wer uns geschickt hat.«

Gillian schüttelte den Kopf, holte im selben Augenblick mit der Lampe aus und schleuderte sie mit aller Kraft gegen die Seitenwand. Das Glas platzte mit einem lauten Klirren, und brennendes Petroleum spritzte in alle Richtungen. Flammen loderten auf und tauchten die hintere Hälfte der Höhle in fahlgelbes Licht.

Der Mann stieß einen wilden Schrei aus und machte einen Satz auf Gillian zu. Ein Funkenregen ergoss sich über den Boden, als ihre Klingen aufeinander trafen.

»Da ist noch einer!«, rief Karisma, schleuderte ihre eigene Lampe beiseite und stürmte los.

Der zweite Mann hatte versucht, sich im Schutz der Dunkelheit von der Seite heranzuschleichen. Das brennende Petroleum vereitelte seinen Plan. Er wich den Flammen behände aus und riss im letzten Moment sein eigenes Krummschwert hoch, ehe Karisma ihn erreichte und zu einem geschickten Hieb ausholte, der ihn oberhalb der Hüfte treffen sollte. Eine rasche Drehung rettete ihm das Leben, doch Karisma setzte bereits nach und verpasste ihm einen tiefen Schnitt am linken Oberarm. Der Mann schrie auf, brüllte etwas auf Spanisch und erwiderte die Attacke.

Gillian sah, dass Karisma ihrem Angreifer gewachsen war und konzentrierte sich auf seinen eigenen Feind. Trotz seiner zerlumpten Kleidung wusste der Mann sein Schwert geschickt zu handhaben. Er war schnell, verteufelt schnell, und hinter jedem seiner Hiebe steckte enorme Kraft. Allerdings erkannte Gillian an ihm das gleiche Defizit, das auch ihn selbst plagte: Alle Attacken, Riposten und Finten kamen auf eine Art und Weise, die zwar eine Menge Übung verriet, aber wenig Erfahrung in einem Kampf auf Leben und Tod. Beide hatten ihre Talente in der Sicherheit von Übungsgefechten erprobt und verfeinert. Das war zwar grundsätzlich ein Nachteil, machte sie aber zu ebenbürtigen Gegnern.

Gillian parierte einen kraftvollen Stoß, der auf sein Herz gezielt hatte, drückte die Klinge des anderen beiseite und holte seinerseits zu einem tödlichen Schlag aus. Der Mann duckte sich darunter hinweg, entging der Klinge um Haaresbreite, rechnete aber nicht damit, dass es Gillian gelingen würde, das Schwert auf derselben Bahn zurückzureißen. Dabei rasierte er dem Spanier ein daumengroßes Stück Kopfhaut vom Schädel.

Der Mann stieß einen wilden Schrei aus und drang mit noch größerer Wut auf ihn ein. Ein Gewitter schnell geführter Hiebe und Stöße tobte auf Gillian nieder, und bis auf einen konnte er alle abwehren. Dann streifte ein niedrig geführter Schlag seinen Oberschenkel und fetzte ein Stück Fleisch aus seiner Hüfte. Benommen vor Schmerz torkelte Gillian zwei Schritte zurück, ließ den triumphierenden Spanier auf sich zukommen, und stieß sich dann so kräftig ab, dass er einen Augenblick lang das Gefühl hatte, sein ganzer Unterkörper stünde in Flammen. Sein Gegner sah ihn kommen, riss noch die Augen auf, wollte stehen bleiben, aber es war zu spät. In einer Mischung aus Dummheit und Pech rannte der Mann in die ausgestreckte Klinge, die durch die Wucht von Gillians Sprung glatt durch seinen Brustkorb drang und seine Wirbelsäule durchtrennte. Der knirschende Laut war entsetzlich, aber schlimmer noch waren die Schmerzensschreie des Mannes, als er zu Boden ging. Gillian riss die Klinge zurück, sah gerade noch eine Blutfontäne wie einen Springbrunnen aus dem Oberkörper des Sterbenden schießen und gab dem Mann den Gnadenstoß. Dann wirbelte er zu Karisma herum.

Sie war ihrem Gegner überlegen, ohne Zweifel. Und dennoch hielt er ihren Attacken wieder und wieder stand, ehe ihm ein heimtückischer Sensenhieb nach ihrem Knie gelang, dem sie nur durch einen Sprung ausweichen konnte. Dabei stieß sie mit dem Hinterkopf heftig gegen eine Steinsäule und ging in die Knie. Der Mann sah sie am Boden, brüllte etwas in seiner Muttersprache und holte beidhändig mit dem Schwert aus.

Gillian enthauptete ihn von hinten mit einem einzigen, sauberen Schlag.

Der Torso polterte vor Karisma auf den Stein. Sie sprang auf, ehe das Blut ihre Knie erreichte. Dickflüssig wie Sirup quoll es um die Sohlen ihrer Stiefel.

Keine Worte, nur stumme Übereinstimmung.

Karisma sprang hinter ihn, sodass sie Rücken an Rücken standen, die Schwerter erhoben und bereit für den nächsten Kampf, die Oberkörper leicht vorgebeugt, alle Muskeln unter Spannung wie Federn eines Uhrwerks.

Aber alles blieb ruhig. Der Flammenschein des verschütteten Petroleums flackerte über die Wände, über die Säulen und das Gesicht der Schwarzen Madonna. Die leeren Steinaugen blickten zu den beiden herüber, so sanft, so tot.

»Niemand.« Er presste das Wort über die Lippen wie etwas, das in seinem Mund aufgequollen war und ihn zu ersticken drohte.

»Glaubst du, draußen sind noch mehr?«

»Dann wären sie ihren Freunden hier zu Hilfe gekommen, oder?«

Der Feuerschein reichte nur bis zur Hälfte der Höhle, und da mochten weitere sein, in der Schwärze rechts und links des Eingangs, hinter den vorderen Säulen, überall in den Schatten. Aber Gillian glaubte nicht daran. Er hielt die Verteidigungsstellung eine weitere Minute lang aufrecht, dann löste er sich von Karismas Rücken und untersuchte die beiden Leichen. Sie hatten nichts bei sich außer ihren schartigen Krummschwertern. Er ging hinüber zu der Schwarzen Madonna und betrachtete sie abermals. Von außen so gütig, innen aber kalt und gleichgültig. Innen *weiß*.

»Was ist?« Karisma war neben ihn getreten.

»Der Orden hätte hier niemals eine Madonna aus Gips angebetet. Irgendwann einmal muss hier eine Statue aus Marmor gestanden haben, darauf verwette ich … «

»Alles, was du hast?« Trotz ihrer Erschöpfung brachte sie ein gequältes Lächeln zustanden. »Du besitzt nichts, Gillian. Du bist ein Ritter des Templum Novum.«

Er sah sie an und wünschte sich, er hätte das Lächeln erwidern können, aber es ging nicht. Sie sah plötzlich beschämt aus. Er nahm ihr die Worte nicht übel, sie hatte ja Recht, aber ihm war im Augenblick nicht nach Sticheleien zumute. Nicht einmal, wenn sie von ihr kamen.

»Irgendwann hat man die alte Statue gegen eine neue ausgetauscht«, sagte er. Zurück zum Thema. Nur nicht deinen Gefühlen stellen.

»Dafür kann es eine Menge Gründe geben.« Sie sah aus, als wäre sie froh, wieder über die Madonna reden zu können. Nicht über ihn, nicht über sich selbst.

»Sie haben sie fortgebracht«, sagte er nachdenklich. »Der Orden hat die Insel vor langer Zeit verlassen, und mit ihm die Sarazenen. Sie haben sie mitgenommen und den Wächtern der Höhle ein Duplikat dagelassen.«

»Mitgenommen? Nach Spanien?«

»Zum Beispiel.«

Sie blickte zu den Toten hinüber, deutete auf ihre Krummschwerter. »Das sind keine Templerwaffen.«

»Aber die Männer sind auch keine Araber.«

Sie überlegte. »Templer, die mit Sarazenenwaffen kämpfen … Das passt zu dem, was Narcisco gesagt hat. Vor siebenhundert Jahren hat der Orden die Assassinen hier auf der Insel unter seinen Schutz gestellt. Vermutlich hat die eine Gruppe von der anderen gelernt, und das hier ist das Resultat.«

»Du meinst, die Templer haben die Assassinen nicht nur beschützt, sondern … «

»Sondern sie in den Orden geholt«, sagte sie. »Oder umgekehrt.«

»Templer, die zu Assassinen wurden?«

»Das würde bedeuten, dass nicht nur der Templerorden seit damals im Verborgenen weiter existiert hat, sondern auch die Assassinen. Die Sekte um den Alten vom Berge.«

Mit dem Rücken seiner Faust, die immer noch das Schwert hielt, rieb er sich durchs Gesicht. Die Dinge fügten sich plötzlich zusammen. »Der Alte vom Berge. Die Muttergottes vom Berg. Der Heilige Mann der Assassinen und das Heiligtum der Templer. Natürlich! Im Grunde ist es so offensichtlich.«

»Auch für Narcisco?«, fragte sie leise.

Er zögerte. »Glaubst du, er hat uns die beiden auf den Hals gehetzt?«

»Ich weiß es nicht«, sagte sie erschöpft. »Nein, ich denke nicht. Er schien ehrlich zu sein. Und wenn er uns tatsächlich in eine Falle hätte laufen lassen wollen, hätte er das früher haben können, an Bord des Bootes oder in irgendeiner anderen Bucht. Er hätte uns das alles hier gar nicht erst zeigen müssen.«

Er stimmte ihr zu. Dann fiel ihm etwas ein. »Die Gitter!«

Sie rannten beide los, durchquerten erst den hellen, dann den dunklen Teil der Höhle, warfen wachsame Blicke in alle Richtungen, Gillian rechts, Karisma links. Hinter ihnen brannte das Petroleum aus, die Finsternis folgte ihnen und flutete die Halle, bevor sie den Ausgang erreichten.

Die Gitter standen noch immer offen. Die beiden liefen hindurch und blieben erst stehen, als sie das Plateau zwischen den Felswänden erreicht hatten. Gierig sogen sie die frische Luft in ihre Lungen. Die Sonne war hinter den weißen Felsen untergegangen, aber noch herrschte goldenes Dämmerlicht. Möwen kreisten schreiend über den Klippen.

Auf dem Stück Wiese, das sie durch den Einschnitt erkennen konnten, stand jetzt ein halbes Dutzend Schafe und glotzte herüber. Manche kauend, andere stocksteif.

»Sehen wir's uns an«, sagte er.

Sie gingen los, in der Erwartung, sich jeden Augenblick wieder verteidigen zu müssen. Aber da war niemand, der sie angriff, keine Männer mit Schwertern oder Gewehren.

Sie erreichten die Stelle, an der die Felswand sich absenkte und Zutritt zur Weide auf der anderen Seite gewährte. Die Fläche war größer, als Gillian erwartet hatte. Wie das Plateau war auch die Wiese von steilen Felsen umschlossen, ein von der Außenwelt abgeriegelter Kessel.

Etwa zwanzig Schafe grasten in der Abenddämmerung, dazwischen mehrere Kühe. Auf der rechten Seite, dort, wo hinter den Felsen das Meer lag, duckte sich eine Hütte in den Windschatten des Kliffs. Eine Tür, keine Fenster. An der Außenwand ein Kamin aus Bruchstein. Die Wände der Hütte waren gemauert und an vielen Stellen ausgebessert. Gillian fragte sich, wie viele Generationen von Wächtern hier gehaust hatten. Und was gab es hier zu bewachen, außer einer wertlosen Madonnennachbildung? Er konnte sich keinen Reim darauf machen. Er wusste viel zu wenig über diese Männer.

Es war an der Zeit, die Existenz des spanischen Ordens zu akzeptieren. Zwei Kulturen, die sich vereint hatten.

Die Männer waren trainiert gewesen. Er hatte es bemerkt an der Art, wie sie sich bewegten, wie sie die Klingen kreisen ließen, wie sie zustachen und parierten. Es war ein anderer Kampfstil als der, den er und Karisma im Templum Novum erlernt hatten, weniger gradlinig, dafür heimtückischer, beinahe ein wenig verspielt. Eine Mischung aus den Kampftechniken des Ostens und des Westens.

Templerassassinen.

»Mach dir nicht so viele Gedanken«, sagte Karisma. Sie wusste genau, was in ihm vorging. »Falls wir hier irgendeine Antwort finden können, dann da drinnen.« Sie zeigte mit dem Schwert auf die Hütte.

Sie stießen die Tür auf. Auf dem Tisch standen zwei Schalen mit Fleisch und Gemüse. Ein Kerzenleuchter aus Ton tauchte den Raum in flackerndes Halblicht. Sie hatten die Wächter beim Abendessen gestört. Die Männer hatten nicht einmal die Kerzen gelöscht.

In einer Kiste fanden sie weitere Waffen, Krummschwerter

und orientalische Lanzen, dazu ein Banner – das rote Tatzenkreuz auf weißem Grund. Damit waren auch die letzten Zweifel beseitigt.

Karisma wühlte in einer eisenbeschlagenen Truhe. Sie stand zwischen zwei Betten im hinteren Teil der Hütte, dort, wo man die Seitenwände an den blanken Fels gebaut und so eine Mauer eingespart hatte.

Ein Gefängnis, dachte er. Oder ein Exil. Abgeschoben auf einen Posten im Nirgendwo, beauftragt mit der Wacht über eine leere Höhle und eine Statue aus Gips. Wächter über eine ferne Erinnerung.

»Ich hab was gefunden.« Karisma hatte mehrere Kleidungsstücken aus der Kiste gezerrt. Jetzt machte sie sich fluchend an einem Einlegeboden aus Holz zu schaffen. »Den hat seit einer Ewigkeit niemand mehr herausgeholt ... Ah, jetzt!«

Gillian trat neben sie. Das Geheimfach, das sie freigelegt hatte, war nur wenige Zentimeter tief. Obenauf lag eine vergilbte Karte der Insel. Karisma schob sie beiseite und stieß auf eine Reihe loser Blätter, handschriftliche Dokumente, verfasst in einer schmalen, altertümlichen Schrift. Die Farbe der Tinte war zu einem hellen Braun verblasst.

Gillian nahm eines in die Hand, schüttelte aber gleich den Kopf. »Kannst du das lesen?«

Mit verengten Augen überflog sie die Zeilen auf einem anderen Blatt. »Das ist Spanisch. Ziemlich antiquiert. Hier unten steht ein Datum, Januar 1731.«

Er nahm einige der anderen Blätter aus der Kiste und suchte an den unteren Rändern nach Jahreszahlen. 1801. 1778. 1862. Das älteste stammte von 1677. Die Papiere befanden sich in verschiedenen Stadien des Verfalls, auf den ältesten war die Tinte fast unleserlich. Er vermutete, dass jede neue Generation von Wächtern eigene Instruktionen mitgebracht und zu den übrigen in die Truhe gelegt hatte.

»Was steht da?« Er reichte Karisma ein Blatt, das in gutem Zustand war und auf den 23. November 1892 datiert war. Es schien von allen Dokumenten das neueste zu sein, knapp zweiundzwanzig Jahre alt. Wahrscheinlich hatte es einer der beiden Toten mit hierher gebracht.

Karisma überflog den Text. »Es ist ein Gebet. Nein, warte ... Die ersten Zeilen lesen sich wie ein Gebet, aber ich glaube, es ist etwas anderes. So eine Art rituelle Liste von guten Wünschen, die jemandem mit auf den Weg gegeben wird.«

»Steht da, woher die Männer kamen?«

Sie schüttelte den Kopf. »Hier ist nur die Rede von einem Posten, der nie verlassen werden darf. Und von einer großen Ehre, einem Dienst an Gott und der Gemeinschaft.«

»Dem Orden.«

»Anzunehmen.« Sie las weiter. »Das ist eine Menge aufgeblasener Hokuspokus, sonst nichts.«

»Wer hat unterzeichnet?«

»Keine Unterschrift. Nur ein Fleck, wo früher wohl mal ein Siegel war. Es muss abgebröckelt sein.« Sie legte das Blatt beiseite und nahm einige der anderen zur Hand. Auf den beiden ersten hatte sich der Siegellack ebenfalls abgelöst, doch auf dem dritten war er intakt.

Gillian stand hinter ihr, deshalb hörte er nur, wie sie scharf die Luft einsog.

»Das kann nicht sein«, flüsterte sie.

Er ging neben ihr in die Hocke, betrachtete erst das Blatt in ihren Händen, dann ihr Profil. Sie war kreidebleich geworden.

»Was ist?«

»Das Siegel.«

Er nahm ihr das Blatt aus der Hand. Es stammte vom August 1819. Das Siegel war nicht größer als ein Fingerabdruck, und er musste es sachte vor und zurück kippen, damit der Kerzenschein vom Tisch die Konturen sichtbar machte. Ein Vogel mit ausgebreiteten Schwingen, und darunter etwas, das aussah wie ein Turm. Nein, kein Turm. Ein Fass.

Er wandte sich wieder an Karisma. »Du hast das schon mal gesehen?«

Sie drehte sich langsam zu ihm um. Ihr Blick ging geradewegs durch ihn hindurch, aber sie lächelte. Ein bitteres, eisiges Lächeln. Verwirrt und verletzt.

»Das hier …« Sie verstummte, holte tief Luft und setzte abermals an. »Das ist das Siegel der Familie Cristóbal.«

»Und?«

Sie gab keine Antwort, blickte wieder auf das Siegel und rieb sich mit beiden Händen durchs Gesicht, massierte ihre Augenlider und Schläfen.

»Karisma«, sagte er sanft und legte eine Hand auf ihren Oberschenkel. Ihm war klar, dass sie die Geste falsch verstehen könnte, aber er ließ die Hand trotzdem liegen. »Was ist los?«

Ihre Augen waren gerötet, als sie ihn wieder ansah.

»Graf Francisco Cristóbal«, sagte sie heiser, »ist mein Onkel.«

Kapitel 16

Bleiben Sie stehen!«

Aura wartete im Hof der Festung, vor dem Mauerrand der Tränke. Sie hatte ihren Revolver auf den Mann gerichtet. Er verharrte unter dem Torbogen, eingerahmt wie ein Gemälde, ein Schattenriss vor dem Rubinrot des Sonnenaufgangs.

»Schießen Sie nicht«, sagte er auf Deutsch und streckte ihr seine leere Hand entgegen. Die andere hielt noch immer die Zügel seines Pferdes. »Es wäre doch albern, wenn es uns nicht gelingen würde, wie zwei vernünftige Menschen miteinander zu reden.«

Sie versuchte, sein Gesicht zu erkennen, aber es lag wieder völlig im Dunkeln. Vorhin, vor dem Kastell, waren die Schatten kurz aufgerissen wie ein Vorhang, den ein Windstoß ins Zimmer weht, und sie hatte ihn lächeln sehen. Ihr gefiel nicht, dass er hier war, aber noch viel weniger gefiel ihr, dass er lächelte. »Wer sind Sie?«

»Darf ich näher kommen?«

»Ihr Name!«

»Er wird Ihnen nichts sagen, Aura.«

»Woher kennen Sie mich?« Sie fragte sich, ob er den Stempel, den er aus Grimauds Händen zusammengenäht hatte, noch bei sich trug.

»Ich kenne Sie, und ich kannte Ihren Vater. Aber ich bezweifle, dass er mich jemals erwähnt hat.« Der letzte Satz klang beinahe ein wenig niedergeschlagen. »Gestatten, Eduardo Fuente.« Er machte eine kurze Pause, wartete auf eine Reaktion, die nicht kam, und sagte dann: »Sehen Sie, ich habe Ihnen gesagt, dass Sie meinen Namen noch nie gehört haben.«

»Lassen Sie das Pferd los. Und dann kommen Sie langsam näher. Ich will Ihr Gesicht sehen.«

»Sie müssen keine Angst vor mir haben.«

»Ich habe eine Waffe. Wieso sollte ich Angst vor Ihnen haben?«

Der Scherenschnitt legte den Kopf schräg. »Weil Sie wissen, dass ich diesen Schreiberling getötet habe, diesen Grimaud. Ein unangenehmer Kerl. Und den Liebhaber ihres Freundes Philippe Monteillet. Dazu noch seine Frau … armes Mädchen. Für sie war es besser so, glauben Sie mir.« Er klang nicht hämisch, nicht bösartig. Nur sachlich.

Die Lampe stand noch immer auf der Ummauerung der Tränke, zwischen Aura und ihrem Pferd. Ihr Schein reichte einige Meter weit, und jetzt, ganz allmählich, legte er sich wie eine gelbe Haut über die Konturen des Schattenmannes, modellierte ihn aus der Dämmerung, bis sie ihn schließlich erkannte.

Der Glasrosenverkäufer. Der Mann, der sie zweimal vor dem Hotel angesprochen hatte.

Eine Nase mit scharfem Grat. Farblose, schmale Lippen. Hohe Backenknochen, die eingefallenen Wangen darunter so tief wie ein zweites Paar Augenhöhlen. Große Augen, erstaunlich große Augen. Bernsteinfarben, nein, das machte nur das Licht, sie waren braun, von einem auffallend hellen Braun. Und er war viel älter, als Aura ihn sich vorgestellt hatte, weit über fünfzig, vielleicht auch sechzig. Er hatte volles graues Haar, lang genug, um es straff nach hinten zu kämmen; sie hatte ihn bislang nur von vorne gesehen, aber sie nahm an, dass er es am Hinterkopf zusammengebunden hatte. Er trug einen bodenlangen, beigefarbenen Mantel aus Leder, im Rücken bis zur Taille geschlitzt, mit weiten Ärmeln.

Sie ließ ihn bis auf ein paar Schritte herankommen. »Stehen bleiben«, sagte sie dann.

Sein Blick war sanft, fast ein wenig wehmütig. »Sie erinnern mich an Ihren Vater.«

»Das bezweifle ich.«

»Sie haben seine Augen.«

»Falls das so ist, sind Sie der Erste, dem es auffällt.« Sie versuchte sich an Nestors Augen zu erinnern, aber es gelang ihr nicht. Sein ganzes Gesicht, er selbst, war nur ein Schemen in ihrer Vergangenheit, eine Erinnerung, die sie am liebsten vollkommen ausradiert hätte.

»Hellblau«, sagte er. »Und die dunklen Augenbrauen, die haben Sie auch von ihm.«

»Warum folgen Sie mir?«

Er lächelte und verlagerte sein Gewicht von einem Bein aufs andere. »Warum sollte ich Ihnen folgen? Sie sind hergekommen, weil ich Sie eingeladen habe. Sie waren lediglich ein wenig schneller als ich.« Er mochte fast doppelt so alt sein wie sie, aber er war ein großer Mann mit breiten Schultern, und es wäre fatal gewesen, ihn zu unterschätzen. Grimaud und Raffael war vermutlich genau dieser Fehler zum Verhängnis geworden. Überdies verspürte sie kein Anzeichen jener Übelkeit, die sie sonst in Anwesenheit älterer Menschen fühlte – ein Anzeichen dafür, dass er zwar alt sein mochte, aber körperlich in bester Verfassung war.

»Warum wollten Sie, dass ich hierher komme?«

»Dieses Kastell war ein wichtiger Ort für Ihren Vater.«

Sie schnaubte abfällig. »Mein Vater war über sechshundert Jahre alt. Das hier war nur eine von unzähligen Stationen in seinem Leben.« Sie wies mit der freien Hand auf die Fassaden der Gebäude. »All das hier war nicht wichtig für ihn. Da gab es andere Orte.«

Er verzog das Gesicht wie ein beleidigtes Kind, nickte aber schließlich. »Schloss Institoris.«

»Sie kennen das Schloss?«

»Ich war nie dort. Aber ich weiß, dass Sie mit Ihrer Familie dort leben.«

»Sie haben mir noch immer nicht die Frage beantwortet, was ich hier soll.«

Er lächelte. »Es war Ihre eigene Entscheidung, herzukommen. Ich habe Sie nicht dazu gezwungen. Also sagen *Sie* es mir: Warum sind Sie hier, Aura Institoris?«

»Ich habe keine Geduld für Ihre Spielchen, Senior Fuente.«

»Eduardo. So hat mich auch Ihr Vater genannt.«

»Ich bin nicht mein Vater.« Plötzlich kam ihr ein Gedanke, der sie mehr verstörte als das Wissen um das, was dieser Mann in Paris getan hatte. »Und ich habe nicht vor, seine Forschungen in diesem Kastell fortzuführen, falls es das ist, was Sie sich erhoffen.«

Er machte einen Schritt auf sie zu.

»Sie sollen stehen bleiben!«

Das plötzliche Grinsen auf seinem Gesicht wirkte wie etwas, das dort nicht hingehörte. »Werden Sie mich erschießen?«

»Wenn Sie mir keine Wahl lassen.«

Er bewegte sich nicht weiter auf sie zu, aber das Grinsen blieb an seinen Zügen haften wie zäher Sirup. »Ich denke, Sie sind neugierig. Ich möchte Ihnen etwas zeigen.«

»So?«

»Darf ich Ihnen erst noch eine Frage stellen?«

Sie starrte auf seine Hände und dachte daran, was sie Raffael und den anderen angetan hatten. »Fragen Sie.«

»Als Sie in Grimauds Bibliothek das aufgeschlagene Buch mit dem Bild dieser Festung gefunden haben, was haben Sie da gedacht?«

Der Revolver lag feucht in ihrer Hand. »Mir war noch schlecht von dem, was daneben lag.«

Das Grinsen verschwand. »Glauben Sie nur nicht, dass mir diese Sache Spaß gemacht hat.«

»Und einen Augenblick lang dachte ich doch tatsächlich, ich hätte es mit einem Irren zu tun.«

Er lachte, aber es klang eher wie ein trockenes Husten. »Alles, was ich getan habe, war nötig, um zu Ihnen durchzudringen.«

»Wieso haben Sie mich nicht einfach angesprochen?«

»Was hätten Sie dann wohl von mir gedacht?«

»Es wäre nicht nötig gewesen, all diese Menschen zu töten.«

»Ihrem Vater waren solche moralischen Bedenken fremd.«

Ihre Augen verengten sich. »*Sie* haben ihm geholfen, die Mädchen zu ermorden.«

»Sie nennen das Mord?« Seine Augen funkelten wie glühende Kohle. »Ihr Vater bevorzugte dafür den Begriff Wissenschaft.«

Sie schüttelte den Kopf. Es war zwecklos.

Er blieb stehen, beugte aber den Oberkörper leicht vor, als könnte er es gar nicht erwarten, näher an sie heranzukommen. »Sie haben meine Frage noch nicht beantwortet. Was ist Ihnen durch den Kopf gegangen, als Sie das Bild dieser Festung sahen?«

»Ich musste an meinen Vater denken.«

»Ja, ich weiß. Aber das ist noch nicht alles, oder? Die Erinnerung an Nestor war sicher nicht der Grund dafür, dass Sie diese Reise auf sich genommen haben.«

Sie weigerte sich, auszusprechen, was er hören wollte. Auch wenn – oder weil – es die Wahrheit war. Der Gedanke daran tat weh.

Sein Blick wurde lauernd. »War es nicht vielmehr so, dass ich Sie neugierig gemacht habe? Es war das Mysterium, das Sie gereizt hat. Seien Sie doch ehrlich. Ich kenne Sie, weil ich Ihren Vater gekannt habe. Sie können mir nichts vormachen. Sie haben auf eine Herausforderung gewartet – und ich habe sie Ihnen geliefert.« Er lächelte verschlagen. »Sie sollten mir dankbar sein.«

»Ich bin nicht Ihretwegen nach Paris gekommen.«

»Oh doch, das sind Sie. Ihr Suche nach dem Verbum Dimissum … Was glauben Sie denn, wer den Anstoß dazu gegeben hat?«

Sie hatte plötzlich das Gefühl, sich übergeben zu müssen. »Die Kiste mit den Büchern … «

Fuente lachte. »Sie haben wirklich geglaubt, sie käme aus Übersee, nicht wahr? Eine verschollene Bücherlieferung an Ihren Vater! Ich wusste, dass Sie mir auf den Leim gehen würden.«

»*Sie* haben diese Bücher geschickt?«

»Es war ziemlich schwierig, die Frachtpapiere zu fälschen. Aber ich wusste, dass die Erwähnung des Verbum Dimissum Sie neugierig machen würde. Alle Spuren, denen Sie gefolgt sind, die Fährte nach Paris – das alles war ich.«

»Aber … « Sie schluckte, fasste sich jedoch gleich wieder. »Warum das alles?«

»Damit Sie und ich uns endlich begegnen. Nestors rechtmäßige Erben. Gemeinsam könnte uns das gelingen, woran er gescheitert ist.«

Sie machte einen Schritt nach hinten und setzte sich auf den Rand der Pferdetränke. Der Lauf ihres Revolvers zeigte weiterhin auf Fuentes Brust. Es kostete sie einige Mühe, dass er nicht zitterte. »Sie glauben allen Ernstes, ich würde mit Ihnen gemeinsame Sache machen?«

»Ach, Aura. Das tun Sie doch schon die ganze Zeit. Seit jenem Morgen, an dem Sie den Abdruck auf Ihrem Bett gefunden haben. Genau genommen sogar seit Ihrer Abreise vom Schloss. Das alles war geplant. Sie haben nie einen Schritt gemacht, ohne dass ich es so wollte.«

Ihr Zeigefinger legte sich immer fester um den Abzug der Waffe. Es wäre so leicht gewesen, einfach abzudrücken. Ihn zu erschießen. Sich aller Sorgen zu entledigen.

Aller Sorgen? Mach dir nichts vor. Du warst dankbar dafür, dass diese Sache dich von Gian und Sylvette und allem anderen abgelenkt hat. Er hat einen Köder ausgeworfen, und du hast ihn bereitwillig geschluckt. Wie ein Windhund, vor dem man ein totes Kaninchen über die Rennbahn schleift. Du bist einfach hinterhergelaufen.

»Ich werde Ihnen noch etwas verraten«, sagte er, »für den Fall, dass Sie es sich selbst nicht eingestehen wollen. Sie sind nicht nur gekommen, weil ich Sie neugierig gemacht habe, oder weil das Pflaster in Paris für Sie zu heiß wurde. Sie sind gekommen, weil dies Nestors Festung war. Und weil Sie gehofft haben, mehr über das zu erfahren, was er hier getan hat.«

»Er hat hier junge Frauen getötet. Mit Ihrer Hilfe.«

Er tat ihre Worte mit einer wegwerfenden Geste ab. »Hören Sie doch auf! Als ob es Ihnen nur darum ginge. All diese Mädchen sind seit vielen Jahren tot. Reden Sie sich doch nicht selbst ein, dass Sie um sie trauern. Heuchelei hilft weder Ihnen noch mir im Augenblick weiter.«

Sie überlegte, ob sie ihm ins Knie schießen und ihn hier zurücklassen sollte.

»Sie glauben, Nestor hätte hier nach dem ewigen Leben gesucht«, fuhr er unbeirrt fort. »Aber das war nicht alles. Er hat gewusst, was es bedeutet, jahrhundertelang am Leben zu bleiben. Er kannte die Freuden, aber auch den Schmerz. Er hat oft darüber gesprochen. Ja, schauen Sie mich nicht so an! Er hat mir alles darüber erzählt. Und, glauben Sie mir, es hat mir die Lust darauf nachhaltig verdorben.«

»Dann geht es Ihnen nicht um die Unsterblichkeit?«

Er winkte ab. »Ich weiß, dass Sie das Geheimnis des Krauts entdeckt haben. Denken Sie denn wirklich, ich hätte Interesse daran, wie Sie zu sein? Ihr Vater hat erkannt, dass Menschen nicht für die Unsterblichkeit geschaffen sind. Er hat nicht an Gott geglaubt, aber er wusste sehr wohl, dass es so etwas wie einen Plan gibt für die Menschheit. Ungeschriebene Gesetze, die festlegen, was es bedeutet, ein Mensch zu sein. Und dazu gehört auch, dass unsere Lebensspanne begrenzt ist. Wer oder was auch immer dafür gesorgt hat, hat gewusst, dass wir mit vielem fertig werden können – nur nicht mit dem Schmerz und der Trauer, die ein ewiges Leben mit sich bringt. Schauen Sie sich an, Aura. Sie sind keine glückliche Frau. Und dabei sind Sie nicht einmal fünfunddreißig. Haben Sie einmal darüber nachgedacht, wie es um Sie stehen wird, wenn Sie dreihundertfünfzig sind? Glauben Sie denn, die Angst und die Sorge werden geringer?« Er gab ein hartes Lachen von sich. »Ihr Vater wusste das. Er hat sechshundert Jahre Leid und Verlust erlebt. Er hat gewusst, dass es Dinge gibt, die erstrebenswerter sind als eine Aussicht auf die Ewigkeit.«

»Zuletzt war er anderer Meinung«, sagte sie mit schwacher Stimme. »Je älter er wurde, desto mehr hat er den Tod gefürchtet. Sie scheinen ja zu wissen, was er mit mir vorhatte. Er wollte eine Tochter mit mir zeugen, gleich nach meinem achtzehnten Geburtstag, um erst aus meinem und dann aus ihrem Blut das Elixier des ewigen Lebens zu destillieren.«

»Das Alter ist ein zweischneidiges Schwert. Es wäre schön, wenn die Gerüchte wahr wären und wir mit jedem Jahr ein wenig weiser würden. Aber das Alter verwirrt uns auch.«

»Mein Vater war nicht senil.«

»Nein. Nur inkonsequent.«

»Ich habe Ihnen Ihre Frage beantwortet, Fuente …«

»Eduardo.« Sein Lächeln: Große, sandfarbene Zähne.

»Jetzt sind Sie an der Reihe. Sie wollten mir etwas zeigen.«

»Sehen Sie? Ich wusste, dass Sie das neugierig machen würde.« Er machte wieder einen Schritt nach vorne. »Treten Sie bitte zur Seite.«

Sie streckte den Arm mit dem Revolver aus, bis die Mündung genau in sein Gesicht zielte. »Was soll das?«

»Die Pferdetränke. Was ich Ihnen zeigen will, liegt darunter.«

Sie ging langsam rückwärts, am Rondell des Beckenrands entlang und hoffte, dass es nicht so aussah, als wiche sie vor ihm zurück.

»Sie gestatten?« Er stieg über die Mauer in die Tränke. Der Boden war aus V-förmigen Steinblöcken zusammengesetzt wie Stücke eines Kuchens. Das Zentrum bildete ein kreisrunder Stein, nicht größer als eine Melone. In seine Oberfläche war ein Schlitz eingelassen; erst jetzt erkannte Aura, dass es sich um einen Griff handelte. Fuente bückte sich, steckte die Hand hinein und zog daran. Was sie für einen gewöhnlichen Stein gehalten hatte, entpuppte sich als runder Zylinder, der sich etwa einen halben Meter hoch aus dem Boden der Tränke ziehen ließ. Eine schmale Kette war um Vertiefungen in seinen Seiten gewickelt. Fuente löste sie und stieg mit dem einen Ende aus dem Becken; das andere führte vom Fuß des Zylinders in den Boden. Er holte sein Pferd heran, befestigte das Kettenende am Sattel und trieb das Tier mit einem Klaps über den Hof.

Ein Knirschen ertönte aus den Tiefen des Gesteins, dann begannen sich die Kuchenstücke des Beckenbodens der Reihe nach abzusenken. Staunend sah Aura zu, wie die Steindreiecke zu den Stufen einer Wendeltreppe wurden, die im Inneren der Tränke abwärts führte.

Bald war die Kette straff gespannt, das Pferd blieb stehen. Fuente befreite das Tier, streichelte es am Hals und drehte sich dann wieder zu Aura um.

»Ich schätze, Sie möchten, dass ich vorausgehe.«

»Was ist da unten?«

»Das, was Sie vermutlich schon erfolglos im Kastell gesucht haben. Oder nicht?«

Sie gab keine Antwort, winkte ihn nur mit der Waffe zur Treppe hinüber. »Gehen Sie.«

»Wie Sie wünschen.«

Sie hatte das unangenehme Gefühl, dass er sich über sie amüsierte.

Auf der obersten Stufe blieb er stehen. »Einen Moment noch. So viel Zeit muss sein.« Er fasste mit beiden Händen an seinen Hinterkopf und öffnete das Lederband, das im Nacken sein Haar zusammengehalten hatte. Er hob eine Flut dicker, glatter Strähnen unter dem Mantel hervor, grau wie ein Winterabend. Als er sich das Haar über die Schultern und den Rücken schüttelte, reichte es bis zu den Hüften. Es verlieh ihm etwas Hexenhaftes.

»So«, sagte er zufrieden, »jetzt.«

Aura folgte ihm zögernd die Treppe hinunter, die Waffe im Anschlag, bereit, ihm jederzeit eine Kugel zwischen die Schulterblätter zu feuern. Er hatte ihre Lampe von der Brüstung an sich genommen und trug sie mit abgewinkeltem Arm vor sich her. Ihr Schein schob sich über die rauen Wände des Schachts.

Aura bewunderte widerwillig das baumeisterliche Geschick, mit dem der geheime Zugang geschaffen worden war. Etwas Vergleichbares hatte sie noch nirgends gesehen. Wie simpel waren dagegen die Geheimtüren im Schloss Institoris.

»Ich muss Sie noch etwas fragen«, sagte sie, während die Oberfläche immer weiter hinter ihnen zurückblieb.

»Fragen Sie.«

»Sagen Ihnen die Namen Morgantus und Lysander etwas?«

Er zögerte unmerklich, bevor er den nächsten Schritt machte. »Gewiss.«

»Waren Sie hier, als die beiden aufgetaucht sind?«

Er zögerte. Dann nickte er, blickte aber stur nach vorne, zum Licht der Lampe. »Ja.«

»Dann haben die beiden von Ihnen erfahren, wohin mein Vater von hieraus gegangen ist.« Sie schärfte ihre Stimme wie eine Dolchklinge. »Sie spielen sich hier als sein treuer Schüler auf. Aber in Wahrheit haben Sie ihn verraten.«

Abrupt blieb er stehen, eine schlanke Gestalt unter einem Leichentuch aus Haar. Noch immer wandte er sich nicht um, stand nur da, vollkommen reglos.

»Was ist?«, fragte sie süffisant. »Warum gehen Sie nicht weiter?«

Er fuhr herum. Als sie sein Gesicht zwischen den langen Haarsträhnen sah, erkannte sie triumphierend, dass sie ihn zum ersten Mal aus der Fassung gebracht hatte. Kindisch oder nicht, sie war zufrieden.

Er betonte jede Silbe, als er antwortete: »Ich hatte keine Wahl. Sie haben mich gezwungen.«

»Ein Mann, der gerade zwei Menschen enthauptet und einem anderen die Hände abgeschnitten hat, hat sich zu etwas *zwingen* lassen?« Ihr Lachen war so verletzend wie eine Rasierklinge. Er hatte viel mehr verdient als nur ihren Hohn, aber im Augenblick war das ein erster kleiner Sieg.

Sein Blick fixierte sie. »Wenn die beiden gedroht hätten, mich zu töten, hätte ich das Geheimnis mit ins Grab genommen. Und ich hätte ihnen dabei ins Gesicht gelacht, verlassen Sie sich drauf! Aber das war es nicht.«

»Was dann?«

Wieder hielt er den Kopf leicht schief. »Sie sehen in mir nur einen wahnsinnigen Mörder, stimmt's?«

»Der Gedanke ist mir gekommen.«

»Sie verdanken mir Ihr Leben.«

»Ach ja?« Er machte sie schon wieder neugierig, und sie hätte sich dafür ohrfeigen können.

»Ich habe Morgantus und Lysander einen Handel vorgeschlagen. Ich würde ihnen verraten, wo sie Nestor finden. Aber dafür mussten sie mir etwas versprechen.«

Sie starrte ihn an, während der Schein der Petroleumflamme von unten seine hageren Züge umspielte. Sie schwieg. Wartete.

»Sie mussten mir versprechen, seine Familie am Leben zu lassen. Vor allem seine Kinder.«

Sie lachte ihn aus. »Das ist doch Unsinn.«

»Ich schwöre, dass es die Wahrheit ist.«

»Sie haben weder mich noch meine Mutter gekannt. Ich war damals ein kleines Kind, fünf oder sechs Jahre alt. Meine Schwester war noch nicht einmal geboren. Welches Interesse hätten Sie schon daran haben können, ob wir leben oder sterben?«

»Interesse?« Ein flüchtiges Lächeln huschte über seine Züge. »Hoffnung wäre das treffendere Wort.«

»Das müssen Sie erklären.«

»Sie haben selbst gesagt, dass Ihr Vater immer mehr von seinen Prinzipien abwich, je näher er dem Tod kam. Ich wusste das. Die Mädchen, die er hier im Kastell getötet hat« – ein müdes Kopfschütteln – »das waren nur Experimente. Es ging ihm um den Stein der Weisen, um die Erfüllung des Großen Werks, aber nicht um das ewige Leben. Nicht für sich selbst. Das Rätsel hat ihn gereizt, die Herausforderung, und nicht der Nutzen, den er aus der Lösung hätte ziehen können. Aber dann, ein paar Monate, bevor er Andorra verlassen hat, begann er von seiner Angst vor dem Tod zu sprechen. Von seiner eigenen Unfähigkeit, sein Sterben zu akzeptieren. Und da wurde mir klar, dass er seine eigenen Prinzipien, seine eigenen Theorien verraten würde. Ich sah ihn in einem neuen Licht, auf der einen Seite sein Genie, auf der anderen seine Schwäche. Ich war enttäuscht. Als Morgantus und Lysander hierher kamen, fast zehn Jahre, nachdem Nestor gegangen war, war mir klar, dass Ihr Vater sich in der Zwischenzeit verändert hatte. Er hatte mir Briefe geschrieben, nichts Wichtiges, nur die eine oder andere Bitte, ihm einzelne Dinge zu schicken, die er hier zurückgelassen hatte. Und zwischen den Zeilen konnte ich lesen, wie es um ihn stand. Ich wusste, was er mit Ihnen vorhatte. Dasselbe hätte er auch mit Ihrer Mutter tun können – Sie wissen doch, dass auch sie seine Tochter war, oder?«

Sie nickte.

»Ja, das dachte ich mir«, sagte er. »Aber als Sie geboren wurden, da brannte noch ein Funken seiner alten Überzeugungen in ihm. Er ließ Ihre Mutter am Leben und tröstete sich damit, dass er immer noch die Möglichkeit hatte, Sie, Aura, nach achtzehn Jahren zu töten. Sie waren die Hintertür, die er sich offen hielt. Wenn seine Experimente in diesen achtzehn Jahren keinen anderen Weg zeigen würden, um sein Leben zu erhalten, konnte er den alten Zyklus wieder aufnehmen. Er wollte Sie schwängern und Sie nach der Geburt Ihres Kindes töten, um aus Ihrem Blut das Elixier zu gewinnen, so wie er es all die Jahrhunderte hindurch getan hatte.«

»So weit ist es nicht gekommen.«

»Ja, zum Glück. Aber ich bin abgekommen von dem, was ich Ihnen eigentlich erzählen wollte. Morgantus und Lysander nahmen also meine Bedingungen an: Ich verriet ihnen, wo sie Nestor finden würden, und dafür schworen sie mir, Sie und Ihre Mutter am Leben zu lassen.«

»Aber warum?«

»Damit Sie dort weitermachen können, wo Nestor aufgehört hat. Ich habe gehofft, dass Sie sein Erbe antreten würden, Aura. Und wie Sie sehen, ist alles so gekommen, wie ich es mir gewünscht habe. Nur deshalb sind Sie hier. Sie sind eine Alchimistin geworden wie Ihr Vater, und Sie sind jung genug, um seine Forschungen zu Ende zu bringen. Und ich werde Ihnen dabei assistieren. Alles wird wieder so sein wie vor vierzig Jahren, bevor Ihr Vater von hier fortging.«

Sie schüttelte angewidert den Kopf. »Glauben Sie das wirklich?«

Fuente starrte sie durch graue Hexensträhnen an, ein wenig lauernd und mit lodernder Intensität. Zum ersten Mal hatte sie Angst vor ihm, Angst davor, wozu ihn sein Wahn noch verleiten würde. »Warten Sie's ab, Aura Institoris. Sie und ich, wir sind die rechtmäßigen Erben Ihres Vaters. Und ich bin sicher, Sie werden meine Meinung teilen, wenn Sie erst die ganze Wahrheit kennen.« Er gab ihr einen Wink und ging weiter die Treppe hinunter. »Kommen Sie mit, und Sie werden alles verstehen.«

Das Laboratorium lag am Ende der Treppe, etwa zehn Meter unter der Erdoberfläche. Sie traten durch einen halbrunden Torbogen. Fuente wanderte zielstrebig im Halbdunkel umher, entzündete Kerzen und Lampen, bis der ganze Raum von einem glühenden, goldgelben Licht erfüllt war, weihevoll wie eine Kirche an Heiligabend.

In die hohe Kuppeldecke waren Haken und Eisenketten eingelassen, zu viele, um sie zu zählen. Aura wandte angewidert den Blick davon ab und konzentrierte sich auf die Apparaturen, Tische und Regale, die ohne erkennbares System in der ganzen Halle verstreut standen. Es gab mehrere Versuchsanordnungen aus gläsernen Behältern, manche rund, andere eckig oder in Formen, die aussahen, als hätte ein verrückter Glasbläser sie ohne Sinn und Verstand geschaffen, stachelig wie Seeigel, runzelig wie Geschwüre, quallig wie Wolkenformationen. Manche hatten lange Auswüchse aus Glas und Metall, andere waren durch labyrinthische Systeme aus Rohren und Schläuchen verbunden. Auf den meisten dieser Konstruktionen lag eine fingerdicke Staubschicht, was Auras Vermutung, Fuente habe hier bis vor kurzem die Forschungen ihres Vaters fortgeführt, zuwiderlief.

Sie sah anatomische Modelle, daneben Glaskübel mit präparierten Tieren und schwammigen Organen, möglicherweise menschlichen Ursprungs. Geschwärzte, zahnlose Schädel; eine ausgestopfte Eule mit leeren Augenhöhlen; das Gebiss eines Alligators, gelb und mit Spinnweben überzogen; drei menschliche Föten; ein Riesensalamander mit geöffneter Schuppenhaut; ein geschnitzter Pelikan aus Holz, halbfertig, mit unvollendeten Beinen und Füßen; Hunderte von Flaschen mit Tinkturen in allen Farben des Regenbogens; Tiegel und Krüge, aus denen wattige Schimmelpolster wucherten; und noch ein ausgestopftes Tier, ein Rabe mit nur einem Bein.

An den Wänden hingen Tafeln mit eingeritzten Schriftzügen in lateinischer Sprache. *Hic lapis est subtus te, supra te, erga te et circa te*, stand auf einer. Der Stein ist unter dir, über dir, in dir und überall um dich herum. Und auf einer anderen: *Omnia ab uno et in unum omnia.* Alles aus einem und in einem alles.

Anderswo Bilder und Mosaike: Die Sense, Symbol des dreizehnten Arkanums und des Hauses des Saturn. Das Zeichen des Krebses, Abbild des bösen Willens. Desweiteren Skizzen, basierend auf Zitaten des Zoroaster, Erinnerungen an die lange Tradition der geheimen Wissenschaften. Und, natürlich, der sechsstrahlige Stern des Salomo.

Dazwischen, auf Tischen und Schränken und jedem freien Stück Boden – Bücher. Überall Bücher. Manche so groß wie Kutschenfenster, in Umschläge aus Eisen und Bronze gebunden. Andere kleiner, aus Leder und Haut, sogar aus geflochtenem Stroh. Schriftrollen, Tontafeln und schimmernde Platten aus Gold, mit Sätzen, Versen und Liedern.

Jahrhunderte, Jahrtausende der Alchimie, versammelt in einem einzigen Raum.

»Ihr Vater hat nicht viel mitgenommen, als er von hier fortging«, sagte Fuente. »Das alles gehört Ihnen.«

»Behalten Sie's. Ich hab kein Interesse daran.« Das war eine Lüge, aber sie musste ihn von der fixen Idee abbringen, sie würde hier unten die Suche nach dem Großen Werk fortführen.

»Warum verleugnen Sie Ihre Bestimmung?«

»Bestimmung?« Sie lachte ihm ins Gesicht, eine Spur zu schrill. »Was wissen Sie schon von Bestimmung, Fuente?«

»Eduardo.« Nur ein Flüstern.

»Sie wissen nicht, was es bedeutet, in einem Haus aufzuwachsen, in dem niemand Sie liebt. Mit einem Vater, der Sie bestenfalls als wissenschaftliches Experiment akzeptiert, und einer Mutter, die …« Sie brach ab und schüttelte den Kopf. Warum erzählte sie ihm das alles?

»Sie brechen mir das Herz.«

Ihr Zeigefinger fühlte sich an, als wollte er den Abzug des Revolvers von selbst betätigen, nicht gegen ihren Willen, aber auch nicht von ihr gesteuert. »Sie sind krank, Señor Fuente.«

»Eduardo. Bitte.«

»Was soll ich hier? Was könnte ich hier tun, das Sie nicht selbst zustande brächten?«

Seine Augen weiteten sich vor Erstaunen. »Hier?«, fragte er erstaunt. »Aber darum geht es doch gar nicht. Ich wollte nur, dass Sie das hier sehen, weil Sie ein Anrecht darauf haben. Es gehört Ihnen. Tun Sie damit, was Sie wollen. Von mir aus brennen Sie es nieder. Nestor wusste, warum er das alles zurückgelassen hat. Weil es unnütz ist, überflüssiger Ballast. Chemische Anordnungen, zerlegte Kadaver, und dann all die Bücher – alles nur Wissensmüll, den weder Sie noch ich nötig haben.« Er winkte mit beiden Händen ab. »Sehen Sie, Aura, Ihr Vater und ich, wir waren längst einen Schritt weiter. Es ging nicht mehr um die Verlängerung des Lebens, nicht um das wahllose Strecken und Dehnen des Schicksals.« Er trat so nah auf sie zu, dass sich ihre Gesichter fast berührten, ungeachtet der Pistolenmündung, die sich in seine Rippen bohrte. »Uns ging es nicht mehr um das Ende des Lebens, sondern um seinen *Ursprung*. Die Schöpfung, Aura – das Geheimnis der Genesis!«

»Die Alchimie ist immer mehr gewesen als die Suche nach dem Elixier der Unsterblichkeit. Damit können Sie mich nicht beeindrucken.«

»Das versuche ich gar nicht. Ich weiß, dass Sie sich seit Jahren – seit wie vielen eigentlich? – Ihren eigenen Forschungen widmen.«

»Seit siebzehn.«

»Sehen Sie, ich kann und will Ihnen gar nichts vormachen. Es sind die Laien, die Dummköpfe, die glauben, uns ginge es nur um ewiges Leben und diese alberne Wandlung von Blei in Gold. Als ob das alles wäre!«

Sie trat langsam zwei Schritte zurück, bis sie gegen eine Tischkante stieß. Glas schepperte. »Dann sagen Sie mir, Fuente, was die Alchimie für Sie bedeutet. Und für meinen Vater.« Sie redete sich ein, dass sie ihn hinhalten wollte, doch die Wahrheit war eine andere: Fuente war ein Fenster zum Leben ihres Vaters, er bot einen Weg, mehr über Nestor, den Alchimisten, zu erfahren, nicht Nestor, den Mörder und Wahnsinnigen und erbärmlichen Vater. Es fiel ihr schwer, sich diese Faszination einzugestehen, weil sie ihr verwerflich und unmoralisch erschien. Aber sie hatte, verdammt noch mal, ein Anrecht darauf. Sie war Nestors Tochter und – ja, Fuente hatte Recht – seine Erbin.

»Das Geheimnis der Alchimie«, sagte er, »ist die Kunst der Wandlung, natürlich. Aber nicht die von Blei oder Quecksilber zu Gold, oder von Sterblichkeit zu Unsterblichkeit. Das mögen einzelne Stationen auf dem Weg sein, aber sie sind nicht das Ziel.«

Sie wollte nicken, hielt sich aber zurück. »Sondern?«

»Das Große Werk ist das Erreichen einer höheren Stufe der Existenz. Der Alchimist erreicht eine privilegierte Position nicht in, sondern *über* dem Universum. Einen Standpunkt, der es ihm erlaubt, sämtliche Aspekte der Wirklichkeit aus einer vollkommen neuen Warte zu betrachten und zu durchschauen. Keine Geheimnisse mehr, keine Mysterien. Die absolute und vollkommene Transparenz der Dinge.«

Sie traute ihm nicht über den Weg, doch er wusste, wovon er sprach, so viel war sicher. Es lag eine solche Überzeugungskraft in seinen Worten, in seinem Tonfall, dass es schwer fiel, sich ihr zu entziehen.

Er erwiderte ihren Blick mit weit geöffneten Augen, ein eindringliches, unangenehmes Starren. »Sind Sie anderer Meinung?«

»Nein. Das sind fast exakt die Worte, die mein Vater in seinen Aufzeichnungen benutzt hat.«

»Er war ein guter Lehrer.«

Ja, das befürchte ich, dachte sie. Aber sie sprach es nicht aus.

»Vertrauen Sie mir jetzt?«, fragte er.

»Nein.«

Er lächelte. »Sie sind genauso besessen wie ich, Aura. Sie sind nur noch nicht bereit, es sich einzugestehen. Ich war noch ein Kind, als Nestor mich bei sich aufnahm. Ein kleiner Junge hier aus den Bergen. Alles, was ich weiß, hat er mir beigebracht. Es gibt nicht viele Möglichkeiten für ein Kind in dieser Gegend. Man wird Hirte oder Bauer, vielleicht auch Schmuggler. Aber Ihr Vater, Aura … Ich habe ihm alles zu verdanken. Er hat einem Kind die Chance gegeben, mehr aus sich zu machen, alles zu erreichen. Indem ich dafür gesorgt habe, dass Ihnen nichts geschieht, damals als Morgantus und Lysander das erste Mal zum Schloss kamen, habe ich ihm den Gefallen vergolten. Ich habe Ihnen die gleiche Chance gegeben, Aura. Aber ich erwarte nicht, dass Sie das einsehen oder mir dankbar sind. Nein, bestimmt nicht. Alles, was ich will, ist, dass Sie mit beiden Händen die neue Möglichkeit ergreifen, die ich Ihnen biete. Eine Alchimistin sind Sie bereits, sogar eine Unsterbliche, wenn die Gerüchte wahr sind. Doch was Ihnen jetzt offen steht an meiner Seite, ist viel mehr als das!«

Gerüchte! Raffael hatte ganze Arbeit geleistet. »Was meinen Sie mit *mehr*?«, fragte sie.

Wieder lächelte er. Sie fand es widerlich, wie siegessicher er dabei wirkte. »Wie ich schon sagte, Nestor und ich waren dem Geheimnis der Schöpfung auf der Spur. Das Verbum Dimissum … wie viele Tage und Wochen haben wir darüber diskutiert, hier, in diesem Laboratorium. Ein Großteil der täglichen Arbeit blieb liegen, während wir uns in die Suche nach dem Ursprung vertieft haben.« Er deutete auf den erkalteten Alchimistenofen in der Ecke. »Sicher ist Ihnen schon aufgefallen, dass selbst der Athanor erloschen ist. Seit damals hat er nicht mehr gebrannt. Ich habe mir geschworen, das Feuer erst wieder zu entzünden, wenn ich es mir verdient habe.« Er begann zwischen den Tischen und eingestaubten Versuchsanordungen auf und ab zu gehen. »Was für ein Triumph, wenn es uns gelungen wäre, das erste Wort der Schöpfung zu entschlüsseln! Das Wort, mit dem alles begann!«

Aura spürte, dass ihre Hand mit der Waffe immer schwerer wurde, aber noch immer senkte sie den Revolver nicht. Standhaft vollzog sie damit jede seiner Bewegungen nach. »Sie haben nur noch Studien betrieben, keine Experimente mehr gemacht?«

»Ich habe Bücher gelesen. Tausende von Büchern. Die meisten hatte ihr Vater zurückgelassen, aber einige habe ich mir auch besorgt, in Paris und Barcelona, viele auch in Turin und in Mailand. In vielen gab es Hinweise auf das Verbum, ein paar davon habe ich Ihnen geschickt. Aber nirgends einen konkreten Hinweis oder auch nur eine Beschreibung, die mich weitergebracht hätte. Die einzige Spur ist auch nach all den Jahren immer noch diejenige, die Nestor persönlich entdeckt hat.«

Sie wurde hellhörig. »Mein Vater hat tatsächlich geglaubt, er könnte das Verbum finden?« Schmerzhaft erinnerte sie sich, dass sie selbst eine Weile lang daran geglaubt hatte. Nur deshalb war sie nach Paris gekommen. Es fiel schwer, es sich einzugestehen, aber Fuente hatte Recht: Sie war eine Besessene wie er, und während er auf der Suche die Leben anderer vernichtet hatte, hatte sie beinahe ihr eigenes zerstört. Sie hatte Gian vernachlässigt, hatte Sylvette mit dem Schloss und der Pflege Charlottes allein gelassen, und sie hatte darüber fast den Glauben an sich selbst verloren.

Fuente blieb erneut vor ihr stehen. »Nestor hat geglaubt, den Ort zu kennen, an dem das Verbum Dimissum verborgen ist.«

Sie öffnete den Mund, wollte sprechen, sog dann aber nur schneidend die Luft ein.

»Sie glauben mir nicht?«, fragte er schmunzelnd.

»Ein Ort, sagen Sie?«

»Ich weiß, was Sie denken. Wie kann es an einem konkreten Ort versteckt sein? In einem Text, vielleicht, einem theologischen Diskurs. Aber nicht an einem *Ort*! Sehen Sie, Aura, es ist, als könnte ich Ihre Gedanken lesen.«

»Das bezweifle ich.«

»Ich werde Ihnen noch mehr erzählen von dem, was Nestor geglaubt hat. Wissen Sie eigentlich, was Ihren Vater hierher verschlagen hat? In die Pyrenäen?«

»Nein.«

»Haben Sie jemals von Montségur gehört?«

»Die Katharerfestung?«

»Ganz richtig. Sie liegt auf einem Berg im französischen Teil des Gebirges. Heutzutage pilgern viele Leute dorthin, weil sie von den alten Legenden gehört haben.«

Sie dachte nach, grub in ihrem Gedächtnis nach Fakten. »Die Katharer waren im Mittelalter eine christliche Gruppierung, die gegen die Kirche aufbegehrte. Weil sie die Sakramente ablehnten, gegen die Kreuzzüge protestierten und die Existenz der Hölle verleugneten, erklärte der Papst die Katharer zu Ketzern und rief zu einem Kreuzzug gegen sie auf. Die letzten von ihnen verschanzten sich auf Montségur. Die Festung wurde belagert und schließlich erobert, und es kam zu einem Massaker.«

»Das ist die Historie. Ich aber spreche von der Legende. Dem Mythos.«

Sie lachte abfällig. »Sie meinen die Geschichte, dass auf Montségur der Heilige Gral aufbewahrt wurde? Das ist ein Ammenmärchen. Mittlerweile steht das in jedem Reisebericht, und es ist ungefähr so wahr wie die Legende vom Weihnachtsmann.«

»Ihr Vater scheint der Sache trotzdem nachgegangen zu sein. Irgendwann im achtzehnten Jahrhundert muss das gewesen sein. Er reiste nach Montségur und fand erwartungsgemäß nicht mehr als ein paar zerstörte Festungsmauern auf einer Bergspitze. Aber er ist der Spur wohl noch eine Weile länger gefolgt, ohne Erfolg, natürlich. Und trotzdem erinnerte er sich vermutlich an etwas, das er viele Jahrhunderte zuvor gehört hatte: Dass nämlich der Gral nach dem Untergang der Katharer nach Spanien gebracht wurde.«

Sie stieß einen tiefen Seufzer aus. »Ich kann mich erinnern, dass ich etwas darüber in den Unterlagen meines Vaters gelesen habe. Aber das ist fünf, sechs Jahre her.«

Fuentes Augenbrauen rückten zusammen. »Sagen Sie, diese Unterlagen … Hat er mich nicht darin erwähnt?«

Vielleicht wäre es klüger gewesen, ihn anzulügen, aber sie entschied sich für die Wahrheit. »An keiner Stelle.«

Mit einem zornigen Laut wirbelte er herum. Sein langes Haar wehte wie ein Fächer aus Spinnweben. Sein ausgestreckter Arm stieß gegen eine der alten Versuchsanordnungen und fegte sie vom Tisch. Tiegel und Glaskugeln zerbarsten mit einem schrillen Klirren am Boden.

Fuente atmete schwer, als er sich erneut zu ihr umwandte. Seine tückischen Augen fixierten sie wieder. »Entschuldigen Sie«, sagte er, aber sein Tonfall strafte die Worte Lügen.

»Mein Vater war nicht gerade ein gerechter Mann«, sagte sie vorsichtig. Mit der Waffe in der Hand war sie ihm überlegen, und doch spürte sie eine tiefe, instinktive Scheu vor seinem dunklen Blick, dem langen Hexenhaar.

»Nein«, sagte er knapp, atmete noch einmal tief durch und wurde schließlich ruhiger. »Das war er nicht. Aber er hat nie etwas ohne Grund getan.«

»Die Aufzeichnungen waren lückenhaft«, sagte sie. »Außer einem Bild, einer Kaufurkunde und ein paar Bemerkungen in Nebensätzen gab es nichts über diesen Ort.«

Fuente straffte sich. »Vielleicht war das alles nichts Besonderes für ihn. Vielleicht gab es viele wie mich in all den Jahrhunderten.«

Sie hatte das Gefühl, ihn besänftigen zu müssen, obwohl ihr das völlig grotesk erschien. Er hatte keinen Trost verdient, nicht nach allem, was er getan hatte. »Hören Sie, wir haben jetzt keine Zeit, um über die Motive meines Vaters zu spekulieren. Erzählen Sie mir lieber mehr über das Verbum. Von mir aus auch über den Gral.«

Sein Atem beruhigte sich allmählich. »Ihr Vater erinnerte sich, dass er im vierzehnten Jahrhundert einer versprengten Gruppe von Katharern begegnet war. In Spanien. Und dass sie in ihrer Kirche einen Kelch aus Stein aufbewahrten, von dem sie behauptete, es sei der Gral. Aber das war zu jenen Zeiten nichts Ungewöhnliches. Alle möglichen Gruppierungen behaupteten, den Gral zu besitzen, oder einen Nagel aus dem Kreuz Christi, einen Fingerknochen des Heiligen Petrus oder eine Feder vom Flügel des Spiritus Sanctus. Reliquien und sakraler Mumpitz wurden offen auf den Märkten verkauft. Deshalb hatte Nestor die Geschichte vom Gral, der angeblich von den Katharern bewacht wurde, nicht ernst genommen.«

»Höchstwahrscheinlich zu Recht.«

»Mag sein. Oder auch nicht.« Er zuckte die Achseln. »Auf jeden Fall hat sich Nestor wohl ein paar hundert Jahre später an diese Geschichte erinnert, und noch an etwas anderes, das er damals gehört hatte.«

»Erstaunlich, dass ihm solche Kleinigkeiten überhaupt nach all der Zeit im Gedächtnis geblieben sind.« Sie konnte sich kaum vorstellen, dass man Dinge, die man nur beiläufig wahrgenommen hatte, Hunderte von Jahren im Kopf behalten konnte. »Aber ich wollte Sie nicht unterbrechen.«

Er lächelte flüchtig, ein wenig ruhiger nach dem Wutausbruch. »Der angebliche Gral, den die Ketzer aufbewahrten, war nichts weiter als eine Tonschale, die man auf einem Stiel befestigt hatte. Kein Gefäß aus purem Gold oder Kristall.«

»Klingt einleuchtend. Immerhin ist der Gral das Gefäß, aus dem Jesus angeblich während des Letzten Abendmahls getrunken hat. In Anbetracht der Tatsache, dass weder er noch seine Jünger reiche Männer waren, ist es sehr viel wahrscheinlicher, dass er einen Tonkrug oder eine Tonschale benutzt hat als einen goldenen Kelch. Das ist eine Erfindung der sakralen Malerei.«

»Was immerhin für unsere Ketzer spricht, nicht wahr?«

»Es gehört nicht viel dazu, sich das zurechtzulegen.«

»Gut, aber ich war noch nicht am Ende.«

Sie hob die Schultern. »Bitte.«

»In das Innere dieser Schale waren angeblich mehrere Zeichen eingeritzt. Buchstaben.« Er machte eine kurze Pause und strich sich graue Strähnen aus dem Gesicht. »Ein Wort.«

Sie stieß ein abfälliges Schnauben aus. »Und das soll ausgerechnet das Verbum Dimissum gewesen sein?«

»Das war es wohl, was man Ihrem Vater erzählt hat.«

Sie rekapitulierte noch einmal alle Informationen. »Mein Vater hat also angeblich im achtzehnten Jahrhundert nach dem Gral gesucht. In Montségur hat er ihn nicht gefunden. Später aber hat er sich möglicherweise an diese versprengten Katharer in Spanien erinnert, die von sich behauptet haben, nicht nur den Gral zu besitzen, sondern auch das Verbum Dimissum.« Sie hatte Kopfschmerzen, der Rücken tat ihr weh, und die Waffe in ihrer Hand fühlte sich an wie Blei. »Warum, zum Teufel, hat er sich dann nicht auf ein Pferd gesetzt, ist nach Spanien geritten und hat nachgeschaut, was an der ganzen Geschichte dran war?«

»Seit damals waren rund vierhundert Jahre vergangen, vergessen Sie das nicht. Er war überzeugt, dass diese Ketzer und ihre Tonschale nicht mehr existierten. Dazu kam, dass er schlichtweg das Interesse an solchen Abenteuern verloren hatte. Sicher, er hätte wohl eine Menge dafür gegeben, das Verbum zu finden – aber dafür eine Reise anzutreten, allein aufgrund einer vagen Erinnerung, die noch dazu fast ein halbes Jahrtausend zurück lag … nein, das war es ihm wohl nicht wert.«

»Hat er Ihnen verraten, wo er den Katharern begegnet ist? Ich meine, den genauen Ort?«

Seine Augen funkelten listig. »O ja, das hat er.«

»Warum sind Sie dann nicht selbst dorthin gegangen?«

»Weil es mir nicht zusteht.«

Mit einer weiten Geste umfasste sie die Berge von Büchern im Laboratorium. »Sie haben vierzig Jahre lang Nachforschungen angestellt, und wollen mir jetzt erzählen, Sie hätten den letzten Schritt nicht getan, weil er Ihnen nicht *zusteht*? Kommen Sie … Wovor hatten Sie Angst?«

»Ich hatte keine Angst.« Er flüsterte jetzt fast. »Aber ich bin nur ein Schüler. Nestors Adlatus, wenn Sie so wollen. Und von heute an der Ihre. Ich mische Chemikalien und ich feure den Ofen. Ich studiere auch selbst die alten Schriften, gewiss, aber ich bin nicht wie Ihr Vater. Und auch nicht wie Sie.«

Sie beobachtete ihn jetzt ganz genau. Was er sagte, schien keinen Sinn zu ergeben. Und dennoch hatte sie das Gefühl, dass es ihm todernst damit war.

»Sie wollen, dass ich mit Ihnen nach Spanien gehe?«, fragte sie.

»Ja.«

»Warum sollte ich das tun?«

»Weil Sie genauso wie ich darauf brennen, die Wahrheit zu erfahren. Das Verbum Dimissum, Aura! Überlegen Sie doch – gemeinsam könnten wir das Rätsel der Schöpfung lösen.«

»Sie haben nicht einen einzigen Beweis dafür, dass das Verbum tatsächlich dort zu finden ist! Wir wissen nicht einmal, ob es überhaupt noch irgendeine Wirkung oder Bedeutung hat.«

»Ihr Vater war kein Dummkopf.«

»Und aus genau diesem Grund ist er *nicht* nach Spanien gereist! Herrgott, Fuente … Seien Sie doch nicht so unglaublich naiv!«

Er machte einen raschen Schritt auf sie zu.

»Bleiben Sie stehen!« Sie war nicht gewillt, ihn noch einmal so nah an sich herankommen zu lassen wie vorhin.

Er machte eine fahrige Handbewegung, als wollte er ihre Worte beiseite wischen. »Ich habe keine Angst vor Ihrer lächerlichen Waffe. Sie werden nicht auf mich schießen.«

Sie spannte den Hahn. »Nein?«

Er machte noch einen Schritt. »Bestimmt nicht. Ich habe nämlich noch etwas, das Sie interessieren dürfte.«

»Noch mehr Hirngespinste?«

Er schob eine Hand in seine rechte Manteltasche.

»Vorsicht«, warnte sie ihn.

»Keine Sorge. Ich habe keine Waffe.« Er zog die Hand langsam wieder hervor. Darin hielt er einen zerknitterten Papierumschlag. »Zumindest keine, die schießt.«

»Was ist das?«

»Sehen Sie, da ist es schon wieder.«

»Was meinen Sie?«

»Sie verhalten sich wieder genauso, wie ich es vorausgesehen habe. Schon wieder gehorchen Sie nur Ihrer Neugier.«

»Ich könnte Sie erst erschießen und dann nachsehen, was in dem Umschlag ist.«

»Sie wollen vielleicht nicht wahrhaben, wie ähnlich Sie Ihrem Vater sind, gut, das kann ich nachvollziehen. Und in einer Sache unterscheiden Sie sich tatsächlich von ihm, aber nur in einer einzigen: Sie sind keine kaltblütige Mörderin. Ihr Vater hatte keine Skrupel, Menschen zu töten, wenn er glaubte, dass es seinen Zielen dienlich war.« Um seine Worte zu unterstreichen, deutete Fuente auf die rostigen Haken an der Decke. »Aber Sie, Aura, Sie würden das nicht tun.«

»Geben Sie mir einen Anlass, irgendeinen, und ich erschieße Sie.« Sie meinte es genau so, wie sie es sagte.

Er aber öffnete nur in aller Seelenruhe den Umschlag. Ein Schriftzug war darauf gedruckt. Mit einem Lächeln hielt er ihn so, dass sie ihn lesen konnte.

Les Trois Grâces.

Sie löste ihren Blick beinahe widerwillig davon. »Was soll das?«

»Sie haben das Hotel in Paris so überstürzt verlassen, dass Sie sogar vergessen haben, sich nach Ihrer Post zu erkundigen.«

»Ich glaube nicht, dass Sie … « Sie brach ab, als er zwei kleinere Umschläge aus dem einen großen zog. Er hatte Recht: Sie hatte das Hotel am späten Abend Hals über Kopf verlassen, ohne nachzufragen, ob etwas für sie hinterlegt worden war.

»Geben Sie das her!«, sagte sie.

Er zeigte ihr wieder seine großen Zähne. Sie hatten die gleiche Farbe wie die Mauern des Kastells, als wäre er selbst mit den Jahrzehnten ein Teil davon geworden. »Eins nach dem anderen.«

Sie drückte ab. Die Kugel sprengte ein faustgroßes Stück Stein aus dem Boden, nur einen Fingerbreit von seinem Stiefel entfernt. Der Schuss hallte von den unterirdischen Wänden wider. Eine weitere Versuchsanordnung aus Glas zerbarst, als der Querschläger die Gefäße durchschlug.

Fuente zuckte kurz zurück, hatte sich aber gleich wieder unter Kontrolle. »So werden wir keine Freunde«, sagte er leise.

»Ich will die Briefe.«

»Was glauben Sie denn, warum ich Sie Ihnen zeige? Natürlich um sie Ihnen zu geben!« Er hielt ihr den ersten Umschlag hin, ein Rechteck aus weißem Büttenpapier, mit einer Vielzahl von Briefmarken und Stempeln darauf.

Als sie ihn entgegennahm, wusste sie sofort, von wem er stammte. In die Rückseite war nur ein Wort eingeprägt, ein geschwungener Namenszug. *Institoris*. Ein Umschlag aus dem Briefpapier ihrer Familie. Die Prägung war der Unterschrift ihres Vaters nachempfunden. Er hatte Tausende dieser Umschläge anfertigen lassen, und die Familie benutzte sie noch heute, siebzehn Jahre nach seinem Tod. Aura hatte nie darüber nachgedacht, aber jetzt war es ihr mit einem Mal unangenehm.

Sie wollte das Kuvert aufreißen, als sie bemerkte, dass es bereits geöffnet worden war. Eisig sah sie Fuente an. »Das waren Sie, nehme ich an.«

Er grinste. »Ihr Vater hat mir immer das Gefühl gegeben, dass ich zur Familie gehöre.«

Die Sache war es nicht wert, sich darüber aufzuregen. Nicht unter diesen Umständen.

»Was ist mit dem zweiten Umschlag?« Fordernd streckte sie die Hand aus.

»Immer der Reihe nach.«

Es war eindeutig an der Zeit, ihn zu erschießen, aber wieder riss sie sich zusammen. Außerdem war es schwer genug, mit der Waffe in der Hand den einen Brief aus dem Umschlag zu ziehen. Sollte er ruhig den zweiten behalten, bis sie mit diesem hier fertig war.

Liebe Aura, stand da mit schwarzer Tinte geschrieben. Sylvettes Handschrift war fein geschwungen, viel schöner als ihre eigene. *Mutter und ich haben das Schloss verlassen. Die meisten Diener haben wir nach Hause geschickt, nur ein paar sind zurückgeblieben, um Plünderungen zu verhindern. Ich habe sie von allen Pflichten entbunden, aber sie wollten nicht gehen. Es wird nicht mehr lange dauern, bis die Front das Schloss erreicht. Wir haben jetzt Krieg, Aura, direkt vor unserer Haustür. Es war richtig, die Kinder mit Goldstein nach Persien zu schicken, das sehe ich jetzt ein. Dort unten sind sie wenigstens in Sicherheit. Ich hoffe sehr, dass es dir in Paris gut geht. Du musst mir versprechen, gut auf dich Acht zu geben. Was Mutter und mich angeht, so ist es uns gelungen, Plätze auf einem der letzten Schiffe nach Amerika zu ergattern. Ja, ich weiß, das kommt sehr plötzlich, und ich gehöre sicher zu den wenigen, die nicht darauf brennen, einmal im Leben die Freiheitsstatue mit eigenen Augen zu sehen. Aber die Familie besitzt Häuser in New York, das weißt du, und ich habe mir die nötigen Unterlagen herausgesucht. Ich habe vor, mit Mutter dort zu bleiben, bis sich die Lage beruhigt hat. Ich habe Angst, um uns und um dich, aber was hilft's? Ich musste eine Entscheidung treffen, und du weißt ja, dass ich darin mittlerweile Übung habe. New York, also. Wünsch uns Glück. Du kannst uns schreiben, an das Bankhaus Smyth & Dobson, das dort drüben unsere Angelegenheiten regelt. In rund zwei Wochen werden wir dort sein, dann werde ich nachfragen, ob es Neues von dir gibt. Ich gebe dir einen Kuss, große Schwester. Uns allen das Beste, vor allem den Kindern natürlich. Alles, alles Gute – Deine Sylvette. Im Hafen von Hamburg, August 1914. – P.S. Mutter hat nichts gesagt, aber ich bin sicher, insgeheim lässt auch sie dich grüßen.*

Sie ließ den Brief sinken, überflog ihn dann aber ein zweites Mal, ehe ihr bewusst wurde, dass sie darüber Fuente und die Waffe vergessen hatte. Mit einem raschen Blick vergewisserte sie sich, dass er sich nicht von der Stelle bewegt hatte. Er beobachtete sie aufmerksam, registrierte jede ihrer Regungen, ihre Mimik.

»Warum haben Sie mir den nicht früher gegeben?«, fragte sie.

»Spielt das eine Rolle?«

Nein, natürlich nicht. Ebenso wenig wie die Tatsache, dass er den Brief schon vor ihr gelesen hatte. Sie hätte erleichtert sein sollen, dass Sylvette und ihre Mutter in Sicherheit waren, und auch um das Schloss machte sie sich keine Sorgen, nicht einmal um das Grab ihres Vaters, auf dem noch immer das Gilgamesch-Kraut wuchs – und trotzdem war ihr schwindelig, weil damit eine weitere Brücke hinter ihr abgebrochen worden war, diesmal ohne ihr Zutun, und doch ... Das Schloss bot ihr vorerst keine Zuflucht mehr.

Sylvette und ihre Mutter in Amerika, Gian und Tess in Uruk – und sie selbst? In einem feuchten Loch in den Pyrenäen, zusammen mit einem Wahnsinnigen, der in ihr offenbar so etwas wie die Reinkarnation ihres Vaters sah.

Sie steckte den Brief ein, wohl wissend, dass sie ihn in den kommenden Tagen wieder und wieder lesen würde. In Augenblicken wie diesen wurde ihr bewusst, welche Zuneigung sie für ihre jüngere Schwester empfand – und welche Dankbarkeit. Sylvette war in den Jahren nach Gillians Verschwinden ihr Rückhalt gewesen, ihre Erdung in der Wirklichkeit. Das war es, was sie mehr als alles andere nötig gehabt hatte. Sylvette hatte das viel früher durchschaut als sie selbst.

Sie gab ihm einen Wink. »Den zweiten Umschlag!«

Fuente wog ihn in der Hand, als beinhalte er eine ganz besondere Kostbarkeit. »Um ehrlich zu sein, ich habe lange überlegt, ob ich Ihnen diesen Brief wirklich zeigen soll.«

»Mein Gott, Fuente, ich habe Ihre dummen Spielchen dermaßen satt!« Ehe sie sich bremsen konnte, sprang sie auf und schlug ihm mit den flachen Hand ins Gesicht, heftiger, als sie selbst für möglich gehalten hätte. Er taumelte zurück, fing sich, hielt aber immer noch den Umschlag in der Rechten. Ein grelles Irrlichtern geisterte durch seine Augen, als er sie wütend anstarrte und dennoch keinen Versuch machte, sie ihrerseits anzugreifen. Aura aber setzte nach, rammte ihm ohne zu zögern ihr Knie zwischen die Beine und sah zufrieden zu, wie er zu Boden sank. Seelenruhig setzte sie ihm die Revolvermündung auf die Stirn.

»Ab jetzt«, brachte sie gepresst zwischen den Zähnen hervor, »laufen die Dinge ein wenig anders, Fuente. Kein Hinhalten mehr und keine Geschichten. Sie tun, was ich sage, sonst verpasse ich Ihnen die Kugel, die Sie längst verdient hätten. Haben Sie das verstanden?«

Er blickte zu ihr auf, mit schmerzverzerrten Zügen, aber gefasst. Er nickte. Plötzlich war nicht mehr die geringste Spur von Aufbegehren in seinen Augen, und da begriff sie, dass ihr Vater genauso mit ihm umgesprungen war. Fuente erwartete von ihr Strenge, Grausamkeit und Zorn. Sein eigener Wutausbruch vorhin war nur eine Imitation ihres Vaters gewesen, Schmierentheater für sich selbst, für Aura, vielleicht sogar für Nestor irgendwo in der Hölle.

Die Erkenntnis machte ihr Angst. Gemeinsam waren sie tatsächlich so etwas wie eine Schablone ihres Vaters. Ihr wurde übel, und plötzlich saß ein fester Knoten in ihrer Kehle. Das Sprechen fiel ihr schwer.

»Der Brief!«, sagte sie mühsam.

Er gab ihn ihr, ein fester Umschlag aus dickem Papier, mit einem aufgebrochenen Siegel, das sie nie zuvor gesehen hatte. Ein fliegender Adler über einem Fass.

Sie machte drei Schritte rückwärts und sah zu, wie Fuente sich schweigend mit beiden Händen an einer Tischkante hochstemmte. Dann stand er ihr wieder gegenüber, gerade aufgerichtet, mit Augen wie aus schwarzem Glas.

»Schauen Sie hinein«, sagte er.

Sie griff mit zwei Fingern in den offenen Umschlag und ertastete eine festes Stück Pappe. Als sie es hervorzog, sah sie, dass es sich um eine Fotografie handelte.

Es war ein Bild von Gian, vom Gürtel an aufwärts. Er stand vor einem Gebäude, leicht verschwommen im Hintergrund, aber klar genug, um zu erkennen, dass es sich um ein mittelalterliches Anwesen handelte.

Eine gebogene Klinge lag an Gians Kehle. Die Hand, die sie hielt, ragte von links ins Bild. Finger in schwarzen Handschuhen.

Gian blickte starr in die Kamera. Starr auf Aura. Starr in ihre Augen.

Das Bild wurde verschwommen, und Hitze stieg in ihr auf, floss lodernd über ihre Wangen.

Bild und Revolver zitterten in ihren Händen, als sie ihren Blick von Gian löste, von der Klinge an seinem Hals.

Sie sah auf, sah Fuente.

Sah ihn auf sich zukommen, sah seine Faust und das Tuch, das sie hielt. Roch den scharfen Geruch einer Chemikalie.

Sah beides näher kommen, roch beißende Säure – und sah nichts mehr.

Nur Gians Augen, deren Lider sich langsam schlossen.

Das Pochen ihres Herzens.

Das Rauschen des Bluts in ihren Adern.

Ein brennender Schmerz beim Einatmen durch die Nase, wo sich das Betäubungsmittel in ihre Schleimhäute geätzt hatte. Und ein Hämmern in ihrem Kopf, als bearbeite ein Schmied ihren Schädel auf einem Amboss.

Aura öffnete langsam die Augen – und schloss sie sogleich wieder, überwältigt von gleißender Helligkeit. Flammen tanzten über ihre Netzhaut, zogen glühende Schlieren auf der Innenseite ihrer Lider. Sie wartete, dann wagte sie einen neuen Versuch. Langsamer diesmal. Sie wusste auch so, was sie sehen würde. Sie spürte es längst unter sich. Zwischen ihren Beinen.

Sie saß im Sattel ihres Pferdes, weit vorgebeugt und gefesselt. Ihre linke Wange war an die Mähne gepresst. Den würzigen Duft des Fells nahm sie kaum wahr, ihre Nasenflügel erholten sich noch immer von den Nachwirkungen der scharfen Substanz, mit der Fuente sie betäubt hatte. Gott, sie hätte ihn gleich erschießen sollen, als ihr klar geworden war, wer er war und was er wollte.

Mehrere Stricke hielten sie fest im Sattel, aber nur einer tat wirklich weh. Er verlief über ihren Rücken und hielt sie vornüber gebeugt. Bei jedem Schritt des Pferdes scheuerte er über ihren Körper, heftig genug, dass sie es sogar durch die Kleidung spürte. Sie hatte Rückenschmerzen und wusste, dass sie noch viel stärker werden würden, sollte sie versuchen, sich wieder aufzurichten.

Das Pferd folgte einem schmalen Weg, der sich an einer Felswand entlangschlängelte. Links fiel der Hang steil ab und öffnete den Blick auf ein Bergpanorama, das ihr zu einem besseren Zeitpunkt den Atem geraubt hätte. Im Augenblick aber kostete sie das Luftholen zu viel Mühe, um es so leichtfertig aufs Spiel zu setzen. Jeder Atemzug schien ihre Nasenflügel wie Rasierklingen aufzuschlitzen. Sie konnte nur hoffen, dass Fuentes Mittel keine bleibenden Schäden angerichtet hatte. Ein Grund mehr, ihn zu töten.

»Ah«, hörte sie seine Stimme hinter sich. »Sie sind wach.«

»Gehen Sie zur Hölle!«, stöhnte sie.

»Wer sagt denn, dass wir dort nicht noch früh genug ankommen?«

»Ich hoffe, Sie verrecken angemessen schmerzhaft, damit Sie den Weg dorthin zu schätzen wissen.«

Er lachte leise und schloss mit seinem Pferd zu ihr auf. Im Sonnenlicht wirkte er weniger bedrohlich, ein großer Mann, der sich für sein Alter gut gehalten hatte. Seine kräftigen Hände hielten die Zügel wie ein Galeerensklave sein Ruder. Das lange Haar hatte er wieder zusammengebunden und unter seinen Mantel geschoben.

»Was werden Sie tun, wenn ich Ihre Fesseln durchschneide?«, fragte er.

»Sie umbringen?«

Wieder lachte er. »Bevor Sie das tun, sollten Sie sich darüber klar werden, dass ich der Einzige bin, der weiß, wo Ihr Sohn gefangen gehalten wird.«

Die Erinnerung an das Foto traf sie wie ein Hieb. Eine Weile konnte sie an nichts anderes denken als an Gian. An die gebogene Klinge unter seinem Kinn. »Wo haben Sie ihn hingebracht?«

Er sah sie aus aufgerissenen Augen an. »Ich?«

»Hören Sie schon auf, Fuente! Ich weiß, dass Sie … «

»Nein«, unterbrach er sie mit Bestimmtheit, »Sie irren sich. Mit der Entführung habe ich nichts zu tun.«

Sie glaubte ihm nicht, sah aber ein, dass es keinen Sinn hatte, zu widersprechen. »Was ist mit Tess?«

»Ihrer Nichte?«

»Sie muss bei Gian gewesen sein.«

»Vielleicht ist sie das noch immer.«

Sie atmete tief durch. »Sind Sie sicher?«

»Ja«, sagte er nach kurzem Zögern. »Ja, ich denke schon.«

Er sah sie noch einen Moment länger an, dann schlug er den Mantel über seinem Bein zurück und enthüllte ein Messer, das in einer Scheide seitlich an seinem Oberschenkel befestigt war. Es war so lang wie Auras Unterarm. Als er die Klinge hervorzog, spiegelte sich das tiefe Blau über den Gipfeln darin; es sah aus, als hielte er ein Stück Himmel in der Hand. Allmächtiger, dachte sie, so viel wirres Zeug. Die Nachwirkungen der Chemikalie tobten noch immer in ihrem Kopf.

Sie widerstand dem Reflex, die Augen zu schließen, als er mit dem Messer ausholte. Eisern starrte sie ihn an. Dann aber ließ er die Klinge so rasch und gezielt über das Seil zucken, dass sie die eigentliche Bewegung kaum wahrnahm. Sie spürte nur, wie Teile des Stricks von ihr abglitten. Plötzlich konnte sie sich im Sattel aufrichten. Ihre verkrampften Muskelpartien taten weh, viel schlimmer, als sie befürchtet hatte, aber sie gab sich Mühe, es sich nicht anmerken zu lassen.

»Danke«, sagte sie kühl.

»Freuen Sie sich nicht zu früh.« Mit einem Lächeln schob er das Messer wieder in die Scheide.

Sie folgte seinem Blick und erkannte, was er meinte. Um ihre Fußgelenke lagen schmale Schellen aus Stahl, die unter dem Bauch des Pferdes mit einer dünnen Kette verbunden waren, gerade locker genug, dass das Tier sich nicht daran wund scheuerte.

»Sehr schlau.«

»Nur eine Absicherung, bis Sie Vernunft annehmen.« Im Tageslicht ließ ihn sein Lächeln jünger erscheinen, beinahe lausbübisch. Hatte er so gelächelt, als er Myléne in ihrem Bett ermordet hatte?

»Was haben Sie jetzt vor?«

»Ich bringe Sie zu Ihrem Sohn.«

»Ist das Ihr Ernst?«

»Und zum Verbum Dimissum.«

»Aber ... «

»Ich sage es Ihnen noch einmal, Aura. Ich habe mit dieser Fotografie nichts zu tun. Sie lag in Ihrem Fach im Hotel, ich habe sie mir nur geben lassen. Um ehrlich zu sein, war ich ziemlich erleichtert, als mir klar wurde, dass Sie sie noch nicht gesehen hatten. Diese ... Überraschung, die da jemand für Sie vorbereitet hat, hätte fast meine ganzen Pläne durcheinander gebracht.«

Mit einem tiefen Durchatmen löste sie ihren Blick von ihm und schaute hinab in das langgestreckte Tal. Viele hundert Meter unter ihnen war der Boden dicht bewaldet, von hier oben sahen die Bäume aus wie ein dunkler Moosteppich. Darüber wuchsen die Hänge empor, idyllische Bergwiesen, immer wieder unterbrochen von hellen Felsgraten, Klüften und monolithischen Gesteinsformationen. Vor einem ozeanisch blauen Himmel setzten sich scharf und kantig die weißgrauen Gipfel ab. Ein wildes, zauberhaftes Land, und seine Schönheit brannte ihr noch tiefer ins Gedächtnis, in was für einer erbärmlichen Lage sie sich befand.

»Ich will es Ihnen erklären, Aura. Aber Sie müssen mir auch zuhören und nicht die Trotzige spielen. Das passt nicht zu Ihnen.«

»Zu mir oder zu dem Bild, das Sie von meinem Vater haben?«

Grinsend winkte er ab, als wäre er überzeugt, dass sie ihn früher oder später schon verstehen und sich auf seine Seite schlagen würde. »Ich habe die Fotografie und den Brief Ihrer Schwester in Ihre Satteltasche gesteckt, heute Morgen, bevor ich Sie aus dem Laboratorium hinauf in den Hof getragen habe. Bei der Gelegenheit habe ich auch die zweite Pistole und das Messer gefunden. Ich habe sie mit der anderen Waffe im Kastell zurückgelassen. Sie brauchen also gar nicht erst danach zu suchen, um mich bei der nächstbesten Gelegenheit über den Haufen zu schießen.«

»Ich bin untröstlich.«

»Sie wollten eine Erklärung. Werden Sie mir jetzt zuhören?«

»Sicher.«

»Die Fotografie steckte in einem Umschlag. Den haben Sie bereits gesehen. Aber darin war auch noch ein kurzer Brief, in dem Gians Entführer Sie auffordern, einen bestimmten Ort aufzusuchen. Darin war übrigens auch die Rede von der kleinen Tess.«

»Welchen Ort?«, fragte sie wie betäubt.

»In Spanien – in Kastilien, genaugenommen.« Er beobachtete sie jetzt wieder ganz genau. »Sagt Ihnen das irgendetwas?«

»Nein. Warum war der Brief nicht mehr bei dem Bild im Umschlag, als Sie ihn mir gegeben haben?«

»Weil ich ihn verbrannt habe.«

Panik wühlte sich wie ein Eisendorn durch ihre Eingeweide. Sie wollte Fuente anspucken, ihn schlagen, ihm die Augen auskratzen. Aber sie beherrschte sich.

»Warum haben Sie das getan?«

»Ich glaube nicht, dass Sie sich meine Überraschung vorstellen können, als ich feststellte, dass der Ort, an den die Entführer Sie bestellt haben, jener Ort ist, den Nestor mir genannt hat.«

Jetzt konnte sie ihr Erstaunen nicht mehr überspielen. »Sie wollen mir weismachen, Gian wird dort gefangen gehalten, wo vor fünfhundert Jahren angeblich der Gral aufbewahrt wurde?«

»So ist es.«

Sie überlegte kurz und schüttelte dann den Kopf. »Sie bluffen. Sie wollen mich dazu bringen, freiwillig mit Ihnen zu reiten. Mein Sohn interessiert Sie einen Dreck.«

»Falls wir das Verbum Dimissum finden, dann sollten wir wohl auch eine Möglichkeiten finden, Gian zu befreien.«

»Schlagen Sie mir da gerade so etwas wie ein Geschäft vor?«

Er strahlte sie an. »Das beste, das Ihnen jemals angeboten wurde.«

»Ich werde Sie töten, Fuente. Irgendwann werde ich Sie töten.«

Er gab seinem Pferd einen Klaps und setzte sich an die Spitze. »Wenn ich bis dahin noch erleben darf, dass Sie mich nur ein einziges Mal beim Vornamen nennen«, rief er über die Schulter, »ist es das vielleicht wert.«

Sie starrte ihm nach, als könnte sie ihm allein mit ihren Blicken das Rückgrat brechen. Einmal zerrte sie an ihren Fußschellen, mit dem Ergebnis, dass ihr Pferd ein schrilles Wiehern ausstieß, als die Kette sich unter seinem Leib spannte. Sofort hielt sie die Füße wieder still und tätschelte dem Tier den Hals.

Hinter ihnen knirschte Geröll, aber als sie sich umsah, war der Weg unter der Felswand menschenleer. Fuente hatte es ebenfalls bemerkt, zuckte aber nur die Achseln und sah wieder geradeaus. Dies hier war sein Land, sein Gebirge. Er kannte die Geister, die einem die Berge vorgaukeln.

Aura kaute auf ihrer Unterlippe. Selbst wenn eine Lawine ihn vor ihren Augen vom Weg fegen würde, hätte sie dadurch nichts gewonnen. Er allein kannte den Weg zu Gian. Herrgott, Sie würde sogar Acht geben müssen, dass ihm nichts zustieß!

Ihr war zum Heulen zumute, aber diese Blöße gab sie sich nicht. Er hatte ihrem Pferd die größere Last aufgeladen, zwei Säcke mit Verpflegung, sodass das Tier im Falle eines Fluchtversuchs langsamer sein würde als sein eigenes. Aber sie würde nicht fliehen. Gian war auf sie angewiesen.

Sie schob die Hand unter die Lederklappe der Satteltasche

und tastete nach der Fotografie. Fuente beachtete sie nicht, er war damit beschäftigt, den sichersten Weg für die Pferde zu suchen, enge Serpentinen zwischen Geröll und Wacholderbüschen.

Ihre Finger fanden dicke Pappe und wollten danach greifen, als ihr Handrücken gegen etwas Hartes, Metallisches stieß. Kantig, mit geriffelter Oberfläche. Es fühlte sich an wie …

Nein, unmöglich. Fuente hatte gesagt, er hätte die Taschen durchsucht.

Sie beobachtete ihn weiterhin und schlug dabei vorsichtig die Satteltasche auf. Blickte verstohlen hinein.

Es war eine Pistole, viel größer als der Revolver, den Fuente ihr abgenommen hatte. Ein Modell, wie es für gewöhnlich beim Militär benutzt wurde.

Sie unterdrückte einen Laut der Überraschung und machte die Lederklappe rasch wieder zu. Es konnte nicht sein. Ganz sicher war das Magazin leer.

Er macht sich lustig über mich. Er will herausfinden, wie weit er mir vertrauen kann.

Dann aber glaubte sie erneut ein Geräusch zu hören, hinter sich in der Ferne. Fuente blickte sich nicht um.

Noch einmal schob sie die Hand in die rechte Satteltasche. Ihre Finger umfassten den Griff der Waffe, berührten den Abzug.

Und wenn da noch jemand ist? Jemand, der uns folgt?

Unsinn.

Jemand, der beobachtet hatte, wie Fuente die Taschen kontrollierte, und der die Waffe *danach* hineingesteckt hatte, als Fuente zurück ins Laboratorium gegangen war, um sie zu holen?

Wieder blickte sie sich um und sah niemanden.

Vielleicht spielte Fuente nur mit ihr. Ein Spiel aus Provokationen und falschen Hoffnungen. *Erschießen Sie mich, und Sie werden schon sehen, was aus Ihrem Sohn wird …*

Sie schloss die Augen, dachte nach, öffnete sie wieder. Sah Fuente scheinbar arglos ein paar Meter vor sich. Er summte leise ein Lied.

Sie schob die Waffe tiefer zwischen Kleidungsstücke und Papier. Festes Papier. Die Fotografie, das Bild von Gian. Sie schüttelte den Gedanken ab, die Angst, die Verzweiflung. Zumindest für den Moment.

Ihre andere Hand kroch in die linke Satteltasche, unendlich vorsichtig.

Da war etwas. Etwas Glattes.

Sie schlug das Leder zurück und schaute hinein.

Zwei leere, schwarze Augen starrten sie an. Kein Gesicht, nur glasiertes Papier. Eine blutrote Maske ohne Gesichtszüge.

Und darauf, mit schwarzer Tinte, der Abdruck einer Katzenpfote.

Kapitel 17

Tess betrachtete ihr Spiegelbild in der Fensterscheibe, blasse Haut und schmale Wangen, leicht eingefallen, nicht ausgehungert, aber ausgezehrt von den Strapazen der Reise. Sie verengte ihre Augen, die Schärfe verlagerte sich, ihr Gesicht verschwamm, und sie blickte durch die Scheibe hinab in den Hof.

Gian war dort unten. Er überquerte den Hof an der Seite eines Mannes, den sie nicht kannte, viel älter als diejenigen, die sie hergebracht hatten, den weiten Weg von Persien bis nach Spanien. Der Mann redete auf Gian ein. Er trug einen leichten Mantel, der im Wind flatterte. Sein Haar war, soweit sie sehen konnte, weiß oder hellblond.

Die beiden verschwanden unterhalb ihres Fensters, der Mann immer noch redend, Gian still und mit maskenhaften Zügen.

Ich habe ihn verloren, dachte sie. Ich habe ihn endgültig verloren.

Sie hatte es geahnt, schon damals in der Wüste, als sie begriffen hatte, dass er nachts heimlich in ihrer gemeinsamen Erinnerung gestöbert hatte. In Nestors Erinnerung, Lysanders Erinnerung. Er hatte sie ausgenutzt und, viel schlimmer, belogen. Er hatte ihren gemeinsamen Schwur gebrochen.

Während der ganzen Tage, die sie in der Gewalt ihrer Entführer war, hatte sie sich die Ereignisse wieder und wieder durch den Kopf gehen lassen, nach Schwachstellen in ihrer eigenen

Argumentation gesucht, nach Fehlern in ihren Beobachtungen. Aber es gab keinen Zweifel an Gians Schuld. Sie mochte es drehen und wenden, wie sie wollte, es änderte nichts an den Tatsachen: Gian steckte mit ihren Entführern unter einer Decke.

Sie wusste nicht, wie sie ihn dazu überredet hatten, gemeinsame Sache mit ihnen zu machen, und sie wollte, bei Gott, nicht wahrhaben, dass er vielleicht sogar gewusst hatte, was mit den Menschen auf der Ausgrabungsstätte passieren würde – nein, das konnte nicht sein! –, aber er war ihr Verbündeter, daran gab es nichts zu rütteln. Er bewegte sich frei zwischen ihnen, und eben war es nicht das erste Mal gewesen, dass sie ihn seit ihrer Ankunft hier im Waisenhaus mit dem Mann im Mantel gesehen hatte.

Ein Waisenhaus …

Anfangs war sie nicht sicher gewesen. Aber dann hatte man sie aus einem fensterlosen Raum in dieses Zimmer verlegt. Jetzt sah sie regelmäßig spielende Kinder unten im Hof, beobachtete, wie manche am Morgen von Erwachsenen geholt und am Abend zurückgebracht wurden, und wie andere, die Älteren, schmutzig und müde von der Arbeit zurückkehrten. Kein schlechter Ort, um eine Fünfzehnjährige zu verstecken. Gewiss kam es immer wieder vor, dass Kinder hier tobten, aus den Fenstern brüllten oder ruhig gestellt werden mussten.

Von einem schweigsamen Mädchen, das ihr dreimal am Tag erstaunlich üppige Mahlzeiten brachte, hatte sie den Namen der Stadt erfahren. »Soria«, hatte es geflüstert, so als fürchtete es, schon zu viel gesagt zu haben und dafür bestraft zu werden. Dann war es rasch verschwunden.

Tess hatte den Namen nie zuvor gehört. Da sie aber nach Verlassen des Schiffes beständig ins Landesinnere gereist waren, nahm sie an, dass sie sich irgendwo in Zentralspanien befanden. Aber sicher war sie nicht.

Ein Schlüssel knirschte im Türschloss, dann klopfte jemand zaghaft an. Ihr Puls überschlug sich fast, als Gian durch den Spalt hereinblickte.

»Darf ich reinkommen?«

»Als ob ich eine Wahl hätte«, gab sie ätzend zurück.

Er trat ein und drückte die Tür hinter sich zu. Ganz kurz konnte sie einen Blick in den Korridor werfen. Da war niemand, auch nicht der ältere Mann. Gian war allein gekommen.

»Ich hatte Angst«, sagte er, ohne sie anzusehen.

Sie lachte ihn aus. »Vor mir? Hier drinnen?«

»Davor, mit dir zu sprechen ... Deine Fragen zu beantworten.«

Sie machte einen Schritt auf ihn zu, halb in der Erwartung, dass er zurückweichen würde, so beschämt wirkte er. Doch Gian blieb stehen, noch immer mit gesenktem Blick.

»Was soll das alles?«, fragte sie leise. »Gian, was tun wir hier? Was tust *du* hier?«

Er wartete einen Augenblick zu lange mit einer Antwort, denn plötzlich hatte sie sich nicht länger unter Kontrolle, sprang auf ihn zu und versetzte ihm eine Ohrfeige, die ihn zurücktaumeln ließ wie einen getretenen Straßenköter. Ihre Hand brannte, ihr Arm tat weh, aber sie holte trotzdem aus und verpasste ihm einen zweiten Schlag, der ihn fast in die Knie gehen ließ.

Er versuchte nicht, sich zur Wehr zu setzen, rieb sich die feuchten Augen und wollte nach der Türklinke greifen.

»Du kommst her und schaust mir nicht mal in die Augen«, sagte sie. »Nicht mal das.«

Seine Hand verharrte, dann wandte er sich wieder zu Tess um. Seine Augen waren rot und glänzten. Er versuchte jetzt nicht mehr zu verbergen, dass er weinte. Sie spürte, dass ihr selbst Tränen über die Wangen liefen, und sie hasste sich dafür. Wenn sie eines nicht wollte, dann ganz bestimmt nicht, dass Gian und sie sich schluchzend in die Arme fielen und er ihr sagen würde, alles sei gar nicht so schlimm, wie es scheine.

Sicherheitshalber wich sie zurück, bis sie mit dem Rücken gegen das Gitter stieß, das von innen am Fenster angebracht war. Keine Berührung. Keine geschwisterlichen Gesten, nicht jetzt.

»Sie sind alle tot, nicht wahr?« Sie starrte ihn durchdringend an. »Die Goldsteins und die Arbeiter in Uruk. Sie haben alle ermordet.«

Sie hatte erwartet, dass er es leugnen würde, doch zu ihrer Überraschung nickte er. Sie war zu erschüttert, um sich über seine Offenheit zu wundern. »Ja«, sagte er. Ein Wort. Zwei Buchstaben. Drei Dutzend Tote.

»Ich verstehe das nicht.« Sie schüttelte unaufhörlich den Kopf. Ihr war schwindelig, und sie hatte das Gefühl, sich übergeben zu müssen. »Wie konntest du das zulassen? Ich meine ... Gian ... ich hab gedacht, ich kenne dich. Das hab ich immer gedacht.« Sie spürte, wie ihre Stimme versagte, und bevor es mitten im Wort passieren konnte – kein Zeichen von Schwäche, jetzt nur kein Zeichen von Schwäche –, verstummte sie und wartete, dass er etwas sagte. Irgendetwas.

Er schluckte, hielt ihrem Blick aber stand. »Wenn ich sage, dass ich nichts davon gewusst habe, würdest du mir dann glauben?«

Sie schwieg, und er deutete es richtig.

»Hat es dann überhaupt einen Zweck, dass ich mich verteidige?«, fragte er.

»Wie willst du so etwas verteidigen?« Sie hörte sich selbst immer lauter werden, bis sie ihn anschrie: »Wie kannst du auch nur auf die *Idee* kommen, dass irgendetwas diese Morde rechtfertigen könnte?«

»Ich wusste nicht, dass Menschen sterben würden. Sie haben mir gesagt, dass sie mich nach Spanien bringen würden. Das war alles. Mehr hab ich nicht gewusst. Das musst du mir glauben.«

»Du kannst dich frei bewegen. Du sprichst mit ihnen. Und ich soll dir glauben, dass sie dich nicht eingeweiht haben?«

»Es ist die Wahrheit, Tess. Das schwöre ich dir.«

Sie trat vor, um ihn abermals zu schlagen, beherrschte sich aber im letzten Augenblick. »Du *schwörst*? Verdammt, Gian, du solltest dir selbst mal zuhören müssen! Dein letzter Schwur war einen Dreck wert.« Sie funkelte ihn an, bis er den Blick abermals senkte, ganz kurz nur. »Du hast geschworen, Nestors und Lysanders Erinnerung ruhen zu lassen. *Das* hast du geschworen! Und das Nächste, was ich weiß, ist, dass du … « Tränen erstickten erneut ihre Stimme. Sie ließ sich auf die Bettkante sinken, vergrub das Gesicht in den Händen und weinte. Es war jetzt egal, ob er im Zimmer war oder nicht.

Er setzte sich neben sie, einen halben Meter entfernt, und sie hörte an seinem Tonfall, dass auch er weinte. Aber er wagte nicht, näher zu kommen und sie in den Arm zu nehmen, so wie er es früher getan hätte, noch vor zwei Wochen. Er war ihr so fremd geworden wie all die anderen, die sie unten auf dem Hof gesehen hatte. Sogar zu dem Jungen, den sie getötet hatte, hatte sie einen Moment lang eine größere Nähe gespürt als zu Gian, ihrem Cousin, den sie wie einen Bruder geliebt hatte.

»Cristóbal – so heißt ihr Anführer, Graf Cristóbal –, er hat gesagt, er zeigt mir, wie man unsterblich wird. Er hat gesagt, ich hätte es verdient, genauso zu sein wie sie. Und du auch, Tess! Er hat gesagt, wir können unsterblich sein! Er weiß, wie es geht.«

Sie sah ihn durch ihre Finger hindurch an, verschwommen und irgendwie schrecklich weit entfernt. »Das ist alles? Er hat dir die Unsterblichkeit versprochen? Deshalb hast du uns verraten und all die Menschen in Uruk?«

Er klang jetzt trotzig. Vermutlich wusste er, dass er sich selbst etwas vormachte. »Wir haben ein Recht darauf! Mein Großvater, meine Mutter, unsere Väter … sie waren oder sind unsterblich. Warum nicht wir? Warum wollte Mutter uns das vorenthalten?«

»Und wozu hat es geführt?« Sie senkte ihre Hände und hatte das Gefühl, als spräche sie gegen eine Wand. »Nestor und Lysander waren Mörder! Wir zwei wissen das doch besser als jeder andere. Wir haben es gesehen, du genauso wie ich! Und sie hätten weitergemordet, wenn Gillian … wenn dein Vater Nestor und Morgantus nicht getötet hätte. Du weißt genau, dass er das Richtige getan hat.«

»Unsterblich zu sein muss einen nicht zum Mörder machen.«

»Nein, vielleicht nicht. Aber sogar Aura hat Menschen getötet.«

»In Notwehr.«

»Aber begreifst du denn nicht?« Sie hatte wieder gebrüllt, doch jetzt senkte sie ihre Stimme. »Aura wäre nie in die Lage geraten, andere Menschen töten zu müssen, wenn es nicht immer nur um Nestor und Lysander und die Unsterblichkeit gegangen wäre. Es ist ein Fluch, Gian, nichts anderes ... Ich habe oft darüber nachgedacht. Diese verdammte Unsterblichkeit bringt nichts als Unglück. Sieh dich doch an! Weil du so versessen darauf bist, ewig zu leben, sind die Goldsteins und alle anderen in Uruk ermordet worden.«

»So einfach ist das nicht. Du weißt doch, was man sagt: Nicht der Krieg tötet Menschen, sondern *Menschen* töten Menschen. Mit der Unsterblichkeit ist es das gleiche. Nicht sie ist für die Toten verantwortlich, sondern ... «

»Sondern du?«

Er presste so abrupt die Lippen aufeinander, als hätte sie ihn abermals geschlagen. Ihre Worte waren schmerzhafter als jede Ohrfeige. Sie sah es und wünschte sich, sie könnte noch mehr sagen, das ihm weh tun würde, viel mehr, bis er sich am Boden krümmte und wimmerte.

»Ich wusste es nicht, und ich wollte es nicht«, sagte er schließlich. »Es war falsch, das weiß ich. Aber ich kann jetzt nur noch versuchen, alles zu einem guten Ende zu bringen.«

Ihr Lachen klirrte wie zerstoßenes Eis: »Ein *gutes Ende*? ... Mein Gott, du bist ein noch viel größerer Idiot, als ich dachte!«

Er schluckte die Beleidigung ebenso wie ihren Hohn. »Cristóbal will mit uns an einen Ort reisen, nicht weit von hier«, sagte er. »Wir sollen versuchen, uns daran zu erinnern, was dort vor ein paar hundert Jahren passiert ist, als Nestor durch diese Gegend gekommen ist. Er sucht etwas, das Nestor dort gesehen hat, und er will, dass wir es für ihn finden.«

»Das ist der Grund, weshalb wir hier sind?«

Er nickte. »Der einzige.«

»Und als Belohnung dafür, dass wir diese … diese Sache für ihn finden, macht er dich unsterblich?«

»Und dich, wenn du möchtest.«

Sie starrte ihn immer noch an und konnte nicht glauben, was er da von sich gab. »Du hast nichts verstanden, Gian. Überhaupt nichts. Der Preis, den du für die Unsterblichkeit zahlst, ist nicht irgendein Gefallen, den wir ihm tun sollen. Der Preis ist das Leben der Menschen in Uruk. Der Preis ist das, was einmal zwischen uns gewesen ist. Und der Preis ist die Tatsache, dass du nicht nur ein, sondern viele Leben lang an diese Sache denken wirst, an die Toten und an deine Familie. An alles, was du im Tausch für die Ewigkeit verloren hast.« Sie ballte die Fäuste um den Rand der Bettdecke. »Und du glaubst, dass es das wert ist? Glaubst du wirklich, dass das, was deine Mutter durchmacht, oder das, was aus Nestor und Lysander geworden ist … dass all das es wert ist, dafür über Leichen zu gehen?« Sie stand auf und trat ans Fenster, schaute hinaus und sah doch nichts von der Umgebung. »Das ist so armselig.«

»Tess …«

Sie hörte, dass auch er aufstand und hinter sie trat.

Wenn er mich anfasst, bringe ich ihn um.

Aber er berührte sie nicht, obwohl sie seinen Atem spürte, so nah stand er hinter ihr. »Es tut mir Leid«, sagte er leise. »Alles tut mir Leid. Aber es ist zu spät, um jetzt noch etwas daran zu ändern.«

Seine Schritte entfernten sich Richtung Tür.

»Viel zu spät«, flüsterte er.

Die Klinke knirschte, dann wurde von außen der Schlüssel gedreht.

Tess sah wieder ihr Spiegelbild vor dem Fenstergitter an und erkannte sich nicht wieder.

Auf Auras Reise nach Andorra hatte die französische Seite der Pyrenäen sie mit engen Schluchten und grauem Fels müde und schwermütig gemacht. Die Landschaft aber, durch die Aura und Fuente jetzt ritten, hätte sich kaum stärker davon unterscheiden können. Vor ihnen erstreckten sich die Ausläufer der Berge bis weit nach Spanien hinein, lange, weite Täler und sanfte Hänge, Bergkämme wie abgeschliffen von den Zeitaltern, Hügel wie auf sepiagetönten Fotografien, hellbraun und gelb unter der sengenden Sonne. Auch die Wälder aus Buchen und Eichen, so typisch für die Pyrenäen, blieben zurück und wichen neuen, nicht weniger beeindruckenden Panoramen.

Vor fünf Tagen, in einem verlassenen Gebirgsdorf, in dem sie Unterschlupf vor einem Sturm gesucht hatten, hatte Fuente ihr endlich die Kette abgenommen. Sie glaubte nicht, dass er ihr wirklich vertraute; vermutlich war er es eher leid, sie beim Austreten wie ein Haustier an der Leine zu führen. Es war erniedrigend für sie beide gewesen, obwohl sie den Eindruck hatte, dass es ihm beinahe mehr ausgemacht hatte als ihr selbst.

Nicht einmal hatte er in ihre Satteltaschen geschaut, und er verriet durch nichts, dass er etwas von ihrem Verfolger ahnte. Aura hatte die Maske des Chevalier in einen Felsspalt geworfen, aber die Pistole war noch immer dort, wo ihr geheimer Schutzengel sie hingesteckt hatte, auf dem Grund ihrer rechten Satteltasche. Mehr als einmal war sie versucht gewesen, Fuente damit das Geheimnis von Gians Aufenthaltsort zu entreißen. Aber eine innere Stimme sagte ihr, dass sie mit Gewalt bei ihm nichts erreichen würde. Sein Leben lang hatte er daraufhin gearbeitet, den Gralskelch der Katharer und das Verbum Dimissum zu finden, und er würde eher von ihrer Hand sterben, als dieses Ziel aufzugeben.

Also tat sie weiterhin so, als wäre sie seine Gefangene, auch wenn er durchaus bemüht war, ihr nicht dieses Gefühl zu geben. Seine Überzeugung, sie sei so etwas wie der wiedergeborene Nestor, war felsenfest, ganz gleich, was sie ihm an den Kopf warf oder wie oft auch immer sie ihm sagte, dass ihr das Verbum und alles, wozu es sie befähigen mochte, gleichgültig waren. Möglicherweise wäre es vernünftiger gewesen, sich bei ihm einzuschmeicheln und ihn in dem Glauben zu bestärken, sie werde früher oder später seine Verbündete sein. Doch nicht einmal das brachte sie über sich. Sie verabscheute ihn mit jeder Faser ihres Körpers, jedem Gedanken, jedem Wort, das sie über ihre Lippen zwang. Er würde sie nicht dazu bringen, ihn anzuflehen, nicht so lange sie eine Möglichkeit sah, Gian zu befreien und Fuente anschließend den Hals umzudrehen.

Die allerwenigsten Gedanken machte sie sich über den Chevalier. Sie sah und hörte nichts von ihm, und doch war sie sicher, dass er irgendwo hinter ihnen ritt, ein, zwei Kilometer entfernt. Sie konnte ihn spüren, und es verwirrte sie, dass sie dabei immer wieder an die Ballnacht im Palais denken musste.

In den Nächten, in Höhlen oder auch im Freien auf klammen Bergwiesen versuchte sie, auf eigene Faust die Visionen der Schwarzen Isis in sich heraufzubeschwören. Aber ein ums andere Mal musste sie erkennen, dass es ihr ohne die Hilfe der Zwillinge nicht gelingen würde. Im Zug hatten die beiden sie überreden wollen, es weiter zu versuchen, doch sie hatte abgelehnt. Jetzt aber, allein mit Fuente in der Weite dieser Berge, wünschte sie sich, sie hätte es getan. Doch all ihr Bedauern war sinnlos. Die Träume der Schwarzen Isis blieben verschollen, ebenso wie die Bilder jenes Kindes mit Gians Zügen, das die unheimliche Erscheinung geboren hatte.

Schließlich erreichten sie an einem Abend die Stadt Huesca und quartierten sich in einem verfallenen Schuppen am Ortsrand ein. Eines ihrer Pferde war verletzt, das andere völlig erschöpft; Fuente musste ihnen frische Tiere beschaffen. Er dachte jedoch nicht daran, Aura während dieser Zeit frei herumlaufen zu lassen. Er zog die Kette hervor und schloss eine Schelle um einen stabilen Pfosten. Das andere Ende hielt er ihr auffordernd entgegen.

»Legen Sie das bitte an.«

»Ich denk nicht dran.«

»Bitte, Aura … Ich will Sie nicht zwingen.«

»Wie wollen Sie das anstellen?«, fragte sie spöttisch. »Mit dem

Messer? Sie bringen mich nicht um, Fuente. Das wäre sicher nicht im Sinne meines Vaters.«

Sein Tonfall blieb ruhig, aber bestimmt. »Bitte, tun Sie, was ich Ihnen sage.«

»Vergessen Sie's.« Doch dann fiel ihr ein, dass er sie allein lassen würde, wenn sie auf seine Forderung einging, und der Chevalier damit die Gelegenheit hätte, Kontakt zu ihr aufzunehmen. Sie stritt noch eine Weile länger mit ihm, doch dann gab sie sich einsichtig und legte die Schelle um ihr linkes Handgelenk.

»Wenn Sie das beruhigt«, sagte sie mürrisch und setzte sich auf einen verwitterten Balken, der sich irgendwann einmal aus dem Dachstuhl des Schuppens gelöst hatte. Es roch intensiv nach verfaultem Stroh und Rattenkot. Die Scheune sah nicht aus, als würde sie noch benutzt. Zudem lag sie weit genug außerhalb des Ortes, dass Aura sich die Lunge aus dem Hals brüllen könnte, ohne dass irgendwer sie hörte. Aber sie hatte nicht vor, es darauf ankommen zu lassen.

Sorgen machte sie sich allein um die Pistole in ihrer Satteltasche. Wenn Fuente neue Pferde besorgte, würde er die Taschen von einem Tier aufs andere laden. Sie konnte nur hoffen, dass er dabei nicht auf die Idee kam, abermals den Inhalt zu kontrollieren.

Er verließ den Schuppen, und sie blieb allein zurück. Noch eine Weile lang hörte sie den Hufschlag der Pferde auf dem steinigen Weg, dann wurden die Geräusche leiser und verstummten.

Fuente hatte ihr eine Kerze zurückgelassen, für die er eine Mulde in den festgestampften Lehmboden geschabt hatte. Im flackernden Schein der Flamme warfen die Balken und Verstrebungen an den Holzwänden bizarre Schatten, ein dunkles Gitterwerk, in dessen Zentrum Aura saß. Einen Moment lang bekam sie Panik, als ihr bewusst wurde, dass sie erneut gefangen und die Pistole nicht mehr greifbar war. Sie zerrte an der Kette, bis ihre Haut unter der Schelle schmerzte, dann gab sie auf. Allmählich wurde sie etwas ruhiger, zog die Knie an und wartete.

Es dauerte nicht lange, bis sie ein Geräusch vernahm, drüben am Eingang. Die morsche Tür wurde einen Spalt weit aufgeschoben, gerade weit genug, dass ein einzelner Mann hereinschlüpfen konnte.

Es war seltsam – bei ihrer ersten Begegnung hatte sie ihn nur mit der roten Maske gesehen, und so hatte sie ihn in Erinnerung behalten. Eine blanke Fläche, auf die sich jedes erdenkliche Gesicht projizieren ließ.

Der Mann, der sich jetzt in den Schuppen schob, halb verborgen vom Spinnennetz der Schatten und nur undeutlich im Schein der Kerze zu erkennen, war größer, als sie ihn in Erinnerung hatte. Seiner Kleidung war anzusehen, dass er schon so lange im Gebirge unterwegs war wie sie selbst. Er trug einen langen Mantel, ähnlich wie Fuente, aber aus festem, dunkelbraunem Stoff. Seine Hose war aus Leder, die Stiefel endeten kurz unter den Knien. Sein schwarzes Hemd hing über dem Gürtel, und als er auf sie zukam, fiel ihr auf, dass sich darunter eine Waffe abzeichnete.

Der Chevalier hatte dunkles Haar, nicht schwarz, eher anthrazitfarben, wie sie es noch nie bei einem Menschen gesehen hatte. Silbrig beinahe, doch das mochte eine Täuschung des Kerzenlichts sein. Das Erstaunlichste aber war, dass sein Gesicht sie nicht überraschte. Nichts in seinen Zügen widersprach dem, was sie sich vorgestellt hatte. Sein Unterkiefer war markant, die Nase schmal. Sie erkannte ihn sofort an seinem schönen Mund und dem Grübchen im Kinn.

»Mademoiselle Sylvette«, begrüßte er sie und verbeugte sich schelmisch, was seltsamerweise trotz seiner Größe nicht lächerlich und trotz der Situation galant wirkte.

»Sie kennen meinen richtigen Namen, nehme ich an.«

»Aber als Sylvette haben Sie sich mir vorgestellt, ich wollte nicht unhöflich sein.«

»Sylvette ist meine jüngere Schwester. Aber ich vermute, dass Sie auch das wissen.«

Er nickte.

Gut, zumindest versuchte er nicht, ihr etwas vorzuspielen. Wozu auch?

Er kam näher, trat jetzt ganz in den Schein der Kerze. Weil sie immer noch auf dem Balken saß und keine Anstalten machte, sich zu erheben, ging er vor ihr in die Hocke, bis sich ihre Augen auf einer Höhe befanden.

»Wie soll ich Sie heute nennen?«, fragte sie. »Dorian war doch sicher genauso falsch wie Sylvette.«

»Konstantin«, sagte er.

Sein Name interessierte sie nicht wirklich. Sie war überzeugt, dass jeder, den er ihr nennen würde, genauso falsch wäre wie Chevalier Weldon.

»Wissen Sie, wo mein Sohn ist?«, fragte sie.

Er schüttelte den Kopf. »Nein. Wenn ich es wüsste, würde ich Sie umgehend befreien und mit Ihnen dorthin reiten.«

»Sparen Sie sich Ihre guten Manieren. Ich bin schon in den Genuss gekommen.«

Mit einem leisen Lachen ergriff er ihre Hand mit der Eisenschelle. Erst versteifte sie sich, aber dann ließ sie zu, dass er den Metallreif gründlich untersuchte.

»Mindestens fünfzig, sechzig Jahre alt. Gut erhalten, kaum Spuren von Rost. Aus dem Kastell Ihres Vaters, vermute ich.«

»Warum folgen Sie mir? Und weshalb wissen Sie so viel über meine Familie?«

»Ich wusste immer, woran Ihr Vater arbeitet. Ich habe es nicht gebilligt, ganz gewiss nicht, aber ich hätte ihn auch nicht daran hindern können.«

Sie betrachtete ihn misstrauisch. »Sie haben meinen Vater gekannt?«

»Nicht gut. Aber ich habe ihn gekannt. In manchen Kreisen ist er immer wieder einmal zu einer gewissen Popularität gekommen, im Guten wie im Schlechten. Es gab welche, die ihn beneideten und ihm seine Erfolge – wenn wir es denn so nennen wollen – missgönnten. Und es gab andere, die ihn für eine Art Halbgott hielten. Aber, um ehrlich zu sein, wir Unsterblichen laufen uns nicht oft genug über den Weg, um einander völlig zu durchschauen. Wahrscheinlich ist das ganz gut so.«

»*Wir* Unsterblichen?«

Er lachte. »Was dachten Sie? Der Name Chevalier Weldon war doch ein deutlicher Hinweis, finden Sie nicht? Aber ich sollte mir vielleicht abgewöhnen, die alten Namen zu benutzen, seit diese dumme Liste mit meinen Pseudonymen bekannt geworden ist.«

Das Eisen an ihrem Handgelenk fühlte sich mit einemmal sehr kalt an. »Sie wollen mir erzählen, *Sie* seien der Graf von Saint-Germain?«

»Auch nur ein falscher Name, aber das wissen Sie vermutlich. Mein wahrer Name ist Konstantin Leopold Ragoczy, Sohn des Prinzen Franz Leopold Ragoczy von Siebenbürgen. Aber dort bin ich nicht aufgewachsen. Ich war noch ein kleines Kind, als ich in die Obhut eines Freundes meines Vaters gegeben wurde, dem Grafen Gian Gastone de Medici. Ich fürchte, meine Mutter, eine geborene Tékéli, hatte wenig Freude an mir und wollte mich auf dem schnellsten Wege loswerden.« Er verzog das Gesicht zu einem Lächeln, das nicht ganz ehrlich wirkte. »Manchmal tun Mütter so etwas.«

Seine Worte erinnerten sie an Gians Vorwürfe – und an ihre eigenen, vor siebzehn Jahren –, und sie fragte sich, ob das in seiner Absicht lag. Falls ja, wusste er weit mehr über sie, als sie für möglich gehalten hatte.

»Saint-Germain war ein Scharlatan«, sagte sie. »Genau wie Cagliostro und all die anderen angeblichen Goldmacher und Magier des achtzehnten Jahrhunderts. Sie denken vielleicht, weil ich angekettet bin, können Sie hier auftauchen und mir einen Haufen Schwachsinn auftischen und sich … «

Mit einer beschwichtigenden Handbewegung brachte er sie zum Schweigen. »Bitte, Aura … Wenn Sie sich weiter derart in Rage reden, wird unser Freund Fuente bald wissen, was los ist.«

Sie funkelte ihn an. »Was ist denn Ihrer Meinung nach *los*?«

Der Chevalier, Konstantin, seufzte leise. »Als wären Sie darauf noch nicht selbst gekommen. Fuente wird uns zu Ihrem Sohn führen. Aber nur so lange er sich sicher fühlt. Wenn er mitbekommt, dass ich Ihnen folge, wird ihn das nicht besonders glücklich machen.« Ehe sie sich wehren konnte, legte er seinen Zeigefinger sanft auf ihre Lippen. »Warten Sie noch, bevor Sie mich weiter ankeifen wie eine Furie. Es spielt im Augenblick keine Rolle, ob Sie mir glauben oder nicht. Es ist auch gar nicht wichtig, wer ich bin und ob Ihnen mein Name gefällt oder nicht. Betrachten Sie mich einfach als Ihren Freund. Ich gebe Acht, dass Ihnen nichts zustößt … Und, bitte, sagen Sie jetzt um Gottes willen nicht, Sie können auf sich selbst aufpassen. In Ihrer Situation wäre das nicht besonders überzeugend.«

Sie überlegte einen Moment, dann nickte sie widerwillig. »Sie wollen, dass ich weiter seine Gefangene spiele. Einverstanden. Aber Sie sind mir eine Menge Erklärungen schuldig, das ist Ihnen klar, oder?«

»Ich verspreche Ihnen, Sie bekommen Ihre Erklärungen. Aber nicht jetzt. Fuente kann jeden Moment zurückkommen.«

»Was ist, wenn er die Pistole gefunden hat?«

Konstantin grinste breit und hob den Saum seines Hemdes. Die Waffe steckte in seinem Gürtel. »Die Tiere waren draußen angebunden. Als ich gehört habe, dass Fuente neue Pferde besorgen will, hab ich das Ding vorsichtshalber aus Ihrer Satteltasche genommen. Falls sich heute Nacht die Gelegenheit ergibt, stecke ich sie wieder hinein.«

Sie musterte ihn mit hochgezogener Augenbraue. »Diese ganze Sache macht Ihnen Spaß, nicht wahr?«

»Hübsche junge Frauen in Ketten?« Er grinste wieder, diesmal noch frecher. »Nun, ich würde lügen, wenn … «

Ihre Hand huschte so schnell unter sein Hemd, dass er erst reagieren konnte, als sie ihm die Pistolenmündung bereits unter das Kinn presste. »Werden Sie vor lauter Freude nur nicht unvorsichtig«, flüsterte sie verbissen. »Das Leben meines Sohnes steht auf dem Spiel. Und ich will nicht, dass Sie es durch irgendwelche Husarenstücke riskieren.«

Er nickte, lächelte aber noch immer. »Das war ziemlich schnell.«

»Falls Sie noch mal versuchen sollten, mich zu verführen, werde ich noch sehr viel schneller sein.«

»Sprechen Sie jetzt von Paris? Ich bin nicht ganz sicher, wer da wen verführt hat. Aber danach wollte ich Sie ohnehin noch fragen …«

Sie senkte die Waffe, packte ihn an der Gürtelschnalle und schob den Metalllauf barsch darunter. Er stieß ein überraschtes Keuchen aus, räusperte sich kurz und richtete sich ein wenig wackelig auf. Rasch schob er die Pistole zur Seite. »Schon verstanden. Jetzt ist vielleicht nicht der beste Zeitpunkt, Sie nach Ihren Gefühlen für mich zu fragen.«

Sie schnappte nach Luft. »Meinen … *Gefühlen*?«

Er trat zwei Schritte zurück, wo sie ihn aufgrund der Kette nicht mehr erreichen konnte. Sein Grinsen reichte jetzt von einem Ohr zum anderen. »Sie sind in diesem Spiegelsaal ganz schön über mich hergefallen.«

Sie hätte die Pistole nicht nur unter seinen Gürtel schieben, sondern auch abdrücken sollen! »Sie sind ein unverschämter Mistkerl!«

»Ich wusste, dass Sie mich mögen.«

Er winkte ihr zu, dann schob er sich durch den Spalt hinaus ins Freie und war fort.

Eine Weile später kehrte Fuente mit frischen Pferden zurück.

Kapitel 18

Nur einen Tagesritt entfernt verkauften sie die Pferde an einen Bauern. Fuente freute sich diebisch, weil er einen besseren Preis erzielte, als er tags zuvor gezahlt·hatte. Er ließ zu, dass Aura ihren eigenen Rucksack packte, und es gelang ihr ohne große Mühe, die Pistole darin zu verstecken. Konstantin hatte Wort gehalten.

Im Morgengrauen bestiegen sie einen Zug, der auf der Route Barcelona–Zaragoza verkehrte. Er fuhr nach Westen, durch eine Landschaft, die immer stärker von Gelb- und Ockertönen beherrscht wurde. Die Gipfel der Pyrenäen blieben zurück, und das Land wellte sich sanft unter einem strahlend blauen Himmel. Die Menschen im Waggon sprachen Spanisch, natürlich, und Aura verstand jetzt kein Wort mehr. Sogar Fuente hatte Mühe mit dem lokalen Dialekt.

In Zaragoza kauften sie abermals Pferde, zwei zum Reiten, ein drittes als Lastenträger. Fuente versicherte ihr, es sei für Gians Flucht gedacht, und sie war versucht, ihm zu glauben, rief sich dann aber ins Gedächtnis, dass Gian und Tess ihm nicht das Geringste bedeuteten und in seinen weiteren Plänen gewiss keine Rolle spielten.

Weder am Bahnhof noch wenig später, als sie Zaragoza durch eine breite Allee in Richtung Westen verließen, bemerkte sie irgendein Anzeichen dafür, dass Konstantin hinter ihnen war.

Und dennoch vertraute sie ihm, eine Empfindung, die sie gehörig durcheinander brachte. Sie musste sich zwingen, ihn aus ihren Gedanken zu verbannen, um einen klaren Kopf zu behalten und an Gian und Tess zu denken.

Arme Tess, warum war sie nicht mit auf der Fotografie?

Die Stadt blieb hinter ihnen zurück. Die Allee wirkte auf Aura wie eine alte Römerstraße, gepflastert und mit Oliven- und Orangenhainen zu beiden Seiten. Hin und wieder begegneten sie Bauern mit Pferdekarren und ein paar vereinzelten Reitern.

Noch immer beantwortete Fuente keine ihrer Fragen nach dem Ziel der Reise oder gab Hinweise, durch die sie Rückschlüsse auf Gians Aufenthaltsort ziehen konnte. Dennoch hatte sie das Gefühl, dass die letzte Etappe ihres Weges begonnen hatte.

»Haben Sie eigentlich jemals von der Schwarzen Isis gehört?«, fragte sie.

Seine Augen verengten sich. »Was haben Sie gesagt?«

»Die Schwarze Isis. Schon mal davon gehört?«

Er schien kurz nachzudenken, dann brach er plötzlich in lautes Gelächter aus und schlug sich auf den Oberschenkel. »Sie haben mich reingelegt. Verdammt, Sie sind wahrhaftig die Tochter Ihres Vaters, Aura.«

Reingelegt? Sie hatte keine Ahnung, wovon er sprach.

»Sie haben es die ganze Zeit über gewusst!«, sagte er, immer noch lachend. »Ich hätte es mir denken können. Sie hatten so viel Zeit, sich mit den Büchern und Notizen Ihres Vaters zu beschäftigen ... Kein Wunder!«

Sie hielt es für das Klügste, wissend zu lächeln und nichts zu sagen.

»Wann ist es Ihnen klar geworden?«, fragte er.

»Nun ...«, begann sie. Was wollte er hören? »In Zaragoza«, sagte sie schließlich.

»Natürlich. Sie kennen sich nicht nur mit Alchimie aus, sondern auch mit Geografie, was? Zaragoza ... Himmelherrgott!«

Noch immer hatte sie keinen Schimmer, worüber er redete.

Sein Verhalten machte sie nervös, und am liebsten hätte sie alles abgestritten. Andererseits war dies wahrscheinlich die eine Chance, auf die sie die ganze Zeit gewartet hatte.

»Die Schwarze Isis ... Erzählen Sie mir davon.«

Er zögerte ein letztes Mal. »Sie haben den Zeitpunkt genau abgepasst, nicht wahr? Und ich dachte schon, Sie hätten tatsächlich weniger von Ihrem Vater in sich, als ich gehofft hatte. Aber Sie enttäuschen mich nicht. Es war richtig, Sie mitzunehmen. Ich werde Ihnen etwas zeigen, nicht weit von hier. Es liegt auf dem Weg.«

Sie biss die Zähne aufeinander und übte sich in Geduld, bis Fuente nach ein paar Kilometern auf eine Abzweigung deutete. Ein schmaler Feldweg schlängelte sich durch verdorrtes Grasland und verschwand hinter einem Hügel.

»Zaragoza war damals schon eine bedeutende Stadt«, sagte er, »deshalb sind sie wohl nicht weiter von hier fortgegangen.«

Sie hätte einiges dafür gegeben, wenn er erklärt hätte, wen er meinte, doch sie blieb ruhig und nickte nur. Fuente lenkte sein Pferd auf den Weg und gab ihr einen Wink, ihm zu folgen.

Die Sonne sank dem Horizont entgegen und übergoss die Landschaft mit einem rostroten Schimmer. Warme Winde strichen durch die Gräser, und überall schnarrten Zikaden, unsichtbar zwischen den Halmen.

Kurz bevor sie den Hügel umrundeten, schaute Aura noch einmal zurück. Konstantin war nirgends zu entdecken. Vermutlich war es besser so.

Hinter dem Hügel fiel der Boden leicht ab und öffnete sich zu einer weiten Ebene. In der Ferne ging das Grasland in Äcker über, doch hier, nur wenige Schritte vor ihnen, wucherten Unkraut und struppiges Gebüsch wild über alten Mauerresten. Vom Hügel aus hätte sie die Anlage überblicken können, doch hier unten, direkt davor, fiel es schwer, zu erkennen, was für ein Gebäude einst hier gestanden hatte.

»Das Kloster der Virgen Blanca«, sagte Fuente. »Es ist vor über zweihundert Jahren ausgebrannt und nie wieder aufgebaut worden. Was jetzt noch steht ist das, was die Bauern übrig gelassen haben – mit den Steinen haben sich eine Menge Familien ihre Häuser gebaut.«

»Virgen Blanca«, sagte sie, »das heißt Weiße Jungfrau, nicht wahr?«

Ein väterliches Lächeln. »Ja.«

»Was hat das mit der Schwarzen Isis zu tun?« Die Frage war heraus, bevor ihr klar wurde, dass sie damit möglicherweise ihre Unwissenheit verriet.

Er grinste. »Sehen Sie, ich wusste, dass ich Sie doch noch überraschen kann. Sie mögen ein paar Dinge wissen, aber nicht alles.«

Sie hob die Schultern. »Dann erzählen Sie's mir.«

»Augenblick noch.« Er glitt aus dem Sattel und gab ihr ein Zeichen, ebenfalls abzusteigen. Sie banden die Tiere an einem Strauch fest, dann folgte Aura ihm in die Klosterruine.

Viel mehr als ein Grundriss war nicht übrig geblieben. Die Mauerreste waren so niedrig, dass sie bequem darübersteigen konnten, und die einstigen Räume erhoben sich kaum über die umliegende Grasebene. Die Steinböden waren gesprungen oder herausgerissen worden, überall wucherten Gräser, Sträucher und Dornenranken. Im Frühjahr, wenn das Gras frisch war und sich noch nicht unter dem Wind und der Hitze gebogen hatte, war die Ruine vermutlich unsichtbar.

Fuente blieb stehen. Sie hatten sich etwa hundert Meter weit von den Pferden entfernt, die Sonne berührte jetzt im Westen die Berge. In einer Stunde würde es dunkel sein. Aura fragte sich, ob er hier übernachten wollte.

»Schauen Sie«, sagte er, »hier!«

Mit dem Fuß schob er etwas dürres Gras beiseite, aber das wäre nicht nötig gewesen. Sie sah auch so, was er meinte. Es konnte noch nicht allzu lange her sein, dass jemand hier gewesen war und das Unkraut entfernt hatte, vermutlich Fuente selbst.

Vom Boden starrte sie ein tellergroßes Auge an, blutrot im schwindenden Abendlicht.

Sie standen auf einem Gesicht, einem überraschend gut erhaltenen Mosaik, das einst wohl die Fläche des gesamten Raumes eingenommen hatte. Eine Kapelle, vermutete Aura.

»Ist sie das?«, fragte sie. »Die Virgen Blanca?«

»Höchstpersönlich.«

»Was ist das für ein Ort? Warum zeigen Sie ihn mir?« Ganz kurz war ihr, als hätte sie eine Bewegung bemerkt, drüben bei den Pferden. »Was soll das alles?«, fügte sie hinzu, um ihn abzulenken.

Aber er war viel zu versessen darauf, ihr ihre Unkenntnis vorzuführen, als dass er auf etwas anderes achten konnte. Sein Leben lang war er Nestors Schüler gewesen, selbst dann noch, als Nestor ihn zurückgelassen und längst vergessen hatte. Fuente hatte sich immer nur als Adepten gesehen. Nun aber, während dieser Reise, hatte er endlich Gelegenheit, selbst zum Lehrer zu werden – nicht zum *Meister*, dafür respektierte er den allgegenwärtigen Schatten ihres Vaters zu sehr –, und er gedachte, jeden Augenblick auszukosten.

»In diesem Kloster haben Tempelritter die Weiße Jungfrau verehrt«, sagte er. »Das war zu einer Zeit, als der Orden offiziell längst ausgelöscht war, im fünfzehnten Jahrhundert. Nach außen hin gaben sie und die anderen Splittergruppen sich neue Namen, doch in ihren Herzen waren sie Tempelritter wie ihre Ahnen und Urahnen. Sie müssen wissen, dass es nach den großen Massakern an den Templern im vierzehnten Jahrhundert eine Unzahl solcher Gruppen gab, versprengte Mitglieder des Ordens, die neue Getreue um sich scharten und sich selbst zu Großmeistern erklärten. Eine dieser Gruppen ließ sich hier nieder, doch hervorgegangen war sie zuvor aus einer anderen – dem Tempel der Schwarzen Isis.«

Aura nickte beflissen. Augenscheinlich erwartete er, dass sie einen Teil dieser Dinge bereits wusste.

»Der Tempel der Schwarzen Isis hatte unter den Nachfolgegruppen der ursprünglichen Tempelritter eine Sonderstellung inne«, sagte er. »In ihm hatten sich zwei Orden zusammengefunden und waren ineinander aufgegangen: die Templer auf der einen Seite und ein orientalischer Kult auf der anderen – die Assassinen, die Kriegersekte um den sagenumwobenen Alten vom Berge. Ich nehme an, von ihm und seinen Männern haben Sie bereits gehört.«

Diesmal stimmte sie zu, weil es der Wahrheit entsprach. »Im elften Jahrhundert zogen türkisch-mongolische Stämme in ein Gebiet zwischen Syrien und Persien«, sagte sie. »Sie hingen einer eigenen Glaubensrichtung an, dem Ismaelismus. Ihre Macht stützte sich auf eine Reihe von Festungen in den Bergen, und eine davon war die Burg von Alamut im Elburz-Gebirge. Um 1100 eroberte ein persischer Kriegsfürst die Festung und gründete dort die Sekte der Assassinen.«

»Der Mann war Hassan As Sabbah«, sagte Fuente mit zufriedenem Nicken. »Die Kreuzfahrer nannten ihn den Alten vom Berge. Die Assassinen verband bereits einiges mit den Templern, ehe beide aufeinander stießen. Beide verehrten das Haupt des Baphomet und folgten den Lehren des Hermes Trismegistos. Und beide verstanden sich sowohl als mystisch-religiöse wie auch als militärische Vereinigung.« Während er sprach, begann er, auf dem Mosaik der Weißen Jungfrau auf und ab zu gehen. »Schließlich mussten sich die Assassinen aus Alamut und Persien zurückziehen, und es heißt, dass einige Templer ihnen auf Mallorca Unterschlupf gewährten. Aus diesem Bündnis wurde der Tempel der Schwarzen Isis, denn es gab noch eine weitere Gemeinsamkeit: Die Assassinen verehrten die mythische Göttermutter Isis, so wie es üblich war in vielen Ländern des Orients, während die Templer der Heiligen Muttergottes huldigten. Die Assassinen hatten eines der alten Isis-Standbilder aus schwarzem Stein mitgebracht, und die Templer akzeptierten sie als Abbild der Madonna. Über die Jahre verschmolzen beide zu einer einzigen Figur, die von Templern und Assassinen gleichermaßen angebetet wurde.«

»Die Schwarze Isis.« Abermals bemerkte Aura eine Bewegung bei den Pferden. Diesmal schaute sie nicht schnell genug weg, und Fuente bemerkte ihren Blick.

»Gibt es hier wilde Tiere?«, fragte sie geistesgegenwärtig.

»Was haben Sie denn gesehen?«

»Ich weiß nicht. Es war nicht groß. Vielleicht nur ein streunender Hund. Sie hatten nicht vor, hier zu übernachten, oder?« Sie gab ihrer Stimme einen ängstlichen Tonfall, und er fiel prompt darauf herein.

Mit einem Lächeln, das sie beruhigen sollte, sagte er: »Keine Angst. Wir reiten weiter, bevor es dunkel wird. Wir können später irgendwo an der Straße schlafen.«

»Gut.«

Er schaute hinüber zu den Pferden. »Und Sie sind sicher, dass es nur ein Hund war?« Zu ihrem Entsetzen zog er das lange Messer aus der Scheide an seinem Bein.

»Vielleicht auch eine Katze.«

Er nickte, augenscheinlich zufrieden. Das Messer glitt zurück in die Scheide.

»Wo waren wir? Ah ja, der Tempel der Schwarzen Isis.« Er trat einen Schritt zurück und setzte sich auf einen Mauerrest. »Der Orden, jetzt also eine Verbindung aus Templern und Assassinen, war schließlich gezwungen, aufs Festland überzusetzen, und er suchte sich ein neues Zuhause in Spanien. Von den religiösen Idealen war wenig übrig geblieben. Dem Anführer ging es jetzt vor allem um Macht.«

»Dieser Anführer … «

»War der Alte vom Berge«, sagte er zustimmend.

»Aber Hassan As Sabbah ist im frühen zwölften Jahrhundert gestorben.«

»1124. Er selbst hat auch nicht mehr erlebt, wie seine Leute sich aus Persien zurückziehen mussten. Zu jenem Zeitpunkt war der Alte vom Berge längst eine Institution geworden, ein Titel, und auch die Großmeister des Tempels der Schwarzen Isis übernahmen ihn. Es hat immer einen Alten vom Berge gegeben, all die Jahrhunderte hindurch.«

»Auch heute noch?« Allmählich verbanden sich einzelne Fäden miteinander, noch nicht klar genug, dass Aura alle entwirren konnte, aber doch immer deutlicher.

»Auch heute«, bestätigte Fuente.

»Dann ist er es, der Gian gefangen hält?«

»Ja.« Für den mitleidigen Blick, den er ihr zuwarf, hätte sie ihm an die Gurgel gehen können.

»Was will er von Gian? Und von mir?«

»Später, meine Liebe, später. Erst will ich Ihnen erzählen, wie die Geschichte weiterging.«

Sie hatte das Gefühl, Gians Nähe beinahe körperlich zu spüren, und sie brachte keine Geduld mehr auf für weitere Lektionen aus der Geschichte des Isis-Tempels. Trotzdem nahm sie sich zusammen und nickte.

»Der Tempel der Schwarzen Isis operierte im Verborgenen«, sagte Fuente. »Er arbeitete mit den gleichen Methoden, mit denen die Assassinen schon im Orient erfolgreich ihre Macht ausgeweitet hatten – Gewalt, Erpressung und Mord. Darin waren sie wahre Meister, tödliche Kampfmaschinen, wie man sie im Abendland sonst kaum zu sehen bekam. Die Templer, die sich mit ihnen verbündet hatten, kamen in den Genuss derselben Lehrmeister. Und auch wenn sie es nie zur selben Schnelligkeit und Gewandtheit brachten, waren sie doch bald ihren arabischen Verbündeten fast ebenbürtig. Innerhalb weniger Jahrzehnte wurde der Tempel der Schwarzen Isis zu einer Art geheimer Staatsmacht, die Einfluss nahm auf Könige und Kaiser, und dessen Mitglieder nicht selten selbst die Throne der Mittelmeerreiche bestiegen. Doch unter ihnen gab es auch solche, denen das Bündnis mit den Assassinen zuwider war, und die in der Schwarzen Isis nichts anderes sahen als ein Ebenbild Satans. Diese Gruppe von Zweiflern und Widerständlern trennte sich schließlich vom Orden und gründete ein eigenes Kloster, in dem es keinen Platz gab für Araber und die Einflüsse des Orients. Das Kloster der Weißen Jungfrau, der Virgen Blanca.«

Aura schaute sich in den Ruinen um, äußerlich beeindruckt von Fuentes Erläuterungen, in Wahrheit aber auf der Suche nach Spuren ihres Verfolgers. Konstantin war gewiss ganz in der Nähe und hatte jedes Wort mitgehört.

»Der Orden der Virgen Blanca ging bald zugrunde«, sagte Fuente. »Vermutlich hat der Tempel ihn nicht lange toleriert. Das Kloster ging in Flammen auf, und die meisten Mitglieder kamen dabei ums Leben. Doch auch der Tempel der Schwarzen Isis verlor im Lauf der Jahrhunderte an Bedeutung. Er existiert noch immer, aber sein Einfluss ist geschwunden. Ein Grund mehr für den Alten vom Berge, mit allen Mitteln um neue Macht zu kämpfen. Mit Drohungen und Mord – und mit Entführung.«

»Aber warum hat er ausgerechnet Gian und Tess entführt? Was hat das alles mit Nestors Gral und dem Verbum Dimissum zu tun?«

»Ich denke, der Alte vom Berge hat es selbst auf den Gral abgesehen.«

Eine dunkle Silhouette erhob sich hinter Fuente.

Aura gelang es, ruhig zu bleiben. »Aber Sie haben gesagt, der Ort, an dem er die beiden gefangen hält und das Versteck des Grals seien ein und derselbe.«

Fuente nickte. »Möglich, dass der Alte ihn dort gesucht, aber nie gefunden hat. Nestor hat ihn dort zu Zeiten der Katharer gesehen, der Tempel kam erst später dorthin. Ich bin sicher, die Katharer haben ihren wertvollsten Besitz gut versteckt, vielleicht so gut, dass er nie wieder gefunden wurde.« Er hob die Schultern. »Wir werden sehen … Auf jeden Fall vermute ich, dass der Alte darauf spekuliert, mit dem Gral und dem Verbum den Respekt der anderen Templerorganisationen zurückzugewinnen. Die Templer sind in Europa nie völlig ausgestorben, und es gibt einige Gruppen, die im Verborgenen operieren und große Macht besitzen. Denken Sie an den gerade begonnenen Krieg. Ich wette, dass die Templer dabei ihre Finger im Spiel haben, auf die eine oder andere Weise. Sie haben schon immer gewusst, was am besten ist für ihre Interessen, und wenn es eben ein Krieg sein soll … Glauben Sie mir, für die bedeutet das nichts. Alles ist erlaubt, es gibt keine Regeln. Ein Schachspiel, bei dem jede Figur die andere schlägt.«

Konstantin stand jetzt voll aufgerichtet hinter Fuente. Sie konnte nicht erkennen, ob er eine Waffe hielt.

Jetzt noch nicht! dachte sie. Er hat noch nicht alles gesagt! Er weiß noch mehr!

Konstantin streckte den Arm aus, und jetzt sah sie den kleinen Revolver in seiner Hand, ihren eigenen, den Fuente ihr im Kastell weggenommen und dort zurückgelassen hatte.

Sein Daumen legte sich auf den Hahn, drückte ihn zurück. Das Knirschen ging im Gesang der Zikaden unter.

»Was ist mit Ihnen?«, fragte Fuente.

Sie wollte etwas sagen, irgendetwas, aber er musste die Wahrheit bereits in ihren Augen gelesen haben, denn noch im selben Atemzug sprang er auf, warf sich nach links und rollte hinter eine Mauer.

»Geh in Deckung!«, brüllte Konstantin, sprang über die Mauer, auf der Fuente gesessen hatte, und folgte ihm. Im Licht der untergehenden Sonne sahen die Steine und Baumgerippe aus wie verrostetes Eisen.

Aura dachte nicht daran, sich zu verkriechen. Sie lief hinter Konstantin her und holte ihn im selben Augenblick ein, als Fuente mit gezogenem Messer hinter einem Mauerrest aufsprang und sich auf seinen Gegner warf. Die Klinge schnitt durch die Luft und verfehlte Konstantins Gesicht um Haaresbreite. Er stolperte, riss den Revolver herum und feuerte.

Doch Fuente war bereits wieder hinter den Steinen abgetaucht und bewegte sich so geschickt durch das hohe Gras, dass Aura einen Moment lang Zweifel kamen, ob er wirklich die Wahrheit gesagt hatte. War er so alt, wie er behauptet hatte? Hatte er Nestor wirklich gekannt?

Ja, dachte sie – und zugleich wurde ihr bewusst, weshalb sie so überzeugt davon war. Fuentes Skrupellosigkeit und Arroganz waren Eigenschaften, die sie von ihrem Vater kannte. Fuente war als kleiner Junge in Nestors Obhut gekommen, und die Jahre an seiner Seite hatten ihn geprägt.

Konstantin feuerte zum zweiten Mal, jetzt auf eine Stelle im

Gras, die etwa fünfzehn Meter rechts von ihnen lag. Die Halme raschelten und bewegten sich, doch von Fuente war nichts zu sehen.

»Du hättest warten können, bis er alles erzählt hat«, fauchte sie.

»Nicht nötig«, sagte er, ohne seinen Blick von den Mauern und Sträuchern zu nehmen. »Ich weiß, von welchem Ort er gesprochen hat.«

»Du kennst den Sitz des Tempels?«

Er nickte. »Ich war schon dort, vor vielen Jahren.«

Ein wilder Schrei ließ sie herumfahren, und sie sah Fuente auf sich zukommen, vom Sonnenuntergang mit einer glutroten Kriegsbemalung überzogen.

Konstantins Hand prallte hart gegen ihre Schulter. Sie wurde zur Seite geschleudert und landete im Gras, während dort, wo sie gerade noch gestanden hatte, die lange Messerklinge die Luft durchschnitt.

Ein dritter Schuss peitschte, und diesmal wurde Fuente getroffen. Doch die Verletzung hielt ihn nicht auf, und ehe Konstantin erneut schießen konnte, war sein Gegner vor ihm und schlug ihm die Waffe aus der Hand. Der Revolver verschwand im Gras, während Konstantin in die Knie ging und Fuente ihn am Haar packte, seinen Kopf zurückriss, die Kehle entblößte und mit dem Messer ausholte.

»Nein!« Aura flog regelrecht auf die beiden Männer zu und riss Fuente von Konstantin fort. Ein paar Sekunden lang waren ihre Arme und Beine mit denen Fuentes verschlungen, ein zuckendes Wirrwarr, dazwischen Schreie und Flüche und die Messerklinge, glühend rot wie in das Blut eines Gottes getaucht.

Mylène, durchzuckte es sie. Und Raffael. Und Grimaud.

Sie riss das Knie hoch, traf Fuente nicht zwischen den Beinen, dafür aber in der Magengrube. Er stöhnte auf, und sein Kopf fiel nach vorn. Plötzlich bedeckte sein Haar ihr Gesicht wie ein Vorhang aus Spinnweben. Sie hustete und ächzte, als ein Fausthieb sie am Unterkiefer traf, weniger schmerzhaft als überraschend, und dann fiel sie zur Seite, geistesgegenwärtig genug, aus eigener Kraft weiter zu rollen, fort von Fuente und der Klinge, die eine Handbreit neben ihrer Taille ins Erdreich schnitt.

Konstantin stürzte sich auf Fuente, bevor der das Messer zurückreißen konnte. Beide hieben jetzt mit bloßen Fäusten aufeinander ein.

Auras Blick raste über das Gras, aber der Revolver war nirgends zu sehen. Sie wollte das Messer packen, aber etwas hielt sie davon ab. Mit derselben Klinge waren Mylène und Raffael enthauptet worden. Sie brachte es nicht über sich, danach zu greifen und damit auf Fuente einzustechen.

Sie konnte es nicht. Es ging einfach nicht.

Sie schaute sich um.

Hundert Meter bis zu den Pferden.

Sie gab dem Messer einen Tritt, der es meterweit davon trudeln ließ. Dann rannte sie los. Setzte über Mauerreste und Steinhaufen, wich Dornenbüschen aus und sprang über Risse in den zerstörten Böden des Klosters.

Hundert Meter. So schnell sie nur konnte.

Sie erreichte ihr Pferd, als Konstantin hinter ihr einen Schrei ausstieß, gefolgt von Fuentes irrsinnigem Brüllen.

Nicht umschauen. Noch nicht.

Mit bebenden Händen riss sie die Satteltasche auf, wühlte zwischen Kleidung und Vorräten und bekam endlich die Pistole zu fassen.

Zurück. Hundert Meter. Über Mauern, Sträucher, Spalten im Stein. Hundert Meter. Nur ein paar Sekunden.

Fuente hockte über Konstantin und drückte ihm die Kehle zu. Aura sah zwei verzerrte Gesichter. Enge, verkniffene Augen. Blutleere Lippen.

»Fuente!«

Er hörte nicht. Blickte nicht auf. Drückte weiter zu.

»Eduardo!«

Sein Kopf ruckte herum, ohne dass seine Hände von seinem Opfer abließen.

»Wissen Sie … wer das hier … ist?«, keuchte er.

Sie legte mit der Pistole an und zielte auf Fuentes Kopf. Sie stand nur drei Meter von ihm entfernt, und sie würde treffen, beide wussten das.

»Lassen Sie ihn los!«

Ein gurgelnder Laut drang über Konstantins Lippen.

»Verdammt, Fuente – loslassen!«

Er lächelte sie an. »Nestor war ein guter Lehrer. Als er fortging, war ich wie tot … Vielleicht ist es … richtig, dass Sie es sind, die … «

Konstantins Hände fuhren nach oben, ein letztes Aufbäumen, und sie bekamen Fuentes Schädel zu fassen. Seine Daumen bohrten sich in die Augenhöhlen. Fuente schrie auf und ließ Konstantins Hals los. Die Männer kippten zur Seite, das hohe Gras verschlang beide.

Aura lief hinterher, richtete die Pistole erneut auf Fuente, der schon wieder die Oberhand gewann. Sie stand jetzt direkt hinter ihm.

»Wollen Sie das wirklich tun?«, krächzte er. Es war, als hätten sein Blick und der Konstantins sich ineinander verbissen wie zwei Kampfhunde in einer Arena.

Es gelang ihr nicht, eine Antwort zu geben. Ihr war schlecht und schwindelig. Alles begann sich zu drehen, eine schwerfällige Kreisbewegung des Universums um sie und die beiden Männer am Boden.

»Denken Sie an Gian«, flüsterte Fuente.

Konstantin keuchte. »Ich weiß … wo …«

Fuente schlug ihm ins Gesicht.

Alles dreht sich. Alles schwimmt.

Gian. Tess. Die Schwarze Isis.

Fuente blickte über die Schulter und lächelte Nestors Lächeln.

Aura drückte ab.

Sie ließen den Toten im hohen Gras liegen, unter einem Leichentuch aus rubinrotem Dämmerlicht.

Auf dem Weg zu den Pferden stützten sie sich gegenseitig. Als sie dort ankamen, gelang es Aura, ihre Übelkeit herunterzuwürgen wie einen schlechten Geschmack. Sie richtete sich auf und sah Konstantin an, gebeugt und erschöpft wie er dastand. »Was hat er gemeint?«, fragte sie.

»Hm?«

»Er hat mich gefragt, ob ich weiß, wer du bist. Was hat er damit gemeint?«

»Saint-Germain«, sagte er müde. »Er hat es gewusst.«

»Woher?«

»Weiß ich nicht.«

Sie musterte ihn durchdringend. »Du verheimlichst mir etwas.«

»Ich wusste nicht, dass wir verheiratet sind«, erwiderte er verbissen.

»Verdammt, Konstantin ...«

Er zögerte, schwieg. Dann hob er beide Hände und gab sich geschlagen. »Ich war schon früher im Kastell. Vor vielen Jahren. Ich hab dir gesagt, dass ich wusste, was Nestor dort getrieben hat.«

»Du hast gesagt, du hättest davon gehört, nicht dabei *zugeschaut*!«

Er senkte den Kopf und hielt sich am Sattelknauf von Fuentes Pferd fest. »Wir sind unsterblich, Aura. Und wir sind alle schuldig. Sonst hätte Gott uns nicht so bestraft.«

»Aber ... «

»Nein, Aura. Die Unsterblichkeit ist kein Segen. Sie ist eine Strafe. Auch wenn du glaubst, du hättest sie freiwillig gewählt – es ist nicht wahr. Das ist es für keinen von uns.«

Sie musste an Gillian denken, daran, dass sie ihm ohne sein Wissen das Kraut verabreicht hatte. Und sie selbst? Was hatte sie anderes getan als Nestors Beispiel zu folgen? Sie hatte seine alchimistischen Forschungen fortgesetzt, ohne Erfolg. Dann war sie auf das Kraut gestoßen, das auf seinem Grab wuchs. Es war wie ein Teil von ihm. Es hatte sie gerufen, und sie war dem Ruf gefolgt. Wie hypnotisiert.

Sei wie ich. Sei wie dein Vater.

Sie hatte gehorcht. Die Unsterblichkeit. Der Lockruf der Legende. Jetzt war sie eins damit, eins mit dem Mythos.

Konstantin wischte sich den Schweiß von der Stirn. »Ich habe gesehen, was er getan hat … Und ich hab ihn nicht daran gehindert. Fuente war damals ein Junge, fast noch ein Kind. Ich habe geahnt, was aus ihm werden würde, irgendwann. Aber ich dachte, dass es früher enden würde.«

»Was hattest du mit Nestor zu schaffen?«

Er sah sie lange an. »Und du?«

Sie wollte etwas erwidern, aber dann begriff sie, dass es falsch war. Er hatte Recht. Sie waren alle seiner Faszination erlegen. Er, sie, jeder, der mit Nestor in Berührung gekommen war. Sie hatte noch lange nach seinem Tod von dieser Faszination gezehrt. *Das* war sein wahres Erbe, nicht die Häuser, nicht der Reichtum. Fuente hatte das gewusst, er hatte sie durchschaut.

Vielleicht ziehen Schuldige sich gegenseitig an.

Sie reichte Konstantin die Hand. »Danke«, sagte sie. Er zögerte kurz, dann zog er sie an sich. Sie küsste ihn, lang und heftig. Irgendwie fand sie es unangebracht, irgendwie auch wieder nicht, und dann weigerte sie sich, länger darüber nachzudenken, tat es einfach und genoss es.

Zwei Schuldige, in wabernde Glut getaucht.

Als Konstantin sich von ihr löste, zeigte er nach Westen, auf die schwarzen Bergkuppen, hinter denen der Sonnenuntergang wie das Fanal der Hölle loderte.

»Ich hätte es wissen müssen«, sagte er leise. »Die Sierra de la Virgen. Die Berge der Jungfrau.«

Kapitel 19

Als Tess das Gut in der Sierra de la Virgen zum ersten Mal sah, dachte sie, dass es hier enden würde.

Hier fanden die Dinge also zusammen, im Guten wie im Schlechten.

Und zum ersten Mal seit vielen Tagen erschien ihr wieder der Ritter. Sie sah ihn auf seinem Schlachtross den Hang hinab galoppieren, in Eisen und Leder gerüstet, und hinter sich, wie eine blutbefleckte Flagge, sein weißer Umhang mit dem roten Tatzenkreuz der Tempelritter.

Die Vision verging, und mit einem raschen Blick auf den schlafenden Gian, der ihr in der Kutsche gegenüber saß, überzeugte sie sich, dass er nichts bemerkt hatte. Die Feststellung erfüllte sie mit Genugtuung. Zum ersten Mal hatte sie den Spieß umgedreht. Sie hatte seine Nähe genutzt, um in Verbindung mit der Vergangenheit zu treten, ohne dass er davon wusste.

Der Ritter mit dem roten Tatzenkreuz. Sie wusste jetzt, dass es Nestor war, ihr Großvater. Bereits in der persischen Wüste war er ihr erschienen. Sie hatte geglaubt, er sei nur ein Traumgespinst, das es gut mit ihr meine, doch das war ein Fehler gewesen. Gians nächtliche Besuche und die Umgebung hatten die Bilder heraufbeschworen. Auch Nestor war einst durch diese Wüste geritten, vor vielen hundert Jahren, und so wie sie ihn dort gesehen hatte, sah sie ihn auch jetzt.

Nestor war hier in der Sierra gewesen. Er hatte diesen See gesehen und das uralte Anwesen am Ende der Landzunge, die sich einen halben Kilometer weit auf das Wasser hinaus schob. Vermutlich hatte er sogar den Wein gekostet, der an den Hängen dieser Berge gewachsen war, schon damals, vor Jahrhunderten.

Graf Cristóbal hatte ihnen die Namen der Rebsorten aufgezählt wie eine Reihe von Heiligen, auf deren Schultern das Schicksal der Region ruhte. Die Roten: Garnacha, Mazuela, Tempranillo und Monastrell. Die Weißen: Macabeo, Malvasia und Moscatel Blanco. Sie hätte keinen dieser Namen aufschreiben können, aber der Klang war ihr im Gedächtnis geblieben, wie vieles von dem, was der Graf gesagt hatte.

Cristóbal war ein Weinkenner, das war alles, was sie über ihn wusste. Im Augenblick saß er in der zweiten Kutsche, die hinter ihrer fuhr; freilich hatte seine keine vergitterten Fenster, und der Einstieg war nicht mit einem Vorhängeschloss gesichert.

In Soria, im Hof des Waisenhauses, hatte sie die beiden Kutscher sehen können, alte, verhärmte Männer, von denen sie annahm, dass sie einst als Bauern in den Weinbergen des Grafen gearbeitet hatten – damals, bevor Cristóbal die Hänge rund um den See hatte umpflügen lassen und dabei alle Weinreben zerstörte.

Die Berge, die sich über dem Ufer erhoben, waren zu einem aufgewühlten Brachland geworden, durchzogen von einem Netzwerk aus Furchen und tiefen Gruben, die in der Abenddämmerung tiefschwarze Schatten warfen. Über Jahre hinweg hatten hier die Lakaien des Grafen nach etwas gesucht, hatten jeden Quadratmeter umgegraben, an manchen Stellen mehrere Meter tief. Tess hatte keine Vorstellung, wie viel Zeit diese Verwüstung in Anspruch genommen hatte, aber sie hatte die vage Ahnung, dass Dutzende von Arbeitern Jahre dafür benötigt hatten.

Heute waren die Gräben und Wälle längst ausgetrocknet und zu einer bizarren Kraterlandschaft erstarrt. An manchen Stellen ähnelte sie einem grotesken System aus Schützengräben, eng und verwinkelt, angelegt ohne Sinn und Verstand. An anderen hatten die Grabungen unwirkliche Formationen aus Erdreich und Fels hinterlassen und immer wieder hohe Erdaufwürfe wie archaische Hügelgräber.

Tess schätzte, dass der See eine Uferlinie von einigen Kilometern hatte und die Hänge mehrere hundert Meter aufwärts reichten. Das ganze Gelände war gründlich aufgewühlt und umgekrempelt worden. Der Anblick dieser Zerstörung war so unwirklich wie Angst einflößend. Cristóbal mochte sich kultiviert und eitel geben, doch diese Landschaft war wie ein Abbild der Krankheit in seinem Herzen, ein Spiegelbild des Irrsinns, der ihn zerfraß.

Gian bewegte sich im Schlaf, knurrte etwas und saß wieder still. Er hatte sich in die Ecke der Sitzbank geschoben, aber nicht gewagt, auch die Füße hochzulegen, denn die Straßen durch die Sierra waren voller Schlaglöcher. Selbst im Sitzen war es oft schwer, nicht den Halt zu verlieren. Tess war es ein Rätsel, wie Gian unter diesen Umständen schlafen konnte.

Bei der Abfahrt hatten sie sich zum ersten Mal seit dem Gespräch in Tess' Zimmer wiedergesehen. Beiden war sichtlich unwohl bei der Vorstellung, die nächsten Stunden gemeinsam in der engen Kutsche eingesperrt zu sein, und Tess war sicher, dass Gian dagegen protestiert hatte, bevor man sie in den Hof geführt hatte. Offenbar aber war er mit seinen Einwänden ebenso an Cristóbals Entschlossenheit gescheitert wie sie selbst am Abend zuvor mit ihrer erneuten Forderung, umgehend freigelassen zu werden.

Der Graf hatte sie abends nach dem Essen in ihrem Zimmer besucht. Es war ihre erste Begegnung mit ihm gewesen, abgesehen von den wenigen Malen, die sie ihn unten im Hof beobachtet hatte. Er war freundlich, beinahe zuvorkommend, und nachdem er ihr von Soria und dem Bergland im Osten der Stadt erzählt hatte, von der alten Tradition des Weinanbaus in der Region von Aragón und seinem langjährigen Einsatz für Sorias einziges Waisenhaus, hatte er ihr ruhig und gelassen erklärt, dass er sie töten werde, wenn sie in den kommenden Tagen nicht jede seiner Anweisungen befolgte.

Dennoch hatte sie in der Nacht nicht schlechter oder besser geschlafen als in all den anderen seit dem Überfall auf die Ausgrabungsstätte von Uruk. Sie versuchte, Cristóbal zu hassen, doch ihre Wut und ihre Enttäuschung richteten sich immer wieder auf Gian. Sie wusste nicht, wann der Graf zum ersten Mal Kontakt zu ihm aufgenommen hatte – gewiss noch im Schloss, vermutete sie –, doch die Tatsache, dass Gian seinen Versprechungen geglaubt hatte wie ein dummes Kind, machte sie immer noch fassungslos.

Auf der Fahrt von Soria in die Sierra hatten sie kaum ein Wort miteinander gewechselt. Sie fragte sich, was der Graf damit bezweckte, sie und Gian über Stunden hinweg zusammen einzusperren. Hoffte er, dass sie sich versöhnen würden? Dass es Gian gelingen würde, sie von Cristóbals Zielen zu überzeugen?

Aber Gian machte nicht den leisesten Versuch, Einfluss auf sie zu nehmen. Er wich ihren Blicken aus, ließ sich auf kein Gespräch ein und verhielt sich wie jemand, der allmählich erkannte, was er angerichtet hatte.

Falls es noch eines weiteren Beweises für die Ausweglosigkeit ihrer Lage bedurft hätte, dann war es der Blick aus dem vergitterten Kutschenfenster. Die Abgeschiedenheit dieses Ortes, an dem Cristóbals Handlanger über Jahre hinweg gewütet hatten, zerstörte jede ihrer Hoffnungen, es könne sich doch noch eine Möglichkeit zur Flucht finden.

Die Sonne versank hinter den verwüsteten Berghängen im Westen, als die Kutsche das Ufer erreichte und dem Weg hinaus auf die Landzunge folgte. Der Felsstrang erhob sich aus dem Wasser wie der Kadaver einer Seeschlange, an seiner stärksten Stelle war er nicht breiter als zwanzig Meter. Auch hier, zu beiden Seiten des Weges, hatten Cristóbals Arbeiter den Boden aufgerissen, Spalten im Stein erweitert und an einigen Stellen Sprengungen vorgenommen.

Das Gebäude, das Herz des alten Weinguts, lag am Ende der

Landzunge. Abgesehen von zwei Türmen mit zinnenbewehrten Kronen war das Haus ein rechteckiger Klotz, vier Stockwerke hoch, beinahe fensterlos, aber mit engen Schießscharten übersät. Die Räume im Inneren mussten sehr dunkel sein, finstere Höhlen hinter meterdickem Gestein. Das Hauptgebäude war wohl schon im Mittelalter errichtet worden. Ein paar von den Anbauten, die sich am Fuß der trutzigen Mauern aneinander kauerten, hatte man augenscheinlich später hinzugefügt.

Auf einem der beiden Türme bewegten sich Silhouetten – schmale Gestalten in schwarzer Kleidung. Tess war mittlerweile sicher, dass die seltsamen Krieger, die mit ihrer schwarzen Vermummung und den Krummschwertern aus einer anderen Zeit zu stammen schienen, nicht älter als achtzehn, neunzehn Jahre waren. Und es gehörte nicht viel dazu, eins und eins zusammenzuzählen und zu erkennen, zu welchem Zweck der Graf das Waisenhaus in Soria unterhielt. Er rekrutierte dort den Nachschub für seine Leibwache, Jungen, die bereit waren, alles für ihren reichen Gönner zu riskieren.

Je näher sie der Spitze der Landzunge kamen, desto deutlicher wurde, dass das Gebäude verwahrlost war, die Anbauten verfallen, das Dach des Haupthauses nur notdürftig ausgebessert. Falls Cristóbals Reichtum nicht nur eine geschickte Maskerade war, die er aus Eitelkeit aufrechterhielt, so investierte er ihn zweifellos anderswo, nicht hier, in dieses verwüstete Niemandsland in den Bergen. Und wer mochte ihm das verübeln?

Tess schob ihr Gesicht näher an die Gitterstäbe und blickte hinaus auf den See, im schwindenden Licht des Tages ein Spiegel aus Gold, auf dem sich in einiger Entfernung ein kleines Eiland erhob. Die Insel war klein, kleiner sogar als das Haus des Grafen, aber ebenso kantig, von der Natur zu einem groben, scharfwinkeligen Buckel behauen. Es war zu dunkel, um Details zu erkennen, doch für Tess sah es nicht so aus, als ob sich dort drüben Gebäude befänden.

Sie sank zurück auf die Bank und wartete darauf, dass die Kutsche den verfallenen Mauerring rund um das Haupthaus passierte. Eindringlinge würden diese Mauern nicht mehr abhalten, dazu hatten die heißen Winde der Sierra den Mörtel zu morsch und das Gestein zu brüchig werden lassen. Niemand hatte sich die Mühe gemacht, Schäden zu beheben.

Tess hatte erwartet, dass es hier nur so von Cristóbals Soldaten wimmeln würde, doch der Platz vor dem Haus war menschenleer. Ein paar Hühner und Schweine liefen träge umher. Unweit des Haupteingangs lag ein Karren mit geborstenen Achsen im Staub, die Speichen eines zerbrochene Rades dienten einer Katzenfamilie als Unterschlupf. Aus einer Tränke wuchsen anspruchslose Pflanzen, ohne dass irgendwer daran Anstoß nahm. Auf den Mauern und Dächern saßen Krähen mit staubigem Gefieder und krächzten abwechselnd hinaus ins Abenddunkel.

Rechts und links des Eingangs brannten Fackeln; Gaslicht oder gar Elektrizität gab es hier nicht. Die Kutsche mit Tess und Gian fuhr ein Stück weiter, damit das zweite Gefährt direkt vor dem Portal anhalten konnte.

Gian erwachte. »Was …«, begann er, dann erinnerte er sich und verstummte. Tess starrte ihn durchdringend an, aber er wich ihrem Blick wieder aus und rieb sich den Schlaf aus den Augen.

»Willkommen in der Unsterblichkeit«, begrüßte sie ihn eisig. Er zuckte leicht, gab aber keine Antwort.

Als Tess zur Tür sah, schaute der Graf durch das Gitter herein. Sein Blick durchbohrte sie, als wollte er mit unsichtbaren Fingern ihre geheimsten Gedanken nach außen zerren. Beschimpfungen lagen ihr auf der Zunge, aber sie wagte nicht, sie auszusprechen.

»Sehen Sie sie nicht so an«, sagte plötzlich Gian, und das Gesicht des Grafen ruckte herum, augenscheinlich überrascht. »Sie haben bekommen, was Sie wollten«, fuhr Gian unbeeindruckt fort. »Bringen wir es endlich hinter uns.«

Cristóbal sah noch einen Augenblick länger schweigend herein, von Gian zu Tess und wieder zu Gian, dann drehte er sich um und ging.

Es dauerte weitere fünf Minuten, ehe der Kutscher das Schloss endlich aushakte und sie aussteigen ließ.

Die Krähen stimmten ein ohrenbetäubendes Kreischen an. Schrill und vielstimmig schallte es über den See und die Berge, ehe es sich schwach wie ein Flüstern in der Finsternis verlor.

»Konntest du irgendwas erkennen?«, fragte Karisma und senkte das Fernglas, mit dem sie dem Weg der beiden Kutschen gefolgt war. Jetzt waren die beiden Fuhrwerke und ihre vier Begleiter auf Pferden hinter dem Mauerring verschwunden.

Gillian schüttelte den Kopf. »Nichts.«

»Warum machen die verdammten Krähen so einen Krach?«, fragte sie gereizt.

»Sieht aus, als hätten sie was übrig für deinen Onkel.«

»Denkst du, er war in der Kutsche?«

»Wer sonst?«

Sie wurde sehr still und sagte lange Zeit nichts mehr. Dann schlitterte sie vom Rand der getrockneten Erdwalls nach unten, bis zum Boden des zwei Meter tiefen Grabens. Nachdenklich kauerte sie sich in eine Ecke, mit angezogenen Knien und zerfurchter Stirn.

Gillian schob sein eigenes Fernrohr zusammen und steckte es unter seine Kleidung. Er kletterte zu Karisma hinunter und setzte sich neben sie.

»Es ist nur schwer vorstellbar, dass hier ein Schatz versteckt ist«, sagte er.

»Ja. Ich hab das nicht gewusst, das musst du mir glauben. Das letzte Mal, als ich hier war, war ich ein kleines Kind. Damals standen die Weinberge in voller Blüte, und es gab Menschen, die sich um alles kümmerten.«

»Bist du damals im Haus gewesen?«

»Sicher. Es war immer ein wenig heruntergekommen, aber das lag daran, dass mein Onkel sein Geld vor allem in das Anwesen in Burgos und die Ländereien in der Mancha gesteckt hat. Wenigstens hat er das immer behauptet. Und dann natürlich noch in das Waisenhaus in Soria; das hat eine Menge Geld gefressen. Aber ich hab wenig von all dem mitbekommen. Die meiste Zeit war ich mit dem Kindermädchen in Burgos, und mein Onkel war kaum da. Wenn er überhaupt einmal aufgetaucht ist, alle paar Monate für ein paar Tage, dann war das so, als käme ein entfernter Verwandter zu Besuch. Ich hätte wahrscheinlich nie wieder einen Gedanken an diesen Ort verschwendet, wenn ich nicht das Siegel wiedererkannt hätte. Der Adler über dem Weinfass. Er war auf den Briefen, die mein Onkel mir hin und wieder von hier aus geschrieben hat. In der Mancha und wo er sich sonst herumtrieb, benutzte er meist ein anderes.« Sie schüttelte den Kopf und fuhr sich mit beiden Händen durch das kurze Haar. »Das ist alles so ... unwirklich. Ich kann mir immer noch nicht vorstellen, dass mein Onkel damit zu tun hat.«

»Du hast die beiden Männer auf dem Turm gesehen«, sagte Gillian sanft. Er wusste, dass sie sich der Wahrheit stellen musste, doch es tat weh, ihr dabei zuzusehen. Sie wurde unverhofft mit einer Vergangenheit konfrontiert, von der sie sich vor langer Zeit gelöst hatte.

»Assassinen«, sagte sie. »Das traditionelle Schwarz. Die vermummten Gesichter, sogar hier draußen, wo niemand sie sehen kann.«

»Und die Krummschwerter.«

»Die Krummschwerter«, wiederholte sie gedankenverloren und blickte dabei auf ihr eigenes gerades Schwert, das in seiner Scheide neben ihr an der brüchigen Wand aus Erdreich lehnte. Plötzlich schaute sie auf und sah ihm geradewegs in die Augen. »Wann gehen wir rein?«

»Wir könnten es heute Nacht versuchen«, sagte er. »Aber ich bin nicht sicher. Ich habe Lascaris Dokumente. Es wäre in seinem Sinne, wenn wir bei Tageslicht dorthin gingen, nicht als Einbrecher, sondern als Gleichgestellte und potenzielle Freunde.«

Sie winkte ab. »Ich kenne meinen Onkel. Mit dem Waisenhaus mag er sich den Anschein eines Wohltäters geben, aber in Wahrheit ist er kein großzügiger Mann. Das ist er nie gewesen.«

Gillian ergriff ihre Hand und streichelte ihre langen, schmalen Finger. »Du hast Lascari gesagt, dein Onkel habe dich zu uns geschickt. Das war gelogen, oder?«

»Seit wann weißt du das?« Sie klang nicht wirklich überrascht, nur müde, und da wusste Gillian, dass sie noch einen Tag länger warten mussten, ehe sie es wagen konnten, sich in dem Anwesen umzuschauen. Er hatte Karisma nie zuvor so verletzlich, so erschöpft gesehen. Und das hatte nichts mit den Strapazen der Überfahrt oder ihrem langen Ritt quer durch Spanien zu tun.

»Ich hab es nicht gewusst«, sagte er. »Aber ich hab's mir denken können. Welcher Mann schickt seine Nichte zum Templum Novum? In ein Kloster vielleicht, wenn er sie loswerden will, wegen eines Erbes oder sonst was – aber in einen Orden von Tempelrittern im Greisenalter? Nie und nimmer.«

Zum ersten Mal seit Stunden lächelte sie. »Du bist kein Greis.«

»Wie es aussieht, werde ich auch nie einer werden«, sagte er und war erstaunt, wie verbittert das klang.

»Verlockender Gedanke.« Sie beugte sich vor und küsste ihn auf den Mund. Nicht lange, aber es reichte aus, um alles zu verändern.

Sie blickten sich aus nächster Nähe in die Augen, ehe plötzlich beide lachen mussten und sofort schuldbewusst wieder verstummten, aus Sorge, einer der Wachtposten auf dem Turm könnte sie hören.

»Ich habe Unterlagen über den Templum Novum in den Papieren meines Onkels gefunden, irgendwann, als er wieder mal fort war. Er hatte Bemerkungen an die Ränder gekritzelt, aus denen hervorging, dass er nicht viel davon hielt, vor allem von Lascari. Damals konnte ich das nicht recht einordnen. Ich hätte nie gedacht, dass er selbst ein Templer sein könnte. Niemals, das musst du mir glauben.«

»Und das war für dich Grund genug, ausgerechnet dorthin zu gehen, wo er dich am wenigsten suchen würde?«

»Nein. Ich hab sogar gehofft, dass er es erfahren würde. Er

sollte sehen, dass ich mich auf die Seite derjenigen geschlagen habe, die er am meisten verachtet. Ich war noch ziemlich jung, vergiss das nicht, und ich wollte ihm weh tun, das war alles … Zumindest am Anfang.«

Er lächelte ironisch. »Und dann hat Lascaris lebensbejahende Weltanschauung dich überzeugt?«

»Nein. Das warst du.« Sie beugte sich vor und küsste ihn erneut, diesmal länger, leidenschaftlicher.

In der Ferne schrien wieder die Krähen.

Innana …

Gillian stand abrupt auf.

Karisma starrte ihn mit großen Augen an. »Was … «

»Hast du das gehört?«

Sie brauchte einen Moment, ehe ihr klar wurde, dass er sich nicht aus Widerwillen von ihr gelöst hatte. Auch sie richtete sich auf.

»Du bist ein ungehobelter Klotz«, sagte sie, aber es klang nicht wütend. »Und falls das eine Ausrede ist, mit der du … «

Er beugte sich rasch vor und gab ihr einen Kuss. »Keine Ausrede. Jemand hat etwas gerufen.«

»Ich hab nichts gehört.«

Er schüttelte nur den Kopf und kletterte wieder zum Kamm des Erdwalls hinauf. Über das Wasser des Sees blickte er hinüber zum Anwesen, jetzt nur noch ein dunkler Scherenschnitt vor dem allerletzten Rot am Horizont.

Innana …

Langsam wiederholte er das Wort.

Karisma war sofort bei ihm. »Spanisch klingt das nicht.«

»Und wenn es ein Name ist?«

»Aber ich hab nichts gehört.«

Er massierte sich die Schläfen. »Als wäre es nur in meinem Kopf. Wie ein Ruf.«

Karismas Tonfall wurde spöttisch. »Du magst vielleicht unsterblich sein, aber du bist kein Spiritist, oder? Falls doch, sollten wir diese Sache von gerade eben noch mal überdenken.«

Er sah sie an. »Das war kein Scherz, Karisma. Weder die Stimme … noch der Kuss. Oder?«

»Nein«, sagte sie leise und verzog die Mundwinkel zu einem sanften Lächeln. »War es nicht.«

Ich bin Innana …

Er blickte wieder zur Landzunge hinüber. Der Turm, auf dem die beiden Templerassassinen gestanden hatten, war leer. Stattdessen bewegte sich jetzt etwas auf dem zweiten Turm. Eine schlanke Gestalt stand hinter den Zinnen, ein schwarzer Umriss, feminin, mit langem, wehendem Haar.

Aura? durchfuhr es ihn unvermittelt. Sofort hatte er Karisma gegenüber ein schlechtes Gewissen.

Aber es war nicht Aura.

»Siehst du sie?«, fragte er.

Karisma nickte.

Die Frau auf dem Turm stand noch eine Weile länger da, dann tauchte ihre Silhouette hinter den Zinnen unter wie eine Handpuppe.

Gillian sah die Frau verschwinden, immer noch verwirrt und verständnislos.

Innana, dachte er benommen.

Vor zwei Stunden war die Sonne aufgegangen, und bereits jetzt war zu spüren, dass der Tag glühend heiß werden würde. Das verwüstete Land nahm im Sonnenlicht eine feurige Färbung an, die das Panorama der Hänge infernalisch leuchten ließ. Staubwirbel tanzten wie Gespenster über die Gräben und Grate, vage, formlos und so schnell, dass Aura sie meist nur aus den Augenwinkeln wahrnahm.

Mittlerweile hatte sie den ersten Schock überwunden, den ihr der Anblick des Tals bereitet hatte. Noch nie zuvor hatte sie eine so systematisch zerstörte Landschaft gesehen. Hier und da waren noch verkümmerte Weinstöcke zu erkennen, entwurzelt und zu grauen Gerippen verdorrt; sie waren das einzige Anzeichen dafür, dass auf diesen Hängen überhaupt einmal etwas gewachsen war. Selbst borstiges Gras und Unkraut beschränkten sich auf ein paar vereinzelte Büschel weiter unten am Ufer.

»Es ist lange her, dass ich hier gewesen bin«, sagte Konstantin, während sein fassungsloser Blick über die Hänge schweifte, »aber so hatte ich diesen Ort nicht in Erinnerung.«

»Wann ist das gewesen?«, fragte Aura.

»Mitte des achtzehnten Jahrhunderts.«

»Vor *hundertfünfzig* Jahren?«

»Ich hab dir gesagt, dass es lange her ist.«

Sie seufzte. »Ich werde mich daran gewöhnen müssen, mit solchen Zeitspannen fertig zu werden.«

»Hundertfünfzig Jahre sind nichts im Vergleich zu dem … «

» … was uns vielleicht noch bevorsteht. Ja, ich weiß. Ich würde das ganz gerne noch eine Weile verdrängen, einverstanden?«

Er zuckte mit den Schultern.

Aura sprang vom Pferd und führte es hinter einen Fels, der den Tieren bis zum Nachmittag Schatten spenden würde. Konstantin folgte ihr.

»Wir lassen die Pferde hier«, sagte sie.

»Alle vier?« Außer ihren Reittieren führten sie noch Fuentes weißen Hengst und das Lastpferd mit sich. »Möglich, dass wir schnell von hier verschwinden müssen.«

»Ich gehe nicht, bevor ich Gian und Tess befreit habe.«

»Nein. Natürlich nicht.«

Sie band die Zügel an einem Baumstumpf fest, dessen Rinde aussah wie versteinert. »Wenn du lieber hier bleiben willst …«

Er legte einen Arm um ihre Hüfte und suchte ihren Blick. »Glaubst du das wirklich?«

Sie lächelte, aber es war nicht ganz ehrlich. »Ich kenne dich kaum.«

»Ich bin hier, um dir zu helfen.«

»Aber warum?«

»Was soll ich denn sonst tun? Erst wollte ich dich nur kennen lernen – die Tochter des großen Nestor Nepomuk Institoris. Diese Sache in Paris, auf dem Ball – ich hab das nicht geplant.«

»*Natürlich* nicht.«

»Das ist die Wahrheit. Warum müsst ihr Frauen uns Männern immer unterstellen, nur wir würden es gezielt darauf anlegen?«

Lächelnd löste sie sich aus seiner Umarmung. »Macht es dir was aus, wenn wir das später diskutieren?«

»Überhaupt nicht.« Er deutete grinsend eine Verbeugung an, dann wurde er schlagartig ernst. »Wie geht's jetzt weiter?«

Sie trat um den Fels herum und erklomm die letzten Meter der Bergkuppe, bis sie wieder hinab auf den See und die Landzunge blicken konnte. »Wir beobachten sie«, sagte sie, als er neben sie getreten war. »Und dann versuchen wir's.«

»Dort einzudringen?« Es war eine rhetorische Frage, und er erwartete keine Antwort.

Trotzdem sagte sie: »Wir haben keine andere Wahl. *Ich* habe keine.«

Sie steckten alle Waffen ein, die sie tragen konnten – die Pistole, mit der sie Fuente erschossen hatte, ihren Revolver, mehrere Messer und ein Wurfanker mit Seil, den sie in der Satteltasche des Toten entdeckt hatten. Dann brachen sie auf.

Sie hatten bereits mehrere Kilometer vor der Bergkuppe die staubige Piste verlassen, die auf geradem Weg durch die Sierra ins Tal hinabführte. Die vier Pferde hatten sich mühsam durch ein Gelände kämpfen müssen, in dem sich tückisches Geröll mit glattem Fels und struppigen Wiesen abwechselte. Die traditionellen Weinanbaugebiete Aragóns reichten im Osten bis an die Ausläufer der Sierra, nicht aber so weit in die Berge hinein. Das Tal der Familie Cristóbal bildete mit seiner abgeschiedenen Lage im Herzen des Berglands eine Ausnahme und hatte seine früheren Erträge vermutlich dem See zu verdanken, mit dessen Wasser man die umliegenden Hänge bewässert hatte. Die Menschen, die einst hier gearbeitet hatten, mussten mit großem Geschick und Sachverstand vorgegangen sein, als sie in dieser Gegend ein Weingut angelegt hatten. All das hatte der Graf in seinem Wahnsinn zunichte gemacht.

Aura und Konstantin näherten sich dem Seeufer von Norden, etwa zwei Kilometer von der Stelle entfernt, an der sich die Straße den Hang hinabschlängelte. Die meiste Zeit über bewegten sie sich im Schutz der Furchen und Gräben, ein Irrgarten aus Erde und Lehm, in dem man sie vom Anwesen aus nicht sehen konnte – ein Umstand, den Cristóbal vermutlich nicht bedacht hatte, als er den Befehl gegeben hatte, die Weinberge umzugraben.

Während ihres Rittes hatte Konstantin Aura alles erzählt, was er über den Tempel der Schwarzen Isis wusste. Wenig davon ging über das hinaus, was sie von Fuente erfahren hatte. So wusste Konstantin zwar, dass sich die Anführer des Tempels all die Jahre über nach dem Alten vom Berge benannt hatten, er war aber weder dem heutigen Grafen Cristóbal je begegnet, noch damals, vor hundertfünfzig Jahren, dessen Vorfahren.

»Im Grunde genommen«, flüsterte er, während sie durch die Gräben schlichen, »hat der Tempel der Schwarzen Isis bereits vor langer Zeit aufgehört zu existieren. Soweit ich weiß besitzt er heutzutage weder Anhänger noch Reichtümer. Ganz zu schweigen von Einfluss. Graf Cristóbal ist nicht nur der Anführer, er ist vermutlich auch das einzige Mitglied. Als ich vor hundertfünfzig Jahren herkam, waren da noch andere, die es hierher verschlagen hatte. Das Gerücht, der Tempel sei zerfallen, hatte in den geheimen Zirkeln Europas die Runde gemacht, und viele kamen, um nach dem sagenumwobenen Schatz des Ordens zu suchen. Aber keiner ist auch nur in seine Nähe gekommen. Das hier war im Mittelalter Katharerland, und erst viel später tauchte die Dynastie der Cristóbals auf, um sich unter dem Deckmantel des Weinguts ihren Ordensgeschäften zu widmen. Das Haupthaus dürfte noch aus der Zeit stammen, als sich die flüchtigen Katharer von Montségur hier niederließen. Die Cristóbals haben lediglich die Anbauten errichtet und vermutlich eine Reihe von Unterkünften in den Weinbergen. Aber wie's aussieht, ist davon nichts übrig geblieben.«

»Das deckt sich mit dem, was Fuente gesagt hat.« An einer Kreuzung, wo mehrere Bodenfurchen aufeinander trafen, einige mit hohen Wällen, andere fast ebenerdig, wandten sie sich bergab. »Er meinte, Cristóbal sei darauf aus, Macht für den Tempel der Schwarzen Isis zu gewinnen.«

»Natürlich. Wie die Großmeister aller Geheimzirkel ist er darauf aus, Einfluss zu gewinnen. *Neuen* Einfluss, in seinem Fall.«

»Aber was ist mit dem Gral, den Nestor hier gesehen haben will? Und mit dem Verbum Dimissum?«

»Du hast mir erzählt, dein Sohn und deine Nichte könnten gemeinsam auf Nestors Erinnerungen zurückgreifen.«

Sie blieb wie angewurzelt stehen. »Aber natürlich! Warum bin ich nicht schon früher darauf gekommen!« Sie stieß ein bitteres Lachen aus. »Das alles hier, die verwüsteten Hänge ... *das* ist es! Fuente hatte Recht. Cristóbal weiß, dass die Katharer einst den Gral von Montségur hierher gebracht haben, und er vermutet, dass er noch immer irgendwo hier liegt. Er hat jeden Fingerbreit dieser Berge umgraben lassen auf der Suche nach einem Versteck, vielleicht einem Zugang zu einer unterirdischen Kammer oder etwas ähnlichem. Aber er hat es nicht gefunden!«

»Und wenn dein Vater doch hier war und den Gral mit eigenen Augen gesehen hat? Cristóbal muss gehört haben, dass die beiden Kinder Zugriff auf Nestors Vergangenheit haben, und er hofft, dass sie ihm sagen können, wo sich das Versteck befindet.«

»Aber niemand weiß, dass Gian und Tess diese Gabe haben!«

Er winkte ab. »Du hast auch geglaubt, es sei ein Geheimnis, dass du Nestors Erbe angetreten hast. Dabei spricht man überall davon, bei den Alchimisten in Paris, sogar bei den Satanisten von Turin und Prag. Du glaubst nicht, wie oft ich in den letzten Jahren deinen Namen gehört habe.«

»Wir besitzen Häuser in Paris und in ... «

»In Turin und Prag, ich weiß. Und noch in einem Dutzend anderer Städte.« Er lächelte. »Man kennt dich, Aura, und nicht nur als Erbin von Nestors Reichtümern. Die Leute munkeln von deiner Unsterblichkeit.«

Nervös fuhr sie sich durchs Haar. »Aber das erklärt noch immer nicht, wieso Cristóbal von Gians und Tess' Gabe weiß.«

Konstantin hob die Schultern. »Vielleicht finden wir das ja noch heraus.«

Ein Gutes zumindest hatten ihre Schlussfolgerungen: Sie gaben ihr Hoffnung, dass Cristóbal den Kindern nichts antun würde.

»Noch was«, sagte Konstantin plötzlich.

»Was denn?«

»Die Fotografie, die Fuente von Gian hatte ... die aus dem Hotel. Er hat dir doch erzählt, es habe ein Brief dabei gelegen. Ein Brief, in dem stand, wo Gian gefangen gehalten wird. Das heißt aber doch, Cristóbal hatte vor, dich hierher zu bestellen.«

»Vermutlich, ja. Jedenfalls hat Fuente das behauptet. Und sonst würde auch die Fotografie keinen Sinn ergeben.« Sie begriff, worauf Konstantin hinauswollte. »Du meinst, wir werden erwartet?«

»Nicht wir – du! Von mir weiß Cristóbal nichts.«

Wachsam schaute sie sich um und senkte ihre Stimme. »Er wird vermuten, dass ich die Straße nehme. In seinen Augen komme ich als Bittstellerin. Aber was will er von mir? Gian und Tess sind die einzigen, die das Talent besitzen, in Nestors Vergangenheit zu blicken. Ich nütze ihm doch nicht.«

»Oh, ich denke, das unterschätzt du. Überleg doch mal! Bislang hast du geglaubt, Cristóbal wolle dich erpressen, indem er Gian und Tess entführt. In Wahrheit aber ist es genau umgekehrt. Er will die Kinder erpressen, indem er *dich* bedroht! Deshalb hat er dich hergelockt, als Faustpfand. Mit dir will er sich die beiden gefügig machen!«

»Die zwei sind in der Lage, selbst zu entscheiden.«

»Eben. Sie hätten es ablehnen können, in Nestors Erinnerungen nach dem Gral zu suchen. Wenn er ihnen aber droht, dich zu töten, dann werden sie alles tun, was er verlangt, oder?«

»Ja, vermutlich.«

Er strahlte, vielleicht eine Spur zu erfreut in Anbetracht des Schlamassels, in dem sie steckten. »Jetzt müssen wir nur noch darauf achten, dass du ihm nicht in die Falle läufst.«

»Besten Dank«, sagte sie finster. »Ich werd' versuchen, mich nicht allzu dumm anzustellen.«

»So hab ich das nicht gemeint.«

Aber sie hatte ihn bereits stehen lassen und erklomm jetzt einen Erdwall zu ihrer Rechten. Verblüfft stellte sie fest, dass sie fast das Ufer erreicht hatten. Noch dreißig Meter, höchstens.

»Da drüben«, flüsterte Konstantin, als er neben ihr über den lehmigen Grat schaute.

Ihr Blick folgte seinem ausgestreckten Arm. Erst glaubte sie, er deute auf das felsige Eiland, das sich in der Mitte des Sees erhob. Dann aber hörte sie leises Motorengeräusch in der Ferne und entdeckte das Boot, das sich aus dem Schatten der Landzunge löste und ohne Eile über das Wasser glitt. Es war ungewöhnlich, ein so modernes und kostspieliges Gerät in dieser Einöde vorzufinden. Ein Mann stand in der kleinen Steuerkabine am Bug, der übrige Rumpf war offen. Drei Menschen befanden sich dort. Der eine war ein Mann, der ihnen den Rücken zuwandte. Er hatte weißes Haar, das ihm bis auf die Schultern fiel; selbst wenn er sich ihr zugewandt hätte, wäre es unmöglich gewesen, von hier aus sein Gesicht zu erkennen.

Die beiden anderen waren ein Junge und ein Mädchen, er mit dem rabenschwarzen Haar seiner Mutter, sie so blond, dass ihr Hinterkopf im Sonnenschein leuchtete wie eine Goldmünze.

Konstantin ergriff Auras Hand, aber sie spürte es kaum. »Sind sie das?«

Sie nickte stumm.

»Ganz sicher?«

Ihr Kopf fuhr herum. »Herrgott, Konstantin, natürlich bin ich sicher!« Sie war nicht auf ihn wütend, nicht wirklich, aber sie brauchte ein Ventil für ihren Zorn und ihre Hilflosigkeit. Er erkannte das und schwieg.

Eine unglaubliche Erleichterung machte sich in ihr breit. Keinem der beiden war etwas geschehen. Gian und Tess schienen wohlauf, soweit sie das erkennen konnte. Das Boot war mehrere hundert Meter von ihrem Versteck entfernt, aber was sie sah, reichte aus, um für einen Moment das ungeheure Gewicht von ihren Schultern zu nehmen, das seit Tagen auf ihr lastete. Sie hatte mit einemmal das Gefühl, wieder klar denken zu können.

»Was tun die da?«, fragte Konstantin. Er kniff die Augen zusammen, um das Geschehen auf dem Wasser besser sehen zu können.

Tess und Gian standen im Heck. Der Mann am Steuer hatte den Motor gestoppt und ließ das Boot auf dem See treiben. Aura wusste, dass die beiden jetzt ihre Augen geschlossen hatten, sich konzentrierten, gemeinsam in der Vergangenheit gruben, nicht mit Schaufeln und Hacken wie die Männer des Grafen, sondern mit Werkzeugen, die unendlich feiner waren, spirituell und körperlos. Den Werkzeugen ihres Geistes.

»Sie versuchen sich zu erinnern«, sagte sie.

Kapitel 20

Karisma schlug Alarm.

»Gillian!«

Er ließ die Dokumente sinken, die Lascari ihm mit auf die Reise gegeben hatte, und sprang auf. Die Papiere fielen in den Staub, aber das kümmerte ihn nicht mehr. Sie hatten längst jeden Wert verloren. Lascari berief sich darin auf uralte Abkommen zwischen einzelnen Splittergruppen des Templerordens, auf Gesetze und Absprachen, die seit Jahrhunderten vergessen waren. Gillian würde gar nicht erst versuchen, Cristóbal damit zu beeindrucken.

Er kroch auf den Erdwall und blieb neben Karisma auf dem Bauch liegen. Angestrengt blickte er hinaus auf den See.

Er entdeckte das Boot, und er sah die beiden schlanken Gestalten, die sich im Heck an den Händen hielten. Ein schwarzhaariger Junge und ein Mädchen mit langem, weißblondem Haar.

»Was machen die da?«, fragte Karisma.

Gillian fixierte seinen Blick auf die beiden. Ein Kloß bildete sich in seinem Hals, aber er vermochte nicht recht zu sagen, weshalb.

»Der Mann, der bei ihnen ist«, sagte Karisma, »das ist mein Onkel. Die Kinder stammen vermutlich aus dem Waisenhaus. Ich frage mich nur, was das soll. Wie eine Spazierfahrt sieht das nicht aus.«

Gillian gab ihr Recht. Der Motor war ausgeschaltet worden, das

Boot trieb gemächlich auf den Wellen. Sie waren zu weit entfernt, um die Gesichter des Jungen und des Mädchens zu erkennen, aber etwas an ihrer Haltung, der Art wie sie dastanden und sich an den Händen gefasst hatten, machte ihn stutzig. Er hatte so etwas schon einmal gesehen, vor fast zehn Jahren, an einem anderen Ort. Damals waren es zwei kleine Kinder gewesen, die sich so an den Händen ergriffen und die Augen geschlossen hatten, auf der Suche nach einem Wissen, das ihnen nicht gehörte, und das doch in ihnen war. Der Fluch von Taten, die sie nicht begangen hatten.

»Gillian?«

Er schrak zusammen. »Hm?«

»Was ist los?«

»Ich hab nachgedacht.«

»Ja«, sagte sie spitz, »das hab ich mir fast gedacht.«

»Tut mir Leid.« Er schenkte ihr ein schwaches Lächeln. »Es ist nur … Ich weiß nicht.«

»Natürlich weißt du.« Ihr Blick war streng und durchdringend geworden. »Komm schon, was ist?«

»Ich muss näher ran.«

»Warum, zum Teufel?«

»Vielleicht täusche ich mich ja.« Er konnte den Blick nicht von den Gestalten auf dem Boot abwenden.

Karisma packte ihn an der Schulter und zwang ihn, sie anzusehen. »Sag's mir.«

Er zögerte noch immer, aber dann verhärtete sich seine Miene. »Die beiden auf dem Boot … der Junge …« Seine Stimme wurde leiser. »Ich glaube, das ist mein Sohn.«

»Gian?«

Er nickte. »Das Mädchen könnte Tess sein.«

Sie stieß einen Seufzer aus. »Mein Gott, Gillian … Du hast die beiden zum letzten Mal vor über acht Jahren gesehen. Damals waren sie … «

»Sieben und acht. Ich weiß. Und ich hab nicht die leiseste Ahnung, was sie hier in Spanien zu suchen haben.«

Sie musterte ihn, und für einen Augenblick hatte er das

Gefühl, dass ihr nichts entging, keine seiner Regungen, keiner seiner Gedanken.

»Du hältst das tatsächlich für möglich.« Ihre Stimme klang jetzt viel sanfter als zuvor.

Er hielt ihrem Blick noch einen Moment länger stand, dann legte er die Hand an den Griff seines Schwertes.

»Ich muss sie von nahem sehen. Jetzt gleich.«

Ohne ihre Reaktion abzuwarten, robbte er vorwärts, selbst auf die Gefahr hin, dass die beiden Templerassassinen auf dem Turm ihn entdeckten.

Karisma schaute wieder zu dem Boot hinüber, auf den dunkelhaarigen Jungen und das Mädchen, dessen langes Haar wie Sonnenstrahlen vor dem tief blauen Himmel flirrte.

»Ich könnte mit ihm reden«, sagte sie. »Es wenigstens versuchen.«

Gillian blieb stehen. »Mit ihm *reden*?« Er versuchte, seinen Zorn zu unterdrücken, aber es gelang ihm nicht, obwohl er wusste, dass er damit die Falsche traf. »Du glaubst doch nicht im Ernst, dass dieser Mann uns einfach zuhören und einen Teil des Schatzes herausrücken wird!«

Karisma zuckte kaum merklich unter der Schärfe seines Tonfalls zusammen, doch zugleich regte sich Trotz in ihr. »Er ist immerhin mein Onkel. Er wird mich anhören müssen.«

»Er hat meinen Sohn da draußen!«

»Gerade eben warst du dir nicht sicher.«

Gillian blickte hinüber zum Boot, dann zu den Templerassassinen auf dem Turm. Zwei weitere standen auf dem Steg am Ende der Langzunge. »Diese Kinder sind Gefangene. Ganz egal, wer sie sind. Und ich möchte nicht, dass wir die nächsten sind.«

»Das sind wir ganz bestimmt, wenn wir versuchen, unbemerkt hineinzugelangen. Du siehst doch die Kerle da drüben. Mit wie vielen von der Sorte können wir es wohl aufnehmen?«

»Mit einigen, würde ich sagen.«

Sie schüttelte den Kopf. »Was ist los mit dir, Gillian? Es war

Lascaris Wunsch, dass wir verhandeln. Er hat nie gesagt, dass wir für diesen Schatz töten sollen.«

»Nicht für den Schatz«, sagte Gillian leise und blickte wieder hinüber zu dem dunkelhaarigen Jungen auf dem Boot. Er *wusste* es, verdammt, aber wie sollte er es ihr erklären? Sie hatte keine Kinder. Sie konnte ihn nicht verstehen.

Und die acht Jahre? meldete sich eine Stimme in seinem Kopf. Du hast dich acht Jahre nicht um ihn gekümmert.

Aber vielleicht war es gerade deshalb endlich an der Zeit. Und er würde sicher nicht das Leben von Gian und Tess aufs Spiel setzen, indem er Cristóbal höflich um Erlaubnis bat, sie von hier fortbringen zu dürfen.

»Er wird mit mir sprechen«, sagte Karisma. »Das ist er mir schuldig.«

»Es ist zu gefährlich.«

»Es ist gefährlicher, gewaltsam in das Haus einzubrechen.«

»Nicht, wenn wir überlegt vorgehen. Glaub mir, ich hab Erfahrung mit so was.«

Sie schüttelte den Kopf. »Dann gehe ich allein.«

»Nein.«

Ein kühles Lächeln flimmerte über ihre Züge. »War das ein Befehl meines Großmeisters?«

»Wenn dir das lieber ist.« Damit drehte er sich um und setzte seinen Weg zum Ufer fort.

Karisma presste die Lippen aufeinander, bis fast alles Blut daraus entwichen war. »Glaub mir«, flüsterte sie so leise, dass er es nicht hören konnte, »das weiß ich besser.«

Ohne ein weiteres Wort wandte sie sich um und lief in die entgegengesetzte Richtung davon.

Gillian eilte hinab ans Ufer, gebückt zwischen Hängen und Erdwällen, und erst dort blieb er stehen. Er konnte den Jungen und das Mädchen noch immer nicht genau erkennen, aber er hatte immer weniger Zweifel.

Jetzt erst wandte er sich zu Karisma um – und sah, dass sie fort war.

»Karisma?« Er fluchte leise vor sich hin und kletterte ein Stück hinauf, bis er wieder die Landzunge im Blick hatte. Karisma war nirgends zu sehen. Wahrscheinlich befand sie sich noch irgendwo im Labyrinth der Gräben. Möglich, dass er sie noch einholen konnte.

Er wollte gerade loslaufen, als ein Geräusch von rechts ihn alarmierte. Mit einem Keuchen riss er das Schwert hoch und fing die gebogene Klinge ab, die unvermittelt auf ihn niederraste.

Der Templerassassine war neben ihm aus einem Graben emporgeschossen. Ihm folgte ein zweiter. Ihre Krummschwerter glühten im sengenden Sonnenlicht, und ihre Augen blickten kalt zwischen den schwarzen Tüchern hervor, mit denen sie ihre Gesichter maskiert hatten. Staub lag matt auf dem Schwarz ihrer Kleidung.

Sie sind schon länger in den Bergen unterwegs, dachte Gillian. Eine Patrouille. Sie haben jemanden gesucht. Jemanden erwartet. Etwa uns?

Ihm blieb keine Zeit, sich weitere Fragen zu stellen. Die Assassinen griffen an. Er wusste nicht, ob die Wachtposten auf dem Turm den Kampf schon bemerkt hatten. Mit einigen gezielten Schlägen drängte er die beiden hinab in den nächsten Graben. Jetzt waren sie zumindest für die Männer auf dem Turm unsichtbar, auch wenn er nicht sicher war, ob das Schwerterklirren und die Laute der Kämpfenden nicht doch bis zur Landzunge hinüberwehten.

Die Templerassassinen waren durchtrainiert und flink, doch was sie ihm an Jugend voraus hatten, machte er durch langjähriges Training wett. Anders als die beiden Wächter in der Höhle der Schwarzen Madonna waren diese Krieger keine Veteranen, auch wenn sie eine Abgebrühtheit an den Tag legten, die ihn erstaunte.

Erst griffen sie abwechselnd an, doch dann, als er sich gerade auf ihren Rhythmus von Schlag und Parade eingestellt hatte, versuchten sie es gleichzeitig und hätten ihn damit beinahe überrumpelt.

Stahl klirrte auf Stahl. Weiße Funken flogen umher und verglühten an den Wänden des Grabens.

Einer der beiden führte das Krummschwert in einer niedrigen Drehung, die auf Gillians Knie zielte, aber Gillian wich aus, hieb seinem Gegner die Klinge in die weiche Mulde zwischen Hals und Schulter und zerschmetterte sein Schlüsselbein. Der Assassine stieß einen Schrei aus, der von dem schwarzen Tuch vor seinem Mund gedämpft wurde, und brach zusammen. Der andere Assassine ließ sich von der Niederlage seines Gefährten nicht einschüchtern. Mit unvermittelter Wut prasselten seine Hiebe auf Gillian herab, und obwohl er jetzt allein kämpfte, brachte er Gillian in Bedrängnis. Seine Schläge kamen in schneller Folge, sie zielten auf die kleinen Lücken in Gillians Parade, züngelten vor und zurück wie eine Schlange aus Stahl. Gillian spürte, wie ein Schnitt an seiner Schulter aufklaffte, nicht tief, nicht einmal besonders schmerzhaft, doch er war ihm Warnung genug. Er ließ seine Klinge herumwirbeln, sprang vor, zurück, und dann, als der Assassine gerade nachstoßen wollte, wieder nach vorne. Sein erster Schlag zerschmetterte den Oberschenkel seines Feindes, der zweite den Kehlkopf. Ehe der Assassine noch begriff, wie ihm geschah, führte Gillian einen dritten Hieb, und der schwarzmaskierte Schädel rollte im Staub.

Mit einem Fauchen fuhr er herum, aber es gab keine weiteren Gegner. Er musste Karisma finden. Zum ersten Mal spürte er Angst – und nicht um sich selbst.

Er flüsterte ihren Namen, rief ihn dann lauter, doch er bekam keine Antwort. Er schaute hinüber zum Turm mit den leeren Zinnen, auf dem gestern Abend die Frau in Schwarz gestanden hatte. Innana.

Für zwei, drei Sekunden schloss er die Augen.

Denk nach!

Karisma hätte nicht gehen dürfen. Womöglich musste er jetzt nicht nur die Kinder befreien, sondern auch sie.

Er erinnerte sich daran, wie sie ihn geküsst hatte. An das Leuchten in ihren Augen.

Cristóbal ist ihr Onkel.

Einatmen, ausatmen. Ruhig bleiben.

Ihr Onkel.

Gillian machte sich auf den Weg.

Ein paar Minuten nachdem die Laute des Kampfes verklungen waren, stießen Aura und Konstantin auf die Leichen der beiden Assassinen.

»Sie sind noch warm«, sagte Konstantin. Er war neben einem der Toten in die Hocke gegangen. Der Schädel lag ein Stück weit entfernt, den leeren Blick zum Himmel gewandt. »Und das Blut ist noch nicht ganz versickert.«

»Wer ist das gewesen?«

»Woher soll ich das wissen?«

Aura kletterte ein paar Schritte an dem Erdwall hinauf und spähte über den Rand zum Wasser hinunter. Das Boot hatte seine Position verändert, nahm jetzt wieder Kurs auf die Spitze der Landzunge.

»Sie fahren zurück zum Haus.«

Konstantin blickte von unten zu ihr herauf. »Schau nach, ob du irgendwen sehen kannst. Wer immer das hier getan hat, er kann noch nicht allzu weit gekommen sein.«

Aura blickte über das Gewirr der Gräben und Senken, konnte aber niemanden entdecken. »Ich kann ihn nicht sehen.«

»Ihn?«

Sie zuckte die Achseln. »Vielleicht sind es auch mehrere.«

Konstantin untersuchte die Wunde des zweiten Toten mit den Fingerspitzen, sachlich wie ein Arzt. Er bemerkte, dass Aura ihn dabei beobachtete und lächelte schwach. »Ich bin Mediziner«, sagte er. »Oder war es zumindest. Wird ein Studium nach zweihundert Jahren eigentlich noch anerkannt?«

»Witzbold.«

Er säuberte seine Hände an der schwarzen Kleidung des Leichnams und richtete sich auf. »Was ist mit dem Boot?«

Sie schaute wieder hinaus auf den See. Gian und Tess standen jetzt mit dem grauhaarigen Mann neben der Steuerkabine am Bug. An Land erwarteten sie zwei Templerassassinen. »Sie legen gleich an.«

»Gut. Es wird leichter sein, sie im Haus zu befreien als auf dem See.«

»Leicht wird es weder draußen noch im Haus sein.«

»Ja.« Er seufzte. »Glaubst du, sie haben Cristóbal schon etwas verraten können?«

»Du denkst auch, dass der Mann auf dem Boot Cristóbal ist?«

»Wer sonst?«

Sie nickte. »Ich glaube nicht, dass sie schon etwas gefunden haben. Diese Reisen in die Erinnerung von Nestor und Lysander verlaufen niemals linear. Sie lassen sich nicht wirklich steuern. Die beiden können den Zeitraum beeinflussen, aber nicht die Details.«

»Also kein Lageplan des Gralsverstecks auf Abruf?«

»Ganz bestimmt nicht. Es wird eine Weile dauern, und sie werden wahrscheinlich eine ganze Reihe von Versuchen brauchen.«

»Noch ein Vorteil für uns«, sagte er zufrieden.

Sie sprang wieder zurück in den Graben. »Komm weiter.« Hinter dem nächsten Erdwall stießen sie auf zwei weitere Tote. Aura entdeckte in dem blutgetränkten Boden einen Fußabdruck. »Immerhin eine erste Spur von unserem Freund.«

Konstantins Augenbraue rutschte nach oben. »Du denkst wirklich, dass es nur einer ist?«

»Auf jeden Fall kann es nicht schaden, wenn er noch mehr von diesen Kerlen für uns aus dem Weg räumt.«

»Ich wüsste gern, was er im Schilde führt. Ein Feind des Grafen muss nicht zwangsläufig unser Freund sein.«

Dem musste sie zustimmen. Die Pistole in ihrer Hand vermittelte kein echtes Gefühl von Sicherheit, so lange hier draußen Unbekannte mit Schwertern aufeinander einschlugen.

Sie beugte sich vor und entfernte die Gesichtsbandagen von einem der Toten. Mit einem scharfen Ausatmen schrak sie zurück. »Das sind Kinder!«

Nicht wirklich Kinder, aber auch noch keine Männer. Der Tote mochte achtzehn oder neunzehn Jahre alt gewesen sein, nicht viel älter als Gian.

»Aura!«

Ihr Kopf ruckte hoch. Sie sah, dass Konstantin auf etwas deutete, das sich hinter ihr befand. Sie ließ von dem Toten ab, sprang auf und wirbelte mit der Waffe in der Hand herum.

Der Graben war leer.

Erstaunt blickte sie zurück zu Konstantin. »Was … «

Ein schwarzer Schemen schoss von einem der Hügel auf Konstantin zu und riss ihn zu Boden. Seine Waffe wirbelte durch die Luft, prallte gegen den Erdwall. Ein Schuss löste sich, die Kugel schlug eine kopfgroße Bresche ins fest gebackene Erdreich.

Aura blieb keine Zeit zu reagieren. Plötzlich wurde sie von hinten gepackt. Es gelang ihr noch, ihren Ellbogen in den Körper hinter ihr zu rammen, aber der Arm, der sich um ihren Hals gelegt hatte, lockerte sich nur kurz. Dann tauchte ein weiterer Assassine auf. Eine Faust mit einem Schwertgriff schlug ihr die Pistole aus der Hand. Eine Klinge blitzte, dann spürte sie kalten Stahl an ihrer Kehle.

Konstantin rappelte sich auf. Er leistete keine Gegenwehr. Auch auf seinen Hals deutete ein Krummschwert.

Aura wagte nicht, sich zu bewegen, deshalb konnte sie sich nicht umschauen. Trotzdem war sie einigermaßen sicher, dass ihre Gegner zu dritt waren. Einer, der sie hielt, ein zweiter, der Konstantin bedrohte, und schließlich der dritte, der ihr die Waffe aus der Hand geschlagen hatte. Im Augenblick konnte sie nur Konstantins Widersacher sehen, doch dann spürte sie, wie sich der Griff um ihren Hals lockerte und man ihr gestattete, sich umzudrehen. Die Schwertspitze blieb dabei an ihrer Kehle.

Sie behielt Recht. Es waren drei, alle maskiert, alle in Schwarz. Weitere mochten ganz in der Nähe sein, irgendwo im Labyrinth der Gräben, auch wenn sie keinen von ihnen sah. Gewiss waren sie alles andere als erfreut über ihre toten Gefährten.

Derjenige, der ihr die Waffe abgenommen hatte, trat vor sie.

Er war nicht größer als sie selbst, sehr schlank, fast schmächtig. Das Augenpaar, das sie durch den Spalt zwischen den schwarzen Bandagen musterte, verriet, dass er ebenso jung war wie die Erschlagenen am Boden. Cristóbal hatte eine Armee von Halbwüchsigen um sich geschart.

Der Junge sagte etwas auf Spanisch, das sie nicht verstand. Hilflos schaute sie zu Konstantin hinüber.

»Er glaubt, dass wir sie getötet haben«, sagte er mühsam. Die Spitze des Krummschwertes grub sich bei jedem Wort in die weiche Haut unter seinem Kinn. Er fügte etwas Zorniges auf Spanisch hinzu, gerichtet an den Assassinen, der ihn in Schach hielt.

Der Junge vor Aura, offenbar der Wortführer, gab seinem Gefährten einen Befehl, und das Schwert unter Konstantins Kinn sank eine Fingerbreite nach unten.

»Gracias«, knurrte Konstantin.

Auch die Klinge an Auras Hals senkte sich, wenn auch nicht viel. Sie hatte keine Angst, dass die Assassinen sie töten würden – Cristóbal hatte anderes mit ihr im Sinn –, aber sie machte sich Sorgen um Konstantin, der weit weniger wertvoll für den Grafen war.

»Sag ihnen, dass wir es nicht gewesen sind«, sagte sie und wies mit den Augen auf die enthauptete Leiche.

Konstantin sah sie düster an – *glaubst du, darauf wäre ich nicht selbst gekommen?* –, dann begann er, auf den Anführer der drei einzureden, ohne dass dieser dabei auch nur einmal seinen Blick von Aura nahm. Aber der Junge hörte zu, und schließlich nickte er langsam und gab seinen Leuten einen Befehl.

Aura und Konstantin mussten vorneweg gehen. Die Templerassassinen pressten ihnen ihre Schwertspitzen in den Rücken, Warnung genug, nicht auf dumme Gedanken zu kommen.

»Das war unvermeidlich, oder?« Konstantins Stimme klang gepresst. »Die Begegnung mit Cristóbal, meine ich.«

Aura schwieg und nickte nach einer Weile. Ja, dachte sie, das war es wohl.

Konstantin sagte nichts mehr, und auch ihr blieb nichts zu tun, als den Weg Richtung Landzunge einzuschlagen.

Irgendwo dort drüben waren Gian und Tess.

Die schmale Straße, die über die Landzunge zu Cristóbals Anwesen führte, war an vielen Stellen aufgesprungen und rissig. In den Ritzen, in denen kniehohes Unkraut wucherte, hatten es sich Eidechsen bequem gemacht. Einmal sah Aura einen Skorpion zwischen den Steinen verschwinden.

Der allgemeine Verfall war ein Anzeichen dafür, dass dieser Ort im Sterben lag. Je näher sie dem Haus und seiner maroden Ummauerung kamen, desto stärker wurde dieser Eindruck. Auch der schmutzige Hof mit den frei laufenden Tieren und den verfallenen Anbauten deutete darauf hin, dass der Graf es längst aufgegeben hatte, den trutzigen Anschein, den dieser Ort einst gehabt haben mochte, aufrechtzuerhalten.

Außer ihren drei Bewachern entdeckte Aura nur zwei weitere Assassinen, die auf dem nördlichen Turm des Gemäuers Wache hielten. Dagegen war der Zinnenkranz des Südturms nach wie vor verlassen. Zudem gab es zwei Männer in zerschlissener Kleidung, offenbar keine Kämpfer wie die Jungen, sondern Knechte, die sich um die Tiere kümmerten und den Wagen des Grafen fuhren. Einer von ihnen hatte das Boot gesteuert, mit dem Cristóbal Gian und Tess hinaus auf den See gebracht hatte.

Durch die Doppelflügel des Portals ging es in ein gewundenes Treppenhaus aus mächtigen Steinquadern. An den Wänden waren wuchtige Eisenhalter angebracht, aber nur in jedem dritten brannte eine Fackel. Das Innere des Gebäudes roch feucht und muffig, und Aura war erstaunt, wie kühl es hier war, trotz der glühenden Augusthitze draußen in der Sierra.

Im ersten Stockwerk drängten die Assassinen sie durch einen Türbogen, dessen Ränder Reliefs zierten. Ruß und Staub hatten sich in den Ritzen festgesetzt und bizarre Konturen herausgearbeitet. In einigen Motiven erkannte Aura alchimistische Symbole wieder, einige so offensichtlich wie der Pelikan und der

Salamander, andere verschlüsselt, etwa die Springquelle am Fuß einer Eiche, der Kampf zwischen Hund und Taube und der Gott Merkur auf seinem Streitwagen.

Sie betraten einen Saal mit zwei schmalen Fenstern am gegenüberliegenden Ende, durch die kaum Licht hereinfiel. Auch hier brannten Fackeln an den Wänden. In der Mitte des Raums loderten Flammen in einer runden Feuergrube, der Rauch entwich durch einen Schacht in der Decke. Die Atmosphäre war mittelalterlich; Aura spürte, dass sich hier nichts verändert hatte, seit Nestor vor fünfhundert Jahren diesen Ort besucht hatte. Der Gedanken verursachte ihr eine Gänsehaut. Es war, als wäre sie durch eine Tür geradewegs in die Vergangenheit ihres Vaters getreten. Und damit, irgendwie, auch in ihre eigene.

Sie umrundeten die Feuergrube. Die Wand zwischen den beiden Fensterschlitzen lag im Dunkeln. Erst als sie näher kamen, schälte sich ein Podest aus der Finsternis, ein monumentales Gebilde aus Steinquadern, auf dem eine Frauenstatue aus schwarzem Stein stand. Im ersten Moment hielt Aura sie für eine Madonna, aber dann sah sie die entblößten Brüste und die stolzen Gesichtszüge.

Die Schwarze Isis.

Aura wandte sich an den Wortführer ihrer Bewacher. »Wo steckt Cristóbal?« Konstantin übersetzte für sie.

Der Assassine schien zu überlegen, ob er sie zurechtweisen sollte, zog es dann aber vor zu schweigen.

Sie hatte angenommen, dass man sie vor die Isis führen würde, doch dann entdeckte sie den schmalen Durchgang in der rechten Wand, aus dem heller Lichtschein fiel. Die Assassinen drängten sie in die Richtung dieser Tür. Dahinter lag ein ungleich kleinerer Raum, der von einem Fenster erhellt wurde. Die Sonne stand günstig und strahlte als schräger Lichtfluss ins Zimmer. Die zahllosen Kerzen in Haltern aus Zinn und Kupfer würde man wohl erst später entzünden.

Vor den Wänden stand Bücherregale, die in mehreren Reihen hintereinander mit schweren Bänden und Folianten gefüllt waren. Auch auf dem Boden erhoben sich Büchertürme, einige fast mannshoch. Ein mächtiger Schreibtisch aus Eiche nahm einen Großteil des Raums ein. Seine Vorderseite war mit Schnitzereien verziert, die die alchimistische Symbolik der Türreliefe aufnahmen und ergänzten. Gleich mehrmals fand sich darin das Bild der Schlange, die ihre Haut abstreift und sich verjüngt.

Hinter dem Schreibtisch saß Philippe.

»Willkommen«, sagte er auf Französisch, und seine Miene verriet Niedergeschlagenheit. Er erhob sich, kam aber nicht um den Tisch herum auf sie zu.

Aura atmete tief durch. Sie war nicht halb so überrumpelt, wie Philippe vielleicht glaubte. Die Ahnung hatte sie schon eine ganze Weile begleitet, und sie hatte sich vertieft, als sie den Mann mit dem weißen Haar auf dem Boot gesehen hatte. Philippe war der Einzige, dem sie jemals von Gians und Tess' Fähigkeiten erzählt hatte. Der Einzige, mit dem sie beinahe ihr ganzes Wissen über die Familiengeschichte der Institoris geteilt hatte.

»Guten Tag, Philippe«, sagte sie.

Konstantin blieb äußerlich ruhig, aber sie spürte, dass er weitaus überraschter war als sie. »Monteillet«, knurrte er leise.

Philippe nickte ihm zur Begrüßung zu. »Ich glaube, wir sind uns noch nicht begegnet.« Sein fragender Blick heftete sich auf Aura. »Hättest du die Freundlichkeit, uns bekannt zu machen?«

»Der Chevalier Weldon«, sagte sie kühl. »Können wir diesen Unsinn bitte lassen, Philippe? Du hast meinen Sohn und meine Nichte entführt.«

Er ging nicht darauf ein. »Wie du dir vermutlich denken kannst, ist Philippe Monteillet nicht mein wirklicher Name. Ich bin nicht einmal Franzose. Aber ich hatte die Befürchtung, dass du vielleicht misstrauisch geworden wärest, wenn ich das Haus in Paris als Graf Cristóbal gemietet hätte. Ich war nicht sicher, wie umfangreich die Aufzeichnungen deines Vaters sind. Falls er einen meiner Vorfahren erwähnt hätte …«

Sie unterbrach ihn. »Ich will meinen Sohn. Es spielt keine Rolle, wie du heißt.«

Konstantin machte einen Schritt auf den Schreibtisch zu, aber sofort sprang einer der Assassinen vor ihn und hielt ihm das Schwert an die Brust. Konstantin blieb stehen, ohne den Lakaien des Grafen eines Blickes zu würdigen. Seine Augen waren düster auf Philippe gerichtet, auf Cristóbal, den Großmeister des Tempels der Schwarzen Isis.

Der Graf schüttelte den Kopf. »Ich hätte dir nicht die Wahrheit sagen können, Aura. Du hättest niemals erlaubt, die Kinder hierher zu bringen. Dabei war ich eine Weile lang wirklich nahe daran, es vorzuschlagen, glaub mir. Ich dachte, wenn du die Notwendigkeit einsiehst, wenn du verstehst, wie wichtig es ist …« Sie wollte widersprechen, aber er brachte sie mit einer Geste zum Schweigen. »Nein, ich weiß. Du hättest das niemals zugelassen, so erpicht wie du immer darauf warst, deinen Sohn aus all dem herauszuhalten … Sieh mich nicht so an, Gian hat mir alles erzählt.«

»Er hat – was?«

»Er hat sich bei mir ausgeweint. Dass du nicht akzeptieren kannst, dass er so sein will wie du. Dass du dich geweigert hast, ihn in die Geheimnisse des Gilgamesch-Krauts einzuweihen.«

»Er ist noch ein Kind!«

»Mit sechzehn? Wohl kaum. Du warst selbst nur ein paar Monate älter als er, als du die Wahrheit über deinen Vater erfahren hast. Und du warst siebzehn, als du begonnen hast, seine Forschungen fortzuführen.«

»Ich war vierundzwanzig, als ich das Gilgamesch-Kraut eingenommen habe!«

»Weil es nicht früher ging. Sei doch ehrlich, Aura. Das Kraut braucht sieben Jahre, um auf dem Grab eines Unsterblichen zu wachsen. Du konntest es gar nicht früher anwenden. Aber wenn du die Möglichkeit gehabt hättest … Mach dir doch nichts vor! Dein Alter hätte überhaupt keine Rolle gespielt. Und Gian sieht es genauso. Er ist dein Sohn! Er ähnelt dir in so vielem, jeder sieht das – nur du nicht.«

Sie hatte sich mühsam beherrscht, seit sie den Raum betreten hatte. Jetzt aber spürte sie, dass sie sich kaum noch unter Kontrolle hatte. Ihre Finger zuckten, und sie war drauf und dran, sich auf ihn zu stürzen. Cristóbal erkannte es und gab einem der Assassinen fast beiläufig einen Wink. Der Junge schob sich zwischen sie und den Tisch, das Schwert auf ihre Kehle gerichtet.

»Es geht dir doch gar nicht um Gian.« Sie brachte die Worte nur mühsam hervor. Es war unendlich schwer, ihn nicht anzubrüllen. »Und auch nicht um mich.«

Cristóbal schüttelte den Kopf. »Gian spielt eine nicht zu unterschätzende Rolle in dieser Angelegenheit. Genauso wie Tess. Ich musste ihm versprechen, dir zu sagen, warum er es getan hat.«

Ihre Zunge fühlte sich an wie aus Stein. »*Was* getan hat?«

»Warum er sich mir angeschlossen hat.« Der Graf lächelte, aber es war ein Lächeln ohne Humor. »Glaubst du denn wirklich, ich hätte ihn gewaltsam hierher gebracht? Schon bald nachdem du mir von ihm erzählt hast, habe ich Kontakt zu ihm aufgenommen. Am Anfang war er ziemlich widerborstig, wie man es von deinem Sohn erwarten durfte. Aber nach einer Weile hat er erkannt, welche Möglichkeiten ich ihm biete.«

Sie spürte, wie Konstantin ihre Hand ergriff, ungeachtet der Schwertspitze, die sich fester auf seine Brust presste. »Nicht«, flüsterte er besänftigend. »Du darfst nicht zulassen, dass er dir das antut.«

»Chevalier Weldon!« Zum ersten Mal wurde Cristóbals Stimme lauter, fast schneidend. »Das hier ist nicht Ihre Angelegenheit. Sie dürfen sich glücklich schätzen, dass Sie noch leben. Ein Fehler, den ich gedenke, zu korrigieren, falls Sie noch einmal versuchen sollten, das Wiedersehen zweier alter Freunde zu stören.«

Aura hatte nichts von all dem bewusst gehört. Ihr Blick fixierte Cristóbal wie eine Stück Wild vor dem Lauf eines Gewehrs. »Gian ist freiwillig zu dir gekommen?«

»Er hat eingesehen, dass ich ihm all seine Wünsche erfüllen kann.«

»Du bist kein Alchimist!«

»Ein Alchimist? Ich bitte dich, Aura ... Du magst unsterblich sein wie dein Vater, aber red dir doch nicht ein, dass das etwas mit Alchimie zu tun hat! Du hast ein paar Kräuter gegessen, das ist alles. Die ganzen Experimente im Laboratorium, all die Studien – das alles hättest du dir genauso gut sparen können. Du wärst heute genau dort, wo du jetzt bist, auch ohne all das.« Er schüttelte den Kopf. »Aura Institoris, die Alchimistin ... Das sagt nichts über dich aus. Gar nichts.«

Er tat das, was er immer am besten gekonnt hatte – er lenkte von sich ab, um seine eigenen Unzulänglichkeiten mit den ihren zu übertünchen. Früher, als er ihr stundenlang zugehört hatte, scheinbar geduldig, immer aufgeschlossen, hatte sie das für Selbstlosigkeit gehalten. Jetzt wusste sie es besser.

»Wie bist du auf mich gekommen?«, fragte sie. Die Antwort interessierte sie nur noch am Rande, aber sie wollte nicht, dass er länger von Gian sprach, als wären er und der Junge die engsten Freunde, vertrauter als sie selbst und ihr Sohn jemals gewesen waren. Dabei wusste sie genau, was Cristóbal getan hatte. Gian hatte ihm geglaubt, so wie sie selbst Philippe geglaubt hatte. Er hatte ein Talent, die Freundschaft anderer zu gewinnen, das über einfaches Geschick hinausging. Noch bis vor wenigen Tagen, ja, Stunden hätte sie beteuert, dass Philippe ihr ältester und bester Freund war. Jemand, der sie niemals verraten würde, um keinen Preis der Welt.

Aber warum erstaunte sie seine Wandlung dann so wenig? Warum war sie nicht tiefer berührt davon, härter getroffen?

Du hast es geahnt. Irgendwie, ganz tief drinnen, hast du es immer geahnt. Du hast dich einem anderen Menschen anvertraut, hast dich ihm ausgeliefert – aber das Wissen, das du besitzt, ist viel mehr, als andere ertragen können. So stabil ist keine Freundschaft, keine Bindung. Keine Liebe.

»Wie ich auf dich gekommen bin?« Cristóbal deutete mit einer Handbewegung über die Bücherreihen in den Regalen. »Es gibt Berichte, die weit zurück ins Mittelalter reichen. Aufzeichnungen der Katharer, die diesen Ort gegründet haben, nachdem man sie auf Montségur geschlagen hatte. Darin ist auch vom Gral die Rede. Und von dem Ritter, der eines Tages hier war und den Kelch mit eigenen Augen sehen durfte.«

»Nestor?«

»Nestor Nepomuk Institoris, ein Ausgestoßener des Templerordens. Ein Mann, von dem man sich erzählte, dass er allein durch die Welt ritt, unfähig, sich zu binden, weil alle ihm das eine neideten – die Unsterblichkeit.«

Sie hob eine Augenbraue. Gegen ihren Willen drohte sie der Verlockung seiner Geschichte zu erliegen. Aber war das nicht schon immer ihr Problem gewesen? »Die Katharer wussten, dass mein Vater unsterblich war?«

»Und nicht nur sie. Wie es aussieht, eilte ihm sein Ruf voraus. Die Katharer glaubten, dass er von Gott berührt war, und sie gestatteten ihm, einen Blick auf den Gral zu werfen.«

»Wenn du all das weißt, wie kommt es dann, dass du das Versteck des Grals nicht kennst?«

Seine Blick verdüsterte sich. »Die Katharer haben den genauen Ort niemals schriftlich festgehalten. Sie hatten erlebt, was auf Montségur passiert war, und sie wollten nicht, dass der Gral noch einmal in Gefahr geriet, in die Hände ihrer Feinde zu fallen.«

»Und da vertrauten sie ausgerechnet Nestor?«

»Ja. Und wie du dir denken kannst, war das ein Fehler. Die Aufzeichnungen brechen ab, nachdem die Katharer den Entschluss gefasst hatten, ihn in alles einzuweihen.«

»Was hat er getan?«

»Ich weiß es nicht.« Cristóbal ließ sich müde auf den Stuhl hinter seinem Schreibtisch sinken. »Bekannt ist nur, dass die Katharer etwa zu dieser Zeit aus der Sierra verschwanden. Die einen sagen, die Kirche hätte sie aufgestöbert und vernichtet. Andere behaupten, der Bund sei zerfallen und hätte sich einfach aufgelöst.«

»Und Nestor war der Anlass dafür?«

»Wer weiß? Sicher ist nur, dass sich sein Erscheinen und das Ende der Katharersiedlung in der Sierra de la Virgen überschneiden. Dein Vater ist hier aufgetaucht, und plötzlich sind die Katherer wie vom Erdboden verschwunden.«

»Was ist mit dem Tempel der Schwarzen Isis? Deine eigenen Leute haben dieses Land irgendwann in Besitz genommen. Waren sie es nicht, die die Katharer vertrieben haben?«

Er schüttelte den Kopf. »Die Katharer wurden 1244 auf Montségur besiegt. Nur eine Hand voll entkam und ließ sich hier nieder. Zu diesem Zeitpunkt war Nestor bereits ein Ausgestoßener des Templerordens, aber der Orden selbst stand noch immer in voller Blüte. Er wurde erst 1312 endgültig zerschlagen. Ehe sich die Splittergruppen der Templer soweit reformiert hatten, dass sie bereit waren, neue Klöster zu gründen, vergingen weitere Jahrzehnte. Meine Vorfahren, die Gründer des Tempels der Schwarzen Isis, kamen nicht vor 1370 in die Sierra, fast hundertdreißig Jahre nach dem Fall Montségurs. Die Katharer aber haben hier nicht einmal sechzig Jahre gelebt, bis 1301, als Nestor hier aufgetaucht ist. Zwischen ihrem Verschwinden und der Verlegung des Tempels in die Sierra liegen also nahezu siebzig Jahre.«

»Das bedeutet, der Gral wurde zuletzt 1301 gesehen? Vor über sechshundert Jahren?« Sie starrte ihn an. »Und du glaubst allen Ernstes, ihn heute hier noch wiederzufinden?«

»Ich wüsste nicht, was dagegen spricht. Es gibt keine Dokumente, die belegen, dass er jemals von hier fortgebracht wurde.«

Sie warf einen hilflosen Blick auf Konstantin, doch der hatte nur Augen für Cristóbal, kalt und hasserfüllt. Rasch wandte sie sich wieder an den Grafen. »Du hast selbst gesagt, dass die Aufzeichnungen der Katharer mit Nestors Erscheinen enden. Offenbar sind sie von hier fortgegangen. Du kannst doch nicht wirklich annehmen, dass sie den Gral einfach zurückgelassen haben.«

Cristóbal schüttelte den Kopf, wie ein Lehrer über einen Schüler, der partout eine mathematische Gleichung nicht begreifen will. »Ich habe gesagt, es wird *behauptet*, dass die Katharer freiwillig fortgingen. Ich habe nicht gesagt, dass ich selbst daran glaube. Ganz im Gegenteil. Ich denke, sie wurden ermordet – nicht von der Kirche.«

Sie lachte. »Etwa von Nestor?«

»Ja«, sagte er ruhig. »Ich denke, dein Vater hat die Katharer ausgelöscht. Er hat jeden getötet, der ihm hier vor die Klinge gekommen ist. Viele waren es ohnehin nicht mehr, die das Massaker von Montségur überlebt hatten. Ein Dutzend, vielleicht, nicht mehr.«

»Aber dann hätte er den Gral mitgenommen! Ein Grund mehr, dass du ihn hier nicht mehr finden wirst.«

Er lehnte sich mit einem Seufzer zurück. »Das werden wir sehen. Ehrlich gesagt, denke ich nicht, dass Nestor den Gral von hier fortgeschafft hat. Was hätte er damit tun sollen? Der Templerorden und die Kirche hatten ihn exkommuniziert. Überall drohte ihm der Scheiterhaufen. Wohin hätte er sich mit dem Gral wenden sollen? Nein, Aura ... Ich glaube, er hat ihn dort gelassen, wo er ihn gefunden hat, in der Gewissheit, dass niemand ihn entdecken würde. Vor allem nicht seine Feinde, der Papst und der Templerorden. Was für ein Triumph muss das für ihn gewesen sein!«

Möglicherweise hatte er Recht. Was er sagte, entsprach durchaus dem Charakter ihres Vaters, soweit sie selbst sich ein Urteil darüber erlauben konnte. Sie hatte Nestor nicht gut gekannt, und noch viel weniger konnte sie einschätzen, wie er vor sechshundert Jahren gewesen sein mochte.

Sie schaute erneut zu Konstantin hinüber. Diesmal erwiderte er ihren Blick und nickte unmerklich. Wusste er etwas, das Cristóbal verborgen geblieben war? Mit ein wenig Glück würde man sie zusammen einsperren, sodass sie ihn fragen konnte.

Cristóbal erhob sich wieder und stemmte sich mit beiden Händen auf die Schreibtischkante. »Trotz allem, Aura – ich bin froh, dass du gekommen bist.«

Sie lächelte kalt. »Ich weiß, was du vorhast.«

»So?«

»Ich glaube nicht, dass Gian wirklich auf deiner Seite ist. Du hast mich herbestellt, um ihm mit meinem Tod zu drohen. Und das wäre unnötig, wenn er ohnehin tut, was du von ihm verlangst.«

Der Graf zögerte einen Augenblick, sichtlich erstaunt, dann schüttelte er lachend den Kopf. »Glaubst du das wirklich? Dass ich dich töten will?«

Konstantin mischte sich ein. »Hören Sie auf! Es ist genug!«

Cristóbal suchte Auras Blick. »Aber das ist nicht wahr! Ich habe nie vorgehabt, dir ein Haar zu krümmen.« Mit einem merklich kühleren Seitenblick auf Konstantin fügte er hinzu: »Das gilt für Aura, nicht für Sie. Also halten Sie sich ein wenig zurück, werter Chevalier. Ihr Tonfall ist, gelinde gesagt, eine Zumutung.« Einen Moment lang blitzte wieder der alte Philippe auf, wie Aura ihn in Paris kennen gelernt hatte. Die ironische Karikatur eines Aristokraten alter Schule, ein kluger Mann mit einem ausgeprägten Sinn für feine Wortspitzen. Doch diese frühere Subtilität hatte Schaden genommen, die Plumpheit der Umgebung hatte bereits auf ihn abgefärbt.

»Im Grunde genommen war es nicht *mein* Wunsch, dich hierher zu locken«, sagte er. »Da es aber nun einmal unausweichlich erschien, wurde mir bewusst, dass die Aufforderung eine gewisse Dramatik verlangte. Deshalb diese geschmacklose Fotografie. Was für eine Schmierenkomödie!« Abermals stieß er einen Seufzer aus. »Hätte ich gewusst, dass die Dinge derart aus dem Ruder laufen, hätte ich mich nicht darauf eingelassen, das kannst du mir glauben.«

Er wandte sich um und trat ans Fenster. Das Glas war milchig und von Bleiornamenten durchzogen, die ein groteskes Schattenmuster auf seine Züge warfen. Es sah aus, als hätte sein Gesicht Risse bekommen wie ein brüchig gewordenes Ölporträt.

»Dass du hier aufgetaucht bist, macht alles so unendlich kompliziert«, sagte er seufzend.

Sie trat einen Schritt vor, bis fast an den Schreibtisch heran, und diesmal ließ sie sich von den Drohgebärden der Assassinen nicht beeindrucken. Cristóbal würde nicht zulassen, dass sie sie töteten.

»Wenn du es nicht warst, der wollte, dass ich herkomme – wer dann? Gian?«

Als er sich bewegte, wimmelten die Schattenstränge der Ornamente über seine Wangen wie ein Nest von Blindschleichen. Noch immer drehte er sich nicht zu ihr um.

»Gian hat nichts damit zu tun. Auch die Kleine nicht.«

»Wer dann?«

Er atmete tief durch, dann gab er sich einen Ruck und wandte sich wieder Aura zu. Der Assassine, der sie bedroht hatte, wich unter seinem Blick zurück wie nach einer Ohrfeige.

»Sie sagt, sie hat dich gerufen«, sagte Cristóbal und blickte ihr in die Augen. »Ist das wahr?«

»Sie?« Aber Aura wusste plötzlich genau, wen er meinte.

»*Hat* sie euch gerufen?«, fragte er beharrlich und schloss Konstantin mit ein. »Liegt das wirklich in ihrer Macht?«

Konstantin stutzte, und Aura hielt den Atem an. »Wer ist sie, Philippe?«

Seine Mundwinkel zuckten, aber sie brachten kein Lächeln zustande. »Die Schwarze Isis«, sagte er. »Die Göttin Innana.«

Kapitel 21

Im Schatten der Statue ging Gillian in die Hocke, geschützt vom Schleier des Halblichts an der Stirnseite der Halle. Er hatte keinen Zweifel, dass dies die Madonnenfigur war, die einst in der Höhle auf Mallorca gestanden hatte.

Die Feuergrube schleuderte meterhohe Flammen zur Decke, wo der runde Abzugsschacht gähnte wie ein pechschwarzer Schlund. Durch die beiden Fenster fiel nur noch spärliches Licht, seit die Sonne weiter gewandert war und nun die Seitenwand des Gemäuers beschien, geradewegs in den kleinen Nebenraum, in den die Assassinen Aura und den Fremden gebracht hatten.

Innerlich war er wie gelähmt. Es musste eine Täuschung sein, eine Verwechslung. Und doch – Aura war real. Äußerlich hatte sie sich seit damals nicht verändert, genau wie er selbst.

Er war gerade die Treppe hinaufgeschlichen, als er hinter sich Schritte vernommen hatte. Im ersten Stockwerk hatte er sich hinter der Treppenbiegung versteckt und beobachtet, wer die Stufen heraufkam. Einen Moment lang hatte er tatsächlich an seiner eigenen Wahrnehmung gezweifelt, an seinen Augen, seinem Verstand.

Dann aber gab es keinen Zweifel mehr.

Aura war hier in der Sierra de la Virgen, im Hauptquartier der Templerassassinen.

Sie hatten sich seit acht Jahren nicht mehr gesehen, seit sie ihm das Gilgamesch-Kraut verabreicht hatte. Die Vorstellung, ihr jetzt gegenüberzutreten, war so verwirrend, dass er Mühe hatte, sie als unumstößliche Tatsache zu akzeptieren.

Ganz allmählich kehrten seine Instinkte zurück, Reflexe übernahmen sein Handeln. Er musste Aura aus der Hand dieses Wahnsinnigen befreien. Dem musste sich alles andere unterordnen.

Wenn er nur gewusst hätte, wo Karisma steckte!

Ganz kurz hatte er die Möglichkeit in Erwägung gezogen, dass weitere Krieger aufgetaucht waren und sie überwältigt hatten. Doch aus irgendeinem Grund konnte er nicht recht daran glauben. Karisma war eine Templerin, und sie wusste, wie man einen Gefährten alarmierte, wenn Gefahr drohte. Zudem bezweifelte er, dass er einen Kampf – und den hätte sie ihren Gegnern mit Gewissheit geliefert! – überhört hätte.

In seinem Versteck hinter der Isis-Statue beobachtete Gillian, wie das Gespräch zwischen Aura und Cristóbal seinen Lauf nahm. Hin und wieder verstand er ein paar Worte und hörte, dass Auras Anwesenheit irgendetwas mit ihrem Vater zu tun hatte, der vor Hunderten von Jahren ebenfalls hier gewesen war. Bei der Erwähnung des Grals wurde Gillian hellhörig, aber er konnte aus dem Wenigen, das er verstand, keinen sinnvollen Zusammenhang konstruieren.

Als die Audienz beim Grafen beendet war, geleiteten die drei Assassinen Aura und den Mann durch die Halle zum Treppenhaus. Cristóbal ging mit ihnen. Gillian beobachtete sie durch die Flammen, bis die Gruppe aus seinem Blickfeld verschwand.

Er wollte ihnen nachgehen, als er plötzlich eine Bewegung wahrnahm. Seitlich, dann hinter ihm. Sein Schwert schnitt durch die Luft und verursachte ein leises Säuseln, bereit zum tödlichen Stoß.

»Warte!« Karisma lächelte. »Ich bin's.«

Er ließ das Schwert nicht sinken. »Wo hast du gesteckt?« Er hatte die Frage kaum ausgesprochen, als er bemerkte, dass sie andere Kleidung trug. Schwarze Hosen, die in ihren Stiefeln verschwanden – wie die Assassinen –, und darüber ein schwarzes Hemd, das lose über ihren Gürtel fiel. Sie hatte ihr Gesicht gewaschen, aber die dunklen Staubschatten unter ihren Augen verrieten, dass sie es in aller Eile und nicht besonders gründlich getan hatte.

Sarkasmus blitzte in ihren Augen. »Du musst mir nicht mit dem Schwert drohen, Gillian.«

Er zögerte einen Moment – zu lange, als dass sie es nicht bemerkt hätte –, dann senkte er die Klinge. »Wo warst du?«, fragte er noch einmal.

»Bei meinem Onkel«, sagte sie, ergriff seine Hand und zog ihn mit sich in den Raum, in dem Cristóbal seine Gefangenen empfangen hatte. Er folgte ihr widerstrebend und schaute sich vorsichtig um.

»So«, sagte sie, als sie inmitten der Bücher standen und sie die Tür angelehnt hatte. »Hier hört uns keiner.«

Er sah ihr in die Augen. »Du hast mit ihm geredet?«

»Herrgott, Gillian!« Sie machte keinen Versuch, seinem Blick auszuweichen, und hielt dem unausgesprochenen Vorwurf mühelos stand. »Er ist mein Onkel. Ich kenne ihn nicht gut, aber ich kenne ihn. Und ich dachte mir, dass es das Beste wäre, wenn ich ihn einfach frage, was er hier tut. Früher oder später hätte es sich ohnehin so ergeben – ich meine, deshalb sind wir nach Spanien gekommen, nicht wahr?«

»Da sahen die Dinge auch noch ein wenig anders aus.«

Sie seufzte leise. »Ja, das stimmt. Du hast sie gesehen, oder? Aura, meine ich. Und diesen Mann. Er nennt sich Chevalier Weldon.«

»Nie gehört.«

»Nein, ich auch nicht.«

»Was sagt dein Onkel, wer er ist?«

»Wir haben nur kurz gesprochen. Da wusste er schon, dass seine Leute Aura gefangen hatten und auf dem Weg hierher waren. Er wollte nicht, dass ich dabei bin, wenn er mit ihr redet. Er hat mir gesagt, wo ich Wasser zum Waschen und frische Kleidung finde, das war alles. Aber ich glaube, auf seine Art war er froh, mich zu sehen.«

»Schön für dich«, sagte Gillian düster. »Schön für deine Familie. Schade nur, das es *meiner* nicht ganz so gut geht. Deine kleine Eskapade hat daran wenig geändert, wie mir scheint.«

Sie ergriff seine Hand, spürte aber, dass ihm die Berührung im Augenblick unangenehm war. Enttäuscht ließ sie ihn wieder los. »Spar dir deinen Zynismus, Gillian. Ich bin zu ihm gegangen, um herauszufinden, was los ist – ohne dass wir beide mit Schwertern hier hereinstürmen und nicht wissen, mit wem wir es zu tun haben.« Ihr Blick verfinsterte sich. »Ich verstehe nicht, warum du nicht einsiehst, dass das die beste Lösung war.«

»Du bist einfach verschwunden. Gleich danach haben mich Assassinen angegriffen. Ich wusste ja nicht mal, ob du es überhaupt bis hierher geschafft hast.«

»Hättest du mich denn gehen lassen?«

Betreten schwiegen beide, ehe Gillian bewusst wurde, dass Aura und die Kinder noch immer in Gefahr waren, während er hier kostbare Zeit vertat. »Weiß dein Onkel, dass ich hier bin?«

»Natürlich nicht!«, sagte sie empört. »Er glaubt, ich sei allein gekommen.«

»Einfach so? Ohne Ankündigung?«

»Ich hab ihm erzählt, ich wäre erst in seinem Haus in Burgos gewesen. Dort hätte man mir gesagt, dass ich ihn hier finden könne.«

»Das hat er dir geglaubt?«

Sie lachte leise. »Nein, kein Wort. Er hat mir erzählt, dass er es war, der Lascari vor ein paar Monaten die Unterlagen über den Templerschatz in Spanien zugespielt hat. Offenbar hat er gehofft, dass Lascari mich losschicken würde – immerhin bin ich Spanierin.«

»Er hat das alles *geplant*?«

Sie nickte, und ihm fiel die tiefe Müdigkeit in ihren Augen auf. »Er sagt, er wollte mich zurückholen, hätte aber gewusst, dass ich nie freiwillig zu ihm kommen würde. Wenn aber Lascari mir den Auftrag geben würde, nach Spanien zu gehen ...«

Gillian schwirrte der Kopf. Sollte Lascaris letzter Wille, ihre ganze Reise hierher wirklich nur Teil eines Plans gewesen sein, den Cristóbal ausgeheckt hatte, um seine Nichte nach Spanien zu locken? In gewisser Weise war es verrückt – andererseits hatte er schon weit Verrückteres erlebt.

Er brauchte einen Moment, ehe er seine Gedanken soweit sortiert hatte, dass er zumindest den Versuch einer logischen Schlussfolgerung wagen konnte. »Er wird nie und nimmer annehmen, dass Lascari dich allein hergeschickt hat.«

»O doch«, sagte sie, »so lange man ihn in dem Glauben lässt, der ganze Templum Novum bestehe aus einer Gruppe seniler Greise. Er weiß nichts von dir. Er hat gehört, dass Lascari sich aus Venedig zurückziehen musste, und er weiß, dass die Mitglieder des Templum im Katharinenkloster Unterschlupf gefunden haben. Ebenso ist ihm klar, dass die anderen zu alt sind, um sie erst übers Mittelmeer und dann nach Spanien zu schicken, um hier zu kämpfen.«

Was sie sagte, klang einleuchtend.

Sie trat vor und gab ihm einen scheuen Kuss. »Es tut mir Leid«, flüsterte sie. »Aber ich weiß, dass du mich nicht allein hättest gehen lassen. Es war der einzige Weg, die Wahrheit herauszufinden.« Sie lächelte. »Du könntest jetzt sagen, dass ich Recht habe.«

Diesmal beugte er sich vor, um sie zu küssen. »Ein bisschen Recht.«

»Es kommt noch besser.« Sie zog einen Schlüsselbund aus der Tasche. »Sie werden die beiden vermutlich in die alten Verliese bringen. Hiermit sollten wir sie befreien können.« Sie zwinkerte ihm zu. »Oder ist es dir lieber, wenn wir diesen Chevalier verrotten lassen?«

Er zögerte kurz, dann nahm er sie bei der Hand. »*Ich* habe Aura verlassen, nicht sie mich. Und das alles ist sehr lange her. Mach dir keine Gedanken deswegen.«

Sie gab ihm noch einen Kuss, dann löste sie sich von ihm und trat hinter den Schreibtisch ihres Onkels. »Irgendwo wird er doch eine Waffe haben.« Sie zog Schubladen auf und wühlte darin herum.

»Wo ist dein Schwert?«, fragte er.

»Das hat er mir abgenommen.«

Er stieß ein grimmiges Lachen aus. »Du hast ihm freiwillig dein Schwert gegeben? Gut, dass Lascari das nicht hören muss.«

Sie richtete sich auf und sah plötzlich sehr ernst aus. »Der Orden zerfällt, Gillian. Spürst du das auch? Es passiert, ohne dass die anderen eine Chance hätten, es zu bemerken.«

Er nickte langsam. »Der Großmeister und eine Ordensschwester verlieben sich ... Aber das muss nicht das Ende des Templum Novum bedeuten.«

»Doch – wenn diese beiden die Zukunft des Ordens sind.«

»Vielleicht bekommen wir doch noch die Chance, Lascaris Willen zu erfüllen. Ein neuer, besserer Templum Novum.« Er sah sie an, und die Erkenntnis, wie viel er für sie empfand, war überwältigend. »Wir könnten es versuchen – wenn wir jemals hier rauskommen.«

Sie nickte, hielt seinen Blick noch einen Moment länger mit ihren Augen fest, dann zog sie die nächste Schublade auf und entnahm ihr einen langen Brieföffner.

Gillians Augenbraue rutschte nach oben. »Welch mächtiges Schwert Ihr schwingt, Schwester Karisma.«

»Besser als nichts.«

»Keine Pistole?«

Sie schüttelte den Kopf.

Er überlegte nicht lange und warf ihr seine eigene Klinge zu. »Gut, dann nimm das hier. Und gib mir dieses ... Ding.«

Sie hatte das Schwert mit links aufgefangen, doch sie warf es ihm gleich wieder zurück. »Nichts da. Ich werde Euch zeigen, wie man mit so etwas umgeht, Großmeister Gillian.«

Sie grinsten sich an, dann eilte Karisma an seine Seite.

Gemeinsam machten sie sich auf den Weg.

Cristóbal ließ Aura von Konstantin trennen. Zwei Assassinen führten ihn fort, einen langen Korridor hinunter, der sich im Zwielicht der spärlichen Fackeln verlor. Er wehrte sich nicht. Aura Herzschlag raste. Zornig drehte sie sich zu Cristóbal um, ungeachtet der beiden Krummschwerter, die sogleich auf ihre Brust wiesen.

»Wo bringen sie ihn hin?«

»Keine Angst, ihm geschieht nichts«, sagte der Graf. »Zumindest nicht, so lange du keine Dummheiten machst.«

Aura hatte das Gefühl, Cristóbal in diesem Fall vertrauen zu können. Hätte er Konstantin töten wollen, hätte er das bereits viel früher getan.

Die beiden Templerassassinen nahmen sie in die Mitte, Cristóbal ging voran. Er führte sie stumm einen Gang hinunter, dann wieder ein paar Stufen nach oben und durch einen Saal. Fast überall war es düster wie in einer Höhle, nur vereinzelt tanzte Fackelschein über die grauen Bruchsteinwände. Die wenigen Fenster waren so dick verglast und schmutzig, dass kaum Tageslicht hereinfiel.

Aura starrte auf Cristóbals Rücken. »Diese Schwarze Isis, wer ist sie?«

»Innana«, sagte er knapp, ohne sich umzudrehen.

»Die Göttin, die von Gilgamesch verstoßen wurde?«

Cristóbal nickte. »Sie bat ihn, ihr Gefährte zu werden, doch er lachte und wies sie ab. Daraufhin … «

»Daraufhin hetzte sie ihm den Himmelsstier auf den Hals«, fiel sie ihm ins Wort. »Doch Gilgamesch erschlug ihn, was Innana so wütend machte, dass sie Uruk mit einer Seuche heimsuchte, der auch Gilgameschs bester Freund zum Opfer fiel. Gilgamesch fürchtete seinen eigenen Tod und machte sich auf die Suche nach der Unsterblichkeit. Ich kenne die Geschichte. Und von mir aus kann sich deine Freundin nennen, wie sie mag. Aber was will sie von mir? Und warum ist der Großmeister des Tempels der Schwarzen Isis ihr hörig?« Ihr Tonfall geriet längst nicht so bissig, wie sie es sich wünschte. Sie spürte in sich eine eigentümliche, tiefe Unruhe; sie hatte nicht mehr genügend Kraft, um den Rest für Hohn und Spott zu verschwenden.

Cristóbal blieb stehen und sah sie an. Sie befanden sich in einem Raum, dessen Decke mit einem gewaltigen Fresko geschmückt war. An vielen Stellen war die Farbe abgeblättert, doch noch immer war zu erkennen, dass es sich um ein Bildnis der Jungfrau Maria handelte, umgeben von Gestalten in Weiß und Rot – eine Armee von Tempelrittern, erstarrt in andächtiger Unterwerfung.

»Ich weiß nicht, was sie ist«, sagte er leise.

Ihr entging nicht, dass er Was sagte, statt Wer. »Ich verstehe nicht …«

»Sie ist mit dem Tempel der Schwarzen Isis hierher gekommen, mit meinen Vorfahren. Sie wird nicht gefangen gehalten, und doch geht sie niemals aus freiem Willen von hier fort, es sei denn, ich begleite sie. So wie in Paris. Ich glaube, du hast sie ein- oder zweimal kurz gesehen.«

Die Frau am dunklen Ende der Gasse. Der schwarze Schatten im Ballsaal. Schemen, die sie im ersten Moment für ihr eigenes Spiegelbild gehalten hatte.

Und dann, gestern Abend, draußen in den Gräben – sie hatte etwas gehört. Eine Stimme, die sie rief. Und einen einzelnen Namen. Innana.

Aura hatte Konstantin gegenüber nichts davon erwähnt, doch dann hatte sie bemerkt, dass er es ebenfalls hörte. Ein stummer Ruf in ihrer beider Gedanken. Genau wie in den Visionen, die sie unter dem Einfluss der Kaskaden-Zwillinge gehabt hatten. Ein Ruf, der nur Unsterblichen galt.

»Sie ist hier seit der Gründung des Tempels?«, fragte sie noch einmal.

Cristóbal nickte. »Sie *ist* die Schwarze Isis. Zumindest war sie es für alle meine Ahnen.«

»Aber Isis und Innana sind in der Mythologie zwei verschiedene Gottheiten. Die eine ist die Mutter aller Götter, die andere eine Tochter des Himmelsgottes. Was immer deine Vorfahren – «

»Sie sahen in ihr das, was sie ist. Eine Unsterbliche, Aura. Genau wie du. Mit dem Unterschied, dass sie seit einer Ewigkeit existiert. Die Assassinen beteten sie in der Festung von Alamut an, weil sie in ihr die Verkörperung der Isis sahen. Als sie aus dem Orient fliehen mussten, nahmen sie sie mit, erst auf die Insel der Templer, und später, als Tempelritter und Assassinen sich vereinten, hierher nach Spanien. Sie hat seit jeher unter dem Schutz des Alten vom Berge gestanden, und das gilt auch heute noch.« Mit Bedauern in der Stimme fügte er hinzu: »Auch wenn der Alte vom Berge einen Großteil seiner Macht verloren hat und versucht zu vergessen, dass er diesen Namen, diese *Auszeichnung* mit Stolz tragen sollte. Aber du siehst es doch, nicht wahr! Du weißt, was aus dem Tempel der Schwarzen Isis geworden ist.«

In ihrer Stimme lag keine Spur von Mitgefühl, auch wenn er das vielleicht hoffte. »Hassan As Sabbah würde sich vermutlich im Grab umdrehen.«

»Verstehst du also, weshalb ich den Gral so dringend brauche?« Für einen Augenblick klang er beinahe verzweifelt. »Begreifst du es jetzt?«

»Den Gral hättest du haben können«, sagte sie kalt, »aber nicht meine Kinder.«

Er öffnete den Mund, um etwas zu erwidern, dann presste er die Lippen aufeinander, wandte sich mit einem Ruck ab und setzte den Weg fort. Aura folgte ihm, begleitet von den beiden Assassinen.

Sie erreichten ein hohes Doppeltor, das in eine gerundete Mauer eingelassen war. Einer der beiden Türme, dachte Aura. Der Südturm, vermutlich der, auf dem keine Wächter gestanden hatten.

»Du musst allein zu ihr gehen«, sagte Cristóbal. »Sie will es so.«

Aura schaute ihn durchdringend an. »Wie viel Macht hat sie über dich?«

»Die Macht der Tradition«, erwiderte er mit einem Schulterzucken. »Alles, was ich tue, hat mit Tradition zu tun. Ich bin der Alte vom Berge, der letzte Meister der Templerassassinen. Mein Großvater und mein Vater haben den Tempel der Schwarzen Isis verkommen lassen, und ich selbst … Ich fürchte, ich bin nicht besser als sie. Das, was noch an Geld da war, habe ich in Paris verprasst. Mein einziger Trost ist, dass ich nur nach Paris gegangen bin, um im Sinne des Tempels zu handeln.«

Sie stieß scharf die Luft aus. »Um mich auszunutzen.«

»Um das Palais zu mieten. Um später dein Freund zu werden. Und um zu erfahren, was du über Nestors Erlebnisse hier in der Sierra weißt. Als du mir dann von den Kindern erzählt hast und von dem, was in ihrer Macht liegt …« Er brach kurz ab und sagte dann: »Ich hatte keine andere Wahl. Der Tempel hat Vorrang vor allem.«

»Und Raffael? All der Luxus, die rauschenden Feste?«

Er wich ihrem Blick aus. »Ich habe mich hinreißen lassen, genau wie mein Vater vor mir. Ich habe dem Tempel geschadet, auch wenn ich immer nur sein Bestes wollte.«

»Das kannst du vielleicht dir selbst einreden, aber ich kenne dich besser.«

Wut blitzte in seinen Augen auf, aber er hielt seine Gefühle im Zaum. »Ich bin wie du ein Opfer der Tradition und der Geschichte meiner Familie.«

»Du bist kein Opfer. Gian und Tess sind Opfer, und all jene, die sterben mussten.« Sie überlegte, ob er wohl wusste, dass Raffael tot war. Sie hätte es ihm sagen können, doch dann ließ sie es bleiben.

Ohne ein weiteres Wort trat sie auf das Tor zu und drückte die schwere, unterarmlange Klinke herunter.

»Aura!«

Sie drehte sich noch einmal zu ihm um, widerwillig und mit einem scharfen Brennen in den Augen.

»Als du die Forschungen deines Vaters weitergeführt hast«, sagte er, »da hattest auch du keine Wahl. Das hast du selbst immer gesagt. Es war dein Erbe, und du hast es akzeptiert – einschließlich der Schwierigkeiten, die damit verbunden waren. Du hast fortgeführt, was er begonnen hat, ohne Rücksicht auf deine Familie.« Er hob die Stimme, als er sah, dass sie widersprechen wollte. »Das, was ich tue, unterscheidet sich durch nichts von dem, was du getan hast. Auch ich habe mein Erbe akzeptiert. Und wir machen alle die gleichen Fehler, denkst du nicht auch?«

Sie schloss für einen Moment die Augen und versuchte, den Vorwurf zu ignorieren. Dann ließ sie ihn stehen, innerlich erkaltet und von einem Schuldbewusstsein erfüllt, das ihr zuwider war.

Sie betrat das Allerheiligste einer Göttin.

Flammen loderten in einer kleinen Feuergrube im Zentrum des Turmzimmers, warfen zuckende Lichtkaskaden über die Wände. Die grobe Oberfläche des Steins erzeugte bizarre Schattierungen und ließ die Mauern porös und unwirklich erscheinen. Sowohl von der Decke als auch von Wandvorsprüngen hingen Gebilde aus einem Material, das Aura im ersten Moment für Äste hielt. Beim Näherkommen aber erkannte sie, dass es sich um Knochen von Vögeln handelte. Tausende, Zigtausende von Vogelknochen, mit Fäden verbunden und verknotet zu fantastischen Formen, verzerrten, archaischen Masken. Ihre Schatten tanzten wie Gespenster durch den Raum.

Am Fuß einer Wendeltreppe, die hinauf zu den Zinnen führte, stand eine schwere Werkbank. Darauf häuften sich Knochenberge, Werkzeuge, Töpfe mit Leim und Farbe, Rollen mit Fäden in unterschiedlichen Stärken und einige Spiegel, deren Zweck sich Auras Verständnis entzog. Ein weiterer Spiegel, mannshoch und fast genauso breit, befand sich unweit der Werkbank an der Wand.

»Aura Institoris?«

Die Stimme war leise und zurückhaltend, zudem weit jünger, als Aura erwartet hatte.

»Aura Institoris?«, fragte die Stimme zum zweiten Mal.

»Ja.«

Es raschelte, dann trat eine schlanke Gestalt in den gelben Schein der Feuergrube. Erst jetzt fiel Aura auf, wie heiß es im Turmzimmer war, heißer noch als im unbarmherzigen Sonnenschein der Sierra.

»Ich warte schon so lange auf dich«, sagte die Gestalt und kam näher. Sie sprach Französisch mit einem sonderbaren, exotischen Akzent.

»Du bist Innana?«

Die junge Frau nickte. Im Grunde, das erkannte Aura jetzt, war sie noch gar keine Frau, sondern ein Mädchen, äußerlich nicht älter als sechzehn, siebzehn Jahre alt. Das aber hatte nichts mit ihrem wahren Alter zu tun, falls Cristóbal die Wahrheit gesagt hatte.

Die Ähnlichkeit *war* frappierend, auch wenn Innana von nahem nicht mehr Auras Spiegelbild glich. Sie hatte das gleiche lange schwarze Haar, das ihr bis auf die Hüften fallen würde, hätte sie es nicht zu einem Knoten am Hinterkopf hochgesteckt. Zwei lange Vogelknochen hielten die üppige Haarpracht; einstmals mochte dies der Schmuck einer Königin gewesen sein.

Innanas Gesicht war schmal, die Wangen leicht eingefallen. Von Natur aus war sie um einiges dunkelhäutiger als Aura, doch ihre Gesichtszüge gaben kaum einen Hinweis auf ihre orientalische Abstammung. Ihre Nase war klein und schmal, ihre Augen grau. Es war der Blick dieser Augen, der Aura auf Anhieb verriet, dass Cristóbal nicht gelogen hatte. So viel Schmerz war darin, so viel Sehnsucht, so viel Wissen. Wie alt sie wirklich war, vermochte Aura nicht abzuschätzen, aber gewiss war sie kein siebzehnjähriges Mädchen mehr.

Eine Unsterbliche, Aura. Genau wie du. Mit dem Unterschied, dass sie seit einer Ewigkeit existiert.

Aura machte einen Schritt, dann noch einen. Zögernd überwand sie ihre Scheu und ging weiter.

Schließlich standen sich die beiden direkt gegenüber.

»Der Alte hat mir von dir erzählt«, sagte Innana. »Er hat oft von dir gesprochen, und von dem, was du bist. Ich konnte es nicht erwarten, dir endlich zu begegnen.«

Aura musterte sie skeptisch. »Du bist keine Göttin«, sagte sie.

»Manchmal ist es von Nutzen, wenn die Menschen das glauben.«

»Dann ist Innana nicht dein wirklicher Name?«

»Er ist längst dazu geworden.«

»Und dein wahrer Name?«

»Vergessen, vielleicht«, sagte Innana mit einem Achselzucken.

War es möglich, dass man den eigenen Namen vergaß? Es war, als stieße Aura mit dieser Frage gegen eine Wand, die sie nicht durchdringen konnte. Das also ist es, was aus dir werden könnte.

Plötzlich hatte sie Mitleid mit ihrem Gegenüber. Gab das Alter – Tausende und Abertausende von Jahren – einem Menschen den Anschein von Göttlichkeit? War das etwa die Erwartung, die man selbst ab einem gewissen Punkt an die Ewigkeit stellte?

Entstanden so Götter? *Wahre* Götter?

Innana lächelte und nestelte an einer Brosche ihres Kleides. Auch dieses Schmuckstück bestand aus Knochen. Sie sahen aus, als wären sie miteinander verknotet. »Ich habe vieles vergessen. Nicht alles, aber vieles.«

»Weißt du noch, wie du zu dem geworden bist, was du heute bist?« Sie hatte das Gefühl, mit einem Kind zu sprechen, und sie fühlte sich unwohl dabei. Aller Wahrscheinlichkeit nach – vorausgesetzt, dies alles war nicht nur eine List Cristóbals – gab es nirgends auf der Erde ein Geschöpf, das älter war als dieses Mädchen.

»Wie ich zu dem geworden bin …«, wiederholte Innana verträumt. »Gewiss.«

»Wirst du es mir erzählen? Deshalb wolltest du doch, dass ich zu dir komme – um zu reden, nicht wahr?«

»Es gibt nicht mehr viele wie uns.«

»Aber es gibt andere?«

»Ich konnte einen spüren. Der, der mit dir gekommen ist.«

Aura nickte. »Konstantin.«

»Er ist einer von uns. Älter als du. Aber immer noch so unfassbar jung.«

»Wie alt bist du, Innana?«

»Ich bin einem König begegnet, und ich habe ihn bestohlen. Ich bin die Schlange.«

Aura brauchte einen Moment, ehe sie den Sinn dieser Worte erkannte. »Die Schlange? Du hast … «

»Ich habe dem König Gilgamesch das Eine gestohlen, was er mehr begehrte als alles andere auf der Welt. Das Eine hat viele Namen.«

»Das Gilgamesch-Kraut«, sagte Aura benommen.

»So hat der Alte vom Berge es genannt«, sagte Innana. Sie bestand offenbar auf dieser Bezeichnung, statt Cristóbal beim Namen zu nennen.

»Aber Gilgamesch hat vor fast fünftausend Jahren gelebt!«

»Es ist lange her.« Innanas Gleichgültigkeit war nicht gespielt. Sie hatte die Jahre nicht gezählt, und falls irgendwer ihr Zahlen genannt hatte, so hatte sie sie längst wieder vergessen. »Komm, lass uns auf den Turm gehen.«

Aura folgte ihr an der Werkbank und den Knochenhaufen vorbei zur Treppe. Sie stiegen die Stufen hinauf und betraten durch eine Luke das Plateau des Turms. Die Sonne tauchte den See, die kleine Insel in seiner Mitte und die Weite der Sierra in gleißende Helligkeit. Nach dem Zwielicht im Innern brannte das Licht in Auras Augen. Der Wind war beinahe völlig zum Erliegen gekommen, die Mittagshitze schien alles Leben erdrücken zu wollen. Dennoch war sie froh, dass Innana sie hierher geführt hatte. Die Welt schien hier realer, greifbarer zu sein.

»Ich war ein gewöhnliches Mädchen in einem Dorf in den Bergen, irgendwo am Rand der Großen Wüste«, sagte Innana. »Unser Vieh ist an einer Krankheit verendet, und die Wasserstelle, aus der ganze Generationen meiner Vorfahren getrunken hatten, war von einem auf den anderen Tag verdorben. Die Menschen wurden krank, und viele starben sehr schnell. Niemand half uns, und das einzige andere Wasserloch war heilig, nicht für die Menschen bestimmt – so zumindest lehrten es die Ältesten, und keiner wollte den Zorn der Götter auf sich ziehen. Ich war nur ein Mädchen, und ich dachte: Wie kann der Zorn der Götter schlimmer sein als unser Elend, wo wir doch alle verhungern und verdursten werden?

So verließ ich unser Dorf und lief über das Ödland, bis ich schließlich, nach mehr als einem Tag Fußmarsch, zu dem zweiten Wasserloch kam, einem kleinen See. Am Ufer lag ein Mensch. Ein mächtiger Krieger, wie mir schien, denn er hatte Waffen und Teile einer Rüstung bei sich. Sein Körper war voller Narben, daran kann ich mich gut erinnern. Nie hatte ich bis dahin einen Menschen mit so vielen Narben gesehen.

Er lag da im Schatten eines Felsens und hatte die Augen geschlossen. Im ersten Augenblick dachte ich, er wäre tot und das Wasser des Sees womöglich ebenfalls giftig. Dann aber sah ich, dass sich seine Brust hob und senkte. Er schlief.

Nach dem langen Marsch war mein Durst größer als die Scheu vor dem Fremden. Ich ging ans Wasser und trank. Nachdem ich meinen Durst gelöscht hatte, merkte ich, dass ich auch hungrig war. Ich warf einen Blick auf den Schläfer und sah, dass ein kleines Bündel neben ihm im Gras lag. Seine Reise muss lang und beschwerlich gewesen sein, dachte ich, so erschöpft wie er ist. Und obwohl er voller Narben und halb verheilter Wunden war, wirkte er doch stark und gut genährt, und ich dachte bei mir, dass er sicher etwas zu essen in seinem Bündel hatte.

Obwohl mir der Hunger die Eingeweide auffraß, blieb ich liegen und beobachtete ihn eine Weile. Trotz seiner Narben war er ein schöner Mann, mit vollem, dunklem Haar und großen Händen, die das gewaltige Schwert an seiner Seite gewiss mit großer Kraft führen konnten. Ich ahnte nicht, dass es Gilgamesch selbst war, der dort schlief und von seinen Kämpfen gegen den Himmelsstier und die Göttin Innana träumte.

Langsam streckte ich die Hand aus, ergriff das Bündel und schlich damit hinter den Felsen. Ich hatte gehofft, getrocknetes

Fleisch oder Brotfladen zu finden. Stattdessen fand ich einen Strauß grüner Kräuter. Die Pflänzchen waren trocken, hatten aber nicht ihre Farbe verloren. In meiner Verzweiflung und meinem maßlosen Hunger verschlang ich alle hinter dem Felsen, nur wenige Schritte vom rechtmäßigen Besitzer des Krauts entfernt. Plötzlich spürte ich, wie mir schwindelig wurde. Meine Glieder wurden schwer, mein Blick verschwommen. Ich kroch in einen engen Felsspalt wie ein waidwundes Tier, um dort zu sterben. Ich wusste, dass der Mann mich dort nicht finden würde. Ich blieb liegen und verlor das Bewusstsein, und als ich erwachte, war wohl einige Zeit vergangen, denn der Fremde war fort. Abermals trank ich, dann machte ich mich auf den Heimweg, um allen im Dorf von dem See zu erzählen.

Als ich zu Hause ankam, erfuhr ich, dass ich vier Tage unterwegs gewesen war. Die meisten Menschen waren tot, verdurstet, weil sie es nicht gewagt hatten, aus der heiligen Quelle zu trinken.

Viele, auch meine Eltern, starben in den folgenden Tagen an Entkräftung. Auch ich selbst war halb wahnsinnig vor Hunger, aber ich blieb am Leben. Nachdem alles getan war, was in meiner Macht lag, verließ ich das Dorf und wanderte abermals hinaus ins weite Land.

Hier war es, dass mich ein Suchtrupp entdeckte. Der König selbst führte ihn an. Nach seiner Rückkehr nach Uruk hatte er Krieger um sich versammelt, um den Dieb seines Schatzes zu suchen. Doch es war unmöglich, den Schuldigen für eine Tat zu finden, die niemand beobachtet hatte, und so kam Gilgamesch bald zu dem Schluss, dass ihn ein Dämon in Gestalt einer Schlange bestohlen haben musste, der uralte Versucher der Menschheit. Mit dem König und seinen Soldaten reiste ich nach Uruk. Ein junger Hauptmann nahm mich zur Frau, und er stieg bald auf in der Rangfolge am Königshof. So kam es, dass ich jahrelang ganz in der Nähe des Königs lebte, aber während mein Ehemann und Gilgamesch und alle anderen immer älter wurden, blieb ich ein junges Mädchen.«

»Hat Gilgamesch jemals die Wahrheit erfahren?«, fragte Aura.

Innana nickte. »Eines Tages rief er mich zu sich. Ich wusste bereits seit langem, dass er mich beobachtete, aber das war sein gutes Recht, denn mein Mann war in einer Schlacht gefallen, und es war das Anrecht des Königs, Anspruch auf mich zu erheben. In seinen Gemächern erzählte er mir von seiner Suche nach dem Kraut der Unsterblichkeit und von dem Diebstahl durch die Schlange. Allerdings fügte er hinzu, dass er sich möglicherweise geirrt habe und vielleicht ein einfaches Mädchen aus den Bergen das Kraut gestohlen haben könnte. Ich gestand nichts und stritt nichts ab, aber er erkannte die Wahrheit, denn auch wenn er manchmal ein grausamer und kriegerischer Herrscher war, so besaß er doch große Weisheit. Er fragte mich, ob ich seine Frau werden wollte. Er *fragte* mich, verstehst du? Er hätte es befehlen können, aber er ließ mir die freie Wahl. Er sagte, er werde bald sterben, ich aber würde ewig leben, und es sei gut, wenn ich dieses Geschenk in den Dienst Uruks stellte. Kurzum, er bot mir an, nach seinem Tod die Königin seines Reiches zu werden. So sollte seine Suche nach der Unsterblichkeit, wenn auch nicht ihm selbst, so doch zumindest seinem Volk zugute kommen, denn eine unsterbliche Königin würde nicht immer wieder die gleichen Fehler begehen, wie es gewöhnliche Herrscher tun.«

»Und du hast abgelehnt?«

»Nein. Ich nahm sein Angebot an. Er verkündete die Neuigkeit noch am selben Tag im Rat, und die Räte verkündeten es wiederum dem Volk. Jeder kannte die Geschichte von Gilgameschs Suche und den Gefahren, die er überstanden hatte. Damit aber niemand aufgrund meiner ewigen Jugend misstrauisch werden würde, ließ der König erklären, in mir sei die Göttin Innana zum Mensch geworden, jene Göttin, die er einst abgewiesen hatte. Jetzt aber, im hohen Alter, hätte er erkannt, welch großer Fehler dies gewesen war, und er hätte den Entschluss gefasst, Abbitte zu leisten. Daher, so hieß es, würde er die Göttin nun zur Frau nehmen und zu seiner Königin machen, die fortan und auch nach seinem Tod über Uruk und das Reich herrschen solle. So kam es, dass ich für ein paar Stunden fast eine Königin war.«

»Fast?«

»Noch in derselben Nacht überbrachte man mir die Nachricht, dass Gilgamesch gestorben sei«, sagte Innana mit einem Seufzen. »Nur wenige Stunden, bevor die Ehe geschlossen werden sollte. So wurde ich weder seine Frau noch die Königin von Uruk. Ich musste die Stadt verlassen, damit sein Nachfolger mich nicht ermorden ließ, und damit begann meine große Wanderung über die Welt.«

Sie schwiegen, nachdem Innana geendet hatte. Gemeinsam standen sie hinter den Zinnen, blickten über die kahlen Berge der Sierra, tief in Gedanken versunken. Schließlich ergriff Aura das Wort.

»Cristóbal hat gesagt, Hassan As Sabbah, der erste Alte vom Berge, habe dich in seiner Festung als Schwarze Isis verehrt.«

»Ich bin in all den Jahren weit herumgekommen. Aber ich habe mich immer gern in den Ländern des Orients aufgehalten, und dort war ich alles, mal Hetäre, mal Fürstin. Hassan As Sabbah fand mich auf einem Sklavenmarkt, als er noch ein junger Mann war, und er kaufte mich mit Geld, das er seinem Vater gestohlen hatte. Er musste daraufhin die Stadt verlassen, und ich, als seine Sklavin, musste mit ihm gehen. Anfangs benutzte er mich, aber nach und nach gelang es mir, seine Achtung zu gewinnen. Eine Weile glaubte er sogar, er sei in mich verliebt, aber stets ließ ich ihn spüren, dass ich nur sein Besitz war. Er wurde älter, während ich jung blieb, und er begann sich darüber zu wundern. Nicht nach einem Jahr, nicht einmal nach zehn. Aber als er das fünfzigste Jahr erreichte und ich noch immer so aussah wie ein Mädchen, bekam er es mit der Angst zu tun. Ihm waren Gerüchte zu Ohren gekommen, von einer Dschinn, die seit Jahrtausenden durch die Reiche des Ostens zog, doch er dachte, er wisse es besser. Schon als junger Mann hatte er begonnen, die Kriegersekte der Assassinen aufzubauen, anfangs aus Machtgier und Hass auf die reichen Händler und Fürsten in ihren goldenen Palästen, auf Männer wie seinen Vater, später aber aus wahrer Überzeugung. Er verkündete seinen Anhängern, ich sei keine gewöhnliche Frau, sondern die Fleisch gewordene Isis. Und so kam es, dass man mich zum zweiten Mal ohne mein Zutun zur Göttin ausrief.«

»Seitdem wirst du von den Assassinen verehrt?«

»Erst von den Assassinen in der Festung von Alamut, später dann auch von ihren Verbündeten, den Templern. Mit dem Unterschied, dass die einen Isis, die anderen ihre Madonna in mir sahen.«

Aura erinnerte sich an das, was Lucrecia Kaskaden ihr über die Schwarzen Madonnen erzählt hatte, Statuen, die einst Isis dargestellt hatten und später von christlichen Bildhauern zu Marienfiguren umgearbeitet worden waren.

In ihnen allen schlägt noch immer das Herz der Schwarzen Isis, hatte sie gesagt.

Mit Innana war dasselbe geschehen. Angebetet als Göttin des Orients, hatte man auch aus ihr eine christliche Ikone gemacht.

»Warum bist du nicht von hier fortgegangen?«, fragte Aura.

»Wohin hätte ich denn gehen sollen?« Innana schüttelte den Kopf. »Ich habe alles gesehen, alles erlebt, alles getan. Es gibt nichts Neues mehr. Nichts, das es wert wäre, etwas dafür zu verändern.«

Aura dachte an ihre eigenen Sorgen, an ihre Verzweiflung über den Stillstand, der sie noch bis vor kurzem zu ersticken drohte. Sie war erst vierunddreißig Jahre alt. Innana fast fünftausend.

»Gar nichts?«, fragte Aura.

»Nur eines.« Innana ließ ihren Blick über die braunen Bergkuppen schweifen. »Die Veränderung schlechthin«, sagte sie gedankenverloren.

»Ich verstehe nicht …«

»Warum bist du der Spur des Verbum Dimissum gefolgt?«

Überrascht betrachtete Aura Innanas perfektes Profil. Sie verstand nicht, warum sie das Verbum zur Sprache brachte. Es hatte nichts mit all dem hier zu tun.

Oder aber alles.

»*Du* suchst das Verbum Dimissum?«, fragte sie ungläubig.

Innana nickte. »Die Veränderung schlechthin«, sagte sie noch einmal. »Das Wort, das die Schöpfung heraufbeschwor. Das Wort für eine neue Welt.« Sie holte tief Luft. »Das Wort, das womöglich selbst die Schöpfung *ist*.«

In Auras Kopf schwirrten Gedanken, Bilder, Eindrücke umher, ein kreiselnder Wirrwarr aus Unglauben, Fassungslosigkeit und Entsetzen. »Du glaubst allen Ernstes, du kannst mit dem Verbum eine neue Welt schaffen?«

Innana erwiderte trotzig ihren Blick. »Die alte kenne ich in- und auswendig.«

»Aber die Welt verändert sich. Das tut sie ständig. Auch jetzt, in diesem Augenblick.«

»Glaubst du das wirklich? Ich habe Menschen in fünf Jahrtausenden erlebt. Sie waren nicht anders als heute. Der Mensch ist eine langweilige Spezies. Warum sonst hätte er es nötig, sich Götter zu erschaffen?«

»Aber du bist keine Göttin!«

»Kann ich dessen sicher sein?« Innana kaute auf ihrer Unterlippe. »Keiner von uns weiß, was einen Gott ausmacht. Vielleicht bist du selbst irgendwann einer, in ein paar hundert oder ein paar tausend Jahren. Götter *sind* nicht – sie werden gemacht! Und mich haben die Menschen gleich zweimal zur Göttin erklärt. Habe ich da nicht das Recht, die Welt neu zu schaffen?«

»Aber das Verbum ist nur eine Legende.«

»Der Gral jedenfalls ist keine.«

»Du hast ihn gesehen?«

Ein flüchtiges Lächeln huschte über Innanas Züge. »Es ist lange her. Damals war er nichts als ein Tonbecher, wie all die anderen, die rund um das Feuer standen in jener Nacht.«

»Jener Nacht?«

»Du weißt, welcher. Der Nacht, in der Jesus Abschied von seinen Jüngern nahm.«

Aura wandte sich ab, ging zwei Schritte auf der Turmplattform auf und ab und kam wieder neben Innana zum Stehen. »Das ist lächerlich!«

»Ich war dabei, Aura«, sagte das Mädchen eindringlich. »Ich war eine Hetäre, das habe ich dir gesagt.«

»Du warst … Maria Magdalena?«

Innanas Lachen schallte glockenhell über den See. »Maria Magdalena? Liebe Güte, Aura … Nein, *sie* war ich nicht. Aber ich war eines der Mädchen, das für sie gearbeitet hat, damals in der Nacht seines Abschieds.«

»Ich verstehe nicht.« Aber natürlich tat sie es doch.

»Es war ein Gelage. Glaubst du wirklich, diese Männer hätten nur dagesessen, das Brot gebrochen und am Weinkelch ihres Meisters genippt?« Sie schüttelte den Kopf und winkte ab. »Es waren eine Menge Mädchen da, mindestens zwei für jeden Mann. Maria Magdalena hatte uns ausgewählt. Sie hatte uns Geld versprochen, und Geld haben wir bekommen. Ich saß auf dem Schoß von … ich weiß nicht, ich habe seinen Namen vergessen. Jedenfalls saß ich auf seinem Schoß, als Jesus den Becher hob und seinen Trinkspruch ausbrachte. Ja, Aura, ein Trinkspruch – nicht mehr. Ausgesprochen über einem Becher aus Ton.«

»Dem Heiligen Gral.«

»Es war nichts Heiliges an ihm, wenn du mich fragst. Ein Wunder, dass er die Jahrhunderte überstanden hat. Jesus' Anhänger fassten ihn schließlich in Gold und Silber, und so begann er seine Reise durch die Tempel und Kirchen und Krypten des Abendlandes. Wer zu welcher Zeit das Verbum Dimissum hineingekratzt hat, weiß ich nicht. Und auch ob es das echte ist, das wahre Wort der Schöpfung … wir werden sehen.« Sie seufzte erneut und sah Aura lange in die Augen. »Aber wir *werden* es sehen, Aura, so viel steht fest.«

Aura lehnte sich an die Zinnen und krallte ihre Hände um raues Gestein. »Du willst das Verbum aussprechen?«

»Ja.«

»Und du hoffst, die Welt wird dann eine andere sein?«

»Man übersteht keine fünf Jahrtausende ohne Hoffnung.«

»Hoffnung auf was? Auf die Zerstörung der Welt?«

»Nein«, sagte Innana. »Auf einen Neubeginn. Und ich will, dass dann jemand an meiner Seite steht, der so ist wie ich.«

»Ich werde dieses Spiel nicht mitspielen.«

»Das habe ich auch nicht erwartet.«

Aura starrte sie mit großen Augen an. »Wer dann? Konstantin?«

»Er gehört dir«, sagte Innana kopfschüttelnd.

»Aber … «

Innanas Blick folgte einem Vogelschwarm, der über den Bergen aufstieg und näher kam. »Nicht du, Aura. Und auch nicht dein Freund.«

»Wer dann?«

Innana nahm ihre Hand und lächelte wie ein kleines Mädchen. »Er, der kein Mann ist. Sie, die keine Frau ist. Ein Geschöpf der Alchimie. Das Kind des Morgantus.« Ihre Stimme war sehr ruhig, sehr kindlich. »Ich will den Hermaphroditen, Aura. Und ich spüre, dass er hier ist.«

Kapitel 22

Gillian hob das Schwert und schlug dem Mann den Knüppel aus der Hand. Der grobe Holzstab flog rotierend davon und prallte gegen das Gitter. Eine Hand schob sich durch die Eisenstäbe und wollte danach greifen, doch der Knüppel lag außerhalb ihrer Reichweite. Mit einem Fluch zog Konstantin seine Finger zurück und schlug gegen das Gitter. Er war gezwungen, dem Kampf vor seiner Zelle hilflos zuzuschauen.

»Karisma!«

Gillians Ruf ließ die Templerin herumwirbeln. Sie hatte sich mit dem Schlüsselbund am Schloss des Verlieses zu schaffen gemacht, hatte aber noch nicht den Richtigen gefunden. Jetzt stürmte von hinten der zweite Wächter auf sie zu; mit der Rechten umklammerte er ein Messer, das ein paar Jahrhunderte früher als Kurzschwert durchgegangen wäre.

Karisma wich geschickt dem Hieb aus, ließ den Schlüsselbund fallen und packte das Schwert, das sie aus einem Wandschmuck im Erdgeschoss geklaubt hatte. Im Schein der Kerkerfackeln zog die Klinge eine feurige Spur durch die Luft.

Der Mann mit dem Messer war flinker, als sie erwartet hatte. Er und sein Gefährte sahen aus wie Stallburschen, aber sie hatten den Templerassassinen augenscheinlich einiges abgeschaut. Und doch – jedes Manöver, jede versuchte Finte war nur ein Nachahmen, die Kopie einer Kampftechnik, in der beide Männer nicht geschult waren. Ihre Bewegungen waren wie die von Marionetten, nicht eigenständig, sondern von der Erinnerung an Abgeschautes bestimmt. Auch deshalb waren ihre Bemühungen zum Scheitern verurteilt.

Karisma brauchte nur Sekunden, um den Mann zu entwaffnen. Sie gab ihm die Chance, aufzugeben, doch er weigerte sich, tastete nach dem Messer und wollte sie erneut angreifen. Sie verpasste ihm mit der Breitseite ihres Schwertes einen Hieb, der ihn zu Boden schickte. Er blutete aus einer Platzwunde an der Schläfe, aber daran würde er nicht sterben. Bewusstlos blieb er liegen.

Gillians Gegner, der sich gerade noch mit bloßen Händen auf seinen Feind stürzen wollte, beobachtete das Schicksal seines Gefährten, überdachte blitzschnell seine Lage und gab auf.

Sie befreiten Konstantin aus der Zelle, knebelten und fesselten die beiden Männer und warfen sie statt seiner in das Verlies. Karisma schloss nicht ab – die beiden würden ohnehin Stunden brauchen, um sich von den Fesseln zu befreien.

Gillian stellte sich und Karisma vor, und Konstantin verbeugte sich und sagte: »Konstantin Leopold Ragoczy.«

»Ich habe diesen Namen schon einmal gehört«, sagte Karisma nachdenklich, »oder besser, darüber gelesen. Einer Ihrer Vorfahren war … «

Konstantin schenkte ihr ein breites Lächeln. »Der Graf von Saint-Germain«, sagte er und bemerkte sehr wohl, dass Gillian ihn misstrauisch musterte. »Einer meiner Urahnen«, fügte er rasch hinzu. »Ein Scharlatan, der von Hof zu Hof zog und den Adeligen das Geld aus den Taschen zog.«

»Wissen Sie, wie viele Assassinen es hier im Haus gibt?«, fragte Karisma.

»Drei haben mich in dieses Loch geworfen und sind dann verschwunden. Zwei sind mit den anderen oben geblieben. Aber es ist durchaus möglich, dass es noch mehr gibt.«

»Vier haben wir getötet, draußen auf den Hängen.«

»Ich hab mir gedacht, dass Sie das waren. Diese Assassinen

mögen gute Kämpfer sein, aber haben Sie gesehen, wie jung sie sind?«

»Es gab auch ein paar Ältere«, sagte Gillian und dachte an die beiden Männer, auf die sie in der Höhle gestoßen waren. »Wir sind ihnen auf den Balearen begegnet. Offenbar hatte man sie schon vor Jahren dorthin abgeschoben.«

»Das passt zu Cristóbal«, sagte Konstantin zustimmend. »Ältere Anhänger hätten seinen Lebenswandel in Frage stellen können.«

Karisma klang verbittert. »Deshalb hat er das Waisenhaus in Soria gegründet.«

»Möglich, dass er mit dem Tempel noch einmal ganz von vorne beginnen wollte«, sagte Konstantin. »Das deckt sich mit dem, was er uns erzählt hat.«

Karisma sah zum Eingang hinüber, einem engen Halbrund aus Granit. Ein niedriger Korridor führte von dort aus ins Treppenhaus. Er war menschenleer.

Sie wollte aufbrechen, doch Gillian hielt sie zurück. »Warte noch. Ich denke, unser Freund schuldet uns ein paar Erklärungen.«

Konstantin seufzte. »Was wollen Sie hören?«

Gillian bemerkte, dass Karisma ihn eindringlich ansah. »Zum Beispiel«, sagte er, »was Sie und Aura hier zu suchen haben.«

»Muss das jetzt sein? Und hier?«

Gillian nickte grimmig. »Wenn die Assassinen Sie erschlagen haben, ist es zu spät.«

»Ich denke, ich weiß jetzt, wer Sie sind«, sagte Konstantin nach kurzem Überlegen.

»Umso besser.«

Konstantin atmete tief durch und blickte noch einmal zum Kerkertor hinüber. Niemand war zu sehen. Besser, er brachte diese Sache so schnell wie möglich hinter sich.

Eilig begann er zu erzählen.

Aura hatte die erste Überraschung überwunden, doch noch

immer hielt sie die Möglichkeit, dass sich Gillian hier in Spanien, sogar im selben Gebäude aufhalten könnte, für mehr als unwahrscheinlich.

Doch warum hätte Innana sie belügen sollen?

Aura gab nicht viel auf das Gerede vom Neubeginn der Welt. Zumal sie sich fragte, woher Innana die Gewissheit nahm, dass sie selbst eine solche Umwälzung überleben würde. Vermutlich war auch Überheblichkeit eine Folge ihres Alters. Könige und Kaiser waren innerhalb von Jahrzehnten, manche schon nach wenigen Jahren dem Größenwahn verfallen – insofern hatte sich Innana ihre Vermessenheit redlich verdient.

Die Frage war, welche Folgen ihre Bestrebungen für Gian und Tess, für Konstantin, Aura und, ja, für Gillian hatten.

Gillian …

Es war einfach unmöglich. Und trotzdem ertappte sie sich dabei, wie sie vom Turm hinab über die Hänge und die Landzunge blickte.

Ich spüre, dass er hier ist, hatte Innana gesagt.

»Ist er hier im Haus?«, fragte Aura.

»Ich habe seine Existenz seit langem gespürt«, sagte Innana. »Aber er war zu weit fort, als dass meine Rufe ihn hätten erreichen können. Jetzt ist er hier.«

Aura musste sich zwingen, nicht weiter nachzubohren. Ihre Fragen über Gillian führten zu nichts. Sie musste logisch denken, rational.

»Du warst es, die uns diese Bilder gesandt hat?«, fragte sie.

Das Mädchen, das keines war, nickte. »Man lernt vieles in so langer Zeit. Und man entwickelt sich. Es wäre eine Überlegung wert, zu *was* wir uns wohl entwickeln. Erst Menschen, dann Unsterbliche, und schließlich – Götter? Aber was kommt dann?«

»Wenn es dir recht ist, verschiebe ich den Gedanken daran um, sagen wir, ein paar tausend Jahre.«

Innana lachte. »Wir könnten alle zusammen sein, Aura. Eine Familie von Unsterblichen. Auch deine Kinder könnten so sein wie wir.«

»Cristóbal hat es ihnen angeboten.«

»Ich weiß. Er ist nicht dumm. Aber er blickt über den plumpen Reiz einer solchen Möglichkeit hinaus und hat für sich selbst die Folgen abgewogen. Er hat kein Verlangen nach der Ewigkeit.«

Schweigend musste Aura ihr zustimmen. Philippe fürchtete die Vergangenheit – die Tradition, wie er sie nannte –, und vermutlich hatte er ebenso viel Angst vor der Zukunft. Warum hätte er sich ihr freiwillig aussetzen sollen? Einen Augenblick lang stieg er wieder in ihrer Achtung, trotz allem, was er getan hatte.

»Können wir uns selbst das Leben nehmen?«, fragte sie unvermittelt. Bislang hätte sie diese Frage stets mit Ja beantwortet, aber mit einemmal war sie nicht mehr so sicher.

»Ich kannte welche, die es getan haben, vor langer Zeit«, sagte Innana. »Aber sie hatten einen starken Willen und starke Überzeugungen.«

»Im Gegensatz zu mir?«

»Das hast du gesagt, nicht ich.«

»Hast du jemals mit dem Gedanken gespielt?«

»Tausendmal. Aber es war eben nie mehr als das – nur ein Gedanke. Ich hätte nicht den Mut dazu. Und schon gar nicht die nötige Verzweiflung, jetzt erst recht nicht. Trauer und Angst sind vergänglich. Wir sind es nicht.«

»Ich weiß, was du meinst.«

»Tatsächlich?«

Aura konnte ihr nicht in die Augen sehen, obwohl sie spürte, dass Innana sie von der Seite anstarrte. Sie nickte langsam. »Als ich nach Paris gegangen bin, da war ich verzweifelt, und es wäre mir egal gewesen, wenn mir jemand gesagt hätte, dass ich nur noch wenige Tage zu leben habe. Verstehst du? Es hätte keine Rolle gespielt. Aber dann tauchten die blutigen Handabdrücke auf, die Sterne des Magus, Fuente ...« Und Konstantin, fügte sie in Gedanken hinzu. »Plötzlich war alles wieder ... ich weiß nicht, *anders*. Neu. Als hätte irgendwer das Licht eingeschaltet.«

»Das ist es, was ich meine«, sagte Innana. »Der Schmerz vergeht. Aber wir bleiben. Auf ewig.« Bei jedem anderen hätte sich das nach unerschütterlichem Optimismus angehört, aber Innana brachte es fertig, selbst diesen Worten einen Klang vollkommener Gleichgültigkeit zu geben.

»Wie geht es jetzt weiter?«, fragte Aura.

»Was schlägst du vor?«

»Ich will die Kinder zurück.«

»Und den Hermaphroditen?«

Absurd. So absurd, dass es schon wieder wahr sein konnte. »Das muss er selbst entscheiden«, sagte sie ausweichend.

Innana schob eine ihrer schmalen Mädchenhände über Auras Finger auf der Steinzinne. »Bleib bei mir. Du und die anderen – bleibt einfach bei mir.«

»Wir werden sehen.«

Innana lächelte. »Das waren *meine* Worte.«

»Die Worte einer Göttin passen offenbar zu vielen Gelegenheiten.«

»Mach dich nicht über mich lustig.«

Aura schüttelte den Kopf. »Nein«, sagte sie ernst.

Das Mädchen zog die Hand zurück, spielte einen Moment lang mit der knöchernen Brosche und schaute gedankenverloren über die sonnendurchglühte Sierra de la Virgen.

»Du willst Gian und Tess zurück … gut, das sehe ich ein. Aber erst, nachdem sie dem Alten vom Berge geholfen haben, den Gral und das Verbum zu finden.«

»Was, wenn es ihnen nicht gelingt?«

»Sie werden beides finden – früher oder später.«

»Kann ich mit ihnen sprechen?«

»Ich wusste, dass du mich darum bitten würdest.«

»Und deine Antwort?«

Wieder zögerte Innana. »Ich will nicht mehr allein leben. Alles, was ich getan habe, all die Ideen, die ich dem Alten in den Kopf gesetzt habe – der Gral, das Verbum, der Wunsch, dich und die anderen hierher zu holen –, all das habe ich nur getan, um euch zu begegnen. Aber wenn ich dir helfen soll, die Kinder zurückzubekommen, musst du mir etwas versprechen: Falls der Hermaphrodit sich weigert, wirst du mir fortan Gesellschaft leisten, Aura. Das ist meine Bedingung.«

»Das bedeutet Freiheit für Gian und Tess – und Gefangenschaft für mich.«

»Keine Gefangenschaft. Eine Freiheit, die größer ist als jede, die du bisher gekannt hast.«

»In diesem Turm?«

Innana winkte ab. »Wir können gehen, wohin wir wollen.«

»Das wird Cristóbal nicht gefallen.«

Ein feines Lächeln spielte um Innanas Mundwinkel. »Es heißt Tempel der Schwarzen Isis, nicht Tempel des Alten vom Berge. Hassan As Sabbah hat mich zu seiner Göttin bestimmt, und das gilt auch für seine Nachfolger.«

Aura bezweifelte, dass solcherlei Regeln für Cristóbal noch Geltung hatten, nicht nach allem, was er getan und gesagt hatte. Aber es wäre müßig gewesen, mit Innana darüber zu streiten.

»Einverstanden«, sagte sie schließlich. »Bring mich zu den Kindern.«

Innana fing Auras Blick mit ihren grauen Augen ein, und für einen Moment hatte Aura das Gefühl, blitzartige Ausschnitte von Dingen zu erkennen, die diese Augen im Laufe der Zeitalter geschaut hatten. Alte, schreckliche, wundervolle Dinge.

Visionen vom Werden und Wandel der Welt. Die Nachwehen der Schöpfung – und vielleicht ein Vorgeschmack darauf.

Plötzlich hatte sie entsetzliche Angst.

»Komm«, sagte Innana und stieg durch die Luke die Stufen hinab. »Ich bringe dich zu deinem Sohn.«

Tess erkannte die Wahrheit.

Sie wusste, dass Gian dieselben Bilder sah, spürte seine Anwesenheit in ihren Gedanken, so wie sie an den seinen teilhatte.

Sie sah den Ritter auf seinem weißen Pferd. Er preschte die

Landzunge entlang, die damals kaum anders ausgesehen hatte als heute. Wohl hatte sich das Haus an ihrer Spitze verändert. In Tess' Vision – Nestors Erinnerung – war es kleiner, kompakter, ohne die verfallenen Anbauten, die sich heute wie Geschwüre an seine Mauern klammerten. Die Wände waren heller, das Dach unbeschädigt. Es gab keine Flaggen, keine Wappen, keine Wimpel. Nichts, das auf die Besitzer des Anwesens schließen ließ.

Die Hänge rund um den See waren mit Gras bewachsen, und viele schienen Tess höher und schroffer zu sein als heute. Der Wasserspiegel war damals niedriger gewesen.

Der Ritter erreichte das Haus und wurde freundlich empfangen. Sie wusste jetzt, dass es sich um Nestor Nepomuk Institoris handelte, Auras Vater, der Stammvater der Familie, damals, als von einer Familie noch gar keine Rede war. Die Männer, die ihn begrüßten, wirkten ausgezehrt nach all den Jahren, die sie sich hier in der Sierra vor ihren Feinden versteckt hatten.

Jetzt, nachdem sie den richtigen Strang ihres Gedankenerbes gefunden hatten, begannen Tess und Gian in Nestors Erinnerungen zu blättern wie in einem Buch. Sie konnten auf bestimmten Bildern und Ereignissen verweilen, andere überschlagen, kurz anreißen oder völlig außer Acht lassen. Nur gemeinsam verfügten sie über diese Macht, und sie kannten keinen sonst, der sie besaß, denn sie waren geboren aus den Verbindungen von Alchimisten und alchimistischen Geschöpfen, eine wundersame Fügung von Erbgut, Talent und Zufall, einem Vorgang, ähnlich der legendären Chymischen Hochzeit, von der Alchimisten, Philosophen und Fantasten seit Jahrhunderten träumten.

Manches Mal, vor den Ereignissen, die in Uruk ihren blutigen Anfang genommen hatten, hatten sie sich gefragt, welche Tore sie noch aufstoßen würden, welche Kräfte noch in ihnen schlummerten. Es waren einfache, kindliche Fragen, die sie sich gestellt hatten, niemals überheblich oder von sich selbst eingenommen. Ihr Talent war eine Tatsache, und wer vermochte zu sagen, ob da nicht noch weitere waren, verwandte Begabungen oder auch vollkommen neue? Die Zahl der Möglichkeiten schien unendlich.

Zeit verging im Leben des Ritters. Vielleicht Tage, vielleicht Wochen. Dann entschieden die Männer, die sich in dem Haus vor der Außenwelt verschanzt hatten, ihn in ihr größtes Geheimnis einzuweihen. Sie führten ihn in einen Raum ohne Fenster, und dort stand auf einem hohen Sockel eine halbrunde Schale aus Ton. Das primitive Gefäß war nachträglich auf einem Stiel aus Gold befestigt worden, was dem Ganzen die Form eines Kelches verlieh.

Warum die Katharer sich zu einem solchen Zugeständnis an den Ritter hinreißen ließen? Weshalb sie gerade zu ihm Vertrauen fassten? Sie dachten wohl, dass sie es freiwillig taten, guten Glaubens und Gewissens, doch die Wahrheit war eine andere. Während seines Aufenthalts hatte Nestor manipuliert und bestochen, gedroht und geschmeichelt. Er hatte sich das Vertrauen der Katharer erschlichen, aber er war auch der Herr ihrer Ängste. Er wusste sie geschickt gegeneinander auszuspielen, ein Meister der Intrige, der sich skrupellos des Konflikts zwischen Ketzern und Kirche bediente.

Und nun, endlich, war er am Ziel.

Einer der Männer, gekleidet in ein zerschlissenes Gewand, hielt eine weihevolle Rede.

Aber es war Gians Stimme, die in Tess' Gedanken drang. »Der Heilige Gral«, sagte er andächtig.

Tess schwieg und beobachtete weiter. Während die Erinnerungen sie heimsuchten, war es möglich, miteinander und auch mit anderen zu sprechen, doch sie zog es vor, still zu bleiben. Abzuwarten.

Der genaue Wortlaut der Rede war in Nestors Erinnerungen verschollen, aber der Inhalt hatte sich fest verankert. Vom Gral sprach das Oberhaupt der Katharer, von den langen Wegen, die er genommen hatte, ehe man ihn erst auf die Festung von Montségur und dann hierher gebracht hatte. Und er sprach von einem Wort, das vor langer Zeit in den Boden der Schale graviert worden war, von einem Mönch, dem es gelungen war, den Gral zurückzugewinnen, nachdem Nordmänner ihn aus einem angelsächsischen Kloster geraubt hatten.

Tess verstand wenig von all diesen Verwicklungen; es waren zu viele, um sie alle im Kopf zu behalten. Fest stand, dass das gravierte Wort Macht besaß – eine Macht, die Welt zu vernichten und neu zu erschaffen. Der Legende zufolge musste man es laut aussprechen, was wohl nicht einmal der Mönch gewagt hatte, der es auf dem Boden des Grals verewigt hatte.

Wie er selbst an das geheime Wort gelangt war? Wer es vor ihm aufgeschrieben hatte? Niemand wusste darauf eine Antwort, nicht einmal die Gründer der Katharer, die den Gral in den Wirren der Kreuzzüge erbeutet und in Sicherheit gebracht hatten.

Nun also stand der Ritter vor dem Gral.

Nestor war gewiss niemand, dem etwas am Wohl der Menschheit lag. Er sah nur seinen eigenen Vorteil, in dieser Sache wie auch in allen anderen, und er wusste sogleich, was zu tun war. Er zahlte für seine Unsterblichkeit einen hohen Preis, hatte dafür das Blut junger Mädchen vergossen, und er war nicht bereit, das alles aufs Spiel zu setzen, indem er einer Horde religiöser Fanatiker den Schlüssel zum Untergang der Welt überließ.

Ehe irgendwer ihn aufhalten konnte, zog er sein Schwert und erschlug den Anführer der Katharer, und nach ihm alle, die sich ihm in den Weg stellten. Nestor hatte kein Interesse an dem magischen Wort, ja, die Angst davor war ihm bis in die Knochen gefahren, und so hielt er seinen Blick abgewandt, als er den Gral mit beiden Händen hochhob und ihn dann, in einer einzigen, kraftvollen Bewegung, auf dem Boden zerschmetterte. Das uralte Tongefäß zerbarst in Staub und winzige Splitter, und Nestor zertrat die Reste unter seinen Sohlen, bis nichts übrig war als feinkörniger Sand und der Stiel aus Gold. Innerhalb von Sekunden war eine der größten Reliquien der Christenheit zerstört, zermalmt unter den eisernen Kappen von Nestors Stiefeln. Er genoss das Bersten und Knirschen, bis sich der Staub mit dem Blut der erschlagenen Katharer vermischte.

»Nein!«

Gians Aufschrei riss Tess abrupt aus ihrer Trance. Wie ein Taucher, der zu schnell zur Wasseroberfläche aufsteigt, stieß sie aus diffuser Versunkenheit in die Wirklichkeit empor, und für mehrere Sekunden brach die Umgebung mit brutaler Gewalt über sie herein. Ihre überempfindlichen Sinne empfingen Licht und Laute mit einer schmerzhaften Intensität, und eine Weile lang war sie vollkommen desorientiert. Dann aber klärte sich ihre Benommenheit, und schlagartig erkannte sie die Kammer, in die Cristóbal sie und Gian gesperrt hatte. Sie streckte die Hände aus, strich mit den Fingerspitzen über den Leinenbezug ihrer Pritsche, atmete tief durch und versuchte, den sauren Geschmack in ihrem Mund zu ignorieren.

»Nein«, sagte Gian noch einmal. »Das kann er nicht getan haben!« Seine Stimme klang atemlos, nicht von der überstürzten Rückkehr ins Hier und Jetzt, sondern aus Fassungslosigkeit. Tiefer, verstörter Fassungslosigkeit.

»Gian …«, begann Tess.

»Er kann doch nicht …« Gian brach kopfschüttelnd ab, fasste sich und stammelte wie ein Kind. »Er *kann* nicht den Gral zerstört haben. Nicht einmal er war so arrogant …«

»O doch«, sagte sie. »Du hast es gesehen. Wir haben es beide gesehen.« Sie war bemüht, jeglichen Beiklang von Freude aus ihrer Stimme herauszuhalten, obwohl sie innerlich triumphierte. Der Gral war zerstört, seit über sechshundert Jahren.

Cristóbals Pläne und Bemühungen waren nichts als ein grausamer Scherz. Das aber bedeutete auch, dass die Menschen in Uruk umsonst gestorben waren, genauso wie der Junge, den sie selbst auf dem Gewissen hatte. Bei diesem Gedanken kamen ihr schließlich doch noch die Tränen.

Es dauerte einen Moment, dann setzte sich Gian neben sie auf die Pritsche, legte erst zögernd, dann fester einen Arm um sie, und sie weinten gemeinsam und trösteten einander, wie sie es früher getan hatten, bevor Cristóbal mit seinen finsteren Lockungen zwischen sie getreten war.

Als sie aufblickte und ihn ansah, erkannte sie, dass auch ihm die Tragweite der Ereignisse bewusst war. Das ganze Ausmaß seiner Fehler.

»Wir dürfen Cristóbal nichts davon erzählen«, sagte sie und wischte sich mit dem Ärmel die Tränen von den Wangen. »Wenn wir keinen Wert mehr für ihn haben ...«

Gian machte keinen Versuch, ihr zu widersprechen. »Er würde uns ohnehin nicht glauben«.

»Und das bedeutet?« Sie kannte die Antwort, aber sie wollte sie von ihm selbst hören.

Er sah sie an, und in seinen Augen brannten Scham und Verzweiflung wie dunkles Feuer. »Wir müssen von hier verschwinden. Wir könnten ihn vielleicht noch eine Weile hinhalten, aber irgendwann wird er die Geduld verlieren.«

Es war alles so unendlich kompliziert. Sie wusste nicht, wie sie sich ihm gegenüber verhalten sollte. Gian war niemand, dem es leicht fiel, sich zu entschuldigen. Und welche Entschuldigung hätte das Leid aufwiegen können, das er verursacht hatte?

Gewiss, nicht er hatte die Goldsteins und ihre Arbeiter getötet, und sie war ziemlich sicher, dass Cristóbal sie beide auch dann entführt hätte, wenn Gian nicht zu einer Zusammenarbeit bereit gewesen wäre. Dennoch blieb die Gewissheit, dass er die Toten gebilligt hatte. Nicht verursacht, sicher auch nicht gewollt – aber gebilligt. Sie war nicht sicher, ob sie ihm das jemals würde verzeihen können.

Sie streifte seinen Arm ab, nicht sanft, aber auch nicht so abrupt, dass es nach einer harschen Zurückweisung aussah. Sie stand auf und trat an die schmale Schießscharte, die dem Raum als Fenster diente. Über dem See flirrte die Luft in der Nachmittagshitze und verwischte die Aussicht wie ein impressionistisches Landschaftsgemälde.

»Wir müssen fliehen«, flüsterte sie, halb zu sich selbst, halb zu Gian.

»Stimmt«, sagte eine Stimme in ihrem Rücken. Sie gehörte nicht Gian.

Beide wirbelten herum.

In der offenen Tür standen zwei Frauen. Die eine war eigentlich eher ein Mädchen; Tess hatte sie in den vergangenen Tagen mehrfach von weitem gesehen, oben auf dem Südturm. Reglos und rätselhaft wartete sie im Türrahmen wie ein Standbild aus schwarzem Obsidian.

Die andere aber betrat die Kammer und blieb in dem schmalen Lichtstrahl stehen, der durch die Schießscharte hereinfiel.

»Mama?« fragte Gian zweifelnd.

»*Aura!*« Tess stürzte vor, und dann fielen sie sich zu dritt in die Arme.

Kapitel 23

Aura konnte es spüren.

Da war etwas in Gians Haltung, etwas in der Art, wie er sie begrüßte, das ihr Sorgen machte und wie ein Giftpfeil die Freude durchdrang, die sie beim Anblick der beiden überkam.

Tess klammerte sich überglücklich an sie, vor Erleichterung hemmungslos weinend. Und auch Gian umarmte sie, drückte sie an sich und stammelte ein halbes Dutzend Fragen auf einmal – aber sie fühlte, dass da etwas war, das an ihm nagte. Es minderte nicht seine Freude, sie wiederzusehen, es hatte vielleicht nicht einmal mit ihr selbst zu tun. Und doch machte es ihm zu schaffen. Für einen Augenblick beunruhigte sie dieser Gedanke so sehr, dass sie die Stirn runzelte und Tess sie verwundert ansah.

Aber später würde noch genügend Zeit sein, über alles zu reden. Und reden mussten sie. Sie selbst hatte ihnen so vieles zu erklären.

Innana hielt sich im Hintergrund. Als Aura einen Blick auf sie warf, sah sie Bedauern in den Augen des Mädchens, eine tief empfundene Trauer, vielleicht sogar einen Anflug von Eifersucht. Diese Szene, dieses Wiedersehen, diese unvermittelte Eruption von Liebe und Geborgenheit war das, was Innana sich seit einer Ewigkeit wünschte. Menschen, die waren, wie sie selbst, die sie verstanden und schätzten. Eine Familie.

Nachdem sie sich schließlich voneinander gelöst hatten und in die Augen sehen konnten, ohne abermals in Freudentränen auszubrechen, sagte Tess: »Cristóbal kann jeden Moment auftauchen. Er wollte, dass wir uns ausruhen für den nächsten Versuch. Wir sind noch nicht fertig für heute, hat er gesagt.«

»Er will wieder mit euch auf den See?«, fragte Aura.

Gian nickte. »Seit Tagen tun wir nichts anderes. Rausfahren und Nestors Erinnerung durchwühlen. Er denkt, es hilft uns, wenn wir auf dem Wasser sind und das ganze Tal im Blick haben.«

Tess und er wechselten einen Blick, dann erzählten sie in abgehackten Sätzen und sich immer wieder gegenseitig unterbrechend, was sie gerade in Nestors Erinnerung entdeckt hatten.

Die Zerstörung des Grals.

Die Vernichtung eines zweitausendjährigen Traums.

Innana war währenddessen wie betäubt in die Kammer getreten und hatte die Tür hinter sich geschlossen. Jetzt sank sie auf den Rand einer Pritsche und vergrub das Gesicht in den Händen.

»Das kann nicht sein«, flüsterte sie gedämpft. Und dann, als sie die Hände wieder herabnahm: »Ihr müsst euch irren.«

»Ganz bestimmt nicht«, sagte Tess und sah besorgt zu Aura herüber.

Gian kam ihr zur Hilfe. »Er hat ihn zerschlagen und die Splitter zertreten. Wir haben es gesehen.«

Tess wandte sich an Aura. »Der Graf darf nichts davon erfahren. Er würde … «

»Vielleicht den Verstand verlieren. Vielleicht auch den Befehl geben, euch zu töten.« Innana erhob sich und stand wieder vollkommen reglos, jetzt auch äußerlich die Göttin, die sie vorgab zu sein. Ihre Miene war starr, ihre Augen verengt. Stolz lag in ihren Zügen. Ein Verhalten, dachte Aura, mit dem sie versuchte, ihre Verzweiflung zu überspielen.

Innana mochte so tun, als ob sie die Worte der beiden in Frage stellte; in Wahrheit aber hatte sie ihre Niederlage bereits akzeptiert. Sie wechselte ihre Ziele und Motive wie ihre Stimmungen. Aber gehörte das nicht seit jeher zum Wesen der Götter?

Aura trat auf sie zu und ergriff ihre Hand. »Es bleibt dabei«, sagte sie. »Du kommst mit uns.« Sie war nicht sicher, was sie dazu trieb. Gewiss nicht nur der Wunsch, Innana nicht wieder an Cristóbal zu verlieren. Auch nicht allein Mitleid. Aus Gründen, die sie selbst nicht recht nachvollziehen konnte, begann sie Innana zu mögen. Vielleicht, weil sie tatsächlich so etwas wie ihr Spiegelbild war. Ein Blick in Auras eigene Zukunft.

Innana zitterte leicht und schenkte ihr ein knappes Lächeln, das einen Anflug von Dankbarkeit verhieß. Dann wurde ihr Gesicht wieder ernst, und ihr Geist zog sich in sich selbst zurück, schlug die Tür zu vor ihren wahren Gefühlen. Ein uralter Schutzmechanismus zur Bewahrung ihrer Erhabenheit.

Tess musterte Innana mit unverhohlenem Argwohn. Aura fragte sich, ob sie und Gian wussten, wer die Fremde war. Ein Blick auf ihren Sohn vertiefte das Rätsel: Er wirkte weniger misstrauisch als fasziniert. Rein äußerlich war Innana kaum älter als er selbst, und sie war unzweifelhaft eine Schönheit. Aber war das der einzige Grund? Auras Unbehagen blieb. Gian verbarg etwas, und sie war nicht sicher, ob sie wirklich wissen wollte, was es war.

Sie wollten gerade aufbrechen, als vor der Tür Schritte zu hören waren; jemand rief etwas auf Spanisch.

Cristóbal stieß den Eingang auf. Die Pistole in seiner Hand war ein Affront gegen den Ehrenkodex der Templer, doch für ihn spielte das keine Rolle mehr.

Er war nicht einmal überrascht, sie alle hier zu finden. Hinter ihm auf dem dunklen Gang zählte Aura mindestens drei Templerassassinen, vielleicht auch mehr.

Sie schob sich schützend vor Gian und Tess, aber ihr Sohn umrundete sie mit einem Schritt und trat ungeachtet der Pistolenmündung auf Cristóbal zu. Ihre Blicke begegneten sich.

»Lassen Sie sie gehen«, sagte Gian. Aura war erstaunt, wie

gefasst und ruhig er klang. Er war kein Kind mehr – es wurde Zeit, das endlich zu akzeptieren.

»Warum sollte ich das tun?«, fragte der Graf. Sein Gesicht zuckte unmerklich, und Aura dachte, dass etwas vorgefallen war. Etwas, das ihn zutiefst beunruhigte.

»Ich weiß jetzt, was mit dem Gral passiert ist«, sagte Gian.

Tess verzog das Gesicht. »Gian!«

Er schaute kurz über die Schulter zu ihr zurück, aber seine Miene verriet nichts von dem, was in ihm vorging. Dann sagte er zu Cristóbal: »Ich zeige Ihnen das Versteck.«

Aura ahnte, was er vorhatte, und sie würde es nicht zulassen. Sie machte einen Schritt nach vorn, aber sofort zuckte der Pistolenlauf in ihre Richtung und ließ sie verharren.

»Nicht«, sagte Cristóbal gefährlich leise. »Wir müssen diese Sache endlich zu Ende bringen.«

»Was ist passiert?«, fragte Aura. »Warum diese plötzliche Eile?«

Einen Augenblick lang sah Cristóbal aus, als wollte er ihr tatsächlich die Wahrheit sagen, aber dann verzichtete er auf eine Antwort und wandte sich wieder an Gian. »Du weißt, wo der Gral versteckt ist?«

Gian nickte.

»Wo?«

»Ich werde Sie hinführen.« Gian holte tief Luft. »Aber erst lassen Sie Tess und meine Mutter gehen. Geben Sie ihnen Pferde, damit sie nach Soria oder Zaragoza reiten können.«

Cristóbal überlegte, dann schüttelte er den Kopf. »Ich denke nicht, dass ich das tun werde.« Er winkte die Assassinen herein. »Das Mädchen«, sagte er und zeigte auf Tess.

Aura wollte sich auf ihn werfen, doch einer der Assassinen war schneller. Eine Schwertspitze drang durch ihre Kleidung und ritzte ihre Haut. Aura achtete nicht darauf.

»Was soll das, Philippe?«

»Ich habe dir gesagt, dass Philippe nicht mein richtiger Name ist.«

»Wie soll ich dich dann nennen? Großmeister?«, fragte sie spöttisch. »Oder Alter vom Berge?«

Innana hatte die ganze Zeit über reglos im Hintergrund gestanden. Jetzt aber wandte sie sich auf Spanisch an Cristóbal. Er schüttelte nur den Kopf, beachtete sie nicht weiter und deutete abermals auf Tess.

Zwei Assassinen traten vor und packten das Mädchen an den Armen, zerrten es grob Richtung Tür. Tess wehrte sich nicht, aber der Anblick versetzte Aura in eine solche Wut, dass sie Cristóbal mit bloßen Händen hätte umbringen können. Nur die Schwertspitze, die unverändert auf sie zeigte, war im Weg.

»Gian«, sagte Cristóbal, »ich muss dein Angebot leider ausschlagen. Aber ich denke, du wirst mir auch so helfen. Nicht wahr?«

Einer der Assassinen zog einen gekrümmten Dolch und hielt ihn unter Tess' Kinn. Sie keuchte leise, sagte aber nichts.

Gian senkte niedergeschlagen den Kopf, dann nickte er einmal kurz.

»Gut«, sagte Cristóbal. »Dann wären wir uns einig. Du bist an der Reihe. Wohin soll's gehen?«

Gian atmete tief durch und wechselte einen blitzschnellen Blick mit Tess. »Auf den See«, sagte er. »Zur Insel.«

Das Motorboot schob sich behäbig durch das ruhige Wasser. Die Hitze des späten Nachmittags schien wie eine flache Scheibe aus Glas auf dem See zu liegen. Es gab keine Wellen außer jenen, die der Rumpf des Bootes verursachte. Das Flimmern der Luft war so intensiv geworden, dass die Insel vor Auras Augen vibrierte wie ein großes Stück Treibholz.

Mückenschwärme umkreisten die sechs Menschen an Bord des Bootes, und Aura, deren Hände man gefesselt hatte, litt am stärksten darunter. Immer wieder ließen sich Insekten auf ihren Armen oder Wangen nieder. Der Assassine, der mit gezogenem Krummschwert hinter ihr stand, ließ nicht zu, dass Tess oder Gian sich ihr näherten, um die Mücken zu verjagen. Aura fragte sich, wie die jungen Männer es in dieser Hitze in der schwarzen Kleidung aushielten. Die beiden Krieger, die sie begleiteten, hatten nicht einmal die dunklen Tücher vor ihren Gesichtern gelockert. Durch die Augenschlitze erkannte Aura, dass beide stark schwitzten; sie konnte sich vorstellen, wie stark sich die gestaute Wärme unter ihren Kleidern auf ihre Kampfkraft auswirken mochte.

Innana war mit zwei weiteren Assassinen am Ufer zurückgeblieben. Noch einmal hatte sie versucht, auf Cristóbal einzureden. Doch der Alte vom Berge, der Großmeister des Tempels der Schwarzen Isis, hatte endgültig allen Respekt verloren. Die Tatsache, dass Innana Aura zu den Kindern geführt hatte, war vermutlich nur der Tropfen gewesen, der das Fass zum Überlaufen gebracht hatte. Er behandelte die Unsterbliche nicht wie eine Gefangene, aber es war klar, dass sie ihren Einfluss auf ihn verloren hatte.

Mit Aura auf dem Boot befanden sich Tess und Gian, die beiden Assassinen und Cristóbal, der persönlich am Steuer stand. Cristóbals Nervosität ließ sich an der Art ablesen, wie er jeden Dialog mit seinen Gefangenen verweigerte, auch an den impulsiven, abgehackten Bewegungen, mit denen er die Mücken vertrieb.

Aura überlegte angestrengt. Gians Finte verschaffte ihnen Zeit, aber sie wusste nicht, wie sie daraus einen Vorteil ziehen konnten. Nachdenklich betrachtete sie das Ruderboot, das am Heck mit einem Seil befestigt war. Es tanzte schwankend auf den Wogen, die das Motorboot auf seinem Weg zurückließ. Wenn sie ein Ruderboot benötigten, um das letzte Stück zum Ufer oder zur Insel zu bewältigen, war der See vermutlich längst nicht so tief, wie sie bisher angenommen hatte. Das erklärte auch, warum der Steg am Ende der Landzunge so weit auf das Wasser hinausragte.

Sie hatten jetzt mehr als die Hälfte der Strecke bis zur Insel zurückgelegt. Cristóbal hatte dort sicher schon früher nach dem Gral gesucht. Als Gian behauptet hatte, der Kelch wäre auf der

Insel versteckt, hatte dies noch keinen sichtbaren Argwohn bei ihm geweckt. Möglicherweise hatte er schon lange etwas Derartiges vermutet, eine geheime Grotte vielleicht, deren Zugang übersehen worden war, oder ein viel kleineres Versteck, das die Katharer in den Fels gehauen hatten.

Cristóbal hatte darauf verzichtet, Gian und Tess zu fesseln. Die beiden Assassinen waren ganz auf Auras Bewachung konzentriert. Mit ihren gebundenen Händen konnte sie niemandem gefährlich werden. Dennoch schien Cristóbal ihr zu misstrauen.

Mit Recht, dachte sie und fasste unvermittelt einen Entschluss.

Abrupt erhob sie sich von der Bank, auf die man sie beim Ablegen platziert hatte. Sofort sprangen die beiden Wächter vor und packten sie, jeder an einem Oberarm, um sie wieder auf den Sitz zu drücken. Doch Aura hatte etwas anderes im Sinn.

In einem Augenblick, den ihr erschöpfter Geist zu einer endlosen Minute zerdehnte, sah sie, wie Cristóbal über die Schulter nach hinten blickte. Seine Augen weiteten sich, sein Mund klappte auf – dann war es zu spät.

Aura riss die beiden Assassinen rückwärts mit sich über die niedrige Reling. Sie sah noch einen silbernen Blitz über sich hinwegzucken – die Klinge eines Assassinen, die ihm aus der Hand gewirbelt wurde –, dann nahm das Wasser sie auf und verschluckte sie.

Gian sah seine Mutter mit den beiden Assassinen ins Wasser stürzen, erinnerte sich an ihre gefesselten Hände und wusste im selben Augenblick, dass sie ertrinken würde. Das Boot raste weiter, bevor der Graf reagieren konnte – zehn Meter, zwanzig Meter –, und Gian erkannte, dass ihm keine Zeit zum Nachdenken blieb.

»Gian!«, hörte er Tess noch brüllen.

Dann federte er mit einem Kopfsprung über die Reling und tauchte unter.

Tess stürzte vor, aber Cristóbal beschleunigte, und plötzlich hatte das Boot zu viel Tempo, als dass sie den anderen mit einem Sprung ins Wasser hätte folgen können – das Risiko, vom Sog erfasst und in die Schraube gezerrt zu werden, war zu groß.

Voller Angst blickte sie zurück, sah Gian durchs braune Wasser kraulen, entdeckte aber keine Spur von Aura und den beiden Assassinen. Das Zerren in ihrer Brust fühlte sich an, als würde es ihr jeden Moment das Herz zerreißen. Sie konnte kaum atmen, so als versänke sie selbst in der Tiefe, unfähig Luft zu holen.

Auras Hände! dachte sie immer wieder. Sie sind gefesselt!

Gian musste die Stelle jetzt fast erreicht haben, an der seine Mutter mit den Assassinen im Wasser verschwunden war.

Cristóbal rief etwas zu ihr nach hinten, aber die Worte gingen im Lärm des Motors unter. Er riss das Steuer herum. Das Boot legte sich in eine gefährlich enge Kurve. Tess geriet ins Schwanken, fiel hin und rappelte sich gleich wieder auf.

Mit höllischer Geschwindigkeit rasten sie zurück Richtung Landzunge.

Tess löste sich aus ihrer Starre und rannte an der Reling entlang nach vorne, vorbei an der überdachten Steuerkabine und dem fluchenden Cristóbal.

Hundert Meter vor ihnen hörte Gian auf zu kraulen, schaute sich um, sah nichts als glattes Wasser – und tauchte unter.

Tess schrie seinen Namen. Als sie zurück zu Cristóbal blickte, sah sie, dass er das Steuer nur noch mit der linken Hand hielt.

Mit der rechten zog er seine Pistole.

Die Stille war von einem dumpfen Gurgeln durchdrungen. Mit einer Ruhe, die so gar nicht an diesen Ort und in diesen Augenblick gehörte, registrierte Aura, wie ihr strampelnder Fuß einem Assassinen das Nasenbein brach. Schlagartig löste sich sein Gewicht von ihrem Bein, und plötzlich schmeckte das Wasser, das in ihren Mund drang, nach Blut.

Der See war trüb, ihre Sicht reichte kaum weiter als bis zu

ihren Füßen. Der zweite Assassine war über ihr, und ehe er sich wehren konnte, hatte sie seinen Fuß zwischen ihren Unterarmen eingeklemmt und zerrte ihn nach unten. Sein Stiefel verhakte sich an dem Strick, mit dem man ihre Handgelenke gefesselt hatte, und während sie selbst sich reglos in die Tiefe sinken ließ, zerrte sie den strampelnden Assassinen mit sich, tiefer hinab ins Dunkel.

Der See war an dieser Stelle keineswegs so seicht, wie sie gedacht hatte. Immer weiter nach unten sank sie und zog den Assassinen mit sich ins Verderben. Er versuchte verzweifelt, mit Schwimmstößen gegenzusteuern, doch Panik nahm ihm die Kontrolle über seine Bewegungen. Seine Kleidung und die Stiefel füllten sich mit Wasser. Seine Arme griffen ins Leere, wirbelten immer hilfloser umher wie ein Vogel mit gebrochenen Flügeln.

Auras Oberkörper fühlte sich an, als würde er jeden Augenblick zerplatzen, aber noch hatte sie sich weit genug unter Kontrolle, dass sie den Assassinen nicht losließ. Ihr Wille, ihn hinunterzuziehen, war so verbissen wie die ferne Hoffnung, Gian und Tess würden wissen, was zu tun sei.

Der Moment, in dem ihr Denken abschaltete wie eine defekte Maschine, kam abrupt und mit der Kraft eines Faustschlags. Sie begann zu strampeln. Sie verschwendete keinen Gedanken mehr an den Assassinen, dessen Stiefel über ihre Schläfe schrammte, und der plötzlich schneller sank als sie selbst, an ihr vorüber – und sich in einem letzten Reflex mit beiden Händen an ihren linken Unterschenkel klammerte.

Schlagartig waren die Rollen vertauscht. Jetzt zog er *sie* hinab, sterbend, von letzten, verzweifelten Krämpfen geschüttelt. Der zweite Assassine, der, dessen Blut sie geschmeckt hatte, war nicht mehr zu sehen, vielleicht bewusstlos von ihrem Tritt und längst ertrunken oder auch aufgetaucht. Es spielte keine Rolle mehr.

Sie sank.

Tiefer. Immer tiefer.

Und dann, wie der Sturz in ein trügerisches Kissen, stieß sie auf Grund, schlammig und weich und dunkel wie der Tod. Der leblose Assassine sank unter ihr in den Schlick, und noch immer klammerten sich seine Hände um ihr Bein wie Stahlzwingen.

Es ging nicht. Sie konnte sich nicht von ihm lösen.

Das Gurgeln in ihren Ohren war ihr eigenes, und der Schwarm von Luftblasen, der wie Fingerspitzen über ihr Gesicht tastete, strömte aus ihrer eigenen Lunge, Ameisen auf der Flucht aus ihrem brennenden Bau.

Instinktiv warf sie den Kopf in den Nacken – und dann sah sie Hände, die von oben herab auf sie zustießen.

Seine Bewegungen waren Reflexe, seine Sicht ein braun-schwarzes Durcheinander aus Eindrücken, die vielleicht echte Formen waren, vielleicht auch nur Gebilde seiner Fantasie und getäuschten Sinne.

Gian stieß tiefer hinab. Alles, was er hörte, war ein dumpfes Wummern. Mein Herzschlag, dachte er, ehe er realisierte, dass es die Geräusche des Motors waren. Das Boot hatte gedreht und kehrte zurück.

Der Druck in seinen Ohren war schmerzhaft, und jetzt, als er sich immer mehr von der Oberfläche und dem Boot entfernte, hörte er tatsächlich den Schlag seines Herzens und das Rauschen des Bluts in seinen Schläfen. Rhythmische, pumpende, viel zu schnelle Geräusche.

Die Luft ging ihm aus. Aber er würde nicht ersticken, ehe er sie nicht gefunden hatte, das hämmerte er sich wieder und wieder ein. Sein Verstand klammerte sich an einen einzigen Gedanken wie an einen Rettungsring: Ich sterbe nicht. Nicht jetzt. Nicht hier.

Er wurde langsamer, gegen seinen Willen, als fiele es seinen Armen und Beinen hier unten schwerer, seinen Körper vorwärts, ihn abwärts zu treiben. Aber ganz gleichgültig, was die physikalischen Gegebenheiten und Zwänge waren, er würde sie überwinden.

Sie war seine Mutter, und er würde ihr helfen. Lieber wollte er selbst ertrinken als zuzulassen, dass sie für ihn starb.

Und dann stießen seine Hände vor – und trafen auf Widerstand!

Er sah etwas vor sich, etwas Helles mitten in dem trüben Wasser. Ihr Gesicht!

Er hätte aufschreien mögen vor Erleichterung. Stattdessen ergriff er ihre entsetzlich kalten Hände, wollte sie nach oben ziehen, musste aber feststellen, dass er von ihren Fingern abglitt. Verzweifelt tauchte er tiefer und sah, dass sie fest hing. Erst glaubte er, ihr Bein steckte im Schlamm fest. Dann aber erkannte er vage die Form eines zweiten Menschen, halb im Boden eingesunken und offenbar tot. Der Assassine klammerte sich an ihrem Bein fest.

Aus Auras Mund kamen keine Luftblasen mehr. Aber ihre Augen … *Ihre Augen bewegten sich!* Sie sahen ihn!

Ich bin hier, dachte er, als könnte er ihr mit seinen Gedanken Mut machen. Gib nicht auf! Ich bin bei dir!

Er packte die Arme des toten Assassinen, zog und zerrte daran, aber es war, als versuche er, mit bloßen Händen den Anker eines Ozeanriesen vom Meeresgrund zu stemmen. Die Muskeln des Leichnams waren verkrampft – von der Kälte, der Todesangst –, und sie gaben keinen Millimeter nach. Aura saß fest.

Ihre Hand krallte sich um seinen Oberarm, ließ aber gleich wieder los. Als er aufblickte und in ihr Gesicht sah, ein verschwommenes Oval, aus dem ihn ihre Augen mit gespenstischer Schärfe anblickten, wusste er, was sie ihm mitteilen wollte.

Lass es! sagte ihr Blick. Rette dich selbst!

Nein. Niemals.

Und dann war da plötzlich noch jemand.

Tess wartete nicht, bis Cristóbal das Boot zum Stehen gebracht hatte. Als er den Motor drosselte und sie für eine Sekunde aus den Augen ließ, stieß sie sich ab und hechtete über die Reling. Sie folgte den Luftblasen, die von unten aufstiegen, und bald entdeckte sie das Knäuel aus drei Gestalten, das am Grund des Sees miteinander verschlungen war wie Arme einer bizarren Wasserpflanze. Sie konnte nicht viel sehen, eher Bewegungen als echte Umrisse, doch je näher sie kam, desto deutlicher erkannte sie den verzweifelten Kampf, der dort geführt wurde.

Sie kam Gian zur Hilfe, zerrte gemeinsam mit ihm an den Armen des Toten, doch es half nichts. Sie bedeutete Gian, von den beiden abzulassen, nach oben zu schwimmen, um Luft zu holen – doch er schüttelte den Kopf.

Aura durfte nicht sterben. Sie konnten jetzt nicht aufgeben.

Tess zog weiter an dem toten Assassinen, aber seine Arme waren vollkommen starr. Sie blickte in Auras Gesicht und sah voller Entsetzen, dass ihre Lider jetzt geschlossen waren. Ihr Mund stand einen schmalen Spalt weit offen, und längst drang keine Luft mehr zwischen ihren Lippen hervor.

Sie ist bewusstlos, durchfuhr es sie.

Aura stirbt!

Tess versuchte Gian ein Handzeichen zu geben, doch er reagierte nicht. Aus seinem Zerren an dem Toten war längst ein verzweifeltes Klammern geworden, kraftlos, aber noch immer nicht bereit, aufzugeben und das eigene Leben zu retten.

Tess traf eine Entscheidung.

Sie ließ von dem Assassinen ab, packte Gian am rechten Oberarm und zog mit all ihrer verbliebenen Kraft. Es gelang ihr, ihn mit einem Ruck von dem Leichnam zu lösen. Er hatte nicht mehr die Kraft, erneut danach zu greifen. Sie gab ihm einen Stoß, und dann sah sie ihn aufsteigen, dem fahlen Lichtschein an der Oberfläche entgegen.

Sie selbst wandte sich, unter Aufbietung ihrer letzten Sauerstoffreserven, noch einmal Aura zu, blickte in das helle Gesicht inmitten des schwarzen Kranzes aus wogendem Haar, strich ihr ein letztes Mal über die kalte, weiße Wange – und stieß sich ab.

Sie schoss nach oben, wusste, dass sie nicht mehr länger den Reflex unterdrücken konnte, einzuatmen, ihre Lungen mit Wasser zu füllen. Dann aber brach sie durch die Oberfläche, holte

Luft, wieder und wieder, ehe sie Gian neben sich sah, mit starrem Gesicht und Augen, die sie ansahen, eindeutig lebendig und doch leblos, so als sei mit seiner Mutter auch etwas von ihm selbst in der Tiefe zurückgeblieben.

Cristóbals Boot war etwa fünf Meter von ihnen entfernt. Er stand an Deck, wandte ihnen den Rücken zu und beugte sich über die gegenüberliegende Reling.

Tess gab Gian einen Stoß, dann glitten sie lautlos auf die Jolle zu. Sie packte ihn am Arm, zog ihn das letzte Stück mit sich und klammerte sich dann im Schatten des Ruderbootes mit einer Hand am Heck fest. Sie waren jetzt genau hinter der Jolle, und alles, was Cristóbal vom Boot aus hätte sehen können, waren Tess' Finger, die sich um den Rand der Reling krallten. Doch er war viel zu beschäftigt damit, nach Schwimmern im Wasser Ausschau zu halten, und als er schließlich aufgab, war er wohl sicher, dass sie zum Ufer entkommen waren.

Mit einem Heulen sprang der Motor an. Langsam setzten sie sich in Bewegung, Tess an das Ruderboot geklammert, Gian in ihrem Arm, während das Boot wendete und sie über den See zog, der Insel und Cristóbals Traum vom Heiligen Gral entgegen.

Kapitel 24

Gillian tötete den Assassinen mit einem blitzschnellen Schlag. Während des Gefechts war das schwarze Tuch vor dem Gesicht seines Gegners verrutscht, und Gillian konnte sehen, gegen wen er kämpfte, einen Jungen von siebzehn, achtzehn Jahren, schwarzhaarig und mit Augen, in denen sich Zorn, Hass und Furcht die Waage hielten.

Nichts davon hatte Gillian abhalten können, ihn umzubringen. Jetzt nicht mehr. In Augenblicken wie diesem verpuffte die Bedeutung eines Worts wie Gnade zu etwas Fremdem, Fernem, Bedeutungslosem.

Er hatte keine andere Wahl gehabt, als den Jungen zu töten – das wusste er spätestens, seit er versucht hatte, mit den sechs Assassinen zu reden, die sich ihnen in einer Halle im Erdgeschoss entgegengestellt hatten. Sie hatten ihn nicht einmal aussprechen lassen, sondern sich mit wildem Kampfgeschrei auf ihn, Karisma und Auras mysteriösen Begleiter geworfen.

Er zog das Schwert aus der klaffenden Wunde in der Stirn des Jungen. Die Klinge kam frei, und der Hinterkopf des Toten schlug mit einem dumpfen Krachen auf den Boden.

Karisma kämpfte mit zwei Gegnern gleichzeitig, während Konstantin alle Hände voll mit einem Assassinen zu tun hatte, den er sich mit Hilfe eines Schwertes vom Leibe hielt – mehr schlecht als recht, aber bislang noch einigermaßen erfolgreich.

Er blutete aus ein paar Schnittwunden, und seine rechte Gesichtshälfte war bei einem Ausweichmanöver gegen eine Wand geprallt; sie begann gerade, sich blau zu färben.

Zwei weitere Assassinen lagen reglos ein Stück weiter vorne am Eingang der Halle, wo sich der Trupp den drei Eindringlingen entgegengeworfen hatte. Wären sie erfahrenere Kämpfer gewesen, hätten Gillian und die anderen keine Chance gehabt. Aber Cristóbal hatte begonnen, den Tempel der Schwarzen Isis aus dem Nichts heraus neu aufzubauen, und seine Schützlinge aus dem Waisenhaus hatten ihre Ausbildung noch längst nicht beendet. Falls der Graf selbst sie die Kampftechniken der Assassinen gelehrt hatte, machte ihn das zu einem gefährlicheren Mann, als Gillian gehofft hatte. Cristóbal sah nicht aus wie jemand, der perfekt war im Umgang mit dem arabischen Krummschwert, und das war womöglich sein größter Vorteil. Ihn zu unterschätzen, konnte ein lebensgefährlicher Fehler sein.

Gillian stürzte sich auf Karismas zweiten Gegner, gerade als dieser und sein Gefährte die Templerin in die Zange nehmen wollten. Gillians Angriff brachte die beiden aus dem Konzept. Für einen erfahrenen Kämpfer wäre das kein Problem gewesen, er hätte sich mühelos auf die neue Situation eingestellt. Die Jungen aber waren eine Sekunde lang irritiert. Ganz kurz nur wurden sie aus ihrer Konzentration gerissen, und aus ihrer Verbissenheit wurde Verwirrung. Der Augenblick genügte Karisma, um den einen der beiden auszuschalten. Ihre Klinge züngelte vor und zurück, und einen Moment später ließ der Assassine sein Schwert fallen, griff sich mit beiden Händen an den Hals und brach in die Knie. Blut sprühte zwischen seinen Fingern hervor, dann kippte er nach vorn aufs Gesicht und blieb liegen.

Gillians Gegner ließ sich nicht ganz so rasch besiegen, auch wenn seine Attacken immer halbherziger und seine Paraden verzweifelter wurden. Während Karisma Konstantin zur Hilfe kam, trieb Gillian den Assassinen mit schnellen Hieben gegen eine Wand, führte eine Finte in Richtung seiner Hüfte, riss die Klinge dann steil nach oben und rammte sie zwischen die Rippen des Jungen. Der Schrei des Sterbenden wurde von seiner Gesichtsmaske gedämpft. Mit dem Rücken an der Wand rutschte er herab und blieb sitzen wie eine Puppe, die ein Kind dort platziert hatte, Arme und Beine abgespreizt, den Kopf zur Seite gekippt.

Als Gillian sich umwandte, wischte Karisma gerade ihre Klinge am Hemd eines toten Assassinen ab. Konstantin lehnte mit rasselndem Atem an der Wand, gab sich aber alle Mühe, aufrecht zu stehen.

Gillian trat zu ihm und reichte ihm die Hand.

Als Cristóbal die Leine der Jolle einholte, hatten sich Tess und Gian längst davon gelöst und waren unter dem Motorboot hindurch ans Ufer geschwommen.

Hinter einem Felsbrocken wagten sie, sich aufzurichen, Tess von neuer, kalter Kraft erfüllt, Gian fast willenlos, so als folge er nur ihren stummen Aufforderungen. Sie blieben hinter dem Felsen in Deckung, und Tess beobachtete, wie Cristóbal in die Jolle stieg und zur Insel ruderte.

Sie fragte sich, was er ohne ihre Führung hier wollte. Fraglos hatte er das Eiland mehr als einmal absuchen lassen, aber bislang hatte er nichts entdeckt.

Und doch musste ihn irgendetwas zu der Überzeugung bringen, auch auf eigene Faust fündig zu werden, jetzt, da er glaubte, endlich Gewissheit zu haben. Etwas war auf dieser Insel, das ihn nicht einen Moment lang an Gians Worten hatte zweifeln lassen. Hatte er sich derart in seinen Wahn hineingesteigert, dass er nicht mehr in der Lage war, logisch zu denken? Ihre innere Stimme flüsterte Tess zu, dass da noch mehr sein musste.

Mit der Pistole in der Hand ging Cristóbal an Land, etwa zehn Meter von ihnen entfernt. Noch einmal schaute er zurück über den See. Die Oberfläche lag glatt unter dem sonnendurchglühten Himmel, nirgends waren Menschen im Wasser zu sehen.

Die Gewissheit, dass Aura ertrunken war, erschütterte Tess.

Einen Augenblick lang bekam sie keine Luft, und diesmal war es Gian, der eine Hand auf die ihre legte und sie sanft streichelte. Er brachte kein Wort heraus, nicht einmal ein Flüstern, und ihr ging es genauso. Und doch war ein Trost in dieser Berührung, in ihrer stillen, gemeinsamen Trauer.

Sie mussten weitermachen, mussten irgendwie überleben und, da sie nun schon einmal hier waren, am besten diesem Wahnsinnigen das Handwerk legen, so wie Aura es getan hätte, wäre sie noch bei ihnen.

Aura war so alt wie Gian gewesen, als sie zum ersten Mal zwischen die Fronten der verfeindeten Alchimisten geraten war. Sie hatte die Herausforderung angenommen und sich niemals geschlagen gegeben, nicht einmal vorhin, als sie Tess und Gian mit ihrem Leben eine Möglichkeit zur Flucht erkauft hatte.

Sie durften das, was sie ihnen geschenkt hatte, jetzt nicht gedankenlos aufs Spiel setzen.

Andererseits – war es nicht ihre Pflicht, die Sache zu Ende zu bringen?

Gian dachte offenbar genauso wie sie. Er rieb sich die roten Augen, atmete tief durch und strich mit einer zittrigen Bewegung sein nasses Haar zurück. Etwas geschah mit ihm, das sie nicht einschätzen konnte – und doch war sie dankbar dafür. Eine neue Entschlossenheit, ein Anflug von Kraft, die er Gott weiß woher nahm.

Sie wechselten einen knappen Blick, dann kletterten sie über die Felsen und folgten Cristóbal.

Die Insel war nicht groß. Hohe, sandfarbene Steinpfähle standen aneinander gelehnt wie eine Ansammlung brüchig gewordener Säulen, deren äußerer Ring einen Meter über dem Wasser endete. Zur Mitte hin aber ragten die schmalen Steinblöcke immer höher hinauf und erreichten im Zentrum eine Höhe von sechs oder sieben Metern über der Oberfläche des Sees. Wo der Wind die Spalten und Winkel mit Erdreich gefüllt hatte, wuchsen ein paar karge Sträucher. Die meisten Felsen aber waren kahl und von der Sonne ausgeglüht. An vielen Stellen war das Gestein so brüchig, dass Tess und Gian bei jedem Schritt Acht geben mussten, nicht abzurutschen und durch das Geräusch Cristóbal auf sich aufmerksam zu machen.

Der Graf folgte einem Einschnitt, der bogenförmig zwischen den Felsen verlief. Oftmals waren Ecken und Kanten behauen worden, und an einer Stelle hatte man vor langer Zeit einen kleinen Steg gebaut, der über einen wassergefüllten Spalt führte.

Tess und Gian hielten sich auf den Felsen oberhalb des Weges, ein kleines Stück über Cristóbals Kopfhöhe. Falls er sich abrupt umdrehte, bestand Gefahr, dass er sie entdeckte; unmöglich, so schnell zwischen den unwegsamen Felskronen abzutauchen. Doch der Graf eilte mit großen Schritten vorwärts, blickte nur einmal über seine Schulter zurück in Richtung Ufer, nicht aber hinauf zu den Felskämmen auf beiden Seiten des Einschnitts. In der linken Hand trug er eine Lampe, in der rechten die Pistole.

Der Einschnitt endete vor einer Felswand, in die ein halbrundes Tor aus dunklem Holz eingelassen war.

»Siehst du das Fallgitter?«, flüsterte Gian. Seine Stimme klang belegt und rau.

Tess nickte. »Es ist hochgezogen.«

»Was immer dort drinnen aufbewahrt wird, es kann nicht allzu wertvoll sein, sonst wäre das Gitter unten.«

»Oder es gibt längst nichts mehr zu holen.«

Er sah sie verwundert an, zuckte dann nur mit den Schultern und schaute wieder hinab auf Cristóbal. Der Großmeister legte beide Hände an das Tor, stemmte sich dagegen und schnaubte zufrieden, als der Flügel ächzend nach innen schwang. Sie konnten jetzt erkennen, wie dick das Holz war. Tess hatte noch nie eine so stabile Tür gesehen.

Cristóbal verschwand im Inneren. Die Lampe flammte auf, und ockerfarbener Lichtschein verdrängte die Dunkelheit hinter dem Tor.

»Und nun?«, fragte Gian.

»Na, was wohl?«

»Ja«, sagte er grimmig. »Du hast Recht.«

Tess band ihr langes Haar zu einem Pferdeschwanz zusammen. Dann sprangen sie vom Felsen hinab auf den Weg und näherten sich leise dem Tor. Vorsichtig spähten sie durch den Spalt.

Nach unten führende Steinstufen verschwanden hinter einem Felsblock, der ihnen die Sicht auf Cristóbal verwehrte, aber sie sahen den Schein seiner Laterne.

Sie bewegten sich so lautlos wie möglich. Trotzdem ließ sich nicht verhindern, dass ihre Sohlen über die Steinstufen schabten und das Echo die Geräusche verstärkte. Doch das Licht entfernte sich weiter nach unten, Cristóbal hatte sie nicht bemerkt.

Die Höhle entpuppte sich als langer Schlauch, der gewunden bergab führte und dann in eine weite Grotte mündete. In die Wände dieser unterirdischen Halle waren tiefe Fächer eingearbeitet, fast wie Regale. Tess glaubte erst, es handele sich um eine gewaltige Gruft, in der einst die Anhänger des Tempels aufgebahrt worden waren. Dann aber wurde ihr klar, dass nirgends sterbliche Überreste lagen; auch der Geruch war ein anderer als auf der Friedhofsinsel von Schloss Institoris.

Die Vertiefungen in den Wänden waren leer.

Cristóbal verharrte einen Moment, ließ das Licht der Lampe über die Fächer geistern, dann setzte er seinen Weg fort. Er näherte sich einer runden Öffnung im Boden, die von einem geschmiedeten Geländer umgeben war. Über eine enge Wendeltreppe stieg er abwärts und verschwand abermals aus dem Blickfeld der beiden. Mit ihm entfernte sich auch das Licht, und sie beeilten sich, durch die dunkle Grotte zum Schacht zu laufen, ehe der Schein der Lampe gänzlich verblasste.

Vorsichtig beugten sie sich über das Geländer und blickten nach unten. Die Stufen der Wendeltreppe waren aus Metall und endeten schon nach wenigen Windungen auf dem Felsboden einer tiefer liegenden Höhle.

Cristóbals Schritte auf der Treppe waren deutlich zu hören

gewesen, ein metallisches Stakkato, und beiden war klar, dass ihre eigenen genauso laut durch die Höhle schallen würden.

Gian gab Tess ein stummes Handzeichen, aber sie verstand nicht, was er meinte. Erst als er seine Stiefel abstreifte und einen Fuß geräuschlos auf die oberste Stufe setzte, begriff sie. Am Ende der Treppe schlüpften sie wieder in ihre Stiefel und folgten Cristóbals Lichtschein einen kurzen Felstunnel hinab. Dort entdeckten sie eine eisenbeschlagene Tür, deren oberes Ende spitz zulief. Sie stand weit offen.

Sie kamen bis zur Hälfte des Tunnels, als Cristóbal in den Türrahmen trat und die Waffe auf sie richtete.

»Gut, dass ihr hier seid«, sagte er.

Tess erstarrte, aber Gian stieß einen wütenden Schrei aus und stürmte auf den Grafen zu, ungeachtet der Pistolenmündung, die sofort in seine Richtung schwenkte.

»Tess«, brüllte Gian, ohne sich umzudrehen, »lauf weg!«

Sie aber stand da wie gelähmt.

Ein Schuss peitschte, schlug eine tiefe Kerbe in den Boden vor Gians Füßen und hielt ihn einen Augenblick lang auf – dann aber rannte er auch schon weiter, das Gesicht zu einer Grimasse verzerrt, die Hände zu Fäusten geballt.

Cristóbal hob die Pistole um eine Winzigkeit.

»*Nein!*« Tess' Stimme hallte von den engen Wänden wider und übertönte Gians Schrei.

Einen Moment lang war Cristóbal abgelenkt – und gab damit Gian die Zeit, ihn zu erreichen. Der Junge stieß sich im Lauf vom Boden ab, warf sich auf den Großmeister und riss ihn zu Boden. Die Pistole löste sich aus Cristóbals Fingern und schlitterte aus Tess' Blickfeld in den Raum hinter der Tür.

Es gelang Gian, einen Schlag in das Gesicht des Grafen zu platzieren. Dann ging alles rasend schnell.

Tess hatte sich gleichfalls in Bewegung gesetzt, aber sie lief nicht fort, wie Gian es gewollt hatte, sondern rannte auf die beiden Kämpfenden zu. Sie hatte sie fast erreicht, als Cristóbals seinerseits einen zornigen Ruf ausstieß. Das Nächste, was Tess sah, war

Gian, wie er hochgeschleudert wurde und hinter der Tür mit einem dumpfen Laut aufprallte. Cristóbals Bewegungen waren so schnell, dass Tess kaum wahrnahm, wie er aufsprang, sich umdrehte und mit wenigen Sätzen hinter Gian her in den Raum eilte. Tess erreichte gerade die Tür, als sie sah, wie der Graf sich bückte, die Pistole wieder an sich nahm und auf Gian richtete.

»Nein«, stieß sie noch einmal hervor, leiser diesmal, hilfloser und irgendwie sicher, dass es nichts ändern würde: Cristóbal würde Gian erschießen. In seinen Augen hatte der Junge seine Schuldigkeit getan. Er war ein perfekter Lockvogel gewesen, und er hatte ihm das Versteck des Grals genannt.

Das Versteck des Grals?

Tess stutzte plötzlich. Sie kannte diesen Raum. Es war die Kammer aus Nestors Erinnerung. Hier hatten die Katharer die Reliquie aufbewahrt, und hier hatte Nestor die Ordensbrüder mit seinen Schwerthieben niedergemacht, bevor er den Gral zerschlagen und die Reste zu Staub zertreten hatte.

Sie sah alles wieder vor sich. Die Vergangenheit legte sich wie ein hauchdünner Schleier über die Gegenwart: Nestor, der die Schale vom Sockel nahm, hochhob und mit aller Kraft zu Boden schleuderte; Tonscherben, die in alle Richtungen spritzten; der goldene Stiel, der auf Stein klirrte wie ein wertloses Stück Metall.

Und dahinter, wie ein Gespenst, sah sie immer noch Cristóbal mit der Waffe. Gian lag vor ihm am Boden. An Gians Miene erkannte sie, dass er dieselben Bilder sah wie sie, dass da wieder diese unsichtbare Verbindung zwischen ihnen war, dieser Austausch von Energien, für die es keinen Namen und keine Erklärung gab. Die Verbindung war da, auch ohne dass sie einander berührten, so als wäre die Atmosphäre dieses Ortes stark genug, um die Erinnerungen in ihnen beiden zurückzubringen.

Erinnerungen, die nicht ihre eigenen waren. Der Schlüssel zu … ja, zu was? Nichts, das jetzt noch eine Bedeutung hatte. Cristóbal würde sie beide töten.

Die Vergangenheit erlosch. Nestor, der verstoßene Tempelritter, wurde zu einem nebeligen Umriss, verblasste dann völlig.

Auch die Scherben des Grals verschwanden, verweht von den Winden der Zeit.

»Wo ist er?«, fragte Cristóbal, und Tess bemerkte, dass seine Hand mit der Waffe zitterte. Vor Erregung, dachte sie erst, aber dann sah sie die tiefe Wunde, die Gians Fingernägel wie Raubtierkrallen in Cristóbals rechten Handrücken gegraben hatten.

»Wo ist der Gral?«, fragte er noch einmal.

Gian lag am Boden, aber er hatte den Oberkörper halb aufgerichtet und stützte sich auf einen Ellbogen. Blut lief aus einer Platzwunde an seinem Haaransatz.

»Er ist irgendwann hier gewesen, nicht wahr?« Cristóbal atmete schwer. Er stützte seine Rechte jetzt mit der linken Hand, um das Zittern zu unterbinden. Es gab keinen Zweifel, dass er Gian auf eine Entfernung von wenigen Metern treffen würde.

»Das hier ist der Raum«, sagte Tess und wählte ihre Worte so unverbindlich wie möglich. »Hier haben wir ihn gesehen.«

»Und wo ist er jetzt?«

Tess zögerte. Gian verlagerte seine Position und starrte Cristóbal hasserfüllt an. Da war keine Furcht in seinem Blick, keine Sorge um sein eigenes Leben. Tatsächlich sah er aus, als würde er sich jeden Moment erneut auf den Grafen stürzen, auch wenn er wissen musste, dass er nicht die Spur einer Chance hatte.

»Er war hier«, sagte Tess noch einmal und bemerkte selbst, wie stockend die Worte über ihre Lippen kamen.

»Diese Kammer ist schon vor Jahren gründlich durchsucht worden«, sagte Cristóbal. »Jeder Zentimeter, jeder Winkel – und niemand hat jemals ein Geheimfach oder eine Tür gefunden. Nichts, was auf ein Versteck hindeuten würde.« Er holte Luft, und als er sie wieder ausstieß, klang das Geräusch so zischelnd wie der Lockruf einer Schlange. »Also?«

Tess' Gedanken überschlugen sich. Alles drehte sich, alles wirbelte durcheinander. Er würde sie umbringen, wenn sie ihm die Wahrheit sagten.

»Also?«, äffte Gian den Grafen nach, und aus seinen Augen sprühte Hass. »Was wollen Sie hören?«

»Nur die Wahrheit, Junge. Nur die Wahrheit.«

»Sie haben meine Mutter getötet.«

»*Ich* habe sie nicht über Bord gestoßen.«

Gians Finger krümmten sich zu Krallen. »Ohne Sie, ohne das alles hier … «

Cristóbal unterbrach ihn mit einem listigen Lächeln. »Ohne *dich*, meinst du.« Er trat einen Schritt auf Gian zu. Jetzt lagen noch knapp zwei Meter zwischen ihnen. »Sie ist wegen dir gekommen, nicht wegen mir.«

Es war unfair, ihm seinen Verrat vorzuhalten, aber die Worte trafen ins Ziel wie ein Armbrustbolzen und beinahe ebenso wirkungsvoll. Gians Gesicht verzerrte sich wie unter Schmerzen, und seine Augen waren plötzlich kaum mehr seine eigenen. Tess hatte noch nie jemanden so *hassen* gesehen.

»Den Gral wollen Sie?«, flüsterte er.

Nein! durchfuhr es Tess. *Tu das nicht!*

»Den Heiligen Gral von Montségur?«

Cristóbal verzog keine Miene. Ausdruckslos starrte er auf den Jungen, in seinen Augen lag ein fiebriger Glanz.

»Ich zeige Ihnen den Gral!«, sagte Gian so leise, dass Tess Mühe hatte, ihn zu verstehen. Aber sie wusste, dass Cristóbal jedes Wort hörte. Er hatte zu lange auf diesen Augenblick gewartet, seine Sinne waren nur noch auf dieses Ziel gerichtet.

Gian stieß ein eisiges Lachen aus, fuhr mit dem Zeigefinger über den Boden und zerrieb den mehligen Staub der Jahrhunderte genüsslich zwischen seinen Fingerspitzen.

»Hier ist er, Cristóbal«, sagte er lächelnd. »Hier ist Ihr gottverdammter Gral!«

Am Landungssteg lagen zwei Leichen.

Gillian beugte sich über die beiden toten Assassinen und konnte im ersten Moment keine Verletzung entdecken. Erst beim genaueren Hinsehen erkannte er, dass der schwarze Stoff über der Brust blutgetränkt war. Er riss die Kleidung des einen auf und fand einen winzigen Einstich, genau über dem Herz.

»Der stammt nicht von einem Messer«, sagte er.

Karisma nickte. »Zu klein.«

»Wer hat das getan?«, fragte Konstantin.

Gillian stand wieder auf und schaute sich um. Aus dem Gebäude drangen keine Laute, nichts, das auf Verfolger schließen ließ. Sein Blick glitt am Ufer des Sees entlang, wanderte dann zur Insel hinüber.

Karisma hatte das ankernde Boot schon vor ihm gesehen. Sie deutete mit der ausgestreckten Hand darauf. »Das ist Cristóbal. Die anderen sind sicher bei ihm.«

Gillian beschattete die Augen mit der Hand. Das weiße Motorboot lag ein Stück weit vor der Insel. Eine winzige Jolle war an den Felsen festgemacht. Die Distanz zu dem Eiland mochte zwei Kilometer betragen, vielleicht ein wenig mehr.

Konstantin deutete auf die beiden kleineren Boote, die am Steg festgemacht waren. Die klobigen Motoren hatte man mit Hüllen aus gefettetem Leinen abgedeckt.

Konstantin wollte einen Vorschlag machen, doch Gillian kam ihm zuvor. »Wir nehmen eines von denen«, sagte er. Der Chevalier zuckte nur die Achseln, sah Karismas wissendes Lächeln und schwieg.

Wenig später trug das Boot sie mit dröhnendem Motor über den See. Gillian hätte eine Menge dafür gegeben, sich der Insel lautlos zu nähern. Aber ihnen blieb keine Wahl. Schwimmend hätten sie eine halbe Ewigkeit für diese Entfernung gebraucht, ganz zu schweigen von der Erschöpfung, mit der sie sich ihrem Gegner danach hätten stellen müssen.

Etwa auf halber Strecke stieß Karisma einen Ruf aus, der im Lärm des Motors unterging. Aufgeregt deutete sie über den Bootsrand ins Wasser. Konstantin war sofort neben ihr.

Gillian stoppte die Maschine, fuhr dann ein paar Meter zurück, bis sie die Stelle wieder erreicht hatten.

Eine rote Wolke hatte sich auf der Oberfläche des Sees ausgebreitet. Von unten stieg Blut auf, in wallenden, pulsierenden Schüben.

Karisma streckte einen Finger aus und berührte das Wasser. Ein feiner roter Schimmer blieb auf ihrer Haut zurück, stark verdünnt, und doch eindeutig.

Einen Augenblick lang schwiegen alle drei, dann sagte Konstantin widerwillig: »Glauben Sie, Cristóbal hat auf dem Weg zur Insel eine Leiche über Bord geworfen?«

»Möglich«, erwiderte Gillian heiser. Er überlegte kurz. »Wer immer dort unten eine solche Menge Blut verliert, ist längst tot. Wir haben keine Zeit, uns darum zu kümmern.« Jedes einzelne seiner Worte schmerzte ihn, und doch war es die richtige Entscheidung.

Er stieg über die Sitzbank zurück nach hinten, wartete noch einen Moment, ohne selbst recht zu wissen, worauf, dann gab er abermals Gas. Das Boot ließ die Blutwolke hinter sich.

Gillians Gedanken kreisten verbissen um Cristóbals Geiseln. Aura. Gian. Tess. Noch ehe das Boot die Insel erreichte, war ihm so übel wie lange nicht mehr. Alles, was Lascari und die anderen Brüder des Templum Novum ihn je über Selbstbeherrschung gelehrt hatten, war auf einen Schlag bedeutungslos.

Ihr Boot lag nicht tief im Wasser, und Gillian gelang es, es bis an die Felsen heranzusteuern. Konstantin hatte das Schwert eines der Toten genommen, und so stiegen sie nacheinander mit gezogenen Klingen an Land. Im Westen würde bald die Sonne untergehen. Ein giftgelber Schleier schien über jedem Stein, jeder Felszacke der Insel zu liegen.

Nach wenigen Schritten hielt Gillian Karisma an der Schulter zurück. »Ich werde allein mit ihm fertig«, sagte er, obwohl er dessen keineswegs sicher war. »Du musst nicht mitkommen.« Er deutete mit einem Nicken auf ihre Klinge. »Er ist immerhin dein Onkel.«

Einen Moment sah es so aus, als wollte sie nicht antworten.

Dann lächelte sie und sagte: »Das weiß ich. Aber das hier ist auch meine Sache, denkst du nicht auch? Ich habe den gleichen Eid geleistet wie du. Ich bin eine von euch, Gillian, und ich habe vor, das bis zum bitteren Ende zu bleiben.«

Sekundenlang versank er in ihren Augen und hatte das Gefühl, sich an dem Zorn, der für einen Moment darin aufloderte, zu verbrennen. »Tut mir Leid«, sagte er und senkte den Kopf. »Du hast Recht.«

Sie ließ ihn einen Moment lang zappeln, dann umarmte sie ihn und küsste ihn so heftig, bis Konstantin sich räusperte und gereizt sagte: »Ich hab da vorne einen Weg gefunden. Vielleicht ist irgendwer daran interessiert, herauszufinden, wohin er führt.«

Nur kurze Zeit später standen sie vor dem offenen Tor im Fels. Gillian und Karisma spähten argwöhnisch in die Finsternis der Höhle, während Konstantin sich vor dem Eingang umschaute. »Muss ich betonen, dass mir das nicht gefällt?«, fragte er mürrisch.

Karisma nickte. »Wurde zur Kenntnis genommen.«

Konstantin seufzte und setzte sich an die Spitze. Er trat als Erster durch das Portal, unter den rostigen Spitzen des Fallgitters hindurch. Gillian und Karisma folgten ihm.

Das Licht von außen reichte weit genug, um in dem abschüssigen Boden Stufen zu erkennen. Es kostete sie mehr Überwindung als Geschick, der breiten Treppe ins Dunkel zu folgen. Bald kamen sie in eine Grotte mit ebenem Boden, und nachdem sich ihre Augen erst einmal an die Dunkelheit gewöhnt hatten, sahen sie alle den fahlen Schein, der in einiger Entfernung durch ein rundes Loch im Boden fiel. Irgendwo dort unten brannte eine Lampe.

»Was ist das hier?«, flüsterte Konstantin.

»Das Versteck …«, begannen Gillian und Karisma wie aus einem Mund, aber während Gillian lächelnd abbrach, führte sie den Satz zu Ende: »… des Templerschatzes.«

»*Der* Templerschatz?«, fragte Konstantin ungläubig.

»Ja.«

Schwach konnten sie dunkle Vertiefungen in den Wänden erkennen. Gillian trat an eine heran und schob nach kurzem Zögern den Arm hinein. Das Fach war leer.

»Nichts«, flüsterte er. »Es ist nichts mehr übrig.« Er war nicht einmal enttäuscht. Das Gold war nicht wichtig. Irgendeinen Weg würde er finden, um das Überleben des Templum Novum zu sichern. Zugleich wurde ihm bewusst, dass er damit wohl die Verantwortung für den Orden endgültig akzeptiert hatte. In den letzten Stunden war eine Veränderung in ihm vorgegangen, und er fragte sich, ob sie in dem Augenblick eingesetzt hatte, als er Aura und Konstantin zusammen gesehen hatte. Eine endgültige Lösung, und zugleich ein Schritt nach vorn. Zum Templum Novum. Zu Karisma.

Angespannt näherten sie sich dem Schacht. Als sie das Geländer erreichten, beugten sie sich vorsichtig darüber und blickten in die Tiefe. Der Lichtschein kam von der Seite. Seine Quelle musste ein Stück entfernt sein.

Diesmal ging Gillian voran, gefolgt von Konstantin. Karisma bildete den Abschluss. Die Dunkelheit der Grotte presste wie eine eiskalte Hand in ihren Rücken, und nur mühsam widerstand sie dem Drang, sich auf der kurzen Treppe immer wieder nach imaginären Verfolgern umzuschauen.

Am Fuß der Stufen verharrte Gillian und blickte den Gang hinunter zu einer offenen Tür. Die Kammer dahinter war von milchiger Helligkeit erfüllt. Von hier aus konnte er nicht sicher erkennen, ob sich jemand darin befand. Geräusche waren allerdings keine zu hören.

Karisma blieb am Fuß der Treppe zurück, um ihnen einen möglichen Fluchtweg offenzuhalten. Gillian sah ihr an, dass sie nicht gerne hier wartete, aber genau wie er wusste sie, dass jemand die Treppe bewachen musste. Konstantin mochte guten Willens sein, aber dem Großmeister der Assassinen hatte er nichts entgegenzusetzen. Es war besser, wenn er in Gillians Nähe blieb.

Die Kammer war annähernd rund. In ihrer Mitte stand ein Steinsockel, der Gillian bis zur Brust reichte. Die Lampe stand genau davor am Boden, sodass der Sockel einen langen, tiefschwarzen Schatten in den hinteren Teil des Raumes warf.

Gillian und Konstantin hatten die Kammer bereits betreten, als sie die drei Gestalten erkannten, die sich im Schatten des Sockels befanden. Wie erstarrt blieben sie stehen.

Cristóbal drückte die Pistolenmündung an Tess' Kopf, während Gian benommen zu seinen Füßen kauerte. Das Gesicht des Jungen war voller Blut. Gillian konnte auf die Entfernung – etwa fünfzehn Meter – nicht erkennen, wie schwer seine Verletzung war. Cristóbal hatte einen Ärmel von Gians Hemd abgerissen und den Jungen damit geknebelt. Tess presste er seine Hand auf den Mund und ließ sie erst sinken, als er sicher war, dass die beiden Männer weit genug in den Raum getreten waren.

»Ich erschieße das Mädchen, wenn einer von Ihnen den Versuch macht, mir zu folgen.« Er ließ Gian liegen, wo er war, und schob Tess aus dem Schatten hinaus ins Licht, an der gewölbten Wand entlang, bemüht, den Abstand zu Gillian so groß wie möglich zu halten. »Da draußen ist noch jemand. Rufen Sie ihn herein.«

Gillian hoffte, dass Konstantin jetzt keinen Fehler machte. Doch der Chevalier starrte nur grimmig zu Cristóbal hinüber. Gillian konnte ihm ansehen, dass er die Lage richtig einschätzte.

»Karisma!«, rief Gillian über die Schulter in den Gang hinaus. »Er hat Tess. Komm zu uns.«

Karisma erwiderte nichts, aber gleich darauf waren leise ihre Schritte zu hören, vorsichtig wie die Pfoten einer Raubkatze auf der Pirsch.

Cristóbal sah seine Nichte an, als sie mit gezogenem Schwert den Raum betrat. »Ich wusste, dass so etwas passieren würde«, sagte er leise, und in seinen Worten schwang echte Betroffenheit mit. »Früher oder später würdest du eine von ihnen sein.«

Die unterschiedlichsten Emotionen flackerten wie Feuerschein über Karismas Gesicht, doch dann erstarrten ihre Züge, und sie erwiderte den Blick ihres Onkels mit einer Kälte, die Gillian beinahe ebenso erschreckte wie Cristóbal. Ohne ein Wort trat sie an Gillians Seite. Ihre Schwertspitze schwebte eine Handbreit über dem Boden, der Giftstachel eines Skorpions, jederzeit bereit zuzustechen.

»Ich wollte, dass du mir hilfst«, sagte Cristóbal. »Du hättest den Tempel der Schwarzen Isis gemeinsam mit mir wieder aufbauen können.« Er machte eine kurze Pause und fügte dann hinzu: »Du könntest es noch immer.«

Karisma ging nicht darauf ein. »Lass einfach das Mädchen los.«

»Oh, das werde ich bestimmt nicht tun.« Er zog Tess enger an sich. Ihre Augen weiteten sich für einen Moment, dann fasste sie sich wieder. »Legt die Schwerter auf den Boden und schiebt sie so weit ihr könnt von euch fort.«

Nach kurzem Zögern kamen die drei der Aufforderung nach.

»Gut«, sagte Cristóbal. »Jetzt dort hinüber, zu dem Jungen. Ganz langsam. Ich möchte jeden eurer Schritte genau sehen können.«

Sie befolgten auch diesen Befehl. Gillian bewegte sich ein wenig schneller als die anderen, ging hastig neben Gian in die Hocke und löste den Knebel.

»Vater!«, brach es heiser aus Gian hervor, und jetzt schnitten Tränen helle Bahnen in das Blut auf seinen Wangen.

»Gian ...« Es war ein merkwürdiges Gefühl, den Jungen nach all den Jahren wieder an sich zu drücken. Er war ihm nicht fremd geworden. Vielleicht war das die größte Erleichterung.

Cristóbal schob Tess Richtung Eingang. »Ich gehe davon aus, dass draußen nicht noch mehr von euch sind?«

Karisma nickte.

Ihr Onkel seufzte. »Es hätte alles so einfach sein können.«

Karisma schenkte ihm keine Beachtung mehr, ging neben Gillian und Gian in die Knie und untersuchte die Platzwunde des Jungen. Gian musterte sie kurz, ließ dann aber zu, dass sie die offene Stelle über seiner Stirn betastete und vorsichtig spreizte.

»Das wird wieder«, sagte sie beruhigend.

Nur Konstantin stand weiterhin aufrecht, die Hände zu Fäusten geballt.

»Wo ist Aura?«, fragte er leise.

Cristóbal schüttelte den Kopf. »Nicht hier, fürchte ich.«

Konstantin sah aus, als wollte er sich mit bloßen Händen auf ihn stürzen. Doch Gillian streckte einen Arm aus und hielt ihn am Bein zurück; er spürte, dass Konstantins Muskeln bebten, als hätte er sie kaum noch unter Kontrolle. Dann aber atmete der Chevalier einmal tief durch und nickte abgehackt.

»Das hier überleben Sie nicht, Cristóbal«, flüsterte er.

Der Graf näherte sich mit seiner Geisel den drei Schwertern am Boden. Er befahl Tess, die Waffen aufzuheben und fest an sich zu drücken. Sie tat, was er von ihr verlangte und hielt die Klingen vor ihre Brust wie ein Kind eine Puppe. Gillian entging nicht, dass sie die Spitzen nach unten gerichtet hatte, in Richtung von Cristóbals Füßen. Er hoffte inständig, dass sie keinen Versuch machen würde, sich aus eigener Kraft zu befreien.

Tapferes Mädchen, dachte er.

Aber Tess sah offenbar ein, dass sie keine Chance hatte, und nach einem Moment entspannte sich ihr Gesichtsausdruck und Gillian atmete auf.

»Folgen Sie uns nicht«, sagte Cristóbal, bevor er mit Tess durch die Tür auf den Gang zurückwich. »Glauben Sie mir, es würde Ihnen nicht gefallen, was Sie dann fänden.«

Unfähig, etwas zu tun, beobachteten sie, wie die beiden in dem dunklen Gang verschwanden. Wenig später hörten sie Schritte auf der Eisentreppe nach oben.

»Es tut mir so Leid«, stammelte Gian, aber Gillian bedeutete ihm mit einer sanften Geste zu schweigen.

Kapitel 25

Erst Licht.

Dann Schmerz.

Aura erwachte von einer Horde wilder Tiere, die über ihren Brustkorb trampelte, auf ihrem Körper Kreise zog, bis sie das Gefühl hatte, ihre Rippen wären nur noch ein Scherbenhaufen und ihre Innereien nichts als Brei.

»Aura!«

Sie hustete, spuckte Wasser aus. Übergab sich. Jemand rollte sie auf die Seite, sie zog die Knie an, krümmte sich, stieß einen Schrei aus, der in weiterem Wasser erstickte.

»Aura!«

Sie wunderte sich. Dass da Helligkeit war, und Schmerz, und dass sie wieder atmen konnte, nachdem sie erst einmal den gesamten See aus ihrem Inneren nach außen befördert hatte.

Als sie die Augen aufschlug, sah sie nichts als Rot. War das Blut? Oder Blindheit?

»Aura, du bist wach! Du lebst!«

Der Abendhimmel. Ja, ein Sonnenuntergang, irgendwo hinter den Bergen. Und die Gestalt, die sich über sie beugte, und jetzt – endlich – aufhörte, auf ihre Brust zu drücken, um das Wasser aus ihrem Leib zu pumpen.

»Warum …«, begann sie und konnte sich selbst nicht hören. Wieder: »Warum …« Und diesmal war da zumindest der Hauch einer Stimme, wie jemand, der durch eine Wand ruft, nur dass dieser Jemand sie selbst und die Wand ihre Schwäche war, so als stünde sie sich selbst im Weg.

Warum lebe ich noch?

Nicht ausgesprochen, nur gedacht, aber es reichte aus, sie in einen Abgrund zu stürzen, der gleichermaßen an ihren Sinnen und Gliedern zerrte.

»Hab keine Angst«, flüsterte die Stimme. Dieselbe, die ihren Namen gerufen hatte. Die Stimme zu den Händen auf ihrer Brust. Die Hände zu dem Gesicht über ihr im Licht. Das Gesicht einer Göttin.

»Keine Angst«, sagte Innana und lächelte mit einer geradezu überirdischen Sanftmut, ehe Aura begriff, dass sich Innanas Züge vor ihren Augen verschoben und verzerrten, zu einem Lächeln, einem Lachen, dann zu einer grotesken Grimasse.

Sie schloss die Augen, blinzelte, sah erneut in ein Gesicht.

Innana lächelte tatsächlich, aber jetzt wirkte sie nur noch besorgt.

»Du erholst dich. Es geht ganz schnell. Das geht es immer.«

»Ich bin … ertrunken.« Sie stieß die Worte stockend hervor, mit einer Stimme, die nicht wie ihre eigene klang, zu rau, zu heiser.

»Ja«, bestätigte Innana.

»Ja?«, fragte sie krächzend und versuchte, den Kopf zu heben. Es ging besser, als sie befürchtet hatte. Trotzdem fühlten sich ihre Nackenmuskeln entsetzlich steif an, als hätte ihr tagelang ein eisiger Wind ins Genick geweht.

Innana nickte. »Du *bist* ertrunken. Aber du lebst.«

Aura nahm eine Hand vom Boden, als wollte sie die Erkenntnis, die hinter diesen Worten steckte, wie einen Schlag abwehren. Dann aber sah sie das Messer in ihren Fingern.

Innana folgte ihrem Blick. »Ich habe versucht, es dir abzunehmen. Aber du wolltest es nicht loslassen.«

»Was … was habe ich …« Sie brach ab.

Der rote Himmel. Die Erinnerung. So viel Rot.

Die Klinge des Messers war gebogen, die Schneide gezahnt.

»Das gehört … mir nicht«, stammelte sie.

»Es ist das Messer eines Assassinen«, sagte Innana. »Du musst es einem von ihnen abgenommen haben.«

So viel Rot in ihrer Erinnerung.

»Ich …« Erneut verstummte sie. Die Bilder kehrten zurück, fluteten zurück in ihr Bewusstsein wie gestautes Wasser.

So unendlich viel Rot.

Sie hatte das Messer aus seinem Gürtel gezogen. Und dann …

»Denk nicht mehr daran«, sagte Innana leise. »Du lebst, das ist die Hauptsache.«

Sie hatte die Klinge an seinem Arm angesetzt, am Arm des Toten. Und sie hatte …

»Du tust dir nur selbst weh.«

Sie hatte damit seinen Arm durchtrennt. Erst den schwarzen Stoff, dann das Fleisch, die Muskeln, die Sehnen. Den Knochen. Das Blut war überall um sie herum, sie konnte es schmecken, sogar – auf irgendeine irreale, bizarre Art und Weise – riechen, wie ein Haifisch auf Beutejagd. Und sie konnte es sehen, denn wenn Finsternis überhaupt eine Farbe haben konnte, dann war sie jetzt rot.

Und die ganze Zeit über … die ganze Zeit über hatte sie *geatmet.* Hatte Wasser in ihre Lungen gesaugt und dabei *überlebt.*

»Es war das erste Mal, nicht wahr?«, fragte Innana, und nun war aus ihrem Mitgefühl echtes Mitleid geworden.

»Das erste Mal …«, wiederholte Aura benommen.

»Dein Körper war tot – für einen Moment. Aber nicht dein Geist. Das ist eines der Geheimnisse, Aura. Eines von mehreren, vielleicht von vielen, aber nicht einmal ich kenne sie alle. Du stirbst, wenn dich jemand tödlich verwundet, wenn er dein Herz durchbohrt oder deinen Kopf abschlägt oder dich mit einem Pferd niedertrampelt. Du stirbst sogar an manchen Krankheiten – ich habe Unsterbliche an der Pest zugrunde gehen sehen, und an anderen Seuchen, die ihr längst vergessen habt. Du kannst auch verbluten, zumindest glaube ich das. Aber du kannst nicht ertrinken – zumindest nicht wie gewöhnliche Menschen. Du kannst auch nicht ersticken. Und was das Erfrieren angeht, nun, das wäre vielleicht einen Versuch wert.« Sie lächelte und versuchte erneut, Aura das Messer abzunehmen. Diesmal lösten sich Auras Finger ohne jeden Widerstand. »Es ist ein großes Mysterium, auch nach fünftausend Jahren. Manches kann man freiwillig ausprobieren, aber bei anderen Dingen hatte ich keine Wahl. Wie viele Menschen sterben wohl jeden Tag an einem gewaltsamen Tod? In fünf Jahrtausenden ist man mehr als einmal an der Reihe, glaub mir. Ich bin mit einem Schiff im Golf von Bengalen untergegangen, und beim Brand einer Scheune in Troja hätte ich eigentlich ersticken müssen. Ich war dabei, als London in Flammen stand und der Rauch zahllose Menschen das Leben kostete. Ich habe ein Dutzend Katastrophen miterlebt, und bei der Hälfte davon hätte ich sterben müssen. Aber ich bin eine Unsterbliche, Aura. Genau wie du.«

»Aber … das ist Wahnsinn!«

»Ich würde es eher ein Geschenk nennen.«

Aura betrachtete ihre Hand, die das Messer gehalten hatte. Das Wasser des Sees hatte alle Blutrückstände fortgewaschen. Sie konnte trotzdem nicht vergessen, was geschehen war. Sah es und spürte es und würde es wahrscheinlich noch tausendmal in ihrer Erinnerung durchleben.

»Ich habe davon nichts gewusst«, sagte sie tonlos.

»Woher auch? Ich habe Jahrhunderte gebraucht, um die Wahrheit zu erkennen. Und ich habe niemanden getroffen, der es jemals aufgeschrieben hätte. Wahrscheinlich hat nicht einmal dein Vater alles darüber gewusst. Und es ist ja nicht so, dass du überhaupt nicht sterben kannst – Gewalt, manche *Art* von Gewalt, kann uns töten. Und vielleicht sogar die Einsamkeit.«

Aura schüttelte den Kopf. Innanas Sinn für Dramatik war erstaunlich, selbst in einer Lage wie dieser. Aber sie hatte jetzt keine Geduld dafür. Sie war ertrunken. Sie war tot gewesen. Und trotzdem lebte sie.

Langsam richtete sie ihren Oberkörper auf, halb in der Erwartung, der Tod würde bemerken, dass sie ihm durch die Lappen gegangen war und nun doch noch, mit Verspätung, sein Recht fordern.

Doch sie lebte, und sie würde weiter leben. Innana hatte Recht. Vielleicht war es wirklich ein Geschenk. Ein Geschenk, für das dennoch ein Preis bezahlt werden musste.

»Ich will das nicht«, sagte sie langsam, als müsste sie jedes Wort erst in ihrem Gedächtnis suchen.

»Natürlich willst du«, widersprach Innana, so ruhig, als würde sie ihr das Einmaleins beibringen. »Das ist vielleicht der Grund, warum es überhaupt funktioniert – du willst es mit all deiner Kraft, und du hast es immer gewollt. Warum sträubst du dich dagegen?« Sie gab Aura Gelegenheit, etwas zu erwidern, und als sie nicht schnell genug war, fuhr sie kurzerhand fort: »Jetzt ist nicht die Zeit, sich darüber Gedanken zu machen. Draußen auf dem See geschieht etwas … Ich glaube, es geht zu Ende.«

Aura schrak hoch, als hätte das ganze Gespräch nur in einem Traum stattgefunden, in einem Zustand geistiger Verwirrung. Jetzt flutete die Wirklichkeit in ihr Denken, und zurück blieb nur eine Hand voll Fragen.

»Was ist mit Gian und Tess? Und wo ist Konstantin?«

»Sie sind alle zur Insel rübergefahren.«

»Konstantin auch?«

»Ja. Aber nicht allein.«

»Wer ist bei ihm?« Sie ahnte die Antwort, konnte sie von Innanas Augen ablesen.

»Morgantus' Sohn.«

Sie hatte es geahnt, gewusst, und doch trafen die Worte sie wie ein Blitz. »Gillian?«

»Er und die Nichte des Grafen. Eine Templerin wie er.«

Aura brauchte eine Weile, ehe sie erneut einen klaren Gedanken fasste. »Die Kinder. Sind sie …?«

»Die *Kinder*«, sagte Innana mit einem Lächeln, »sind heil an Land gekommen. Ich denke, sie haben noch versucht, dich zu retten. Sie haben sich von Cristóbals Boot zur Insel ziehen lassen. Was dann passiert ist, weiß ich nicht. Ich habe nur gesehen, dass dein Freund und die anderen ebenfalls zur Insel gefahren sind. Aber das war eine ganze Weile später.«

Dein Freund. Konstantin oder Gillian? »Wie lange war ich bewusstlos?«

»Lange genug.«

Aura schüttelte zerknirscht den Kopf. In ihrem Schädel herrschte ein solches Durcheinander, dass es ihr immer noch schwer fiel, klar zu denken. Vor ihren Augen tanzten Bilder: Der Tote im Wasser; Gian, der an ihr zog und zerrte; die gezahnte Klinge des Assassinendolchs.

»Gibt es noch mehr?«

»Noch mehr?«

»Mehr, das ich wissen sollte. Über das Leben und den Tod einer Unsterblichen.«

»Vieles«, sagte Innana mit einem Nicken. »Aber das musst du selbst herausfinden. Und das wirst du, glaub mir. Mit den Jahren, mit den Jahrhunderten. Mit den – «

Aura stand auf. Sie wollte das nicht hören, nicht jetzt.

»Ich muss zur Insel«, sagte sie.

Innana wollte etwas erwidern, als ihr Blick sich von Aura löste und auf einen Punkt auf dem Wasser konzentrierte. Aura hörte das Geräusch eines Motors.

»Ich glaube nicht«, sagte Innana, »dass das noch nötig ist.«

Gian verließ mit den anderen die Höhle; sein Vater stützte ihn. Er war noch immer benommen, aber das Blut trocknete auf seinem Gesicht und versiegelte die Wunde. Der Schmerz in seinem Schädel war noch da, doch er war dumpfer geworden, diffuser, nicht mehr so stechend, und es fiel jetzt leichter, ihn zu ignorieren.

»Tess«, flüsterte er vor sich hin und bemerkte, dass Gillian es hörte. Auch die Frau, die mit ihm gekommen war, Karisma, schenkte ihm ein aufmunterndes Lächeln.

»Er wird ihr nichts tun«, sagte sie, während sie zum Ufer liefen.

»Was macht Sie da so sicher?« Der erste Satz, der nicht stockend und mit Pausen über seine Lippen kam, seit Cristóbal ihn auf den Felsboden geschleudert hatte.

Sie deutete zum Wasser hinunter. »Er hätte nichts davon. Wir holen ihn so oder so nicht mehr ein.«

Das kleine Motorboot, mit dem Gillian, Karisma und Konstantin die Insel erreicht hatten, schaukelte auf einem breiten Ölfilm.

»Er hat den Tank zerschossen«, stellte Konstantin fest, der als erster ins Boot sprang und sich über den Motor beugte. »Damit kommen wir nicht weit.«

»Wir könnten es trotzdem versuchen«, sagte Gillian.

Konstantin schüttelte bedauernd den Kopf. »Wenn wir den Motor starten, laufen wir Gefahr, dass uns das Ding um die Ohren fliegt. Und damit wäre weder dem Mädchen noch uns geholfen.«

Gian löste sich von seinem Vater und lehnte sich gegen die Felsen. Sein Blick wanderte über den See. Cristóbals Motorboot hatte bereits mehr als die halbe Strecke bis zur Landzunge zurückgelegt.

»Was hat er eigentlich vor?«, fragte Konstantin mit gerunzelter Stirn. »Ich dachte, er hätte es auf den Gral abgesehen.«

Gian stieß einen abfälligen Laut aus und erzählte ihnen, was sie in Nestors Erinnerung gesehen hatten. »Der Gral existiert nicht mehr«, sagte er schließlich und war überrascht, wie endgültig das klang. Jahrhunderte der Suche, und ausgerechnet er hatte gerade den Schlussstrich gezogen.

»Dann war alles umsonst«, stellte Karisma fest. »Er hätte es wissen müssen.«

»Ich glaube, er will es nicht wahrhaben«, sagte Gian. »Der Orden hat die Geheimkammer, in der die Katharer den Gral aufbewahrt hatten, schon seit einer Ewigkeit gekannt. Cristóbal hat gewusst, dass sie leer war. Aber er dachte, es gäbe noch ein anderes Versteck, das Tess und ich für ihn finden könnten.« Er zeigte hinaus auf den See, auf das kleiner werdende Boot. »Anscheinend denkt er das noch immer.«

Konstantin wandte sich an Gillian. »Schwimmen wir?«

»Mit den Schwertern?«, fragte Karisma zweifelnd.

Gillian sah aus, als versuchte er, Cristóbal allein durch den Hass in seinem Blick aufzuhalten. Er sah keinen an, blickte nur dem Boot hinterher. »Haben wir denn eine andere Wahl?«

»Es ist ziemlich weit«, stellte Gian fest.

»Du bleibst besser hier«, sagte sein Vater.

Gian schüttelte niedergeschlagen den Kopf. »Es ist allein meine Schuld. Ich kann Tess jetzt nicht bei ihm lassen. Nicht nach dem, was mit Mutter – «

Konstantin machte einen raschen Schritt auf ihn zu. » Was ist mit Aura passiert?«

Gian spürte, wie ihm abermals Tränen in die Augen stiegen, und diesmal ließ er sie einfach laufen, während er sprach.

Das Boot schlug hart gegen den Landungssteg. Cristóbal machte sich nicht die Mühe, es an einem der Pfähle zu vertäuen. Mit der Pistole im Anschlag bedeutete er Tess, als Erste an Land zu gehen. Sie folgte seinem Befehl, und wartete, bis auch er festen Boden unter den Füßen hatte. Noch einmal schaute sie zurück zur Insel, doch die Entfernung war zu groß, als dass sie die anderen hätte erkennen können. Sie vermutete, dass sie ihr irgendwie folgen würden – vor allem Gian würde sie nicht einfach aufgeben, jetzt nicht mehr, das wusste sie mit aller Bestimmtheit –, aber Tess hatte keine Vorstellung, wie ihnen das gelingen sollte. Sie würden so oder so zu spät kommen. Cristóbals Vorsprung war zu groß.

Am Anfang des Steges lagen zwei Leichen, Assassinen, und Cristóbal blieb verwundert stehen. Einen der Toten hatte man auf den Rücken gerollt, sein schwarzes Hemd war nach oben geschoben. Auf seiner Brust klebte geronnenes Blut.

Cristóbal flüsterte etwas, das ein spanischer Fluch sein mochte, dann packte er Tess erneut und setzte die Pistole an ihren Kopf.

»Gian hat mir erzählt, Sie wären ein Tempelritter«, sagte sie verächtlich. »Ich dachte immer, die Ordensmitglieder unterlägen einem Ehrenkodex. Aber selbst Nestor hatte mehr Anstand als Sie.«

Der Graf stieß ein verbittertes Lachen aus. »Zum Beispiel, als er die Katharer getötet und den Gral geraubt hat?«

»Er hat ihn nicht *geraubt*. Wir haben's Ihnen doch erklärt: Er hat ihn zerstört. Und wahrscheinlich hat er genau gewusst, warum.«

»Du glaubst wirklich, dass ich euch das abnehme?« Er drückte die Waffe fester gegen die weiche Haut über ihrer Schläfe. »Ihr habt mich auf die Insel gelockt. Aber noch einmal legt ihr mich nicht rein.«

»Was Gian gesagt hat, war die Wahrheit.«

»Wir werden sehen.«

Er stieß sie an den beiden Leichen vorüber und schob sie in Richtung Haus.

»Was haben sie vor?«, fragte sie verbissen.

»Du weißt, wo der Gral ist. Ihr wisst es beide. Aber einer von euch reicht, um mich dorthin zu führen.«

»Aber ich hab Ihnen doch gesagt, dass –«

Er versetzte ihr einen Schlag ins Kreuz, der sie nach vorne geschleudert hätte, wenn er sie nicht immer noch wie einen lebenden Schutzschild an sich gepresst hätte. Einige Herzschläge lang brachte sie vor Schmerz keinen Ton heraus und musste mit sich ringen, um nicht in Tränen auszubrechen. Doch diesen Triumph gönnte sie ihm nicht. Er mochte ihr drohen und mit ihr tun, was er wollte, aber er würde sie nicht mehr zum Weinen bringen.

Die Sonne war hinter den Bergen verschwunden. Im Osten hatte sich der Himmel bereits dunkel gefärbt. Fledermäuse jagten einander wie schwarze Sternschnuppen um die Türme des Anwesens. Nirgends waren Assassinen zu sehen, und sie spürte, wie unruhig Cristóbal war. Täuschte sie sich, oder zitterte seine Hand mit der Pistole?

Sie näherten sich dem hinteren Tor des Gebäudes, als aus den Schatten eine Gestalt trat. In ihrer Hand lag ein Krummschwert.

Aura blieb stehen, rammte die Klinge in den Boden und stützte sich mit gestreckten Armen auf den Schwertknauf. Ihr Haar schimmerte feucht, und ihr Kleid klebte nass an ihrem Körper. In ihren Augen spiegelte sich das Abendrot, zwei winzige Glutpunkte, die Cristóbal entgegenfunkelten.

»Philippe«, sagte sie leise.

»So heiße ich nicht«, erwiderte er tonlos, »aber das weißt du ja.«

Es gab keinen Plan. Keine ausgeklügelte List, mit der sie ihn hätte überrumpeln können.

Es gab nur sie selbst und das Schwert. Eine Waffe, mit der sie nicht umgehen konnte, auch wenn Gillian vor Jahren ein paar erfolglose Versuche unternommen hatte, sie in der Kunst des Schwertkampfes zu unterweisen.

Die Mündung der Pistole starrte ihr entgegen wie ein schwarzes Zyklopenauge. Cristóbal musste nur abdrücken. Sie hatte den Verdacht, dass er es eilig hatte.

»Aura«, flüsterte Tess und schüttelte einmal kurz den Kopf, fassungslos, als sähe sie ein Gespenst. Natürlich, das Mädchen hatte angenommen, dass sie ertrunken war.

Aura lächelte leicht und zwinkerte Tess zu, in einem schwachen Versuch, sie aufzumuntern. Dann konzentrierte sie sich wieder auf Cristóbal. Sie sah die Verletzungen auf seinem rechten Handrücken und fragte sich, wie präzise er damit zielen konnte. Auf eine Entfernung von nur wenigen Metern vermutlich präzise genug.

»Geh mir aus dem Weg, Aura.«

»Du überraschst mich.«

Er hob eine Augenbraue. »So?«

»Ich habe geglaubt, du schießt mich gleich über den Haufen.«

Sein Lachen klang gekünstelt. »Wenn das die Wahrheit wäre, wärst du in deinem Versteck geblieben. Ich kenne dich. Du bist nicht lebensmüde. Vielleicht hast du dir das manchmal eingeredet, aber das war Selbstbetrug.«

»Du hast mich die ganze Zeit für jemanden gehalten, der sich selbst etwas vormacht?«

»Ich hab dich immer gern gemocht. Und ich will nicht, dass es so endet.«

»Wo ist Gian?«

»Auf der Insel, bei den anderen.«

Sie sah Tess an. »Ist mit ihm alles in Ordnung?«

Das Mädchen nickte. »Er ist verletzt, aber es ist nicht schlimm.«

Aura atmete scharf ein, dann sah sie wieder in die Augen des Grafen: »Wie sollen wir diese Sache zu Ende bringen?«

»Geh einfach aus dem Weg. Und wirf dieses Ding weg.« Er zeigte mit der Pistole auf das Krummschwert.

Aura hob die Klinge hoch, musterte sie kurz, dann schleuderte sie das Schwert in hohem Boden beiseite. »Ich hätte mich gerne im Haus nach einer vernünftigen Waffe umgesehen, aber dazu war keine Zeit mehr.«

»Pech.«

»Ja, vielleicht.«

Er legte den Kopf schräg, überlegte wohl, wie sie das meinte und zuckte dann die Achseln. »Geh jetzt dort hinüber.« Er zeigte zurück zur Hauswand. »Und bleib dort stehen, falls du nicht willst, dass der Kleinen etwas zustößt.«

Aura bewegte sich nicht. »Du würdest sie wirklich erschießen?«

Der Ernst in seiner Stimme ließ keinen Zweifel an seiner Entschlossenheit. »Wenn du mir keine Wahl lässt.«

Sie nickte nachdenklich und ging zur Mauer hinüber.

Der felsige Streifen Land, der zwischen der Seitenwand des Anwesens und dem Ufer lag, war hier nur wenige Schritt breit. Cristóbal schob Tess vorwärts, am Wasser entlang und in Richtung der Anbauten, wo die Pferde in Ställen untergebracht waren. Aura fragte sich, ob er abgebrüht genug war, alle Tiere bis auf eines zu erschießen, damit niemand ihm und Tess folgen konnte.

»Leb wohl, Aura.«

»Hast du gewusst, dass Raffael verheiratet war?«

Er blieb stehen, verzog irritiert das Gesicht und sah sie an. »Was für eine lächerliche Finte ist *das*?«

»Hast du es gewusst?«

Er gab keine Antwort. »Wann bist du ihm begegnet?«

»Zweimal an dem Abend, an dem ich Paris verlassen habe. Das erste Mal in seinem Apartment. Ich hab dort seine kranke Frau kennen gelernt. Und einmal am Bahnhof.«

»Dann ist er fort?« War da tatsächlich Erleichterung in seiner Stimme? Erleichterung darüber, dass Raffael sich vor dem Krieg in Sicherheit gebracht hatte? Das erschien ihr in Anbetracht der Umstände so abwegig, dass sie es beinahe schon wieder für möglich hielt. Es passte zu ihm.

»Du hängst mehr an ihm, als ich dachte«, sagte sie. »Mehr, als er selbst gewusst hat.«

»Wo ist er jetzt?«

Sie hob die Schultern. »Vermutlich immer noch am Bahnhof.« Er sah sie verwundert an, aber bevor er die Geduld verlieren konnte, fuhr sie fort: »Als ich ihn zuletzt gesehen habe, lag sein Kopf in einem Schließfach. Und der seiner Frau daneben.«

Cristóbals Gesichtsausdruck veränderte sich nicht, war starr wie der einer Marmorfigur. Und ebenso bleich. Dann brach er plötzlich in Gelächter aus, so falsch, so laut, dass Tess erschrocken zusammenzuckte. »Was für ein alberner Bluff!«

»Nein. Das ist kein Bluff.«

»Du versuchst, Zeit zu schinden.«

»Und was hätte ich davon? Bis die anderen hierher geschwommen sind, bist du längst über alle Berge.«

Er stieß Tess weiter, grober als zuvor, und Aura musste sich zusammenreißen, um nicht auf den Schmerz und die Furcht in den Augen des Mädchens zu reagieren. Aber es war wichtig, dass sie ruhig blieb, so gelassen, wie Cristóbal selbst zu sein vorgab. Dabei waren sie alle so gespannt wie Bogensehnen; die Frage war nur, wer den spitzeren Pfeil verschoss.

Natürlich hatte er Recht: Sie wollte Zeit gewinnen. Allerdings nicht für Konstantin oder Gillian.

Zeit für den dunklen Schemen, der sich schon vor einer Weile lautlos hinter ihm aus dem Wasser erhoben hatte.

Cristóbal machte zwei Schritte, dann blieb er abermals stehen.

»Raffael ist tot?«

Aura nickte und sprach sehr ruhig, fast bedächtig. Sie wollte, dass er jedes Wort genau verstand und sich das Bild in seinem Kopf ausmalte. »Ein Mann namens Fuente hat ihn umgebracht. Enthauptet.«

»Ist das wahr?«, fragte er mit bebender Stimme.

Sie nickte, bemüht, ihre Augen nicht zu bewegen. »Er ist tot«, sagte sie. Und dann, fast wispernd: »Wie du, Philippe.«

Innana breitete hinter ihm ihre Arme aus, ein schwarzer Todesvogel, der seine Schwingen spreizt, um sich in die Luft zu erheben.

Cristóbal hörte das Triefen von nassem Stoff.

Innana ließ ihm keine Zeit, sich umzudrehen. Sehr schnell, sehr gezielt rammte sie ihm ihre Haarnadeln mit aller Kraft in die Schläfen.

Kapitel 26

Die Nacht lag über der Sierra und dem einsamen Haus am Ende der Landzunge. Jemand hatte ein paar Fackeln entzündet und in den Uferschlick am Anfang des Landungssteges gesteckt. Konstantin war das gewesen, glaubte Aura, aber sie war nicht sicher, weil die letzten ein, zwei Stunden wie im Traum an ihr vorübergezogen waren, voller Gesichter und Stimmen, Umarmungen mit Gian und Tess, einem langen Kuss von Konstantin, den sie erwidert hatte, aber irgendwie auch nicht, und dann die Begegnung mit ihm – mit Gillian.

Er hatte sie geküsst, auf die Stirn und auf beide Wangen, und sie war sich dabei sehr sonderbar vorgekommen, seltsam fremd und fern von sich selbst, so als betrachte sie sich von außen und mit einer Distanz, die sie ein wenig verstörte, aber auch beruhigte. Es war nicht, wie sie es sich vor Jahren vorgestellt hatte – *sei ehrlich: noch vor kurzem* –, kein Wiedersehen mit dem Gefühl, alles könne vergeben werden, die Wunden wären geheilt von der Zeit, und alles könnte sein wie früher.

So war es nicht. Und so würde es niemals sein.

Zu zweit gingen sie am Seeufer entlang, sprachen leise miteinander, verdichteten acht Jahre auf wenige Sätze und erkannten wohl beide, wie sehr sie sich verändert hatten. Und doch waren sie, tief drinnen, noch immer dieselben wie damals, als Aura Gillian in das Laboratorium ihres Vaters geführt hatte, in den Garten unter dem Dach, wo das Kraut der Unsterblichkeit auf Nestors Grab gedieh.

Ihre Vertrautheit war noch die gleiche wie früher, und es gab sogar Dinge, über die sie heute endlich reden konnten, die sie damals voreinander verborgen hatten, aus Rücksicht – oder auch um sich selbst zu schützen. Sie sprachen über ihre gemeinsame Vergangenheit wie über die Beziehung zweier Freunde, guter Freunde, aber doch zwei anderer Menschen. Auch über Gian sprachen sie, denn ihr Sohn hatte Gillian auf der Insel gebeichtet, was er getan hatte, und sie wussten beide noch nicht recht, wie sie damit umgehen sollten.

Sie entfernten sich immer weiter vom Licht der Fackeln an der Anlegestelle, gingen tiefer hinein in die Dunkelheit der Nacht. Dennoch konnten sie einander gut sehen, der Himmel war klar, und ihre Haut schimmerte wie mit Sternenstaub gepudert. Die Gestirne funkelten über den Kuppen der Sierra, und der Halbmond spiegelte sich als treibendes Silbergarn auf dem schwarzen See.

Zuletzt berichtete Aura ihm alles, was sie über Innana wusste. Über das, was das unsterbliche Mädchen zu ihr gesagt hatte, oben auf den Zinnen des Turms.

»Ich hab schon mit ihr gesprochen«, sagte Gillian. »Vorhin.«

»Dann hat sie dir alles erzählt?«

»Sie will nicht mehr allein bleiben. Kannst du ihr das verübeln?«

»Natürlich nicht.« Sie erinnerte sich an Innanas Worte: *Er, der kein Mann ist. Sie, die keine Frau ist. Eine Geschöpf der Alchimie. Das Kind des Morgantus. Ich will den Hermaphroditen, Aura.* »Was genau hat sie zu dir gesagt?«

Er lächelte, und im Sternenlicht sah er sehr melancholisch aus. »Sie will bei einem von uns beiden bleiben, sagt sie. Du hättest es ihr versprochen.«

»Wie sie sich plötzlich gegen Cristóbal gestellt hat, nach all den Jahren … Sie ist unberechenbar.«

»Vielleicht sind das alle Unsterblichen.«

Sie sah ihn an und fragte sich, ob er damit auf das anspielte, was sie getan hatte. Ihm *angetan* hatte. »Ich weiß, dass es falsch war.«

»Was?«

»Dir das Kraut zu geben. Ich hätte es nicht tun dürfen, aber ich kann es nicht ändern, und ich kann es nicht wieder gutmachen. Das weiß ich. Du musst mich nicht daran erinnern.«

Wieder lächelte er. Seltsam versöhnlich, diesmal. »Ich nehme dir das nicht mehr übel.«

»Natürlich tust du das.«

»Nein. Jetzt nicht mehr. Weil ich glaube, dass wir eine Wahl haben.«

»Uns einfach umzubringen?« Ihr Zynismus war nicht beabsichtigt, aber in diesen Dingen hatte er sich längst verselbstständigt.

»Eine Wahl, was wir daraus machen«, sagte er. »Es gibt nicht nur einen Weg, damit fertig zu werden. Nicht nur Verbitterung oder Wut oder von mir aus auch Größenwahn. Und wir haben Innana. Ihre Erfahrung wird uns helfen.«

»Wir?«

»Sie kann bei mir bleiben, wenn sie will. Bei mir und Karisma.«

»Ist das dein Ernst?«

Er nickte. »Karisma und ich haben darüber gesprochen. Cristóbal war ihr Onkel, und sie ist die Erbin von all dem hier. Der Templum Novum braucht dringend eine neue Bleibe. Wir können uns nicht ewig im Katharinenkloster verkriechen.« Er zuckte mit den Schultern. »Lascari hatte vielleicht Unrecht, was den Schatz betraf. Doch am Ende ist sein Plan aufgegangen.« Mit einer weiten Handbewegung wies er über den See und zum Anwesen hinüber. »Das hier ist die Zukunft des Templum Novum. Hierher können wir Bruder Giacomo und die anderen holen – und die neuen Brüder und Schwestern, sobald wir welche gefunden haben.«

»Und Innana kann hier bleiben?«

»Warum nicht?«

Aura überlegte einen Moment. »Ich denke, das wird ihr gefallen. Sie hat gesagt, dass man in ihrem Alter alles Beständige zu schätzen lernt. Sie hat alles gesehen, alles getan. Und ich glaube, mit dem Verlust des Verbum Dimissum wird sie auch ihren letzten Versuch aufgeben, etwas zu verändern.«

Gillian wollte etwas erwidern, als hinter ihnen ein Rascheln ertönte. Innana hatte fast zu ihnen aufgeschlossen, ohne dass sie es bemerkt hatten.

»Ich wollte euch nicht belauschen«, sagte sie.

Natürlich nicht, dachte Aura. Du wolltest dir nur die Beine vertreten.

Innanas Lächeln war ein stummes Eingeständnis. »Ich bleibe, wenn ich darf«, sagte sie zu Gillian. »Ich mag den Blick vom Turm über den See, vor allem im Sommer, wenn die Vögel über dem Wasser kreisen und Fische fangen. Und vielleicht könnte man wieder Wein anpflanzen. Ich könnte mich darum kümmern, wenn du willst.«

Im ersten Moment fand Aura die Vorstellung so komisch, dass sie lächeln musste. Aber je länger sie darüber nachdachte, desto plausibler erschien ihr die Idee. Mit Angelegenheiten des Alters und der Reife kannte Innana sich zweifellos aus.

»Wir werden sehen«, sagte Gillian, aber Aura spürte, dass ihm die Vorstellung blühender Weinberge gefiel. Mit einem Blick auf Innana fügte er hinzu: »Aber es wird keine Schwarze Isis mehr geben. Keine Göttin.«

Aura wusste es besser, und sie nahm an, dass es ihm insgeheim genauso ging. Wieder stellte sie sich die Frage, die ihr schon einmal in den Sinn gekommen war: Musste ein Alter wie das von Innana nicht zwangsläufig einen Hauch von Göttlichkeit mit sich bringen? Wer wollte darüber entscheiden? Allenfalls Innana selbst, und sie hatte ihre Entscheidung schon vor langer Zeit getroffen.

Innana lächelte. »Templum Novum … das klingt nach Hoffnung«, sagte sie so leise, als spräche sie zu sich selbst.

Dann drehte sie sich um und ging ohne ein weiteres Wort davon.

Aura und Gillian blieben stehen und blickten ihr schweigend hinterher, beobachteten, wie sie zur Landzunge ging und den Weg in Richtung Haus einschlug, eine schmale, schwarze Silhouette, winzig klein vor der Weite einer Landschaft, mit der sie die Ewigkeit gemein hatte.

»Versprich mir etwas«, sagte Aura.

Er nickte, weil er wusste, was sie sagen würde.

»Wenn mit einem von uns das Gleiche passiert, egal ob in fünfzig oder fünfhundert oder fünftausend Jahren ... Wenn einer sich so einsam fühlt wie sie, dann ist der andere für ihn da, ja?«

Statt einer Antwort nahm er sie in die Arme und drückte sie an sich, und so standen sie lange Zeit da, ohne ein Wort zu sagen.

Schließlich gingen sie zurück zu den anderen, gemeinsam und doch jeder für sich. Zurück zu Konstantin. Zurück zu Karisma.

Sie akzeptierten, was sie waren.

Und was sie, vielleicht, einmal sein würden.

Epilog

Unter dem Fenster strömten Pilger über die Praza de las Platerias, den alten Platz der Silberschmiede. Von hier aus näherten sie sich der Ostfassade der Kathedrale, dem Herzen von Santiago de Compostela, und bewunderten – atemlos vor Begeisterung, aber mehr noch von der Anstrengung des Weges – den romanischen Wandschmuck mit seiner Vielzahl an Skulpturen und Reliefs.

Aura blickte aus dem Fenster im vierten Stock hinüber zur Fassade, die an dieser Stelle um eine Ecke führte. Von hier aus konnte sie das steinerne Abbild des musizierenden König David erkennen. Selbst wenn er spielen könnte, dachte sie, wäre es ihm wohl unmöglich, den Lärm der Menschen rund um die Kathedrale zu übertönen.

Seltsamerweise kam wenig von dem Krach hier oben an. Ein Stück weiter unten trieben Fürbitten und Gesänge über die Menge wie ein Lärm gewordener Vorgeschmack des Heiligen, des Numinosen, das all diese Menschen herbeigelockt hatte. Hier oben aber herrschte Ruhe, beinahe meditative Gelassenheit.

Wie die Pilger war auch Aura nach Santiago gekommen, weil eine Suche sie hierher geführt hatte. Nicht mehr die Suche nach einem Gegenstand, auch nicht nach einem abstrakten Begriff wie dem Verbum Dimissum.

Sie war auf der Suche nach zwei Freundinnen. Und sie hatte sie gefunden.

»Also keine Visionen mehr«, sagte sie leise und drehte sich um.

Salome Kaskaden servierte ihr Eistee, während Lucrecia bedächtig in einem Glas rührte. Hinter ihr an der Wand tickte eine Uhr, deren Gehäuse die Form einer polynesischen Gottheit hatte, mit flammendem Haar, runden Augen und gefletschtem Gebiss.

»Keine Visionen«, wiederholte Lucrecia. Ihre Hand zitterte leicht, so als wäre sie noch immer geschwächt von der Séance, die sie erst vor wenigen Minuten beendet hatten. Vielleicht aber spielte sie diese Schwäche auch nur. Bei ihr konnte man nie ganz sicher sein.

»Sie haben doch gesagt, Sie hätten diese Frau gefunden«, sagte Salome und stellte die gekühlte Glaskaraffe auf dem Tisch ab. »Die Schwarze Isis.«

»Ja.«

Salome zuckte die Schultern. »Dann hat sie keinen Grund mehr, Sie zu rufen.«

»Heißt das, Sie glauben, dass all diese Bilder von ihr kamen und nicht aus mir selbst?«

»Ist es das, wovor Sie Angst haben?«

»Ja … vielleicht.«

Lucrecia ließ den Löffel los. Mit einem leisen Klirren kippte er gegen den Glasrand. »Sie müssen sich keine Sorgen machen. Es ist vorbei.«

Aura schaute wieder aus dem Fenster und hinab auf die Menschen, die dort unten am Ziel ihrer Reise angekommen waren. Genau wie sie selbst.

»Der Chevalier ist bei Ihnen, sagen Sie?« Der erste Riss in Lucrecias Maske aus gespieltem Gleichmut. Aura lächelte still. Was immer zwischen den beiden gewesen war, es war nicht ihre Sache.

»Konstantin hat mich nach Santiago de Compostela begleitet«, sagte sie. »Aber er ist nach Lissabon weiter gereist. Wir treffen uns dort in einer Woche.«

Lucrecia atmete merklich auf, doch ihre Neugier war noch nicht gestillt. »Sie und er … Sind Sie … «

Aura seufzte. »Ich weiß es nicht. Wenn es nach ihm ginge … ja, ich denke schon.«

»Aber Sie sind nicht sicher?«, fragte Salome mit beinahe kindlichem Eifer. Wie immer war sie die offenere der Schwestern. Sie machte sich nicht die Mühe, ihre wahren Gefühle zu verbergen.

Aura schenkte ihr ein Lächeln. »Wir haben genug Zeit, um das herauszufinden, wissen Sie? Ich mag ihn, aber ich kenne ihn kaum. Nicht gut genug, jedenfalls. Aber es ist schön so, wie es ist.«

»Was sagt Ihr Sohn dazu?«, fragte Lucrecia.

»Gian akzeptiert ihn. Tess ebenfalls. Sie mag ihn mehr, glaube ich, als Gian ihn mag.«

»Sind die beiden auch hier in der Stadt?«

»Sie warten im Hotel auf mich.« Konstantin hatte angeboten, die beiden mit nach Lissabon zu nehmen. Er hatte gesagt, sie könnten ihm helfen, alles Nötige zu organisieren, damit Aura das Haus, das sich dort im Besitz der Familie befand, schnellstmöglich beziehen konnte. Aber natürlich war das nur ein Vorwand gewesen; in Wahrheit wollte er ihr die nötige Ruhe verschaffen, um mit den vergangenen Wochen abzuschließen. Sie hatte ihm alle Vollmachten unterschrieben, und er würde alles Organisatorische ebenso gründlich und vermutlich sogar schneller erledigen, wenn er allein war. Ausschlaggebend, die Kinder hier zu behalten, war jedoch letztlich die Tatsache gewesen, dass Aura Gian und Tess nicht schon wieder wegschicken wollte. Schon die wenigen Stunden, die sie hier bei den Kaskadens ohne die Beiden verbrachte, bereiteten ihr Unbehagen. Aber sie wusste auch, dass dieses Gefühl verschwinden würde, irgendwann.

Cristóbals Tod lag beinahe drei Wochen zurück. Sie hatten noch einige Tage im Anwesen in der Sierra verbracht, auch dann noch, als Gillian bereits zum Sinai abgereist war, um die übrigen Templer abzuholen. Karisma hätte ihn gern begleitet, aber es war zu viel zu erledigen; das Haus musste für die Brüder instand gesetzt werden. Aura, Gian und Tess hatten Karisma bei den Aufräumarbeiten geholfen, und schließlich hatte Aura sie nach Soria begleitet, um dort Arbeiter anzuwerben, für die Umbauten am Gebäude, – sie brauchten dringend mehr Fenster, mehr Licht –, und die Arbeiten in den Weinbergen. Allein das Einebnen der Hänge würde Monate in Anspruch nehmen.

In einem Bankhaus in Soria hatte Aura einen größeren Betrag abgehoben, damit Karisma über Bargeld verfügte. Schließlich hatten sie ihr alles Gute gewünscht, ihr die Adresse in Lissabon hinterlassen und waren abgereist. Im Zug hatten sie endlich wieder Nachrichten aus Deutschland, Frankreich und Osteuropa gelesen, und was sie erfahren hatten, machte ihnen Angst. Der Krieg weitete sich ungeheuer rasch aus, und auch wenn Spanien abermals seine Neutralität bekräftigt hatte, machte Aura sich die größten Sorgen um die Menschen, die sie zurückgelassen hatte. Sylvette und ihre Mutter hatten das Reich längst in Richtung Amerika verlassen und waren vermutlich schon dort angekommen. Doch was war mit den Bediensteten im Schloss, mit den Menschen im Dorf? Sie wusste, dass sie nichts für sie tun konnte, und das machte den Gedanken an sie nur noch schmerzlicher. Trotz allem, was sie durchgemacht hatte, war sie in dieser Sache hilflos.

In Santiago de Compostela angekommen, hatte sie zwei Tage benötigt, um die Zwillinge ausfindig zu machen. Unter falschen Namen hatten sie ein Apartment bezogen und verdienten sich ihr Geld damit, leichtgläubigen Pilgern Marienvisionen und andere Erscheinungen von Heiligen vorzugaukeln. Das Geschäft schien gut zu laufen, denn die Wohnung drohte bereits trotz der kurzen Zeit, die sie hier lebten, vor unnützem Krimskrams aus den Nähten zu platzen, Gegenstände, die sie den Pilgern aus aller Herren Länder abgeschwatzt hatten. Die Sammelleidenschaft der beiden war nicht zu bremsen, ungehindert aller

Wirren, die sie hinter sich und vielleicht auch noch vor sich hatten.

»Was werden Sie jetzt tun?«, fragte Lucrecia.

»In Lissabon? Ich werde wohl versuchen, Kontakt zu meiner Schwester in New York aufzunehmen. Aber dann?« Sie zuckte die Achseln. »Mich um Gian kümmern. Und um Tess. Und irgendwann, wenn dieser Krieg vorbei ist, zurück nach Hause gehen. Dort gibt es sicher genug zu tun, falls dann überhaupt noch etwas übrig ist. Das Schloss meiner Familie steht an der Ostsee, und dort wird zurzeit gekämpft.« Sie trank den Eistee in einem Zug aus, nahm ihren Mantel von einer Stuhllehne und wandte sich zum Gehen. Sie dachte an die Worte Innanas und sagte mit einem Lächeln: »Außerdem gibt es eine Menge, das ich herausfinden muss. Über mich selbst.«

Und über die Ewigkeit.

Lucrecia erhob sich. »Wenn wir Ihnen tatsächlich Ihre Zukunft zeigen könnten, würden Sie sie dann sehen wollen?«

Aura überlegte einen Moment. Sie war versucht, nein zu sagen, wollte besonnen und vernünftig sein. Doch dann nickte sie zögernd. »Ja, vielleicht.«

Die Zwillinge begleiteten sie hinaus.

»Kommen Sie uns wieder besuchen«, sagte Salome zum Abschied.

Aura trat hinaus ins Sonnenlicht, so hell, dass sie einen Moment lang die Augen schließen musste, um sich daran zu gewöhnen. Dann erst ging sie los, quer über die Praza de las Platerias. Sie trug ihren Mantel über dem Arm. Es war noch immer schwül und drückend, und sie wusste plötzlich selbst nicht mehr, weshalb sie ihn überhaupt mitgenommen hatte. Sie blickte sich um, suchte sich unter den Bettlerinnen vor der Kathedrale eine besonders zerlumpte Gestalt aus und gab ihr den Mantel als Geschenk. Den Dank der Frau quittierte sie mit einem Lächeln und setzte ihren Weg fort.

Der Schatten der Kathedrale lag über dem Platz. Aura wollte weitergehen, zurück zum Hotel, aber dann erinnerte sie sich, dass sie alle Zeit der Welt hatte, und dass sie irgendwann einmal vielleicht so alt wie diese Kathedrale sein würde, mit dem Aussehen einer Vierundzwanzigjährigen.

Sie blieb stehen, schaute an der Fassade empor, an diesem uralten Grabmal aus Stein, und dachte an Innana. Alte, junge, einsame Innana, hoch oben auf ihrem Turm über dem See, wie sie traurig über die Berge der Sierra blickte.

Aura hatte das Gefühl, sie in sich zu spüren, kein Ruf diesmal, sondern etwas anderes, ein Stück von ihr, der Schatten ihrer Berührung. Und sie dachte, dass sie jetzt selbst so etwas wie eine Kathedrale war, das Gefäß von Innanas Göttlichkeit.

Sie hatte Angst vor der Zukunft. Aber Gillian hatte Recht: Es gab immer eine Wahl. Auch für sie.

Sie schenkte der Kathedrale, ihrer Schwester, ein Lächeln und verbeugte sich knapp, dann setzte sie ihren Weg fort und wurde eins mit der Menge.

ENDE

Nachwort des Autors

Die Zwillinge Salome und Lucrecia Kaskaden hatten ihren ersten Auftritt in meinem Roman *Göttin der Wüste*, einer Geschichte über archaische Mythen und Magie im Afrika zurzeit der deutschen Kolonien. Damals waren die beiden noch Kinder. Ich hatte immer vor, eine Brücke zwischen *Die Alchimistin* und *Göttin der Wüste* zu schlagen, war aber selbst erstaunt, als die Geschichte ihre eigene Wahl traf und sich für die Zwillinge entschied, die vormals eher Nebenfiguren gewesen waren. Als erwachsene Frauen fügten sie sich so perfekt in die Institoris-Saga ein, dass ich beim Schreiben nie das Gefühl hatte, Stränge aus zwei verschiedenen Büchern zu verknüpfen.

Der Aufenthalt der Templer auf den Balearen ist ebenso verbürgt wie ihre Flucht durch Spanien. Historisch ist auch der Wandel der Schwarzen Isis zur Schwarzen Madonna, wobei man Statuen aus dem Orient der Einfachheit halber zu christlichen Symbolen umgestaltet hat. In einigen mittelalterlichen Kirchen stehen noch immer Figuren, die man im Urzustand beließ, und die sich so gar nicht in ihr sakrales Umfeld einfügen wollen. Auch heute noch sind sie bezeichnende Spuren der kirchlichen Raubzüge des Hochmittelalters.

Die Sierra de la Virgen, das Katharinenkloster und den Templerpalast von Mallorca können Interessierte heutzutage ebenso besuchen, wie ein Reisender in Paris vor Jahrzehnten den Laden der Dujols. Die Buchhandlung, in der ausschließlich alchimistische Literatur verkauft wurde, galt jahrelang als Treffpunkt aller namhaften Alchimisten. Auch der legendäre Fulcanelli soll hier ein- und ausgegangen sein.

Was den Zusammenschluss der Templer mit den Assassinen angeht, so habe ich mir hier viele Freiheiten erlaubt. Fakt ist, dass der Alte vom Berge seine Festung Alamut verlassen musste und sich die Anhänger der Kriegersekte in alle Winde verstreuten. Gesichert ist auch, dass die Tempelritter auf Mallorca zahlreichen Arabern Aufenthalt gewährten und sie im Norden der Insel für sich arbeiten ließen – gegen den ausdrücklichen Willen von König und Kirche. Als die Ordensbrüder auf dem Höhepunkt der Templerverfolgungen fliehen mussten, war damit auch das Schicksal ihrer arabischen Verbündeten besiegelt.

Die Templer waren ein Männerorden. Es gibt jedoch Dokumente, die besagen, dass auch Frauen aufgenommen wurden und das rote Tatzenkreuz trugen. Einen letzten Beweis dafür gibt es bislang nicht.

Noch heute erzählt man sich die Legende, dass die Katharer von Montségur die Hüter des Heiligen Grals waren. Als die Festung von päpstlichen Heeren erobert und die Verteidiger ermordet wurden, fanden die Eroberer keine Spur vom legendären Kelch der Katharer. Bis auf den heutigen Tag durchstöbern Schatzsucher die Ruine in den Pyrenäen, und auch in Zukunft wird Montségur wohl keine Ruhe finden, so lange das Interesse am Gral so beständig bleibt wie seit Jahrhunderten.

Der Graf von Saint-Germain ist neben Cagliostro eine der schillerndsten, aber auch mysteriösesten Gestalten des 18. Jahrhunderts. Gemein war beiden das Bemühen, sich selbst den Anschein des Übermenschlichen, Mysteriösen zu geben. Während Cagliostro jedoch schon bald als harmloser Betrüger entlarvt wurde, hat der Name des Grafen von Saint-Germain wenig von seinem rätselhaften Klang eingebüßt. Unter einer Vielzahl von Titeln und Pseudonymen zog er jahrzehntelang durch Europas Fürstentümer, gab vor, nicht zu altern, keine Nahrung zu sich zu nehmen – er speiste, wenn überhaupt, nur allein – und unterhielt sein Publikum mit Anekdoten aus seinem vorgeblich ewigen Leben, die ihn zum gern gesehen Gast des gelangweilten Adels machten. Er war ein vorzüglicher Musiker und Komponist, angeblich auch ein begabter Maler und Zeichner. Zudem sagte man ihm nach, rund ein Dutzend Sprachen zu beherrschen, darunter Sanskrit und Chinesisch. Bis in die erste Hälfte des 20. Jahrhunderts sind Fälle dokumentiert, in denen Menschen behaupten, ihm begegnet zu sein, an Orten in ganz Europa, einmal auch im Orientexpress. Verblüffend ist, dass es trotz allem über ihn kaum etwas Definitives zu sagen gibt, abgesehen von der Tatsache, dass er tatsächlich gelebt hat. Noch heute streiten sich Forscher, ob er der Sohn eines Bankdirektors aus Madrid, des Königs von Portugal oder – womöglich am wahrscheinlichsten – der Nachkomme des Prinzen Franz-Leopold Ragoczy von Siebenbürgen war.

Folgende Autoren haben mir mit ihren Sekundärwerken die Arbeit an *Die Unsterbliche* leichter gemacht:

Fulcanelli, Kenneth Rayner Johnson, Gottfried Kirchner, Helmut Gebelein, Charlotte Trümpler, Werner Richner, Hermann Ebeling, Harry Weigand und Jürgen Weigand.

Kai Meyer
April 2001